Intrusion

Elena Sender

INTRUSION

Roman

XO EDITIONS

ISBN : 978-2-84563-356-8

À Alexandre, Tom et Noah,
pour toutes ces heures égoïstes,
à leur temps, volées. Merci.

-1-

6 octobre

Le docteur Cyrille Blake jeta un coup d'œil à sa montre. Il était 8 h 10. Dans cinquante-cinq minutes, sa vie allait basculer, sans qu'elle puisse ni l'anticiper ni l'éviter.

La neuropsychiatre frappa deux coups à la porte de la chambre 1, au premier étage du Centre Dulac qu'elle avait fondé et dirigeait depuis cinq ans. Pas de réponse. Elle entra. Sa patiente, Pauline Baptiste, était assise sur son lit, couverture rose remontée sur ses jambes, les yeux perdus dans la contemplation du ciel nuageux, par la fenêtre à deux battants.

La jeune femme brune avait à peu près le même âge que le docteur, entre trente-cinq et quarante ans, mais son monde à elle s'était écroulé. Son mari, deux de ses trois enfants avaient été pulvérisés dans un crash routier. De ses amours, il ne restait rien, que trois urnes, claquemurées dans un columbarium. Et un bébé de quatre mois, confié à ses parents, dont elle ne parvenait plus à s'occuper. Elle leva son visage sans couleur, qui portait les traces de l'insomnie, des questions existentielles sans réponse, des douleurs intimes et violentes. Et tourna deux yeux cernés vers la femme médecin. Pauline l'avait appelée au secours après sa tentative de suicide. La chambre était petite, sobre, avec des stores en lattes de bois aux fenêtres, un kilim au sol. La patiente ne s'y sentait pas chez elle, mais pas trop mal non plus.

— Comment avez-vous dormi, Pauline ?

Cyrille Blake s'assit sur le lit. La jeune femme ramena ses genoux contre sa poitrine.

— Mieux. Sans mauvais rêves.

La main du docteur Blake chercha celle de sa patiente, qui était glacée.

— Des tremblements, des bouffées d'angoisse ?

— Non, plus du tout.

— Des sensations d'étouffement ?

— Non plus.

— Des idées… suicidaires ?

Pauline Baptiste secoua vigoureusement la tête. Elle n'allait pas bien, mais beaucoup mieux qu'une semaine auparavant. L'étau dans sa poitrine avait relâché son emprise et la boule dans sa gorge rapetissait.

Le docteur Blake lui sourit franchement.

— Parfait. Le docteur Mercier viendra vous chercher ce matin pour l'IRM. On veut voir si votre cerveau a bien récupéré depuis le début du traitement. Ensuite, vous pourrez repartir chez vous.

Pauline tendit les mains devant elle.

— Je ne transpire plus et ne tremble plus… C'est quoi, le médicament que vous m'avez donné, déjà ?

— Du Mésératrol.

— C'est un antidépresseur, un anxiolytique ou quelque chose comme ça ?

Cyrille Blake fit non de la tête.

— Non, c'est une nouvelle classe de molécules. Elle apaise le cerveau, diminue la douleur que vous ressentez pour la rendre plus tolérable.

— Oui, c'est ça… Je me sens moins… oppressée.

— Nous la testons depuis plusieurs années sur les vétérans, les victimes d'attentats ou d'accidents, le résultat est encourageant, à moyen et à long terme.

— Vous êtes sûre que c'est fiable ?

Cyrille Blake lui pressa la main et lui parla avec douceur :

— C'est mon époux qui a découvert les propriétés de cette molécule antitrauma, il y a quelques années. Nous en maîtrisons parfaitement les effets.

Pauline Baptiste hocha la tête.

— C’est pour cela qu’il est pressenti pour recevoir le prix Nobel.

Cyrille Blake haussa les sourcils, surprise que sa patiente soit au courant.

— Oui, entre autres…

Pauline Baptiste sourit faiblement.

— Merci pour tout ce que vous avez fait, docteur. Merci pour mon bébé aussi. J’irai le chercher demain chez ma mère. Il a besoin de moi.

— Oui, il a besoin de vous. Il faut vous accrocher, pour lui, pour vous, pour ceux qui vous aiment… et pour nous aussi. On veut tous que vous alliez mieux ici.

Les deux femmes restèrent un instant sans parler. Si seulement Cyrille pouvait prendre un peu de cette douleur sur ses propres épaules… S’efforçant de refouler un sentiment d’impuissance qui ne menait à rien, elle finit par se lever et, avant de quitter la chambre, fit un petit signe amical de la main à Pauline.

À 8 h 25, Cyrille poussa la porte de son bureau, sur laquelle était vissée une plaque dorée « Dr Cyrille Blake », cadeau de son époux. Comme souvent, elle se demanda ce qui avait bien pu passer par la tête de ses parents pour lui donner un tel nom. Porter ce prénom masculin si peu courant au féminin n’avait pas toujours été facile. Au collège, elle se retrouvait à tous les coups inscrite sur la liste des garçons en cours de sport, elle devait l’épeler à tout bout de champ pour qu’on l’orthographie de la bonne manière… sans parler des moqueries. Aujourd’hui, même si elle faisait encore face à l’étonnement des gens et à leurs commentaires, elle était finalement contente de porter un prénom rare, original et, qui plus est, qui signifiait « seigneur »…

Cyrille enfonça une capsule de café dans la machine à espresso. Sa salle de consultation d’inspiration japonaise bénéficiait d’une vue magnifique sur les bambous du patio. Sa tasse à la main, elle les contempla quelques instants, puis s’installa à sa table de travail. Elle chassa la tristesse qu’elle venait d’éprouver devant sa patiente. Elle devait, comme toujours, s’astreindre à garder cette distance, cette neutralité salutaire. Mais, parfois, c’était difficile.

Elle soupira, se força à ranger Pauline Baptiste dans un tiroir de sa tête et à positiver. Elle n'était pas mécontente de son début de journée. Le Mésératrol donnait d'excellents résultats sur les traumatismes graves et permettait – elle venait encore une fois de le constater – d'apaiser les pires douleurs de l'âme. Le médicament avait reçu une autorisation de mise sur le marché conditionnelle, pour cinq ans, renouvelable si les bénéfices apportés étaient confirmés par de nouvelles études. Son prochain challenge était de pérenniser cette AMM pour les traumatismes graves, mais aussi d'élargir les indications du médicament aux cas plus légers comme les chagrins modérés. Dans neuf jours, elle devait assurer une présentation officielle sur le Mésératrol au congrès annuel de neuropsychiatrie de Bangkok et elle espérait que sa prestation contribuerait au succès escompté. Comme chaque année depuis dix ans, elle s'envolerait pour la capitale thaïlandaise. Elle s'en réjouissait d'avance. Cyrille se dit que malgré le rythme infernal qu'il lui imposait, son travail offrait des compensations, dont ces quelques jours à l'autre bout du monde, au Hilton, dans un hôtel-Spa luxueux. Elle n'allait pas bouder son plaisir.

Il était encore tôt. Elle relâcha l'air de ses poumons, fit quelques rotations du cou. Sa nièce et assistante, Marie-Jeanne, avait déposé sur son bureau le dossier de sa première consultation du jour rempli scrupuleusement. Sur la chemise bleue cartonnée, elle lut le nom, dactylographié.

« Julien Daumas. »

Un nom inconnu, un nouveau défi.

8 h 30, elle ouvrit le dossier.

Nom : Daumas.

Prénom : Julien.

Âge : 31 ans.

Adresse : 21, boulevard Gambetta, 75020 Paris.

Profession : photographe.

Symptômes : cauchemars, insomnies.

Antécédents : tentative de suicide, dépression.

Hospitalisation antérieure : Service B, Hôpital Sainte-Félicité, 2-27 octobre 2000.

Médecin soignant : Dr Cyrille Blake.

Cyrille Blake cilla et relut la dernière ligne de la fiche.

La ride entre ses sourcils se creusa sous l'effet de la surprise. *Ça, c'est bizarre*. Ce jeune homme avait été un de ses patients à Sainte-Félicité, le service psychiatrique où elle avait achevé son internat de médecine, dix ans auparavant ?

Elle ne se souvenait pas de ce nom et parvenait encore moins à mettre un visage dessus. Elle soupira. Recevoir un revenant de Sainte-Félicité ne lui disait guère. Là-bas, on y soignait des cas de psychopathologie lourde, rien à voir avec les troubles psychiques transitoires de personnes saines qu'elle avait choisi de traiter au Centre Dulac. Vaguement contrariée, elle se leva et se dirigea vers la salle d'attente.

* * *

8 h 35. Cyrille Blake croisa dans le couloir le docteur Maryse Entmann, la psychanalyste associée au Centre. Elles se saluèrent cordialement. Sur sa gauche, elle perçut les notes d'une musique relaxante, en provenance de la salle de détente. Comme tous les jours, son petit monde s'activait, le ronron tranquille d'un lieu qui n'aspirait qu'au bien-être. Elle était encore à mille lieues de ce qu'elle voulait obtenir, mais c'était un début encourageant.

Il y avait une seule personne assise sur le canapé crème de la salle d'attente zen : un beau jeune homme. Cheveux blonds mi-longs, jean délavé, blouson noir sur un T-shirt rouge, Converse noires aux pieds, sac photo en bandoulière. On s'attendait à trouver une planche de surf adossée au mur. Dès qu'il vit le docteur, il se leva, la fixa intensément de ses yeux gris et son visage exprima une vive émotion. Cyrille resta un instant interdite. Non, elle ne le reconnaissait pas. Ses traits n'éveillaient rien en elle. Elle lui rendit son regard, s'efforçant d'être la plus neutre possible – *je suis votre thérapeute bienveillante* –, et l'invita à la suivre. Ils passèrent devant le bureau de Marie-Jeanne, une jolie rouquine, qui ne quitta pas des yeux le postérieur du nouveau patient du docteur Blake, bien moulé dans son jean. *Je vais te guérir de tes cauchemars, moi,* se dit-elle, le menton dans les mains.

8 h 40. Julien Daumas et Cyrille Blake s'assirent de part et d'autre du bureau, une large table indonésienne en bois

sombre encombrée par l'écran plat d'un iMac, un sous-main de cuir et une pile de chemises cartonnées. Cyrille s'éclaircit la gorge, ouvrit le dossier et débuta l'entretien.

— Alors, monsieur Daumas, qu'est-ce qui vous amène ?

Il avait pris possession du fauteuil en bambou aux coussins blancs, jambes écartées, coudes sur les genoux. Quand son regard gris vous tenait, il ne vous lâchait plus.

— Je…

Il semblait totalement désarçonné.

— Je ne dors pas bien.

— Vous avez plutôt du mal à vous endormir ? Vous vous réveillez dans la nuit ?

— Je… heu… dors trois heures par nuit. Et quand j'arrive à trouver le sommeil, je fais des cauchemars.

Julien Daumas dévisageait le médecin d'un air très surpris. Cyrille prit des notes. Ce regard intelligent, insistant, plein de questions, la destabilisait.

— Et vous avez donc décidé de venir nous voir ? questionna-t-elle aimablement.

Le jeune homme semblait de plus en plus mal à l'aise.

— C'est-à-dire que… j'avais été bien aidé à l'hôpital… la dernière fois, après mes problèmes… Alors je me suis dit… Et puis j'ai lu le livre sur le bonheur… et…

Il laissa sa phrase en suspens, flottant quelque part entre eux. Cyrille se troubla. Elle était dans une position extrêmement gênante. *Rien, ce patient ne me rappelle rien.* Son ouvrage, *La Science du bonheur*, s'était très bien vendu. Il avait participé à faire connaître le Centre Dulac, mais avait aussi rameuté une palanquée de dingues en tout genre que MJ avait dû filtrer. Peut-être Julien Daumas avait-il réussi à passer entre les mailles du filet… Elle hocha la tête, impassible, et se concentra sur la pointe de son stylo. Elle sourit mécaniquement et parla un peu plus fort.

— Alors, nous allons sûrement pouvoir vous aider encore. Rassurez-vous. Vous êtes photographe, donc.

— Oui.

D'un geste, Cyrille l'invita à poursuivre.

— Ce que je préfère, c'est la nature. La mer, la forêt…

Cyrille plissa les yeux.

— Vous voyagez souvent ?

— Oui.

— Où cela ?

— Un peu partout.

— Vous avez peut-être un problème de décalage horaire, un défaut de mélatonine par exemple. Il faudra contrôler vos taux d'hormones. Mon assistante vous a-t-elle fait remplir un questionnaire sur le sommeil ?

— Oui.

Julien Daumas lui tendit une feuille pliée en quatre, cherchant à croiser son regard, mais Cyrille Blake se défilait. Elle sentait une chaleur lui envahir le cou.

Les réponses écrites s'avérèrent inquiétantes. Cyrille les lut à haute voix :

— À « cauchemars », vous avez coché « sentiment de mort imminente » et « angoisses diurnes quotidiennes », ainsi que « peurs inexpliquées »…

Julien Daumas baissa les yeux pour la première fois.

Elle lut le questionnaire jusqu'au bout et, dans sa tête, le couperet tomba. *Syndrome de stress posttraumatique.*

Appelé PTSD, selon le dictionnaire médical. C'était une « réaction psychologique consécutive à une situation durant laquelle l'intégrité physique ou psychologique du patient a été menacée », qui engendrait des cauchemars, des réminiscences, des flashes voire des hallucinations, des phobies… Julien Daumas avait coché tous les critères définis par la nomenclature internationale de psychiatrie.

8 h 55. Cyrille décrocha lentement son téléphone. « Marie-Jeanne, je vais avoir un peu de retard. Préviens le rendez-vous suivant. » Quand elle reposa le combiné, les yeux de son nouveau patient l'interrogeaient silencieusement. La pièce s'était réfrigérée d'un coup.

— J'ai un problème au cerveau ?

Cyrille appuya ses mains à plat sur la table.

— Non, M. Daumas ! Non, rassurez-vous.

Mais je crains que vos cauchemars et vos insomnies ne soient plus graves que vous ne le supposez, cut-elle envie d'ajouter.

— Vous n'avez pas rempli la case « accidents, événements traumatiques »…

Les yeux de Julien étaient de nouveau accrochés aux siens, il avait les lèvres légèrement entrouvertes, il ne cillait pas.

— Non.

— Il n'est rien arrivé qui, selon vous, puisse être à l'origine de vos cauchemars ?

— Non.

Cyrille Blake marqua une longue pause.

— Avez-vous de la famille ?

— Non. Je ne connais pas mon père, ma mère, elle… elle est morte dans un accident de voiture.

— Quel âge aviez-vous ?

— Douze ans.

— Je suis désolée. Des grands-parents ?

— Ils sont morts, j'avais vingt ans.

Cyrille mit ses deux mains en coupole devant sa bouche. L'accident de sa mère pouvait-il être le facteur déclenchant d'un PTSD vingt ans après ? La première chose à faire était de l'interroger sur son hospitalisation à Sainte-Félicité dix ans auparavant, sur le motif de sa tentative de suicide, mais n'était-elle pas censée le savoir mieux que personne ? Elle se mordit la lèvre inférieure. Elle était coincée. Si elle posait la question, elle lui avouait qu'elle l'avait totalement oublié. Un très mauvais départ pour une prise en charge psychologique qui reposait sur la confiance. Elle risquait de le fragiliser encore davantage et, elle, de se décrédibiliser entièrement. Le cas était embarrassant. L'heure tournait. Mais elle ne pouvait laisser repartir le jeune homme sans l'aider.

— Revenons à vos cauchemars. De quoi parlent-ils ?

— Je… je suis poursuivi.

— Par qui ou par quoi ?

— Je ne sais pas. Il est… sans visage… sans yeux.

— Il ?

— Un homme.

— Sans visage et sans yeux ?

— Oui, sans yeux.

— Et que se passe-t-il ?

— Il me donne des coups de couteau, il s'acharne.

— Où frappe-t-il ?

Julien baissa les yeux. Se passa une main sur la figure.

— Là, dans les yeux, dans la bouche, partout, je saigne. Je ne vois plus rien car j'ai du sang plein les yeux.

Cyrille se frotta le menton.

— Et vous, que faites-vous ?

— Je ne bouge pas.

— Vous ne vous défendez pas ?

— Non. Je reste figé. Je me réveille avant de mourir.

Le jeune homme s'adossa au fauteuil, ses épaules de nageur s'affaissèrent, les muscles de son cou se raidirent, son regard douloureux se perdit dans le vague.

— Chaque nuit, chaque nuit, ça recommence, et j'ai peur de dormir. Je n'ai pourtant pas peur de grand-chose dans la vie.

Cyrille n'en doutait pas. Le jeune homme était grand, bien bâti, et devait être dur à ébranler.

— M. Daumas ?

Il releva les yeux. Le docteur Blake lui adressa un regard et un sourire réconfortants.

— Nous pratiquons ici des techniques de travail mental qui ont fait leurs preuves pour se débarrasser des pires cauchemars. La méthode a été testée et validée chez des soldats.

— Il faut prendre des médicaments ?

Cyrille secoua la tête.

— Non, je ne vous proposerai pas de traitements chimiques. La méthode fait appel à l'imagerie mentale.

— Et je peux commencer quand ?

— D'abord, j'aimerais faire un enregistrement de votre nuit de sommeil et mesurer votre taux de mélatonine. Pourriez-vous passer une nuit dans notre laboratoire du sommeil ?

Julien ne réfléchit pas longtemps.

— Oui, quand ?

Cyrille se connecta à l'agenda de la clinique.

— Je n'ai pas de place avant… un mois. À moins que… Nous venons d'avoir un désistement pour ce soir. Ce serait possible pour vous ?

Julien Daumas caressa le léger duvet blond de son menton.

— Oui.

Cyrille Blake referma le dossier et se leva, marquant la fin de l'entretien. Elle le raccompagna à la porte. *Je le verrai mieux sur une plage d'Hawaii qu'ici.* Ils se serrèrent de nouveau la main en se disant : « À ce soir. » Julien Daumas sembla hésiter à prendre congé. Il enfonça les poings dans les poches de son jean, fit mine de franchir le seuil. Mais il s'arrêta, comme s'il venait de se souvenir de quelque chose, et revint sur ses pas. Ses yeux s'assombrirent, sa voix chuta d'une octave.

— Pourquoi tu fais semblant de ne pas me reconnaître depuis tout à l'heure ? Tu ne te souviens pas de moi ?

Cyrille se figea comme si elle avait reçu une violente décharge électrique.

Le jeune homme fit encore un pas vers elle et la scruta attentivement.

— Je crois que je te préférais en blonde…

À 9 h 05, Julien Daumas tourna les talons. Cyrille resta plantée sur le seuil, interdite.

-2-

— MJ, s'il te plaît, appelle tout de suite le service du professeur Manien, à Sainte-Félicité, et demande-lui si le patient Julien Daumas, D.A.U.M.A.S., a été suivi en octobre 2000 et la raison de son hospitalisation. Fais venir son dossier médical dare-dare !

Cyrille Blake s'efforçait de rester calme, mais on décelait dans sa voix une pointe d'hystérie qu'elle essayait de contrôler, en vain.

Un roucoulement lui répondit :

— Qu'il est beau celui-là ! Non mais t'as vu ? On dirait Taylor Kitsch !

— Qui ça ? demanda la neuropsychiatre, agacée.

— Laisse tomber. Quand il reviendra, dis-lui qu'avec moi dans son lit, il n'aura plus jamais de cauchemars ! Au fait, ton prochain patient aura un quart d'heure de retard, il vient de téléphoner.

Cyrille Blake raccrocha en levant les yeux au ciel. Marie-Jeanne riait encore. Cyrille avait accepté d'embaucher la nièce de Benoît à l'essai, il y a deux ans. Elle n'était pas du genre à accorder des passe-droits, mais elle avait fait une exception pour MJ car elle aimait bien cette fille. Le bac obtenu à l'arraché, elle était partie courir le monde. Elle était revenue les poches vides, aussi dépourvue de projets et de boulot qu'en partant, mais avec un amour de la vie et du courage à revendre. Marie-Jeanne était une boule d'énergie qui stimulait cet établissement. Au début, elle avait assuré le standard, mais il s'était vite avéré qu'elle était sous-employée. Ses points forts résidaient dans son contact avec les patients et sa capacité à dédramatiser. Elle savait d'instinct, avec son humour et son entrain, désamorcer les situations les plus tendues. Cyrille avait fini par lui demander d'être son assistante personnelle et ne le regrettait pas. Contrairement à ce que pouvait laisser présager le désordre sur son bureau et son allure délurée, MJ était imbattable pour préparer des plannings clairs, classer les dossiers des patients et gérer de main de maître les débordements inévitables des personnes qui fréquentaient l'établissement. Cette fille possédait quelque chose que Cyrille n'aurait jamais, l'insouciance.

Cyrille pianota nerveusement sur son clavier. Il ne restait plus qu'à tromper son impatience en attendant la réponse de Sainte-Félicité. Elle prit cinq minutes pour mettre de l'ordre dans ses dossiers et se connecta au serveur Internet. Elle chargea sur Google la page consacrée à Taylor Kitsh, qui se trouvait être une jeune étoile montante du cinéma américain dont elle n'avait jamais entendu parler. *C'est vrai qu'il lui ressemble…* Elle s'attarda sur une photo de l'acteur en noir et blanc dans son plus simple appareil. Cyrille admira la plastique de l'homme. La sonnerie du téléphone la fit sursauter.

* * *

Les minutes qui suivirent le coup de fil de MJ furent pénibles.

Cyrille fit pivoter son fauteuil vers la baie vitrée et plongea son regard dans le ciel nuageux. Elle but mécaniquement le fond de sa tasse de café, un sirop noir et froid. Imbuvable, mais elle le sentit à peine sur sa langue.

« Il a été interné trois semaines en octobre 2000 pour tentative de suicide, dépression et insomnies, avait confirmé

Marie-Jeanne. Dans le service du professeur Manien, le service B, et c'est toi qui l'as soigné. Tu t'en souviens plus ? » Cyrille avait encaissé la nouvelle et éludé la question. *Non, bon sang, je ne m'en souviens pas !* Quant au dossier médical…

— Tu veux vraiment que je te répète ce que Manien m'a fait dire par son secrétaire ? lui avait demandé MJ.

— Vas-y.

— D'abord, il a prétendu qu'il ne l'avait plus, le dossier.

— T'as insisté ?

— Bien sûr ! Et là, il m'a répondu texto : « Si Mme Bonheur veut ce dossier, qu'elle se bouge les fesses en faisant elle-même la demande officielle à l'Assistance publique. »

Cyrille grinça des dents. *Quel con ! Les années ne l'ont pas bonifié, celui-là !* Rudolf Manien était un mandarin comme elle les détestait. Sûr de lui, pédant, incapable du moindre contact avec les patients qui lui tombaient entre les pattes. Si elle avait claqué la porte de Sainte-Félicité, c'était aussi à cause de ce type aux méthodes exécrables.

— Appelle immédiatement l'Assistance publique, s'il te plaît. Et fais une demande de dossier en urgence.

Elle avait raccroché, énervée. Puis l'angoisse l'avait envahie. *Pourquoi je ne me souviens pas de ce patient si je l'ai pris en charge ? Qu'est-ce que j'ai ?…*

Elle se leva brusquement, se planta devant le miroir au-dessus de la machine à café et se passa une main dans les cheveux. Elle ne faisait pas ses trente-neuf ans, elle avait un visage osseux mais agréable, qui avait du caractère, à peine quelques ridules au coin des yeux et pas un cheveu blanc. Mais ça, c'était grâce à la coloration auburn, plus sombre que sa couleur naturelle, qu'elle appliquait depuis quelques années déjà sur ses longueurs et sa légère frange. Moins pour masquer ses cheveux blancs d'ailleurs que les trois petites taches de naissance brunes disgracieuses qu'elle avait à la racine des cheveux et qui la complexaient. Elle s'observa droit dans les yeux. La tension dans les sourcils était tangible. Elle n'avait pas eu peur de quoi que ce soit depuis un bon moment. Sa dernière peur remontait à l'attente du diagnostic du cancérologue de son père. Cancer de la prostate, qui avait été pris à temps. Là, c'était d'elle dont il s'agissait. Et c'était aussi terrorisant.

Une suée glacée mouilla le dos de son chemisier en soie. Elle respira plusieurs fois de suite, essayant de calmer son rythme cardiaque qui s'emballait. Elle entendit au loin la musique provenant de la salle de yoga, de l'autre côté de la salle d'attente. Elle se concentra sur les notes relaxantes, cherchant à y puiser un peu de réconfort, et caressa le cœur en diamant qu'elle portait autour du cou, cadeau de son mari. Son contact l'apaisa un instant.

Son esprit revint à Sainte-Félicité. Comment avait-elle pu oublier plusieurs semaines de traitement d'un patient ? Elle avait beau retourner la question dans tous les sens, elle ne trouvait aucune conclusion logique qui ne soit pas pathologique.

J'ai quelque chose au cerveau, conclut-elle. *Quelle ironie pour une neuropsychiatre…* Elle pouvait décider de ne plus y penser et continuer à vivre comme si de rien n'était. Mais non. La chose la plus raisonnable était de demander conseil et de trouver le problème. Elle se détourna du miroir et fit les cent pas. Elle répugnait à montrer ses faiblesses, à avouer qu'elle ne s'en sortait pas toute seule. Elle était une solitaire dans l'adversité. Mais là, il lui fallait mettre sa fierté de côté. Elle allait appeler Muriel, son amie neurologue, et puis Benoît, son mari, neurobiologiste. Ils sauraient quoi faire. Cette idée la calma. Son époux, de vingt-cinq ans son aîné, avait beaucoup de défauts mais, dans les moments difficiles, il la rassurait.

Un bip strident. L'interphone. M. Hernandez était enfin arrivé, avec vingt-cinq minutes de retard. M. Hernandez et ses troubles de l'érection…

-3-

Le vrombissement et les cliquetis de la machine étaient désagréables. Il était 13 h 30. Son ventre gargouillait. Elle n'avait pas déjeuné car Muriel n'avait pu la prendre qu'entre deux patients à l'heure du déjeuner. Cyrille Blake ferma les yeux et tenta de penser à autre chose que *je suis enfermée dans un tube duquel je ne peux m'échapper et je suis claustrophobe.* Des claquements, des bruits inquiétants l'environnaient, tandis que son cerveau était virtuellement débité en rondelles. Elle avait fait subir cet examen des centaines de fois à des patients en les rassurant. Là, c'était elle qui avait besoin qu'on la rassure. *Dingue ce qu'on peut se sentir vulnérable là-dedans…* Un mantra apaisant du moine bouddhiste Thich Nath Hanh était le bienvenu, elle le répéta plusieurs fois. *Je suis aussi claire que de l'eau, aussi solide que la montagne, aussi ferme que la terre, je suis libre.* Elle pensa à sa vie. Sa vie d'études, de cours ingurgités, d'ouvrages, d'atlas anatomiques appris par cœur… Sa mémoire avait toujours été excellente. C'est bien simple, elle avait tout misé sur sa capacité d'apprentissage, de réflexion, d'analyse et de mémorisation pour réussir, passer les concours et les examens les uns après les autres. Si elle perdait ses facultés, elle était professionnellement morte. Que ferait-elle en cas de tumeur cérébrale ? Elle avait conscience d'être menacée par un mal plus fort qu'elle. Elle était passée du côté obscur des malades. De ceux qui attendaient, morts d'angoisse, un résultat. C'était la première fois.

Une demi-heure plus tard, elle guettait l'affichage des clichés dans la salle attenante au tube d'IRM, assise devant les écrans d'ordinateur, à côté de Muriel Wang, sa vieille copine de promotion, neurologue à la Pitié-Salpêtrière. La jolie brune aux yeux bridés, qui avait fait tourner plus d'une tête pendant les onze années de leurs études communes, se voulut rassurante :

— Tu dis que ce qui t'a alertée, c'est d'avoir oublié un patient que tu as soigné il y a dix ans ?

— Oui, et il me tutoie comme s'il me connaissait vraiment bien… C'est… déstabilisant au possible.

— Bon, d'abord, il est peut-être un peu délirant. Et puis on ne peut pas se souvenir de tous ceux qu'on soigne, ma vieille ! Pourquoi tu t'inquiètes ?

Muriel était l'une des rares personnes, avec MJ, qui osaient parler franchement à Cyrille.

— OK, Muriel. Mais ce que je ne t'ai pas dit, c'est que ce n'est pas la première fois.

— Ah…

Muriel observa que Cyrille se rongeait les ongles, chose que son amie ne faisait jamais d'habitude.

— Il y a deux semaines, j'ai fait descendre mon père du Nord et je l'ai envoyé passer un examen de la prostate à Rothschild, car je connais le cancéro, un copain de Benoît. Bref, je lui avais promis de venir le chercher après. Et… j'ai oublié. Il a fallu qu'il m'appelle sur mon portable. Je déjeunais tranquillement à mon bureau.

Muriel Wang eut un haussement de sourcils imperceptible qui trahit son étonnement, mais elle continua néanmoins à réconforter son amie :

— Bon, soit, et c'est tout ?

— Hier, Mercier – tu sais, notre spécialiste en imagerie –, il m'a confirmé un déj avec un de nos futurs financiers potentiels. Un gros pharma qu'il faut absolument convaincre pour pouvoir boucler le budget de l'année prochaine. Eh bien, pareil, j'avais oublié.

— Tout le monde peut oublier un déj, Cyrille…

— Tout le monde, sauf moi !

Ce ton catégorique que Cyrille adoptait de plus en plus souvent avec ses confrères avait le don d'agacer Muriel, mais elle le mit, avec indulgence, sur le compte de l'anxiété.

— Et pourquoi ça ne t'arriverait pas, à toi ?

— Je suis pire qu'un agenda électronique. Je me souviens de tout, tout le temps. Comme si j'avais un disque dur gravé dans mon cerveau.

— Bon. As-tu eu d'autres symptômes ?

— Non, enfin si, quelques vertiges… Je sais, ne me regarde pas comme ça, j'aurais dû venir te voir avant. Je ne pensais pas que cela pouvait être grave.

— T'en as parlé à Benoît ?

— Je l'ai appelé tout à l'heure avant de venir, il était sur messagerie. Il est hyper-occupé en ce moment, avec le comité du Nobel.

Cyrille se pinça l'arête du nez. *Et merde ! Je fais vraiment un Alzheimer précoce ou alors j'ai une tumeur.*

— Mais non, tu n'as probablement pas d'Alzheimer. Tu sais bien que pour Alzheimer, c'est l'entourage qui se plaint des pertes de mémoire, jamais le sujet lui-même.

— Je n'ai rien dit !

— Oui, mais tu y penses, et c'est bien normal.

Les clichés s'affichèrent, pixel par pixel. Cyrille, le cœur au bord des lèvres, vit apparaître l'intimité de son propre cerveau.

Ses sillons, ses creux, ses bosses, ses zones actives et au repos. Ses hémisphères, droit et gauche. Toute son intelligence, ses connaissances se trouvaient contenues dans « ça ». Mille deux cents centimètres cubes de matière épaisse qui renfermaient aussi toutes ses difficultés, ses angoisses, sa peur d'être la dernière, de manquer d'argent, son besoin viscéral de reconnaissance, de gagner, de guérir les autres, et celui de ne jamais perdre le contrôle. Dans ses noyaux grumeleux étaient inscrits ses souvenirs, ses sentiments, ses proches, son père, sa mère, Benoît qu'elle aimait appeler le Grand Homme, son vieux chat Astor… sa musique… Tout, là-dedans, si fragile, si malléable, qu'un simple accroc, une lésion, pouvait diluer ou effacer à tout jamais. Elle ressentit un violent sentiment de mise à nu et de fragilité. Muriel fit défiler les coupes successives. Toutes deux observèrent les images. Un lourd silence s'installa.

* * *

Une heure plus tard, Cyrille faisait un détour par chez elle. Elle se débarrassa de ses chaussures dans l'entrée de leur vaste appartement du VIIe arrondissement de Paris. Pieds nus sur la moquette anthracite duveteuse, elle traversa le grand salon et pénétra dans le bureau-bibliothèque où elle aimait souvent s'isoler pour travailler. Elle fit grincer les deux portes de la vieille armoire à clé, legs de sa grand-mère, qui servait de rangement pour ses dossiers. Une vague odeur de naphtaline qu'elle n'avait jamais réussi à faire disparaître lui vint aux narines. Tout en bas du meuble, une grosse boîte en simili cuir rouge. Elle s'accroupit et l'ouvrit, le cœur lourd. Elle s'essuya les yeux et se saisit de l'instrument.

Quelques instants plus tard, elle effleurait les touches, le bandonéon serré contre son cœur. Les premières notes d'*Adiós Nonino*, d'Astor Piazzola, se dilatèrent dans l'atmosphère. Elle joua le tango, lentement au début, pour se chauffer les doigts, puis, petit à petit, elle accéléra. Elle avait besoin de faire sourdre l'angoisse, de la purger. La paix pour elle, la seule vraie jouissance, égoïste, résidait là, dans ses soufflets, dans la plainte de l'instrument qui lui griffait le cœur de ses accents déchirants. Le bandonéon de son père entre ses bras, elle joua. Comme à chaque fois, les notes firent vibrer son corps. Elle s'abandonna. Elle soupira en étirant les soufflets, le cœur battant enfin son propre rythme. Le tango, son jeu d'approche, d'allers, de retours, de désir sans cesse repoussé, la violence du jeu de séduction, le jeu de l'amour, de la mort. Le bandonéon faisait pleurer sa mémoire et l'ancrait à la terre.

Elle avait acquis les bases de l'instrument en un trimestre et était devenue virtuose en quelques années, quasiment en secret. Elle enchaîna les trilles et les appoggiatures, ses doigts couraient de plus en plus vite, d'une touche à l'autre, traçant des signes magiques dans la lumière. Et soudain, la magie opéra. Elle fut seule au monde, le cœur gonflé de joie, envoyant en enfer les questions sans réponse. La musique violente, sensuelle, passionnée, mélancolique la prit aux tripes. Astor, son vieux chat noir, couché sur le bureau, pattes repliées sous le ventre, se mit à ronronner, les yeux mi-clos, les oreilles emplies de la tristesse de son célèbre homonyme argentin. Cyrille attaqua le dernier couplet, l'ultime vague de notes monta puis redescendit et vint mourir sous ses doigts. Elle releva la tête, les joues baignées de larmes. Elle se sentait mieux. Elle allait s'en sortir.

-4-

Ses talons claquèrent sur le parquet de l'accueil du Centre Dulac. C'était sa plus grande réussite, son centre de soins. Très modeste, encore. Quatre médecins seulement, pas tous à plein temps, et une capacité de trois chambres uniquement pouvant accueillir des patients pour une nuit. Cyrille avait beaucoup hésité sur le nom à lui donner. Au terme d'un brain-storming infructueux, elle avait fini par opter pour la simplicité. Le Centre Dulac, du nom de la petite rue du XVe arrondissement de Paris où il était implanté. Elle l'avait inauguré, cinq ans auparavant, grâce aux financements de deux laboratoires pharmaceutiques américains jumelés. Ils lui avaient racheté le brevet du Méséatrol et de surcroît concédé la location à bas coût de deux cent cinquante mètres carrés de locaux dans ce petit immeuble récent, répartis sur un rez-de-chaussée et un premier étage reliés par un large escalier de bois en colimaçon. Son but à terme : rassembler en un même endroit toutes les nouvelles techniques physiques, psychologiques et chimiques nécessaires pour apporter un mieux-être à ses patients.

16 h 30 s'affichait sur l'horloge numérique du petit hall d'entrée où la standardiste souhaitait la bienvenue à deux patients. Cyrille les salua et traversa le couloir aux murs bleu clair, égayés de tableaux abstraits. Au rez-de-chaussée venaient en consultation les cas les plus légers, les victimes des petits malheurs quotidiens, le stress, que l'on soigne par des séances de yoga, de relaxation, de méditation, de psychothérapies brèves et collectives, de musicothérapie, d'hypnose. Une musique douce s'échappait de la salle du fond. Elle y passa une tête. Maïa, la professeure de yoga, donnait son premier cours à des seniors qui, pour le moment, se tenaient cul par-dessus tête sur des tapis de gym. Les deux femmes se firent un petit signe. Cyrille Blake n'était opposée à aucune thérapie par principe. Sa seule priorité était que le patient ressorte du centre plus heureux, mieux dans sa vie, que lorsqu'il y était entré.

Elle grimpa lestement au premier étage. Cet après-midi aurait dû être routinier : réflexion sur ses patients du jour, préparation de la réunion pour le budget, de l'organisation de la conférence du philosophe André Lecomte après-demain et de sa tenue pour le dîner d'anniversaire de Benoît, ce soir. Mais Cyrille était tenaillée par la peur et la déception. Les images cérébrales n'avaient rien décelé, pas la moindre lésion, pas le moindre petit caillot ou dysfonctionnement. Rien qui puisse expliquer le *black-out* de son cerveau. Elle s'était imaginé que l'IRM allait tout résoudre. Au lieu de quoi, l'examen n'avait fait qu'augmenter son trouble, soulever de nouvelles questions. Et son époux n'avait pas encore répondu à ses messages.

Le spectre de la maladie d'Alzheimer la hantait. La pathologie ne se détectait pas par l'imagerie cérébrale. Seule une autopsie du cerveau postmortem pouvait confirmer le mal. Du vivant du patient, le diagnostic ne pouvait être établi que par un tableau de symptômes cliniques. Il y avait dix stades dans l'évolution de la maladie. Il était tout à fait possible qu'elle en soit à un stade précoce non encore décelable.

Ce sentiment d'échec la minait. Sa mémoire la trahissait. Elle pensa à sa grand-mère, une jolie petite vieille, tulliste depuis ses quatorze ans, qu'elle n'avait pas connue longtemps. Elle se souvenait seulement qu'elle était drôle, parce qu'elle avait perdu la raison et racontait des histoires sans queue ni tête. Des légendes bien construites mais déconnectées du réel. *Et si je devenais comme elle ?*

Elle monta au premier, dépassa le laboratoire du sommeil où deux patients à la fois pouvaient faire enregistrer leurs paramètres nocturnes, une salle de détente et son propre bureau. Cyrille remarqua que MJ n'était pas là. Elle se fit un café et croqua un sablé. Un sentiment de déprime la gagna. Et soudain, elle se revit gamine. Ses nattes blondes, ses jupes en velours et ses pulls en lycra bleu. Sa petite ville natale, à Caudry, dans le Nord, au sein de sa famille où tout le monde travaillait dans l'usine textile. Elle n'avait pas été élevée dans le luxe et s'était toujours juré de sortir de son trou et de voir le monde. Elle avait réussi.

À la mort de sa mère, à l'âge de dix ans, elle s'était retrouvée seule avec son père, dans ce coron de la rue des Martyrs, silencieux et sinistre. Son père avait alors envoyé sa « petite Lily » faire ses études secondaires dans un pensionnat d'Amiens. Cette période lui laissait de mauvais souvenirs. La fillette blonde, malingre et timide, handicapée par tous les stigmates de la bonne élève, avait été très chahutée par ses camarades, mais cela lui avait enfin permis de prendre le large.

Le bac en poche avec les félicitations du jury, elle était montée dans le train pour Paris et avait décroché haut la main le concours de la Faculté de médecine de la rue des Saints-Pères. *Ne pas revenir en arrière, ne pas s'enterrer, aller de l'avant*. Hyperdouée en mathématiques et en sciences, dotée d'une excellente mémoire, elle avait franchi comme une comète ses années d'études puis, au moment de choisir sa spécialité médicale, elle s'était orientée vers la « psychiatrie », filière réputée comme la plus difficile.

Cyrille se massa le cou, perdue dans ses souvenirs.

L'enfer de l'internat n'était pas une légende. Elle y avait souffert pendant deux ans. Le service B de Sainte-Félicité. Un dédale de petites chambres obscures, avec des barreaux aux fenêtres, où tous les exclus de la société venaient dépérir. La plupart étaient miséreux et démunis, leur état allant de la simple détresse à la psychopathologie lourde.

Elle pensait pouvoir prendre soin d'eux, les écouter, les aider à se relever. Au bout de dix jours, elle avait compris. Les patients étaient tellement abrutis de médicaments par le personnel exténué qu'il était quasi impossible d'entrer en interaction avec eux. La politique du professeur Manien était simple : assommer les malades de neuroleptiques pour avoir la paix, puis les transférer. Les schizophrènes, les personnalités multiples, les psychotiques dangereux, les grands pervers… Elle n'avait rien pu faire.

Et c'était de cet enfer-là que ressurgissait Julien Daumas ? Cyrille frissonna.

Ni ses gestes, ni ses attitudes, ni ses inflexions de voix n'avaient résonné en elle comme quelque chose de connu. Elle avait beau se triturer les méninges, passer mentalement en revue la quinzaine de chambres, les séances de thérapies, même les électrochocs ou la salle d'isolement, rien ne venait. Elle coupa deux carrés de chocolat et réessaya d'appeler Benoît. Encore la messagerie. Elle laissa un troisième message, en évitant de trop l'alarmer.

Elle but son café à petites gorgées. Depuis cinq ans, Cyrille tentait de rendre ses patients plus heureux. Elle adhérait totalement à cette école de pensée américaine qui estimait que le bonheur était un état cérébral comme un autre, qui pouvait se provoquer. Et surtout, elle était sûre que l'on ne naissait pas égaux par rapport à cette capacité neuronale à être heureux. Certains avaient une prédisposition, d'autres non. Son devoir, pensait-elle, était de rééquilibrer les choses chez ceux qui n'avaient pas tiré le meilleur jeu.

C'était son seul et unique objectif.

Il ne fallait pas qu'elle le perde de vue, quoi qu'il advienne.

* * *

L'après-midi, les patients défilèrent, sans incident particulier. Entre chaque séance, Cyrille revint à son problème, notant sur un bloc-notes ce dont elle se souvenait de son passage à Sainte-Félicité, essayant de dresser une liste des cas qu'elle avait traités. Ça n'avançait pas vite. Les faits remontaient à dix ans et, par le jeu des gardes et des roulements, elle n'avait vu certains patients que quelques fois à peine. La feuille était à moitié vide. Il aurait fallu pouvoir consulter tous les dossiers de l'époque. Mais elle n'était plus la bienvenue là-bas.

La dernière patiente de la journée prit place en face d'elle. « Rupture sentimentale, avec antécédent suicidaire » avait transcrit MJ sur son dossier. Isabella DeLuza était désespérée. Mère au foyer, quatre enfants élevés, la cinquantaine confortable, un visage agréable, elle vivait à Maisons-Laffitte dans une « maison-magnifique-qu'on-a-fait-construire-à-trois-étages-en-bordure-du-parc ».

Isabella avait, d'après ses dires, « vingt kilos en trop » et « un mari infidèle ». Cyrille nota que la femme faisait un lien direct entre ces deux éléments. Son esprit avait du mal à se concentrer sur le monologue de la femme. Elle s'en rendit compte et se força à écouter. La patiente se tordait les mains et les larmes étaient prêtes à couler.

Sur ce fauteuil, beaucoup de femmes étaient déjà venues pleurer l'adultère de leur mari. Et pour la majorité, elles étaient littéralement anéanties, comme si elles venaient de recevoir un coup de massue qu'elles n'attendaient pas. Cyrille se demandait à chaque fois comment elles avaient fait pour ne pas l'anticiper. L'éloignement de leur conjoint, leur désintérêt progressif. Mme DeLuza réprima un sanglot.

— Excusez-moi, docteur... c'est que j'ai été sa femme pendant trente ans, vous vous rendez compte ?

Sa voix s'étrangla. Cyrille poussa doucement vers elle une boîte de mouchoirs en papier et l'encouragea d'un regard.

— Je vous en prie, poursuivez.

— Depuis un an, il me menait une vie infernale, toujours à me reprendre sur tout, fais ci, fais ça, il me parlait de plus en plus mal, même en public. Alors que c'est LUI qui se conduisait comme un rustre derrière mon dos !

Les yeux de la patiente s'emplirent de rage. Par ricochet, Cyrille pensa à Benoît et à son ex-femme, au désespoir de cette dernière lorsqu'elle avait découvert que le professeur de neurobiologie couchait avec une de ses internes, Cyrille en l'occurrence.

Comme si son i-Phone avait deviné ses pensées, il se mit à vibrer. Cyrille aurait dû l'éteindre, comme d'habitude lorsqu'elle était en séance. Un message de Benoît s'afficha sur l'écran de veille. Cyrille hésita, puis finalement s'excusa auprès de sa patiente, saisit son téléphone et lut le texto.

« Ai ue tes messages mon coeur. Suis en réunion jusqu'à 20 heures ? Impossible ed t'appeler. Que se passe-t-li ? »

Cyrille se racla la gorge.

— Veuillez m'excuser, il faut que je réponde à mon mari, j'en ai pour deux secondes.

Elle tapa sur l'écran tactile :

« Pas de pb. On se retrouve au resto. Baisers. »

Cyrille s'excusa encore et éteignit son mobile pour reprendre le cours de l'entretien. Au bout d'une demi-heure d'échange, elle mit ses deux mains en coupole devant sa bouche.

Le cas d'Isabella était parfait pour commencer son essai sur le Mésératrol chez des patients souffrant de chagrins modérés.

— Je peux vous proposer une stratégie thérapeutique pour atténuer votre douleur, madame, et puis quelques entretiens pour mieux gérer la situation.

Mme DeLuza porta une main à son cou comme si elle manquait d'air.

— Docteur, vous pensez… qu'il ne reviendra pas ?

Cyrille Blake s'adossa à son fauteuil et croisa les bras.

— Je ne peux pas répondre à une telle question. Je veux simplement vous aider à traverser cette épreuve le moins durement possible.

Oui, Isabella DeLuza était très exactement le genre de personne, saine et volontaire, qu'elle recherchait pour son étude sur le Mésératrol. Sa patiente pourrait largement bénéficier de leur nouveau programme. Elle posa les coudes sur son bureau et se pencha vers elle.

— Peut-être reviendra-t-il. Nous n'en savons rien. Le meilleur moyen de réagir est de vous sortir au plus vite de cet état de tristesse, de relever la tête. Nous commençons une étude sur un nouveau médicament qui permet de ne plus autant souffrir psychologiquement après un événement comme celui que vous traversez. Pourquoi ne pas essayer ?

— Je ne veux pas d'antidépresseur, docteur ! Ça rend dépendant et l'on n'est plus soi-même.

— Ce n'est pas un antidépresseur, madame. Il ne présente aucun risque d'accoutumance.

Isabelle DeLuza renifla et tira un mouchoir en papier de la boîte pour se tamponner les yeux et le nez.

— Pourquoi pas… Si vous dites que j'arrêterai de souffrir, pourquoi pas ?

-5-

20 h 30

Benoît Blake, en smoking coupé sur mesure, leva sa coupe de champagne. Les douze convives attablés dans le petit salon feutré du restaurant La Pérouse firent silence.

— Mes chers amis, merci à tous d'être venus pour honorer de votre présence ce dîner tellement important pour moi. Merci à ma tendre et belle épouse de m'avoir préparé cette surprise, même si d'ordinaire, à mon âge, les anniversaires ne se fêtent plus.

Tout le monde rit et Benoît se tourna vers Cyrille, resplendissante dans une robe noire qui dégageait ses épaules.

Boucles d'oreilles en diamant assorties à son pendentif et cheveux lissés.

— J'ai été conçu à une date que je tairai ce soir, par décence pour ma si jeune femme qui risque de s'apercevoir que les années ne sont pas un fossé entre nous mais un abîme *(rires)*. J'ai été conçu, disais-je, sur le pont d'un navire de croisière de luxe, d'après les dires de mon père. De ce mystère, je ne sais rien d'autre que l'aveu de mon géniteur, claironné à la fin d'un dîner trop alcoolisé *(rires)*. De cette histoire, il m'est resté une tare que j'avoue bien volontiers ce soir. Il m'est impossible, encore aujourd'hui, de fouler le teck d'un yacht de luxe sans éprouver un curieux sentiment de profanation *(rires)* ! Voilà pourquoi, de même que le propre de l'homme est de faire des histoires, la vie – toute la vie – est une fable… n'est-ce pas ?

Applaudissements nourris. Cyrille admira Benoît, comme à chaque fois qu'il s'exprimait en public, son aisance, son éloquence… Le Grand Homme était en pleine forme, avec sa nouvelle coupe de cheveux et ses quelques kilos en moins. Il vieillissait, certes, mais ses traits et sa silhouette de lutteur étaient toujours aussi vigoureux et il conservait cette acuité intellectuelle qui l'avait séduite lorsqu'elle était son élève… Dès le congrès de Bangkok passé et le Nobel attribué, qu'il l'ait ou pas, elle emmènerait son mari sur une plage, dans un atoll magique, sans téléphone ni Internet. Cyrille vida la moitié de sa coupe de champagne. Quelle tragédie ! Elle avait vingt-cinq ans de moins que son époux et c'est elle qui perdait la boule.

Dans deux semaines, l'Institut Karolinska de Stockholm attribuerait peut-être à son mari le prix Nobel de médecine pour ses recherches sur les circuits neuronaux de la douleur. Les délibérations de Stockholm devaient compter parmi les secrets les mieux gardés au monde, il n'y avait pratiquement jamais de fuites. Il était impossible de savoir avec certitude qui recevrait le prix dans les semaines à venir. Mais certains indices laissaient peu de place au doute. L'Institut Karolinska avait organisé en septembre un symposium de biologie où avaient été conviées quelques personnalités choisies, dont Benoît Blake et son rival Tardieu. Tous savaient que cette réunion était l'antichambre de l'élection et que leur présentation avait valeur de grand oral pour les départager.

Cyrille s'imagina recevant le fameux coup de fil de Stockholm un prochain matin et un petit papillon d'excitation battit des ailes dans son estomac. Benoît Blake avait excellé dans ses travaux sur l'effet des chocs psychiques sur les circuits neuronaux. Entre autres résultats remarquables, le neurophysiologiste avait découvert le Mésératrol, nouvelle classe de molécules. Au départ, il l'avait utilisé pour soulager l'hypertension, mais les médecins s'étaient vite aperçus que le traitement avait un effet secondaire inattendu. Les patients qui avaient subi des chocs psychologiques témoignaient d'un mieux-être, d'un meilleur sommeil et d'une diminution de leur angoisse. Benoît avait immédiatement enfourché le cheval au galop.

Dans les années 1990, lors d'une première vague de tests sur les souris, il avait démontré que le Mésératrol calmait des animaux traumatisés par des traitements douloureux. Quelques années de recherches plus tard, et des dizaines de cobayes humains après, Blake avait établi formellement que cette molécule avait la capacité de supprimer le composant psychique douloureux des événements traumatiques. Cyrille, qui l'avait secondé, était passée de la recherche à la clinique, en utilisant quotidiennement ce traitement révolutionnaire.

Elle regarda son mari et sourit, fière de lui. Elle songea que si elle ne l'avait pas épousé, elle n'aurait probablement jamais accompli tout ce qu'elle avait réussi depuis. Elle finit sa coupe de champagne et lut le menu qu'elle avait commandé. Tatin au boudin noir, potage de cresson et crème de potiron, selle d'agneau aux pommes caramélisées… Elle n'avait fait que grignoter depuis le petit déjeuner, son ventre criait famine. Un serveur en livrée lui proposa un grand bordeaux, elle accepta et se délecta.

Elle se souvenait parfaitement du discours d'investiture de Benoît à la chaire du Collège de France. Elle s'était sentie à la fois pleine d'orgueil et d'appréhension. « Tu es contente de moi ? » avait demandé son époux avec un demi-sourire. Elle avait répondu franchement : « Je ne vais plus vivre que dans ton ombre maintenant. – Mais non, tu vas bosser dur », lui avait-il rétorqué, taquin. *Comme une acharnée, oui*. Et c'est ce qu'elle avait fait. Travailler jour et nuit pour ne pas se laisser distancer. Si elle voulait sortir de l'ombre du Grand Homme, il fallait qu'elle se fasse un nom.

Quand elle avait claqué la porte de Sainte-Félicité en 2000, elle avait voulu abandonner la médecine. Benoît, son époux depuis un an, l'en avait dissuadée. Nommé juste à ce moment-là professeur à l'université de Berkeley pour une année scolaire, il l'avait entraînée dans son sillage. Cyrille y avait fait la rencontre de jeunes neuroscientifiques qui se passionnaient pour un sujet, réservé en France aux philosophes : la recherche du bonheur. La jeune docteur avait été conquise d'emblée par leur travail, en accord avec ce qu'elle voulait faire. Enfin, des gens regardaient dans la même direction qu'elle, ne considérant pas les traitements lourds comme seul remède au mal-être psychique, ouverts aux autres formes de soins.

Le sens commercial de Benoît Blake avait fait le reste. Il avait senti le potentiel du domaine. Il ne s'était pas trompé. Les États-Unis comptaient aujourd'hui plusieurs *happiness center* polydisciplinaires qui proposaient de prendre soin de l'individu dans sa globalité pour l'aider à accroître son bien-être. Concevoir et diriger un tel centre était une voie d'avenir en France. Il manquait des financements. Benoît n'avait eu aucun mal à démarcher des laboratoires américains pour vendre le brevet du Mésératrol et avait signé avec le plus offrant.

* * *

Les bougies des chandeliers en argent étaient aux trois quarts consumées. Les visages des invités s'allongeaient. Ils s'attardèrent encore un moment après le café et les mignardises. La cuvée avait été excellente et l'invité d'honneur particulièrement en verve. Benoît n'avait cessé d'être plein d'esprit et de repartie. Les convives finirent par s'extraire de la douce chaleur ouatée du salon privé, reprirent leurs manteaux et plongèrent dans la nuit froide.

Après avoir remercié et salué chaque convive, les Blake regagnèrent la voiture de Benoît, garée par miracle dans une petite rue attenante au quai des Grands-Augustins. Benoît prit le volant et mit tout de suite le chauffage, voyant sa femme claquer des dents.

— Quelle belle soirée, ma chérie. Comment te remercier ?

Ils longèrent les quais, dans l'Audi A6 gris métallisé qui sentait le neuf, et bifurquèrent dans la rue des Saint-Pères puis rue de Sèvres.

— Ça tombe vraiment mal que tu aies ta garde ce soir… dit Benoît doucement.

Cyrille fit glisser ses boucles d'oreilles dans son sac à main et troqua ses hauts talons contre une paire de mocassins qu'elle avait laissée sous le siège passager.

— Oui, je sais, je suis désolée. Mais le médecin qui devait l'assurer ce soir est malade.

— Tu m'as laissé pas mal de messages aujourd'hui. Qu'est-ce que tu voulais me dire ?

Ils tournèrent à gauche boulevard Raspail, puis rue de Rennes à droite. Le trafic était fluide. C'est en attaquant le boulevard Vaugirard que Cyrille trouva le courage de parler.

— Il m'est arrivé une drôle de chose ce matin, commença-t-elle avant de lui narrer en quelques mots la rencontre avec ce patient qu'elle croyait avoir oublié.

Benoît évita de justesse une bordure, la jante de l'Audi frotta sur le trottoir. Il jura à voix haute.

— Tu crois que les médecins se souviennent de tous leurs cas ?

— C'est ce que m'a dit Muriel, aussi. Mais c'est tout de même étrange, non ?

— L'IRM n'a rien montré ?

— Non.

— Il n'y a pas de quoi s'affoler alors, je t'assure.

Il s'engagea dans le boulevard Pasteur et prit la rue Falguière. Cyrille observa son profil, soudain renfrogné. Quelques minutes plus tard, la voiture stoppa devant l'immeuble de la rue Dulac.

— Écoute, « oublie » cette histoire, si je puis dire, fit Benoît, légèrement taquin.

Il réfléchit un instant.

— Et si ce patient te paraît trop dur à gérer, passe la main. C'était le contrat, tu te souviens. Tu ne traites que de la psychopathologie légère. Pour le reste, tu en réfères à l'hôpital.

Cyrille hocha la tête. Si son époux, assez bileux de nature, ne s'affolait pas, c'était qu'il n'y avait pas de quoi s'en faire. Elle soupira, soulagée, et rassembla ses affaires.

— Dommage qu'on n'ait pas pu se parler avant, ça m'aurait évité de m'angoisser toute la journée.

Benoît lui caressa la joue.

— N'y va pas.

— Je ne peux pas, répliqua doucement Cyrille.

— Pourquoi ?

— Quelqu'un m'a dit un jour, un professeur brillant je crois, que rien n'est plus important que le mal qu'on se donne pour accomplir son œuvre…

Benoît lui lança un regard enjôleur. La rosette de la Légion d'honneur épinglée à sa veste luisait dans la nuit.

— Mais ce professeur te dit aujourd'hui qu'il en a assez de ne pas voir sa femme un jour sur deux.

— Un sur cinq !

— Et qu'il aimerait profiter un peu d'elle dans les quelques vertes années qu'il lui reste.

Il se pencha vers Cyrille et lui caressa les cuisses en soulevant sa robe noire. Cyrille se força à visualiser Thierry Panis, un des médecins du Centre, qui attendait la relève dans le laboratoire du sommeil depuis une demi-heure déjà. Elle répugnait à être en retard.

— Benoît, je dois y aller, je suis désolée. Ça s'est mal goupillé pour ce soir. On remet cela à demain, tu veux ?

Les mains du professeur se firent plus insistantes.

— Allez, viens, on rentre. On se fiche de ton labo.

— Benoît, s'il te plaît, je suis la patronne de ce labo, je dois assurer.

— Pour une fois ! C'est mon anniversaire !

— Oui, je sais, chéri, je suis navrée. Dans deux ans, quand j'aurai les moyens d'embaucher deux médecins de plus, je ne ferai plus de garde, promis.

Benoît soupira et l'embrassa dans le cou. Cyrille émit un petit gémissement de plaisir.

— Je t'en prie, ne me rends pas la tâche plus dure encore…

Ils s'embrassèrent longuement, puis Cyrille se résolut à sortir de la voiture. Son mari sembla alors se souvenir de quelque chose. Il fouilla dans la poche de son veston et sortit une clé USB.

— Tu peux faire ça pour moi ce soir ? demanda-t-il d'un ton charmeur.

— Peut-être qu'entre 3 et 4 heures du mat', j'aurai un petit créneau pour toi, répondit-elle avec un clin d'œil.

Elle attrapa la clé USB et lui envoya un baiser.

* * *

Thierry Panis ronflait, bouche ouverte, dans le fauteuil de relaxation de la salle de surveillance du laboratoire du sommeil. Cette installation, même de petite envergure, était nécessaire pour l'activité du Centre. Nombre de dépressions se cachaient derrière des insomnies, des cauchemars répétitifs. Au contraire, des états dépressifs pouvaient n'être en fait que le symptôme d'une apnée du sommeil. Et seul ce genre de dispositif permettait d'en avoir le cœur net.

Deux moniteurs surveillaient les deux dormeurs de la nuit tandis que l'ordinateur de bord enregistrait leurs paramètres vitaux. Des électrodes collées sur leur cuir chevelu captaient les ondes cérébrales qui formaient leur EEG, leur électroencéphalogramme. Des capteurs de mouvements, autour des yeux et sous le menton, mesuraient la tonicité musculaire. Pas un bruit dans la salle, excepté les bips réguliers des machines. La robe de soirée de Cyrille disparut sous sa blouse blanche. Elle retourna dans le couloir des admissions, se servit un café au distributeur et en fit couler un pour son collègue. Elle toucha le bras de Thierry qui sursauta, et lui tendit un gobelet. Pas très réveillé, le médecin se redressa.

— Désolé, je me suis assoupi.

— C'est ma faute, je suis en retard.

Panis fit ses transmissions en passant d'un écran à l'autre.

— La 1 s'est endormie tout de suite et elle a fait trente minutes de mouvements des membres inférieurs. C'est donc bien un cas de « jambes sans repos ».

— Parfait.

— Quant à la 2… Tenez, regardez vous-même.

Panis tendit le doigt vers l'écran numéro 2. Cyrille s'approcha de l'écran et discerna Julien Daumas, sur le lit, torse nu et assoupi.

Il dormait, son EEG ne laissait pas place au doute.

Mais il avait les yeux grands ouverts.

Cyrille posa son café à côté de l'écran et sortit de sa blouse un bloc-notes et un stylo. Cette personne avait hanté ses pensées toute la journée. Le revoir, là, en train de dormir… C'était comme un rêve obsédant dont elle ne pouvait se dépêtrer. Elle observa le tracé des ondes cérébrales, saccadées et lentes.

— Il est en sommeil profond, fit-elle, plus pour elle-même que pour son collègue, qui enfilait déjà son blouson de motard.

C'était la phase des terreurs nocturnes et du somnambulisme. Elle nota le timing : 1 h 30 du matin.

— Et ça fait dix minutes qu'il est dans cette phase, poursuivit-elle. Il ne va pas tarder à entrer en phase de sommeil paradoxal. Allez, Julien. C'est ce que j'attends.

— J'espère pour vous qu'il va rêver.

— Moi aussi, s'il fait un cauchemar, ça devrait se déclencher maintenant.

Cyrille but son café jusqu'à la dernière goutte, l'esprit en alerte.

— Bonsoir, Cyrille.

— Bonsoir, Thierry, et encore désolée du retard.

— Y a pas de problème.

Le docteur Blake observait ses écrans, maquillée et coiffée, différente de son apparence habituelle. Panis la détailla du coin de l'œil. Plusieurs idées à caractère sexuel lui traversèrent l'esprit… Il cligna des yeux et débarrassa le plancher.

Le tracé d'EEG de Julien Daumas montait et descendait régulièrement, agité de quelques petits soubresauts anarchiques. Cyrille n'avait jamais vu quelqu'un dormir les yeux ouverts, c'était impressionnant, il faudrait qu'elle se documente là-dessus. Elle resta un moment en observation. Les deux patients dormaient bien. Elle commença à ressentir elle-même de la fatigue.

Soudain, une série de signaux l'alerta, chambre 2. Julien avait fermé les paupières, les capteurs placés sur ses tempes enregistraient des mouvements oculaires rapides. En revanche, les capteurs musculaires notaient une paralysie des membres. L'EEG s'aplatit et accéléra. Le cerveau émit des ondes thêta et alpha, typiques du sommeil du rêve. Cyrille se concentra sur l'image vidéo. Si le cauchemar survenait, c'était maintenant. Le jeune homme, couché à plat dos, le drap rejeté au loin, les bras le long du corps, afficha brusquement une activité cérébrale très intense. Ses yeux, sous les paupières closes, firent des bonds à droite et à gauche. Son pantalon de pyjama se gonfla au niveau de l'entrejambe. Pendant vingt minutes, il maintint cet état particulier. Immobile, à part le sexe et les globes oculaires, il était en train de rêver. Puis les ondes accélérèrent encore un peu et Julien ouvrit les yeux. Il changea de position, se retourna sur le côté gauche et se rendormit.

Cyrille se frotta les yeux. Elle aurait dû s'en douter. Dès qu'elle mettait à l'observation un patient cauchemardeux dans le laboratoire du sommeil, celui-ci dormait comme un bébé, tant il se sentait pris en charge et rassuré ! Elle suivit du doigt le tracé sinueux de ses courbes d'EEG. Elle aurait mieux fait de rentrer avec Benoît, finalement. Ils auraient fait l'amour, et elle aurait décompressé du stress qu'elle accumulait depuis ce matin.

Elle *plugga* la clé USB de son mari sur la façade de l'unité centrale de l'ordinateur et ouvrit le fichier qu'elle contenait. Elle fit défiler les données, fronça les sourcils. Elle remonta au début du document et reprit sa lecture. Elle commença à corriger la prose de son époux, ses doigts couraient sur le clavier. Elle émit un claquement de langue et surligna tout un passage en jaune. *Bon, il y a quand même du progrès, même si c'est lent.* Benoît avait toujours des problèmes d'écriture, depuis onze ans, depuis l'accident. Elle était la seule à relire et à corriger les démonstrations scientifiques du Grand Homme. Pour cause, mis à part le neurologue, elle était la seule à être au courant. La Megane de Blake avait fait trois tonneaux, sur une route de campagne pluvieuse, le jour de l'Ascension, après être entrée en collision avec un chauffard qui avait grillé un stop. Benoît n'avait eu aucune séquelle corporelle, un miracle. Mais lorsque le neurologue, un ami, lui avait fait passer des tests cognitifs, il avait découvert que Blake se comportait de manière absolument normale, sauf lorsqu'il s'agissait de rédiger. Il souffrait d'une forme très particulière de trouble de l'écriture appelée écriture spéculaire, due à l'atteinte du lobe temporal impliqué dans les phénomènes de perception de symétrie. Du jour au lendemain, Benoît Blake, comme quelques cas rares au monde, s'était mis à écrire… en miroir. Ses lettres et ses mots se suivaient de droite à gauche. Des années de rééducation avaient permis de regagner de l'autonomie et de parvenir, au prix de gros efforts, à écrire à peu près normalement. Mais ses textes ne pouvaient jamais passer tels quels sans une relecture approfondie pour corriger les nombreuses coquilles qui se glissaient immanquablement.

Le problème, c'était que parfois, même ses raisonnements étaient embrouillés, ce qui était beaucoup plus embêtant. Son épouse réécrivit toute une partie et papillonna des yeux.

Cyrille s'étira, soudain très lasse. Elle bâilla et se remémora les paroles de Benoît, *pas la peine de s'inquiéter, et si ce patient est trop dur, passe la main*. Il avait sûrement raison. Elle ferait le point demain. Elle ferma les yeux et, sans même s'en rendre compte, s'assoupit.

Tout à coup, elle reçut une décharge électrique dans l'échine, ses cheveux se dressèrent sur sa tête. Un hurlement.

CYRILLE !

On criait son nom.

Elle se redressa, le cœur palpitant. *Bon sang !* Les cris venaient de la chambre 2. Elle les entendait via le micro de la caméra de surveillance, mais aussi à travers le mur. Il était 5 h 43. Sur l'écran, elle vit Julien Daumas se débattre. Contre qui ? Il était tout seul. Son taux d'adrénaline monté en flèche, elle sauta sur ses pieds, prit la première à droite en sortant du laboratoire, longea le couloir. « CYRILLE ! » lui crevait les tympans et son cœur battait à tout rompre. Elle poussa la porte. Le patient se tenait la tête dans les mains, assis sur son lit, ses muscles luisants de sueur.

— Tout va bien, monsieur Daumas, je suis là.

Elle s'approcha du lit.

— Je suis là, Julien.

Le jeune homme l'attira brusquement contre lui et blottit sa tête contre son ventre. Cyrille se raidit comme un bâton de bois. Il leva les yeux sur elle, des yeux perdus, mouillés, en répétant « Ils t'ont pas eue, ils t'ont pas eue, mon amour ».

Cyrille lui saisit doucement les poignets, il résista, elle raffermit sa prise et écarta ses mains.

— Monsieur Daumas, c'est le docteur Blake. Vous avez fait un cauchemar. Il faut que vous le notiez tout de suite, avec le plus de détails possible.

Julien la regarda avec désespoir. « Mon amour », murmura-t-il. Le mot s'échoua sur ses lèvres. Comme si soudain il comprenait où il était.

— Désolé, j'ai cru que… l'autre était revenue.

— Qui ?

Julien secoua la tête.

— L'autre… l'autre toi…

Cyrille haussa un sourcil.

— Prenez le bloc et le stylo et notez tous les détails de votre cauchemar. Nous pourrons ainsi commencer à travailler sur le contenu de votre rêve dès demain.

— Quelle heure est-il ?

— 6 heures du matin. On vous sert le petit déjeuner dans une heure. Reposez-vous en attendant.

Après s'être assurée qu'il retranscrivait bien son rêve, Cyrille referma doucement la porte de la chambre 2.

Elle s'adossa au mur, tremblant de tout son corps, envahie par une peur incontrôlable, à la limite de la terreur. Julien Daumas évoquait une réalité parallèle qui ne coïncidait pas avec la sienne. Comment ça, « l'autre toi » ? Elle porta la main à son front, qui était brûlant. Son patient ne l'avait pas agressée mais cela aurait pu mal tourner. Incapable de faire un pas de plus, elle s'appuya d'une main au mur du couloir et prit une profonde inspiration. Tout se mélangeait dans sa tête. Il fallait qu'elle dorme un peu.

Des bruits de vaisselle lui parvinrent de l'intendance. L'aide-soignante du matin – ça devait être Clotilde aujourd'hui – préparait le petit déjeuner. Cyrille se dirigea vers la kitchenette. Un petit bout de femme quinquagénaire en blouse bleue était penchée au-dessus de l'évier, une éponge à la main. Elle n'entendit pas sa patronne entrer.

— Bonjour, Clotilde, lança Cyrille doucement pour ne pas l'effrayer.

Clotilde sursauta quand même.

— Oups, docteur Blake, vous m'avez fait peur !

— Est-ce que je peux vous laisser seule pendant une heure, il faut que j'aille me reposer ? Le docteur Mercier sera là à 7 heures.

— Pas de problème, madame. Allez dormir, vous avez beaucoup donné cette semaine.

— Merci beaucoup. Le patient de la 2 est assez perturbé, ne tenez pas compte de ses propos s'ils ne sont pas très cohérents.

— Ah ! là là, fit Clotilde en secouant la tête, vous cherchez toujours à rendre tout le monde heureux, mais vous, qui s'occupe de vous ? Vous voulez que je vous fasse un bon café ? Vous avez l'air épuisée.

— Vraiment, merci. Mais je crois que je vais surtout rentrer chez moi dormir un peu. Je serai là vers 14 heures. À tout à l'heure.

Cyrille se débarrassa de sa blouse dans une panière de la laverie, s'enveloppa dans son trench-coat et noua son écharpe en grosse maille autour du cou, elle grelottait. Elle sortit de la clinique pour prendre sa Mini Cooper qu'elle avait laissée garée devant. Lorsqu'elle tourna la clé de contact, le ciel avait pris une teinte mauve. Cyrille appuya son menton sur le volant et regarda les nuages défiler. Elle sentait encore les bras de Julien Daumas autour de sa taille, son odeur et son désespoir.

Quelque chose lui échappait depuis le début, mais quoi ?

-6-

7 octobre, matin

« Tout seul dans une rue déserte, il fait très noir, j'ai froid. Je veux sortir de cette rue mais je ne peux pas. J'avance, une silhouette sombre surgit. Je me retourne de l'autre côté, l'homme réapparaît, il s'approche de moi. Je ne vois pas ses yeux. Il tient un couteau court. Un couteau à coquillages. Il le brandit, je suis paralysé et il me frappe. À ce moment-là,

Cyrille est là. Elle a les cheveux très longs et noirs mais je sais que c'est elle. Le fantôme se rue sur elle. Moi je suis blessé. Et il la frappe de plusieurs coups. Et elle tombe au sol. Elle saigne... »

Julien avait interrompu sa phrase. La feuille noircie par une petite écriture fine et serrée était maintenant froissée sur le lit défait de la chambre du laboratoire. Il buvait une tasse de chocolat chaud, assis dans un fauteuil devant la fenêtre, torse nu, en bas de pyjama, les pieds appuyés sur le rebord de la vitre. Le regard sans expression, il contemplait les couleurs de l'aube qui caressaient le jardinet de la cour. Son pouls s'était calmé, sa poitrine imberbe se soulevait régulièrement au rythme de sa respiration redevenue normale. Le goût sucré du chocolat lui fit plus de bien que toutes les médecines du monde. La crise était passée. Il était temps qu'il se débarrasse de ses cauchemars, de ses visions, car ils lui pourrissaient ses nuits. Il allait travailler avec le docteur Blake pour vaincre ses démons... Elle lui avait promis.

Cyrille.

Tout ce qu'il avait aimé dans sa vie, jusqu'à aujourd'hui, il l'avait perdu. *Maman... Papi et mamie, puis Cyrille*. Il fallait la protéger, même malgré elle. Ses rêves lui disaient qu'elle courait un grand danger.

Les bambous noirs, groupés en un massif dense, se balançaient élégamment au gré du vent, leurs petites feuilles vertes vibrantes dans l'air frais. Des moineaux picoraient des graines au sol. Clic clac. Julien photographia mentalement les couleurs du matin. Ses yeux appréciaient la douceur des teintes, les contrastes des fleurs d'ibiscus fuchsia et des roses blanches, la forme étoilée des feuilles pourpres des érables japonais. Il entrouvrit la fenêtre et déposa sur le rebord quelques miettes de son croissant. Puis il attendit, patiemment, en sirotant le chocolat. Il ne sentait pas le froid. Un moineau curieux, attiré par les miettes, piqua le ciment de petits coups de bec. Julien était fasciné par l'oiseau. Les mouvements saccadés de sa tête, son ventre duveteux et dodu. Il posa sa tasse et plaça des miettes dans le creux de sa main cette fois. Doucement, il tendit sa paume. Le moineau hésita, s'en alla, revint, puis finalement sautilla jusqu'à cette nouvelle source de nourriture. Il picora la main de Julien, comme autant de petits coups d'aiguille. Julien ne broncha pas. L'oisillon se régalait. Le jeune homme l'observa intensément, comme si toute sa vie en dépendait. Puis, tout à coup, son regard vira au gris vitreux, il referma les doigts, emprisonna le petit être chaud qui se débattit en pépiant, et il serra.

-7-

Le mitigeur était bloqué sur 39 °C. Cyrille se glissa sous le jet de douche avec un gémissement de soulagement. Une fois tous les cinq jours, à son retour de garde, elle effectuait les mêmes gestes et trouvait dans ce rituel bien rodé un plaisir intact. Douche brûlante, gros petit déjeuner en peignoir moelleux, puis trois heures de sieste matinale. À 11 heures, elle enfilait des habits propres et attaquait une nouvelle journée de travail qu'elle commençait chez elle avant de retourner à la clinique à 14 heures.

Mais aujourd'hui, la chaleur de l'eau ne parvint pas à faire fondre l'angoisse qui lui tenaillait le ventre. Elle ressentait une menace sourde qui ne faisait que s'accroître d'heure en heure. Comme si une ombre se tenait derrière elle, prête à l'attaquer. Irrationnelle. Mais très réelle. Elle sortit de la salle de bains, passa dans la cuisine et avala une tartine, debout, adossée au réfrigérateur. Elle n'avait pas d'appétit. Son vieux matou, Astor, ronronnait à ses pieds, il obtint une coupelle de lait et une caresse entre les oreilles.

Il n'était qu'une boule de poils d'un mois lorsqu'elle l'avait trouvé, abandonné dans les jardins de l'École de médecine. Blotti sous un massif, maigrissime, miaulant piteusement. Il ne demandait qu'à vivre. Elle l'avait enveloppé dans un pan de son pull et l'avait ramené dans sa chambre de la Cité U. C'était durant sa deuxième année de médecine, il y avait dix-huit ans de cela. Lorsqu'elle estimait encore que son « devoir » était de sauver les âmes en détresse en devenant psychiatre. C'était l'époque où elle portait une longue queue-de-cheval blonde qui ne laissait pas insensibles ses professeurs. Surtout celui qui partageait aujourd'hui son lit.

Dix-huit ans, un âge canonique pour un chat d'appartement. Pourtant, le vieux matou coulait des jours paisibles à ses côtés sans montrer le moindre signe de faiblesse. Il ne quitta pas les mollets de sa maîtresse lorsque Cyrille longea le couloir qui menait à la chambre à coucher, ouvrit doucement la porte et se glissa dans le lit. Ses précautions étaient inutiles. Elle entendit le chuintement de la douche. Le Grand Homme était déjà levé.

Elle se coula sous la couette et essaya de relâcher ses tensions. Elle avait besoin de dormir, mais son esprit tournait en roue libre. Elle ferma les yeux pour tenter de calmer le débit de ses pensées. Lorsque Benoît déposa un baiser frais sur sa joue, elle sursauta.

— Pas trop dur la nuit ?

— Non… je m'endormais.

— Bonne journée, ma chérie.

— Bonne journée ! Et ce soir, je te prépare un petit dîner maison…

— Excellente idée, je ne rentrerai pas trop tard. À ce soir.

— Ta clé USB est sur la console de l'entrée.

— Merci.

Benoît Blake allait sortir de la pièce mais se ravisa.

— Tu sais, ma chérie, j'ai réfléchi, au sujet de ton patient oublié.

Cyrille ouvrit les paupières, soudain réveillée.

— Oui, quoi ?

— C'est forcément un affabulateur…

La jeune femme se redressa sur un coude.

— Pourquoi ?

— Tu as vu son dossier à Sainte-Fé ? Signé de ta main ?

Il vit les sourcils de sa femme se froncer.

— Non… le secrétaire de Manien a dit à Marie-Jeanne qu'il fallait que j'en fasse la demande.

— Alors, je te parie une bouteille de champagne que tu as été désignée comme référente sur le dossier, mais que ce n'est pas toi qui l'as suivi. Ça arrive tout le temps.

— Mais ce patient m'affirme que JE l'ai soigné.

— Qui te dit qu'il n'est pas en plein fantasme ? Il t'a vue à Sainte-Fé, il s'est inventé une histoire. Et toi, tu as plongé. C'est aussi simple que ça !

La tête de Cyrille retomba sur l'oreiller. Les paroles de son mari étaient frappées au coin du bon sens. Elle était désarçonnée. *Pourquoi ne me suis-je pas dit la même chose plus tôt ?* Sur quel bouton secret Julien Daumas avait-il appuyé pour qu'elle se mette à paniquer sans réfléchir ?

Astor sauta souplement sur le lit avec un bruit de tondeuse à gazon. Benoît lui caressa la tête.

— Envoie-le à l'hôpital.

— Je dois le revoir cet après-midi, je compte lui administrer son traitement sur quatre jours et je le recommanderai à un confrère.

Benoît Blake eut une moue sceptique.

— Quatre jours, pas plus ?

Cyrille ramena la couette sur son menton.

— Ne t'inquiète pas, mon cœur, je n'ai pas envie que cela dure plus longtemps.

-8-

À 14 heures, Cyrille était de retour à la clinique, requinquée, bien décidée à ne plus se laisser dépasser par ses doutes. Ses patients l'attendaient dans la salle de yoga au rez-de-chaussée, assis par terre sur de volumineux coussins, quatre hommes et trois femmes, en chaussettes.

— Bonjour ! lança-t-elle joyeusement.

— Bonjour, docteur, lui répondit-on d'une même voix.

Cyrille se débarrassa de ses ballerines dans un coin de la pièce et vint s'asseoir en tailleur en face des participants.

— La semaine dernière, nous avons travaillé la conscience de soi et du moment présent. J'espère que vous avez pratiqué nos exercices cette semaine. Aujourd'hui, je vous propose d'approfondir la… gratitude. Le poète anglais John Milton écrivait : « L'esprit réside en lui-même et à lui seul fera un Paradis de l'Enfer, un Enfer du Paradis. » Autrement dit, nos pensées déterminent notre bien-être plus que toute autre chose. Exprimer sa gratitude est la stratégie par excellence pour atteindre le bonheur. La gratitude est l'antidote des affects négatifs. Elle neutralise l'envie, l'avarice, l'hostilité, l'anxiété et l'irritation.

Cyrille frappa une fois dans ses mains. « Vous êtes prêts ? »

Cathy James, docteur en psychologie comportementale de l'université du Minnesota, lui avait inspiré ce cours. Lorsque Cyrille lui avait rendu visite l'année dernière et avait assisté à ses séances de pensée positive, elle avait été conquise. Cathy lui avait montré comment soulager les personnes stressées grâce à des exercices simples.

Par exemple, elle encourageait les gens à se poser souvent la question : « Quelle personne ou quelle suite d'événements est à l'origine de ce travail que j'aime, de ce livre ou de cette chanson que j'apprécie tant ? » Le soir, au coucher, elle les engageait à se dérouler le film de la journée pour en considérer les événements agréables, un bon repas, un coup de fil amical, une tâche menée à bien, une sensation de bien-être après une heure de sport… Ou encore à apprécier ce qui facilitait leur vie : l'eau à volonté, les fruits et les légumes en abondance, l'air, le soleil…

Ces pratiques n'allaient pas de soi pour les citadins, Cyrille l'avait constaté, car le cynisme et l'ironie étaient valorisés dans la société. Mais elle avait tout de même appliqué la méthode et observé un résultat immédiat. La difficulté était de ne pas relâcher l'effort et retomber dans ses vieux travers, le stress, l'hyperactivité, la compétition, la comparaison avec autrui, l'envie, etc.

Pour l'instant, elle avait tenu à se charger de ces séances, nouvellement intégrées dans le programme du Centre. Bientôt, Maryse Entmann prendrait la relève. Télécommande à la main, Cyrille Blake tamisa la lumière puis se cala contre un coussin.

— Installez-vous confortablement, respirez, concentrez-vous sur votre respiration.

Dix minutes passèrent, avec pour toute musique le souffle des expirations. Les patients ne dormaient pas mais étaient plongés dans une transe légère qui les rendait réceptifs à toutes les suggestions que leur faisait le médecin.

— J'aimerais que vous focalisiez votre attention sur vos pieds d'abord, et que vous les remerciez de vous porter, de vous mener là où vous le désirez. Remontez à présent le long de votre ventre et remerciez-le de vous nourrir, de bien digérer les aliments, de vous apporter de l'énergie nécessaire à votre survie…

À 15 heures, Cyrille grimpa au premier étage, détendue et pleine d'entrain. Ces séances de *training* psychologique lui faisaient autant de bien qu'à ses patients. Elle tomba sur Marie-Jeanne, assise sur son bureau, sa jupe en daim laissant entrevoir deux jolies jambes bottées de santiags. Entre elle et Julien Daumas, il n'y avait pas plus de cinquante centimètres. Le jeune homme se tenait debout devant elle, les mains enfoncées dans les poches de son jean, la couvant d'un regard intense, son T-shirt de sport laissant tout deviner de sa musculature. Marie-Jeanne riait dans un mouvement ondulant de cheveux roux, la poitrine avantageusement rebondie sous sa chemise rose ouverte. La tension sexuelle entre les deux était palpable. Cyrille serra les dents.

— Bonjour, MJ, bonjour, monsieur Daumas, dit-elle d'une voix forte.

MJ sauta sur ses pieds.

— Hum… Bonjour, Cyrille ! M. Louis, de l'association Communication non violente, a rappelé, il aimerait reporter son rendez-vous à la semaine prochaine.

— Merci, vois quand tu peux le caler, s'il te plaît.

Et à l'intention de Julien Daumas :

— Comment allez-vous ce matin ?

Le jeune homme fit un petit signe de tête.

— La nuit n'a pas été terrible…

MJ lança à sa tante un regard interrogateur. Cyrille l'ignora et précéda son patient dans son bureau, nerveuse. Sa nièce ne pouvait s'amuser à draguer les patients. Quant à Julien Daumas, il fallait qu'elle le gère au mieux dans l'immédiat, qu'elle assure ses séances et basta.

Dès que le jeune homme fut installé en face d'elle, elle lui annonça directement ses conclusions.

— Votre courbe de sommeil est normale et votre taux de mélatonine aussi. Nous avons affaire à des cauchemars sans cause identifiée.

Son ton était plus sévère que la veille, rétablissant la distance nécessaire. Julien l'observait sans rien dire. Son regard erra sur ses cheveux, puis s'attarda sur le cœur en diamant au creux de son cou. Le pouls de Cyrille s'accéléra.

— Je vous propose donc, poursuivit le docteur Blake, d'appliquer la méthode de Barry Krakow, médecin à l'université du Nouveau-Mexique que je connais bien. Cette méthode nécessite un travail intensif pendant quatre séances. Ce qui implique une séance par jour à compter d'aujourd'hui. Est-ce envisageable dans l'organisation de votre travail ?

Julien la fixait. Il humecta ses lèvres.

— Pas de problème.

— Vous êtes prêt à commencer de suite ?

— Le plus tôt sera le mieux.

— Parfait. J'ai votre compte rendu de cauchemar. Venez vous installer sur le divan, vous y serez mieux.

Julien obtempéra.

Sa tête reposait à présent sur un coussin en velours vert anglais, du même tissu que la méridienne sur laquelle il venait de s'allonger.

— Le principe de la méthode est de raconter votre cauchemar dans ses moindres détails. Le fait de l'avoir retranscrit dès votre réveil a ancré précisément le souvenir en vous, c'est un bon début. Je vous écoute, quand vous voulez.

Julien Daumas inspira et expira plusieurs fois avant de se lancer :

— Oui… je… voilà… ça commence toujours pareil, je suis dans une rue sombre.

— Une rue ou une impasse ? questionna Cyrille d'une voix monocorde.

Le but de l'exercice n'était pas de ranimer l'angoisse plus que nécessaire, mais de trouver une porte de sortie au mauvais rêve.

— Une rue. Il y a deux issues. Je suis au milieu.

— Vous êtes dans quel état d'esprit ?

— J'ai peur.

— De quoi ?

— Je suis poursuivi. Je veux m'enfuir à droite, mais un homme surgit.

— Comment est-il vêtu ?

— Tout en noir, avec une cagoule. Il n'a pas vraiment de visage et ses yeux sont… vides.

— Mmm…

— Alors, je me retourne et je veux m'enfuir vers la gauche, mais il resurgit. Et là, ça va très vite, il fonce sur moi et…

— Et ?

— Il a un couteau, un couteau à coquillage, au manche rond, et il me frappe.

— Vous ne vous défendez pas ?

— J'ai les pieds collés au sol, mes muscles sont tétanisés. Et puis l'homme se retourne et te frappe…

— Moi ?

— Oui, toi…

Cyrille se raidit sur son fauteuil. Le patient la tutoyait. C'était la première fois que cela lui arrivait.

— Vous me tutoyez, monsieur Daumas.

— On se tutoyait, à Sainte-Félicité.

Le docteur Blake prit une profonde inspiration et se cala contre le dossier de la chaise damassée.

— Vouvoyons-nous plutôt.

Julien marqua une pause puis reprit le cours de son récit :

— Dans mon rêve, vous avez les cheveux longs et blonds. Pas exactement le même visage non plus, mais je sais que c'est vous.

— Est-ce réellement moi ou quelqu'un qui me ressemble ?

— C'est vous, telle que je vous ai connue, à l'hôpital.

— Celle qui vous a soigné.

Le docteur Blake laissa sa phrase en suspens un moment puis s'éclaircit la gorge.

— Vous allez à présent revivre cette scène en silence, en vous concentrant, en sachant que vous êtes en sécurité dans cette pièce.

Julien ferma les yeux, et visualisa de nouveau le film de sa nuit. Moins effrayant en plein jour. Il battit des paupières.

— Voilà.

Cyrille l'encouragea :

— C'est bien. Maintenant, je vais vous demander de vous repasser à nouveau la scène mais en réfléchissant à un détail que vous pourriez changer. La couleur d'un mur, la taille de la rue… c'est à vous de décider.

Le jeune homme fronça les sourcils.

— Je… je ne sais pas.

— Trouvez un moyen de vous échapper.

— Je ne peux pas, l'homme en noir est toujours là.

Cyrille croisa les mains sur ses genoux.

— Et si, par exemple, il y avait une porte dans cette rue, une porte pour vous évader qui apparaissait.

— Où ?

— Construisez-la où vous le voulez.

— Elle peut être juste derrière moi.

— Comment est-elle, cette porte ?

— Une porte coupe-feu avec une sécurité incendie.

— Vous pouvez l'ouvrir, n'est-ce pas ?

— Oui, il faut appuyer sur la barre centrale.

— Ouvrez-la, qu'y a-t-il derrière ?

— Je ne sais pas.

— Imaginez.

— Une rue animée, comme un jour de marché.

— Parfait. Ouvrez la porte complètement et sortez. Faites plusieurs fois le mouvement.

Cette fois-ci, le jeune homme garda les yeux ouverts et força son esprit à changer le cours du récit onirique. Il ouvrit la porte, et se retrouva dehors, dans la ville, libre.

— D'accord… Voilà… j'ouvre et je sors. Et maintenant ?

— Nous devons refaire cet exercice trois jours de suite et vous devez le réitérer chez vous. Cette imagerie mentale, à force de répétition, va s'ancrer dans votre mémoire. Pour qu'ensuite, votre cerveau se souvienne de cette histoire-là, et non de l'autre, qui finit mal.

— Ça marche ?

— Oui, très bien. À la condition que nous fassions une séance par jour.

— Mais ne faut-il pas que j'interprète mon rêve ?

— Non.

— Je pensais que c'était en le décodant qu'on arrivait à le faire disparaître.

— En réalité, le décoder ne le fera pas disparaître. En revanche, cette méthode, c'est prouvé, diminue les cauchemars traumatisants.

Julien se redressa. Et pour la première fois, sourit.

— Merci, je me sens déjà mieux, je suis sûr que cela va marcher. Cette clinique est un bel endroit.

— Oui, je trouve aussi.

— Puis-je… puis-je… te… vous… demander un service ?

Julien fouilla dans la poche arrière de son jean tandis que Cyrille attendait nerveusement. Il tendit au médecin une grande clé plate.

— C'est un double de la clé de chez moi, dit-il en fixant le médecin d'un regard appuyé. J'aimerais que vous la gardiez. Ça me rassure de savoir que vous l'avez.

Cyrille ne broncha pas, elle garda la clé dans sa main et l'observa, circonspecte. Jamais on ne lui avait fait une telle demande.

— Que craignez-vous ?

— Je vous fais confiance. Si j'ai un problème, vous m'aiderez.

— Quel problème ?

— Je ne sais pas… un problème.

Cyrille cilla plusieurs fois. Elle aurait aimé pouvoir en parler à un confrère.

— Vous ne voudriez pas plutôt la confier à un de vos proches ?

— Non, il n'y a qu'avec vous que je suis en sécurité.

Le docteur Blake, décontenancée, resta un instant avec la clé dans la main, indécise. Puis elle se leva et la posa en évidence sur son sous-main.

— Nous allons la laisser là. Dès que vous vous sentirez rassuré, vous la reprendrez, d'accord ?

— Ça me va.

Cyrille le raccompagna, déstabilisée.

* * *

Après avoir conduit le jeune homme vers la sortie, Cyrille fit un arrêt devant le bureau de son assistante qui tapait des e-mails. Elle la tacla sèchement.

— Oublie-le, celui-là, s'il te plaît. Merci.

MJ leva deux yeux innocents sur sa tante.

— Je plaide non coupable, c'est lui qui est venu me brancher !

— Peu importe. On ne fricote pas avec la clientèle. C'est compris ?

Cyrille regagna son cabinet de consultation et se glissa derrière sa table de travail. Hormis cette histoire dérangeante de clé, elle se sentait mieux, elle avait repris le dessus. Ce patient affabulait. Ça lui semblait si évident qu'elle se fustigea d'avoir perdu une journée entière à douter d'elle-même. Un bruit inhabituel lui fit soudain dresser l'oreille. Il était aigu et venait de la cour. Elle ouvrit la fenêtre. Le dos de Clotilde était courbé au pied du massif de bambous, elle tenait un sac-poubelle à la main. Elle gémissait.

— Clotilde ! héla Cyrille du premier étage. Quelque chose ne va pas ?

L'aide-soignante leva la tête, le visage tout froissé.

— C'est horrible, madame, c'est horrible.

— Quoi ? Qu'est-ce qui est horrible ?

Clotilde secouait la tête en montrant quelque chose dans le sac-poubelle.

— Je ne vois rien, cria Cyrille, c'est quoi ?

— C'est horrible.

Il fallut une minute à Cyrille pour atteindre le rez-de-chaussée et sortir dans le patio, deux rides verticales entre les sourcils.

— Quoi, Clotilde, quoi ? demanda-t-elle, dès qu'elle fut à portée dc voix.

— Ça, madame.

Au fond du sac, un petit tas de plumes.

— C'est un oiseau mort, fit Cyrille.

L'aide-soignante enveloppa sa main dans le sac pour prendre l'oiseau qu'elle ne voulait pas toucher et le montra au docteur. Cyrille secoua la tête.

— Je ne comprends toujours pas.

Clotilde tourna le moineau de façon à ce qu'on puisse voir sa tête.

— Les yeux !

— Les yeux ?

— Il n’a plus d’yeux.

Crevés.

Deux incisions pratiquées dans les orbites.

— Qui a fait ça, docteur ?

— Je ne sais pas, Clotilde, répondit Cyrille d’une voix blanche. Tout va bien.

Mais elle leva la tête et un long frisson lui parcourut le long de la moelle épinière. L’oiseau était tombé à l’aplomb de la chambre qu’occupait Julien Daumas la nuit dernière.

-9-

Les jardins du Champ-de-Mars étaient humides et déserts. Cyrille acheva sa journée par un jogging, cinq kilomètres pendant lesquels elle évacua toutes ses préoccupations professionnelles, ses cas cliniques, son planning chargé, la conférence du philosophe Lecomte le lendemain. Arrivée sur la pelouse centrale, elle fit demi-tour, les joues en feu. Les deux mois d’absence à ses cours de cardiotraining se faisaient sentir. Elle rentra chez elle, en marchant rapidement, les mains sur les côtes. *Je dois reprendre l’exercice tous les jours à partir de maintenant.* Benoît donnait un cours magistral au Collège de France. Il ne rentrerait pas avant 20 heures. Elle allait se changer, ouvrir une bonne bouteille, réchauffer les lasagnes bio achetées chez le traiteur, faire une salade composée avec des noix et des échalotes sauvages comme il aimait et lui préparer sa surprise. Elle revêtirait une tenue légère, avec de la lingerie toute neuve qui attendait dans son tiroir. Elle allait rattraper le ratage d’hier. La soirée aurait le mérite de la distraire, de redynamiser son couple et de lui faire oublier ce qui la tourmentait.

Julien Daumas, l’affabulateur.

Un jeune homme rongé par un traumatisme non identifié, métamorphosé en petit garçon terrorisé par des nuits d’épouvante. Et qui projetait sur elle ses fantasmes.

Elle en avait soigné, des cauchemardeux, mais des aussi étranges, jamais. Julien Daumas était seul et différent des autres, socialement replié sur lui-même. Il n'aimait pas parler de lui, mais on devinait rapidement sous ses airs de sportif rêveur une intelligence et une créativité hors du commun. Un coup d'œil à son book de photos sur Internet le lui avait confirmé. Quelques clichés pris au hasard plantaient le décor. Une image en particulier avait frappé Cyrille par sa beauté et sa poésie : un désert de sable au coucher du soleil, avec au premier plan un loup hurlant.

Cyrille se massa les côtes, ses joues reprirent petit à petit une teinte proche de la normale. Elle était curieuse de savoir si la méthode anticauchemar de Krakow allait faire ses preuves sur un cas si complexe.

Un couple de jeunes gens en tenue de sport la dépassa en courant. *Et eux, sont-ils heureux ?* Son métier lui apparut soudain impossible. Soigner des maladies mentales était une pratique qui pouvait être assimilée à une science. On obtenait des résultats, plus ou moins reproductibles pour certains types de pathologies. Des années d'expérience, des milliers de publications scientifiques étayaient les choix de traitement. Il existait des consensus pour tel ou tel diagnostic et telle thérapie. Consensus qui pouvaient être discutés en congrès, ou lors d'échanges informels avec des collègues confrontés aux mêmes pathologies.

Le bien-être en revanche était une notion subjective et diffuse. Le sentiment d'être bien dans sa vie, de se lever le matin l'esprit vivant et combatif pour accomplir quelque chose qui nous ressemble, la sensation d'être en paix, d'être à la bonne place avec les bonnes personnes, de s'être trouvé, d'être heureux… comment le matérialiser par des tests, des évaluations ? *Le bonheur de cette vieille dame qui promène son chien a-t-il la même définition que celui de ce joggeur ?* Cyrille se posait la question pour la millième fois.

Elle était psychiatre, connaissait les pathologies mentales, mais elle avait choisi une autre voie qui lui semblait bien plus audacieuse et compliquée. Elle passait quinze heures par jour à soigner et à combattre le mal qui poussait dans le meilleur terreau qui soit, notre société de compétitivité, de rentabilité et d'individualisme. Ce « mal » prenait différents aspects selon la personne à qui il s'attaquait. Repli sur soi, tristesse, démotivation, dégoût de tout, solitude, sentiment d'abandon, souffrance psychique, manque de confiance en soi, manque d'amour, sensation d'inutilité, peur de vieillir, de s'enlaidir, angoisse de rater, de ne pas être parfait, peur de perdre ses acquis, la mémoire, de devenir dépendant, terreur du lendemain et de l'inconnu, peur de perdre le contrôle… Tous ces maux insidieux, exprimés de milliers de manières différentes, devant elle, dans son bureau de consultation, relevaient selon elle du même mal.

Par le passé, se disait-elle, on craignait essentiellement la maladie et la mort. Aujourd'hui, c'est la vie qui faisait peur. Elle l'entendait de manière évidente chez tous ceux qui fréquentaient le Centre. Cyrille fit quelques rotations d'épaules et de cou pour s'assouplir. Et réaffirma mentalement sa résolution : elle ne se laisserait pas intimider par Julien Daumas, ni par personne. Elle serra les mâchoires. Elle refusait d'entrer dans le jeu d'un patient délirant. Demain, elle s'entretiendrait avec lui, finirait les trois séances et transférerait son dossier illico presto à l'hôpital psychiatrique de Sainte-Anne.

* * *

20 heures

Nue, douchée et coiffée, Cyrille arracha d'un coup de dents l'étiquette de sa nouvelle lingerie, encore dans son papier de soie d'emballage. Un ensemble en dentelle rouge « passion » qu'elle avait acheté sur un coup de tête il y a un mois, et toujours pas étrenné. Elle enfila les petits bouts de tissu et se planta devant le miroir du dressing. Ses seins pigeonnaient, la culotte ne couvrait pour ainsi dire rien de ses fesses… *Qu'est-ce qui m'a pris d'acheter ça ? On dirait une poule de luxe…* Elle fit une grimace, *tant pis,* Benoît apprécierait sûrement, lui. Après douze ans de mariage, il fallait bien faire des efforts pour pimenter un peu leur couple.

Ce soir, elle avait juste envie de passer une bonne soirée, détendue. Si dans trois semaines le Grand Homme recevait le prix Nobel, ce dont elle ne doutait pas une minute, ils allaient être happés par une vague médiatique, submergés par des demandes en tout genre, pour animer des colloques, écrire des livres, des articles, être de toutes les représentations officielles. Leur vieil ami autrichien, Frederik Randel, prix Nobel de médecine 2000, leur avait dit : « *Your life will never be the same.* » Le message était clair et Cyrille voulait qu'ils abordent tous deux cette étape décisive dans de bonnes dispositions.

* * *

Ancien lutteur, Benoît Blake mesurait un bon mètre quatre-vingts pour quatre-vingt-dix kilos et dégageait une impression de puissance. Il entra dans le vaste salon de leur appartement, intérieur moderne et graphique, dans des tons gris, blanc et noir. Cyrille lisait un magazine, assise sur le canapé en cuir anthracite, vêtue d'une petite robe noire très décolletée, les lèvres et les yeux maquillés. Sur la table basse, deux verres de vin. Inhabituel.

— Vingt dieux, qu'est-ce qu'on fête ?

Cyrille sourit à son mari, se leva et marcha à sa rencontre.

— Nos derniers jours de tranquillité avant le Nobel !

Le Grand Homme soupira.

— C'est adorable, ma chérie, mais ne vendons pas la peau de l'ours…

Ils s'embrassèrent.

— Pourquoi ? Que se passe-t-il ? questionna Cyrille.

Benoît fit une moue désabusée.

— Des rumeurs du Karolinska placent Tardieu en tête.

Cyrille prit les verres de vin et lui en tendit un.

— Fondées, ces rumeurs ?

— J'en sais rien et ça m'échauffe. Tardieu est un malhonnête, un faiseur, tout ce qu'il sait faire, ce sont des ronds de jambe devant l'Académie. Ses travaux ne valent rien.

Cyrille s'éclaircit la gorge. Tardieu avait tout de même révélé l'action de l'ocytocine, l'hormone synthétisée par l'hypothalamus qui provoque les contractions de l'utérus durant l'accouchement, l'éjection du lait des glandes mammaires après la naissance, mais aussi – et ce point intéressait particulièrement Cyrille – jouait un rôle prépondérant dans le sentiment de confiance. L'ocytocine abaissait le stress, augmentait la sociabilité, diminuait la douleur. Si bien que certains auteurs l'avaient même baptisée l'« hormone de l'amour ». Tardieu était tout sauf un imposteur. Quand Benoît était sur la brèche, il devenait expert en mauvaise foi. Mais elle n'allait pas le contrarier ce soir.

— Allez, mon cœur, viens te détendre.

Benoît se débarrassa de sa veste et de sa cravate sur l'accoudoir du canapé. Le salon s'ouvrait, derrière une demi-cloison, sur un espace salle à manger où une large table en verre était dressée pour deux.

— Merci ma chérie. Qu'est-ce que je ferais sans toi ?

Ils se mirent à table, burent leur verre de vin en dégustant la salade composée, puis entamèrent le plat de lasagnes.

Quand Cyrille sentit son mari suffisamment détendu, elle fit une pause, se leva, trouva son sac à main qu'elle avait déposé au pied du canapé et en sortit une pochette blanche. Benoît la suivit d'un regard interrogateur.

— Surprise ! s'exclama Cyrille en lui remettant l'enveloppe.

Benoît haussa les sourcils en découvrant deux billets pour l'île Maurice pour dans trois semaines et demi. Et derrière, le sourire de Cyrille, ravie de son effet. Elle leva une main pour tuer dans l'œuf toute tentative de protestation.

— Je sais, tu es hyperoccupé et moi aussi. Mais si on ne part pas maintenant, on sera bloqués encore pendant un an. Écoute, Muriel m'a dit que je frôlais le surmenage, je ne me sens pas dans mon assiette. Bref, j'ai besoin de vacances.

Benoît opina.

— Oui, tu as raison. Ton idée est excellente, bravo !

Depuis que leur recherche sur le Méseratrol avait pris fin, leurs projets communs se faisaient rares. Leur seule collaboration se limitait désormais aux vérifications de Cyrille sur les travaux de Benoît. Le repas se poursuivit plus gaiement. Cyrille parla, sciemment, de tout sauf du Centre Dulac, évitant ce qui pouvait faire référence à la médecine ou aux patients.

Jusqu'à ce que Benoît sape tous ses efforts.

— Lecomte vient faire sa conférence demain ?

— Oui, tout le monde est prévenu, la presse, les patients. Ça s'annonce bien.

— Tant mieux. Si j'arrive à me libérer avant le gala, je viendrai le saluer. Le gala commence à 20 heures, mais si tu pouvais arriver un peu plus tôt pour accueillir les autres invités, ce serait formidable.

Benoît Blake était l'un des invités d'honneur du gala de charité organisé par l'Association de la recherche sur le cerveau, le lendemain, au musée du quai Branly.

— Aucun souci.

Benoît sauça son assiette.

— Et ton affabulateur, tu l'as revu ?

— Oui, et tu avais raison, annonça Cyrille avec un petit rire triomphant.

— C'est Julien Daumas qui a un problème, pas moi !

Benoît émit un bruit de bouche et finit son verre de vin.

— Julien Daumas, tu dis ?

— Oui.

Il regarda Cyrille en silence pendant quelques instants. Un ange passa. Elle fronça les sourcils.

— Qu'y a-t-il ? Pourquoi tu me regardes comme ça ?

— Je me disais que tu étais vraiment très belle ce soir.

— C'est gentil.

Cyrille resservit son mari, le plat était quasiment vide.

— J'ai commencé avec Daumas la méthode Krakow. Ça va sûrement bien marcher, mais à court terme. Si le traumatisme demeure inconscient, dans quelque temps, les cauchemars resurgiront. De toute façon, j'ai décidé de transférer son dossier.

— Mmm…

— Tu n'es pas d'accord ?

— Si, si. C'est la meilleure chose à faire.

— Tu sais, ce patient est vraiment étrange. Avant de sortir de mon bureau, il m'a confié la clé de chez lui, ça le rassure, m'a-t-il dit.

— Et tu as accepté ?

Cyrille haussa les épaules.

— Je me suis sentie totalement dépassée. Mais demain, je la lui rendrai.

Benoît bâilla, s'étira et se leva.

— Allez, assez parlé boulot.
— Tu ne veux pas prendre le dessert ?
— Pas tout de suite.
Les coussins du divan s'enfoncèrent sous le poids du professeur. Il se débarrassa de ses chaussures et défit sa ceinture. Cyrille vint prendre place à côté de lui. Elle soupira de fatigue.
— Tu veux que je te fasse un massage, ma chérie, proposa Benoît, tu as l'air épuisé.
Cyrille dodelina de la tête.
— Pourquoi pas ?
— Un massage de la tête ?
— Formidable.
Benoît attira sa femme contre lui. Il était un peu brutal dans ses gestes, mais il avait de la force et c'était agréable. Il lui massa la nuque, l'arrière du crâne, revint aux sinus par des petits mouvements d'aller-retour. Il déplaça ses doigts le long de l'implantation des cheveux et exerça des petites pressions régulières. « Aïe ! » fit Cyrille.
— Tu m'auscultes ou quoi ?
— Ça te fait mal quand j'appuie là ?
— Non, pas vraiment, mais ce n'est pas très agréable.
Les doigts de Benoît glissèrent sur la gorge de Cyrille, caressèrent sa peau jusqu'à la naissance des seins.
— Mais dites-moi, madame, qu'est-ce que c'est que cette dentelle rouge ?
— Aucune idée, monsieur, je ne sais pas comment elle est arrivée là, répondit Cyrille, joueuse.
— Nous allons mener une enquête alors, dit son époux en l'embrassant dans le cou.

-10-

Le barman, que sa mère avait baptisé Pierre-Louis, mais que tous les clients appelaient Luigi, posa une troisième Desperado devant Jocelyn, un étudiant irlandais qui tuait sa soirée désœuvrée. Le pub était encore à moitié vide, les écrans plats diffusaient en boucle des clips de MTV, Amy Winehouse chantait « I say no, no, no » aux rares clients qui attendaient le tournoi de fléchettes. Luigi échangea tant bien que mal quelques mots avec l'étudiant qui parlait encore mal le français, tout en jetant des coups d'œil vers l'entrée. Il guettait la porte encadrée de lourds rideaux de velours vert.

À 21 heures, les rideaux bougèrent et elle se pointa enfin.

Elle.

Une fois, une seule fois, il avait osé lui offrir une bière, une des rares occasions où elle était entrée non accompagnée. Elle ramenait toujours des mecs, souvent différents, qu'elle avait parfois l'air de connaître à peine. Dès qu'elle entrait, le pub s'animait, elle claquait la bise à la moitié des habitués, elle lançait des blagues à la cantonade, secouant sa flamboyante chevelure rousse.

Luigi se disait que MJ n'était pas un top, avec des rondeurs moelleuses un peu partout, mais quand elle vous décochait son sourire d'une blancheur pure, elle vous cueillait, que vous le vouliez ou non. Tout le monde savait qu'elle bossait à la « clinique du bonheur », comme on disait ici, que c'était une fille sérieuse pendant les heures de boulot et que pour animer une soirée elle n'avait pas son pareil. Luigi amorça son sourire le plus charmeur, il était assez mignon et il savait qu'il avait sa chance comme les autres, mais il déchanta vite fait. Juste derrière Marie-Jeanne entra le prototype du plus beau mec du monde, un grand blond, athlétique, bien sapé, au regard gris océan… La hantise pour un type normal. OK. Il n'y avait plus aucun espoir, sa soirée était totalement gâchée. Luigi pria pour que ces deux-là ne s'installent pas au bar, juste sous son nez. Raté.

— Hello, Luig', tu nous mets deux Despé, steup' ?

C'était MJ qui venait de l'interpeller en hissant ses fesses moulées dans un jean taille basse sur le Skaï noir du tabouret du bar. Elle semblait tout excitée. Son trench-coat noir avait glissé sur le dossier en laiton. Son petit haut en jersey bleu ajouré laissait entrevoir la blancheur de sa peau. Le barman fut anéanti. Il servit les deux jeunes gens sans les regarder et s'éloigna d'eux. Il n'allait pas assister à la mise à mort de ses fantasmes en direct !

MJ souleva sa chope de bière devant le nez de Julien.

— À la tienne !

Ils trinquèrent.

— T'es à Paris pour longtemps ? demanda-t-elle en le gratifiant d'un regard bleu vif insistant.

— Sais pas encore.

La voix de Julien jouait dans les graves. Il buvait sa bière dorée par petites gorgées, accoudé au zinc, en observant les clients. Pas bavard, le mec. MJ poursuivit sur sa lancée, elle ferait la conversation pour deux s'il le fallait. Elle ne le lâcherait pas. C'était le plus beau spécimen qu'elle ait réussi à attraper dans ses filets depuis le départ de son grand amour Marco, il y a trois ans.

— Moi, j'ai pas mal bougé, beaucoup en Espagne, au Danemark et en Belgique, j'aime bien Paname aussi. J'y passerai pas ma vie, mais pour l'instant, je m'y plais.

— T'aimes ton boulot ?

— Carrément. Pourtant, j'étais persuadée que je m'habituerais jamais à la vie de bureau. En fait, c'est cool. Les gens sont sympas.

Julien reporta son attention sur elle.

— Tu bosses depuis longtemps pour ta tante ?

— Deux ans. Avant, je faisais serveuse un peu ici, un peu là, j'ai taffé dans l'animation aussi, vendu des bijoux. Cyrille m'a donné une mégachance.

MJ lui sourit au-dessus de son verre. Sur Meetic, son pseudo, c'était « Feu Follette », elle avait « chaté » avec plus d'une centaine d'hommes depuis un an, rencontré une vingtaine et couché avec la moitié. Elle n'avait pas de style particulier, les préférait pas trop vieux, plutôt beaux gosses, et appréciait surtout leur façon d'écrire et de s'exprimer pourvu qu'ils aient un petit grain de folie.

Julien était le premier mec qu'elle draguait ailleurs que sur la Toile depuis des mois. Elle avait fait fi des mises en garde de sa tante, elle était si vieux jeu et lui si canon. Le problème, c'est qu'il ne parlait pas beaucoup. Pas comme sur Meetic, où tu étais obligé de te dévoiler si tu voulais « catcher ».

MJ laissa s'installer un silence et en profita pour reluquer sa proie. Elle remarqua sa peau, parsemée de fines taches de rousseur, jusque sur ses lèvres pleines. Le nez droit. Les longs cils. Ses mains fortes et musclées, les veines saillantes de ses avant-bras. Elle mémorisa tous les détails pour ses copines. Elle mourait d'envie de le « shooter » avec son téléphone portable, mais n'osa pas.

— Elle est cool, ta tante, dit-il finalement.

— Cool ? Ah ça non ! Elle est coincée comme pas possible… mais elle est généreuse et hyperbosseuse.

Elle se pencha vers lui, toujours en le dévorant des yeux.

— Bon, ça va mieux tes problèmes ?

— Sais pas.

MJ fit une moue boudeuse puis se mit à rire.

— Ça va s'arranger, tu verras, tes cauchemars, elle va te les faire disparaître comme ça. (Elle claqua des doigts.) Cyrille, c'est le *top of the top* des toubibs.

Elle but une gorgée de bière et passa sa langue sur ses lèvres.

— C'est quoi pour toi, le vrai bonheur ? susurra-t-elle.

Luigi leur tournait le dos pour frotter énergiquement la machine à espresso. Intérieurement, il enrageait. Ce type ne lui disait rien qui vaille. Il dégageait quelque chose de métallique, de glacé. MJ était aveugle ou quoi ?

— Le bonheur… hummm… photographier la nature à l'aube… attendre la vague sur le *line up*.

— Le… *line up* ?

Il appuya les coudes sur le bar et fixa un point dans le vide.

— C'est derrière le point de déferlement des vagues.

— Là où tous les surfeurs attendent la prochaine qu'ils vont prendre ?

— Exact.

MJ se sentit fondre comme du caramel mou.

— Ça doit être… insensé !

Julien la fixa de nouveau sans ciller.

— Insensé, dément, sans aucun équivalent.

Deux heures plus tard, en bas de l'immeuble haussmannien de l'avenue Bosquet, Julien examinait la façade cossue. Il siffla entre ses dents.

— Tu vis là ?

— Yep, j'occupe la chambre de bonne au-dessus de chez mon oncle et ma tante. Ils me la prêtent pendant que je bosse pour la clinique.

— Pas très vivant comme quartier.

MJ se frotta les bras sur son manteau, elle grelottait.

— Non, c'est clair. Mais j'allais pas cracher sur cette occas', d'autant que Cyrille me laisse utiliser son lave-linge quand je veux et que je peux aller me servir dans le frigo aussi. Tu veux monter ?

Julien enfonça ses poings dans les poches de son jean.

— Faudrait pas que je tombe sur ta tante.

— Et basta, on s'en fiche, crâna MJ. J'emprunte la porte de service et eux la porte principale. Je les croise jamais. Et puis, on fermera la porte de l'escalier de communication si tu veux. Y a aucun souci. Elle saura jamais que t'es venu.

Le jeune homme lui décocha un coup d'œil nerveux.

— T'as de quoi faire du café ?

-11-

8 octobre, matin

La salle de réunion était plutôt moderne, table ovale de bois blond, fauteuils de cuir, écran plasma au mur, et dispositif de visioconférence. Ça sentait bon l'encaustique et le café chaud grâce à Cyrille qui avait commandé café, mini-brioches et pain complet, déposés sur un plateau. Toujours bio, c'était sa règle.

Les cinq médecins, Panis, Mercier, Frigerole, Entmann et Blake, étaient réunis autour de la table pour leur réunion de staff express qu'ils essayaient de maintenir au moins deux fois par semaine pour faire le point sur la vie du Centre. Le programme était chargé car la fin d'après-midi allait être consacrée à la conférence du philosophe André Lecomte sur le thème du bonheur, ouverte à la presse et à un public choisi.

Tout le rez-de-chaussée était en effervescence. Le camion de location de matériel avait déjà livré les chaises, qui attendaient d'être disposées, empilées contre les murs. Et des tables à tréteaux recouvertes de nappes blanches étaient dressées afin que le traiteur les garnisse de plateaux de petits-fours et de sandwichs. Cyrille Blake était stressée, mais concentrée sur le cas que son confrère Thierry Panis était en train d'exposer.

— Jean-Luc Martin, 39 ans, développe un TOC, expliquait-il. Un cas classique, obsession pour l'hygiène. J'ai commencé avec lui des séances d'hypnose ericksonienne, mais il n'y réagit pas très bien et le reconditionnement ne fonctionne pas non plus. Quelqu'un a-t-il une suggestion ?

— Vous avez lu les derniers travaux de Schwartz ? interrogea Marc Frigerole, spécialiste du comportement.

Panis s'éclaircit la voix.

— Pas les plus récents, non…

Cyrille dessina des petits carrés dans l'angle de son cahier de réunion tout en écoutant son collègue avec attention.

— Schwartz a élaboré une nouvelle théorie sur les TOC. Il a observé que le cerveau de celui qui présente un trouble obsessionnel a des caractéristiques particulières. Le cingulum, le cortex orbitofrontal et le noyau caudé sont hyperactifs. Il considère donc que pour rééduquer le cerveau il faut briser ce cercle vicieux. Pour cela, il s'agit de développer une voie cérébrale concurrente.

— Comment ? demandèrent deux collègues en chœur.

— Il faut substituer au comportement obsessionnel un autre comportement qui va finir par le remplacer, car le cerveau va renforcer la deuxième voie aux dépens de la première.

— Par la répétition d'exercices ? interrogea Mercier.

— En fait, à chaque fois que les crises surviennent, le patient doit exécuter une activité plaisante qui va déclencher une émission de dopamine, et activer le circuit de la récompense. À force, le cerveau va préférer cette voie plaisante à l'autre. Et la voie neuronale qui sous-tend le comportement obsessionnel doit s'affaiblir.

— C'est brillant, commenta Cyrille.

— Oui, je trouve aussi. J'ai commencé une prise en charge avec une patiente. Panis, vous pourriez assister à la prochaine séance, qu'en dites-vous ?

Panis acquiesça. Cyrille ajouta :

— Ça m'intéresse aussi.

Elle se sentait d'excellente humeur, elle avait très bien dormi. La soirée avec Benoît avait été un succès et leur couple avait gagné quelques semaines de sérénité. Elle consulta sa montre.

— Avant de lever le camp, j'aimerais à mon tour vous parler d'un patient.

Elle exposa brièvement le cas de Julien Daumas, ancien patient de Sainte-Félicité, difficile à gérer.

— J'ai décidé de passer la main à Sainte-Anne. C'est la première fois que cela arrive, je voulais vous en tenir informés.

— C'est plus raisonnable, acquiesça Panis. Je ne pense pas que nos autres patients apprécieraient d'être mélangés à des patients psy.

Les médecins approuvèrent.

— Je le crois aussi, confirma Blake. Notre Centre s'adresse à des gens sains, qui traversent une mauvaise passe. Nous devons garder cela à l'esprit.

Un raclement de chaises vint clore la réunion. Cyrille était soulagée. Son cerveau était en bon état et elle maintenait le cap du navire. Elle pressa le pas pour mener à bien ses trois consultations matinales et se consacrer entièrement au philosophe avec qui elle déjeunait à 13 heures.

* * *

La besace de Marie-Jeanne formait une masse informe et bariolée sur son bureau. MJ, elle, était assise à côté d'une vieille dame sur le canapé de la salle d'attente. Elle lui parlait doucement.

— Bonjour, madame Planck, que se passe-t-il ? demanda Cyrille en entrant.

— Votre nièce m'aide gentiment à me remémorer un poème de mon enfance. Ma mémoire me joue toujours des tours.

— Suivez-moi, je suis sûre au contraire que vous avez progressé depuis que vous faites de la gymnastique cérébrale.

— Moi, je n'ai pas remarqué tellement d'amélioration.

— On va voir ça ensemble.

Trois quarts d'heure plus tard, Cyrille raccompagna sa patiente, ragaillardie, et sortit la tête de son bureau.

— Julien Daumas n'est pas arrivé ?

Marie-Jeanne ouvrit de grands yeux.

— Non. Il ne devrait pas tarder.

— C'est pas le jour pour être en retard, lança Cyrille avec un mouvement d'impatience en regardant la petite horloge en forme de lotus accrochée au mur en face du bureau. Elle n'avait des consultations que le matin pour pouvoir organiser la conférence de l'après-midi. À quelle heure est mon dernier patient de la matinée ?

— 10 h 30.

— Pas question de décaler. On attend encore un quart d'heure et après tu l'appelles.

Dès que Cyrille eut tourné le dos, le pouce de Marie-Jeanne s'activa sur les touches de son téléphone portable pour rédiger un texto. Cyrille venait de lui donner un prétexte fabuleux pour reprendre contact avec Julien. Elle lui envoya un message et attendit. Rien. Pas de réponse. Aucun petit bip excitant.

La grande aiguille égrenait les minutes, MJ ne la quittait pas des yeux, excepté pour vérifier ses e-mails. La fenêtre du programme MSN clignota soudain sur son écran. Moune, une de ses copines de virée qui bossait dans un vidéoclub, lui avait envoyé un message instantané.

« Alors ??? Raconte !!! »

MJ regarda si la porte du bureau de sa tante était bien fermée. Elle n'avait pas très envie que Cyrille la chope en train de « chater » pendant ses heures de travail. Elle tapa à toute allure une réponse, le sourire aux lèvres :

« Il est trop beau, trop super… un pur surfeur !!!!!! » Elle envoya le message. Moune lui répondit aussitôt :

« Waouh… et vous avez fait quoi ? »

MJ : « Un pot chez Luigi et puis chez moi. »

Moune : « … et ??? »

MJ : « Pas grand-chose. »

Moune : « Zavé pas conclu ? »

MJ : « Not really. »

Moune : « Vous zalé vous revoir ? »

MJ : « Hope so. Ciao. Je dois travailler. »

MJ déconnecta MSN et se connecta sur Facebook. Dans le cadre de recherche, elle écrivit « Julien Daumas ». Rien. Elle réitéra sa demande sur Google, plus de mille quatre cents articles s'affichèrent. Le menton dans la main, elle cliqua sur la première adresse, et atterrit sur le site de l'agence photo Ultra Vision. Une section était réservée à ses plus belles photos mises en vente. MJ admira un cliché magnifique, des vagues gigantesques un jour de tempête. Julien représentait tout ce qui lui manquait, l'évasion, l'ailleurs, la nature sauvage. Elle imagina sur ses lèvres le goût du sel. Lui, elle, seuls sur une plage tourmentée par les éléments…

Elle soupira, vérifia son téléphone – pas de message –, ferma les fichiers photo et surfa sur d'autres sites Web. Les premières pages seulement semblaient pertinentes. Elle allait interrompre la recherche quand son regard fut attiré par un titre. MJ cliqua sur l'adresse et se retrouva sur le blog d'un amateur de faits divers sordides. Elle cliqua sur le lien, ses yeux s'agrandirent de stupeur.

Cyrille passa de nouveau la tête par la porte.

— T'as appelé chez lui ?

— Non, pas encore. Je le fais tout de suite.

MJ imprima l'article qu'elle venait de trouver et appuya sur la touche « bis » de son téléphone.

Le répondeur automatique lui indiqua qu'elle pouvait laisser un message.

« Bonjour, c'est la clinique Dulac. Vous avez rendez-vous avec le docteur Blake. Nous vous demandons de bien vouloir nous contacter rapidement », annonça MJ, d'un ton le plus neutre possible.

Elle raccrocha, attrapa la feuille sur l'imprimante et relut la brève, parue dans *Le Provençal*, le 28 juin 1991. Son ventre se noua.

Elle hésita puis plia l'article en quatre et le rangea dans son sac à main. Elle réfléchit et recomposa le numéro, avec son propre téléphone mobile cette fois.

« Julien, c'est MJ. Super soirée hier. On pourrait se faire un ciné tantôt ? Rappelle-moi. À bientôt. Bises. »

Elle raccrocha et regretta instantanément son appel. C'était contraire à toutes les règles de stratégie amoureuse qu'elle pratiquait constamment. Elle se rongea les ongles. *Super soirée*… Ouais, si on voulait. Julien était monté dans sa chambrette de sept mètres carrés, pourvue d'un lit une place, d'une tablette qui faisait office de bureau et de table de petit déjeuner. Un lavabo, un minifrigo et un micro-ondes surmonté d'une monoplaque électrique. C'était super petit mais bien rangé et clair, on s'y sentait bien.

Ils avaient partagé un mug de café, moins détendus qu'au pub, et MJ avait mis un CD de James Blunt, histoire de réchauffer l'atmosphère. Dès qu'elle entendait *Annie*, elle se sentait fondre à l'intérieur. Ça avait fonctionné et Julien s'était installé plus confortablement sur le lit. Il avait même parlé un peu de lui, du moins de son musicien préféré, Jack Johnson, le surfeur reconverti à la folk. MJ avait ouvert la fenêtre et allumé un joint qu'ils avaient fumé en silence. Et puis, tous chakras ouverts, elle s'était rapprochée de lui lascivement pour l'embrasser. Il s'était laissé faire, lui avait caressé un peu les seins à travers ses habits et s'était levé. « Désolé, faut que j'y aille, j'suis crevé et j'me réveille tôt demain. »

Ce n'était pas la première fois qu'une approche avec un mec tournait court. Mais le plus souvent, c'était de son fait. Parce que le mec avait une odeur qu'elle n'aimait pas, qu'elle n'était pas dans les bonnes « vibes » pour conclure ou que son esprit récalcitrant refusait de se concentrer sur l'autre. Mais là, c'était lui qui avait fichu le camp, elle ne contrôlait plus rien et ça la rendait très nerveuse.

Le docteur Blake sortit une troisième fois de son bureau.

— Il ne répond toujours pas ?

— Non, pas de réponse, je tombe sur sa messagerie.

— C'est embêtant.

— Bof, ça nous est déjà arrivé qu'un patient nous plante…

Cyrille se mordit la lèvre inférieure.

— Bon, préviens-moi s'il téléphone et passe-le-moi, même si je suis en consultation.

— OK.

Marie-Jeanne ressortit la coupure de presse de son sac et la relut, indécise. Devait-elle en parler à Cyrille ? Quelque chose la retenait. Sans doute une envie de connaître un secret de Julien que sa tante ignorait.

Cyrille Blake laissa infuser un sachet de thé vert dans un bol et y ajouta un faux sucre. Assez de café pour aujourd'hui.

Sur son bureau, le dossier de Julien Daumas ouvert laissait entrevoir l'hypnogramme qui retraçait les courbes de son sommeil. C'était plus du domaine de l'intuition que de la certitude scientifique, mais elle s'inquiétait pour ce patient. Les données en sa possession révélaient un être troublé, qui était venu de lui-même chercher de l'aide, donc motivé pour guérir. Quelqu'un qui s'était prêté sans problème à une nouvelle stratégie thérapeutique méconnue en France, en toute confiance.

Quelqu'un enfin qui, en la quittant la veille, lui avait dit : « Je sais que ça va marcher. » Tout cela mis bout à bout, sa défection était incompréhensible, ou très inquiétante. Bien entendu, les patients pouvaient changer d'avis et décider de s'en sortir tout seuls. Mais dans le cas de celui-ci, qui avait fait volontairement la démarche, c'était assez improbable.

Elle but son thé brûlant et se mit à faire les cent pas. Elle avait laissé passer quelque chose, elle en était sûre, trop préoccupée par ses pseudo-problèmes de mémoire. L'angoisse de s'être trompée la perturbait. C'est quand elle revint vers sa table de travail qu'elle remarqua l'enveloppe glissée sous le sous-main, adressée au « Dr Blake ».

* * *

Lorsqu'on regardait André Lecomte, on voyait un grand sexagénaire à la crinière blanche, au port distingué, aux joues creusées et aux yeux vifs. Il portait ce jour-là un élégant costume gris, égayé d'une lavallière mauve nouée autour de son cou raide. L'exposé avait été très applaudi par une salle tout acquise. Clotilde, désinhibée par les deux coupes de champagne qu'elle venait de descendre, joua des coudes pour se rapprocher du philosophe, centre de toutes les attentions.

— Monsieur, dit-elle, j'étais nulle en philo au lycée, mais là, bravo, j'ai tout compris. Le stoïcisme, Aristote… formidable. Merci.

André Lecomte s'inclina devant l'aide-soignante et reporta son attention sur un jeune journaliste qui tentait de formuler une question.

Cyrille se fraya un passage jusqu'à lui.

— On vous a servi à boire, je vois, parfait. Merci pour votre conférence, André, c'était limpide. Très riche et en même temps à la portée de tous. Exactement ce que l'on en attendait.

— Oh ! ma chère, c'est toujours un plaisir d'être là.

Le journaliste qui avait retrouvé ses notes l'interrompit :

— Est-ce que le bonheur philosophique dont vous parlez peut être apporté par la chimie ou la médecine, comme ce qui se pratique ici ?

Le philosophe prit une inspiration, il était déjà fatigué d'avoir parlé pendant une heure et demie, il chercha à évacuer la question en quelques phrases.

— Tout dépend de quel bonheur on parle. Les médicaments sont des outils formidables pour tout un tas de cas extrêmement durs, de dépressions qui vous mettent KO debout. Comme disait Freud, ils vous aident à passer d'un « malheur épouvantable » à un « malheur acceptable ». Mais attention aux dérives. Devons-nous recourir à la chimie pour n'importe quel souci de la vie ?

Le journaliste nota à toute allure, l'air appliqué. Il voulut poser une autre question, mais déjà Lecomte lui avait tourné le dos pour reprendre sa discussion avec Cyrille. Au bout d'un quart d'heure d'échange aimable, Cyrille Blake s'approcha du buffet, grignota quelques petits gâteaux et consulta discrètement son téléphone mobile. Il était près de 18 heures. Et MJ n'avait toujours pas réussi à joindre Julien Daumas.

Le docteur repensa au mot qu'il avait laissé et inspira un grand coup. Deux heures plus tôt, elle se serait traitée de folle. À présent, son instinct lui disait qu'elle allait être responsable d'un drame si elle ne bougeait pas. C'était peut-être du bluff, peut-être pas. Benoît l'attendait à 19 h 30 au quai Branly, elle ne pouvait être en retard. Elle avait donc une heure au grand maximum devant elle. Elle vérifiait, et elle repartait.

-12-

Cyrille ne sortit pas tout de suite de sa Mini et observa le numéro 21 de l'avenue Gambetta, une porte cochère banale avec un digicode. Elle n'avait pas le code. *Et merde*. Elle tapa sur le volant. *J'aurais dû y penser, c'est idiot de traverser Paris sans le code…* Elle sortit la clé plate de la poche de son trench-coat, *si ça se trouve, ce n'est même pas sa clé, mais qu'est-ce que je fiche là ?…* Ce qu'elle fichait là, Cyrille le savait très bien. Elle était son médecin, Julien Daumas avait l'air mal en point, son absence de réponse aux coups de fil répétés l'avait inquiétée d'heure en heure, et ce mot : « Je ne retournerai pas à l'hôpital psychiatrique, plutôt mourir. J. » Il avait dû se douter de son intention de transférer son dossier. Peut-être avait-il fait une bêtise, mieux valait se déplacer pour rien qu'arriver trop tard !

Qui aurait-elle pu envoyer d'autre ? Les flics ? Au risque de l'effrayer pour de bon ? Et sous quel prétexte ? Lorsqu'elle claqua la porte de sa voiture, une jeune maman passa devant elle, encombrée d'une poussette dont le panier inférieur était chargé de paquets. Rouge et épuisée, elle stoppa devant le numéro 21. Cyrille accéléra le pas. C'était sa chance. La mère composa le code et Cyrille lui proposa de l'aider. Elle lui tint la très lourde porte, tandis que la maman manœuvrait avec la poussette. Elles entrèrent toutes deux sous le vieux porche. La courette intérieure était mal entretenue, les pavés étaient mangés par les mauvaises herbes et une bicyclette d'enfant rouillée gisait dans un coin, oubliée. On avait accès à deux escaliers, A et B.

— Excusez-moi, madame, demanda Cyrille, connaîtriez-vous un dénommé Julien Daumas ? Il habite ici, mais je ne sais pas dans quel bâtiment.

— Le garçon aux chats ?

Cyrille se troubla.

— Heu, peut-être… je… un grand blond, style surfeur, cheveux là.

Elle désigna la base du cou. La maman acquiesça.
— Oui, oui, c'est ça, le garçon aux chats.
Haussement de sourcils de Cyrille.
— Il a des chats ?
— Il a créé une association pour recueillir les chats mal en point du quartier et du Père-Lachaise. Il les soigne et les fait adopter.
— Je ne savais pas.
— Il habite dans le bâtiment A au dernier étage. Au fait, vous le cherchez pourquoi ?
— Je suis... médecin.
— Ah ? C'est bien la première fois que quelqu'un vient le voir... Bonne soirée.
— Bonne soirée.
Le garçon aux chats... Cyrille pénétra dans le bâtiment A, à droite dans la cour. Les plâtres s'effritaient par plaques entières, un escalier en colimaçon étroit, sombre et raide, s'élevait pour un nombre indéterminé d'étages. Elle fit la grimace. Chaque étage était haut, séparé par un entresol. Elle soupira. *Courage !*
Elle atteignit le premier palier, attaqua le deuxième, mal à l'aise. Elle n'avait rien à faire là. Qu'est-ce qui lui prenait ? Elle aurait peut-être dû demander à MJ de l'accompagner. Mais celle-ci avait été d'une humeur massacrante toute la journée et s'était éclipsée de la conférence de Lecomte sans dire au revoir. *Sois honnête, Cyrille, quelle est la véritable raison de ta présence ici ? Alors que ton mari t'attend dans une demi-heure en grande tenue au musée du quai Branly.*
Reprenant son souffle, elle s'efforça d'être honnête avec elle-même. *Par conscience professionnelle ? Tu parles, aucun professionnel ne se serait déplacé en personne, c'est contre tous les principes du métier. De même qu'aucun professionnel n'aurait accepté de garder sa clé. Je suis en train de déconner.* Pourtant une force inconnue poussait Cyrille à monter les marches. Elle plongea en elle-même, laissa tomber le masque pour faire émerger la vérité. *Je suis venue parce que j'ai la trouille d'avoir fait une erreur...* Frappée par cette découverte, elle stoppa un instant son ascension puis entama plus lentement les marches qui menaient au cinquième. C'était ça, elle avait peur. Elle était secrètement terrifiée d'avoir encore

eu une absence, d'avoir loupé un élément crucial lors des consultations et d'avoir laissé son patient sans surveillance alors qu'il représentait un danger pour lui-même.

Elle avait vu Julien Daumas trois fois en tout et pour tout. Peut-être lui avait-il confié quelque chose d'essentiel qu'elle avait oublié, comme elle avait oublié son père à Rothschild et le déjeuner avec le big pharma. Elle craignait d'avoir commis malgré elle la vraie première bourde de sa carrière. Une prière pour se donner du courage. *Mon Dieu, faites que je me trompe…* Elle se pencha au-dessus de la rampe, puis leva le nez. Encore un étage, plongé dans la pénombre. Et pas un bruit. C'était comme si l'immeuble avait cessé de respirer. Son cœur battait à un rythme anormal. Elle anticipait déjà. Qu'allait-elle voir en premier ? un corps pendu ? des pieds ? du sang ? Elle se mit à imaginer n'importe quoi. *Reprends-toi, reste le plus professionnelle possible*. Mais, au fond d'elle, Cyrille savait qu'elle avait déjà dépassé largement les bornes établies par sa profession.

Au sixième, elle ne put pas se tromper de porte, il n'y en avait qu'une, sous les toits, faiblement éclairée par un petit Velux. Le pouls battant dans la gorge, elle flottait dans un état cotonneux désagréable. Cyrille frappa à la porte. Elle attendit, l'oreille tendue. Rien. Pas un bruit, pas un mouvement à l'intérieur. Elle frappa plus fort. « Julien ! C'est le docteur Blake ! » Le silence lui répondit.

Elle déglutit, saisit la clé plate qui s'était incrustée dans sa paume moite, la respiration aussi bruyante qu'un moteur d'avion. Elle introduisit la clé dans la serrure. La porte n'était pas fermée, *mauvais signe*, et s'ouvrit sans effort.

— Monsieur Daumas ? articula-t-elle en poussant la porte.

Mais sa voix n'était plus qu'un filet éraillé.

La pièce était plongée dans l'obscurité, tous les volets tirés, lumières éteintes.

— Monsieur Daumas ? répéta-t-elle, sans plus de succès, en cherchant à tâtons un interrupteur sur le mur de l'entrée à sa droite.

Ses doigts rencontrèrent un bouton, elle appuya dessus. Une faible lueur bleue éclaira l'arrière d'un canapé deux places adossé à un mur. Elle distingua la silhouette d'une table basse et la forme arrondie de fauteuils de différentes tailles.

Elle avança pas à pas, retenant son souffle. Un « Julien ! » mourut dans sa gorge. Des poches d'obscurité habillaient les meubles. Elle fronça le nez en humant une odeur d'urine de chat. Les volets étaient totalement clos, elle allait les ouvrir. Soudain, une ombre noire bougea sur le canapé. Cyrille sursauta.

Ressaisis-toi, ma fille, ce n'est qu'un chat. Elle déroula ses jambes prudemment. « Va-t'en, tire-toi, tu n'as rien à faire là, fustigea sa voix intérieure, tu es en danger ! » Elle l'ignora. Elle heurta une chaise avec son genou. Aïe ! Un ectoplasme bondit de là en miaulant. La forme mouvante sauta sur un autre meuble, un guéridon peut-être, et provoqua le mouvement d'un autre fantôme qui émit un feulement hostile. Le docteur Blake atteignit la fenêtre en quelques pas et lutta avec la poignée. Un sentiment de malaise l'étreignit. Son instinct le plus primitif lui indiquait que quelque chose clochait, un phénomène anormal, mais quoi ? Sa capacité de raisonnement amoindrie par le stress n'identifiait pas cette chose.

Elle tenta de tourner la poignée de la fenêtre dans tous les sens, en vain, elle était grippée. Ses mains crispées tremblaient, tandis que son esprit lui intimait l'ordre de se retourner pour identifier la cause de son malaise.

C'est à cet instant qu'elle comprit.

La pénombre était dense.

Elle avait vu la silhouette des chats.

Elle avait entendu leur miaulement.

Elle avait senti leur odeur.

Mais elle n'avait pas vu briller leurs yeux…

L'angoisse la saisit, elle se retourna contre la poignée avec une vigueur nouvelle et l'actionna de toutes ses forces. La fenêtre céda. Un filet d'air frais s'engouffra dans la pièce confinée. Elle fit basculer le loquet rouillé des volets et les ouvrit en grand. Le soir tombait. Une lumière laiteuse révéla l'intérieur de ce qui était un petit salon, en ordre, le sol recouvert de lourds tapis orientaux, les murs, de rayonnages croulants sous les bouquins. Et au moins quatre chats de gouttière assis sur les meubles. Les animaux avaient l'air en bonne santé, dodus, le poil lustré. Un matou tigré perché sur le bras d'un fauteuil sauta et avança prudemment vers elle. Il claudiquait, sa patte arrière gauche réduite à un moignon. Le dos arqué, la queue dressée, il se frotta contre ses jambes en miaulant faiblement. Cyrille se pencha vers lui et lui caressa la tête qu'il redressa. Ses paupières étaient hermétiquement closes. Le cœur du médecin se serra. *Pauvre bête*. Julien Daumas avait vraisemblablement fait de son appartement un refuge pour animaux esquintés.

Cyrille scanna la pièce d'un regard. Le salon ne faisait pas plus de dix mètres carrés, il y avait une porte fermée à gauche du canapé. Des toilettes ? une chambre ? Cyrille s'approcha. Rêvait-elle ou percevait-elle le son étouffé d'une radio de l'autre côté ? « Julien ? » appela-t-elle en tambourinant à la porte. Cyrille saisit le bouton de porte et se prépara au pire. Elle détestait voir les détectives fouiner dans les films. Ça lui mettait les nerfs à vif. Et voilà qu'elle faisait pareil. Elle ne respirait plus. La porte s'ouvrit sans bruit. Derrière, un noir d'encre. Et on entendait bien le chuintement d'une radio à très bas volume. Elle trouva facilement l'interrupteur cette fois-ci. Une ampoule au plafond éclaira violemment la pièce. Un lit, un bureau, vides. Dans le fond de la chambre, un coin lavabo-douche. Cyrille fit un pas. Son estomac se contracta violemment, une remontée acide dans la gorge. Hypnotisée par ce qu'elle voyait, elle se dirigea vers le lavabo. *Nom de Dieu*.

Il y avait du sang partout, des éclaboussures sur l'évier, sur le mitigeur et le miroir. Un froid glacial lui parcourut la nuque. Elle huma une odeur de fer. Elle leva le nez et, soudain, elle vit. Sur une petite étagère en verre poli, les instruments chirurgicaux. Un scalpel, un écarteur, des ciseaux courbes, une pince à clamp… des gants en latex maculés… son esprit se refusa à comprendre, il s'égara, remarqua un gel douche *Fraîcheur intense* et un tube de crème hydratante pour peaux sensibles. Cyrille resta immobile quelques secondes, abasourdie, puis elle contourna le lavabo et écarta le rideau de douche. *Putain de nom de Dieu.* Le corps d'un animal au poil sombre non identifiable était recroquevillé dans le bac, un filet de sang noir séché s'écoulant vers la bonde d'évacuation. Cyrille se rendit compte qu'elle serrait la clé de l'appartement tellement fort dans sa main droite crispée qu'elle s'était entaillé la paume, elle la remit dans sa poche et porta la blessure à sa bouche. Elle s'écarta de la douche au ralenti, le cours de ses pensées bloqué.

C'est alors que son regard fut attiré par un grand cadre recouvert d'un drap noir calé contre le dossier d'une chaise, à gauche du lavabo. Un drap noir sur lequel était épinglée une enveloppe. Sa voix intérieure lui hurla encore : *Va-t'en, fiche le camp !*, mais elle n'entendait plus rien et s'approcha quand même, attirée comme par un aimant. « Cyrille » était joliment calligraphié sur l'enveloppe. En mode automatique, elle décrocha l'enveloppe, les mains tremblantes, le sang pulsant dans les tempes et la gorge. Elle déplia une feuille de papier machine. Quatre phrases manuscrites d'une écriture fine au stylo plume lui étaient adressées.

Pour que tu voies enfin les choses telles qu'elles sont.
Merci d'avoir essayé de me rendre heureux.
Je préférais ton autre toi.
Ma Lily qui jouait
Un tango désespéré.
Julien

Le cœur du docteur cessa de battre, puis se remit à cogner furieusement. Elle arracha le drap noir d'un geste brusque et le sol se déroba sous ses pieds. Des yeux. Globuleux, striés de rouge, les iris bleu, jaune ou marron, des dizaines d'yeux ensanglantés lui sautèrent au visage. Ils avaient été arrachés à leurs propriétaires, puis collés, bien alignés sur une toile comme un boulier macabre. Elle cria faiblement, un poing contre sa bouche, c'était ignoble. *Quelle horreur…* Il y avait toutes sortes d'yeux ayant appartenu à toutes sortes d'animaux, énucléés par un malade mental puis traités probablement avec un mélange de silicone pour les maintenir en état. Des larmes d'effroi coulèrent sur ses joues. Julien Daumas était ce malade, sadique, pervers, qui s'était construit son petit labo de torture. Un hoquet lui coupa la respiration.

Elle s'était fait avoir comme une psychiatre débutante. Le mélo qu'il lui avait joué, la clé, tout cela pour l'attendrir, l'entraîner ici et lui faire voir « ça ». Pour lui prouver quoi ? Ses larmes redoublèrent. De rage cette fois. Contre elle-même. Elle s'enorgueillissait d'être un bon médecin, à l'écoute des autres, empathique et fine psychologue, *tu parles !* Elle n'avait rien vu venir. Elle n'avait pas mesuré l'ampleur du mal qui rongeait son patient, elle avait été trop sûre d'elle et présomptueuse. Elle aurait dû faire du forcing pour récupérer au plus vite le dossier de Sainte-Félicité auprès de ses anciens collègues, aussi retors soient-ils. Mais elle avait traité le cas mollement, elle avait cru que c'était simple, des cauchemars à faire disparaître comme elle l'avait fait tant de fois. Elle avait été nulle, négligente. Sa poche de manteau vibra. Un texto de son mari « Où es-ut ? Moi, j'arrive à Branyl. Je t'attends à l'intérieur. » Elle déchiffra les lettres mais n'était pas en état de comprendre les mots. Tout était silencieux autour d'elle. Elle sortit de la chambre à reculons. Un craquement, un contact chaud contre ses jambes, un chat mutilé vint mendier une caresse. Cyrille l'attrapa et le serra contre elle à l'étouffer. Une fois sur le palier, la porte refermée, son cerveau se remit en marche, comme si quelqu'un avait enclenché de nouveau le bouton « Play ». Elle pensa à Benoît qui l'attendait. Cyrille Blake jura. Elle ne serait pas prête à temps.

-13-

Benoît Blake n'avait jamais malmené sa femme en douze ans de vie commune. Il considérait encore Cyrille comme une de ses étudiantes, ce qui avait pour effet de le maintenir dans un état perpétuel d'excitation quand il pensait à elle. Mais là, il l'aurait étranglée. Il était 20 h 15 passées lorsqu'il regarda une nouvelle fois sa montre. Où était-elle ? Avec qui ? Pourquoi n'avait-elle pas répondu à ses messages ? Les invités, en tenue d'apparat, étaient presque tous arrivés dans la salle d'accueil du musée du quai Branly, réservée pour l'occasion. Le gala avait pour objectif de récolter des fonds pour la recherche sur les maladies neurodégénératives. Il avait été organisé autour d'un dîner, les plus grands spécialistes français du cerveau dont Blake, Tardieu et deux professeurs de l'Institut Pasteur devaient intervenir, avant le lancement de la vente aux enchères de tableaux d'un artiste contemporain.

Les invités donnaient leurs vestiaires et s'acheminaient par petits groupes vers les tables du dîner, dressées au dernier étage. Pour l'atteindre, ils gravissaient la large rampe en spirale du musée, s'émerveillant au passage des masques et des figurines qui jalonnaient leur ascension. Au pied de la rampe, le président de la Fondation Alzheimer, Tardieu et leurs épouses respectives ainsi que Benoît Blake, saluaient les invités.

D'une main, Cyrille retenait les pans de sa robe en mousseline noire pour ne pas marcher dessus. De l'autre, elle serrait son sac à main et son téléphone mobile. Elle se dépêchait autant que le lui permettaient ses escarpins. *Quel est le sadique qui a inventé les talons hauts ?* Elle arriva essoufflée, échevelée, bonne dernière. Elle était dans un état mental déplorable. Le regard que lui lança son mari la mina encore davantage. Elle lui sourit pour désamorcer la colère qu'elle sentit à plein nez.

— Sale aprèm, vraiment. Désolée, je file aux toilettes pour me recoiffer et j'arrive.

Elle laissa son manteau au vestiaire. Dans les toilettes, face à la glace, elle se recoiffa avec ses doigts, s'aspergea le visage et le cou avec un peu d'eau. Elle s'appuya sur la vasque en marbre rose et essaya de rassembler ses pensées.

Son reflet dans le miroir lui renvoyait l'image d'une femme choquée, déstabilisée, terrifiée. Des fous, elle en avait côtoyés à Sainte-Félicité, mais pas encore dans son Centre. Elle prit conscience que sa vessie était sur le point d'exploser. Quand elle se fut soulagée et rafraîchie, elle resta immobile quelques instants encore pour reprendre possession de ses moyens avant de gagner la salle de réception.

Elle grimpa rapidement les trois niveaux de la spirale, arrangeant les plis de sa robe et se composant un visage calme et détendu. Étant donné son métier et la place qu'elle occupait, elle se devait d'avoir toujours l'air heureux en société. C'était idiot, mais c'était ainsi. Comme on attendait d'un dentiste qu'il ait des dents parfaites ou d'un coiffeur qu'il ait les cheveux propres, elle devait respirer le bonheur et la sérénité. Ce n'était pas trop compliqué la plupart du temps, sauf certains jours tels que celui-ci.

Lorsqu'elle s'assit à la table que présidait son époux, elle réussit à paraître paisible, même si elle aurait voulu être partout sauf ici. De préférence seule, ou alors avec Muriel pour lui raconter son horrible découverte, affalée sur le canapé, une double vodka à la main. Son amie aurait fait de l'humour noir, comme d'habitude. « Un collier d'yeux, comme c'est tendance ! » lui aurait-elle balancé, ou quelque chose dans ce goût-là. Ça lui aurait fait du bien. Mais elle était assise face à un sociologue verbeux et à un historien des sciences dont elle avait déjà oublié le nom.

Benoît jouait à merveille les maris aimables. Elle perçut pourtant le poison sous sa gentillesse. Il lui en voulait de ce retard et il réglerait ses comptes avec elle ce soir sur la route du retour, elle en était sûre. Il ne pouvait pas imaginer ce qu'elle venait d'endurer. Dès qu'elle pourrait, elle lui raconterait et il lui pardonnerait. Elle déglutit et descendit d'un trait sa flûte de champagne.

La lettre de Daumas était froissée au fond de son sac, mais chaque mot restait tatoué dans sa mémoire. Tout dans cette lettre relevait d'un maniaque en plein transfert passionnel. Tout sauf ça :

Je préférais ton autre toi.
Ma Lily qui jouait
Un tango désespéré.

Effrayant. Qui savait, à part elle, que son père la surnommait Lily quand elle était petite ? Qui savait, à part Benoît, quelle place le tango et la musique occupaient dans sa vie ? Comment Julien Daumas pouvait-il avoir obtenu ce genre d'informations personnelles ? Cyrille se dit que rien n'était magique dans ce monde, il y avait forcément une explication logique, il suffisait de la découvrir. Les mots n'étaient que des mots. Ils ne devaient pas lui faire peur. Pourtant, la peur s'était insinuée dans ses veines, elle n'y pouvait rien. Il fallait qu'elle travaille dessus. Pour l'instant, elle jouait avec son pain, égrenant des boulettes de mie sur la table et priant pour que cette soirée s'achève au plus vite.

Elle écouta d'une oreille distraite son voisin de droite lui vanter les mérites du millepertuis sur l'humeur. Il lui demanda son avis, elle lui sortit quelques banalités, s'efforçant alors d'appliquer les techniques de pensée positive qu'elle enseignait avec tant d'enthousiasme. *Merci, la vie, de me permettre d'être là ce soir, pour accompagner mon époux. Merci d'avoir un métier passionnant qui me permet de rencontrer des gens passionnants. Merci d'être en vie, de ne pas être malade…* Elle fit taire la voix intérieure qui tentait de lui dire quelque chose de bien moins réconfortant. *Merci de m'avoir permis de construire cette clinique qui me tient tellement à cœur. Merci pour tout ce que je vais encore accomplir.* Ces mots lui firent l'effet d'une douche rafraîchissante. Elle se calma, regarda son voisin de table et lui accorda son attention.

Lorsque Blake eut fini son allocution, une demi-heure à parler des grands espoirs que suscitait la recherche en neurosciences pour vaincre la maladie d'Alzheimer et de Parkinson, il descendit un autre verre de vin. À côté de lui, Cyrille essaya le plus discrètement possible de le refréner.

— Qu'est-ce qu'il faisait pendant que je parlais ? glissa-t-il à sa femme.

— Rien de spécial. Vas-y doucement sur le vin.

— J'ai été plus applaudi que lui ?

— Oui, mon chéri. Allez, c'est le dernier verre.

— Son discours était d'une fatuité !

Cyrille ferma les yeux un instant. Elle ne partageait pas l'inimitié de Benoît pour l'autre grand chercheur en neurophysiologie, qui avait aussi été un de ses professeurs à Sainte-Félicité. Elle le respectait plutôt, même, ce qui agaçait Benoît au plus haut point.

À 23 heures, la vente aux enchères toucha à sa fin et les invités se levèrent.

Benoît avait la bouche pâteuse et le pas hésitant lorsqu'ils regagnèrent la voiture. « Je conduis », imposa Cyrille.

— J'ai hâte que toutes ces cérémonies s'arrêtent, lâcha Benoît, je suis fatigué des mondanités.

— Si tu as le Nobel, il faudra t'y habituer, répondit Cyrille, légèrement malicieuse.

Ils demeurèrent silencieux pendant tout le voyage, jusqu'à ce qu'elle gare la voiture et qu'ils s'engouffrent dans le hall en marbre de l'immeuble. Dans l'ascenseur, Benoît lança à son épouse une œillade peu tendre.

— Tu m'avais promis d'arriver en avance…

Cyrille lui prit la main en signe d'apaisement.

— Je suis désolée, j'ai eu un gros empêchement.

Mais Benoît ne l'écoutait pas vraiment.

— J'étais le seul à ne pas être avec ma femme. De quoi avais-je l'air devant Tardieu ?

Cyrille voulut enchaîner, mais son mari la coupa :

— Tu sais que cet enfoiré a fait un aller-retour à Stockholm pour déjeuner avec des membres du comité Nobel la semaine dernière ? C'est Francis qui me l'a dit.

Ils descendirent de l'ascenseur, Cyrille ouvrit la porte de leur appartement.

— Je vais l'appeler, vitupéra Benoît, et lui dire une bonne fois pour toutes ce que je pense de son lobbying. Qu'il aille se faire sodomiser par tout le Karolinska si ça le chante ! Quel connard !

Cyrille se mordit les lèvres.

— S'il te plaît, Benoît, calme-toi.

Dans l'entrée, elle se débarrassa de son manteau, de ses escarpins, et ôta ses boucles d'oreilles. Elle n'était pas en état de supporter une scène et voyait s'échapper la possibilité de se vider l'esprit en racontant sa découverte macabre à son mari. Pourtant, elle tenta encore de se montrer patiente.

— Je comprends que tu sois nerveux en ce moment, mais il y a d'autres choses graves qui se passent autour de toi.

Blake desserra sa cravate, n'entendant rien.

— Évidemment, lui, il fréquente les beaux milieux, tu vois. Il se fait mousser dès qu'il peut. À chacune de ses publications, il prévient la presse, il en fait des caisses, il a même cette vieille peau qui lui sert d'agent. Moi, jamais. Je me suis toujours refusé à participer à tout ce cirque. Je suis resté discret à bosser. Je te jure que s'il l'obtient à ma place, je vais faire un scandale.

Cyrille soupira, agacée. Pourquoi fallait-il subir ça, ce soir ? Une migraine commençait à enfoncer ses doigts de feu derrière ses yeux. Elle entra dans la chambre conjugale et ouvrit le dressing pour y ranger sa robe. Lorsqu'elle ressortit de la salle de bains, quelques instants plus tard, son mari n'avait pas bougé de place, soliloquant toujours.

— Au fond, j'ai jamais su bien m'entourer. Regarde qui il fréquente, lui. Et vas-y que je tape dans le dos du ministre et que je dîne avec tout le gratin du CNRS !

Cyrille grinça des dents.

— Benoît, ça suffit maintenant. Arrête. Ne me parle plus de lui, j'en ai marre !

Le regard que leva Benoît sur elle était plein de tout le mépris qu'il ressentait pour son adversaire. Il se redressa, étonnamment stable sur ses jambes d'ancien lutteur, et s'avança vers elle.

— Je rêve, tu prends sa défense ?

Cyrille recula d'un pas.

— Ne dis pas de bêtises.

— Ah ! Tu crois que je t'ai pas vue faire la belle devant lui tout à l'heure ? Déjà à la faculté, il te tournait autour.

Elle haussa les épaules, excédée.

— C'en est trop, Benoît, arrête, j'ai mal à la tête, j'ai eu une journée horrible.

— Horrible ? Et moi, tu crois que je me la coule douce avec toute cette pression, hein ?

— Laisse-moi passer, je vais prendre un somnifère.

Il lui bloqua le passage.

— Tu couchais aussi avec lui pendant l'internat ?

La réponse de Cyrille fusa :

— Tu déraillles complètement, là !

Benoît lui saisit le bras.

— Moi ? je déraille ? Tu dis ça par rapport à mon problème, hein ?

— Quoi ?

— Lorsque le doyen m'a félicité pour mes travaux, il m'a lancé un regard ironique. Si ça se trouve, tout le monde est au courant.

— Mais enfin, Benoît, de quoi parles-tu…

— Ah, il doit bien se marrer ! Blake n'est même pas capable d'écrire à l'endroit !

Cyrille sentit la moutarde lui monter au nez.

— Ça suffit ! Personne ne le sait. Sauf toi, ton neurologue et moi. Alors, maintenant, tu me lâches, tu te calmes et on se couche !

Benoît resserra sa poigne sur le bras de sa femme.

— Tu me fais mal, Benoît !

— Ne me parle jamais comme ça ! Tu m'entends ? Jamais. Je ne suis pas un demeuré !

Cyrille écarquilla les yeux. Benoît regarda sa femme et soudain, comme frappé par la foudre, il lâcha son emprise et se laissa tomber sur le lit.

— Excuse-moi, je ne sais pas ce qui m'a pris.

Cyrille se frotta le bras, la gorge serrée, incapable de répondre. Son mari lui tendit une main. Mais Cyrille n'avait aucune envie de faire un pas vers lui.

— Pardonne-moi, ma chérie, je t'en prie, prononça Benoît piteusement.

Choquée, Cyrille ne bougea pas d'un pouce.

— Je vais prendre un cachet et me coucher, parvint-elle à dire d'une voix cassée. On reparlera de tout ça, mais pas maintenant.

Elle s'éloigna et se réfugia dans la salle de bains. Elle chercha fébrilement un cachet dans l'armoire à pharmacie et l'avala, se sentant plus seule que jamais. *Putain de journée.*

-14-

9 octobre, 7 h 30

Ses mocassins neufs en daim noir la faisaient souffrir. Ils lui meurtrissaient le tendon d'Achille et le cou-de-pied. Elle s'en voulut de les avoir sortis de leur carton ce matin, mais trouva une justification. Elle avait eu envie de porter quelque chose de nouveau pour bien attaquer cette journée. Résultat des courses, il lui faudrait mettre un pansement dès son arrivée à la clinique, sinon, dans une heure, elle aurait deux plaies à chaque pied.

Cyrille soupira et détourna son attention du frottement désagréable. L'automne s'accordait un répit ce matin, une douceur de printemps. Les feuilles du marronnier, en face de la clinique, ne semblaient pas vouloir jaunir et une légère chaleur emplissait l'air. Un temps idéal pour oublier tous ses problèmes et entamer une journée de travail fructueuse. La porte d'entrée vitrée s'ouvrit sur son passage.

— Bonjour !

Bélinda, la standardiste, qui assurait la permanence de 7 à 14 heures, referma brusquement le journal qu'elle était en train de lire. Elle salua la patronne qui lui fit un petit signe de tête comme d'habitude, mais la standardiste ne fut pas dupe. *Sale mine, le docteur, aujourd'hui* se dit-elle. L'anticerne « effet lumière » avait masqué les ombres sous les yeux, mais l'ensemble des traits de Cyrille accusait la fatigue et l'anxiété.

Ce matin, elle devait préparer son allocution pour le congrès de Bangkok et le déjeuner du lendemain avec ses deux financiers américains. Ce qui revenait à se plonger dans le bilan des comptes de l'année écoulée et à évaluer quelles sommes elle devait quémander pour boucler l'année suivante. Elle ne pouvait arriver à cette réunion sans connaître un minimum de chiffres par cœur. Pourtant, elle ne se sentait pas dans son assiette, légèrement flottante, absente, et son cerveau ne lui semblait pas d'attaque pour enregistrer quelque chiffre que ce soit.

Elle pensa à la scène de Benoît la veille et se sentit encore très remontée contre son mari. Il n'avait pas à se conduire de la sorte avec elle, c'était inadmissible. S'il ne supportait plus la pression, qu'il se soigne, et vite ! Quant au « problème » Daumas, il lui avait aussi occupé une bonne partie de la nuit. Entre 3 et 6 heures du matin, elle y avait songé, se repassant le film des séances pour identifier à quel moment elle s'était fait manipuler, et quels détails lui avaient échappé.

À force de se rejouer les discussions qu'ils avaient eues, elle en était arrivée à une conclusion. *Il est venu consulter pour me parler de ses pulsions, mais il n'a pas pu, tant elles lui paraissent inavouables. Alors, il n'a évoqué que ses cauchemars et m'a attirée chez lui pour que je découvre le reste, ce qu'il cache vraiment. C'est un appel au secours. Il a besoin d'aide de toute urgence.* Pour l'allusion à Lily et à la musique, en revanche, elle n'avait encore aucune explication logique.

Ce matin, en préparant son petit déjeuner elle avait pensé qu'elle s'était fait trop confiance. Au bout de cinq ans à soigner des maux de l'âme, sans problèmes notoires, et avec pas mal de réussite, elle avait baissé la garde. Cette découverte lui déplut fortement. Cela voulait dire que sa pratique médicale ronronnait, déjà. Inacceptable. En finissant ses tartines, elle avait évalué la marge de manœuvre qu'elle avait pour rattraper sa bévue. En débarrassant la table, sa décision était arrêtée.

Cyrille ouvrit le tiroir de son bureau et trouva avec satisfaction un rouleau de sparadrap, en découpa deux bandes qu'elle colla à l'arrière de ses chevilles. Elle se massa le nœud douloureux qui s'était formé au niveau des trapèzes, avant de se diriger vers la machine à café.

La tasse à la main, elle s'installa à sa table, fit quelques exercices de relaxation, petits mouvements de rotation du cou, des épaules et prit une grande inspiration. Une fois tout l'air expiré des poumons, Cyrille décrocha le téléphone et composa le numéro qu'elle connaissait encore par cœur, dix ans après.

Le secrétaire du professeur Manien se montra des plus désagréables dès que Cyrille Blake eut décliné son identité. Non, le professeur n'était pas disponible, il était en cours. Non, il n'avait pas de dossier à lui fournir sur un ancien patient. Elle n'était pas de la famille, il lui fallait passer par une voie officielle. Tout ce qu'elle savait déjà, en somme.

Le combiné claqua contre son socle. *Quel connard, mais quel connard !*

Bélinda vit avec étonnement la patronne ressortir dix minutes à peine après son arrivée, le pas militaire, la mine butée, tapant sur son i-Phone. Cyrille répondait, agacée, au SMS qu'elle venait de recevoir de MJ : « Suis malade, ne peux pas venir. »

— Prenez la ligne de MJ, s'il vous plaît, lança-t-elle en passant devant la standardiste, elle sera absente aujourd'hui. Ma première consultation est dans une heure, je serai revenue.

Cyrille marqua une pause puis prolongea son message à MJ : « Et STP pense à refermer la porte de communication quand tu fais une lessive. Merci ! » C'était peut-être un peu trop sec mais, ce matin, elle avait une nouvelle fois retrouvé la porte de service qui menait à la chambre de bonne mal refermée.

Elle envoya son message tout en ouvrant la portière de sa Mini. MJ ne lui avait encore jamais fait faux bond. C'était une fille sérieuse et bosseuse sous ses airs de dilettante, sa défection soudaine n'était pas de bon augure. La jeune fille avait-elle de nouveau envie de prendre le large ? Elle soupira. Elle se doutait que Marie-Jeanne ne se satisferait pas toujours d'une vie de bureau, c'était une rêveuse, une aventurière qui avait besoin de sensations fortes. La clinique n'était qu'un port où elle se reposait après quelques déboires pour mieux reprendre la route. Cyrille se rendit soudain compte qu'elle craignait que la jeune fille ne fasse son sac. C'était devenu un des piliers de son organisation. Elle mit le contact mais, avant de démarrer, envoya un second texto à la nièce de Benoît : « J'espère que ce n'est pas grave, je t'appelle vite. »

* * *

8 h 25

Cyrille vit les étudiants en quatrième année de médecine bâiller en ingurgitant des gobelets de café noir droit sortis de l'antique distributeur. Les rangs dans l'amphithéâtre Charcot de l'hôpital Sainte-Félicité étaient clairsemés. Une fête la nuit dernière avait-elle eu raison du tiers de la promotion ? Ceux qui étaient présents prenaient des notes à toute allure, la plupart d'entre eux enregistraient le professeur Manien avec leur Dictaphone MP3, car Manien était connu pour ne jamais faire d'effort particulier pour parler lentement.

Parfois, il illustrait son cours par des diapositives, mais, le plus souvent, il déchargeait des dizaines de données à la minute qu'il s'ingénierait à demander lors du QCM de fin de trimestre. Manien, le « Bœuf », comme le surnommaient les étudiants, n'était pas aimé.

Le docteur Blake se glissa au dernier rang. Les bancs étaient toujours inconfortables. Elle observa les murs, lézardés, jaunis. Le sol, en lino vert, les moutons de poussière.

Les tablettes de bois, griffées, crayonnées, bardées de graffitis des années de galère d'étudiants.

Rudolph Manien avait vieilli, mais conservé sa carrure de déménageur, son cou de taureau, ses cheveux grisonnants et drus, sa mine renfrognée. Il ne s'était pas séparé de sa vieille blouse blanche, sa main gauche enfoncée dans la poche, qu'il secouait pour ponctuer ses phrases. Le docteur Blake jeta un coup d'œil à l'étudiant devant elle. Un échalas au cou et aux cheveux pâles qui grattait des notes à toute vitesse. Il loupait une phrase sur deux, s'énervait, rayait des mots, faisait des flèches pour relier deux idées. Le cours touchait à sa fin. Que débitait Manien ?

« Typiquement, la schizophrénie commence à la fin de l'adolescence. Elle débute avant vingt-trois ans dans 50 % des cas. Cependant, il existe des formes de schizophrénie infantile – âge de début inférieur à douze ans – dont la prévalence est de un pour dix mille. »

Cyrille s'appuya sur le dossier de bois et regarda avec sévérité ce professeur incapable de transmettre sa passion du métier de psychiatre. Cet amphi, elle y avait passé des heures, dans la tension, le stress, la peur des examens… Elle s'asseyait au premier rang, éternelle bonne élève.

Elle n'y était pas retournée depuis dix ans mais peu de choses avaient changé. Manien poursuivait son discours sans même s'apercevoir que ses élèves écrivaient sous la dictée sans comprendre le sens de ce qu'il racontait. « La stabilité des formes cliniques les plus habituellement décrites – paranoïde, hébéphrénique et catatonique – est faible et le plus souvent la maladie évolue vers un tableau dans lequel aucune des trois formes ne prédomine, qualifié d'indifférencié. »

Le docteur Blake fixa le vieux professeur, qui ne s'adressait qu'à la première rangée d'élèves. Là, au milieu des étudiants, elle mesura le chemin parcouru. Elle n'avait plus vingt-cinq ans, elle avait changé de vie et tout cet enfer était derrière elle.

Manien mit un point final à son cours. Les strapontins claquèrent les uns après les autres. Le grand échalas blond rangea ses affaires à toute allure et se précipita en bas de l'amphithéâtre pour poser une question au professeur, qui rangeait ses polycopiés dans sa vieille serviette en cuir.

Cyrille se leva également et descendit tranquillement les marches qui la séparaient de l'estrade. Tout en répondant à l'étudiant, Rudolph Manien leva les yeux vers cette étudiante qui avait eu l'outrecuidance d'arriver quinze minutes avant la fin de sa leçon magistrale. Il la reconnut lorsqu'elle fut à quelques marches de lui et ses yeux se plissèrent en deux fentes.

— Tiens donc... Madame Blake. Je me demandais qui était assez impoli pour perturber mon cours. Cela ne m'étonne pas de vous.

— Bonjour, professeur Manien, le salua froidement Cyrille.

Dès qu'elle parvint à sa hauteur, elle lui présenta les choses clairement :

— Comme mon assistante vous l'a déjà demandé par téléphone, j'ai besoin de consulter le dossier d'un patient. Ce patient présente des troubles graves. Tant que je n'ai pas connaissance de ses antécédents, je ne peux me prononcer ni sur son état actuel ni sur le traitement adéquat. Pourriez-vous, s'il vous plaît, faire accélérer la procédure et me transmettre dès aujourd'hui les informations concernant ce dossier ?

Manien ferma sa serviette d'un claquement sec et passa devant elle, manquant de la bousculer.

— Ce n'était pas la peine de vous déranger. Je n'ai pas le temps de m'occuper de vos affaires, mes consultations commencent dans dix minutes.

Il descendit de l'estrade d'un pas étonnement vif pour sa corpulence et poussa la porte réservée au personnel qui donnait dans le couloir de l'administration. Cyrille lui emboîta le pas.

— Ce ne sont pas uniquement « mes » affaires, puisque ce patient était sous « votre » responsabilité.

Manien ricana.

— S'il est venu consulter dans « votre » établissement, c'est qu'il va beaucoup mieux !

Cyrille encaissa le coup, sa voix devint plus cassante :

— Je me doute de ce que vous pensez du Centre Dulac, et cela m'est égal. Je vous demande simplement de me transmettre des informations qui me permettraient d'orienter au mieux un patient.

Ils s'arrêtèrent devant les ascenseurs du service. Manien fut contraint de rester à côté de Cyrille. Il se balança sur ses talons.

— Ça, je dois le reconnaître, madame, vous avez bien tiré votre épingle du jeu.

— Pardon ?

Rudolph Manien eut un rictus peu amène.

— Épouser Blake… c'était un coup de maître pour votre carrière.

Cyrille ne releva pas et se fit violence pour se contenir.

— J'ai toujours respecté votre travail, respectez le mien. Je vous demande seulement de me transmettre ce dossier.

Manien appuya de nouveau sur la flèche d'appel de l'ascenseur, sans la regarder.

— Vous gagnez peut-être de l'argent à vendre du rêve aux gens, avec vos soi-disant traitements miracles. Mais cela ne m'impressionne pas. Ce ne sont pas vos petites cures de « bonheur », ni vos bouquins à l'eau de rose qui me feront changer d'avis. Je respecte le travail de votre mari que je connais de loin. Le vôtre, c'est une autre affaire.

Cyrille détailla le profil de son ancien chef de service, remarquant les touffes de poils drus qui lui sortaient des oreilles et les comédons sur son nez épaté. C'était la première fois qu'un membre de Sainte-Félicité lui disait franchement ce qu'il pensait de l'évolution de sa carrière. Elle se sentait presque soulagée.

Pas question de répondre à l'agressivité par l'agressivité. Au contraire. Elle adopta sa voix la plus douce :

— S'il arrive quoi que ce soit à ce patient, je vous en tiendrai pour responsable, pour rétention d'informations et le ferai savoir.

Rudolph Manien pivota sur lui-même et la regarda pour la première fois.

— De toute façon, je ne peux pas vous aider.

Cyrille perçut le léger infléchissement de sa voix. C'était bon signe.

— J'ai besoin de ce dossier, Rudolph, fit-elle suavement.

Manien cilla plusieurs fois, soufflé par le culot de son ancienne étudiante. Les portes de l'ascenseur s'ouvrirent.

— Je ne l'ai plus. Tous les dossiers d'avant 2001 ont été envoyés aux archives générales.

Manien s'engouffra dans l'ascenseur, enclencha la clé qui lui permettait d'accéder au couloir du service « Maladies mentales et de l'encéphale » et la salua d'un signe de tête. La porte se referma sur son visage de dogue.

Et merde !

Cyrille demeura quelques secondes face à la porte du monte-charge. Elle avait échoué. *Bon Dieu !* Elle détestait perdre. Elle regarda sa montre, elle devait rejoindre le Centre au plus vite. Elle poussa la porte coupe-feu qui donnait sur la cour intérieure de l'hôpital et prit la direction du parking. *Un dialogue de sourds qui n'a servi à rien sauf à savoir que je suis perçue comme une arriviste qui a couché pour réussir, bravo.* Cyrille vit un banc et n'y tint plus. Sa chaussure droite lui faisait trop mal. Le sparadrap s'était enroulé sur lui-même et un lambeau de peau à l'arrière de la cheville était carrément arraché.

Elle s'assit et attrapa le bout de papier collant, le déroula comme elle put et tenta de se refaire un pansement de fortune pour tenir jusqu'à la clinique. L'ampoule avait éclaté et du pus s'était formé. Cyrille fronça les sourcils. Un flash. Des animaux énucléés, « Ma Lily qui jouait un tango désespéré ». Elle frissonna de la tête aux pieds et chassa l'idée comme un essaim de mouches.

C'est alors qu'elle leva les yeux et constata qu'elle se trouvait en face de la porte d'accès du service B. Un bloc de granit marron, percé d'une dizaine de fenêtres à barreaux, sur deux étages. D'après ses souvenirs, la salle des infirmières était à gauche après le comptoir de l'accueil. Elle n'avait pas une minute à perdre. Elle se leva et, en boitillant, se dirigea vers ce lieu où elle s'était promis de ne jamais remettre les pieds.

* * *

Un système de sécurité avec digicode et interphone gardait l'entrée. Cyrille Blake sonna et déclina son identité. Un claquement. Déverrouillage de la porte.

Ce qui la frappa en entrant dans le couloir du service, ce furent les relents de vomi et de désinfectant chloré, comme si quelqu'un venait de nettoyer le sol. Elle reconnut les deux portes à battants, à droite le couloir du service B, les cas les plus lourds qui nécessitaient une surveillance constante, voire un isolement. On entendait des gémissements. Un homme hurlait dans une langue incompréhensible quelque part par là-bas.

Elle poussa la porte de gauche et entra dans le dispensaire qui recevait à la chaîne les cas sociaux. Il n'était pas tard et déjà une dizaine de personnes attendaient sur les chaises grises en plastique que quelqu'un veuille bien s'intéresser à eux. Une femme emmitouflée dans une superposition de châles, un bébé en pleurs dans les bras. Un SDF, barbu, un pied empaqueté dans des sacs plastique, les yeux dans le vide. Une autre, sale et débraillée, qui se balançait sur la chaise. Cyrille eut l'impression qu'elle parlait toute seule. Elle trembla malgré elle. C'était dans cette salle d'attente, au fond, près de la télé, que la jeune interne avait été agressée par une toxicomane en manque. La junkie l'avait attrapée par le cou, la menaçant avec un tesson de bouteille de bière. Les aides-soignants lui avaient sauvé la vie.

À l'époque, elle travaillait en alternance au dispensaire et au service B. Julien Daumas avait probablement séjourné dans ce dernier. Est-ce qu'elle le revoyait ici ? Décidément, non.

Elle passa devant le poste des infirmiers et s'arrêta devant la salle de repos du personnel. Elle frappa et entra. Trois infirmières qui prenaient leur tour du matin discutaient. Ça sentait le café et la baguette. Sur la table en Formica, qui occupait pratiquement tout l'espace, il y avait tout ce qu'il fallait pour un bon petit déjeuner, miel, confiture, gros pot de pâte à tartiner presque vide.

— Bonjour, mesdames.

Les trois infirmières stoppèrent leur conversation. Aucune tête familière. Elles regardèrent l'intruse – les visites étaient autorisées de 14 heures à 20 heures uniquement.

— Je suis le docteur Blake, ancienne interne du service. J'avais rendez-vous avec le professeur Manien ce matin.

Les trois dames se détendirent. Cyrille poursuivit :

— Est-ce que Nino Paci travaille toujours ici ?

Une des trois infirmières, grassouillette et courte sur pattes, fit non de la tête en mâchonnant une tartine.

— Il est en récup'.

Cyrille jeta un œil au tableau des gardes. Nino ne serait de service que dans trois jours.

— Merci, mesdames.

Elle était déçue. C'était le seul qui lui avait laissé un bon souvenir, ici. La frustration et l'angoisse la submergèrent.

Elle regagna le parking, soulagée de s'éloigner. Cyrille fit une recherche dans les pages jaunes sur son i-Phone. Dans ses souvenirs, elle avait dû se rendre à une fête ou deux chez lui, dans le XIIIe arrondissement. L'annuaire lui donna un Nino Paci, rue de Tolbiac.

Elle se déconnecta d'Internet et cliqua dans son répertoire sur « MJ ». Trois sonneries, toujours la messagerie.

-15-

Assis, torse nu, en caleçon, face à la fenêtre, Julien Daumas appuya ses coudes sur la table. Il avait mis ses lunettes pour mieux voir de près. Il colla délicatement la petite cellule solaire sur le socle de bois, planta au centre du support un fil de fer de quarante centimètres, puis ajusta au sommet un papillon de tissu multicolore. Il orienta le mobile vers le soleil, pas très puissant mais suffisamment pour que le papillon commence à voleter. Julien inclina la tête et, au bout de quelques secondes d'observation, se redressa, satisfait. Il se leva, s'approcha du petit lit défait et caressa les boucles de feu qui jaillissaient de la couette. Des yeux, un nez surgirent et MJ fit un rictus de chat heureux. Julien s'assit sur le lit une place dans lequel ils s'étaient serrés cette nuit.

— Regarde, c'est pour toi.

MJ dressa la tête.

— C'est toi qui as fait ça ?

Le jeune homme acquiesça, le visage de la jeune fille s'illumina.

— C'est trop joli… Merci.

Elle enfonça de nouveau sa tête dans l'oreiller et ferma les paupières. Si Julien continuait à la regarder de la sorte, avec ses yeux couleur de tempête et son demi-sourire timide, elle allait tomber amoureuse. Et ce serait une catastrophe. Marre de souffrir. En même temps, il venait de lui faire un cadeau, ça voulait dire qu'il tenait à elle. *Non, va pas par là. T'as déjà trop morflé.*

Elle sortit un bras de dessous la couette et attrapa son téléphone mobile. Deux appels en absence de Cyrille. *Merde.* Elle n'avait pas assuré ce matin, mais bon. On ne vivait qu'une fois, ce boulot n'était qu'un boulot, et puis quoi, Julien avait besoin d'elle. Elle appellerait le Centre tout à l'heure. Julien lui caressa l'épaule. Sa culpabilité s'évanouit. Elle admira pour la millième fois son physique de sportif. Tout en muscles souples, sans un gramme de graisse, une peau veloutée et imberbe, parsemée de taches de rousseur sur les épaules. Identiques aux siennes.

Cette nuit, quand il était venu sonner chez elle, elle l'avait accueilli sans hésiter. Très vite, l'atmosphère s'était réchauffée dans la chambre de bonne, grande comme un placard. MJ connaissait bien les mecs, elle savait ce qu'ils aimaient d'habitude. Elle avait rivalisé d'ingéniosité et d'originalité, lui proposant une multitude de positions différentes, faisant preuve d'initiative et d'une grande souplesse.

Son plaisir à elle était secondaire, elle voulait surtout qu'il se souvienne longtemps de cette nuit et ait envie de revenir.

Mais Julien était différent des autres, décidément. Il avait été lent, doux et tendre. Il semblait peu intéressé par ses acrobaties et n'avait cessé de lui demander si elle était bien. MJ avait été tellement surprise qu'elle avait senti sa gorge se serrer à plusieurs reprises.

Elle avait même failli pleurer quand il l'avait caressée longuement sans demander qu'elle fasse de même. Quelque chose à l'intérieur d'elle s'était cristallisé et, en se réveillant, c'était encore là. Elle posa sa main sur celle de Julien et lui caressa les doigts. Elle était heureuse. Julien plongea son regard gris dans le sien. « Tes yeux sont magnifiques le matin », lui dit-il tendrement.

* * *

10 h 15

Assise à son bureau, le nez dans sa comptabilité, Cyrille ne parvenait pas à se concentrer. Plus elle y réfléchissait, plus elle se tourmentait. Elle mâchonna son stylo. Julien Daumas avait programmé son deuxième rendez-vous à 10 heures ce matin, et il ne s'était toujours pas manifesté, pas plus qu'il n'avait répondu aux appels. *Sait-il que je suis entrée chez lui ?* Cyrille fit une croix rouge dans la marge du mémo du comptable à côté de la case « matériel d'examen » et nota « AD », ce qui voulait dire « à détailler ». Le comptable était doué, elle n'avait à peu près rien à reprendre dans son mémo, sinon apporter quelques menus éclaircissements. Demain, elle pourrait donner le document à ses investisseurs quasiment sans retouches.

Elle fit une nouvelle pause. *Un affabulateur névropathe mutile des animaux, m'attire chez lui pour que je contemple ses œuvres et disparaît. Dans quel but ? Est-il dangereux ? Pour lui-même, certainement. Les mutilations sur autrui pouvaient précéder des automutilations. Et pour les autres ? Suis-je en danger ?*

Elle observa un point dans le vide puis cligna des yeux. *Je me suis laissé embarquer. Notre pseudo-rencontre à Sainte-Félicité, la clé, l'appel au secours bidon, la mise en scène de son appartement, le tableau écœurant, il a tout orchestré depuis le début. Je dois reprendre le contrôle de la situation, remettre de l'ordre dans mes pensées et analyser le jeu dans lequel Julien Daumas veut m'entraîner.* Cet état d'esprit la rasséréna. La peur et l'angoisse n'avaient pas annihilé sa capacité d'analyse. Elle aurait aimé appeler son mari, mais non. Elle lui en voulait encore trop de la scène d'hier.

Elle décrocha son téléphone pour que MJ contacte le comptable du Centre, puis se souvint soudain que la jeune femme était absente. *Elle aussi, elle commence à me plaire !* Elle tenta à nouveau de la joindre sur son portable, en vain. Ce soir, elle irait lui dire deux mots.

Le docteur Blake ouvrit un document PowerPoint sur son ordinateur. Et afficha en vignettes les vingt-deux diapositives qu'elle allait présenter au congrès de Bangkok. Cette dernière année, Cyrille avait appris plusieurs choses. Il ne suffisait pas d'être un bon médecin pour bien gagner sa vie, il fallait aussi que cela se sache. La publicité, bien qu'interdite dans son métier, elle devait la faire d'une façon plus détournée, sinon le Centre Dulac ne survivrait pas. Le congrès de neuropsychiatrie était un rendez-vous clé dans l'année. Enfin, elle ne devait s'attendre à aucun soutien de la part de ses confrères, qui cherchaient plutôt à lui mettre des bâtons dans les roues. En revanche, les journalistes, eux, étaient à soigner.

Vers 11 h 30, elle mangea un carré de chocolat. Elle travaillait à écrire les légendes de ses diapos quand son i-Phone vibra. MJ. *Tiens donc !* Elle décrocha.

— Jamais tu ne réponds quand je t'appelle ? démarra-t-elle bille en tête.

— *Sorry*. Je suis patraque, aujourd'hui.

— Qu'est-ce que tu as ?

— Une migraine pas possible.

Cyrille fit une moue dubitative.

— Prends du paracétamol. Va dans notre salle de bains, si tu n'en as pas.

— OK, merci. Je peux lancer une lessive aussi ?

— Tu n'en as pas fait une hier déjà ? J'ai retrouvé la porte de communication ouverte.

— Oui, désolée. J'ai encore des trucs à laver.

Cyrille gratta nerveusement la surface de son bureau. Elle ne pouvait forcer la nièce de Benoît à lui parler, mais elle sentait que quelque chose n'était pas comme d'habitude.

— Tout va bien ?

— Oui, oui. Je serai là demain, promis. T'es de garde cette nuit ?

— Oui, encore, exceptionnellement.

La voix de MJ avait une inflexion gaie même si elle essayait de baisser son timbre pour paraître souffrante. Cyrille paria qu'elle n'était pas toute seule, qu'il y avait un homme à côté. Elle se tut. Que pouvait-elle ajouter ? MJ raccrocha rapidement.

* * *

Marie-Jeanne cuisina une omelette aux lardons et prépara un café, tandis que Julien restait allongé, nu sur le lit. MJ scrutait furtivement le corps du jeune homme. Elle détaillait ses muscles fins, acquis en surfant, en nageant, en courant des kilomètres sur les plages du monde entier. Enfin, c'est ce qu'elle se plaisait à imaginer. Elle frissonna de plaisir. Il n'était pas seulement beau, il était magnétique. Il n'avait pas besoin de parler, il occupait tout l'espace, faisait bouger l'air qui l'entourait. Et quand il vous regardait, ses iris prenaient la couleur d'un lac profond et ses pupilles semblaient vous transpercer jusqu'à l'âme... La jeune fille savait qu'il pouvait coucher avec qui il voulait sur un seul regard, et n'avait pas dû s'en priver. Elle ne comprenait pas pourquoi un mec comme lui s'intéressait à une rousse grassouillette comme elle. Mais elle n'allait pas s'en plaindre ni lui demander des explications. Jamais elle n'avait fait l'amour de cette façon. Il donnait autant qu'il prenait, ne jouissait jamais avant elle. Pas comme tous les tocards qui l'avaient précédé. Marie-Jeanne songea qu'elle aurait aimé être vierge de tous les autres, pour ne se donner qu'à lui. Elle posa deux assiettes sur la minitable pliante collée à la fenêtre. Julien enfila son caleçon et s'installa pour déjeuner, assis sur le lit. MJ se pencha pour lui embrasser les lèvres, y décela un goût sucré. Elle avait passé un T-shirt et une petite culotte, elle prit le tabouret, elle avait un peu froid. Elle orienta le mobile solaire pour que le papillon se mette à voleter de nouveau. Elle s'éclaircit la gorge.

— Tu comptes retourner au Centre Dulac ou pas ?

Julien avala une bouchée d'omelette.

— Non, ça devient trop compliqué. Ta tante t'a parlé de moi ?

Non, Cyrille ne lui avait pas parlé de lui. Mais sa tante n'était pas au courant de tout et peut-être ne mesurait-elle pas la souffrance de son patient. MJ songea à la coupure de presse dans son sac. Elle aurait dû alerter Cyrille, mais elle voulait garder ça pour elle encore un peu même si elle savait que ce n'était pas très professionnel.

— Nan, elle a rien dit. Mais hier, elle était pas mal inquiète que tu te pointes pas au rendez-vous.

Il y eut un silence.

— Je peux pas y retourner.

— Pourquoi ?

— Parce que je sens qu'elle veut me renvoyer à l'hosto. Et il n'en est pas question. Je vais me tirer de toute façon.

MJ joua avec sa fourchette. Elle n'avait plus faim.

— Comment ça ? Où ?

— J'ai un boulot la semaine prochaine au Viêtnam.

— Au Viêtnam ?

— Un truc officiel. Après, j'ai l'open de surf à shooter à Bali.

— Tu vas revenir quand ?

— Je vais me faire oublier un peu.

— Tu devrais au moins aller voir ma tante pour lui dire.

En disant cela, MJ comprit qu'elle essayait de le retenir. Peut-être Cyrille saurait-elle trouver les mots pour dissiper ses angoisses et le faire rester. Elle était si douée avec les patients, même les plus coriaces. Mais Julien secoua la tête.

— J'peux pas. Y a des gens qui me veulent pas du bien.

— Mais qui ? Préviens la police !

— Pas une bonne idée.

Il racla l'assiette.

— C'est bon, dis donc. Je peux aller laver quelques affaires en bas ?

— Aucun souci, on s'habille et je t'accompagne.

Julien attira MJ contre lui, la bouche contre son front.

— T'es sûre de vouloir déjà t'habiller ?

-16-

19 h 30

Ce n'était pas une heure pour débarquer chez les gens, elle aurait pu téléphoner, mais elle ne voulait pas lui laisser le loisir, à lui aussi, de lui raccrocher au nez. « Paci » était inscrit en belles lettres au-dessus de la sonnette. Elle avait prévenu le Centre qu'elle s'absentait une heure. Et Benoît, qu'elle serait injoignable. Celui-ci lui avait rappelé qu'il avait sa partie de poker bimensuelle avec ses amis du golf.

Tant mieux. Cette garde exceptionnelle tombait bien. Elle était libre de mener son enquête tranquille sans rendre de comptes à personne et cela lui évitait, ce soir, d'avoir une discussion pénible avec le Grand Homme. La perspective de parler de la scène qu'ils avaient eue était au-dessus de ses forces. Toute son énergie était réquisitionnée ailleurs.

Elle hésita un instant devant la porte du cadre infirmier. Elle savait que Julien Daumas ne se présenterait plus au Centre Dulac. Il avait fui. Ça arrivait, parfois. Des patients refusaient de guérir, préférant leur mal-être habituel, connu, et en un sens rassurant, à un changement qui risquait de les chambouler de fond en comble. Il était mythomane, OK, mais aussi obsessionnel et il l'avait prise, elle, comme objet de désir. Elle pouvait tourner les talons, cesser là ses recherches et classer le dossier Daumas. Peut-être qu'il ne se passerait rien. Mais elle savait qu'elle ne dormirait plus jamais tranquille. Il fallait qu'elle règle ce cas d'une manière ou d'une autre, et qu'elle sache si, oui ou non, elle s'était occupée de ce patient dix ans plus tôt. *Allons, du courage !*

La sonnette émit un carillon. L'immeuble était cossu, deux appartements par étage, desservis par un large escalier avec moquette rouge neuve et barres dorées. *Chic, les apparts de l'Assistance publique...* Cyrille entendit bouger dans l'appartement, le parquet grinça, son pouls accéléra légèrement. Elle se sentait forte et sûre d'elle, elle était un médecin expérimenté aujourd'hui, à la tête d'un établissement qui marchait bien, épouse d'un futur Nobel. Sa requête était professionnelle et légitime. Trouver le dossier d'un patient potentiellement dangereux. Tout son discours était prêt. Elle se redressa, s'éclaircit la voix.

« T'as pas pris tes clés ? » fit une voix masculine tandis que la porte s'ouvrait.

Nino se figea, nez à nez avec Cyrille. Il ouvrit la bouche sans émettre un son, la main sur la poignée, sidéré.

Dans les souvenirs de Cyrille, Nino Paci était un cadre infirmier, sicilien d'origine, trentenaire racé, sympathique, capable d'un humour dévastateur, mais impitoyable et tranchant quand quelque chose ne tournait pas rond dans son service.

Avec elle, il avait toujours été amical et prévenant. Elle se souvenait de quelqu'un d'intelligent, ferme, droit et nerveux. Entre autres faits d'armes célèbres, il avait collé au mur le chef de service qui avait osé lui donner un ordre brutalement en omettant un « s'il te plaît ». Il était craint et respecté.

Cyrille bougea et Nino sembla se réveiller d'un songe. Sa voix claqua comme une gifle :

— Qu'est-ce que tu fiches ici ?

Cyrille fut sonnée par la brutalité du ton et le tutoiement direct. À la manière dont il s'était positionné dans l'ouverture de la porte, elle comprit qu'il n'avait pas l'intention de l'inviter à entrer. Elle oublia d'un coup son discours préparé.

— Je…

Elle s'était attendue à de la surprise de sa part, pas à de l'animosité. Elle reprit ses esprits.

— Je suis Cyrille Blake, j'étais en internat à Sainte-Félicité il y a dix ans, je peux entrer ? C'est important.

— Je sais qui t'es. Qu'est-ce que tu veux ?

Encore ce tutoiement et pas un mouvement de recul pour la laisser entrer. Cyrille tiqua mais sa voix se raffermit :

— Je ne vous dérangerai que cinq minutes.

Elle fit un pas en avant, se rapprocha de Nino, le touchant presque. L'infirmier finit par s'effacer et la laisser passer devant lui, les sourcils en accents circonflexes.

Cyrille pénétra dans un beau salon. Elle aurait remarqué la collection de vases de prix, les jolies lampes japonaises en papier de riz et les meubles Arts déco si elle avait été moins préoccupée. Elle s'assit sur un canapé noir aux coussins rouges et admira tout de même la collection d'orchidées le long de la fenêtre et les *shodo* accrochés au mur.

— Magnifiques…

Le cadre infirmier prit place sur le divan jumeau en face d'elle et attrapa nerveusement un paquet de cigarettes sur la table basse design en verre et chrome. Il s'alluma une clope, sans lui en proposer. Il replia une jambe sous lui et tira plusieurs bouffées d'affilée. Cyrille se tint très droite, jambes serrées, les mains croisées sagement sur ses genoux.

— Comme vous le savez peut-être, je dirige le Centre Dulac, depuis cinq ans. La semaine dernière, un patient est venu me trouver pour des problèmes de cauchemars essentiellement.

Elle se racla la gorge, qu'elle avait sèche, la langue sablonneuse, comme si elle n'avait pas bu depuis des jours. Le silence pesant de Nino Paci rendait pénible la formulation de chaque mot.

— Il semblerait, enfin, non, je suis sûre que cet homme est très perturbé. Il a des pulsions sadiques qui le poussent à… mutiler des animaux.

Ça y était, le mot était lâché. Un coup d'œil au cadre infirmier pour voir sa réaction. *Aucune réaction*. Son visage, tout à l'heure figé de stupeur, s'était refermé hermétiquement. Impassible, il tirait sur sa cigarette et rejetait la fumée par le nez.

— Bien, ce patient s'appelle Julien Daumas, poursuivit méthodiquement Cyrille. Il a été interné à Sainte-Félicité en octobre 2000. Le professeur Manien, que vous connaissez aussi bien que moi, refuse de me transmettre le dossier en urgence. Il dit que les dossiers ont été envoyés aux archives. Or, vous le comprendrez, il est de mon devoir de récolter le plus d'informations sur cette personne qui est peut-être en danger ou potentiellement dangereux.

Cyrille stoppa son monologue. Tout le poids du ridicule de la situation lui tomba sur les épaules. Que faisait-elle là, à supplier un cadre infirmier de lui refiler un dossier que le grand chef de service lui avait refusé le matin même ? Comment avait-elle pu imaginer une minute que ça allait marcher ?

Elle se rendit alors compte qu'elle n'était chef que de sa petite équipe. Que passé les portes de son centre privé, son autorité n'avait guère de valeur face au géant de l'Assistance publique. Elle se tordit les doigts et se maudit d'avoir suivi cette démarche absurde. Elle eut honte. Ses joues se colorèrent. Nino ne prononçait toujours aucun mot, laissant tranquillement s'accroître le malaise de sa visiteuse. Il fuma sa cigarette sans un bruit jusqu'à brûler le filtre. Puis écrasa son mégot dans un cendrier en fer forgé. Il appuya ensuite ses coudes sur ses genoux, les mains en coupole. Et prononça en articulant bien distinctement :

— Tu te foutrais pas un peu de ma gueule, *sporca bugiarda* !…

Le cœur de Cyrille se mit à battre furieusement. Elle n'avait pas besoin de comprendre l'italien pour saisir que

Nino ne venait pas de lui faire un compliment. Elle cilla plusieurs fois, décontenancée.

— Je ne comprends pas…

Le regard de l'infirmier était noir et inexpressif.

— Tu débarques chez moi, après dix années de silence, pour me demander de te procurer un dossier…

— Je sais, c'est très déplacé, se défendit Cyrille piteusement. Mais c'est mon dernier recours. Julien Daumas est probablement dangereux. Je dois avoir toutes les billes en main pour le retrouver et le soigner, voire le faire interner.

Nino appuya le pouce et l'index sur ses paupières et secoua ses cheveux noirs.

— *Porco Dio,* c'est une caméra cachée ?

Il toisa Cyrille.

— À quoi tu joues ?

Cyrille sentit le sol se dérober sous ses pieds. Elle ne comprenait rien.

— Mais je ne joue pas, je…

Nino se leva d'un bond et ordonna :

— Dehors !

— Pardon ?

— Dehors, je te dis. Tu ne resteras pas une minute de plus chez moi.

En quelques enjambées, il avait atteint la porte d'entrée. Cyrille le suivit, sans volonté propre. La porte tourna toute seule sur ses gonds. Derrière, un grand Antillais entra, des paquets de courses dans les bras. Cyrille le salua à peine et se retrouva sur le palier, interdite. Sans regarder derrière elle, elle se mit à descendre les hautes marches de l'escalier, avec l'envie de courir se retrancher dans un trou de souris.

Dans son dos, Nino et son compagnon échangèrent un regard médusé. Tous deux fixèrent Cyrille qui dévalait les marches d'escalier.

Nino se pencha par-dessus la rambarde.

— Cyrille ! cria-t-il.

Cyrille leva les yeux vers le cadre infirmier.

— Remonte !

— Quoi ?

— Remonte, je te dis !

Elle stoppa, la main sur la rampe.

— Je… je ne comprends pas…

Nino descendit quatre à quatre les quelques marches pour arriver à son niveau et lui prit le bras brusquement.

— Remonte et entre deux minutes.

— Mais vous…

— Tu n'as pas reconnu Tony ?

— Qui ?

Nino leva les yeux vers son compagnon, haussa les épaules en secouant la tête. Il s'adressa de nouveau à Cyrille, mais d'une voix radoucie cette fois :

— Viens. Je crois que tu as un sérieux problème.

Quelques instants plus tard, Cyrille Blake était de nouveau assise sur le canapé, entamant le dialogue le plus surréaliste de sa vie. Nino l'avait fait remonter chez lui d'une main ferme pour la faire asseoir d'office. Elle avait obtempéré, nageant en pleine confusion. Tony, le fameux Tony qu'elle aurait dû apparemment reconnaître, s'était éclipsé dans la cuisine. Nino avait allumé une nouvelle cigarette. Cyrille ne fumait plus depuis de nombreuses années, mais elle n'aurait pas craché sur une clope en cet instant. Elle n'osa pas demander et on ne lui en proposa pas. Tony était revenu, portant sur un plateau trois verres emplis d'un cocktail orange avec des pailles vertes. Festif et incongru. Cyrille avait d'abord refusé, puis devant l'insistance des deux hommes avait trempé les lèvres dans le planteur maison. Un régal, au goût de gingembre et de citron vert. Elle avait finalement siroté un bon tiers du verre. Une détente et une chaleur bienvenues l'avaient envahie. Elle se trouvait maintenant devant deux hommes à l'air abasourdi.

— Bon, Cyrille, reprenons. Tu affirmes que tu ne connais pas Tony.

— Non, désolée. Pourquoi, je devrais ?

Nino éluda.

— Et moi, Cyrille, moi, tu me reconnais ?

Haussement d'épaules irrité du docteur Blake. Plus à cause du ton de Nino que de la question elle-même. Le cadre infirmier s'adressait à elle comme à un nouvel arrivant au dispensaire, la voix concentrée et ferme, chaleureuse mais autoritaire. *Il me tutoie et me parle comme à une malade, ma parole !*

— Mais enfin, bien entendu, je ne suis pas folle. Vous êtes cadre infirmier à Sainte-Fé. C'est pour cela que je suis ici.

— C'est tout ?

Cyrille crispa les lèvres.

— Comment ça, c'est tout ? Oui, vous êtes cadre infirmier à Sainte-Félicité, et un des seuls dont j'ai gardé un bon souvenir lors de mon internat. C'est pourquoi j'ai pensé que je pourrais peut-être vous demander un service.

À présent, elle se demandait bien pourquoi Nino jouait les inspecteurs en plein interrogatoire. C'était très désagréable.

Nino se pencha, coudes sur les genoux.

— Et c'est vraiment tout ?

— Mais bon sang… oui… Qu'est-ce que vous voulez me faire dire ?

Le cadre infirmier gonfla les joues en échangeant un regard avec son compagnon et expira bruyamment tout l'air en secouant la tête.

— Eh ben… on est bien barrés…

Tony restait silencieux. Même assis, il était grand. Élancé, athlétique, les traits fins, le visage calme. Il observait Cyrille les sourcils froncés, avec perplexité.

— C'est une blague… C'est forcément une blague, commenta-t-il à voix basse.

Cyrille eut la détestable impression de ne pas être la bonne personne au bon endroit. Elle n'avait qu'une envie, déguerpir. Mais Nino la tenait en joue avec son regard noir.

— Et donc, tu es venue pour que je te fournisse le dossier d'un de tes patients… c'est bien ça ?

Encore ce ton douceâtre du personnel soignant typique qui acquiesce à ce que dit le malade délirant pour ne pas le froisser. Elle se força à rester calme et à répondre avec précision :

— Oui, le dossier de Julien Daumas, un jeune homme dépressif qui était interné en 2000 à Sainte-Félicité et qui est venu me voir en consultation rue Dulac. Je crains malheureusement qu'il ne soit potentiellement dangereux. Mais je vous ai déjà dit tout cela il y a un quart d'heure.

— Julien Daumas, tu dis.

— Exact, et, s'il vous plaît… pourriez-vous cesser de me tutoyer.

— Et lui non plus, pas de souvenirs ? *Nada* ?

Cyrille se contenta de regarder Nino sans répondre. L'infirmier pinça les lèvres qui devinrent deux lignes pâles. Un silence gêné s'installa. Des minutes s'écoulèrent et Cyrille sentit la colère l'envahir. Elle rompit le silence d'une voix blanche où perçait l'exaspération :

— Bon, écoutez, messieurs. Vous m'avez l'air fort sympathiques, mais je n'ai pas que cela à faire, je suis de garde ce soir et j'ai un établissement à diriger. Ou vous avez quelque chose à me dire, dans ce cas-là faites-le immédiatement sans tourner autour du pot, ou je m'en vais de suite.

Nino ne dit rien pendant quelques instants supplémentaires. Cyrille aurait pu voir les rouages de son cerveau en train de s'activer. Il répétait mentalement ce qu'il allait dire en évaluant les tenants et les aboutissants et comment il allait amener les choses. Finalement, il se lança :

— Je ne sais pas ce qu'il t'est arrivé ces dix dernières années, Cyrille, mais tu as oublié certaines choses importantes. Ce qui, d'ailleurs, pourrait expliquer ton comportement.

Cyrille s'était tassée sur le divan. Elle sentait que quelque chose d'énorme allait lui tomber sur la tête.

— Quoi, qu'est-ce que j'ai oublié ?

— Tu connais Tony, et tu le connais bien. Parce que toi, lui et moi, nous formions un trio inséparable de fêtards il y a dix ans.

Une grenade.

Dégoupillée.

Qui explose.

Dans son crâne.

Cyrille papillonna des yeux. *C'est quoi, ces conneries ?* D'abord, elle n'avait jamais été une fêtarde, et si elle avait eu des amis à Sainte-Fé, elle s'en serait souvenue. Sur ses lèvres, une moue incrédule.

Nino se leva et se dirigea vers un secrétaire chinois, adossé au mur en face de la fenêtre aux orchidées. Il tourna la clé du compartiment inférieur et le tira à lui. Un grand tiroir rempli à ras bord de documents entassés – des lettres, des photos… – s'ouvrit. Les yeux de Cyrille et de Tony suivirent ses mouvements. Nino chercha un bon moment, en retournant des piles de clichés de toutes tailles. Il tomba enfin sur un paquet de format 10 x 15 dans une pochette cornée et tachée. Il revint vers le divan et sélectionna plusieurs photos qu'il posa devant Cyrille.

— Tiens, là, t'avais pas l'air frais avec ta Corona, je me souviens, c'était pour fêter ma titularisation. Cette autre-là, c'était la soirée Tequila Paf, où je me suis demandé si Tony allait pas redevenir hétéro. Regarde comment il te pelote les fesses, hein, salopard. Et celle-là aussi, la meilleure. Tony venait de nous faire une grosse galette dans les toilettes.

Cyrille sentit une main glacée lui parcourir le dos, lui enserrer le cœur et l'écraser dans sa poitrine. Elle eut soudain très froid et manqua d'air. C'était elle. Ou son clone. Sur les photos. Cheveux longs, blonds, une bière à la main sur chaque cliché. Elle, enfin, cette jeune fille, entourée de ses deux compères, Nino et Tony…

— En cherchant bien, je peux en trouver d'autres, affirma Nino. La cuite pour te consoler après ton agression au dispensaire, tu te souviens ? Et celle où on a fait la poupée de Manien pour la piquer avec des épingles…

L'agression. Oui, elle s'en souvenait. Cyrille se mordit la lèvre inférieure. Une poupée à l'effigie de Manien… Ça lui disait peut-être quelque chose aussi… mais c'était si confus, si cotonneux… Mais tout le reste, les fêtes… non… Nino vit les yeux de son ancienne amie se brouiller.

— Tu veux que je continue ?

Cyrille releva le menton. Elle était prise au piège. Alors, elle nia :

— Ce ne sont que des photos. Ça ne démontre pas une réelle amitié.

Nino plissa les yeux. Cyrille luttait pour ne pas se laisser convaincre.

— OK… laisse-moi réfléchir…

Il se tut quelque secondes.

— Je connais les prénoms de tes parents, Louis et Francine, qui est décédée quand tu avais dix ans. Tu as grandi dans le Nord et avais une trouille bleue de la sirène de l'usine de tulle quand tu étais petite. Après le décès de ta mère, ton père t'a envoyée au pensionnat d'Amiens.

Cyrille Blake se tassa un peu plus sur son fauteuil, écrasée par un flot de sentiments contradictoires, entre l'envie de fuir et de mourir sur place. Elle ne bougea pas d'un pouce. Nino prit une grande inspiration.

— Je sais aussi ce que tu aurais aimé faire si tu n'avais pas été médecin.

— Quoi ? murmura-t-elle.

— Bandonéoniste ou prof de tango.

Cyrille cessa de respirer. Nino enfonça le clou.

— Une fois, une seule fois, on t'a entendue jouer du bandonéon, que tu ne joues jamais devant personne. C'était le lendemain de Noël, en 1999, quand Tony a perdu son frère dans l'accident de moto. Tu nous as joué un morceau qui s'appelait *Milonga del Ángel*, tellement beau et triste qu'on a pleuré tous les trois.

-17-

22 heures

Le laboratoire du sommeil du Centre Dulac était désert, les lits vides, son activité ne reprendrait que la semaine suivante. Seules deux des trois chambres du premier étage étaient occupées par des patients en cure de Méseratrol. En pilote automatique, Cyrille, de garde pour la deuxième fois de la semaine, longea le couloir dans la lumière bleue tamisée. Pas un bruit, les patients dormaient. Frôlant les murs, elle passa dans la salle des médecins et fit un rapide contrôle des trans missions. Rien à signaler. Son biper dans la poche, qui la préviendrait en cas d'appel d'une des chambres, elle fit un arrêt dans son bureau, alluma la lampe à abat-jour, empila ses dossiers et les rangea dans le grand classeur attenant à sa table. Elle tria ses fiches, ses questionnaires, et les aligna pour qu'aucune feuille ne dépasse. Elle retapa les coussins du divan, ordonna les revues éparpillées sur la table basse, attrapa un chiffon que la femme de ménage utilisait chaque matin et se mit frénétiquement à enlever une poussière invisible. Cyrille épousseta les meubles, la cafetière, les statuettes africaines sur l'étagère japonaise, puis escalada le divan pour passer un coup sur les deux tableaux abstraits.

Une fois la lampe éteinte, le docteur Blake sortit dans le couloir et se dirigea vers le laboratoire du sommeil. Elle n'alluma pas la lumière. La lune, quasiment pleine, éclairait suffisamment l'intérieur de la pièce. Dans le tiroir du bureau de Panis se trouvait un paquet de Marlboro et un briquet. C'est elle qui avait instauré l'interdiction totale de fumer dans l'établissement dès son inauguration. Elle avait fermé les yeux sur les quelques entorses que Panis faisait au règlement. Elle glissa une cigarette entre ses lèvres, se débarrassa de ses mocassins et s'assit sur le rebord de la large fenêtre qui donnait sur le carrefour. Elle l'entrouvrit pour faire entrer un filet d'air frais.

La flamme du briquet illumina son visage cireux. Cyrille avala une longue bouffée, la tête lui tourna. Elle se passa une main dans les cheveux, entoura ses genoux de ses bras et souffla lentement la fumée par le nez. Elle demeura un long moment sans bouger, sans penser, à observer le ballet des voitures, les feux verts devenir orange puis rouges, puis à nouveau verts. Deux larmes silencieuses tracèrent leurs sillons sur ses joues. Elle se sentit abandonnée, au bord du gouffre, plus seule que jamais. Qu'avait dit Nino Paci ? Ah oui, qu'elle avait un sérieux problème. Elle mordit profondément la chair de son pouce droit jusqu'à se faire mal. Elle en était persuadée à présent.

* * *

Le grand réfrigérateur américain avait deux portes, celle de gauche ouvrait le congélateur. Dans le bac inférieur, son oncle stockait ses glaces préférées, des Ben & Jerrys « cookies dough ». La lumière du frigo donna un air fantomatique à MJ. Elle plongea la main dans le trésor de Benoît et attrapa un pot de crème glacée.

Il était 23 heures passées et faire l'amour toute la journée leur avait donné des envies de sucre, à Julien et à elle. Dans le minifrigo de sa chambre de bonne, sa seule friandise était des yaourts nature 0 %. Elle s'était dit qu'elle pouvait venir piquer quelques douceurs chez les Blake, son oncle ne lui en voudrait pas. Demain, elle filerait au supermarché et lui rachèterait deux pots pour remplacer celui-ci. Elle referma la porte du congélo et posa la glace sur la table. Elle n'avait allumé que l'ampoule de la hotte pour éclairer faiblement la pièce. Ce n'était pas par peur de déranger quiconque, elle savait qu'il n'y avait personne. Benoît au poker, il ne rentrerait pas avant l'aube. Quant à Cyrille, elle ne franchirait le seuil que demain matin vers 6 heures. MJ avait laissé entrouverte la porte de communication de l'escalier de la chambre de bonne, qui donnait sur la buanderie et la cuisine. Deux belles grappes de raisin étaient disposées sur un présentoir en terre cuite assez joli qu'elle ne connaissait pas. Elle cassa la tige d'une demi-grappe et la posa sur le pot.

— Je peux ?

Elle sursauta.

Julien.

— T'es con. Tu m'as fait peur !

Le jeune homme torse nu avait enfilé un jean sans caleçon et s'était glissé silencieusement dans l'escalier qui reliait l'appartement et la chambre d'en haut. Il croqua un grain de raisin.

— T'as trouvé ?

MJ montra fièrement son butin.

— *Well done*. C'est ma marque préférée.

— On remonte ?

Mais Julien avait déjà contourné la table de la cuisine et pénétré dans le salon. Il longea le canapé en caressant le cuir.

— Alors, c'est là où elle vit…

MJ, qui n'avait sur le dos qu'une grande chemise d'homme turquoise dans laquelle elle se trouvait sexy, le suivit. Confusément, elle se sentit tout à coup gênée de pénétrer chez son oncle et sa tante, en pleine nuit, au-delà de la cuisine. Elle était en train d'enfreindre la règle numéro 1 que sa tante avait édictée le matin même où elle avait posé son sac à dos sur le petit lit de la chambre du haut. « Interdiction de ramener des étrangers chez nous. Dans ta chambre, tu fais ce que tu veux, mais en bas, on ne veut rien savoir. » MJ entortilla une mèche rousse. Elle savait qu'elle était en train de faire une connerie, mais elle ne voulait pas contrarier son amant.

— Julien, il faudrait remonter.

Le jeune homme regardait tout, même si on n'y voyait pas grand-chose, les bibelots africains, les tableaux, le matériel vidéo et stéréo. Il stoppa devant un cadre photo, Cyrille et Benoît devant un temple dont il reconnut l'édifice doré, le temple royal de Bangkok. Cyrille avait ce sourire léger qui la rendait par moments si lointaine et mystérieuse.

— Julien, viens, on y va.

— Tu m'as pas dit qu'ils ne rentraient pas ?

— Oui, mais je suis pas à l'aise.

— OK.

Il fit le tour de la pièce sans se presser et rejoignit la cuisine. Il se pencha sur une ombre à ses pieds.

— Bonjour, minet, t'es qui toi ?

— C'est Astor, répondit MJ, le vieux chat de ma tante.

Julien s'accroupit et caressa le félin tigré entre les oreilles. Le chat frotta sa tête contre la main amie en ronronnant.

MJ s'accroupit à son tour.

— Eh ben… t'as la cote avec les animaux. C'est le chat le plus exclusif que je connaisse. Il ne supporte que sa maîtresse !

MJ eut l'impression de ne plus exister. Julien était perdu dans la contemplation de l'animal, il lui grattait le dos puis revenait aux oreilles et sous le menton. C'était comme si les deux dialoguaient dans une langue secrète.

— T'aimes les chats ?

Il hocha la tête. Elle exerça une légère pression sur son bras.

— Allez, viens, on y va.

Julien se releva à son tour, caressa encore le dos du chat en remontant jusqu'à sa queue puis quitta la pièce tranquillement. Ils retraversèrent la cuisine pour prendre leurs provisions puis passèrent dans la buanderie. Elle s'ouvrait à droite sur la porte d'entrée de service, à gauche sur le petit escalier qui montait vers la chambre de bonne.

* * *

Les deux poches de sa blouse vibrèrent en même temps. Cyrille émergea de sa léthargie, ça faisait bien une heure qu'elle regardait dehors sans bouger. Elle écrasa son deuxième mégot sur le rebord de la fenêtre et consulta à la fois son biper et son i-Phone. La chambre numéro 2 appelait et elle avait un nouveau message sur son téléphone mobile en provenance d'un numéro qu'elle ne connaissait pas. Elle sauta sur ses pieds, se rechaussa, et essuya ses yeux avec le revers de son poignet. *Je vais trouver une solution. Et je ressortirai de cette épreuve encore plus forte. Paniquer ne fait que perdre du temps et de l'énergie. Je vais m'en sortir.* Elle traversa le couloir et se dirigea vers l'escalier. La chambre 2 était occupée par une jeune femme, Mathilda Thomson, violée par un type arrêté par la police deux mois plus tôt et qui ne parvenait pas à reprendre le cours de sa vie, avait rompu avec son mari et était en passe de couper les ponts avec ses enfants. Cyrille avait été touchée par cette femme au bord du gouffre. Elle l'avait prise sous son aile, l'avait fait inclure *in extremis* dans le protocole Méératrol et lui avait proposé un repos de quelques jours, associé à une psychothérapie qu'elle assurait elle-même. Les premiers résultats étaient satisfaisants. Elle descendit d'un pas rapide l'escalier et lut le message de l'i-Phone.

« On va t'aider. Amitiés. Nino et Tony. »

Cyrille s'arrêta deux secondes entre deux marches pour relire le message, le cœur battant. Elle serra le téléphone entre ses doigts. *Bon Dieu.* Elle en était réduite à devoir compter sur des gens qu'elle connaissait à peine…

Une fois son premier coup de massue assené, Nino lui avait proposé un autre verre de planteur. Elle avait accepté et avait sifflé le rhum d'un trait.

Elle s'était passé une main sur le visage, tâchant de garder un fil de pensée cohérent. Après tout, l'excès de boisson avait peut-être atténué les souvenirs de ses années d'études.

— Je te conseille de passer un scanner, lui avait dit Nino.

— J'ai déjà fait une IRM il y a trois jours, je n'ai rien.

— Et tu te souviens pourquoi tu as quitté Sainte-Fé ?

— Ça, je m'en souviens ! avait rétorqué Cyrille triomphalement. Dès que j'ai eu les exams, j'ai suivi Benoît au congrès à Bangkok et… je n'ai pas voulu remettre les pieds à l'hôpital. À mon retour, on est partis aux États-Unis et après, j'ai bossé dans le privé.

— Je sais, oui. Et on n'a plus jamais eu de *news* de toi.

Cyrille s'était levée et avait fait les cent pas dans la pièce.

— En revenant de Thaïlande et des États-Unis, je… je ne pensais plus à tout ça. J'ai voulu tirer un trait sur Sainte-Félicité.

Cyrille s'était assise sur un accoudoir du divan. La question suivante pouvait faire s'écrouler toutes ses certitudes comme une balle dans un jeu de quilles.

— Et… Daumas alors, je suis censée le connaître aussi ?

Nino avait souri faiblement.

— Daumas, oui, tu l'as pris en charge dès son arrivée pour une tentative de suicide. Fin 2000, il était très mal.

Cyrille entendit grincer ses dents, elle était tellement sonnée qu'elle ne ressentait plus rien.

— Et ensuite ?

— Je ne peux pas te donner plus de détails, parce que c'était l'époque de ma formation sur l'hospitalisation à domicile, j'étais pas là. Je sais juste ce que tu m'en as dit à l'époque.

Le docteur Blake fronça les sourcils.

— Et je t'ai dit quoi ?

Cyrille s'était mis à le tutoyer sans même s'en rendre compte. Elle aurait voulu s'enfuir à toutes jambes dans un pays où personne ne savait qu'elle était folle à lier.

— Il ne voulait parler qu'à toi. Manien t'avait donc confié le dossier en exclu, ce qui t'a valu pas mal de jalousie de la part des autres internes. C'était trois semaines avant que tu ne tailles la route et que je ne te revoie plus jamais jusqu'à aujourd'hui.

-18-

10 octobre, 7 h 30

Benoît Blake remonta la couette sur l'épaule de sa femme qui dormait à poings fermés depuis une bonne demi-heure déjà. Il avait honte de sa conduite de l'avant-veille et ne savait pas comment se racheter. Depuis deux jours, il n'avait pas réussi à la voir pour discuter avec elle et s'excuser. Le bouquet de roses qu'il lui avait fait livrer n'avait même pas été déballé. Il avait dû lui-même arranger les fleurs dans un vase lorsqu'il était rentré vers 2 heures cette nuit, le portefeuille gonflé de billets raflés à ses partenaires de poker. Sa main avait été heureuse, il se sentait gai et léger et prompt à présenter des excuses. Il déposa un baiser sur la joue de Cyrille et referma doucement la porte de la chambre. Tous les obstacles qui se dressaient sur son chemin, il les éliminerait un par un. Sa femme lui en voulait peut-être encore, mais ça n'allait pas durer.

* * *

Cyrille dormit d'une traite jusqu'à ce que le réveil l'arrache au sommeil à 11 heures. Elle avait calculé que pour être fraîche et dispos au déjeuner à 13 heures, il lui fallait deux heures de battement. Elle émergea péniblement, se prit longuement la tête dans les mains, assise dans son lit, tentant de remettre ses idées en place. Où en était-elle ? La nuit de garde s'était bien passée, OK. Mais pour le reste… Elle avait une rencontre capitale ce midi pour le financement du Centre et elle venait de découvrir qu'elle faisait un blocage mental sur toute une période de sa vie.

Elle se leva et en peignoir traversa l'appartement. Les pièces étaient silencieuses. Le calme et la solitude qui lui plaisaient tant d'habitude l'angoissaient terriblement ce matin. Elle traversa le salon. *C'est quoi ces roses ?* Elle ne les avait même pas remarquées plus tôt. Elles avaient été arrangées dans le gros vase de cristal sur la table du coin salle à manger. Elle effleura le cuir du canapé, remit en place le cadre photo où elle figurait avec Benoît devant le temple royal et gagna son bureau. Elle ouvrit l'armoire de sa grand-mère et décoinça un vieil album en carton rangé dans le fond. Elle s'assit en tailleur et l'ouvrit sur ses genoux.

Soudain, elle se redressa. Elle avait entendu quelque chose. Non, c'était le vent dans les volets. Elle tourna les pages et pointa les photos du doigt. *Maman, papa, tante Françoise, oncle Marcel… la chienne Volga… les cousins. Louis, Micheline, Hélène, Ariette… Mathilde et… André.* Les années scolaires. Elle regarda attentivement les photos de classe. Elle ne se souvenait pas du nom de chaque élève, bien sûr, mais tous lui semblèrent familiers. Le collège, le pensionnat d'Amiens défilèrent sans qu'elle y détecte le moindre intrus ou visage étranger. Elle tendit l'oreille de nouveau. Des pas sur le parquet ? *Tu hallucines*. Elle referma l'album et le rangea à sa place sans faire de bruit. Ses mains caressèrent son instrument. Elle s'en saisit et l'étreignit. Elle se leva, fit une pause un instant puis s'élança. Ses doigts, mus par une vitalité propre, trouvèrent leur chemin sur les touches et, note après note, composèrent le *Tango* de Goran Bregovic. Le chant infiniment nostalgique s'éleva, brûla son cœur et réchauffa ses sentiments. Son corps se mit à se balancer, à tourner légèrement sur lui-même, à danser, en cadence. La mélodie raconta l'histoire de deux amants qui se convoitaient, se quittaient, se déchiraient et s'oubliaient.

* * *

Les cinq cyclistes en salle pédalaient à fond sur les cercles de la piste inclinée. Le braquet sur la vitesse la plus dure pour le sprint final. Gainé dans un ensemble short et T-shirt en lycra bleu pétrole, casque et lunettes profilés, Tony attaquait, mordant la roue du leader. Les mâchoires serrées, le menton dans le guidon, le souffle puissant et rythmé, il allait le remonter. Nino se glissa au dernier rang sur les gradins vides et regarda les coéquipiers entamer les trois derniers tours. Comme toujours, il s'extasia devant la musculature puissante des athlètes amateurs. Tony avait plus de trente-cinq ans, un corps surentraîné, parfaitement rodé à la compétition. Les Jeux olympiques n'étaient plus qu'un vieux rêve d'adolescent qui pouvait le rendre nostalgique parfois, mais il refusait néanmoins de raccrocher le maillot. Nino enviait sa hargne de la gagne, cette capacité de se donner à fond pour atteindre un objectif en faisant abstraction de tout le reste, ce que les autres pouvaient penser, les conséquences à long terme, les sentiments… tout ce qui trop souvent inhibait son action.

Les vélos ralentirent pendant plusieurs tours puis s'arrêtèrent. Les cinq cyclistes se claquèrent dans le dos en se félicitant. Tony était satisfait de sa performance.

Quelques minutes plus tard, Nino le rejoignit dans le vestiaire. Tony se débarrassa de son T-shirt et s'épongea le front avec sa serviette de sport.

— T'as vu sur la fin ? Je te jure, j'en avais encore sous le pied. Et toi ? T'es allé à la piscine ?

Nino s'assit sur le banc, son sac de piscine à ses pieds. Il ne s'était pas rasé et avait l'air crevé.

— Finalement, non. Je suis trop naze, j'ai pas dormi cette nuit.

— Je sais, t'as pas arrêté de bouger.

Tony pressa l'épaule de son compagnon. Nino n'avait cessé de se retourner jusqu'au petit jour, incapable de trouver le sommeil. Il cogitait au retour inouï de Cyrille et à cette histoire de mémoire perdue, difficile à avaler. Une ride horizontale barrait son front ce matin. L'infirmier psychiatrique se rongea les ongles.

— Tu sais, en fait, c'est dingue à dire mais… je la crois.

Tony ôta son short et enroula sa serviette autour de ses reins.

— Moi aussi.

Un poids d'une tonne s'envola des épaules de Nino. Il soupira de soulagement.

— Elle n'est pas capable de nous jouer une comédie pareille, hein ?

Tony fit non de la tête. Ça faisait presque dix ans qu'ils n'avaient pas prononcé le nom de Cyrille Blake, depuis que

Nino avait décidé de la rayer de son carnet d'adresses avec un *Ne me parle plus jamais de cette conne*, cinglant.

Il était sanguin, rancunier et violent quand on lui faisait mal. Et cette fille qu'il désignait autrefois comme son amie l'avait fait souffrir. Lorsqu'il était revenu de son stage de formation, elle avait déjà vidé les lieux, sans laisser un mot ni un message pour lui, rien. Envolée avec son tout nouveau mari, le prof de neuro – un pédant qu'il n'avait jamais pu blairer –, pour *un congrès de mes deux*. Et après, plus rien. Aucune nouvelle. La première fois qu'il l'avait revue, c'était à la télé, pour parler de son bouquin sur le bonheur. *Tu parles !* Il l'avait traitée de plusieurs noms grossiers et avait zappé. Tony en avait été moins affecté que son compagnon. Il appréciait beaucoup Cyrille, mais avait respecté son choix de disparaître. Profondément attaché à la liberté individuelle, il avait admis qu'elle voulait devenir quelqu'un, ailleurs, en coupant avec son passé. Elle voulait se hisser dans la haute société, au bras de son célèbre époux, et devenir son propre patron, soit. Qu'elle n'ait plus envie de fréquenter un simple infirmier et son mec ingénieur informatique, sportif à ses heures, il pouvait le comprendre.

Il sentit Nino fébrile et perturbé. Une petite faille avait craquelé la carapace.

— Tu vois, au fond, si ça se trouve, poursuivit le Sicilien, elle souffre vraiment d'une amnésie et c'est pour ça qu'elle nous a snobés toutes ces années…

— Ouais… Qu'est-ce qui a pu lui arriver ?

Nino se gratta la barbe naissante piquetée de poils blancs.

— J'ai vu des cas dans le service de patients qui souffraient de perte de mémoire pendant une période de leur vie.

— Qu'est-ce qu'ils avaient ?

— Ben, c'étaient plutôt des junkies. Une prise d'ecsta ou de crack qui leur a fait péter un plomb. Et quand ils se réveillent… pschitt ! leur mémoire, c'est du gruyère.

Tony s'assit un instant à côté de Nino, shampoing et gel douche à la main.

— Cyrille n'est pas junkie !

— Non, bien sûr. Mais qui sait. Peut-être qu'une fois en Thaïlande, elle a fait des conneries… Elle a pu prendre des champignons et ça lui a fait perdre la boule.

— OK, mais rappelle-toi, elle est partie en congrès de psychiatrie avec son mari. Ça devait pas être la grosse éclate, si tu vois ce que je veux dire.

Nino s'agita sur le banc.

— T'as raison, c'est bizarre.

L'athlète balança sa serviette sur la patère et fit couler l'eau, attendant qu'elle soit chaude.

Du savon plein le visage, il posa la question qui lui brûlait les lèvres depuis hier soir :

— Tu vas la rappeler ?

Nino se rongea un ongle.

— Oui, il faut que je lui dise quelque chose.

— Quoi ?

Nino baissa le ton et mit un pied dans la douche, mouillant le bout de ses baskets.

— J'suis allé aux archives ce matin…

Tony cessa de se savonner.

— Tu déconnes ? Et ?….

— Et rien.

— Comment ça, rien ?

— Pas de dossier Daumas. Ou plutôt si, mais il est vide.

— Où est-il ?

— Aucune idée. Soit il y a eu une erreur de classement, soit… il est ailleurs.

Le jet tambourina sur le dos de Tony. Inquiet, il regarda son mec lui envoyer un baiser et prendre le chemin de la sortie.

* * *

Sous la douche, Cyrille répétait mentalement la présentation des résultats de la clinique aux deux représentant américains Debra Gibson de Pharma Ethics et José Barton des laboratoires Merx. Le comptable serait là pour visser quelques boulons et apporter des détails complémentaires mais il avait peu de charisme et c'était à elle de faire tout le boulot de relations publiques.

Elle laissa l'eau chaude couler sur son visage et imagina une pluie tropicale. Elle se projeta à l'île Maurice, dans trois semaines. Mais elle ne parvint pas à y croire. *T'as un sacré problème, ma vieille*. OK, elle souffrait d'amnésie. Si elle se remémorait exactement ce qu'avait dit Nino, son amnésie partielle recouvrait entre trois semaines et plusieurs mois de sa vie. Il s'était passé quelque chose qui avait effacé le souvenir de cette période-là. Cyrille s'obligea à reconsidérer les miettes de mémoire qui lui restaient de cette époque. Un voyage dans le passé qu'elle détestait et qu'elle n'avait pas fait depuis des années car il correspondait au seul dérapage de sa vie, qu'elle aurait préféré oublier, pour le coup.

Elle se força à inventorier ce dont elle se souvenait, à voix haute, comme si elle se confiait à un psy imaginaire. « En un, je me souviens des gardes cauchemardesques en salle d'isolement, avec toutes ces âmes errantes, gavées de neuroleptiques, qui me terrorisaient. En deux, de la dernière série d'examens qui clôturait les douze années d'études et où je me suis plutôt plantée parce que j'en pouvais plus. » En trois, elle se remémorait sans peine son mariage en catimini à la mairie du VIIe. Un mois seulement après sa première nuit avec son professeur de neurobiologie. Elle le trouvait âgé pour elle, mais si séduisant et d'un esprit si brillant. En quatre, l'accident de Benoît. Elle n'avait pas quitté son chevet et s'était affirmée aux yeux de tous comme son épouse officielle à ses côtés. Le rétablissement. La guérison partielle. Puis l'invitation de Benoît à l'accompagner à son premier congrès de neuropsychiatrie, à Bangkok, en octobre 2000. En cinq, le congrès, la cata. Une fois sur place, le doute avait pris le pas sur tout le reste. Benoît dans l'intimité et Benoît entouré de ses confrères, ce n'était pas la même réalité. Elle se souvenait qu'elle n'avait plus supporté la proximité de ces mandarins qui la considéraient comme une stagiaire ou une intrigante, voire les deux. Elle avait refusé un dîner, puis deux, de plus en plus odieuse et paumée devant Benoît, pleurant d'épuisement le soir à l'hôtel.

En six, elle se souvenait d'avoir fait son sac et claqué la porte un matin. Ce qu'il s'était passé après n'appartenait qu'à elle, personne ne devait jamais le savoir. Dans le secret de sa mémoire, elle pouvait l'évoquer sans se sentir menacée. Elle s'était réfugiée dans un petit hôtel de la Khao San Road, le rendez-vous des routards. Elle n'avait alors plus envie d'être médecin, voulait être libre et vivre, enfin, en jouant de la musique… ou n'importe quoi d'autre. *C'était vraiment n'importe quoi, oui.* En sept, elle se rappelait les rencontres inattendues et décalées. Maud, la Québécoise fantasque, totalement désinhibée. Et... Youri. Un Estonien écorché vif, qui jouait de l'accordéon avec autant de créativité et d'humour que peignaient un Picasso ou un Dalí. Huit, leur soirée à boire, à fumer et à ingurgiter des trucs bizarres, leur nuit d'amour. Cyrille rougit sous la douche. Neuf, elle revit son retour au congrès, morte de honte. Dix, le réveil auprès de Benoît, confuse et repentante. Taisant sa faute, sa mauvaise conscience pour elle, sa croix pour toujours. Et puis, ce fut le retour à Paris. La Californie. De nouveau à Paris, la clinique, et elle se trouvait là, sous cette douche aujourd'hui.

Voilà, elle se souvenait très bien de cela, mais de Daumas, de son amitié pour Nino et Tony, point. Elle souffrait vraisemblablement d'amnésie lacunaire. *Peut-être due au cocktail de substances absorbé avec Youri*. Et à présent Julien Daumas revenait la hanter, chargé de secrets. Il était quelque part caché dans sa mémoire tout autant qu'il était caché dans cette ville, prêt à accomplir elle ne savait quel forfait. *Je dois retrouver la mémoire, retrouver ce patient, le soigner et le faire enfermer.*

-19-

Quand Julien Daumas rentra chez lui, avenue Gambetta, il ne s'attendait pas à devoir se battre. Il composa le code du digicode, salua la concierge et grimpa quatre à quatre les marches qui montaient vers son nid d'aigle. Il nota, une fois devant la porte du sixième, qu'il n'avait pas besoin de clé, elle était entrouverte. Il poussa le battant, avança doucement et appela ses chats. Plusieurs silhouettes vinrent se frotter à ses mollets. Il les compta, ils étaient tous là. La fenêtre était ouverte alors qu'il était sûr de l'avoir fermée en partant. Il allait se diriger vers elle quand il sentit une présence dans l'appartement. Il n'eut même pas le temps de se retourner que deux mains énormes le saisirent aux épaules et le tirèrent en arrière. Julien fut déséquilibré et projeté au sol. Un coup de pied dans le flanc le fit se courber en deux.

Quelque chose craqua dans son thorax. Il vit une semelle démesurée se soulever à dix centimètres de son visage, il se propulsa en arrière pour l'éviter. Le pied manqua sa cible. Julien roula sur lui-même et passa entre les jambes de son assaillant. Il se redressa sur ses pieds, et se trouva face à un énorme type brun, aux allures de sumo, sans cou, mais avec deux jambons à la place des avant-bras et des paluches aux doigts écartées et aux ongles longs. Tout dans son visage était épaté, comme s'il s'était pris un mur en pleine face. Il fixait Julien en grondant. Julien et le sumo se jaugèrent, chacun campé sur ses pieds. Du coin de l'œil, Julien vit qu'un de ses chats aveugles s'était caché sous le petit fauteuil crapaud tapissé de sa grand-mère.

Le sumo s'arc-bouta. Julien fit basculer le fauteuil, attrapa le chat par la peau du dos et l'éjecta devant lui. Le félin, propulsé dans les airs, se contorsionna dans un miaulement effroyable et atterrit sur la tête du colosse. En panique, le chat planta ses griffes où il put, dans les yeux, les joues, les oreilles, lacérant les chairs du lascar qui se mit à hurler en agitant tout son corps pour se débarrasser des crochets pointus du monstre. Le chat s'accrocha de plus belle et enfonça ses canines effilées sur ce qui dépassait pour assurer sa prise. Le menton. Les cris du bonhomme redoublèrent. Julien sauta lestement sur ses pieds, saisit le prie-Dieu en bois, le souleva et l'écrasa sur le sumo. Le chat lâcha prise et *blang*, l'homme tomba à genoux, le nez et les yeux en sang. Julien Daumas sauta derrière lui, l'écrasa de tout son poids et lui fit une clé aux deux bras. Il tira à lui le tissu en soie fauve qui dissimulait les taches du canapé et noua fermement les poignets de l'homme qui tentait de reprendre ses esprits. Julien le redressa et le força à s'asseoir sur le fauteuil crapaud. Trois griffures parallèles lui balafraient la moitié du visage, la lèvre inférieure était fendue du côté droit, l'œil gauche pissait le sang. Julien allongea le bras, tira sur la rallonge de la lampe et s'en servit pour attacher solidement le gaillard dans le fauteuil, en l'entourant de plusieurs tours de fil électrique. Il prit ensuite un des tabourets et s'assit devant lui. Il lui envoya une pichenette dans le nez.

— T'es qui, connard ?

Le sumo n'ouvrit qu'un œil, le droit.

— Va te faire...

Julien le dévisagea d'un œil meurtrier.

— Ta gueule !

Il revint de sa chambre avec sa trousse de chirurgie. Il déballa ses instruments devant l'intrus.

— T'as de beaux yeux. Enfin, celui qu'il te reste. Ça tombe bien, j'en fais collection.

Julien fit claquer ses gants de latex et lui écarta la paupière valide. Le sumo s'enfonça dans le fauteuil autant qu'il le put pour échapper à ce dingue. Son client ne lui avait pas dit qu'il s'agissait d'un psychopathe !

— Me touche pas, sale pédale.

Julien haussa un sourcil.

— Qui t'envoie ?

— J'ai rien à te dire.

— Ah ouais ? Tant pis.

Julien brandit une cuillère à escargot en souriant.

— Une fois les terminaisons nerveuses sectionnées, le globe oculaire se détache tout seul.

Le sumo écarquilla son œil valide.

— Mais t'es malade !

Julien se pencha sur lui, saisit le visage et posa le scalpel au bord de l'œil droit.

— Je te demande juste de me dire qui t'envoie.

Il entama la peau, une goutte de sang perla. Le sumo, tétanisé, ne bougea plus. S'il se débattait, la lame lui entaillerait l'œil. Ce fêlé n'irait pas jusqu'au bout. Sa poitrine se souleva, il avait de plus en plus de mal à respirer. Le nez lui piquait. Soudain, il éternua. Julien leva le couteau et regarda attentivement sa proie. Un sourire affleura sur ses lèvres.

— Merde, t'es allergique aux chats ?

Le sumo renifla. Ses yeux étaient rouges, sa poitrine commençait à siffler, il n'arrivait presque plus à respirer par le nez et de la morve coulait sur son menton. Oui, il était allergique à ces poils de chat, depuis qu'il était gamin. Julien se mit à rire nerveusement en posant ses instruments.

— C'est mon jour de chance !

Il attrapa le coussin de Ronda, le plus vieux matou de son animalerie, qui y déposait chaque semaine un lit de poils noirs et blancs épais. Julien approcha le coussin de la tête du sumo puis, d'un coup, lui écrasa le coussin sur la figure. Il compta. « Un, deux, trois, quatre, cinq. »

Le sumo s'agita en tous sens. « Six, sept, huit, neuf. » Julien s'arrêta à « dix », il ne voulait pas l'étouffer. Il lui dégagea la tête et attendit. Les poumons du sumo sifflèrent, sa capacité respiratoire s'amenuisait, son souffle était court et saccadé, il manquait d'air.

— Tu me dis qui t'envoie, sinon, je te laisse mourir d'une crise d'asthme. Si tu parles, je te file la Ventoline qui est dans la salle de bains.

Le sumo n'en avait strictement rien à battre de baver. Sa mission était plantée de toute façon. Tout ce qu'il voulait pour l'heure, c'est que ce malade lui file une bouffée de Ventoline, sinon, il allait crever.

— C'est un gars de l'hôpital.

— Quel hôpital ?

— L'hôpital des tarés, là-bas, dans le XVe.

Julien Daumas s'assit sous l'effet de la surprise.

— Sainte-Félicité ?

— Oui, c'est ça.

— Et ils voulaient quoi ?

— Que tu la boucles pour de bon.

Une demi-heure plus tard, Julien avait fichu le camp, laissant le sumo saucissonné sur sa chaise, un tube de Ventoline dans le bec. Le temps qu'il arrive à se détacher, il serait alors déjà loin.

* * *

Le docteur Mathias Mercier fit des bruits de succion avec sa bouche. Signe chez lui de réflexion intense. Il suivit Cyrille Blake du regard quand elle sortit de la salle de repos du personnel, un mug de café à la main, et retourna dans son bureau, le regard pensif. Mercier, petit chauve à lunettes, brillantissime quand il s'agissait d'interpréter des clichés cérébraux, n'arrivait pas à mettre un terme exact sur ce qui lui paraissait étrange dans l'attitude de sa patronne depuis quelques jours. Le Centre Dulac était une petite famille où les différents employés se connaissaient bien. Depuis le début de cette aventure – aider les patients à retrouver le bonheur –, Cyrille Blake avait été un roc sur lequel tout le monde, tour à tour, s'était appuyé. Les cas difficiles, les crises budgétaires, un procès et pas mal d'attaques de toutes parts ne l'avaient même pas ébranlée d'un millimètre ou alors, elle l'avait bien caché. Et soudain, depuis trois ou quatre jours, elle était mentalement absente, distraite.

Par exemple, c'était extrêmement rare qu'elle ne reste pas discuter autour d'un café dans le hall après le déjeuner. Cela arrivait uniquement lorsqu'elle avait des consultations ou des rendez-vous. Mais là, elle n'en avait pas pour le moment. Et, qui plus est, elle revenait d'un déjeuner important concernant l'avenir de l'entreprise. C'était l'occasion de faire un point avec ses confrères et employés et de donner l'orientation de l'année de manière informelle et sympathique. Ce qu'aurait fait tout bon manager, ce qu'elle avait toujours fait. Eh bien non. À peine avait-elle dit quelques mots, fait une courte synthèse de l'entrevue avec les financiers, qu'elle était entrée dans la salle de repos pour se servir un café et s'était éclipsée. Elle avait juste assuré le service minimum. Quelque chose n'allait pas. Peut-être était-elle malade… Mercier se gratta le front. Si Blake déclarait forfait, il devait se tenir prêt à reprendre l'affaire.

* * *

Cyrille grimpa les quelques marches qui menaient à son bureau, le seul refuge dans lequel elle pouvait s'isoler pour penser. Il était 15 heures, l'heure du troisième rendez-vous programmé de Julien Daumas. Elle ne l'avait pas annulé ni remplacé. Elle entretenait l'idée illusoire qu'il finirait peut-être par franchir de nouveau la porte de son cabinet. Le bureau de MJ était vide, mais son sac et son poncho chilien rouge et blanc trahissaient sa présence quelque part dans l'établissement.

Cyrille Blake se posa dans son fauteuil et le fit pivoter vers la fenêtre. Les bambous avaient encore poussé, non ? Ils frémissaient gracieusement. Si seulement elle pouvait retrouver la portion de mémoire qui lui manquait… Elle angoissait. Un gant de fer lui serrait la gorge et la boule dans le ventre ne cessait de grossir. Le déjeuner s'était bien déroulé mais les objectifs à atteindre lui paraissaient démesurés et, pour la première fois, elle se dit qu'elle ne parviendrait peut-être pas à les atteindre.

Les investisseurs de Pharma Ethics et Merx avaient été on ne peut plus clairs avec elle. Ils garantissaient leur financement pour l'année prochaine et la suivante à condition que le centre gagne des points de notoriété. Ils voulaient voir le résultat de leur investissement s'afficher dans les journaux, faire l'objet d'articles, de reportages télé, pour pouvoir vendre leurs publicités sur le Mésératrol aux médecins. Le médicament, encore en phase d'autorisation de mise sur le marché en France, et disponible uniquement dans le cadre d'évaluation clinique, allait être commercialisé aux États-Unis. « Nous vous demandons d'être plus présente sur la scène internationale, avait dit sans ambages Debra Gibson en gobant ses huîtres. Nous voulons un maximum de bonne presse et de témoignages positifs sur le Mésératrol. » « J'espère que votre mari viendra faire un speech lors du lancement… » avait souligné à son tour José Barton. Le cahier des charges était le suivant : Cyrille Blake devait réduire ses activités médicales en les déléguant à son staff et se redéployer sur une activité de relations publiques. Ils la voulaient sur le devant de la scène, qu'elle devienne plus médiatique et politique.

Cyrille mordit la chair de son pouce gauche. Autant dire que ce n'était pas le moment qu'une histoire d'amnésie, de drogue ou de patient adepte des mutilations animales sorte dans la presse, sous quelque forme que ce soit. Il lui fallait régler ce problème seule et vite avant qu'il ne bousille sa réputation et son avenir.

Elle se retourna vers son ordinateur et commença nerveusement à lancer des recherches sur Pubmed, le site des publications médicales mondiales. Elle voulait tout savoir sur les amnésies lacunaires portant sur quelques heures, voire quelques mois de la vie d'un individu, le plus souvent provoquées par un accident, un choc à la tête, mais surtout par des prises de drogues. Ses yeux sautèrent de publication en publication. Sa messagerie d'ordinateur couina, elle avait un nouveau message. Évidemment, elle le savait, c'était à Benoît qu'elle aurait dû confier son problème, en premier. Mais comment aborder le sujet avec lui sans déclencher une réaction en chaîne dangereuse pour leur couple ? Elle serait obligée d'évoquer les détails de sa « fugue » en Thaïlande, de lui avouer son écart, qu'elle avait mis tant de soin à lui cacher… Un sujet devenu tabou du jour où elle était revenue au bercail.

Cyrille ouvrit sa messagerie.

Expéditeur : Nino.

« Désolé, pas de dossier sur Daumas aux archives. Il doit être rangé ailleurs, j'ai mon idée. Baci. N. »

Pas de dossier Daumas aux archives ! *Voilà autre chose… Qu'est-ce qu'ils ont bien pu en faire à Sainte-Fé ?* Elle laissa l'e-mail en suspens et lança l'impression de tout ce qu'elle avait trouvé dans les revues scientifiques de ces cinq dernières années, essentiellement des travaux d'universités américaines et de deux laboratoires français. Une idée commença à germer dans sa tête.

Le rire tonitruant de MJ, reconnaissable entre mille, la déconcentra. Elle décrocha immédiatement le combiné de l'interphone. « Tu peux venir me voir, s'il te plaît ? » Deux secondes plus tard, la porte s'ouvrit, une flamme rousse surgit, en jean pattes d'ef et tunique verte à breloques. Elle avait retrouvé son large sourire, ses joues roses, mais Cyrille perçut à la seconde où elle posa les yeux sur la nièce de Benoît que quelque chose avait changé. MJ ne l'avait pas regardée dans les yeux en entrant. Elle évitait son regard.

— Salut, tata !

Elle tenait son bloc-notes à la main et un crayon de papier. Elle s'assit sur l'accoudoir du fauteuil en bambou. Cyrille l'observa.

— Qu'est-ce qui ne va pas, miss ?

MJ haussa les sourcils.

— Rien ! Tout baigne.

— Et cette migraine ?

— Impec. J'avais surtout besoin de sommeil, je crois.

— Et t'as bien dormi ?

— Ouais, ça va. Désolée pour hier. Je voulais pas te planter.

Cyrille tapota son stylo contre sa bouche.

— MJ, comment te dire ? Je pense, enfin je crois qu'hier tu n'étais pas vraiment malade. Je me trompe ?

MJ détailla consciencieusement les boucles de ses Crocs roses, ses horribles sabots en plastique au top de la mode que Cyrille avait pris au début pour des chaussures de jardinage. La jeune fille ne répondit rien. Elle ne pouvait rien cacher à sa tante par alliance, qui lisait en elle de manière évidente. Elle choisit le parti de l'honnêteté, qui payait toujours avec sa patronne.

— OK, j'étais avec mon nouveau mec.

Cyrille laissa son stylo sur la table et s'adossa à son fauteuil, les mains croisées sur le ventre. Elle ne savait plus qui elle devait être, la chef, la tante, la psy ou l'amie ?

— Et ça t'a empêchée de venir bosser…

— Ben… Il est que de passage… et il allait pas bien. Il va repartir bientôt… J'ai voulu profiter un peu de lui.

MJ n'avait toujours par relevé les yeux, elle faisait claquer ses ongles les uns contre les autres.

— La vérité, c'est que… je me demande si… si je ne vais pas partir avec lui.

Cyrille faillit lancer un « j'en étais sûre ! » MJ tombait dans tous les chausse-trappes de la vie ! Pour une fois qu'elle avait une place bien à elle, un boulot stable, de la reconnaissance, un bon salaire, une perspective d'évolution, elle allait tout sacrifier pour un mec de passage. Et, évidemment, elle ne voudrait rien entendre.

— MJ… je ne suis pas ta mère et tu es majeure, mais crois-tu vraiment que ce soit la meilleure idée de tout envoyer valser, tout ce que tu as mis tant de cœur et de temps à construire, tout ce que tu as acquis par ta seule intelligence et ton savoir-être… tout ça pour une rencontre… Après tout, s'il tient à toi, il reviendra.

MJ émit un petit rire sans joie et leva enfin les yeux.

— Tu comprends pas. C'est pas « une » rencontre… C'est… c'est LE mec que j'attends depuis toujours. Il a tout ce que j'aime… C'est… S'il s'en va, j'en trouverai jamais un autre comme ça. Je crois que je dois vivre ce que j'ai à vivre avec lui. Tu peux pas le comprendre. On n'est pas pareilles toutes les deux.

Cyrille se mordit l'intérieur des joues. Elle exploita la faille qu'elle avait perçue.

— Il t'a proposé de partir avec lui ?

— Oui, enfin, pas ouvertement, mais il me l'a fait comprendre.

Le docteur Blake ferma les yeux un instant.

— Fais attention, les hommes n'aiment pas qu'on leur mette des chaînes aux pieds. Alors, s'il ne t'a rien proposé…

Et après une pause étudiée :

— Je ne peux pas te retenir, mais sache que tu es précieuse ici, que je ne vais pas te remplacer comme ça. Réfléchis, réfléchis bien avant de te lancer dans une aventure hasardeuse.

Nouvelle pause.

— Comment s'appelle-t-il ?

MJ se tordait les mains, le prénom de Julien au bord des lèvres. Mais le téléphone la délivra. Mme Planck. Cyrille répondit à sa patiente et sa nièce en profita pour se lever et s'éclipser en lui faisant un petit signe.

Quand elle eut raccroché, Cyrille se sentit encore plus déprimée qu'avant. Comment faire revenir à la raison une jeune fille amoureuse et aventurière ? Tout son petit univers était en train de se déliter. Elle respira et se força à adopter une attitude positive face au changement. *Tout est impermanent, n'est-ce pas ? Il faut juste l'accepter.*

Elle reporta son attention sur l'e-mail de Nino, le remercia et, après un instant d'hésitation, lui demanda s'il pouvait passer la voir car elle avait « encore » un service à lui demander. Puis elle se leva pour aller accueillir Mireille Ralli, sa seule patiente de l'après-midi qui l'attendait dans la petite salle attenante à son bureau.

Cyrille Blake salua Mme Ralli et dézippa la housse en plastique qui protégeait un appareil. Une sorte de gros fauteuil de dentiste avec un manche télescopique muni d'une antenne plate. La stimulation magnétique crânienne était une ingénieuse passerelle entre le monde extérieur et le cerveau. À l'arrière du siège, dans un gros boîtier, était placée une bobine de cuivre qui, lorsqu'elle était traversée par un courant électrique, induisait un champ magnétique. La sonde était en forme de soucoupe aplatie, que le médecin appliquait sur le cuir chevelu du malade, à l'endroit qu'il voulait stimuler préférentiellement. Le champ de force pénétrait le cerveau du patient de manière indolore et venait exciter les neurones du cortex, la couche externe plissée du cerveau. Des études avaient démontré l'efficacité de la SMT pour les schizophrénies et les dépressions sévères, résistantes aux médicaments.

Six appareils comme celui-ci étaient utilisés en France, dont trois à Paris. Au Centre Dulac, on commençait à s'en servir depuis un mois à peine avec de bons résultats. Seuls Mercier et Blake avaient été formés pour le moment à l'utilisation de l'outil, conçu par le centre médical Beth Israel Deaconess de Boston. Au lieu d'abrutir ses patients d'anxiolytiques et d'antidépresseurs parfois inefficaces, Cyrille préférait leur prescrire plusieurs séances de cette stimulation magnétique qui « reboostait » le cerveau sans effets secondaires néfastes.

Les clichés d'IRM du cerveau de sa patiente sous les yeux, Cyrille fit ses réglages à l'aide du clavier relié à l'écran de la machine. Mireille Ralli souffrait de dépression saisonnière. Dès que l'automne s'annonçait, elle sombrait dans un état de tristesse qui l'handicapait à tel point qu'elle n'était plus capable de travailler normalement, d'avoir des relations sociales et de s'occuper de sa famille. Cyrille l'installa dans le siège, plaça son crâne dans un cale-tête en cuir et approcha la sonde de l'hémisphère droit. L'hémisphère cérébral gauche, selon les études américaines d'imagerie cérébrale de ces dernières années, avait été promu hémisphère « du bonheur », notamment par Richard Davidson de l'université du Wisconsin, neurologue travaillant avec le dalaï-lama sur le « cerveau heureux ». Des zones dans l'hémisphère gauche s'activaient en effet au moment des pensées ou des tâches positives. Mireille Ralli, comme tant d'autres patients ici, présentait une activité faible de ce côté-ci du cerveau, ainsi qu'une hyperactivité de l'amygdale cérébrale, partie primitive liée à la peur, et une réduction de l'hippocampe impliqué dans les phénomènes de mémorisation. Ces trois facteurs liés étaient le signe de la dépression.

C'était la troisième séance et la patiente connaissait la procédure. Après quelques vérifications, Cyrille envoya le courant. Mireille Ralli ne bougea pas, calme et détendue. Ce traitement lui convenait parfaitement depuis un an. Il lui permettait de traverser l'hiver et d'atteindre le mois de mars sans douleur psychique aiguë et avec moins de phases d'abattement et d'idées suicidaires.

* * *

Nino Paci était en avance. À travers la porte vitrée, il vit Cyrille en train de régler sa drôle de machine. À la voir si concentrée, si sûre de ses gestes, il eut du mal à faire le lien avec la jeune femme paumée de la veille. Les rides au coin des yeux, une tension dans les mâchoires, les joues moins pleines qu'avant, sa coupe bon genre lui conféraient une autorité tranquille qu'elle ne possédait pas une décennie auparavant. L'infirmier psychiatrique soupira. Elle était loin, la jeune fille qui riait à ses blagues de potache ou pleurait quand un patient se suicidait ou rechutait.

Il attendit que Cyrille eût fini son intervention et lui proposa de sortir boire un verre au bistro à deux rues de là. Nino commanda une Corona, Cyrille, un thé fumé.

— Merci d'être venu, dit Cyrille en sucrant son Geimecha. Et merci d'être passé aux archives. Je vous… enfin, je t'en suis reconnaissante, même si tu n'as rien trouvé.

Nino hocha la tête.

— Son dossier est quasi vide, il n'y a que ses dates d'entrée et de sortie avec un commentaire à la sortie : « État stabilisé. »

— Aucune indication de traitements ni de diagnostic ?

— *Niet.*

— Les dossiers n'ont pas été informatisés ?

— Il y a trois ans seulement. Avant 2005, tout est encore sur papier.

— Il est où alors, ce fichu dossier ?

— Je ne sais pas au juste. Probablement quelque part chez Manien.

Le Sicilien savoura la surprise de Cyrille.

— Comment tu sais ça ?

— J'ai questionné mon staff jusqu'à ce que Colette… Tu te souviens de Colette ?

— Oui, elle n'est pas à la retraite depuis le temps ?

— C'est sa dernière année. On s'apprécie beaucoup. Elle est venue m'avouer en aparté que Manien lui avait demandé d'étudier certains dossiers qu'il n'avait jamais remis en place, dont celui de Daumas.

— C'était il y a longtemps ?

— Plusieurs années, et elle culpabilisait de ne rien avoir dit. Elle craignait qu'on ne l'accuse un jour de négligence.

— Et qu'est-ce qu'il en aurait fait, Manien ?

— J'ai pas pu lui demander, on a été dérangés.

Cyrille se brûla avec sa tasse et pesta.

— Quand je pense que ce… sale type m'a jetée hier en me disant que ce n'étaient pas ses affaires ! Je me demande ce qu'il a à cacher.

Nino but sa bière au goulot.

— Pourquoi voulais-tu me voir ?

Cyrille reposa sa tasse, c'était trop chaud.

— J'aimerais que tu m'aides à pratiquer un traitement sur moi-même. Je ne voudrais pas que quelqu'un puisse être au courant dans la clinique.

Nino continua à siroter sa bière sans rien dire. Il posa la bouteille sur la table avec une lenteur étudiée. Dans ses yeux d'encre, on ne distinguait plus sa pupille.

— Écoute, je suis allé aux archives pour toi, c'est déjà beaucoup.

Cyrille se troubla.

— Oui, je me rends bien compte mais j'aurais encore besoin de ta coopération.

Elle sut au moment où elle prononçait ces mots qu'elle n'avait adopté ni le bon ton ni la bonne formulation pour sa demande. Elle avait été trop directive. Déformation professionnelle sans doute. Cela n'échappa pas à Nino qui se recula dans sa chaise en position de défense. Après une pause, il déclara d'une voix neutre :

— Je ne veux pas être désagréable avec toi, tu as l'air d'avoir des problèmes. Mais je ne suis pas un de tes employés. Tu ne m'as pas calculé pendant près de dix ans et soudain tu débarques comme une fleur avec une histoire abracadabrante et tu exiges que je t'aide ? Je crois en avoir déjà fait assez.

Cyrille enroula son sachet de thé autour de sa cuillère et l'égoutta, battant en retraite.

— Tu as mille fois raison. Je n'ai aucun droit de te demander quoi que ce soit. Je te prie d'accepter mes excuses.

J'aimerais seulement que tu saches que si je n'ai pas donné de nouvelles, c'était malgré moi, et je ne cherche pas du tout à te manipuler.

Elle fit une pause et se lança :

— Je souffre d'une amnésie lacunaire et d'une certaine forme de prosopagnosie.

— Une quoi ?

— Un oubli de certains visages, celui de Daumas notamment.

— C'est dû à quoi ?

Cyrille baissa les yeux.

— Puisque je n'ai eu ni accident ni choc psychologique, à ma connaissance du moins, cet état est vraisemblablement dû à un... psychotrope ingéré de façon inappropriée ou excessive.

— C'est-à-dire ?

— Une drogue.

— J'ai toujours su que t'étais une délinquante ! s'exclama Nino, sarcastique.

Cyrille resta de marbre. Nino ravala son humour. Sans savoir pourquoi, il se sentait soudain d'humeur primesautière.

— Dans quelles circonstances aurais-tu pris cette drogue ?

Cyrille battit des paupières.

— Peu importe...

Hors de question pour elle d'aborder le sujet.

— Quel type de substance ?

— Aucune idée. Des drogues comme la scopolamine, par exemple, qu'on trouve dans certaines plantes hallucinogènes peuvent entraîner ce genre d'amnésie partielle. Mais ce n'est qu'un exemple. Le GHB également, la drogue des violeurs...

Nino hocha la tête plusieurs fois.

— Bon, bon, et tu attends quoi de moi ?

— J'aimerais que tu m'aides à essayer de stimuler le cortex frontal, là où on pense que sont stockés les souvenirs à long terme. Il n'y a pas encore de tests réalisés sur l'être humain, mais j'ai vu qu'une équipe de l'université de New York avait obtenu de bons résultats chez la souris. Ils ont tenté l'expérience de stimulation crânienne pour éviter l'aggravation des cas d'Alzheimer. Je me dis que cela pourrait aider à faire émerger des souvenirs. Ils ont réussi à stimuler les connexions jusqu'à l'hippocampe, la partie qui emmagasine la mémoire.

— Tu veux faire ça avec ta machine, là, celle que j'ai vue tout à l'heure ?

Cyrille baissa d'un ton.

— Oui. Tout en stimulant par ailleurs avec une injection nasale de Tacrine.

— Le médoc anti-Alzheimer ?

— Exact. Ça aide à remobiliser la mémoire. D'ordinaire, comme tu le sais, on le donne par voie orale, mais j'ai lu les premiers essais d'une équipe de Pasadena qui a tenté de l'administrer par voie nasale, ce qui permet d'accéder directement au cerveau par le bulbe olfactif pour un résultat plus rapide et plus probant. Ces tests ont également été pratiqués sur les souris.

Nino fronça les sourcils.

— C'est pas prudent.

— OK, c'est pas prudent. Mais disons que j'aimerais potentialiser les effets des deux traitements et qu'il faut que j'aille vite. Je n'ai pas plusieurs années devant moi pour valider des essais cliniques. Dans une semaine, je serai à Bangkok pour le congrès le plus important de l'année, je dois être en totale possession de mes moyens.

Dans ces derniers mots, Cyrille exprima toute sa fébrilité et toute l'angoisse d'un futur inconnu et inquiétant. Ce qu'elle ne disait pas, c'est qu'elle avait en tête les visages sentencieux de ses financiers qui tenaient les cordons de sa bourse et qui attendaient d'elle un parcours sans faute. Elle pensait également au Nobel, attribué dans trois semaines. Quelles retombées si on apprenait que la femme du Grand Homme était à moitié folle ! Elle se tut pour laisser à Nino le temps de réfléchir, elle ne pouvait manipuler le stimulateur magnétique toute seule et il fallait un professionnel auprès d'elle en cas de problème.

— Je veux bien te rendre encore ce service, murmura le Sicilien.

— Merci… fit Cyrille dans un souffle.

Trois quarts d'heure plus tard, Cyrille vivait une expérience des plus étranges, vissée au siège du stimulateur.

Le crâne maintenu par le cale-tête, Cyrille ne pouvait ouvrir les yeux, les pensées et les souvenirs défilaient à vitesse grand V sans qu'elle puisse les contrôler. Elle était collée au fauteuil de dentiste comme dans le siège baquet d'une Formule 1 lancée à plein régime sur circuit. Mais l'accélération était intérieure. Nino lui parlait, l'accompagnait, elle comprenait, mais ne pouvait répondre de manière cohérente.

Nino s'inquiétait. Après avoir fait les réglages de l'appareil de SMT, Cyrille avait préparé une dose de Tacrine. Nino lui avait fait inhaler le médicament en deux prises. Il ne connaissait pas le matériel, mais en suivant les indications du médecin, ce n'était pas sorcier. Il avait poussé les fréquences au maximum autorisé, sur ordre de son ancienne amie, et enclenché l'électroaimant. À présent, les ondes traversaient l'os de son crâne et venaient exciter les fibres nerveuses des neurones de la couche la plus superficielle, celle des fonctions supérieures, comme un superdopant. L'effet connu était une accélération des pensées et des capacités mentales. Cyrille ne bougeait pas, mais ses paupières se soulevaient par à-coups.

— Ça va ? T'es sûre que ça va ?

— Oui, répondit-elle faiblement.

— Alors, concentre-toi sur Sainte-Félicité. Raconte-moi Sainte-Félicité.

Cyrille garda les yeux fermés et se mit à débiter à toute vitesse :

— Le couloir est sale et Mme Gomez aussi elle a fait pipi dans son pantalon c'est mon premier cas de démence sénile le chef de service me demande de la changer personne ne vient m'aider y a aussi dans le secteur fermé le SDF et son délire mystique qu'on doit enfermer en salle d'isolement et qui m'accueille des excréments pleins les mains qu'il a étalés sur le mur.

Elle reprit son souffle.

— Manien m'a dans le nez depuis le premier jour parce que je n'ai pas choisi son cours en option mais celui de Benoît.

— Quels sont tes amis dans le service ?

— J'aime bien Colette et Maxence mais il n'est pas resté longtemps toi aussi je t'aime bien parce que tu ne me méprises pas tu as rattrapé la fois où j'ai failli me tromper dans les dosages de neuroleptiques.

Cyrille ouvrit des yeux humides.

Nino coupa le courant. Le temps de stimulation ne pouvait excéder quelques minutes à chaque fois. Au-delà, on ne disposait d'aucune donnée sur les effets secondaires. Cyrille se détendit. Le cours de ses pensées se calma.

— Tu vois, ça revient.

— Et Tony ?

— Non, son visage ne m'est pas inconnu, c'est vrai, mais pas plus, je suis désolée.

— Prête ?

— Oui, prête.

La main de Nino tourna la molette.

— Et Julien Daumas ?

— Je l'ai vu pour la première fois il y a une semaine ici.

Soudain, une nouvelle déferlante la submergea.

— On est dans la chambre du Hilton à Bangkok avec Benoît il me traite de gamine toute la journée parce que je n'aime pas ses confrères dont je déplore certaines méthodes. Il me dit que je n'y comprends rien et je me demande ce que je fais là un matin quand Benoît assiste à une conférence dans le palais des congrès je fais mon sac et je me tire.

Cyrille poursuivit son monologue incessant encore quelques minutes mais le son de sa voix n'était plus qu'un murmure, elle s'épuisait à vue d'œil. L'expérience devait cesser. Nino poussa Cyrille dans ses retranchements.

— Et après, tu te souviens si tu as pris de la drogue ?

Cyrille ouvrit à demi les paupières, le regard vitreux.

Nino arrêta l'électroaimant. Cyrille Blake continua un moment à soliloquer de manière inintelligible, le temps que son cerveau surexcité par la Tacrine et la machine retrouve un fonctionnement normal. Elle demeura quelques secondes les yeux clos puis les ouvrit et regarda Nino.

— J'ai mal à la tête.

— Tu m'étonnes, rétorqua Nino en souriant, quel effort ! Ça va ?

Les cheveux de Cyrille collèrent à son front moite. Elle appuya sa tête contre le dossier du fauteuil.

— Je viens de comprendre que dans la vie de tous les jours, on pense au ralenti et on n'utilise qu'une moitié de ses capacités ! Faudrait que je songe à miniaturiser cette machine pour rédiger mes rapports…

Elle sourit faiblement, Nino posa une fesse sur le siège à côté d'elle.

— Ça t'a aidée, non ?

— Ça m'a permis de faire réémerger quelques détails.

— Mais rien sur Daumas ?

— Le néant.

— Et sur la Thaïlande ?

— Rien que je ne sache déjà.

Cyrille fit quelques mouvements de tête pour se détendre et se leva. La mémoire était un pivot dans le processus d'« accès au bonheur », envahissante ou incomplète. C'était le grenier indispensable où se cachaient nos paradis perdus et nos malheurs. Sans mémoire, l'homme n'était plus qu'une enveloppe vide. Elle eut soudain l'impression d'avoir cent vingt ans. Elle remercia et salua Nino. Puis remonta chercher ses affaires, les visages de ses parents devant les yeux et les notes déchirantes du bandonéon de son père dans les oreilles.

-20-

Une fois MJ partie pour son cours de yoga, Julien se posta à la fenêtre qui donnait sur la rue, veillant soigneusement à ne pas être vu. Dans sa main, la copie d'une coupure de journal datant de 1991 que Marie-Jeanne avait imprimée depuis Internet et qu'il venait de trouver dans son sac. Il était stupéfait, ne comprenant pas ce que l'article racontait. Il se mit à trembler, il fallait que Cyrille Blake s'explique et vite. La Mini du docteur Blake se gara dans la contre-allée de l'avenue vers 20 heures. Julien enfila un T-shirt noir et prit la petite clé de la porte de communication. Il sortit sur le palier, dévissa l'ampoule du couloir. Une fois dans l'obscurité, il ouvrit la porte qui donnait dans la buanderie et se cacha derrière le sèche-linge pour écouter les bruits de la maison. La clé d'un verrou tourna quelque part dans l'appartement, une porte s'ouvrit et claqua. On entendit trois objets tomber sur le parquet, sûrement une paire de chaussures et un sac à main, puis une voix fatiguée :

— Benoît ? C'est moi.

Les bruits de pas se rapprochèrent. La porte du gros réfrigérateur américain s'ouvrit, le jeune homme perçut le *pschitt* d'une bouteille gazeuse et le glouglou du versement de la boisson dans un verre. Julien se redressa. Elle était seule, c'était le moment ou jamais. À pas de loup, il porta la main à la poignée de porte, figea son geste.

— Désolé, ma chérie, j'ai été coincé par un journaliste qui m'avait dit que l'interview ne prendrait qu'un quart d'heure et ça a duré une heure. Comment ça va ? Tu as l'air fatigué.

Benoît Blake.

Julien battit en retraite et tendit l'oreille.

— Je suis épuisée. Ça t'embête si on reporte le dîner à demain ? J'ai une crise de migraine, je vais prendre un Triptan et me coucher.

— Que t'arrive-t-il ?

— Sûrement trop bossé. Je vais me coucher.

— Ton déjeuner s'est bien passé ?

— Oui, on en reparlera dans le détail, mais là j'arrive même plus à penser.

— Tu ne dînes pas ?

— Non, je ne me sens vraiment pas dans mon assiette.

— Tu veux que je fasse quelque chose ?

— Non, ne te préoccupe pas de moi, j'ai besoin d'un médoc et d'un bon lit.

Un silence suivit puis Julien entendit le mari murmurer :

— Tout va bien, t'es sûre ? Rien n'est changé entre nous ? Par rapport à l'autre soir, je veux dire. Je suis tellement désolé. J'avais trop bu. Cette période est stressante pour moi et ce Tardieu m'énerve au plus haut point. Si tu savais ce qu'il a encore sous-entendu dans la presse…

— On en reparlera plus tard. Là, je veux juste aller me coucher.

Julien devina le bruit d'un baiser puis ne perçut plus rien pendant quelques instants. Enfin, la télé et les commentateurs de foot emplirent la pièce.

Le garçon resta un bon moment à réfléchir.

-21-

11 octobre

Cyrille Blake se réveilla à 6 heures, elle était loin d'avoir eu son quota de sommeil, même si elle avait dormi près de dix heures. Elle avait encore la tête lourde et les yeux lui piquaient. La SMT lui avait lessivé le cerveau. Pour commencer, elle alluma son téléphone portable. L'écran lui indiqua que Nino avait tenté de la joindre deux fois sans laisser de message. Ils ne s'étaient pas parlé pendant dix ans et ne se lâchaient plus depuis vingt-quatre heures… Que la vie était surprenante parfois… Elle le rappellerait plus tard.

Elle se glissa sous la douche. La journée allait encore être chargée. La dernière chose que Cyrille avait faite hier avant de quitter la clinique avait été de passer un coup de fil urgent à quelqu'un qu'elle ne connaissait pas personnellement, mais dont la réputation dépassait les frontières de l'Hexagone. Ils avaient convenu d'un petit déjeuner ensemble ce matin.

Une fois douchée et habillée, Cyrille se contenta d'un jus d'orange et de deux aspirines. Elle quitta l'appartement à 7 heures et monta dans sa voiture. Le centre de Paris n'était pas trop chargé, elle s'engagea sur les quais de Seine jusqu'à la porte de Vincennes et sortit de la capitale en allumant la radio pour écouter les infos. Elle tomba sur la fin d'une dépêche sur France Info, le mot d'un journaliste lui fit froid dans le dos : « Découverte d'animaux mutilés. »

Cyrille pila derrière un camion, jurant et serrant les dents. *Et merde !* Rêvait-elle ? Ce qu'elle craignait était-il en train d'arriver ? Elle monta le volume, mais le présentateur était déjà passé à la brève suivante. Il ne lui restait plus qu'à changer de fréquence pour attraper un autre bulletin d'informations et en apprendre davantage. En vain. Avait-elle eu une hallucination auditive ? Ou l'histoire de son patient allait-elle s'ébruiter et on ne tarderait pas à venir lui poser des questions ? Elle allait devoir tout dire à Benoît avant qu'il ne l'apprenne. Elle serait obligée de parler de Bangkok, de sa fugue, de son amant. Ça lui semblait au-dessus de ses forces.

Elle se perdit dans Champigny-sur-Marne obnubilée par une pensée : *Heureusement que j'ai pris la lettre qui m'était adressée, si les flics étaient tombés dessus, je serais au poste à l'heure qu'il est.* Fallait-il qu'elle aille voir la police ? Non, sûrement pas. Pas avant d'avoir compris ce qui la liait à Julien Daumas. Elle tourna un quart d'heure dans Champigny, perdue. En pestant, elle finit par s'arrêter sur le bas-côté et fouiller dans la boîte à gants pour sortir son GPS, cadeau d'anniversaire de son mari dont elle ne se servait quasiment jamais. Elle alluma l'engin, perdit un temps fou à comprendre comment ça marchait, jusqu'à trouver enfin la page d'accueil où elle devait inscrire l'adresse d'arrivée. Une voix artificielle lui annonça qu'il lui fallait faire demi-tour et prendre la direction de Créteil. Cyrille râla contre la voix mais obtempéra.

Elle mit dix minutes à atteindre l'île Sainte-Catherine, sur les bords de Marne, et parvint à destination à 8 heures, un petit peu en retard par rapport à l'heure du rendez-vous. La maison était carrée, imposante, cossue. Elle se gara devant, sortit du véhicule et sonna au portail qui s'ouvrit tout seul. Cyrille se retrouva devant une maison d'architecte sur pilotis entourée d'un jardin qui donnait sur un bras de la Marne. La porte de la maison était ouverte, elle pénétra dans un puits de lumière. Un immense escalier en colimaçon, inclus dans une serre tropicale où s'épanouissaient des bougainvillées roses géants menait au premier. Cyrille monta les marches, frappée par l'ambiance monastique du lieu.

Maurice Fouestang l'attendait, au fond d'un grand loft lumineux, assis dans le fauteuil roulant qu'il ne pouvait quitter. Il lisait *Le Figaro*, à côté de lui une table dressée avec des croissants, du café et une carafe de jus d'orange frais. Ce que tout le monde remarquait en premier en regardant le vieil homme, c'étaient ses yeux, deux billes bleu pâle qui fixaient ses interlocuteurs avec une tension et une acuité dérangeantes. Ensuite, on voyait son sourire, pas spécialement sympathique, inquiétant même. Le reste était banal. Un petit vieux qui allait sur ses quatre-vingts ans, impotent.

Il replia son journal, le jeta sur la table basse en verre et s'avança en actionnant le moteur de son fauteuil à l'aide d'un joystick à portée de sa main droite. Tout un pan de mur était tapissé de livres de psychiatrie, de médecine, de chirurgie, de psychanalyse et d'hypnothérapie, ses propres ouvrages en bonne place. Cyrille le salua et lui serra la main. Celle de Fouestang était lisse et glacée. Il n'avait jamais rencontré Cyrille Blake et la trouva plus jeune que ce qu'il avait imaginé. Il savait que son opus sur le bonheur s'était autant vendu que son dernier livre à lui et qu'elle lui piquait régulièrement des clients avec ses méthodes rapides et dites révolutionnaires pour retrouver la joie de vivre. Il s'en méfiait, mais avait quand même accepté de la recevoir, vaguement satisfait qu'elle ait quelque chose à lui demander de toute urgence. Il lui avait laissé le choix de venir le rencontrer tôt ce matin ou dans deux semaines. Elle avait opté pour ce matin, sans hésitation.

En parfait gentleman, il servit du café et lui proposa une brioche ou un croissant. Cyrille accepta la brioche et la découpa avec les doigts pour la grignoter, sans réel appétit.

Fouestang versa généreusement du lait dans son café qu'il but par petites aspirations. Il avait tout du vieux grigou, se disait Cyrille, mais, dès qu'il relevait les yeux, on savait qu'on avait affaire à une intelligence exceptionnelle. Il y a quinze ans, à l'aube de ses soixante-cinq ans, il avait « viré sa cuti » ; envoyé paître les tenants de l'inconscient et de la cure psychanalytique par la libre association d'idées et embrassé une nouvelle brillante carrière d'hypnothérapeute. Aujourd'hui, c'était le maître français de l'hypnose ericksonienne, respecté, voire adulé par la jeune génération de médecins reconvertis à l'hypnose. Ses séances se monnayaient deux cents euros la demi-heure et il sélectionnait sa clientèle.

Ses livres faisaient partie des *best of* de Cyrille. Elle se sentait proche de la volonté affichée du maître d'entreprendre des thérapies courtes et efficaces plutôt que longues, fastidieuses et aux résultats incertains.

Il était tôt, elle avait dérangé l'illustre personnage, elle n'allait pas l'ennuyer avec une conversation de salon. Il apprécierait sûrement qu'elle aille droit au but.

— Je vais essayer d'être le plus concise possible, dit-elle, j'ai oublié certains épisodes de ma vie et j'aimerais que vous m'aidiez.

Du café au lait coula sur le menton de l'hypnothérapeute, qu'il essuya avec sa serviette de table brodée à ses initiales.

— Alors, vous vous êtes déplacée pour rien.

— Je sais, l'hypnose ne fait pas retrouver la mémoire d'événements oubliés.

— Et ceux qui prétendent le contraire sont des charlatans !

— Ce que j'aimerais, c'est me réapproprier ce passé, même s'il reste des trous, pour comprendre où se situe mon blocage.

Petites aspirations de café de Fouestang. Cette jeune toubib parlait bien et avait compris le message qu'il s'évertuait à transmettre dans ses bouquins. Se réinstaller dans les événements de sa vie pour mieux les vivre et comprendre d'où viennent les souffrances.

— Quel est votre problème ?

— Comment dire…

Pas question pour elle de divulguer l'étendue de son trouble à un confrère concurrent, ce serait du suicide professionnel. Dans la voiture en venant, elle avait préparé une petite histoire passable.

— J'ai un blocage dans l'écriture de mon deuxième livre et ça devient critique. J'ai une angoisse tellement forte que je ne parviens plus à écrire, or mon éditeur me demande le premier jet dans un mois. Mon angoisse vient du fait que je voulais être plus personnelle dans cet ouvrage et parler de mon expérience en psychiatrie. Et là, je m'aperçois que j'ai du mal à me souvenir de ma dernière année à Sainte-Félicité.

— Dès que vous aurez fini votre café, allez vous asseoir dans un fauteuil.

Les fauteuils en question étaient des purs chefs-d'œuvre de design et de confort. Une seule pièce de bois travaillé parfaitement ergonomique. Quand Cyrille s'installa, son corps épousa les courbes du fauteuil, recouvert d'un coussin en cuir craquant. C'étaient des pièces uniques, conçues par un architecte d'intérieur.

— C'est mon dada, lui expliqua Fouestang, je les dessine et un ami menuisier me les fabrique, je suis à la recherche de la forme exacte, parfaite, pour que le corps se relâche totalement.

Cyrille le complimenta puis se détendit, bras sur les accoudoirs, jambes relâchées. Elle pratiquait l'hypnothérapie avec ses clients, elle savait se mettre rapidement en condition. Fouestang fit rouler son fauteuil de façon à se trouver en face de Cyrille. C'est alors que la sonnerie du téléphone mobile retentit. C'était Nino. Terriblement gênée, Cyrille coupa son portable en s'excusant platement. Fouestang eut un bruit de bouche agacé. Il reprit :

— Je vais vous inviter à vous concentrer sur votre respiration, dit-il. (Sa voix était basse et puissante, mais elle avait perdu toute intonation, ce son monotone ayant pour but de désactiver la fonction de vigilance du cerveau.) Vous êtes juste bien.

Cyrille se focalisa sur la voix qui lui disait de respirer, de ne penser qu'à respirer et à la lourdeur de ses jambes. Ses pieds s'enfoncèrent dans le sol, ses mains pesèrent sur les accoudoirs et sa tête écrasa le coussin de cuir. Ses paupières se fermèrent à demi. Elle était là, dans son corps, pesante, mais son esprit était suspendu à la voix monocorde.

— Vous allez retourner à un moment où vous vous sentez bien, d'accord ?

— D'accord.

— Où êtes-vous ?

— Chez moi.

— Qui est avec vous ?

— Personne.

— Que faites-vous ?

— Je joue du bandonéon.

Un sourire éclaira les traits épuisés de Cyrille. Elle se mit à fredonner un air. La voix poursuivit son travail :

— Vous pouvez, si vous le voulez, laisser venir à vous l'image de l'hôpital Sainte-Félicité et vous vous sentez bien.

— Je vois la salle télé du service B.

— Quelque chose vous met-il en colère ?

Les narines de Cyrille frémirent.

— Oui, le silence. Personne ne parle. Le Tour de France hurle à la télévision et personne ne réagit, parce qu'ils sont tous sous calmants à haute dose. Personne ne les regarde. On veut juste la paix.

— De quelle couleur est votre colère ?

— Noire, j'aimerais dire au chef de service qu'il administre trop de neuroleptiques et d'hypnotiques, mais je ne suis qu'interne, j'ai juste le droit de me taire.

— Invitez-le à nous rejoindre, vous vous sentez toujours bien.

— Le voilà, il est devant moi.

— Dites-lui ce que vous pensez.

— Vous assommez les gens pour être tranquille, vous ne supportez par les cris dans votre service, un malade silencieux est un bon malade, ça m'écœure.

— Vous pouvez vous sentir mieux maintenant, si vous le désirez. Vous pouvez remplacer votre colère par de la tranquillité. Dorénavant, lorsque vous entendrez le nom de Sainte-Félicité ou prononcerez le nom de Sainte-Félicité, vous vous sentirez bien, paisible.

— D'accord.

— Vous êtes devant votre ordinateur et tout est facile, les mots coulent comme une rivière fraîche. Qu'y a-t-il ?

Le menton de Cyrille trembla.

— Je me sens très triste.

— Ce sentiment est passager, laissez-le passer et remplacez-le par de la tranquillité. Appelez un autre moment. Un moment agréable.

— Un moment agréable.

— Oui, détendez-vous et laissez émerger la solution.

Cyrille lâcha prise, encore davantage. Et tout à coup elle se retrouva, assise, sur une plage…

* * *

S'il y avait une chose que Nino Paci détestait par-dessus tout, c'était d'être pris pour un con. Et ça venait de lui arriver deux fois en moins de vingt-quatre heures. Sa besace en bandoulière, il s'engouffra dans la bouche du métro Tolbiac et descendit les marches deux par deux. D'abord, il y avait eu Cyrille Blake, revenue d'entre les morts, qui lui avait fait la danse des sept voiles pour le convaincre de l'aider. Il s'était fait embobiner comme un bleu, un peu au nom de leur vieille amitié, un peu par pitié. Et maintenant qu'elle avait eu ce qu'elle voulait, elle filtrait ses appels ? *Trop bon trop con.*

Nino écrasa son passe de métro sur la borne magnétique, un bout de plastique de la pochette lui resta dans la main, il fallait qu'il se calme. Il prit la ligne 10 pour rejoindre le XVe arrondissement. Il y avait une dizaine de personnes sur le quai dont une brune en tailleur qui lui jeta un regard sans équivoque. Il eut envie de lui dire : « Je suis gay, laisse tomber ! », et ça ne fit qu'accroître un peu plus son énervement. L'autre personne qui se foutait de sa gueule, c'était Manien.

Ce connard avait gardé pour lui des dossiers médicaux confidentiels, ce qui était légalement interdit. Le problème était que si ces dossiers étaient égarés et qu'un membre de la famille d'un patient, pour une raison X ou Y, venait à les réclamer aux archives et que le casier était vide, ça retomberait sur qui ? Sur le cadre infirmier, car le classement et l'archivage faisaient partie de ses prérogatives. Colette, simple infirmière, ne serait pas inquiétée et Manien ne se gênerait pas pour charger Paci. Un dossier perdu n'était pas une mince affaire en médecine. Ça pouvait mal se terminer si la famille était procédurière. Bref, cet enfoiré le mettait en danger. Nino considérait Manien comme un manipulateur et un salopard et, contrairement à la majorité des employés du service, Manien ne lui faisait aucunement peur. L'infirmier croyait dans un code de l'honneur et n'avait jamais hésité à aller au combat à mort pour réparer une injustice.

Il descendit à la station Javel et, en quelques enjambées, sortit du métro aérien pour rejoindre Sainte-Félicité. Il sacrifiait encore une matinée de congé, mais tant pis. Il ne pouvait pas passer de jour *off* tranquille avec ça en tête. Il traversa l'hôpital et s'engouffra dans le service B. Il passa la première porte à accès restreint grâce à son badge et piqua à droite dans le couloir B. « T'es de service ? lui lança une collègue ? – Je viens chercher les plannings », répondit-il. Ce qui était assez étrange venant de sa part un jour de congé, mais peu importait. Il longea le premier couloir « Primevères » où les patients avaient le droit de sortir dans la cour carrée, sous surveillance. C'était relativement calme, la plupart des pensionnaires étaient rassemblés dans la salle télé. Il repassa son badge devant une autre porte pour entrer en « Églantines », où toute sortie était soumise à autorisation spéciale.

Les portes jaunies à œilleton des chambres ressemblaient à des portes de cellules. Ça puait la Javel et la bouffe bouillie et réchauffée. Deux ampoules au plafond avaient claqué, personne ne les avait encore remplacées, jetant une ombre inquiétante au fond du couloir. L'aspect était sinistre, mais Nino ne le voyait plus. Il entendit des boum contre la paroi de la chambre d'isolement. Le SDF qui avait fait un delirium tremens, après son sevrage, se tapait encore la tête contre le mur.

Colette venait de prendre son service ; Nino la vit de dos, en train de vérifier les lots de médocs sur le chariot. Elle se retourna et fut tellement surprise de le voir que sa bouche forma un « O ».

— Tu n'es pas en repos ?

Arrivé à sa hauteur, Nino se baissa et planta deux bises sur les joues de sa collègue. Colette avait tout d'une souris, elle était très petite, pas plus d'un mètre cinquante, un visage pointu, la bouche et le nez qui avançaient en museau, de rares cheveux grisonnants et séparés par une large raie. Elle finissait paisiblement sa dernière année au service de l'Assistance publique, une vie passée à aider les autres avec une abnégation de petite sœur des pauvres. Elle était fatiguée et usée mais avait la politesse de ne jamais rien laisser paraître. Nino s'appuyait sur elle pour gérer le service.

— On peut se parler ?

Une inquiétude traversa le regard de Colette, elle savait bien de quoi son jeune chef voulait lui parler. Elle gara le chariot le long du mur et suivit Nino dans une chambre vide en réfection, après avoir été entièrement saccagée par un patient.

— Où Manien t'a-t-il demandé de ranger les dossiers que tu as pris aux archives ? demanda Nino à brûle-pourpoint.

Colette projeta son museau en avant.

— Dans son bureau.

— Où, dans son bureau ?

— Je lui ai donné les chemises cartonnées. Après, je ne sais pas ce qu'il en a fait.

Les larmes lui montèrent aux yeux.

— J'aurais dû lui dire de les restituer de suite, mais j'ai eu peur qu'il ne me fasse une mauvaise évaluation… Je suis sincèrement désolée.

— C'est pas grave, on va les récupérer et les ranger à leur place. Où crois-tu qu'il aurait pu les cacher ?

— Je ne les ai plus aperçus depuis. Probablement dans son secrétaire fermé à clé…

— Tu peux y aller pour moi et essayer de mettre la main dessus avant que je me retrouve dans la panade ?

— Maintenant ?

— Oui, maintenant. Il est en cours, non ?

Colette baissa les yeux. Elle n'aimait pas le chef de service et, dans trois mois, elle serait partie. Il ne se rendrait probablement jamais compte qu'elle avait replacé les dossiers empruntés. Et, au moins, elle partirait à la retraite la conscience tranquille, en étant sûre de ne pas mettre Nino en difficulté. Elle murmura un « d'accord » timide.

Un quart d'heure plus tard, le temps de boire un café dans la salle de repos des infirmiers et de passer en revue le planning de la semaine prochaine, Nino réceptionnait quatre chemises en carton bleu ciel. Colette était soulagée. Nino glissa rapidement les dossiers dans son sac.

— Salut, à lundi !

* * *

Le tapis du bureau de Fouestang s'éclaircit, prit une teinte beige uniforme, une mer de sable. Le fauteuil sur lequel Cyrille était assise devint moelleux et doux.

Sans bouger les mains, elle le caressa, enfonça les doigts dans la masse farineuse et l'égrena. C'était sensuel et chaud. Elle était assise en tailleur, les fesses calées dans la matière. Le soleil couchant projetait une lumière orangée sur son visage et ses bras bronzés. Elle ferma fortement les paupières et huma l'odeur de la mer. Ses cheveux longs et dorés, lâchés dans son dos, ondulaient dans la brise. Son pantalon thaï blanc pesait une plume sur ses jambes. Sa poitrine respirait librement sous une chemise de lin. Ses oreilles perçurent les notes plaintives de l'accordéon de Youri, elle sourit. Il savait tirer de la joie même au plus profond de sa tristesse, c'était un magicien. Elle écouta de toute son âme, anticipant les notes suivantes comme des mots d'amour évidents. Son esprit s'ouvrit encore davantage. Maud dansait, debout, les pieds enfoncés dans le sable, sans les bouger, ses bras seulement se balançaient, sa tête dodelinait. Cyrille sourit encore, la Québécoise était stone et belle dans cette lumière. Au-delà des notes du musicien slave, d'autres montèrent, un boum boum !, un caisson de basse. La perception de Cyrille s'élargit encore.

D'autres gens les entouraient, des visages moins connus qui dansaient, leurs corps se désarticulaient en rythme, leurs têtes tenant à peine sur leurs épaules. Ivres, ou cassés par des substances multiples aux goûts et aux couleurs de paradis. Ils dansaient assis, debout, couchés, le sourire aux lèvres. Cyrille ne se sentait pas en danger, elle les comprenait, tous formaient une grande famille, hymne à la musique, à l'amour, à la drogue, au sexe, à la lune. Les yeux de Maud lançaient des appels érotiques à qui voulait bien les entendre. Un jeune s'approcha, poing vers le ciel, scandant le boum boum ! lancinant. Maud l'embrassa sur les lèvres. Puis elle se retourna vers Cyrille et, se penchant sur elle, l'embrassa aussi, sur le front et la bouche.

Cyrille tressaillit, le frisson coupable. Sa vision des choses couvraient 360° à présent, elle était à l'intérieur d'elle-même, mais aussi au-dessus. Ils étaient au moins une centaine dans ce lieu. Cyrille éprouva dans cette décadence une jouissance expiatoire. Elle sourit pour elle-même et son corps marqua le double ton du boum boum ! à son tour. Elle partait, elle se libérait de ses années de culpabilité.

Mais soudain, un jeune Thaï, d'une beauté envoûtante, lui toucha le bras, elle ouvrit les yeux. « Quelqu'un veut te parler. » Un homme s'approchait d'elle, en chemise et cravate, pantalon et sandales. C'était un vieux Thaïlandais, au regard intelligent, qui lui sourit bizarrement. Une moitié seulement de son visage s'anima.

Bon sang !

La surprise la cloua au sol. Cyrille atterrit brutalement. Le sable redevint tapis, la musique disparut, les danseurs s'évanouirent. Elle ouvrit les yeux.

Étonné, Maurice Fouestang haussa un sourcil.

— Vous allez sentir s'alléger vos mains lourdes sur le fauteuil. Vous allez écouter ma voix, à dix vous vous éveillerez. Un, vos pieds s'allègent, vous êtes bien dans votre corps ; deux, trois, quatre, cinq, à six, vous vous souviendrez de tout ce qui a été dit, sept, huit, neuf, un sentiment de bien-être ; dix vous êtes avec moi.

Fouestang vit Cyrille battre des cils, sonnée, groggy.

— Comment vous sentez-vous ?

— Je ne sais pas. Il faut que j'y réfléchisse.

Fouestang secoua la tête.

— Pas la peine d'y réfléchir, le travail s'est fait à un autre niveau qui échappe à votre analyse. Laissez faire. Et si vous voulez raffermir chez vous ce que nous avons commencé, asseyez-vous et respirez.

Cyrille Blake épousseta nerveusement son pantalon.

— Oui, oui.

Après avoir réglé son confrère, Cyrille redescendit l'escalier, plongée dans une grande perplexité. Elle parcourut la distance qui la séparait de sa voiture sans se rendre compte que les nuages s'étaient amoncelés et donnaient déjà quelques gouttes de pluie. Elle remonta dans sa Mini et mit le contact, en mode automatique.

N'en déplaise à Fouestang, elle voulait réfléchir à ce qui venait de se passer. Le maître de l'hypnose lui avait dit de laisser émerger la solution et elle… qu'avait-elle vu ? Un vieux monsieur au visage bien connu.

* * *

Les archives de Sainte-Félicité avaient été déménagées après une inondation, elles occupaient à présent le sous-sol du bâtiment de l'administration générale. Grâce à sa clé de service, Nino put accéder au niveau –2 de l'hôpital. Il longea le couloir de ciment gris, encombré par des brancards et des chariots défectueux. Il composa le code qui ouvrait la porte battante et pénétra dans la vaste salle occupée par des rayonnages blancs montant jusqu'au plafond. Il alluma la lumière et sortit les dossiers de son sac. Chaque demi-étagère correspondait à une année. Le premier dossier était estampillé d'un tampon bleu « Juin 2000 », au nom de « Clara Marais ». Nino remonta le temps jusqu'au bon rayon et trouva la lettre M. Il replaça le dossier dans le compartiment vide qui lui avait été attribué. Lorsqu'il prit le dossier de Julien Daumas pour le ranger, il ne put s'empêcher de l'ouvrir.

Le dossier était maigre, deux feuilles en tout et pour tout. Les yeux du cadre infirmier passèrent d'une ligne à l'autre. Arrivés en bas, ils s'agrandirent. *Qu'est-ce que c'est que cette embrouille ?* Il relut deux fois le document pour être sûr, sortit de son sac un crayon et nota quelque chose sur son paquet de cigarettes. Puis il rangea le dossier à sa place, tout à sa réflexion. Il s'apprêtait à faire de même avec le dossier de « Maurice Larouderie », sorti de Sainte-Fé en février 2001, quand il se ravisa, l'ouvrit et sauta directement aux dernières lignes du bas. *Putain… c'est pas vrai.* Il parcourut le quatrième dossier et fit le même constat. Pour confirmer ses doutes, il revint sur ses pas, ressortit le dossier « Clara Marais » qu'il venait de classer. *Idem*. Une petite lumière venait de s'allumer dans sa tête. Il comprit que Cyrille avait mis le doigt sur un problème épineux, que son amnésie tombait trop bien pour être honnête et qu'elle était probablement en danger.

-22-

Cyrille mit du temps pour faire la route du retour. L'autoroute puis le périphérique étaient saturés et les voitures ralentissaient sous la pluie qui tombait dru à présent. Elle brancha France Info, enclencha les essuie-glaces. Elle sortit porte de Bercy et prit les quais pour rejoindre le XVe arrondissement. Les infos n'évoquaient aucun « animal mutilé ». Elle remonta le boulevard Saint-Marcel, décida de piquer vers Montparnasse et pesta à cause des couloirs de bus qui ralentissaient la circulation. Après maints détours, à cause de travaux de réfection de la chaussée, la Mini descendit le boulevard Pasteur, la rue de la Convention et tourna enfin dans la rue de Vaugirard.

C'était jour de marché et toutes les voitures étaient garées n'importe comment, en double, voire triple file. La rue Dulac n'était plus qu'à cent mètres, mais encore fallait-il les franchir. La voiture serra à droite, à ce moment-là une benne à ordures déboucha d'une rue perpendiculaire et vint stationner juste devant Cyrille. *Arg !* Elle tapa du plat de la main sur le volant. Elle était complètement coincée.

Devant le camion-poubelle, derrière et à gauche, des voitures cul à cul ralenties par la pluie. Elle était condamnée à attendre que la benne ramasse les poubelles des dix numéros qui les séparaient de la rue Dulac pour aller se garer. *Je suis maudite !* Il était 10 heures, elle n'était pas encore en retard. Elle serra le volant de toutes ses forces. *Faire de chaque épreuve une leçon positive.* Elle était là, ne pouvant ni avancer ni reculer, ni se garer ni descendre de voiture. Soit. Elle allait mettre à profit ce temps pour se détendre et réfléchir. Lors de la séance d'hypnose, Cyrille avait fait apparaître le professeur Arom. Elle avait seulement échangé quelques phrases de politesse lors du congrès annuel de Bangkok, mais elle ne pouvait se tromper. Le visage du professeur était de ceux qu'on ne peut oublier. Un vieux sage, aux cheveux blancs, dont la moitié gauche de la face était paralysée, séquelle de l'exérèse d'une tumeur cérébrale mal placée sur le nerf facial.

Lorsque le professeur s'exprimait, seule la partie droite de sa bouche s'animait. Il avait fallu qu'elle soit dans un état modifié de conscience pour penser à lui. Sous hypnose, la tension s'était relâchée et son intuition avait enfin pu s'exprimer et lui montrer la bonne voie. Sanouk Arom était un des spécialistes mondiaux de l'amnésie. Il avait élaboré avec un de ses confrères une théorie fondamentale qui édictait que les souvenirs étaient labiles. Ils n'étaient pas inscrits à vie dans une boîte noire quelque part dans le cerveau, mais plutôt de manière diffuse et mobile dans des réseaux de neurones qui pouvaient êtres activés à tout moment. Lorsque les souvenirs étaient rappelés à la conscience, ils redevenaient fragiles.

Il avait même montré que, chez la souris, il suffisait de perturber le souvenir au moment de sa réminiscence pour le faire disparaître. Après une longue période de recherche aux États-Unis, Sanouk Arom était revenu en terre thaïlandaise pour prendre la tête du service de neurologie du plus gros hôpital privé de Bangkok, où il avait cessé l'expérimentation sur les animaux pour se lancer dans la recherche clinique. Ses derniers travaux en date, publiés dans *Nature Neurology* et *Journal of Neuroscience*, portaient sur des cas cliniques d'amnésie traumatique chez des vétérans. Grâce à la stimulation intracrânienne, pratiquée avec des électrodes implantées dans certaines zones du cerveau, le professeur Arom était parvenu à réactiver une partie de la mémoire perdue de deux patients.

Cyrille tapota sur son volant. Il fallait qu'elle le contacte. Scientifiquement parlant, il était excellent, il pourrait lui apporter au moins un éclairage nouveau sur son cas. Ensuite, il était étranger, donc peu à même de bavarder et de mettre au courant les mauvaises langues de l'entourage immédiat. Enfin, il travaillait à Bangkok. Ce qui permettait à Cyrille d'aller le consulter en toute discrétion, la semaine prochaine, pendant le congrès. Tant d'avantages formaient un signe positif qu'elle décida de suivre.

Elle laissa errer son regard à travers le pare-brise, balayé par les essuie-glaces, sur les étals de marché qui vendaient des blousons et des chaussures, sur le café Le Necker qui servait de bons steaks à midi. Quelques hommes en costard étaient attablés derrière la vitre. La plupart lisaient le journal. Une femme en tailleur beige feuilletait des notes, un thé devant elle. Le quartier était aussi vivant qu'à son habitude.

La benne avança du numéro 32 au 28. Cyrille passa la première, roula cinq mètres puis repassa au point mort. L'averse redoubla de puissance. Par la vitre, Cyrille sentit le froid pénétrer l'habitacle, elle hésita à brancher le chauffage puis le fit, rien que pour ressentir ce petit moment de bien-être délicieux où l'air chaud remonte le long des pieds. C'est alors que son regard s'arrêta sur un homme qui lisait un magazine dans le café, face à elle. Son sang se glaça lorsque le jeune homme releva la tête. Julien Daumas, attablé tranquillement, à cent mètres du Centre.

* * *

Le cerveau du docteur Blake sécréta une dose d'adrénaline qui mit en alerte tous ses sens. Son corps fut soudain en état de sensibilité maximale, son estomac se serra, ses muscles se tendirent, prêts à l'action. Du dos de la main, Cyrille Blake nettoya la buée formée sur le pare-brise. *J'hallucine, ma parole, c'est pas possible !* Elle ne distinguait plus rien. Les essuie-glaces passèrent en vitesse rapide et elle plissa les yeux pour scruter l'intérieur du bar. La chaise occupée par Daumas était vide. La benne bougea. Elle roula deux mètres. Julien Daumas s'était évaporé.

Il se tenait à présent, debout, devant le café, les mains dans les poches, la capuche de son blouson de surfeur bleu rabattue sur ses cheveux blonds. Elle croisa son regard orageux, intense, empli de choses à lui dire. Il la fixait, il ne bougeait pas d'un pouce. L'estomac de Cyrille se contracta un peu plus. Elle et Daumas se dévisagèrent à travers le rideau de pluie, sans bouger, sans rien dire pendant un temps infini. Puis Julien fit un pas vers la Mini, l'air décidé. Cyrille déverrouilla les portières, il était temps qu'ils aient une conversation et qu'elle le convainque de se soigner. Mais, arrivé devant le pare-chocs de la Mini, Julien stoppa net, son regard se porta plus loin, deux voitures derrière. Il jeta un coup d'œil paniqué à Cyrille et tourna les talons brusquement. Il se mit à courir pour traverser la rue, slaloma entre les voitures et dévala les marches de la bouche de métro Falguière.

« Monsieur Daumas ! » cria Cyrille en tapant sur le pare-brise pour le retenir, mais il avait vu le diable et avait disparu. Cyrille Blake, emprisonnée dans sa boîte de sardines, activa l'essuie-glace arrière pour essayer de voir ce qui avait fait détaler le jeune homme de la sorte. De la pluie, des voitures, des phares. Elle se retourna vers l'avant du véhicule, un gros type en blouson rouge à manches blanches courait vers la bouche de métro. Il heurta une mamie qui venait de faire son marché, un Caddie à roulettes à la main. Il fit une pirouette pour se rétablir. Cyrille vit qu'il n'avait plus l'usage que d'un seul œil, l'autre était bandé.

-23-

Nino était un excellent cuisinier et un gourmet invétéré. Bâcler ou rater un repas représentait toujours un petit échec pour lui, ce qui l'amenait à emporter à l'hôpital des gamelles de plats cuisinés à faire réchauffer plutôt que de goûter à la cuisine collective sèche et sans goût du service B. Il entra dans un bar de l'avenue Vaugirard, sans trop savoir ce qu'il allait bien pouvoir commander. Il avait faim – il était près de 15 heures – et était prêt pour une fois à se contenter d'un sandwich. Il s'installa au bar, propre et bien tenu, consulta la carte plastifiée et commanda une tartine au chèvre et serrano. Ça ferait l'affaire avec un verre de rouge et un espresso.

Quand il lui fallait prendre une décision, l'infirmier devait manger. Il attaqua la tartine de pain Poilâne de bon appétit, en lisant les étiquettes des bouteilles d'alcool alignées devant lui. Quelques tables plus loin, dans le fond du bar, une jeune femme rousse et un jeune homme blond discutaient de manière vive. Nino ne fit pas attention à eux, quand bien même, il ne les aurait pas reconnus. Il n'avait jamais vu Marie-Jeanne dans le service du docteur Blake, et Julien Daumas n'était qu'un patient entraperçu il y a dix ans.

Nino mastiqua le jambon – du « sous vide », il en était sûr –, et évalua les alternatives qui se présentaient à lui. Il pouvait classer l'affaire, reprendre son job comme si de rien n'était et faire l'autruche. C'était le moins risqué et sûrement le plus intelligent. Pourquoi faire des vagues et risquer sa carrière ? Pour Cyrille ? Non. Une arriviste qui l'avait traité comme une lingette que l'on jette. Pour faire régner la justice dans le monde médical ? Pour confondre Rudolf Manien ? Il avait passé l'âge de croire que la hiérarchie médicale rendait la justice et œuvrait pour la transparence. D'un autre côté, ne rien faire signifiait qu'il devrait vivre avec ce qu'il savait sans en parler à personne, jusqu'à la fin de sa carrière. Ça voulait dire traîner un secret lourd et le porter en bandoulière jusqu'à ce qu'il quitte l'hôpital, avec toute la mauvaise conscience que cela impliquait. Nino ne savait pas s'il serait capable de le supporter. C'était un juste et la lâcheté l'insupportait. Quand son espresso fut servi, il était sur le point de trouver un compromis avec lui-même.

* * *

Le bar était bruyant à l'heure de pointe, MJ était obligée de parler fort pour se faire entendre. Les deux mains crispées autour d'un demi, elle défendait sa cause :

— T'as besoin d'une assistante, je m'occuperai de tous tes rendez-vous, toute la partie commerciale que tu détestes, ça te facilitera la vie, tu verras. Et l'argent rentrera, je te décrocherai des contrats, je suis imbattable en négociation !

Elle avait dit cela avec un sourire étincelant et convaincant. Quand elle savait ce qu'elle voulait, MJ était un char d'assaut lancé à pleine vitesse. Julien, face à elle, restait de marbre. La détermination de la jeune femme était séduisante, autant que son joli minois de chat, mais il était un loup solitaire, sa vie était faite d'allers, de retours, de fuites et de coups de tête. Il ne savait pas ce qu'il allait faire l'heure d'après. Et puis il avait son « problème » qui pouvait surgir à tout moment et détruire ce qui lui était cher. Comment entraîner une jeune fille derrière lui ? Il avait encore besoin de son hospitalité deux jours de plus puis il disparaîtrait sans laisser d'adresse.

— On en reparle après-demain, si tu veux bien, répondit-il en lui caressant la main.

Il souligna sa phrase d'un clin d'œil et MJ se détendit. Il ne partirait pas avant deux jours. Une éternité pour leurs deux vies en équilibre sur un fil. Elle but une gorgée de bière en souriant. Le beau brun qui avait déjeuné au bar paya et se leva. En d'autres temps, elle n'aurait pas hésité à aller lui tenir la jambe, autour d'un café. Mais là, elle était sur le coup du siècle, qu'elle n'allait pas lâcher.

Nino sortit, rassasié et satisfait en partie de sa décision. Il remonta la rue de Vaugirard sur cent mètres et bifurqua vers la rue Dulac.

* * *

Isabella DeLuza attendait patiemment dans la salle d'attente que le docteur Blake la reçoive. De l'autre côté de la cloison, Cyrille, un œil sur la petite pendule en lotus, jouait la montre. Elle s'accordait encore cinq minutes de recherche et elle reprendrait son boulot. Sur l'imprimante, une masse de cinquante feuillets avait déjà été imprimée. La plupart étaient des copies d'écran de sites de publications médicales internationales et portaient comme auteur principal « professeur Sanouk Arom », du service de neurologie du Brain Hospital de Bangkok. Les autres articles étaient des coupures de presse. Elle commença à lire les publications en diagonale, mais se rendit vite compte qu'elle en connaissait déjà les grandes lignes. Les coupures de journaux, en revanche, lui en apprirent davantage. Son attention s'attarda surtout sur un article du *Bangkok Post* titré « Il redonne la mémoire à des enfants perdus ». L'article était le suivant :

Le professeur Sanouk Arom est devenu président d'honneur de l'ONG Volunteer Group of Child Development – VGCD – à qui il dévoue désormais une partie de son temps, bénévolement, notamment pour soigner des amnésies traumatiques chez des enfants des rues. L'ONG, née en 2001 à Chiang Maï, a pour vocation la création de maisons d'accueil à travers la Thaïlande pour les enfants abandonnés, cibles privilégiées des trafiquants et des touristes de toutes nationalités à la recherche de mineurs à exploiter. La fondatrice de VGCD, Kru Nam, trente-huit ans, ses amis, tous bénévoles, enthousiastes et dynamiques, se félicitent que le professeur Arom ait accepté d'apporter une aide par les soins neurologiques aux enfants et adolescents qui en avaient le plus besoin.

Cyrille fit une moue approbatrice. *Et en plus, c'est quelqu'un de bien*… Il ne lui restait plus qu'un obstacle à franchir : prendre contact. Elle pouvait lui envoyer, de ce pas, un e-mail, mais savait d'avance la torture qui allait être la sienne en attendant la réponse. Cyrille décida d'épargner à ses nerfs cette nouvelle épreuve et décrocha son téléphone après une ultime recherche sur le Net.

Elle avait dix ans, soudain, paralysée par une timidité maladive, redoutant que les mots sortent avec difficulté, que le bégaiement combattu avec force chez l'orthophoniste d'Amiens resurgisse. Appeler un confrère pour discuter d'un cas était chose courante. Exposer son propre cas, avouer un problème, était une autre paire de manches. L'horreur pour elle. Cyrille hésita et douta de sa décision. Elle souffla un grand coup et composa le numéro qui commençait par l'indicatif 354. Ça sonnait. Une voix féminine se présenta comme Kim quelque chose, secrétaire. Non, le professeur n'était pas joignable car il était en consultation. Cyrille déclina son identité et exposa sa demande, en précisant que c'était un cas personnel. Elle repoussa le combiné de son oreille, la secrétaire venait de la mettre en attente avec une chanson thaïe à très haut volume. Mlle Kim reprit la ligne.

— Le professeur peut vous parler ce soir.

— Parfait, merci beaucoup. À quelle heure puis-je appeler ?

— À 22 heures, heure de Bangkok.

— Nous avons combien de décalage horaire ?

— Quatre heures en ce moment avec la France, cela fait donc 18 heures pour vous, c'est d'accord ?

— Bien sûr, c'est parfait.

— Êtes-vous équipée d'une visioconférence ? demanda la secrétaire.

Cyrille haussa les sourcils.

— Oui, dans la salle de réunion.

— Bien, le professeur ayant du mal à entendre les conversations téléphoniques, il tient désormais ses *conference call* ainsi. Avez-vous un identifiant Skype ?

— Oui.

— Parfait. Je vous envoie celui du professeur et vous pourrez le contacter avec ce numéro.

— Très bien.

— À ce soir, alors.

Cyrille Blake raccrocha, soulagée, se disant qu'elle avait de la chance : elle avait réussi à joindre Fouestang et Arom en peu de temps. Au moins, les choses ne traînaient pas. Elle allait être bientôt fixée sur ce qu'elle pouvait espérer d'un grand spécialiste. Elle se leva, ragaillardie, et alla chercher Mme DeLuza dans la salle d'attente. MJ était rentrée de déjeuner, elle semblait gaie, et tapait sur son clavier des lettres pour les fournisseurs, en fredonnant. La tante et la nièce échangèrent un sourire spontané.

* * *

Un instant plus tard, MJ leva les yeux de son écran et faillit tomber de sa chaise. Le beau brun du bar se tenait debout devant elle. De près, ses yeux noirs étaient troublants et, à l'assurance de sa voix, MJ sut immédiatement qu'elle avait affaire à quelqu'un de la partie, un soignant, pas un patient. Il lui demanda aimablement de bien vouloir l'annoncer au docteur Blake. MJ exécuta l'ordre sans broncher ; l'homme avait une autorité naturelle difficile à contourner.

Cyrille raccrocha avec MJ et se força à écouter avec attention Isabella DeLuza. Cette patiente était d'autant plus importante et intéressante qu'elle était l'une des premières à entrer dans le protocole Méseratrol pour traumatismes modérés. Elle prenait son traitement depuis quatre jours maintenant, et avait suivi une séance de thérapie comportementale et cognitive avec Dan, un gros ours hollandais, bon et chaleureux comme un Père Noël, qui réconfortait les patients les plus accablés rien que par sa bonhomie sympathique. Cyrille avait confié Isabella à Dan, estimant qu'elle avait surtout besoin d'être rassurée pour le moment plutôt que d'être analysée.

— Vous me dites que vous ne pleurez plus, Isabella, c'est bien…

La femme releva le menton.

— Non, je ne pleure plus et quand je parle de mon mari, ça ne me donne plus mal au ventre. Merci, docteur, je ne pensais pas qu'une pilule puisse faire cela.

— Ce n'est pas que la pilule, expliqua Cyrille en notant mot pour mot ce que Mme DeLuza venait de lui dire, vous avez commencé un travail de reconstruction complémentaire, très important.

— Oui, le psychothérapeute m'a l'air très gentil. Nous avons passé en revue tout ce qui me rend malheureuse dans une journée, et nous allons travailler sur chacun de ces points pour l'améliorer. Ça y est, vous savez, j'ai franchi le pas dans ma tête. Je vais me reconstruire et être aussi heureuse que lui !

Cyrille acquiesça discrètement.

— Bien, j'ai quelques questions à vous poser à présent, de manière plus générale, pour notre étude.

— Je vous écoute.

— Comment vous sentez-vous au réveil depuis deux jours ?

— Calme, je dors bien.

— Ressentez-vous de l'angoisse ?

— Plus du tout.

— Quels sont vos rapports avec votre entourage, vos enfants ? Avez-vous remarqué des changements ?

— Les choses m'énervent moins, je crois. La grande m'a annoncé qu'elle emménageait avec son copain que je n'apprécie pas beaucoup… Ça ne m'a pas fait grand-chose. J'ai même bien réagi.

Cyrille regarda attentivement la patiente.

— Vous n'avez pas ressenti de contrariété ?

— Non, rien. J'étais calme et détendue. Tout est comme cela depuis que je viens ici. Les choses ne m'atteignent plus. Ça m'a fait beaucoup de bien de parler, je crois.

Le docteur Blake continua à prendre des notes.

— Et si je vous reparle de votre mari, comment réagissez-vous ?

Isabelle DeLuza haussa les épaules en souriant largement.

— Rien, je m'en fiche. C'est fini. Je ne veux plus le revoir, c'est tout. Ça aussi, ça ne m'atteint plus.

Cyrille écrivit tout cela. Il y a quatre jours, cette femme était inconsolable et enragée. Était-ce le Mésératrol qui l'avait muée en un être distancié et bienveillant vis-à-vis de tout ce qui l'entourait ? C'était intéressant pour son protocole.

— Parfait. Nous allons poursuivre le traitement une semaine encore, après je vous demanderai de prendre rendez-vous dans cinq ou six jours à la clinique pour le suivi. Je serai absente, mais vous allez voir le docteur Panis qui travaille avec moi.

Cyrille se leva et raccompagna Mme DeLuza jusqu'au bureau de Marie-Jeanne.

— Cale un rendez-vous pour Mme DeLuza avec le docteur Panis la semaine prochaine, s'il te plaît.

Nino, qui contemplait la toile aborigène de la salle d'attente, se retourna et fixa Cyrille. Elle comprit au premier regard échangé qu'il y avait un problème.

-24-

— Comment ça, un code sur chaque dossier ?

Nino avait pris place sur le divan du psychiatre. Il délivrait son information et repartait, c'était sa résolution. Après, la balle serait dans le camp de Cyrille et il pourrait tout oublier.

— Les quatre dossiers étaient planqués dans le secrétaire de Manien, je les ai remis à leur place, aux archives. Par réflexe, j'y ai jeté un coup d'œil et tous étaient quasiment vides mais, en bas de chaque page, un code chiffré était inscrit.

Cyrille n'en revenait pas, pas plus que Nino quelques heures auparavant.

— Tu l'as noté, ce code ?

Nino sortit son paquet de cigarettes sur lequel était inscrit en travers « 4LR14 ».

Cyrille ferma les yeux un instant.

— Ça ne me dit rien. Et les quatre avaient ce code, même celui de Daumas ?

— C'est ce que je viens de te dire.

— Et tu sais à quoi ça correspond ?

Nino se frotta trois fois le nez.

— Tu sais comme moi que certaines informations ne peuvent être inscrites sur les dossiers des patients, eu égard aux familles et au risque médico-légal. Il y a dix ans, on ne notait pas « électrochocs », mais un code chiffré, par exemple.

— Oui, je sais ça. C'était le 546, les chiffres correspondants à EDF, une blague de carabin très malin. L'insulinothérapie, c'était le 6126, le nombre d'atomes de carbone d'hydrogène et d'oxygène du glucose. Mais le 4LR14, ça ne me dit rien.

— Non, à part des marques de bagnoles. C'est ce qui m'inquiète. Pourquoi les chefs auraient-ils utilisé un code que le personnel ne connaît pas ?

Cyrille plongea dans une vague de perplexité. Encore une énigme.

— Il faudrait qu'on réfléchisse sur ce code. Tu aurais encore un peu de temps à m'accorder aujourd'hui ? s'enquit-elle.

Mais Nino était déjà debout et gagna la porte en deux enjambées.

— Mon rôle s'arrête là, désolé. Je suis toujours en poste à Sainte-Fé, je ne peux pas me griller.

— Je ne te demandais pas d'aller jusque-là, juste de réfléchir avec moi, autour d'un café.

Le Sicilien tourna sa langue dans sa bouche, il s'était juré de ne rien dire, mais Cyrille lui tendait une perche.

— Je ne veux pas réfléchir avec toi, ni plus rien avoir affaire avec toi. Je t'ai délivré une information importante, à toi de jouer toute seule. Je pense que ça arrange des gens, que tu aies oublié le dossier Daumas, penses-y et sois prudente. Maintenant, je me tire, *ciao bella*.

Cyrille resta interdite dans son fauteuil. Elle ouvrit la bouche et un seul mot en sortit :

— Pourquoi ?

— Pourquoi quoi ?

— Pourquoi tu me lâches ?

Nino émit un ricanement, l'occasion était trop belle. Il allait enfin pouvoir régler ses comptes avec la miss.

— Depuis hier, je t'ai appelée des milliers de fois pour prendre de tes nouvelles parce que je m'inquiétais après la séance de SMT. Et toi, tu me filtres ! Tu ne daignes même pas m'envoyer une seule petite réponse ? Basta. On ne me la fait plus. Tu veux te démerder toute seule, eh bien, démerde-toi.

Nino s'enflammait.

— Tu veux que je te dise ton problème ? Je t'ai connue, tu étais sympa, timide, consciente de ton ignorance et assez humble pour l'admettre, ma foi. Tu étais fréquentable. Aujourd'hui, tu es devenue chef, tu diriges une équipe, tu pètes plus haut que ton cul parce que t'as épousé un futur Nobel. Eh bien, reste sur tes hauteurs et oublie-moi. On ne fait plus partie du même monde, tu me l'as bien fait comprendre. Chacun chez soi.

Le coup assené était violent. Cyrille s'affaissa sur elle-même. Elle porta une main à sa bouche et son regard erra des tableaux à son bureau, puis à Nino.

— Je suis désolée, je suis tellement désolée. Je ne voulais pas… je voulais te répondre… je ne savais pas…

Elle voulut dire autre chose, mais la porte s'était déjà refermée derrière l'infirmier.

* * *

À 17 h 50, Cyrille gagna la salle de réunion. Tout l'après-midi, elle avait repensé en boucle à plusieurs sujets qui se mêlaient et s'entremêlaient, formant un sac de nœuds angoissant dans son esprit. Elle avait mal au ventre. L'apparition et la disparition de Julien, l'altercation avec Nino, ce code chiffré retrouvé sur quatre dossiers de patients qui n'éveillait aucune étincelle dans son esprit, et la découverte par l'hypnose qu'Arom pouvait être une solution à son problème.

Le sujet « Julien Daumas » devenait complexe. Il voulait lui parler mais, manifestement, avait eu peur de quelqu'un, ce type en blouson rouge. Son patient se sentait menacé.

Elle s'efforça de relativiser l'affaire Nino. L'infirmier avait été atteint dans son amour-propre parce qu'elle ne lui avait pas prêté assez d'attention. Elle ne pouvait lui donner tort. Elle comprit que, pour une raison qu'elle ignorait, la demande affective de l'infirmier était forte et qu'elle n'avait pas été à la hauteur. Il ne la détestait pas, sinon jamais il ne lui aurait apporté ses informations. Elle pourrait y réfléchir plus tard, pour l'instant, elle n'avait ni le courage ni l'énergie de trouver les bons mots pour se réconcilier. Elle lui enverrait un message dans la soirée.

Mais ce qui la préoccupait le plus, c'était ce code. 4LR14. Sa signification ne devait pas être bien compliquée car, d'après son expérience, les médecins ne cherchaient jamais midi à quatorze heures pour inventer des noms ou des désignations. Il fallait plutôt pencher vers le second degré et l'humour noir. À moins qu'il ne s'agisse tout bonnement d'un code administratif de l'Assistance publique dont elle n'avait jamais entendu parler. Peu probable, mais pas impossible.

Elle descendit d'un étage, ne croisant personne, et ouvrit la porte de la salle de réunion avec sa clé.

Il n'y avait pas de fenêtres, heureusement, elle allait être tranquille. Elle verrouilla la porte derrière elle et lança le système informatique, l'écran mural s'éclaira. Cyrille aurait préféré assurer la visioconférence de son bureau, à l'aide d'une simple Webcam, mais son ordinateur n'était pas équipé. C'était sa faute. Elle avait toujours repoussé les assauts de l'informaticien qui voulait lui installer un système de vidéo perfectionné depuis un an, car cela demandait qu'il immobilise son poste pendant plusieurs heures. Elle n'en avait jamais ressenti l'utilité, mais le regrettait à présent.

Elle secoua la bouteille Thermos, il restait un fond de café. Elle pianota sur le clavier de l'ordinateur et se connecta à Internet. Avant d'entrer l'identifiant de messagerie vidéo du professeur Arom, elle se recoiffa. Avec une pince, trouvée au fond de la poche de sa blouse, elle ramena ses cheveux en un chignon, lissa sa frange du plat de la main et chaussa ses lunettes. Elle but quelques grandes lampées de café qui lui firent du bien et se mit en communication avec la Thaïlande. Elle cliqua sur « Appeler » après avoir répété mentalement son speech d'introduction en anglais.

Elle cliqua sur l'adresse du professeur et lui envoya par messagerie instantanée une demande de « chat video ». Deux lettres s'affichèrent en majuscule en provenance de l'adresse de Sanouk Arom : « OK », et une petite fenêtre s'ouvrit à droite de l'écran. Cyrille, assise face à la caméra de l'ordinateur, sourit, mal à l'aise. En deux clics, elle transféra l'écran vidéo de la taille d'un paquet de cigarettes sur l'écran mural. Et Sanouk Arom fut projeté en grand devant elle.

Elle retint un haussement de sourcils. *Quel coup de vieux !* Devant Cyrille se tenait un vieillard. Le professeur avait pris dix ans depuis le congrès de l'an dernier où il avait fait une présentation remarquable de son dernier cas clinique d'amnésique traumatique. Le tableau était triste : de longs cheveux blancs, un front creusé d'une profonde ride transversale et deux larges sillons d'amertume autour de la bouche. Mais le plus frappant était son œil gauche, quasiment clos, et son demi-sourire vertical grimaçant.

— Cher docteur Blake, je suis bien heureux de parler avec vous ce soir. Mon audition s'étant beaucoup affaiblie, je préfère voir mes interlocuteurs, je peux lire sur les lèvres. Comment allez-vous ?

— Merci, professeur, d'avoir accepté de me parler si rapidement. Je vais bien, et vous, comment allez-vous depuis l'année dernière ?

Le professeur ferma à demi sa paupière mobile, il avait les deux yeux clos pour parler.

— Mes recherches cliniques avancent bien. Je suis un des invités d'honneur du congrès de cette année, aussi ai-je beaucoup de travail.

Cyrille se sentit soudain gênée de le déranger. Elle se résolut à lui parler vite et de manière concise.

— Je serai au congrès la semaine prochaine. Comme on dit en France, professeur, je ne vais pas y aller par quatre chemins. J'ai un problème de mémoire et j'ai besoin de votre expertise.

Le professeur Arom avait ouvert son œil pour lire sur les lèvres de Cyrille, il ne put dissimuler une lueur d'étonnement, mais ne dit rien.

— Je souffre d'une amnésie lacunaire, poursuivit Cyrille. J'ai oublié des événements, survenus il y a dix ans.

Arom ne bougeait plus, sa pupille valide s'élargissait. Cyrille précisa qu'elle avait déjà fait un scanner et des tentatives de récupération quelque peu – elle le reconnaissait – empiriques. Le visage d'Arom demeurait impassible mais il ne perdait pas une miette des propos de Cyrille Blake.

— Avez-vous déjà rencontré des cas similaires ? demanda finalement Cyrille.

Arom bougea. Il prit la parole. L'image était en léger décalage avec le son.

— En effet. Oui.

— Chez des vétérans ?

— En partie.

Cyrille pressa ses paumes de mains l'une contre l'autre.

— J'ai lu que vous aviez obtenu des résultats intéressants ?

— Oui, j'ai publié sur deux cas. Mais c'étaient des amnésie d'identité.

Cyrille se mordit l'intérieur des joues. Elle sentait le désespoir poindre.

— Et pour l'amnésie partielle comme la mienne ? J'ai lu que vous collaboriez avec une ONG pour aider des enfants amnésiques à retrouver leur passé…

Arom se tut un bon moment. Il semblait réfléchir intensément. Finalement il se décida et reprit :

— En effet, je travaille depuis deux ans avec le VGCD, qui s'occupe des enfants des rues, dont certains, des cas très particuliers, souffrent d'amnésie partielle. Je les soigne à l'hôpital.

Cyrille haussa les sourcils. Le professeur poursuivit :

— Ces amnésies proviennent probablement de prises de drogues dures ou de mauvais traitements. J'ai mis au point un protocole de soins qui commence à porter ses fruits. Je publierai les résultats bientôt.

Le cœur de Cyrille battit un peu plus fort.

— Et vous pensez que vous pourriez me communiquer ce protocole ?

Arom s'éclaircit la gorge.

— Pas à distance. N'ayant pas encore publié, tout ceci reste très confidentiel. Rencontrons-nous à Bangkok, et je vous dirai ce qu'il en est.

— Merci mille fois. J'arrive à Bangkok le 15 octobre, dans l'après-midi. La veille du congrès.

La moitié de bouche mobile du professeur se pinça.

— Malheureusement, je ne pourrai pas vous recevoir au-delà du 15. Je n'aurai plus une minute de libre à partir de l'ouverture des conférences.

Cyrille déchanta.

— Le 15 en fin de journée ?

Arom acquiesça.

— Voyez avec ma secrétaire ce qu'elle peut vous trouver comme horaire.

— C'est parfait, merci.

Une demi-heure plus tard, Cyrille Blake se garait en bas de chez elle, apaisée et résolue, le sourire aux lèvres. Elle pressentait qu'elle tenait enfin le début d'une solution. Son cas n'était ni unique ni inconnu des spécialistes. De jeunes ex-toxicos, patients d'Arom, souffraient du même mal qu'elle et avaient amélioré leur situation grâce à lui. Elle avait eu raison de le contacter. Son intuition l'avait bien guidée. C'était déjà rassurant. Elle farfouilla dans son sac à main pour trouver son téléphone mobile et rédigea un SMS à Nino : « Ai trouvé de l'aide. Suis sur la bonne voie. Signé : l'embourgeoisée qui te remercie de tout ce que tu as fait pour elle ! » L'humour allait peut-être dérider l'infirmier. Elle envoya le mot, le cœur plus léger.

* * *

Nino Paci descendit du bus 96, station Parmentier. Il remonta la rue Saint-Maur jusqu'au numéro 33. La porte cochère était grande ouverte, heureusement. Il suivit du doigt la liste des habitants. Le nom « Marais » figurait au troisième gauche, comme inscrit sur le dossier médical. L'infirmier appela le petit ascenseur en bois qui ne pouvait transporter plus d'une personne et s'y engouffra. Pour éclairer le réduit, un miroir était fixé à côté du tableau de boutons. *J'ai l'air crevé, j'ai besoin de soleil et de vacances.* Il gratta une barbe éparse, noire avec quelques poils gris clairsemés. Il était surtout préoccupé et en désaccord avec lui-même. Sa résolution d'envoyer paître Cyrille Blake et ses problèmes avait tenu une heure. Sitôt la porte du Centre Dulac claquée, Nino avait culpabilisé. Le jeune docteur avait eu l'air si abasourdie, si penaude et paumée devant lui. Un quart d'heure plus tard, Nino s'était dit qu'il allait la rappeler pour s'excuser. Et puis, il s'était ravisé, il avait sa fierté. Non, il allait l'aider sans lui dire et lui livrerait le résultat de ses recherches. Le quart d'heure suivant, Nino avait réfléchi et s'était monté la tête à propos du code chiffré. Et si c'était un complot ourdi par Manien contre des patients ? En trois quarts d'heure, la mayonnaise avait pris, et l'infirmier était survolté. Il lui fallait retrouver la trace de ces anciens patients et savoir ce qu'ils étaient devenus. L'un des quatre, Daumas, avait un sérieux problème – on le savait déjà –, mais les trois autres ?

L'appartement du troisième gauche n'avait pas de sonnette, aussi Nino frappa-t-il à la porte, préparant son sourire le plus engageant. Un raclement de pieds et la porte s'entrouvrit. Une femme, en robe grise, fanée, desséchée. Un intérieur dans la pénombre.

— C'est qui ?

— Bonjour, madame, je suis Nino Paci, de l'Assistance publique, je recherche Clara Marais pour une enquête sur les services de santé.

Il avait sorti sa carte de personnel de Sainte-Félicité. La mère de Clara Marais le considéra pendant une bonne minute sans rien dire puis ouvrit la porte et le fit entrer.

-25-

Le JT en continu de LCI déroulait sa bande-annonce de catastrophes. Benoît, l'air tendu et soucieux, finissait une bouteille de bière en attendant sa femme. Il comptait bien passer une bonne soirée avec elle, chose qui n'était pas arrivée depuis plusieurs jours. À 19 heures, enfin, il entendit la clé tourner dans la porte. Cyrille se débarrassa de ses mocassins et de son sac dans l'entrée, suspendit son trench-coat mouillé et fit égoutter son parapluie dans le porte-parapluies. Elle vint déposer un baiser furtif sur le front du Grand Homme.

— Comment s'est passée ta journée ? questionna-t-il.

— Bien, bien, et toi ? fit-elle d'un ton léger. Des *news* de Stockholm ?

Benoît se cala contre les coussins du divan et se lança dans de grandes considérations sur les mérites du jury du Karolinska, que Cyrille écouta d'une oreille distraite. Elle venait de faire diversion de manière grossière, mais elle désirait tout sauf parler d'elle. Elle n'avait pas encore trouvé la façon ni le courage de raconter sa situation à son mari. Dans la cuisine, elle ouvrit le frigo et en sortit du jambon, découpa un morceau de comté et déposa le tout sur une tranche de pain complet. Elle déboucha une bouteille de bourgogne et se remplit généreusement un verre ballon. Benoît l'interpella du salon :

— Quand tu verras Marie-Jeanne, tu lui diras qu'elle commence à m'énerver à se servir dans le congélateur à tout bout de champ sans nous le demander ; elle m'a fini un pot de Ben & Jerrys et ne l'a même pas remplacé !

— T'es pas monté lui dire ? lui rétorqua Cyrille depuis la cuisine.

— Je lui ai glissé un mot sous la porte. J'aimerais bien que tu lui redises demain.

— OK.

— Elle a un nouveau petit copain ?

Cyrille porta son plateau avec les quelques victuailles et vint s'asseoir près de son mari.

— Pourquoi tu me demandes ça ?

— J'ai cru entendre une voix d'homme en montant mais, quand j'ai frappé, personne ne m'a répondu. Je vais appeler sa mère.

— Pour quoi faire ?

— Qu'elle lui parle un peu. Cette gosse a besoin d'être recadrée. J'ai pas envie qu'elle joue les Marie-couche-toi-là au-dessus de chez moi.

Cyrille leva les yeux au ciel. Si MJ s'était réfugiée chez son oncle et sa tante, c'était pour ne pas avoir à rentrer chez sa folle de mère. La sœur cadette de Benoît, qui vivait à Menton, dans le Var, faisait partie de ces femmes insupportables. Psychorigide, maniaque, du genre à se relever la nuit pour nettoyer la cuisine et qui traitait sa fille de « romanichelle » à tout bout de champ, en guise d'éducation. Cyrille ne voyait pas en quoi cette femme, bête et égocentrique, qui n'était pas équipée intellectuellement pour percevoir la grande richesse de sa fille, allait mettre de l'ordre dans la vie amoureuse de celle-ci. Quant à Benoît, ses réflexions étaient d'un autre âge.

Pour ne pas faire de vagues, Cyrille préféra encore une fois orienter la conversation sur Stockholm. Benoît, heureux d'avoir une interlocutrice à sa hauteur, coupa le son de la télé et expliqua sa théorie sur l'hégémonie de la génétique dans les sciences et la perte de vitesse de la recherche en physiologie, un vrai scandale, « un aveuglement », « une voie de garage »... Cyrille connaissait ses arguments, qu'elle partageait d'ailleurs. Elle l'écouta en dégustant une tranche de jambon, un œil sur les infos. Le présentateur, tout droit sorti d'une usine Matel, lança un nouveau sujet, l'air grave. Un reporter se trouvait devant un immeuble. Cyrille n'écouta soudain plus son mari et fixa le téléviseur. Benoît s'en aperçut.

— Ah ! ils ont déjà parlé de ce fait divers. On a retrouvé un appart plein de chats énucléés. Ce serait un adepte du vaudou qui a fait ça.

Cyrille attrapa la télécommande et monta le son. On ne voyait à l'image que la cage d'escalier de l'immeuble de Julien Daumas. Les journalistes n'avaient pas eu l'autorisation de filmer l'intérieur de l'appartement.

« Le locataire des lieux, dont la police a refusé de donner le nom, n'a pas donné signe de vie depuis plusieurs jours. Il aurait agressé un homme qui désire garder l'anonymat et à qui il aurait crevé un œil. La SPA a procédé au sauvetage des animaux mutilés. »

Cyrille sentit un glaçon lui dégringoler le long de l'échine, de la nuque jusqu'aux reins, elle se raidit. Une dame apparut, la légende disait qu'elle était représentante de la Société protectrice des animaux. « Nous allons déposer une plainte pour sévices sur animaux », affirma-t-elle. Le témoignage venait clore le sujet, qui n'avait pas duré plus de trente secondes. Et le présentateur enchaîna sur un scandale dans la rédaction du guide Michelin.

Cyrille Blake se leva, essayant de contrôler le tremblement de ses bras, et rapporta le plateau dans la cuisine. Elle appuya ses deux mains sur l'évier, tête baissée, pour faire cesser le vertige qui l'avait saisie. *Voilà, on y est. Demain, tous les journalistes vont se jeter sur le sujet et, s'il n'y a rien de mieux à mettre en une, je suis cuite. Ils vont dépiauter la vie de Daumas et remonter jusqu'à son médecin, moi. Et son internement à Sainte-Fé, encore moi. En cas de plainte, je serai citée à comparaître. Quelle pub pour le Centre... Ce sera la fin. « Cyrille Blake, incapable de le guérir, incapable de témoigner, ayant oublié son dossier médical, laissant entrer et sortir de sa clinique d'authentiques névropathes. » Tous les patients vont fuir...*

Benoît toussa dans le salon.

Et Benoît... Le Nobel ! « Marié à un médecin amnésique capable de n'importe quelle erreur, qui laisse en circulation des malades mentaux. »

Je vais être obligée de lui parler de l'origine de mon problème. La police va débarquer et m'interroger. Tout le monde va savoir que je ne suis plus capable d'assurer mon poste parce que quand j'étais jeune, j'ai…

Cyrille se redressa, terrassée. La terreur de tout perdre et de se retrouver nue, exposée au grand jour, lui comprima l'estomac si fort qu'elle faillit vomir. Nauséeuse, elle déroula une feuille de film alimentaire et recouvrit les restes de jambon et de fromage qu'elle rangea dans un compartiment du réfrigérateur.

Elle déposa l'assiette dans le lave-vaisselle, vida le verre de vin dans l'évier et le rinça. Elle rangea le plateau, épousseta la table. Passa un coup d'éponge sur la porte du frigo et sur les plaques à induction. Elle déplia les torchons et les replia au carré pour les empiler parfaitement sur la petite étagère. *Je vais garder le contrôle et trouver une solution, il le faut.*

Une fois à peu près ressaisie, elle se composa un visage présentable et traversa le salon de nouveau.

— Je vais me coucher, chéri, je suis crevée.

Elle ne laissa pas le temps à son mari de répliquer et longea le couloir pour s'enfermer dans la salle de bains. Vingt minutes plus tard, elle s'allongea sur le dos dans leur lit, en chemise de nuit boutonnée jusqu'au cou, les bras le long du corps, terrifiée.

Elle avait treize ans, couchée dans le dortoir de l'internat. Ses deux nattes blondes encadraient son visage en larmes. Elle occupait un des quinze lits de la chambrée, le deuxième en partant de la porte qui ouvrait sur la salle des lavabos et des toilettes. Cette nuit, les garces de la 5e B allaient-elles la laisser dormir tranquille ? Ou lui préparaient-elles encore un sale coup ? Les lits en portefeuille, le fromage blanc sur l'oreiller passait encore, elle s'en fichait. Mais les animaux morts dans le lit… Ça avait commencé par des petites choses, des mouches, des cafards, des vers de terre, et puis ça avait été la surenchère. L'avant-veille, elle avait été réveillée en sentant une chose molle et mouillée dans son cou. Elle avait hurlé. C'était un mulot. Elle l'avait éjecté, terrorisée par le contact avec des cadavres. Elle détestait les élèves de la classe.

Vingt-six ans après, Cyrille ne se sentait ni plus forte ni plus confiante. Elle se contraignit à repousser le passé dans la case qu'il n'aurait pas dû quitter et se concentra sur son problème actuel. Cyrille regardait le plafond. Son seul espoir à présent était de gagner du temps pour rencontrer le professeur Arom et se faire soigner. Par ailleurs, il fallait qu'elle parvienne à en apprendre le maximum sur le dossier de Daumas pour pouvoir répondre à d'éventuelles questions de la police. Mais ce dossier se résumait à un code.

Lorsque Benoît vint la rejoindre, elle fit mine de dormir. Il lui caressa le ventre et les seins à travers la soie, espérant la réveiller en douceur et attiser son désir. Cyrille se retourna sur un côté, lui tournant le dos. Elle faisait tout le contraire de ce qu'elle aurait dû faire, elle le savait, mais l'effort demandé était trop grand. Elle ne broncha pas quand il lui lécha le lobe de l'oreille. Il colla son corps contre ses fesses, elle étouffa un sanglot.

— Que se passe-t-il, ma chérie ? Si c'est à propos de la dernière fois, je te jure que plus jamais je ne serai agressif envers toi. J'étais dans une colère noire à cause de Tardieu. J'ai réfléchi, toute cette lutte est idiote, tu as raison, c'est au meilleur de gagner. Tu m'en veux encore ?

Cyrille secoua la tête, une boule énorme dans la gorge l'empêchait de parler.

— Dis-moi ce qui ne va pas, tu peux tout me dire, et je peux tout arranger.

Cyrille Blake, qui contenait son secret, se sentait plus désemparée que jamais. La boule grossissait, prête à exploser.

— Le type qui a martyrisé les chats… Je le connais.

Elle avait lâché ça dans un souffle.

Benoît cessa de la caresser.

— Pardon ?

— C'est Julien Daumas, celui que j'ai oublié.

Benoît se redressa sur un coude, l'œil sombre.

— L'affabulateur ?

— Il ne ment pas, je l'ai vraiment soigné. J'ai eu confirmation par le cadre infirmier.

— Par qui ?

— Nino Paci.

— Paci, ça me dit quelque chose.

— Lui aussi, je l'avais en partie oublié, car il semblerait que l'on ait été amis.

Blake s'assit dans le lit et se passa une main dans les cheveux.

— Et c'est Daumas qui a énucléé ces animaux ?

— Oui.

— Comment tu sais ça ? Il te l'a dit en entretien ? Parce que tu sais comme moi que certains revendiquent des actes qu'ils n'ont pas commis.

— J'ai vu les chats énucléés… chez lui.

Un silence de mort accueillit cet aveu. Et soudain, un rugissement rauque.

— Chez lui ? Comment ça, chez lui ?

— Il m'avait laissé sa clé et m'a attirée chez lui.

Blake alluma la lampe de chevet et dévisagea sa femme.

— Et tu y es allée… mais tu es complètement folle !

Benoît ne mesura pas l'impact que ses mots eurent sur sa femme. Elle les reçut comme un coup de poing au plexus. Elle s'assit à son tour, le teint cireux, les yeux humides. *Je suis folle, il a raison.*

— C'est un enchaînement de circonstances.

— Mais, bon Dieu, qu'est-ce que tu as dans la tête ? C'est contre tous les principes du métier ! Tu aurais pu te faire tuer !

— Le problème n'est plus là, Benoît, le problème, c'est qu'il a disparu.

— Alors là, j'ai envie de te dire, tant mieux ! Qu'il se fasse coffrer et qu'on n'en parle plus. Assez de bêtises à présent. Je te préviens, plus question que tu te mêles de ce genre d'affaires. Ton Centre est fait pour aider les gens sains. Les fous, les tordus, c'est pas ton problème.

Cyrille prit une nouvelle inspiration, la poitrine lourde. C'était comme si sa capacité respiratoire s'était soudain réduite. Les mots qui allaient franchir sa bouche enclencheraient une réaction en chaîne aux conséquences inconnues.

Si seulement son mari avait eu le don d'empathie, elle n'aurait pas eu à élaborer des phrases d'explication pénibles dont elle choisissait chaque mot pour ne pas faire de dégâts irréversibles.

— Ce type, comme tu dis, était un de mes anciens patients à Sainte-Félicité.

— Oui, tu me l'as déjà dit. Et alors ?

— Je n'en avais pas de souvenir.

— D'accord. Et je te répète, et alors ?

Benoît s'agaçait du débit lent de sa femme et de sa difficulté à faire des phrases. Il voulait régler le problème et vite. Son pied droit s'agita sous les draps.

Cyrille regarda enfin son époux et perçut son agacement.

— Ce que je veux dire en clair, c'est que j'ai oublié certains passages de ma vie, peut-être plus que je ne le pense.

— Qu'essaies-tu de me dire, là ?

— Peut-être qu'à une certaine époque, celle où j'ai soigné Daumas, j'ai été amenée à prendre des substances qui ont perturbé ma mémoire…

— De quoi parles-tu ?

Cyrille transpirait sous sa chemise de nuit.

— À Bangkok, en 2000, tu te rappelles quand je…

Benoît lui lança un regard peu amène.

— Comment veux-tu que j'oublie… Quand tu as fait ta « fugue », c'est ça ?

— Oui… Tu sais, j'étais très paumée et, enfin, peut-être que j'ai pris des trucs à ce moment-là…

Benoît Blake garda le silence plusieurs secondes, en toisant sa femme, cherchant à lire dans ses yeux toute la vérité.

— Quels trucs, et qui t'aurait donné ces « trucs » ?

— Les gens du bar dans lequel j'étais allée… je ne sais pas, moi.

Benoît plissa les yeux, suspicieux. Cyrille baissa les siens.

— Et tu n'aurais rien d'autre à m'avouer, par hasard ?

Cyrille se força à relever les yeux et à soutenir péniblement son regard.

— Non, rien.

— Bon, je vois. Dès demain, on va te trouver une place à Rothschild. J'appellerai Gombert, en neuro. Il te gardera pour te faire tous les examens possibles. Si tu as pris une saloperie, on va chercher quels dégâts elle a pu faire. Tu ne sortiras pas de là-bas sans qu'on n'aura pas trouvé quel est ton problème et comment le résoudre. Je vais convoquer toutes mes connaissances sur le sujet.

— Benoît, je… dans trois jours, je pars pour Bangkok.

— Oublie Bangkok, ce n'est pas raisonnable.

— Comment veux-tu ? C'est l'aboutissement de l'année. Je dois présenter le Mésératrol et nos résultats cliniques sur les traumatismes. Le conseil d'administration m'a sommée de m'y rendre pour faire des RP. J'ai des interviews, deux télés. Et je dois rencontrer les associations de victimes avec qui nous pourrions développer un partenariat pour nous faire connaître. Comment veux-tu que j'annule tout cela ? C'est vital pour le Centre !

— Tu ne me sembles pas en état de voyager, ni d'accumuler encore de la fatigue et du surmenage.

Benoît prenait un ton de plus en plus professoral, dressant devant sa femme un obstacle invisible mais bien réel. Cyrille avança un nouvel argument :

— Pour tout te dire, j'ai prévu de rendre visite à un neurologue au Brain Hospital de Bangkok.

Les sourcils de Benoît formèrent une ligne continue.

— QUI, je te prie ?

— Sanouk Arom.

Blake avança sa bouche en cul de poule. Il n'avait plus du tout envie de dormir ni de faire l'amour, ni d'être aimable avec sa femme.

— Tu as pris rendez-vous avec AROM ? J'avais raison, t'es folle à lier.

— Qu'as-tu ENCORE contre ce médecin ?

— J'ai qu'il traite ses patients en leur stimulant le cerveau par des électrodes implantées au pifomètre. Et j'ai que je ne veux pas que tu ailles te faire triturer par ce charlatan qui travaille dans l'empirisme scientifique le plus total !

Cyrille vit rouge.

— Et ses travaux sur les souvenirs labiles de la souris, c'est de l'empirisme aussi, peut-être ?

Touché. Benoît serra les poings d'énervement.

— Je t'interdis de consulter ce type, sûrement prêt à te vendre n'importe quoi s'il te sent en détresse.

— Je crois avoir gardé un certain esprit critique en matière de soins, décréta Cyrille avec un petit rire amer.

— Et moi je crois que non. Si tu avais toute ta tête, tu ne te serais pas rendue chez un psychopathe toute seule et tu n'aurais pas pris rendez-vous avec docteur Frankenstein !

Elle avait cru une petite minute à la sollicitude de son mari, à sa compréhension. *Tu parles !* C'était complètement raté. C'était, comme d'habitude, un rapport de force. Benoît voulait qu'elle adopte « sa » solution, sans en étudier une autre. Il n'avait rien écouté de ce qu'elle avait pu dire. Elle ne serait jamais à ses yeux qu'une étudiante sans envergure, maladroite et ignorante. Juste bonne à traiter des cas simples et à l'accompagner à des dîners de gala. D'un coup, elle le détesta violemment. Benoît sauta au bas du lit, disparut quelques instants dans la salle de bains et revint un verre d'eau dans une main, une pilule dans le creux de l'autre.

Son ton s'adoucit :

— Ma chérie, il faut que tu dormes, d'accord ? Demain, on rediscutera de tout cela au calme. Tout va bien se passer, n'aie pas peur, je vais m'occuper de tout.

Cyrille dévisagea son mari, le somnifère qu'il tenait dans la main. La mine fermée, elle prit le cachet et l'enfonça ostensiblement dans sa gorge, puis but tout le verre d'eau en le défiant du regard.

— Tu as raison, autant que je dorme plutôt que de discuter avec toi.

Elle se recoucha, tirant la couette sur son visage. Une larme de rage mouilla l'oreiller.

* * *

Bangkok

Les bâtons d'encens exhalaient un parfum ambré dans le *phra phum*, petite pagode installée dans le jardin, abritant les esprits de la maison. Les portraits et les photos fanées des parents et des grands-parents de Sanouk Arom y étaient exposés pour l'éternité. Il était 13 heures, le vieux professeur joignit les mains sous le menton et s'inclina. Plus tôt, ce matin, il était allé au temple. Après avoir prié bouddha, il s'était dirigé vers un bonze qui lisait l'avenir. Il avait saisi vingt bâtonnets disposés dans une boîte ronde ouverte et les avait secoués jusqu'à en faire tomber un.

Le bâtonnet portait une inscription mystérieuse que le bonze savait interpréter : « Tu ne pourras fuir ton passé. » Sanouk Arom était un scientifique, il raillait volontiers les croyances de bonne femme. Mais ce message, délivré par un procédé magique, avait résonné bizarrement en lui. Avant de rentrer chez lui, il avait acheté des amulettes, des tresses de fils jaunes et bleus et une image de bouddha portant bonheur.

Il avait vécu pendant trente ans à l'étranger, dont vingt-cinq aux États-Unis et cinq en France, et n'était pas peu fier de son CV. Chaque diplôme et distinction était mis en valeur dans un cadre doré et accroché au mur en ordre parfaitement aligné dans son bureau du Brain Hospital de Bangkok, dont il était devenu un des piliers. La femme de ménage devait veiller à ce que chaque cadre soit exempt de poussière et de traces de doigts. C'était sa caution, son laissez-passer, pour pouvoir prendre la parole, monter en chaire des plus grands colloques. Depuis son opération, qui lui avait sauvé la vie mais fait perdre l'usage de la moitié gauche du visage, il avait encore gagné en notoriété. Étrangement, son infirmité lui avait attiré le respect de ses confrères, lui avait forgé une tête de grand sage qui a traversé les épreuves de la maladie et en tire les leçons. Il rentra chez lui et demanda à son épouse de lui préparer son narguilé et ses gouttes bleues, il ne pouvait plus s'en passer. Il se déchaussa et s'installa dans son divan ; il ne travaillait pas à l'hôpital aujourd'hui. Il prit sur ses genoux les dossiers des enfants amnésiques du VGCD trouvés dans des conditions très étranges, dans le sud du pays. Il tira sur sa pipe à eau et soupira. Quand il ne serait plus de ce monde, qui prendrait soin d'eux ? Il songea au docteur Blake et son regard se perdit dans les limbes de sa mémoire défaillante. « Tu ne pourras fuir ton passé. »

-26-

12 octobre

Les pieds nus de Cyrille Blake s'enfoncèrent dans la moquette épaisse. *Quelle heure est-il ?* Elle n'en avait aucune idée, mais il faisait encore noir à travers les volets. Elle avait dormi d'un sommeil pesant, une plongée dans un puits sombre et glacé dépourvu d'images. Elle se leva en titubant, la tête embrumée. *Où est ma chemise de nuit ?* Elle était toute nue, la vessie gonflée. Elle chercha la porte de la salle de bains à tâtons, l'ouvrit et, sans allumer la lumière, s'assit sur la lunette des toilettes. Des ombres dansaient autour d'elle, elle n'ouvrit les yeux qu'à demi. Elle se soulagea, se releva et fit le chemin inverse pour rejoindre le lit. Elle se rendit compte qu'elle avait faim. Pire, elle mourait de faim. En pensée, elle se représenta le talon de jambon de Parme dans le frigo, ainsi que le morceau de comté et du pain, et se mit à saliver. Elle enfila son peignoir, chercha la poignée de la porte du couloir et la tourna. Le corridor était noir. Le salon au bout du couloir était noir. Elle ferma la porte de la chambre derrière elle et, une main longeant le mur, elle prit la direction du salon. Elle avait la sensation de flotter, de dormir encore, bien qu'étant en train de marcher. Elle n'avait pas chaud, malgré son peignoir de bain. Elle se demanda encore pourquoi elle s'était réveillée toute nue. Sa main droite rencontra la console thaïlandaise, caressa le buste de bouddha en pierre volcanique rapporté d'Indonésie. *Qui a baissé les volets du salon ?* Benoît. Il n'aimait pas être dérangé par la lumière le matin. Des ombres la frôlèrent, lui passèrent entre les jambes, devant le visage. Il n'y avait aucun bruit. Elle n'était pas rassurée. Elle songea qu'il fallait être idiot pour avoir peur du noir à son âge. Elle traversa le salon, les deux mains tendues devant elle pour ne pas se cogner au canapé ou au coin pointu de la table basse en verre. Elle visait la lampe à abat-jour chinoise, à droite du divan, pas trop aveuglante.

Elle était à quelques pas du luminaire lorsqu'elle entendit le son plaintif. Ça venait de derrière le canapé. Elle tendit la main, cherchant l'interrupteur, ses doigts longèrent le fil électrique, trouvèrent le bouton. L'ampoule basse consommation diffusa un faible halo doré autour d'elle et la luminosité s'intensifia progressivement. Au pied du canapé, à moitié dans l'ombre, son chat était étendu de tout son long comme s'il se faisait chauffer le ventre au soleil. Sauf qu'il n'y avait pas de soleil et que ce n'était pas son endroit habituel pour dormir.

Cyrille s'accroupit devant lui. « Tout va bien, Astor ? » Le chat bougea avec peine sa tête et leva vers elle deux yeux crevés. Les deux billes bleues ne verraient plus jamais la lumière du jour. Des caillots de sang emplissaient leurs orbites.

Le hurlement de Cyrille perça le silence.

* * *

Le temps que Benoît s'extirpe de son sommeil et accoure auprès de sa femme, Astor était mort. Les blessures infligées par un objet tranchant avaient entraîné une hémorragie trop importante pour qu'il puisse être sauvé.

Un quart d'heure plus tard, enveloppée dans son peignoir, Cyrille était prostrée, muette, assise sur le canapé, une main sur le cadavre encore chaud de son compagnon emmailloté dans une serviette de bain.

Elle regardait devant elle, l'air plus en colère qu'abattue. Elle réfléchit dans cette posture un long moment, sans qu'aucun son ne sorte de sa bouche. Lorsqu'elle avait voulu nettoyer le sang sur la moquette, son mari l'en avait empêchée.

— Ne touche à rien. Je vais appeler Yvon Maistre, mon partenaire de poker, il est inspecteur à la PJ du VIIe. S'il y a des empreintes de Daumas, il faut les identifier pour le coffrer.

Cette idée avait fait son chemin dans la tête de Cyrille, qui avait laissé tomber l'éponge et le shampoing pour la moquette. Elle commençait à comprendre ce qui venait de se passer et ce que cela impliquait.

Daumas n'était plus seulement un patient de la clinique qui faisait une fixation sur son médecin. Il avait pénétré chez elle, cette nuit, sans que personne l'entende, et avait commis son forfait. Le problème professionnel était devenu un problème personnel. Une pierre dans l'estomac, elle détailla la pièce comme si elle la voyait pour la première fois, cherchant la faille, l'interstice par lequel cet enfoiré s'était introduit dans sa maison, avait circulé en toute liberté, occupé l'espace, approché son chat.

— La porte était verrouillée, les volets étaient tirés. Comment a-t-il pu entrer ? demanda-t-elle à haute voix.

La réponse lui apparut soudain clairement.

— Merde ! La porte de service !

Cyrille leva sur son mari un regard d'encre. Elle se leva d'un bond, laissant son chat lové pour la dernière fois sur le canapé, et se précipita vers la porte de la buanderie.

— Mais qu'est-ce que j'ai été conne ! cria-t-elle.

— Que se passe-t-il, où vas-tu ?

— Elle va me le payer, elle va me le payer !

— Cyrille ! Qu'est-ce que tu fais ?

Elle ne fut pas surprise de trouver la porte de la buanderie ouverte et, une fois sur le palier de service, elle monta quatre à quatre les marches qui la séparaient de la chambre de bonne de MJ. Son poing fermé cogna la porte comme s'il s'agissait d'un sac de frappe.

— OUVRE ! Tu m'entends, MJ, ouvre cette porte tout de suite !

Pas de réponse.

— Tu m'ouvres ou je défonce cette porte ! Je sais que tu es là avec cet enfoiré. OUVRE-MOI !

En ouvrant la porte, MJ avait l'air ahurie, les cheveux roux hirsutes, les yeux bouffis.

— C'est quoi, ce raffut ? Que se passe-t-il ?

— Il est où ? hurla Cyrille.

Sa nièce écarquilla les yeux.

— Qui ?

— Daumas !

MJ s'éveilla d'un coup, et, immédiatement, un mécanisme de défense se mit en route.

— Pourquoi veux-tu qu'il soit là ?

Cyrille ne se contrôlait plus, elle poussa MJ contre la porte et entra de force dans la chambre. En un coup d'œil, elle comprit qu'elle était vide.

— Où est-il ?

Peu de gens avaient vu Cyrille Blake se mettre en colère pour de bon, personne ne l'avait jamais vue craquer. MJ regardait sa tante comme une extraterrestre.

— Calme-toi, s'il te plaît, Cyrille, je ne comprends rien. Qui cherches-tu et pourquoi ?

— Ne me demande pas qui je cherche, tu le sais très bien. Ce dingue est entré chez nous et a… a tué Astor !

La voix de Cyrille s'étrangla, elle s'assit sur le lit de MJ et serra l'arête de son nez pour refouler ses larmes. Benoît s'assit à côté d'elle et la prit dans ses bras, lançant à sa nièce un regard accusateur. MJ croisa les bras, parfaitement calme et maîtresse d'elle-même.

— Astor est mort ?

Cyrille renifla.

— Daumas l'a mutilé et… oui, il est mort.

— Je ne comprends rien. Pourquoi Daumas aurait-il fait ça et pourquoi crois-tu qu'il est ici ? demanda MJ, agressive.

— Parle sur un autre ton à ta tante, s'il te plaît ! rétorqua sèchement Benoît, et réponds-nous.

— Daumas est un malade qui a besoin de soins, dit faiblement Cyrille, il collectionne les yeux d'animaux mutilés. Et il n'a pu entrer chez nous que par la porte de communication entre chez toi et chez nous.

MJ écoutait, sceptique.

— S'il était passé par là, je l'aurais vu. Et je n'ai vu ni entendu personne.

— Alors, comment a-t-il fait ? demanda Benoît.

Cyrille sentait sa détermination mollir devant l'assurance et le calme de sa nièce. Elle finit par se lever. Benoît lui pressa le bras, plein de sollicitude.

— Il y a forcément une explication logique. La police va s'en charger. Viens.

Il embrassa son épouse dans les cheveux et l'entraîna vers la sortie, elle avait l'air hagard et perdu.

Une heure plus tard, Benoît préparait le petit déjeuner dans la cuisine. Il avait mis sur la table tout ce qui pouvait faire envie à sa femme et tartiné généreusement deux énormes tranches de pain avec de la confiture. Cyrille fit son apparition, habillée et maquillée, mais on devinait les cernes et le teint livide sous le fard à joue.

— Tu veux vraiment aller travailler ce matin ? interrogea son mari, la voix inquiète.

Cyrille hocha la tête.

— Je n'ai aucune envie de me morfondre ici.

Elle tenta de sourire devant les efforts de son époux et prit place à table. Ils mangèrent en silence, incapables d'entreprendre une conversation.

À l'heure de quitter l'appartement, Benoît l'accompagna jusqu'à la porte, un bras passé autour de ses épaules, et l'encouragea pour sa journée.

— Je vais m'occuper de la police. Essaie de ne plus penser à tout ça au bureau.

Il la serra fort contre lui.

— Excuse-moi de m'être emporté hier soir. Je t'aime et je m'inquiète pour toi.

— Je sais, Benoît, répondit tendrement Cyrille. Moi aussi, je t'aime.

Une fois au volant de sa voiture, elle reçut deux SMS de lui : « Souviens oit que toi et moi c'est pour la vie », disait le premier. Le second était d'un autre ordre : « Ai eu Maistre au téléphone. Il envoie un agent ce matin. » Cyrille se sentit intensément soulagée. Les policiers allaient coincer ce dingue.

Une mauvaise nouvelle cueillit Cyrille Blake à son arrivée à la clinique. L'autorisation de mise sur le marché provisoire du Mésératrol risquait de ne pas être renouvelée l'année suivante. L'agence de délivrance des AMM venait de leur signifier par un courrier que les bienfaits sur les patients n'avaient pas été assez probants par rapport aux antidépresseurs de type fluoxétine pour espérer prolonger la commercialisation du médicament.

Mathias Mercier attendait Cyrille dans son bureau, assis dans le fauteuil de consultation, un mug de café au lait à la main. Le docteur Blake fut à peine surprise de le voir là.

— C'est la merde, annonça-t-il en guise de bonjour.

Cyrille soupira.

— Je ne comprends pas ce qui se passe, ou alors je comprends trop bien. Ça sent à plein nez le lobbying des fabricant d'antidépresseurs.

Elle déposa sa sacoche en cuir sur son bureau, son trench coat suivit le même chemin. Sans parler, elle ferma la porte et s'approcha de la machine à café pour se faire couler un double espresso.

— Vous allez bien ? demanda Mercier.

— Aussi bien que possible…

La femme que regardait Matthias avait les joues blêmes, la mâchoire contractée et deux ombres violettes soulignaient ses yeux. Mauvaise nuit.

— Vous avez l'air fatiguée.

— Je le suis.

— Qu'est-ce qu'on va faire ?

— On laisse venir les choses.

Matthias se cala dans le fauteuil.

— Il faut sortir une nouvelle étude sur le Mésé pour enfoncer le clou, sinon…

— Oui, je sais, le coupa Cyrille. Sinon, nos financiers vont nous lâcher. Mais on ne pond pas une nouvelle étude comme cela. Les cas ne sont pas évidents à recruter. Nous n'aurons pas de résultats avant au moins un an.

— Alors, on a intérêt à préparer notre défense.

Cyrille but son café lentement. La spirale dramatique l'entraînait vers le fond. Elle allait malheureusement devoir réfléchir à une riposte si l'AMM recevait un avis défavorable. Pour cela, elle devrait user à son tour de sa sphère d'influence. Elle réfléchissait en silence ; Mercier l'observait, attendant que sa directrice le sollicite ou le congédie.

Cyrille Blake finit par s'asseoir derrière son bureau et lui annonça d'une voix ferme :

— Pour le moment, je vais contacter notre équipe. On va reprendre les statistiques pour être prêts à répondre aux questions. Sinon, on ne fait aucune déclaration, on reste discrets et solidaires. Pas de vagues. On active seulement le recrutement de nouveaux sujets d'étude pour le moment, en attendant d'en savoir plus. Je vous demande de bien vouloir faire passer le message à tout le staff concerné, s'il vous plaît.

Mercier sourit pour la première fois de la journée. Blake était toujours à la barre du navire.

À 8 h 15, une fois seule, Cyrille examina ses problèmes. Elle n'avait jamais vécu situation si paniquante. Des bouts de sa vie lui manquaient. Elle ne maîtrisait plus rien. Qu'avait-elle bien pu faire, dire, à qui et avec qui ? Et si ça recommençait ? Si elle se réveillait dans quelques jours sans se souvenir de ce qu'elle faisait à l'heure actuelle ? Qui pouvait l'aider ? Lui rendre cette partie d'elle-même dont elle était privée ? Sanouk Arom ?

Dix minutes plus tard, on frappa à la porte. MJ passa une tête, Cyrille lui fit signe d'entrer. La nièce de Benoît était habillée plus sagement que d'habitude, un pull à col cheminée orange sur un jean noir, pas de bijoux, peu de maquillage, les cheveux attachés en un chignon roux flou.

— Ça va depuis cette nuit ? demanda la jeune femme tout simplement.

Cyrille apprécia qu'elle aille droit au but.

— Assieds-toi, s'il te plaît.

MJ s'exécuta. Dans ses yeux, Cyrille lut la même inquiétude que dans ceux de Benoît.

— Je vais bien, MJ. Je te présente mes excuses d'avoir débarqué dans ta chambre ce matin, mais la porte de service était la seule issue par laquelle Daumas pouvait passer et pendant un instant – j'étais sous le choc, comprends moi –, j'ai cru que c'était toi qui lui avais ouvert. J'espère que la police trouvera l'explication.

MJ se rongea les ongles.

— Tu as l'air décidemment persuadée que c'est lui.

— Mais oui, Daumas est capable de faire cela. Et contrairement à ce qu'on croyait, il n'a pas quitté Paris. Je l'ai vu hier dans le quartier.

MJ se leva sans y avoir été invitée.

— OK, en tout cas, je n'y suis pour rien. Si cela ne t'ennuie pas, je retourne bosser.

* * *

À 9 h 30, Cyrille regardait pensivement l'écran de son ordinateur sans parvenir à se motiver pour travailler. Une peau morte de l'ongle de son pouce s'était détachée, elle la mordilla et l'arracha, ce qui la fit saigner. Elle suça le sang. En réalité, elle attendait que le téléphone sonne, le fixe ou son portable, et que Benoît lui annonce les premiers résultats de l'enquête. Elle avait besoin qu'un tiers lui explique par où ce fêlé était entré, sinon elle ne pourrait pas de sitôt remettre les pieds dans cet appartement ni encore moins y dormir.

À 10 h 30, le téléphone n'avait pas sonné une seule fois. Cyrille se demanda si MJ filtrait les appels et se trouva ridicule. Pourquoi ferait-elle cela ?

À 11 h 30, elle entra en réunion de staff. Maryse Entmann remit sur le tapis le sujet de la prise en charge des malades légers par le Mésératrol. Cyrille comprit que la psychanalyste était en train d'adopter vis-à-vis du reste de l'équipe une position ferme et rigide. Position détestable au moment même où le Mésératrol était sur la sellette. Elle était en train d'affirmer un contre-pouvoir. *Elle veut ma place ?* se demanda Cyrille tout au long de la réunion.

Cyrille sortit s'acheter à déjeuner au bar de l'Ancienne Commune, en face de Necker. Se dégourdir les jambes et sentir l'humidité du dehors lui firent du bien. Elle vit dans la cour de l'hôpital des Enfants Malades un jeune de dix-onze ans se déplacer avec un chariot à perfusion. Elle eut honte d'elle-même. *Qu'est-ce que ça peut bien faire d'avoir une amnésie partielle, hein, par rapport à ce dont souffre cet enfant ?* Le cœur lourd, chargé d'une autre douleur que la sienne, elle entra dans son bureau pour manger son sandwich toute seule. Elle en laissa la moitié qu'elle jeta dans la poubelle avec son emballage Cellophane et sa mauvaise conscience.

À 13 heures, elle n'y tint plus et composa le numéro de Benoît. Elle tomba sur sa boîte vocale. Son i-Phone vibra dans la poche de son manteau. Numéro caché. Elle décrocha.

— Benoît ?

— SOS bourgeoise paumée ?

Cyrille sourit au combiné. Elle n'aurait pas cru être si heureuse de l'entendre.

— Nino ! Tu n'es plus fâché ?

— Pas le temps. Que fais-tu dans les deux heures qui viennent ? T'es occupée ?

— Je dois valider tous les plannings de la semaine prochaine.

— Je suis en bas. Prends ton manteau et ton sac, je t'attends.

Cyrille haussa les sourcils.

— Pour quoi faire ?

— Tu verras. Je ne te dérange pas pour rien.

— Je me doute.

— Cyrille ?

— Oui.

— Prends ta blouse.

-27-

La blouse blanche et le badge firent leur effet magique sur le personnel soignant de la clinique de Garches. Clara Marais, assise à la table d'activités manuelles, fabriquait des figurines animales en relief en passant et en repassant un fil de pêche dans des rangs de perles en plastique multicolore. Elle adorait faire cela. C'était détendant et, allez savoir pourquoi, elle était douée, elle, d'ordinaire si maladroite en toutes choses. Elle vit deux docteurs inconnus venir dans sa direction. Un homme et une femme. Ils s'approchèrent d'elle et tirèrent deux chaises pour s'asseoir juste en face. Lui ressemblait au docteur Kovac d'*Urgences*, en un peu moins beau mais pas mal quand même. Elle, elle était très BCBG mais avait l'air gentil. Clara avait pris treize kilos depuis qu'elle était internée, les médicaments la faisaient manger et donc grossir. Elle se trouvait répugnante, la peau grasse, acnéique comme une ado, les cheveux noirs et plats. Assise, elle avait l'impression de reposer sur les plis de son ventre. Et lorsqu'elle passait devant un miroir, il lui semblait ne plus avoir de cou. Alors, quand le beau docteur lui adressa la parole, elle se mit à rougir.

— Bonjour, Clara, je m'appelle Nino.

— Bonjour.

— Je suis infirmier.

— Ah !

Elle aurait juré qu'il était médecin. Elle cacha ses mains sous la table comme si elle était prise en flagrant délit. La femme lui sourit avec beaucoup de douceur et se présenta comme médecin. Elle se sentit en sécurité.

— Je suis allé voir ta maman hier, elle m'a dit où je pouvais te trouver. Comment vas-tu ? demanda Nino.

Clara battit des cils. Ça faisait longtemps qu'elle n'avait pas vu sa mère. La dernière fois elles s'étaient disputées, mais elle ne se rappelait plus pourquoi.

— Bien.

— Je t'ai apporté ça.

Il tira de son sac trois petites bouteilles de « smoothies », les jus de fruits frais à la mode, et un petit ballotin de chocolats noirs de qualité. Cyrille jeta un œil aux cadeaux et apprécia en silence la délicatesse de l'infirmier.

— C'est bon pour le moral et ça contient plein de bonnes choses pour la santé.

Clara Marais lorgna sur les chocolats.

— Je peux ?

Elle sortit ses mains de dessous la table, dénoua le petit nœud bleu et croqua un bonbon. Elle sourit. Elle aurait quelque chose d'incroyable à raconter à Nadia, sa voisine de chambre.

— Je suis venue te voir, Clara, parce que je travaille à Sainte-Félicité et que je fais une petite enquête sur la qualité des soins là-bas.

À l'évocation de l'hôpital psychiatrique, Clara n'eut aucune réaction. À croire qu'elle n'avait jamais entendu parler de l'établissement. Elle s'était remise à enfiler des perles, en suçant son chocolat.

— Tu connais Sainte-Félicité, n'est-ce pas ?

— Oui, bien sûr, j'y suis restée quelque temps.

Elle avait dit cela tranquillement. Nino s'attendait à autre chose… pas à ce calme. Cyrille s'était raidie elle aussi.

— Pourquoi y étais-tu ? demanda-t-elle, décontenancée.

Clara la regarda fugitivement puis se replongea dans l'étude de ses perles.

— Parce que je me suis taillé les veines et que mes parents ne voulaient pas que je meure… Enfin, je suppose.

Elle sourit encore, d'un sourire légèrement ironique. Elle n'avait aucune difficulté à parler de ce qui était arrivé. Raconter son mal de vivre ne la gênait pas plus que de parler du temps ou des potins de *people* qu'elle lisait dans la presse, car c'était l'exercice qu'on lui demandait tous les jours depuis des années. Et pourquoi elle se sentait inutile, moche, pas aimée, pourquoi elle avait envie de se foutre par la fenêtre assez souvent… Plus rarement, on l'avait questionnée sur le plaisir qu'elle éprouvait à chanter tout le répertoire de Barbara, une chanteuse de la génération de ses parents mais qui la bouleversait. Personne ne l'avait entretenue sur les acteurs qui la faisaient craquer, sur les rêves qu'elle avait à l'intérieur.

— Et quand tu es sortie de Sainte-Félicité, tu allais mieux ? demanda Cyrille.

— Ah ça, oui !

Elle rit. Et Nino se dit qu'il y avait un contraste entre un rire si frais et un corps si négligé.

— Comment te sentais-tu ? poursuivit Cyrille.

Clara plissa les yeux pour enfiler trois perles bleues en même temps, qui allaient constituer la queue du crocodile.

— J'étais légère comme une plume... dans ma tête. Tout me paraissait possible à nouveau. Une vraie renaissance.

— Tu avais réglé tous tes problèmes ?

— Oui, on peut dire ça. Ils s'étaient volatilisés.

— Tu peux considérer que tu as été bien soignée là-bas, alors ?

— Le mieux possible.

Nino se mordit la lèvre inférieure.

— Tu y es entrée en avril 2000, c'est ça ?

— Oui, je crois. À Pâques. J'y suis restée jusqu'au début des vacances, fin juin. Puisque après on est partis en Espagne avec mes parents.

— Et te souviens-tu de quel traitement tu as bénéficié ? Qui était ton médecin ?

— C'est le professeur Manien qui supervisait le service. Pour ce qui est du traitement, j'ai eu des médocs, comme tout le monde, et des séances de psychothérapie.

Le regard de Nino s'assombrit.

— Et ça a bien marché...

— Fabuleux...

Cyrille prit un chocolat.

— Mais pourtant, tu es là, aujourd'hui ?

Clara tira sur les deux bouts du fil de pêche qui terminaient la queue du crocodile, fit un nœud.

— J'allais super bien en sortant. Je le sais parce que je tenais un journal, et que j'arrête pas de le dire alors. « Tout va bien », « j'aime la vie », ce genre de conneries. C'est après, en hiver, que j'ai recommencé à me sentir mal. Et puis, d'année en année, ça a empiré. Alors, j'ai fait régulièrement des petits passages ici pour me réguler.

— Qu'est-ce que tu as ?

— Ils disent que je suis bipolaire, que j'ai des phases maniaques et dépressives en alternance. Mais moi, je ne sens pas les choses comme ça.

— Tu les sens comment ?

— Je sens que ça va. Oui, ça va dans l'ensemble.

— Mais des fois non.

— Mais des fois non, répéta-t-elle en fixant un point au-delà des deux visiteurs en blouse blanche.

Nino se gratta le menton.

— Excuse-nous de te déranger avec nos questions.

— Non, non.

— Pourquoi t'étais-tu taillé les veines la première fois ? Ta mère m'a dit que tu voulais être infirmière, c'est ça ?

Clara Marais haussa ses sourcils noirs épilés très haut et battit des paupières.

— Infirmière, moi ? Je déteste les piqûres.

— Mais ta mère m'a dit que tu étais inscrite à l'école des inf…

— Meuh non… J'ai eu mon bac, et après… après, je suis allée à la fac de droit, je ne sais pas.

— Alors, pourquoi tu t'es fait du mal ?

La jeune femme toussa.

— Mais j'en sais plus rien. C'était peut-être écrit dans mon dossier, c'est tout. J'étais jeune. J'ai oublié.

Cyrille pâlit légèrement.

— Tu as oublié pourquoi tu as voulu te suicider ?

— Oui…

Clara la regarda. Comment expliquer qu'elle avait oublié pourquoi elle avait voulu mourir et que ce malheur originel lui manquait parfois à tel point qu'elle avait envie de se taper la tête contre les murs. Elle aurait voulu qu'ils restent encore un peu, mais elle sentit qu'ils avaient eu ce qu'ils étaient venus chercher et qu'ils allaient repartir et ne plus revenir. Elle attaqua un nouveau crocodile, qui serait noir, avec le ventre blanc.

Cyrille Blake tourna les yeux vers Nino. Elle venait de trouver le point commun entre Clara et Julien Daumas.

Dans la Polo de Nino, Cyrille resta silencieuse un bon moment, contemplant le ballet des gens qui traversaient le grand boulevard. Nino osait à peine respirer de peur de perturber sa réflexion. Soudain, elle s'exclama :

— Julien Daumas a oublié la cause de son traumatisme, Clara Marais, celle de sa tentative de suicide… Merde alors !

Nino alluma une cigarette et entrouvrit la vitre. Cyrille poursuivit :

— On leur aurait donc filé un traitement qui aurait effacé tout bonnement pourquoi ils ont tenté de mettre fin à leurs jours.

Cyrille tambourinait nerveusement du poing sur la vitre.

— C'est inimaginable !

Son compagnon mit le contact et souffla une longue volute de fumée par la fenêtre.

— Le fameux programme secret 4LR14 ? fit-il, goguenard.

Cyrille absorba ces derniers mots comme un buvard en continuant à regarder dehors. Un groupe d'étudiants traversa le passage piéton, des manuels à la main.

Cessant soudain de tambouriner sur la vitre, elle se retourna subitement vers l'infirmier.

— T'as encore une heure à me consacrer ?

Elle avait presque crié.

— Oui, oui.

Cyrille Blake montra la direction de Paris.

— On file à Sainte-Fé.

Le temps d'entrer dans Paris, de se faufiler sur le périphérique pour sortir porte de Saint-Cloud, il était 14 h 30 lorsqu'ils se garèrent dans l'enceinte de l'hôpital. Cyrille n'avait pas prononcé un mot pendant tout le trajet. Elle cherchait dans sa mémoire le moindre indice qui puisse corroborer ce qu'elle soupçonnait. Presque en courant, elle s'éloigna du bâtiment principal, Nino sur les talons, pour rejoindre les locaux de la faculté. Ils longèrent l'amphithéâtre Charcot de l'extérieur, ses murs décrépis jaune sale, et pénétrèrent dans la bibliothèque médicale.

— Tu veux réviser ta médecine ? demanda Nino à moitié sérieux.

Mais Cyrille était sourde à tout propos autre que sa propre pensée. Ils passèrent les portiques de sécurité, qui ne marchaient plus depuis Mathusalem. Cyrille n'hésita pas une seconde, elle fonça vers les rayons du fond. Elle compta les rayonnages, au quatrième, elle tourna à droite et parcourut les étagères. Elle stoppa devant une série de livres, circonspecte. Lut tous les titres d'ouvrages.

— Tu t'intéresses à la podologie maintenant ? questionna Nino, qui l'avait suivie, ne comprenant plus grand-chose.

Cyrille soupira.

— J'étais sûre pourtant.

— Sûre de quoi ?

— À chaque fois que je pense à ce code 4LR14, j'essaie de me remettre dans l'ambiance du service de l'époque. Le médecin qui a écrit ça, que ce soit Manien ou un de ses chefs de clinique, a voulu signifier quelque chose avec sûrement une dose d'humour déplacé, comme d'habitude. Et que faisaient les médecins quand ils n'étaient pas à l'hôpital ? Ils venaient ici, pour lire ou taper la belotte avec les jeunes internes qui cherchaient à se faire bien voir. Et je me suis souvenue tout à l'heure que lorsqu'on venait emprunter des bouquins, on nous remettait sur un bon le code de l'ouvrage. L'allée et le rang. L et R !

Elle haussa les épaules en regardant les atlas de podologie.

— Mais ça ne donne rien. Désolée.

Elle enfonça les mains dans son manteau tout en continuant à observer les livres. Elle sentait l'odeur de la défaite, un fumet qu'elle détestait. Et plus on lui mettait des bâtons dans les roues, plus elle devenait hargneuse. Elle se plaça dans l'allée centrale et détailla les rayonnages.

— La génétique… La génétique, elle n'était pas en tête de gondole à l'époque, remarqua-t-elle.

— Ah bon ?

— Non, elle était reléguée au dernier rang, car c'était une matière relativement nouvelle en psychiatrie. Ils l'ont placée aujourd'hui au premier rang.

— Et alors ?

— Alors, ils ont tout décalé. Tous les rayonnages ont été décalés.

Un jeune homme, au crâne déjà dégarni, s'usait les yeux sur un exemplaire de *La Cellule*, au bureau des emprunts. Il vit une jeune femme aux cheveux auburn se ruer sur lui.

— Bonjour, je suis médecin et j'aimerais un renseignement.

— Oui.

— Quand avez-vous remanié les thématiques dans la bibliothèque ?

Nino regardait Cyrille avec étonnement. Elle s'entêtait sur une voie totalement hypothétique. Soudain, elle avait perdu sa retenue et retrouvé l'enthousiasme qu'il lui avait connu. Il sourit intérieurement avec l'envie de lui payer plusieurs bières dans le premier bar venu. L'étudiant haussa les épaules.

— Je ne sais pas, il faudrait demander à Mme Gabowitz.

Cyrille la connaissait. Une antique vieille bibliothécaire, d'origine polonaise, qui n'avait jamais perdu son accent depuis le temps.

— Qu'est-ce que vous lui voulez, à Mme Gabowitz ?

La vieille dame avait jauni, la peau, les cheveux, tout était jaune chez elle. Mais c'était toujours la même. Le clone de maître Yoda. Incisive et précise. Rien ne lui échappait jamais. Avec elle, il était impossible de resquiller.

— Bonjour, madame, je suis une ancienne interne. Je travaillais ici jusqu'en 2000. Je me demandais comment les livres étaient classés à l'époque.

— C'est pas difficile, mademoiselle, rien n'a changé, sinon, ça aurait mis tout mon classement sans dessus dessous.

— Rien, vous êtes sûre ? Et la génétique ?

— Ah oui ! c'est vrai, on a utilisé les deux premiers rayonnages pour la génétique et l'imagerie cérébrale.

— Vous avez donc décalé tous les rayonnages de deux rangs ?

— Oui. Et une partie des ouvrages excédentaires ont été revendus.

— Merci, madame !

Cyrille rebroussa chemin et se dirigea en courant vers le sixième rang, bifurqua de nouveau à droite et chercha l'emplacement 14.

Les ouvrages sur les expérimentations scientifiques dans les camps d'extermination nazis et en milieu carcéral étaient au nombre de quatre. Le dernier en date était un travail remarquable de la faculté de Tours, qu'elle avait lu. Elle caressa la tranche des livres, un froid mortel dans les doigts et la nuque. Par-dessus son épaule, Nino grinça des dents.

— J'aime pas l'humour des carabins…

* * *

Nino déposa Cyrille rue Dulac, en silence. Ils en étaient tous deux venus à la même conclusion évidente. Julien Daumas, Clara Marais et d'autres patients avaient servi de cobayes à l'équipe de Manien. La question suivante que posa Nino était logique :

— Et toi ? Ils t'ont fait la même chose, tu crois ?

— Possible.

— Viens, on retourne à Sainte-Fé et on le colle au mur, le salaud, jusqu'à ce qu'il crache.

— Non. On n'a même pas le début d'une preuve. Je n'aimerais pas qu'en quelques coups de fil il me discrédite encore un peu plus sur la place de Paris.

— Qu'est-ce que tu vas faire ?

— Je ne sais pas.

Elle se retourna vers Nino.

— En tout cas, je me sens en confiance avec toi. Merci. Pour tout.

— Ça va aller ? Tu veux qu'on aille se boire une bière ?

— J'aurais adoré, mais… j'ai un autre problème à régler.

Et Cyrille raconta à l'infirmier la nuit cauchemardesque qu'elle avait passée.

-28-

Elle fit une pause au pied de l'immeuble. Pour la première fois de sa carrière, Cyrille Blake avait l'impression de jouer un rôle. Celui de la directrice du Centre Dulac. Elle était à côté de ses pompes. Son esprit roulait sur une déferlante qui s'écrasait sur la grève et se retirait d'un mouvement violent. Un mot dansait devant ses yeux, la tourmentait en boucle : « expérimentation ». Ces enfoirés de Sainte-Félicité avaient testé des traitements sur au moins deux patients, Julien Daumas et Clara Marais. Et les deux en gardaient de graves séquelles.

Cyrille se gratta le pouce avec l'ongle de l'index et se remit à saigner. Elle porta la goutte de sang à sa bouche, songeant vaguement que le sang lui donnerait de la force. Elle devait garder devant ses confrères une apparence de normalité, elle devait jouer le jeu jusqu'à ce que les choses rentrent dans l'ordre. Mais comment faire, et combien de temps devrait-elle tenir ? Dans son for intérieur, elle sentait que ses fondations avaient bougé depuis cette nuit, que sa solidité intérieure vacillait sur son socle. Le doute s'était insinué en elle et l'assurance qu'elle avait durement gagnée au long de toutes ses années d'efforts se fissurait, prenait l'eau de toutes parts.

Elle entra dans la clinique et monta directement au premier par l'ascenseur. Elle s'était tellement raidie dans une attitude de protection et de défense qu'un nœud musculaire douloureux s'était contracté entre ses omoplates. Elle regagna son bureau, terriblement consciente qu'elle attirait les regards de chaque personne qu'elle croisait dans le couloir. Elle avait la perception de la position de son corps dans l'espace, de sa démarche, de ses muscles, de son attitude. Rien ne lui paraissait naturel. Elle se dit qu'une des premières choses qu'elle ferait après son atterrissage à Bangkok, juste avant son rendez-vous chez le professeur Arom, serait de s'offrir un massage thaï. Loin de la pression, loin des malades qui rôdaient dans les rues de Paris pour s'introduire chez elle, loin de ce passé mystérieusement évaporé qui lui sautait au visage, loin des médecins qui s'amusaient à se prendre pour le docteur Mengele.

L'idée d'une table de massage à des milliers de kilomètres d'ici la fit soupirer d'envie. Elle imagina les fleurs de lotus flottant dans des vasques claires, les notes aigrelettes des musiques de relaxation, les effluves de fleurs de tiaré et d'huile d'amandes douces, les mains vigoureuses qui pétrissaient ses points de tension. Elle se rasséréna et se remémora une phrase que lui répétait son père quand elle était petite : *N'oublie jamais ton rêve, ma Lily, protège-le et défends-toi de ceux qui prétendent que tu n'y arriveras pas.* Elle ouvrit la porte de son bureau apaisée par cette pensée.

Mais la pièce n'était pas vide.

Sur le divan, Benoît l'attendait, la tête dans les mains.

À ses côtés, son amie Muriel Wang parcourait un magazine, qu'elle referma.

Cyrille sut immédiatement qu'il s'était passé quelque chose de grave. Le sang afflua dans son cou et ses joues.

— Quoi ? Que se passe-t-il ?

Benoît se leva lentement et vint lui mettre une main sur l'épaule.

— Viens t'asseoir, ma chérie. J'ai aussi demandé à Muriel de se joindre à nous.

Cyrille fixa son mari puis son amie. Ils avaient quitté leur boulot en pleine journée, s'étaient déplacés jusqu'ici ? *Mon père a eu un accident. Benoît est atteint d'un cancer, j'ai Alzheimer…*

— Quoi ? QUOI ?

— Assieds-toi, s'il te plaît, ma chérie.

Cyrille fut parcourue d'un frisson irrépressible.

— Mais QUOI, bon sang ?

D'une main ferme, Benoît la força à s'asseoir dans son fauteuil de thérapeute. Elle était suspendue à son regard.

— Chérie, c'est compliqué. Yvon Maistre, mon ami inspecteur, a envoyé une équipe à la maison ce matin. Ils ont fouillé et fait des prélèvements un peu partout dans l'appartement.

— Oui ? Et alors ?

Muriel s'était approchée d'elle et sa main chaude avait recouvert celle de Cyrille, qui ne la retira pas. Son angoisse monta d'un cran. Leurs regards étaient pleins d'inquiétude et de compassion. L'esprit de Cyrille s'arc-bouta, prêt à recevoir le coup de massue.

— Ma chérie, il y avait des empreintes.

— Oui ? Et puis ?

— Ces empreintes viennent d'une seule et même personne.

— Je me doute. De qui ?

— Toi.

— Moi ?

Cyrille manqua d'air.

— C'est quoi, ces conneries ?

— Les empreintes correspondent à celles de ton passeport biométrique, m'a dit Maistre. Personne n'a pénétré dans l'appartement cette nuit.

Le cerveau de Cyrille passa en mode panique. Son amygdale cracha une salve de neuromédiateurs qui alerta tous les centres liés à la peur. Son cortex enclencha des milliers de connexions, moulinant à plein régime pour trouver un sens à ce qu'elle entendait. En vain.

— Je ne comprends pas, désolée.

Muriel prit le relais.

— Il semblerait que tu aies eu cette nuit une crise de somnambulisme et que tu aies agi sans t'en rendre compte.

Les phrases pénétrèrent lentement le cerveau de Cyrille. Le sang reflua de ses joues, de ses lèvres, le parquet tangua.

— Ne me raconte pas d'idioties. Je n'ai pas pu. Je n'ai aucun souv...

Elle ne finit pas sa phrase, frappée en plein vol par l'énormité de ce qu'elle s'apprêtait à dire. Son cerveau se rebella. Elle contre-attaqua :

— Avec quoi j'aurais fait... ça ?

Benoît était assis en face d'elle, leurs genoux se touchaient presque. Il gardait en permanence une main sur la sienne pour maintenir un contact. Chaque mot sortait péniblement de sa bouche. Elle remarqua les capillaires rouges dans le blanc de ses yeux. Qu'il avait l'air fatigué. Il parlait de plus en plus doucement, en articulant chaque mot.

— Nous avons retrouvé... une paire... de ciseaux.

— Des ciseaux... Où ça ?

— Dans le lave-vaisselle.

Cyrille regarda son mari, incrédule. C'était énorme, délirant. Elle aurait martyrisé son chat adoré avec des ciseaux, puis consciencieusement mis l'arme du crime dans la machine à laver ?

— On nage en plein délire, là ! cria-t-elle.

Elle rigola d'un rire sans joie, râpeux, nerveux. Benoît Blake lui pressa les doigts. Les yeux du Grand Homme s'étaient embués.

— Ma chérie, il y avait ta chemise de nuit aussi.

— Quoi ?

— Elle était en boule dans le panier à linge sale. Pleine de sang. Il semblerait que tu aies reproduit la scène qui t'a choquée. Ce sont des choses qui arrivent.

Cyrille se leva brusquement. Benoît la réceptionna quand elle s'affaissa. Il la serra dans ses bras de lutteur, en lui caressant les cheveux.

— Ma chérie, ne t'inquiète pas, nous allons prendre soin de toi. N'est-ce pas, Muriel ?

Leur collègue hocha la tête, l'air désolé, elle caressa le dos de son amie. Cyrille se laissa aller contre le torse apaisant de son mari.

Elle n'entendait plus rien. Benoît bougeait les lèvres, mais les sons lui parvenaient assourdis. Elle ne percevait que la musique monocorde de sa voix.

Voilà.

Elle était folle. Le verdict était tombé. Une autre elle-même avait commis un crime cette nuit et elle n'en savait rien. Elle venait de passer de l'autre côté du miroir, de franchir la fine démarcation qui sépare la normalité de la pathologie. Et comme Julien, comme Clara, elle avait oublié. Elle était malade et, comme eux, se battait contre ses démons.

Elle était une meurtrière.

Elle se redressa et se dégagea doucement des bras de Benoît pour se diriger vers la fenêtre ouverte sur un soleil doux et rassurant. Elle contempla les bambous dans leur élégante sieste de l'après-midi. Puis ce fut comme si quelqu'un montait le son. Benoît continuait de parler et elle l'entendait désormais.

— Maistre passera l'incident sous silence, tu n'as pas à t'inquiéter pour cela. Et Gombert t'a trouvé une place dès ce soir à Rothschild. Il nous fait vraiment une fleur. Tu pourras te reposer dans une chambre VIP et, dès demain, nous commencerons les examens.

Cyrille s'était tournée de profil pour l'écouter, elle pivota à nouveau et reporta son attention sur les arbres et leur feuillage délicat.

— D'accord, dit-elle d'une voix faible.

Il y eut comme un mouvement d'air derrière elle. Benoît et Muriel, visiblement soulagés, s'approchaient. Pour la féliciter d'accepter de se faire interner ?

— Si tu veux, je rentre avec toi, proposa Muriel, en lui frôlant le bras.

Ça faisait deux fois que son amie la touchait, elle qui n'aimait guère les contacts tactiles avec ses congénères. Le cas était vraiment critique. Cyrille la repoussa poliment.

— Non. C'est gentil, mais non. Je vais finir ce que j'ai à faire. Puis je rentrerai à la maison pour préparer mon sac et je vous attendrai.

— Tu n'es pas raisonnable, affirma Benoît. Dans ton état…

Cyrille leva le menton et le fit taire d'un regard.

— Écoute, j'ai conscience que j'ai certainement un gros problème et que je dois me faire soigner. Mais si je pars entre vous deux, ç'en est fini de ma crédibilité dans cet établissement. Je dirige encore cette clinique. Je ne vais pas partir en laissant tout en plan.

— Tu es sûre que ça va aller ?

— Oui, ça va aller. Je rentrerai ce soir comme d'habitude. Il faut que je trouve une excuse à mon absence et fasse comme si tout allait bien.

— OK, comme tu voudras.

Benoît Blake et Muriel Wang prirent leurs effets, au ralenti. On aurait dit qu'ils hésitaient à partir, qu'ils se demandaient s'il ne valait mieux pas ramener Cyrille chez elle d'autorité. Mais Cyrille Blake les guida fermement vers la porte. Elle s'était laissé aller, cela ne se reproduirait pas. La porte du bureau se referma sur eux. Cyrille se gratta le cou puis se pinça la lèvre inférieure. Elle décida d'appeler Marie-Jeanne.

— Tu peux venir dans mon bureau, s'il te plaît ?

— Je prends mon carnet ?

— Non, pas la peine.

La jeune fille avait l'air soucieux. Voir son oncle et une amie de sa tante débarquer en plein milieu d'après-midi sans prévenir ne présageait rien de bon. Elle vit que sa tante accusait le coup, l'éclat de ses pupilles s'était tout simplement éteint.

— Que se passe-t-il ?

Cyrille se passa une main sur le visage.

— Tu peux garder un secret ? Personne à la clinique ne doit savoir ce que je vais te confier. Mais j'ai besoin que tu m'aides, alors, je vais te mettre au courant.

MJ hocha trois fois la tête rapidement. Bien droite dans le fauteuil, elle attendit.

— Tout d'abord, il va falloir que tu annules mon billet pour Bangkok le 15.

-29-

Le rectangle de moquette découpé par les policiers faisait environ un mètre sur deux. Cyrille évita de le regarder lorsqu'elle rentra chez elle. Il était 16 heures. *Je téléphonerai au magasin d'ameublement pour faire changer toute la moquette. Je vais en prendre une gris perle très épaisse et très chère.*

La vie continuait puisqu'elle pouvait encore faire des projets d'aménagement. Elle suspendit son manteau à la patère de l'entrée, laissa tomber son sac à main et ses chaussures puis se dirigea vers sa chambre. En pilote automatique, elle entra dans le dressing. Elle grimpa sur l'escabeau pour descendre une de ses valises rangées sur la plus haute étagère. Elle choisit la petite rouge Delsey à roulettes, qui conviendrait pour quelques jours. Cyrille y rangea méthodiquement des sous-vêtements, des T-shirts, deux chemisiers, deux pantalons, deux jupes, une paire de ballerines en toile. Elle tassa ses affaires et rajouta sur la pile son bandonéon de poche. Elle avait besoin de son talisman. Les choses tourneraient mal si elle ne l'emportait pas. Brosse à dents, dentifrice et crèmes de soin s'empilèrent dans une petite trousse transparente. Les cachets, pilules et autres médicaments furent rangés dans une pochette à part.

Elle se changea. Passa un pantalon de trek en toile beige, des chaussures de tennis blanches, et une saharienne vert pâle. Elle enfila par-dessus un gros pull, son imperméable et se protégea le cou avec un foulard blanc. Après avoir fermé sa valise, elle traversa l'appartement en la tirant derrière elle. Juste avant de quitter les lieux, elle retourna vers le secrétaire du salon, un modèle en marqueterie comportant une vingtaine de tiroirs plats. Cyrille en ouvrit trois jusqu'à trouver ce qu'elle cherchait. Elle claqua la porte derrière elle, donna un tour de clé et appela l'ascenseur. Elle rangea son passeport dans son sac à main, à côté du billet électronique pour Bangkok. L'avion décollait dans trois heures.

* * *

Devant son ordinateur, MJ pensait à sa tante.

Elle essayait de calmer le tremblement de ses doigts pour écrire ses e-mails. Elle devait relancer tous les participants de la réunion du conseil d'administration prévue avant Noël.

Il avait été convenu avec Cyrille qu'elle ne dirait rien à Benoît avant 19 h 30, heure théorique du décollage de l'avion. S'il appelait avant, elle répondrait que Cyrille était en entretien ou en soins. Jusque-là, le téléphone n'avait pas sonné, et Benoît ne lui avait rien demandé. Elle n'avait pas eu à mentir. MJ soupira. Elle avait annulé le vol du 15 et, en pianotant sur les sites Internet de dernière minute, elle lui avait dégoté un vol direct sur Air France, départ 19 h 20, arrivée à 11 h 45 le lendemain, ainsi qu'une réservation pour les deux premières nuits dans la capitale thaïlandaise. Cyrille, qui venait de lui raconter que Benoît voulait l'interner, avait semblé très soulagée. Elle lui avait confié la tâche de transmettre un e-mail collectif à l'équipe demain matin, pour dire qu'elle était souffrante.

La messagerie instantanée d'ICQ clignota. Moune voulait « chater ».

Toc toc, t'es là ?

MJ soupira encore. Non, pas très envie de causer.

Oui, suis là.

Alors, enfoirée, tu donnes plus de news !

Pas dispo.

Elle envoya un smiley qui faisait un clin d'œil.

Ton surfeur ?

Ouais.

Ça roule alors avec lui ? Bon coup ?

Yes, bon coup.

MJ se rongea les ongles. Un étage plus bas, la musique de Yoga relaxait des patients. Elle, elle en était incapable.

Vous allez bouger ? relança Moune, qui devait s'ennuyer à mourir à son boulot.

Je crois qu'il part bientôt, répondit évasivement MJ.

Elle en était sûre, en fait. Mais elle laissait le doute planer pour espérer encore un peu. Il allait partir et tout redeviendrait comme avant. Non, tout serait pire. Parce qu'elle avait connu le bonheur avec lui. Le bonheur dont tout le monde parlait dans cette clinique, que tous les patients cherchaient dans les entretiens avec des médecins, avec des médocs, des stimulations électromagnétiques… Elle, elle l'avait trouvé entre ses bras et elle ne pensait plus qu'à ça. Julien avait pris possession d'elle. Sa gorge se serra, elle eut envie de pleurer. La vie était injuste. Ce n'était pas la première fois qu'elle faisait ce constat. Le type dont elle rêvait, rêvait d'ailleurs. Elle n'était pas conne. Elle savait reconnaître les signes. Il l'aimait bien, mais il ne l'aimait pas. Ce soir serait leur dernier soir.

Elle n'avait pas cru sa tante et ses délires de persécution. Julien était le plus doux, le plus attentionné, le plus rêveur des hommes. Il ne pouvait faire de mal à quiconque. Peut-être qu'il l'emmènerait si elle insistait encore.

Et ça va, le taf ?

Moune persistait. En fin de compte, MJ n'avait pas le cœur au chat aujourd'hui. Elle coupa la connexion sans dire au revoir.

* * *

Cyrille écrasa une larme, le front contre la vitre froide du taxi qui filait à vive allure vers Roissy-Charles-de-Gaulle – le trafic était fluide à cette heure de l'après-midi. Elle sortit son i-Phone de son sac. Trois appels en absence et un texto de Benoît : « ej rentre, attends oim » ; Benoît essayait de l'aider, elle lui en était reconnaissante et l'aimait pour cela, mais, elle vivante, elle ne se laisserait pas interner. Elle mit son téléphone sur vibreur. Elle connaissait la règle des services psychiatriques, quels qu'ils soient. Rothschild ou Sainte-Félicité : même combat. Elle avait mutilé son animal et n'en gardait aucun souvenir. Elle était donc à la fois malade, suspecte et dangereuse. Pour elle, pour les autres. L'équation était simple. Dans les premières quarante-huit heures, ils la mettraient sous tranquillisants, avec séances de psychothérapie intensives et somnifères, l'enfermeraient la nuit pour être certains qu'elle ne s'en prenne pas aux autres « résidents ».

Pour Cyrille, ce n'était pas une option recevable. Son intuition ne lui disait qu'une chose. Fuir. Fuir. Fuir. À toutes jambes. Ne pas se laisser happer par le système psychiatrique qui fait de l'homme une ombre qu'on oublie.

Cyrille jeta un coup d'œil à sa montre. C'était encore jouable.

Au moment précis où Benoît Blake garait son Audi A6 dans une place inespérée de la contre-allée de l'avenue Bosquet, à deux numéros de chez lui, Cyrille s'engouffrait dans un taxi. Benoît fut si surpris de voir sa femme s'en aller qu'il fonça dans le pare-chocs de la Smart garée devant lui. *Qu'est-ce qu'elle fiche ?* Il ne coupa pas son moteur et attrapa son téléphone mobile. Il entra dans le répertoire et sélectionna « Cyr Mob ». Il laissa sonner dans le vide jusqu'à tomber sur sa messagerie. *Arg !* Il lança le téléphone sur le siège passager et frappa le levier de vitesses. Il n'aurait jamais dû la laisser seule au Centre Dulac tout à l'heure. Il lui fallut trois manœuvres pour s'extirper de la place, le taxi était arrêté au feu rouge avant les quais. Quelques instants plus tard, la voiture franchit le pont de l'Alma jusqu'aux Champs-Élysées. Benoît perdit de vue un moment la Mercedes grise. *Où tu vas ?* Il s'engagea sur la place de l'Étoile en pestant. Il fut bloqué par un autre taxi, fit une queue-de-poisson à une Twingo verte et prit la direction de la place des Ternes. En remontant l'avenue de Wagram, la Mercedes grise toujours en point de mire, il réitéra son appel. Répondeur.

Cyrille entendit le signal de la messagerie. Elle hésita, puis écouta. Benoît : « Qu'est-ce que tu fiches ? Où tu vas ? Je suis derrière. Attends-moi. Il faut qu'on parle. »

Cyrille écarquilla les yeux, interloquée. Son rythme cardiaque s'accéléra. Elle se retourna. Ils étaient à l'arrêt au feu rouge boulevard du Fort-de-Vaux, à deux pas du périphérique. Des voitures stationnaient derrière le taxi, mais une camionnette lui bouchait la vue. Pas d'Audi aussi loin qu'elle pouvait voir. Elle fit un tour d'horizon à 180°, le souffle court.

Benoît quitta le XVIIe arrondissement, à une dizaine de voitures d'écart du taxi. Le trafic s'était densifié et il ne pouvait slalomer pour se rapprocher. Le taxi enquilla sur le périphérique et Benoît suivit pendant une bonne dizaine de minutes. Il blêmit en voyant le panneau « Charles-de-Gaulle, Lille, Bruxelles » se profiler devant lui. Le taxi ne faisait pas mine de bifurquer. Au contraire, il accélérait.

Cyrille n'était plus affalée sur le siège arrière, mais penchée vers le chauffeur.

— Vous pouvez aller plus vite, monsieur, s'il vous plaît ?

— Je suis dans les limites de vitesse, madame, désolé. Y a un radar sur cette section. Après, ça ira mieux.

— J'ai un avion à prendre, merci.

Et un mari aux trousses, eut-elle envie d'ajouter.

— Dans combien de temps ? demanda le chauffeur de taxi.

— La fin de l'enregistrement est dans un quart d'heure.

— Vous y serez.

Cyrille n'osait plus se retourner, de peur de voir Benoît penché sur le volant de l'Audi. Comment avait-il fait pour la suivre ? À tous les coups, MJ n'avait pas réussi à tenir sa langue. Elle ferma les yeux cinq secondes pour réfléchir. Son portable se remit à sonner.

Benoît.

Cyrille jeta son téléphone dans son sac pour étouffer le son. Un signal lui annonça qu'elle avait encore un message.

Elle écouta : « Pour l'amour de Dieu, Cyrille, décroche. Tu es en danger, on doit se parler. Demande au chauffeur de ralentir et de s'arrêter à la prochaine station-service… »

Cyrille coupa avant la fin du message. La station Total était annoncée dans mille mètres. Elle se mordit les joues mais ne bougea pas d'un cil, tétanisée par la prise de décision et incapable d'anticiper les conséquences de ses actes dans un cas comme dans un autre. Le chauffeur choisit pour elle. Il mit son clignotant à droite et prit la sortie « Roissy-en-France ». La jeune femme inspira un petit filet d'air et se retourna. Elle vit cette fois nettement le clignotant de l'Audi. Cyrille ne savait plus que faire. Benoît avait sans doute raison, mille fois raison. Il fallait qu'elle le suive et qu'elle aille se faire soigner dans de bonnes conditions. Elle était bel et bien malade et dans le déni depuis une semaine.

Mais c'était plus fort qu'elle, son corps refusait d'entrer dans un service de psychiatrie. Elle avait une trouille bleue des médecins de cette obédience. Elle les avait trop pratiqués. Le taxi entra dans Tremblay-en-France et les panneaux jaunes de Roissy-Charles-de-Gaulle se succédèrent affichant leurs informations à l'intention des voyageurs. Les parkings à droite ; les aérogares, tout droit. Son téléphone sonna. Dans le rétroviseur, le chauffeur de taxi vit la jeune femme s'énerver contre son portable et l'éteindre.

Blake avait fait du 180 km/h pour rattraper le taxi. Il se trouvait à présent exactement derrière lui. Il voyait la nuque de sa femme et l'aurait bien attrapée par les cheveux pour la ramener *manu militari* à la maison. Elle refusait de lui répondre au téléphone, mais il l'avait vue écouter son message. *Quelle tête de mule quand elle s'y met !* Elle voulait qu'il la poursuive jusque sur le tarmac ? OK. Il ne repartirait pas de l'aéroport sans sa femme, qu'elle le veuille ou non. Son instinct de lutteur reprenait le dessus. Juste à ce moment-là, une camionnette de location se rabattit brusquement sur la droite, s'intercalant de force entre le taxi et lui. Il pesta.

Le taxi entra dans la zone aéroportuaire. Il dépassa le terminal 2A et dut ralentir à cause de barrières de sécurité provisoires posées le long de l'axe principal jusqu'au 2C, rétrécissant d'autant la route.

— Vous allez au 2F, c'est ça ?

— Oui, répondit Cyrille. Mais pouvez-vous faire un stop au 2C ?

— Ah ?

— Oui, s'il vous plaît, le temps de laisser passer la voiture qui est derrière nous.

— Comme vous voulez.

Et le chauffeur se rangea dans la seule place « dépose minute » pour taxis disponible, entre les barrières surveillées de près par des trios de soldats armés.

— C'est leur plan Vigipirate. Ils ont dû avoir une alerte ce matin. Hier soir, on circulait normalement, expliqua le chauffeur.

Cyrille s'en fichait pas mal des explications. Tout ce qu'elle voyait, c'est que l'Audi était forcée de la dépasser, impossible pour son mari de se garer, coincé par les barrières sur les côtés et talonné par une file d'attente de voitures impatientes qui commençaient à klaxonner. Quand Benoît passa à sa hauteur, il baissa la vitre et l'interpella. Elle fit mine de fouiller dans son sac pour chercher son porte-monnaie. Quand le pare-chocs de la voiture de son mari fut en ligne de mire, elle releva les yeux. C'était pas bien glorieux de sa part. Il n'avait d'autre choix que de s'engouffrer dans le parking C ou D s'il ne voulait pas refaire un tour complet du terminal 2. Le temps qu'il ressorte et trouve le vol pour Bangkok, elle avait dix minutes devant elle, pour enregistrer et passer les douanes, pas plus.

— Foncez au 2F maintenant, s'il vous plaît ! cria-t-elle.

— OK, m'dame.

Le chauffeur extirpa la Mercedes de la place, au grand bonheur d'un monospace qui cherchait à se garer. Il regarda sa cliente dans le rétro.

— L'avait pas l'air commode, ce monsieur…

Leurs yeux se croisèrent dans le miroir. Cyrille sortit plusieurs billets de vingt euros de son portefeuille.

— Non, pas commode.

Le taxi dépassa la gare du RER et fit un virage en U pour rejoindre l'autre partie de l'aérogare. Il s'arrêta définitivement devant le terminal 2F. Cyrille Blake paya et descendit de la voiture, le remercia chaleureusement. Ils se souhaitèrent « bonne chance ».

Cyrille se précipita vers les tableaux d'affichage des départs, tirant derrière elle son bagage cabine. Le vol AF8280 à destination de Bangkok était à l'heure, l'enregistrement se terminait au comptoir 26. Munie de son billet électronique, Cyrille pressa le pas jusqu'au guichet et ignora la file d'attente. Elle s'approcha d'une borne d'enregistrement. Concentrée sur l'opération – elle n'avait pas une seconde à perdre –, elle entra le numéro de réservation. Elle se trompa, fit la lettre « O » à la place d'un zéro. Elle pesta. Annula, puis recommença, les mains tremblantes, le cœur palpitant. La machine traita les données et lui demanda de scanner sa pièce d'identité. Elle s'exécuta, remerciant la technologie de lui simplifier la vie. Elle précisa qu'elle n'avait pas de bagage en soute et ne donna pas sa préférence de place, pas le temps. L'automate ronronna plusieurs secondes qui lui parurent infinies. Elle tambourinait sur l'écran. Lorsque sa carte d'embarquement sortit de la machine, Cyrille faillit l'embrasser. Elle sourit nerveusement et se dirigea vers les bureaux de la douane, sans regarder autour d'elle de peur de voir se profiler la silhouette massive de son mari au milieu de la foule de voyageurs. Et qu'est-ce qu'elle ferait alors ? Courir ?

La place de parking de l'Audi était éloignée de la sortie piétons, mais rien à faire, les deux premiers niveaux étaient pleins et les places du troisième rarissimes. Benoît râlait, de plus en plus énervé contre sa femme qui était en train de s'enfuir… encore ! Il claqua la portière de la voiture, hésita une seconde avant de la verrouiller, puis eut une idée.

Il ouvrit le coffre contenant deux cartons de livraison fermés par du ruban adhésif, à côté de son sac de golf. Avec son porte-clés, Benoît déchira le scotch et arracha un des rabats du carton. Il écarta les bons de commande et les certificats du livreur qui masquaient des sachets de seringues remplies de dérivés morphiniques pour endormir ses souris. Un paquet de trois seringues disparut dans sa poche. Il fila au pas de charge vers le hall des départs.

Benoît Blake était un intellectuel de très haut niveau, mais pas un cérébral. L'auto-questionnement était un sport qu'il pratiquait peu et de mauvaise volonté. Il ne trouvait aucun plaisir dans l'introspection. Il avait découvert que ses problèmes avaient le plus souvent une cause extérieure qu'il convenait de déterminer et d'éliminer, comme un adversaire sur les tatamis. Cyrille était une jeune femme brillante mais trop émotionnelle. Elle était en train de tout gâcher, au meilleur moment de leur vie, au faîte de leur gloire, parce qu'elle se laissait envahir par ses fantômes. Ses réflexions le menèrent à l'escalator qui le déposa au niveau supérieur. Un coup d'œil sur les écrans de contrôle à la recherche du prochain vol pour Bangkok lui apprit qu'il n'était pas au bon terminal. Il jura. *La garce !* Il n'avait pas le temps de reprendre la voiture. Il sortit du terminal 2C et eut de la chance. Une navette de liaison approchait.

La file d'attente devant les douanes serpentait sur quatre rangées. Cyrille ne put que prendre son tour, serrant son bagage contre ses jambes. Elle mesurait 1,68 mètre, mais aurait rêvé à cet instant précis faire trente centimètres de moins, disparaître au milieu de la foule, être une enfant invisible, entre les jambes des grands. Des voyageurs prirent place dans la queue derrière elle. L'embarquement commençait dans quinze minutes. Pouvait-elle forcer le passage ? Elle n'osa pas. Deux guichets de douaniers sur quatre étaient ouverts. Les passagers attendaient derrière la ligne jaune avant de s'avancer et de tendre leur passeport. Cyrille avança de trois pas, il y avait à présent au moins dix personnes derrière elle, et encore trois lacets pour atteindre le poste de police. Elle fit encore deux pas en avant, ramenant sa valise à roulettes contre elle, les doigts crispés sur la poignée, le regard fixe, en apnée. Tout son corps était tendu vers l'objectif, avancer, avancer, jusqu'à la liberté.

D'une seconde à l'autre, elle s'attendait à sentir une main de fer lui attraper le bras.

Et que ferait-elle ? Crier ? Appeler au secours ? Si elle en arrivait là, jamais elle ne décollerait de Paris, elle finirait au poste sommée de s'expliquer, elle passerait pour une aliénée que son époux, éminent spécialiste du cerveau, tente de raisonner pour la soigner. C'était perdu d'avance. La file progressa encore, Cyrille gagna quatre places d'un coup. Plus que deux virages et elle y serait. Son passeport collait dans sa paume moite, sa langue au palais. Elle n'avait plus de salive et aurait bien bu un litre d'eau fraîche. Plus les minutes s'égrenaient, plus son cœur battait vite. Elle fit un pas de plus. Son i-Phone bourdonna. Un e-mail attendait dans sa messagerie. En tremblant, elle le sortit de sa poche et navigua dans les menus. Un e-mail du professeur Arom s'afficha à l'écran : « *You will be welcome the 14th at 11 AM. At my office, Brain Hospital.* »

L'étau autour de la poitrine de Cyrille se desserra d'un cran. Elle avait envoyé un e-mail en urgence à Arom tout à l'heure après avoir changé son billet d'avion pour déplacer son rendez-vous avec lui. Apparemment, cette nouvelle disposition l'arrangeait plutôt. Tant mieux. Elle soupira. Que Benoît ne vienne pas lui dire de rentrer, elle se prenait en charge toute seule. Cyrille parvint au dernier virage de la file. Encore cinq personnes devant elle et elle franchirait la ligne. Plus que quatre. Plus que trois.

— Cyrille !

Une main s'abattit sur son épaule, elle se mua en statue de glace. Benoît avait remonté toute la file jusqu'à elle. Elle tenta de se dégager discrètement, sans le regarder, mais en souriant vaguement. Ne pas faire d'esclandre si près du poste de douane.

— Laisse-moi, Benoît, s'il te plaît, articula-t-elle d'une voix douce et tranchante à la fois.

Ses yeux étaient glacials.

Benoît resserra sa prise.

— Ma chérie, je ne te comprends pas, il faut que tu rentres à la maison.

Cyrille remarqua que lui aussi parlait bas et adoptait une attitude aimable, un œil sur les policiers. Elle lui répondit sur le même ton, courtois et sympathique, en détachant bien chaque mot :

— JE NE VEUX PAS, laisse-moi partir.

— Tu n'iras pas à Rothschild, si ça ne te plaît pas, je te le promets. Mais il faut que l'on discute, je suis ton mari.

— NON.

Plus que deux personnes devant elle. Plus qu'une. Et les chaussures de Cyrille mordirent la ligne jaune.

— Tu n'as rien à faire à Bangkok, ma chérie, insista Benoît, je dois m'occuper de toi. Si tu m'aimes, ne pars pas.

— J'ai le congrès et mon rendez-vous avec Sanouk Arom. Je dois le rencontrer.

— Mais pour quoi faire, bon sang ?

— Il va m'aider à retrouver ce qui s'est passé il y a dix ans, lui.

Ce « lui » était de trop, elle le savait, mais tant pis, les mots avaient franchi ses lèvres. La mâchoire de Benoît grinça. Il serra les dents et murmura en martelant les mots pour bien se faire comprendre :

— Le passé est passé, le remuer ne t'apportera rien de bon, laisse-le où il est.

Cyrille regarda son mari avec suspicion. Il avait déjà dégagé une seringue de son sachet ; du pouce, il libéra l'aiguille.

— TU VAS ME SUIVRE, maintenant. C'est fini.

Benoît n'avait plus rien d'aimable. L'aiguille traversa le trench-coat et la chemise de Cyrille.

Elle retira son coude par réflexe.

— Aïe, qu'est-ce que tu… ?

Le regard de Cyrille descendit du visage rubicond de son mari à son bras, de son bras à sa main. Elle ouvrit la bouche, incrédule.

Le douanier du poste de droite lui fit signe d'avancer. Cyrille Blake se précipita vers le guichet comme sur une bouée de sauvetage. Effarée par ce qui venait de se produire, elle présenta son passeport et sa carte d'embarquement sans un regard derrière elle. Benoît l'avait piquée comme un animal enragé ! Le douanier lui remit ses documents et elle avança droit devant elle, éberluée. Elle monta l'escalator qui menait au contrôle des bagages à main et se retourna. Son visage n'exprimait rien que de la stupéfaction. Celui de Benoît, en bas, à côté de la ligne jaune, de la fureur.

Cyrille n'avait plus qu'une idée en tête, à présent, rejoindre la porte 10, avant que le produit – lequel ? – ne fasse effet et qu'elle ne s'écroule au milieu des boutiques *duty free*. Elle marchait au pas de course, une course contre son métabolisme. Le temps que la molécule se fraie un chemin dans sa circulation sanguine et atteigne le cerveau, elle devait être en salle d'embarquement. Ensuite, elle se traînerait jusqu'à son fauteuil passager, coûte que coûte. Déjà, ses yeux picotaient. *Et merde.* Mais moins qu'elle ne l'aurait cru. *C'est un morphi-*

nique mais la dose ne doit pas être tellement forte. Les seringues hypodermiques utilisées en psychiatrie vous clouaient un patient agité sur son lit en moins de cinq secondes. Là, elle marchait, courait presque pour rejoindre la porte.

Le début de l'embarquement venait d'être annoncé, et, déjà, les gens accompagnés d'enfants et à mobilité réduite faisaient la queue pour présenter leur carte d'accès à bord. Attendant son tour, Cyrille s'assit provisoirement dans un fauteuil en plastique gris, pour économiser ses forces et lutter contre l'engourdissement. Ça commençait déjà à lui picoter les chevilles et les mollets et ses oreilles bourdonnaient. Elle fit quelques mouvements de mâchoire et écarquilla les yeux plusieurs fois pour ne pas se laisser aller. Les sons lui parvinrent de plus en plus étouffés.

L'hôtesse appela les rangées 9 à 25. Elle vérifia sa carte, rang 11. Elle se leva, vacilla, se rétablit sur ses deux jambes en prenant appui sur sa valise. Elle s'inséra dans la file, l'envie de dormir était incontrôlable. Surtout ne pas fermer les yeux, elle ne les rouvrirait plus. Elle se dirigea à pas comptés vers l'hôtesse. Une autre hôtesse parlait dans le téléphone interne. Une rousse aux cheveux courts. Cyrille pensa à MJ. Elle ne lui en voulait pas. Benoît était son oncle, elle n'avait pu lui mentir, comment le lui reprocher ? *Le coron de Caudry, la fête du tulle, le carnaval, les géants et les fous avec leurs grelots.* Cyrille sursauta. Elle venait de fermer les paupières un quart de seconde et des images de son enfance, exhumées des tréfonds de son cerveau, l'avaient assaillie. Elle chassa ces souvenirs incongrus, se gratta le cou avec la tranche de son passeport, tandis qu'elle enfonçait ses ongles dans sa paume pour se réveiller. L'hôtesse aux cheveux courts avait raccroché, elle parlait dans le micro à présent.

« Mme Cyrille Blake est priée de se présenter au comptoir d'embarquement dans les plus brefs délais. » Le choc que ressentit Cyrille fut amorti par la ouate dans laquelle elle flottait depuis quelques minutes. Mais elle frissonna tout de même de la tête aux pieds. Benoît ne s'avouait pas vaincu. Elle se força à bouger, à sortir de la file et à s'identifier. L'hôtesse aux cheveux roux la gratifia d'un sourire professionnel.

— Votre mari est au siège d'Air France au niveau départs, madame, il nous demande de vérifier que vous allez bien, il craint que vous ne fassiez un malaise et que vous ne puissiez prendre ce vol. Nous devons nous assurer de votre bonne santé.

Cyrille dégaina son plus beau sourire et obligea ses paupières à s'ouvrir d'une manière normale.

— Mon mari est hypocondriaque et comme moi-même je suis médecin, il a tendance à voir des maladies partout.

Son débit était lent et sa bouche pâteuse.

— Je lui ai dit que je me sentais fatiguée tout à l'heure, et je n'aurais pas dû. Il m'a déjà fait le coup plusieurs fois. Il a horreur de l'avion et a toujours peur que je couve quelque chose de grave. J'ai l'habitude. Je me rends à un congrès et il fait tout pour que je reste avec lui.

L'hôtesse rousse la fixa deux secondes qui parurent interminables. Elle jaugeait la passagère pour être sûre de ne pas aller au-devant de problèmes à bord.

— Vous savez, poursuivit Cyrille, les hommes sont comme des enfants. Le mien a vingt-cinq ans de plus que moi et c'est encore pire !

Elle joua sur la solidarité féminine. L'hôtesse approuva et sourit.

— Bien, vous pouvez y aller. Reposez-vous bien.

Cyrille prit sa carte d'embarquement et connut un sursaut de vitalité en passant ce dernier contrôle. Le danger était passé. Elle souffla de soulagement.

Ce n'est qu'à ce moment-là qu'elle réalisa ce qui venait de se produire. Benoît savait quelque chose sur son passé et il avait tenté de l'empêcher de partir ! Elle se mordit les lèvres. *Il a pété un plomb, pour de bon, mais pour me cacher quoi ?* Elle devait réfléchir à ce problème mais en était incapable. Elle ne pouvait concentrer son attention plus d'une minute. Des images sans queue ni tête bombardaient son cortex visuel, et elle faisait de drôles d'associations d'idées, des liens fantasques. Une fois installée dans son fauteuil, elle boucla sa ceinture et fit un ultime effort, sortit son i-Phone et toucha l'écran tactile avec son index pour ouvrir la case e-mail. Elle se sentait de plus en plus détendue, quasi euphorique, et sa fonction cognitive était comme accélérée, elle pensait plus vite mais ses pensées n'avaient aucun sens. Dans un demi-rêve, elle cliqua sur « nouveau message ».

-30-

La messagerie du PC émit un son de grelots que Tony avait estimé joli lorsqu'il avait configuré son serveur Internet. Le message était pour Nino. Il venait d'arriver sur son compte Gmail, la messagerie de Google que beaucoup d'internautes utilisaient aujourd'hui. L'expéditeur s'afficha en bas à droite de son écran : « C. Blake », sans objet. Tony acheva de grignoter son gressin au sésame. Nino était sorti pour la soirée, parti fêter au restaurant l'anniversaire de son père, avec toute la smala sicilienne. Tony n'avait pas été convié, il était encore « trop tôt » pour faire les présentations selon son compagnon. Après douze ans !

Soit. Tony était l'homme le plus patient et le plus indulgent de la Terre quand il s'agissait de préserver la plus belle histoire qu'il ait jamais vécue. Il aimait Nino, pas sa famille. La Sicile, il s'en fichait. Leur bonheur au quotidien valait tous les Etna du monde. Il but une gorgée de son cocktail de vitamines, épousseta les grains de sésame qu'il avait semés sur le clavier et cliqua sur la souris. Et si c'était important ? Nino ne reviendrait pas avant trois ou quatre heures. Jamais Tony ne fouillait dans les affaires de son compagnon, mais là, il s'agissait de Cyrille, qui donnait enfin des nouvelles. Il ouvrit l'e-mail, le lut et décida de téléphoner.

— Heu… excuse-moi de te déranger.

Nino avait décroché au bout de la deuxième sonnerie.

— Pas de problème, que se passe-t-il ?

Nino essayait de parler bas, mais impossible avec le brouhaha ambiant. Tony l'imagina entouré de ses trois sœurs, de son frère, de ses oncles et tantes, de son père et de sa mère, qu'il n'avait jamais vus qu'en photo, tous attablés au couscous « Chez Momo » à Saint-Maur.

— Tu viens de recevoir un e-mail de Cyrille. Je l'ai ouvert et je crois que c'est important.

— OK. Lis-le-moi, s'il te plaît.

Tony articula chaque mot.

— « Dois fuir. Mari fou. Veut m'interner. Vol pour Bangkok. »

Nino se boucha l'oreille avec sa main libre.

— T'as dis quoi ?

— Je te relis : « Dois fuir. Mari fou. Veut m'interner. Vol pour Bangkok. »

Il y eut un silence au bout du fil, puis Nino s'exclama :

— Putain… attends. Non, maman, je n'en veux plus, merci. C'est tout ?

— Quoi ?

— C'est tout ?

— C'est à moi que tu parles ?

— Mais oui.

— Non. Après, elle saute plein de lignes et puis il y a écrit : « 4LR14 m'a tuer », avec un gros smiley en clin d'œil.

— Un smiley ?… Attends, deux secondes. MAMAN, je t'ai dit que je n'en voulais plus, j'en peux plus, j'ai plus faim. Désolé, Tony. Et c'est tout ?

— Oui…

— Elle avait bu ou quoi ? Je ne parle pas de toi, maman.

— Ça veut dire quoi, ce charabia ? demanda Tony.

— C'est pas bon signe.

— Tu rentres quand ?

— Plus tard.

— Je t'aime, ma poule.

— OK, c'est ça, à bientôt.

Tony raccrocha en souriant à son combiné.

-31-

13 octobre, 14 heures, Bangkok

Cyrille mit ses lunettes de soleil en sortant du taxi climatisé. La moiteur et la chaleur lui tombèrent dessus comme une masse visqueuse et vivante. Elle avait demandé au chauffeur de la déposer sur la Khao San Road, la rue où tous les routards du monde venaient traîner leurs guêtres lorsqu'ils étaient de passage à Bangkok et où MJ lui avait réservé ses deux premières nuits d'hôtel.

Elle y était.

La claque.

Ça grouillait de toutes sortes de gens de toutes origines, toutes couleurs, toutes langues, tous types de silhouettes, d'habits, de démarches, déambulant sur le rythme scandé du « boum boum boum » de la techno crachée par les haut-parleurs devant les bars ouverts non-stop. Les façades aveugles étaient recouvertes d'enseignes multicolores qui clignotaient sur plusieurs étages, Nikon, Paradise Massage, Elephant Bar, Seven/Eleven. La nuit tombée, cette rue prise en otage par la foule prendrait des allures de Times Square, mais en plus sauvage, déjanté, sensuel, bruyant, délirant. Mais pas sordide. Le quartier du sexe était beaucoup plus au sud, à Patpong.

Le soleil haut et brûlant n'épargnait personne, l'enfilade de parasols bleu et rouge de chaque côté du trottoir donnait un peu d'ombre aux vendeurs de T-shirts, de bijoux, de bibelots, de colifichets, de DVD piratés vendus par paquets de dix, de la camelote en tout genre qui se négociait à la tête du client. Des stands à roulettes montaient des odeurs de soupe et de friture. Une femme à chapeau conique touillait des nouilles jaunes frétillantes dans de l'huile bouillante. Elle jeta dans le wok géant une poignée de coriandre. Quelques tuk-tuk, le pousse-pousse local, se risquaient à fendre la masse humaine. Ils avançaient tant bien que mal, en klaxonnant. La foule s'était approprié le bitume et bloquait le passage comme bon lui semblait. Personne n'était pressé ici. Le temps s'était figé.

Cyrille s'engagea dans la rue et slaloma entre les gens, le regard attiré par tout ce qu'elle croisait. Elle dégoulinait de sueur, elle avait mal à la tête et son estomac criait famine. Un grand rasta aux yeux rouges lui proposa – pas cher – des colliers de têtes de bouddhas ou des bandanas. Elle déclina l'offre et poursuivit son chemin, les battements de son cœur synchrones avec les pulsations de la techno qui sortait du Red Turtle Bar. Elle était en cavale, anonyme. La dernière fois qu'elle avait mis les pieds dans cette rue démente où tout pouvait arriver, n'importe où et n'importe quand, elle avait dix ans de moins et cherchait un sens à sa vie. Elle ressemblait alors peut-être à cette rue, paumée, excessive, festive, téméraire.

Cyrille fit rouler sa valise encore un peu plus loin, la nostalgie plein les sens. Évidemment, aujourd'hui, elle n'avait plus rien à faire ici. Sa chambre au Hilton était réservée depuis des mois, face au palais des congrès au cœur de la mégapole, avec toutes les commodités, un Spa luxueux, un lit *king size*, la climatisation, le service à l'étage, la chambre aseptisée, les draps blancs immaculés, le ménage deux fois par jour. Mais c'était le premier lieu où Benoît viendrait la chercher, ce qu'il ne manquerait pas de faire après avoir tenté de la piquer *comme un chien enragé*... Cyrille gonfla ses joues d'air et les vida en refoulant ses larmes. Son mari, sur qui elle pensait pouvoir compter, lui avait menti. Depuis qu'elle avait recouvré ses esprits, la phrase de Benoît tournait en boucle dans sa tête. *Le passé est passé, laisse-le où il est.* Dans le taxi qui l'avait prise en charge à l'aéroport, elle était parvenue à une conclusion désespérante. Benoît savait ce qui s'était passé à Sainte-Félicité, elle en était persuadée à présent. Il savait ce qu'elle avait oublié et faisait tout pour l'empêcher de s'en souvenir. N'était-ce pas lui qui lui avait demandé de transférer Julien Daumas à Sainte-Anne ? Mais pourquoi ? Était-elle dans le vrai ? Il fallait qu'elle ait une discussion franche avec lui.

Elle avait choisi de venir dans la Khao San Road parce qu'elle avait besoin de deux jours de tranquillité absolue pour faire le point avec elle-même et rencontrer Arom. Après, le congrès ouvrirait ses portes et elle aviserait. Et puis, c'était le lieu où elle avait fait sa « fugue » il y a dix ans, laissant en plan un Benoît déconcerté. Cyrille avait un petit espoir que l'ambiance l'aiderait à rassembler en elle les morceaux épars d'un passé effacé. À sa droite, un porche en brique rouge ouvrait sur une galerie commerciale. Sans hésiter, Cyrille s'engagea dans le passage. Elle laissa à droite un fast-food et un tailleur pour hommes, à gauche un point Internet, un tatoueur et une agence de voyages qui vendait des excursions sur l'île de Koh Tao. Au fond, une salle de concert et le guichet de la réception de l'hôtel

Buddy Lodge. Cyrille présenta son récépissé de réservation et le réceptionniste s'empressa de confier à la voyageuse la carte magnétique qui ouvrait la chambre 39.

— Donne-t-elle sur la rue ? demanda prudemment Cyrille Blake.

— Oui, mais c'est la plus calme.

La jeune femme remercia, emprunta l'ascenseur tout neuf et cinq minutes plus tard dépliait ses quelques affaires sur le lit. L'hôtel avait été rénové récemment. La chambre était propre, toute blanche, le bois de lit en imitation acajou. Cyrille envoya promener ses habits trempés de transpiration et s'enferma dans la salle de bains en faïence bleue, pendant un long moment.

Sous la douche fraîche, elle se frotta les cheveux et le corps comme si c'était la première fois depuis des semaines, et laissa longuement l'eau couler sur elle. Puis elle sortit de la cabine et se brossa les dents en se fixant dans la glace. C'était elle, et pas elle en même temps. Une autre se dissimulait sous son crâne et pouvait frapper quand elle dormait. Elle regarda ses mains et ravala de nouveau ses larmes.

Elle démêla ensuite ses cheveux avec un peigne, rituel de son enfance qu'elle vécut comme une régression réconfortante, puis les coiffa sagement en arrière.

Enveloppée d'une serviette de bain, la peau encore humide, elle retourna dans la chambre et explora le contenu de sa valise étalé sur son lit. Rien ne convenait. Elle n'avait emporté que des vêtements de travail, des tailleurs bien coupés, parfaits pour les salles réfrigérées du congrès, mais elle décida qu'ils étaient inadéquats pour les rues moites de Bangkok. Elle choisit un pantalon et un chemisier jaune paille, qu'elle porterait le temps de descendre dans la rue et de s'acheter quelque chose de plus approprié.

Elle s'habilla puis s'assit un instant sur le lit pour chausser ses ballerines qui, elle s'en rendait compte, étaient également beaucoup trop chaudes. Elle inscrivit mentalement « tongs » sur sa liste de shopping. La chambre 39 était sûrement plus calme que les autres, mais de la rue sourdaient quand même l'ambiance sonore et le tumulte des voix. Parviendrait-elle à s'endormir ce soir, avec cette angoisse qui lui tordait le ventre ? Comment allait-elle gérer les heures, les jours à venir ? Pour la première fois depuis son départ précipité, elle osa se poser la question. *J'ai un énorme problème, comment faire pour m'en sortir ?* La silhouette familière d'Astor passa devant ses yeux, mais elle la chassa aussi sec. Elle ne pouvait pas penser à « ça » pour le moment. *Sinon je vais craquer totalement. À moins que cela ne soit déjà fait.* Elle réfléchit intensément à tout le reste et passa un accord avec elle-même. Elle se donnait la semaine pour trouver une solution. Demain à 11 heures, elle consulterait Sanouk Arom. Avec un peu de chance il accepterait de lui expliquer comment il traitait ces enfants des rues souffrant d'amnésie lacunaire. Peut-être, avec encore un petit peu de chance, pourrait-il appliquer sur elle le protocole dès à présent. Une pensée angoissante s'imposa alors malgré elle. Elle plaçait tous ses espoirs dans ce vieil homme déclinant. Ce n'était ni prudent ni rationnel. La déception risquait d'être à la hauteur de son attente. Si elle n'obtenait aucun résultat, elle rentrerait à Paris après le congrès et se ferait prendre en charge par Muriel. *Et si elle était de mèche avec Benoît ?* Elle refusa d'écouter cette petite voix intérieure et de sombrer dans la paranoïa. *Qu'est-ce que Muriel pourrait bien avoir affaire là-dedans, ça n'a pas de sens…* L'agression de son mari avait eu un bénéfice, en tout cas. Elle l'avait confortée dans sa décision. *Je dois retrouver la mémoire par tous les moyens. Et lui, il va devoir cracher ce qu'il sait.* Sans se poser plus de questions elle prit son téléphone, composa son numéro et attendit. Une sonnerie. Puis la voix pâteuse de son mari.

— Cyrille ? Où es-tu, bon sang ?

La jeune femme sut tout de suite à son débit un peu lent qu'il avait pris une cuite la veille.

— À Bangkok, répondit-elle sèchement.

— Au Hilton ?

— Non.

Benoît s'adoucit.

— Il faut être raisonnable maintenant, ma chérie, il faut rentrer.

— Je ne t'appelle pas pour ça, Benoît. Je veux savoir la vérité.

— De quoi tu parles ?

Cyrille appuya le téléphone contre son oreille et colla sa bouche contre le micro.

— Pourquoi faut-il que je « laisse le passé où il est » ? Qu'est-ce que tu sais ?

Un silence, puis :

— Je ne comprends pas ta question.

Cyrille rétorqua d'une voix blanche :

— À l'aéroport, avant la douane, avant que tu me piques comme un… animal… pourquoi tu m'as dit ça ? Qu'est-ce que tu sais ?

— Calme-toi, Cyrille.

— Je suis très calme.

— Dis-moi où tu es.

— Réponds-moi.

Benoît se racla la gorge.

— Je comprends que tu sois très agitée ces jours-ci, mais je ne comprends pas ce que tu me demandes.

— La vérité.

— La vérité, ma chérie, c'est que tu as besoin de repos.

— Que s'est-il passé il y a dix ans ?

Un nouveau silence.

— Pourquoi m'as-tu dit de laisser le passé où il est ? insista-t-elle.

Un autre silence.

— Cyrille, j'essaie seulement de te mettre en garde.

— Contre quoi ?

Benoît soupira.

— Peut-être que si ta mémoire ne veut pas se souvenir de certaines choses, il faut la laisser maîtresse du jeu. Peut-être que c'est une forme de protection que ton cerveau met en place pour préserver ton équilibre…

Cyrille se tassa sur le lit, son cœur se mit à battre furieusement.

— Qu'est-ce que ma mémoire chercherait à me cacher ?

— Probablement quelque chose que ta conscience ne supporterait pas… comme pour… Astor.

Cyrille sentit une nouvelle fois sa gorge se serrer. Benoît sentit la brèche s'ouvrir et s'y engouffra :

— Réfléchis aux conséquences avant de t'engager dans une voie dont tu ne pourrais revenir. Tu m'entends ?

L'ignorance vaut peut-être mieux que la réalité crue dans certains cas.

Cyrille sut qu'elle n'en tirerait rien. Elle attaqua sur un autre front :

— Et Julien Daumas, tu le connais ?

— Mais non, voyons.

Cyrille cilla, son mari mentait.

— Ça va aller ? demanda Benoît.

— Oui, rétorqua-t-elle, lèvres pincées.

— C'est bien. Je te rappelle dans quelques heures, d'accord ?

— D'accord.

Ils raccrochèrent en même temps. Cyrille laissa tomber le téléphone sur ses genoux et se leva.

Il fallait qu'elle sorte de cette pièce de toute urgence, qu'elle s'occupe de choses simples, prendre l'ascenseur, descendre au rez-de-chaussée, s'arrêter à la première échoppe pour s'acheter une barquette de *pad thaï* et des brochettes de poulet. Faire l'acquisition de quelques habits et des sandales. Après, seulement après, elle réfléchirait.

* * *

Benoît Blake avait soixante-cinq ans et était officiellement à la retraite. Il ne l'était pas en réalité, car il gardait un poste de professeur émérite à l'Institut Pasteur, ainsi que son bureau au Collège de France. Il en allait ainsi des vieux chercheurs, ils ne raccrochaient jamais vraiment les gants, même si le service public les congédiait. Et dès que son activité ralentirait, il se mettrait à la rédaction de son quatrième ouvrage. Son éditeur lui avait soumis l'idée d'une autobiographie qui raconterait son parcours de neurobiologiste tout en évoquant les grandes découvertes de ce siècle en neurosciences. Une grosse vente assurée s'il était nobélisé.

Blake n'était pas né avec la vocation de biologiste chevillée au corps. Son père, pasteur, et sa mère, institutrice d'un petit village du sud de la France, près du fief protestant de Gignac, l'avaient incité – pour ne pas dire forcé – à entrer en médecine, ce qui se faisait de mieux à l'époque. Il avait donc obtempéré et intégré sans problème la faculté de

Montpellier, réussissant brillamment son cursus, le jeune homme étant très doué pour les études. Mais Benoît Blake était un littéraire dans l'âme. Une âme torturée, qui aimait la philosophie, le monde des livres et des idées. Ses études de médecine avaient structuré sa pensée mais il ne s'y était pas vraiment plu. Il comprenait sans mal qu'il faille des gens dévoués et instruits pour soigner les autres, donner des avis diagnostiques et prescrire des traitements, mais ce métier était pour lui fastidieux, exigeant une dévotion qu'il était loin d'être prêt à offrir.

Les malades l'ennuyaient, toujours à se plaindre. Ses études lui avaient néanmoins permis d'approcher de grands noms de la neurologie et de la neurochirurgie qui l'avaient marqué à vie. À vingt-huit ans, il comprit que, dans le corps humain, seul le cerveau l'intéressait. Les autres organes le laissaient de marbre, le dégoûtaient même. Le cerveau, lui, était la source de toute intelligence humaine, capable de pensées, d'abstraction, de langage, de création, d'élaboration de concepts et surtout… de conscience. Le jeune médecin était un faux modeste qui cachait une ambition féroce. C'était à l'époque où l'Institut Marey, dirigé par les époux Faissard, premier laboratoire international de neurosciences, ouvrait ses portes à Paris et accueillait à bras ouverts les jeunes chercheurs les plus prometteurs du monde entier pour élaborer d'audacieuses expériences qui avaient par la suite influencé les politiques de santé de l'après-guerre.

Benoît Blake n'avait alors aucune formation de chercheur et était parti aux États-Unis pour se familiariser avec les techniques de recherche physiologique sur les neurones, dans un laboratoire de la Columbia, à New York. Son expérience aux États-Unis à la fin des années 1960 avait achevé de le libérer totalement de son carcan protestant. Quand il revint, un master de neurophysiologie humaine en poche, et plus aucune retenue psychologique quant à ses ambitions, il frappa à la porte de l'Institut Marey. Il fut convoqué à une réunion avec les époux Faissard et sans aucun complexe leur exposa le sujet de sa thèse. À la fin de la journée, la vie de Benoît Blake avait pris un virage à cent quatre-vingts degrés. Non seulement son projet de thèse sur le circuit neuronal de la douleur avait remporté tous les suffrages, mais, en plus, on lui confiait une petite équipe et un bureau. À trente ans, Blake devenait directeur d'un laboratoire qu'il baptisa pompeusement « neurophysiologie de la douleur cérébrale ». Il venait d'entrer dans le sérail, et par la grande porte en plus.

Dès le début, Benoît Blake savait que ce laboratoire n'était pas une fin en soi. Il voyait plus grand. Lorsque l'Institut déménagea puis ferma ses portes, Blake avait déjà pris la tête d'une unité plus grosse au CNRS. Il était un physiologiste hors pair, méthodique, patient, presque maniaque, capable d'enregistrer les signaux émis par un seul neurone à l'aide de nouvelles techniques venues des États-Unis. Ses travaux étaient toujours irréprochables, sa méthodologie impeccable.

Lorsqu'il butait sur un problème, il ne s'enferrait jamais dans l'impasse. Il sortait, prenait du champ, allait discuter avec des chercheurs d'autres disciplines, des biochimistes, des physiciens ou même des mathématiciens, pour s'ouvrir à d'autres hypothèses et « oxygéner ses neurones », comme il répétait souvent. Il n'hésitait pas non plus à se replonger dans Rousseau ou Voltaire pour décoller les yeux de sa paillasse, prendre du recul, afin de mieux y revenir « l'esprit frais ». Et, à tous les coups, il dépassait les obstacles et trouvait la solution.

Mais le don fondamental qui lui avait valu des financements sans cesse renouvelés, ses entrées dans toutes les académies, tous les jurys, pour finalement viser les plus hautes marches de l'Académie des sciences et du Collège de France, avait sans aucun doute été son entregent. Quand il parvenait à ne pas trop parler de lui-même, Benoît Blake était un être érudit, disert, agréable qui enchantait son auditoire avec de multiples anecdotes sur les méandres de la conscience et ses traits philosophiques qui en laissaient plus d'un pantois. Blake était un être brillant, incisif et charmeur, avec une culture profonde et une mémoire absolue. Réciter des passages entiers de Camus, Voltaire ou Paul Claudel était un moyen de clore un repas ennuyeux avec un politique ou de séduire une jeune chercheuse aux yeux doux.

Vers l'âge de quarante-cinq ans, le chercheur se trouvait pas conséquent dans une situation où il n'avait plus tellement de comptes à rendre, même pas à son autorité de tutelle qui lui laissait carte blanche, tant sa notoriété le précédait. Sa vie personnelle était moins brillante. Sa femme, rencontrée à ses débuts à Paris, lui avait donné deux enfants et un ulcère. Elle n'avait pas voulu reprendre son poste de professeur d'histoire après ses grossesses et le lui avait reproché tout le restant de leur vie commune. Comment les couples parvenaient-ils à des situations aussi absurdes ? Blake aimait les femmes belles, intellectuelles et brillantes en société. La sienne l'avait été, puis s'était brutalement retirée de la vie sociale. Son mari s'en était inquiété et l'avait poussée à retrouver le chemin de l'université. Rien à faire. Pire, par un retournement d'argument et la mauvaise foi dont seule son ex-femme, pensait-il, avait le secret, elle était parvenue pendant vingt ans à prétendre que c'était lui qui avait exigé le sacrifice total de sa carrière. Une ineptie.

Il était tôt, et Benoît Blake se resservit un café. Il n'était pas censé boire de café, encore moins noir et sucré, mais ces derniers jours, surtout la veille, ne l'avaient pas épargné, et il se dit qu'un peu plus ou un peu moins ne changerait rien à l'état calamiteux de son estomac. À la fin de son petit déjeuner, il avait pris une décision.

Il avait rencontré Cyrille douze ans auparavant alors qu'il attaquait la phase la plus passionnante de ses travaux sur les bases neuronales de la douleur psychique, le couronnement de sa carrière. Il cumulait alors les postes et les casquettes, naviguant entre son laboratoire, qui comptait déjà trente chercheurs, l'Académie, le Collège de France, où il assurait des cours magistraux, la faculté de médecine psychiatrique où il donnait des cours de neurobiologie à des internes et la rédaction d'un journal de neurosciences dans lequel il assurait le conseil scientifique.

Dire que Cyrille lui avait plu immédiatement était un euphémisme. Le jour où il l'avait vue venir à sa rencontre, dans l'amphithéâtre Charcot, à la fin d'un cours, avec sa queue-de-cheval blonde bondissant sur ses épaules, qu'elle s'était approchée intimidée pour lui demander la référence de son dernier ouvrage, il s'était senti mollir. Quelque chose à l'intérieur de lui venait de se briser, libérant une énergie lumineuse. La suite avait été douloureuse. Il s'était transformé, en l'espace de quelques semaines, en vieux prof amoureux et misérable. Son cœur de cinquante ans assoupi n'était plus habitué à de pareils assauts. Il était entré dans les tourments avec la fragilité d'un enfant, ne sachant ni comment s'y prendre ni pourquoi ce désir d'elle devenait soudain la seule chose primordiale.

Alors, ne sachant que faire, il avait usé de son statut. Il avait pris deux étudiants en stage, dont elle. Et Benoît, pendant plusieurs mois, avait retrouvé ses dix-huit ans, se levant tôt, partant au laboratoire le cœur tremblant de joie, ignorant que sa femme voyait et comprenait tout. Cyrille avait intégré les enjeux du Méseratrol avec une rapidité inouïe, laissant loin derrière l'autre interne de sa promotion. La molécule agissait sur l'amygdale, la structure cérébrale impliquée dans les phénomènes de peur. Elle l'inhibait lorsque celle-ci était suractivée après un choc émotionnel, un traumatisme.

Imbattable en biochimie, Cyrille pigeait au quart de tour les implications des différents dosages, des formulations et des manipulations. Il lui manquait du recul et de l'expérience, mais Benoît savait reconnaître l'esprit vif du chercheur qui avait l'intuition avant d'avoir la théorie, qui savait avoir des idées originales, voire iconoclastes, lorsqu'il butait sur un obstacle. Il était fasciné par elle. Et elle, ignorante du pouvoir qu'elle exerçait sur lui, se donnait à la science et à son professeur avec un zèle innocent.

Ils avaient échangé leur premier baiser le soir où ils avaient obtenu la « guérison » de souris traumatisées grâce à un dérivé du Méseratrol, qui n'avait alors pas encore trouvé sa forme définitive. Il était tard, ils n'étaient plus que tous les deux dans les locaux, épuisés, et le champagne dans le bureau du professeur avait fait le reste.

La gorge de Benoît Blake se noua. Il pensait à cette époque comme à son paradis perdu. Il n'avait jamais retrouvé pareille créativité pendant les années qui avaient suivi. Durant le stage de Cyrille à ses côtés, il noircissait des pages et des pages de pensées, d'hypothèses, scientifiques, philosophiques, politiques, les idées s'enchaînaient d'elles-mêmes comme si une main extérieure avait refait le plein de carburant dans son réservoir. Il exultait. Son accident aurait pu tout arrêter. Au contraire. Leur complicité n'avait fait que s'accroître après que le neurologue lui eut annoncé qu'il garderait une séquelle rarissime. Le lobe frontal atteint, son cerveau refusait d'écrire à l'endroit, comme une dyslexie qui toucherait toutes les lettres. Le handicap pouvait paraître drôle de prime abord. Il était catastrophique dans son activité. Sans Cyrille, il n'aurait jamais pu s'en sortir et continuer à publier. Sans rien dire, elle s'était assise à ses côtés et, patiemment, l'avait aidé. Bien sûr, il avait fait des progrès mais, depuis onze ans, elle relisait et corrigeait tout ce qu'il écrivait péniblement, tordant les lettres pour les remettre à l'endroit. Il devait l'avouer, sans elle, il n'y serait jamais arrivé. Elle était devenue son miroir, au sens propre, son garde-corps, sa béquille qui l'empêchait de tomber.

Et tout ça allait être balayé par une erreur du passé ? Blake tenta de ne plus y penser. Trop tard, le serpent sournois s'était frayé un chemin jusqu'à sa mémoire, s'enroulait autour de sa tête et ne voulait plus le lâcher. Le vieux chercheur chercha de l'air. Ce Daumas avait tout gâché. Benoît avait sans doute moins d'énergie qu'il y a dix ans, mais son mordant demeurait intact. Sa problématique était claire : il ne laisserait personne détruire sa vie et sa carrière. Il aimait Cyrille, mais il avait surtout besoin d'elle pour finir ses travaux. Elle devait revenir auprès de lui au plus vite, soigner ses angoisses et reprendre le travail.

Il déplia sa puissante silhouette et marcha d'un pas pesant jusqu'au secrétaire du salon. Il ouvrit un des tiroirs et se pencha en avant en grimaçant ; son estomac lui faisait mal. Il fouilla jusqu'à ce que ses doigts rencontrent ce qu'il cherchait. Son vieil agenda.

-31-

Il était 7 heures à Paris quand Nino Paci se servit un deuxième café noir sans sucre et attaqua sa deuxième tartine recouverte de beurre de cacahuètes. Tony, qui venait d'enchaîner cinquante pompes torse nu, râla.

— Tu manges trop de sucre et ne fais pas assez de sport. Tu vas t'empâter. Sans parler du couscous que tu t'es enfilé hier…

— Ça m'aide à réfléchir, répliqua Nino de mauvaise humeur.

L'infirmier n'était jamais agréable le matin, surtout quand il reprenait le boulot après plusieurs jours de repos. Ses traits et sa voix ne s'assoupliraient qu'après avoir lu le journal, pris une longue douche brûlante et bu beaucoup plus de café. Tony le savait, depuis le temps, mais lui ressentait le besoin impérieux de communiquer le matin. Souvent, il tombait sur une fin de non-recevoir. Ça ne l'empêchait pas de retenter de faire la conversation le lendemain. Nino se replongea dans la lecture du journal.

— Je peux t'aider à quelque chose concernant Cyrille ? questionna encore Tony, avec l'espoir que Nino lâche enfin son article.

L'infirmier sembla réfléchir à quelque chose et leva les yeux sur son compagnon.

— En fait… oui, je crois bien. Tu finis à quelle heure cet aprèm ?

— J'ai rendez-vous avec un client ce matin pour lui installer un nouveau serveur. J'en ai au moins jusqu'à 15 heures. Après, je suis à ta dispo.

— Tu peux me rejoindre à Sainte-Fé ?

— OK.

— Prends tout ton matos.

— Tu veux que je fasse quoi ?

— Que tu exhumes de vieux dossiers.

Nino sourit pour la première fois depuis qu'il s'était levé.

Nino sut que Manien avait déserté le service à la minute où il entendit des rires dans la salle de repos des infirmiers. Dès que le chef de service quittait les parages, une onde de détente se propageait quasi instantanément dans les locaux du personnel. Et les corps se raidissaient de nouveau dès que le patron pénétrait dans les lieux. Paci jeta un œil à sa montre, il n'était pas tout à fait 13 heures, Manien avait dû aller déjeuner. Tony ne pouvait le rejoindre avant deux heures, tant pis, il fallait qu'il profite de l'occasion. Tony connaissait tout le parc informatique du service ainsi que de l'hôpital, d'ailleurs. Pour la bonne raison qu'il avait été mandaté par sa boîte pour la première fois il y a douze ans pour informatiser les services.

Depuis, il était l'informaticien attitré de Sainte-Félicité. Souvent, lorsque Nino pestait sur la lenteur de son ordinateur, il repensait à ce jour où il avait fait appel à l'ingénieur de l'hôpital pour venir relancer sa bécane. Lorsqu'il avait vu entrer l'Apollon, un sourire intelligent et doux aux lèvres, il avait su qu'il était cuit, qu'il ferait tout pour ne pas repartir seul chez lui. La journée avait commencé par l'installation d'un programme d'antivirus et d'antispams très sophistiqué dans le serveur et s'était terminée au lit.

Nino sourit pour lui-même. Colette, qui finissait sa tournée de distribution des médicaments, se profila dans le couloir.

* * *

Cyrille paya dix bahts au jeune Thaï qui tenait le café Internet et s'assit devant un vieux PC. Elle avait essayé de se brancher via son i-Phone mais à l'étranger, la connexion était ultra-lente et hors de prix. Elle se connecta d'abord au site Web du Centre Dulac, entra son identifiant et deux mots de passe différents pour pénétrer dans le serveur interne. Elle aurait dû emmener avec elle son ordinateur portable, mais l'avait oublié dans sa précipitation. Les tableaux des consultations s'affichèrent. Elle fit défiler les noms inscrits au laboratoire du sommeil. Elle ne pouvait lire les comptes rendus, confidentiels, mais vérifia que rien de spécial n'avait été signalé à son intention. Mathias Mercier avait animé la réunion du matin et assurerait ses deux séances d'hypnothérapie. Elle envoya un e-mail à MJ lui demandant de lui faire parvenir le compte rendu de la veille. Sa nièce devait être mortifiée d'avoir parlé à son oncle.

Tout était en ordre. Aucun problème apparent. Elle quitta le portail du Centre Dulac et se concentra sur son problème. Elle rassembla les maigres éléments dont elle disposait : Benoît lui cachait quelque chose. Julien Daumas, Clara Marais et probablement d'autres patients avaient subi un traitement expérimental à Sainte-Félicité il y a dix ans.

Rudolf Manien était sans doute derrière tout cela, même si elle n'avait pas de preuves.

Cyrille tira sur sa lèvre inférieure. Une hypothèse inquiétante prenait corps dans son esprit. Et si Benoît était au courant de cette expérimentation et tentait de la cacher pour éviter un scandale qui l'éclabousserait juste avant le Nobel ? Cyrille secoua la tête plusieurs fois. Impossible, son mari ne connaissait quasiment pas Manien… Elle réfléchit. Qui pourrait la renseigner ? Elle eut une idée et haussa les sourcils devant sa propre audace. C'était gonflé, mais pourquoi pas, au point où elle en était… Petit à petit, un plan se forma dans son esprit. Elle se connecta à la page d'accueil Gmail et créa un nouveau compte. Nom : Blake, prénom : Benoît, nom d'utilisateur demandé : benoit.blake@gmail.com. Elle remplit toutes les cases du formulaire d'inscription, inventa un mot de passe. À la fin de la procédure, elle cliqua sur « valider ». Un message lui apprit que, le serveur étant saturé, son compte ne serait actif qu'ultérieurement et l'invitait à se reconnecter plus tard. Cyrille interpréta ce contretemps comme un signe. Elle allait réfléchir encore un peu avant de lancer sa bombe.

Elle se leva, son sac de courses à la main, remonta dans sa chambre et se changea. Le miroir de la salle de bains lui renvoya une image très différente d'elle-même. Elle paraissait plus élancée dans cette longue jupe prune, bordée d'un galon vert anis, surmontée d'un débardeur en lin de la même couleur vive. Que faisait-elle ? Elle se déguisait, se cachait dans un quartier improbable, à la recherche de fantômes. Alors qu'elle ne se sentait pas trop mal tout à l'heure, un sentiment aigu de découragement l'envahit. La tâche à accomplir pour sortir de l'impasse lui apparut soudain comme insurmontable. Cyrille regarda autour d'elle, perdue. *Ce n'est pas le moment de baisser les bras*. Elle observa encore une fois ses mains. Avaient-elles vraiment crevé les yeux de son chat ? Elle réprima un hoquet de douleur. Le remède à son abattement passait par une dose d'adrénaline. C'est ce qu'elle disait à certains de ses patients : « Quand l'angoisse monte, quand vous sentez la déprime reprendre le dessus, forcez-vous à faire quelque chose de très excitant et d'inhabituel. »

L'adrénaline était le meilleur antidote naturel à la dépression, elle saturait momentanément le cerveau, et le stimulait. Elle conseillait de se plonger sous une douche froide ou de faire quelque chose de totalement nouveau, d'adresser la parole à un voisin inconnu… Bref, un acte qui pouvait relancer la machinerie des méninges jusqu'à la prochaine alerte. Cyrille sortit de sa petite valise son bandonéon de voyage. Elle libéra les soufflets et ouvrit en grand la fenêtre qui donnait sur la rue et son brouhaha. Elle prit une bonne inspiration et se mit à jouer un paso doble endiablé.

* * *

Tony fit crisser les pneus de son vélo sur les graviers devant la porte d'entrée du service. Il attacha l'antivol à la roue arrière et pénétra dans le service en enlevant son casque. Le sourire d'une aide-soignante l'accueillit quand il demanda à voir le cadre infirmier ; la femme lui indiqua la porte de derrière. Nino était en train de fumer dehors, le dos appuyé au mur de crépi gris. Il crachait la fumée qui formait un nuage dans l'air froid.

— Je croyais que tu arrêtais de fumer ?

— Salut. Ouais, ben pas aujourd'hui.

Nino avait encore l'air ombrageux et triste.

— Ça va pas ?

— Non, ça va pas. Tout me soûle. Mais merci d'être venu.

— Qu'est-ce que tu veux que je fasse ici ?

— Pfff… je sais pas, je sais plus.

— Que se passe-t-il ?

L'extrémité de la cigarette rougit.

— Je suis allé dans l'ordinateur de Manien, expliqua Nino. Y a rien. Pas une trace de l'opération R machin. Il a tout effacé.

L'infirmier frappa le mur du plat de la main. Il ne pouvait hausser la voix, mais la colère l'étouffait.

— Putain de merde. Ce connard a fait je ne sais quelle saloperie à MES patients et je ne sais pas quoi !

— Tu n'y étais pas, mon loup.

Un regard assassin fit taire Tony.

— *Sorry*. Mais c'est vrai, tu n'y es pour rien, tu étais en formation à l'époque. On ne peut rien te reprocher.

— Le problème, c'est qu'on leur a fait du mal, ici, et je ne pourrai pas dormir tant que je ne saurai pas de quoi il s'agit.

— OK, reprenons alors. T'as rien trouvé dans sa bécane, ni dans ses dossiers.

— Rien.

Tony remplit ses poumons de l'air vif de l'automne, et marcha quelques pas dans le tas de feuilles mortes amoncelées sous le marronnier. Il joua avec du bout de ses baskets puis releva soudain la tête.

— Vous avez tous changé d'ordi.

— Pardon ?

— Tu te souviens pas ? Il y a cinq ans, j'ai changé tout votre parc informatique.

— Mais c'est vrai, ça ! (Le visage de Nino s'illumina puis se rembrunit.) Ça nous avance pas.

— Pas sûr. Je sais qui a hérité des vieilles bécanes. On pourrait toujours aller les ausculter…

* * *

Les cinq PC du service B avaient été donnés au service de pédopsychiatrie de l'hôpital Necker qui cherchait, il y a cinq ans, du matériel d'occasion pour créer une salle informatique. Tony s'était chargé de l'installation sans facturer l'intervention. Son plus jeune frère avait passé un certain temps dans ce service pour dépression et s'en était sorti. C'était une manière de les remercier.

L'informaticien avait enfourché son VTT pour traverser le XVe arrondissement jusqu'à l'hôpital Necker. Le trafic n'était pas trop dense. Il passa devant la rue Dulac et pensa à Cyrille. Dans quelle panade s'était-elle fourrée ? Tony évita un scooter et monta sur le trottoir de gauche au niveau du métro Falguière. Voir Nino se mettre dans un état pareil lui était pénible. Ce que Nino ne supportait pas, c'était de n'avoir pu protéger ses patients des agissements de son boss. Une culpabilité intense le gangrenait et il essayait de réparer ce qui pouvait l'être. Tony entra dans l'hôpital des Enfants Malades et planqua son engin derrière une ancienne baraque de gardien. Il y accrocha deux antivols, ôta son casque et descendit les quelques marches qui menaient au pavillon de pédopsychiatrie, le troisième sur la droite dans le secteur vert.

Nino se sentait également responsable de Cyrille. Il était temps qu'il ouvre les yeux. Leur amie avait changé. Elle s'était affirmée, n'avait plus besoin d'eux pour mener sa barque. Elle était riche, avait un poste enviable et un mari influent. Qu'est-ce qu'un infirmier et un informaticien pouvaient bien lui apporter ? Tony pensait que certains fossés ne pouvaient être comblés. En Guadeloupe, les Antillais se classaient entre eux selon leur couleur. C'était ainsi. Chacun à sa place. Sinon, les rapports étaient faussés.

Il poussa la porte du pavillon. Il rendrait service autant que ses capacités le lui permettaient. Après, on verrait bien. Tout ce dont il rêvait, c'était de leur petite semaine en République dominicaine en novembre. Le soleil, la mer… Le reste, c'était du vent.

Il s'adressa à l'accueil à une jeune femme qu'il ne connaissait pas. Il montra sa carte professionnelle. « Je suis de la maintenance informatique, on m'a appelé pour faire la révision des machines. » La désorganisation du service ferait le reste. La jeune femme lui demanda de patienter, passa quelques coups de fil sans que personne puisse la renseigner, essaya un autre service, sans plus de succès, puis tomba sur un interlocuteur qui la renvoya sur la médiathèque de Necker. Elle raccrocha en soupirant. Tony fit mine de regarder sa montre, paticmmcnt. La jcunc fcmmc finit par lui dire : « Bon, allez-y, tant pis. Vous savez où c'est ? » Tony sourit.

Il était 16 heures passées et les jeunes pensionnaires prenaient leur goûter dans le petit réfectoire. La salle informatique était presque déserte. Elle comprenait cinq tables alignées sous deux fenêtres donnant sur la cour, chacune équipée d'un PC. Un adolescent en jogging informe jouait à un jcu dc poker. Tony alluma les quatre autres ordinateurs puis chercha pour chacun le nom d'utilisateur originel. Il faillit laisser échapper un cri de victoire quand « Dr Manien » s'afficha.

L'informaticien se congratula. Il s'assit face à l'écran et se mit en mode « recherche ». Il tapa « L4R14 » dans le champ prévu pour. Rien. Pas plus que « Daumas », ou « expérimentation », ou « Clara Marais ». Pas de fichiers trouvés dans les dossiers existants. Tony s'y attendait. Il passa tranquillement à la suite des opérations. Récupérer un fichier effacé était un jeu d'enfant pour lui, sauf que celui-ci avait été effacé il y a cinq ans. Et il y avait fort à parier que les documents enregistrés depuis avaient pris la place des éventuels fichiers secrets.

Néanmoins, Tony inséra un CD dans le PC et copia sur le disque dur le logiciel Inspector File Recovery. Il l'installa puis le lança. Il cliqua sur un onglet à gauche « Rechercher des fichiers effacés », activa l'onglet « Disque logique » et, dans la liste qui s'afficha, double-cliqua sur le disque C. L'arborescence des fichiers effacés apparut dans le cadre de gauche. Ils étaient classés par ordre alphabétique, il les reclassa par date. *Et merde !* La liste ne remontait pas au-delà de 2001.

Tony ferma toutes les fenêtres qu'il avait ouvertes et cliqua cette fois dans la fenêtre principale du logiciel sur « Rechercher des fichiers perdus », double-cliqua sur le disque concerné, C, puis sur « V », ce qui déclencha la vérification de l'intégralité du disque dur. Sa capacité était assez élevée, ça allait prendre dix bonnes minutes.

L'informaticien jeta un œil sur le gamin absorbé par son jeu de cartes virtuel. Si un médecin ou un personnel soignant lui demandait ce qu'il fichait là, il allait falloir qu'il brode n'importe quelle histoire. Le curseur avançait lentement, 30 % des données avaient été transférées sur le disque. Tony se leva un instant et installa une analyse antivirus sur les trois ordinateurs restants, histoire de s'occuper et de pouvoir prétendre qu'il faisait quelque chose d'utile.

60 % du disque dur de l'ex-ordinateur de Manien était scanné. 70 %, 90 %, 100 %. La liste des fichiers perdus surgit dans le cadre de droite. Tous les noms commençaient par « cluster ». Les pupilles de Tony s'élargirent et sautèrent d'une ligne à l'autre. Il les classa de nouveau par date. Toujours rien avant 2001. L'informaticien frotta ses doigts les uns contre les autres. Bon, il avait fait chou blanc. Il ne lui restait plus qu'à prendre un tournevis dans son sac.

* * *

Il était 19 heures et Cyrille Blake se rappela avoir vu un salon de massage plus haut dans la Khao San Road. Exactement ce qu'il lui fallait avant une nouvelle nuit d'angoisse. Elle ferma la porte de sa chambre et descendit au rez-de-chaussée, hésita puis fit un arrêt par le café Internet. Un peu nerveuse, elle retourna sur la page d'accueil Gmail et entra son nouveau login et le mot de passe qu'elle avait créés. Un petit sablier apparut puis, au bout de quelques secondes, elle se retrouva dans la nouvelle boîte aux lettres de « Benoît Blake ». Cyrille éprouva une vague culpabilité. Elle qui n'avait jamais volé un bonbon dans un magasin et rendait la monnaie aux caissières lorsqu'elles faisaient une erreur allait usurper l'identité de son mari. Elle cliqua sur « nouveau message » et mit encore plusieurs minutes à se décider. Une fois lancée, c'était simple. Pour avoir tellement relu la prose de son époux, elle pouvait rédiger un texte à sa manière, les yeux fermés. Elle choisit comme option de faire court.

Cher Rudolf, je me permets d'écrire car je suis devant ce qu'il est convenu d'appeler un problème. Mon épouse a découvert l'existence du dossier 4LR14. Que faire ? Amicalement, B. Blake.

Cyrille inscrivit dans la case « destinataire » l'e-mail de Rudolf Manien. Facile, car tous les e-mails de Sainte-Félicité étaient composés de la même façon, le prénom et le nom séparés par un point puis l'adresse @ap-hp-stefelicite.fr.

Elle se mordit les lèvres en relisant. C'était simple, direct, et demandait une réponse. Un coup de bluff total. Elle inspira à fond et appuya sur « envoyer ».

* * *

Une fois dehors, Cyrille contempla un instant les néons multicolores clignotant sur les façades. Le volume de la techno était à fond et la foule occupait les trottoirs et la rue tout entière. À vingt mètres de l'hôtel, l'enseigne géante « Paradise Massage » enveloppait les passants d'un hâle rose fluo. Deux femmes, assises sur un tabouret devant l'entrée du petit immeuble, haranguaient les passants avec le sourire, devant l'affiche des tarifs pratiqués. Cyrille s'approcha. « *Head massage, 20 bahts. Foot massage, 25 bahts…* »

La plus jeune des deux femmes se leva précipitamment avec une mine avenante. Les clients ne devaient pas se bousculer ce soir. Cyrille la suivit à l'intérieur de l'immeuble. L'escalier de bois était raide et pas assez large pour laisser passer deux personnes. Sur le premier palier, une dame âgée vêtue d'un pantalon thaï et d'une chemise bleue faisait les comptes derrière un guéridon, planté devant un grand rideau rose fané. La dame salua Cyrille en joignant les mains sous le menton et ouvrit le rideau. Derrière, une grande salle dans une lumière faiblarde et dix matelas alignés sur une moquette râpée. Le long du mur, un banc sur lequel attendaient deux touristes mâles. Cyrille eut envie de déguerpir, mais la dame âgée faisait barrage de son corps, souriante.

Cyrille se déchaussa et prit place à coté des Occidentaux. Dans le fond de la grande salle, des rideaux étaient tirés, masquant deux cellules dans lesquelles s'affairaient les masseurs. C'était surréaliste, et pas du tout ce qu'elle avait escompté. Elle rêvait d'une atmosphère douillette pour se détendre. Là, ça sentait l'huile de monoï bon marché et la sueur. Les mains sur les genoux, Cyrille regarda le mur devant elle, n'osant croiser le regard des étrangers qui patientaient.

Elle se passa une main sur les yeux, admettant le comique de la situation. Assise sur son banc, elle s'attendait à tout moment à entendre Jacques Brel crier : « Au suivant ! » Ses doigts de pied grattèrent le tapis élimé, usé jusqu'aux fils comme celui de la chambre de ses parents à Caudry. Elle ferma les yeux. Depuis dix ans, elle vivait dans un écrin doré, la situation de Benoît la mettant à l'abri de tout problème financier. Ses deux cents mètres carrés avec terrasse dans le VIIe arrondissement, « sa » clinique, leur appartement à Saint-Jean-Cap-Ferrat, leurs vacances à Saint-Martin... Non seulement elle s'y était habituée, mais elle avait volontairement oublié qu'il existait une autre vie que celle-là. Elle revit son père en train de lire la page du PMU à la table de la cuisine couverte de l'antique toile cirée à carreaux, le dos courbé, toute son intelligence concentrée sur les colonnes des résultats hippiques. Pas de musique, juste le tic-tac de l'horloge et les odeurs de pot-au-feu.

En épousant Benoît, Cyrille avait fermé la porte de cette maison modeste et n'avait plus jamais regardé en arrière. Elle s'était jetée dans le monde intellectuel, aisé et élitiste, ne retournant dans le Nord que pour rendre visite à son père deux fois par an, sans y emmener son mari.

Benoît. Elle le revit à l'aéroport, le visage rouge, sa seringue dans la main. Que voulait-il si désespérément lui cacher ? Son mari l'avait toujours poussée vers l'avant, lui avait donné le courage – et une partie des moyens – pour construire son rêve, sa clinique. Elle savait ce qu'elle lui devait. En contrepartie, il attendait d'elle la soumission la plus totale à son désir d'exclusivité, et son soutien indéfectible pour pallier son handicap.

Lorsqu'elle l'avait vu pour la première fois, dans l'amphithéâtre Charcot, avec sa sacoche de cuir, son costume gris, ses épaules de déménageur, les cheveux grisonnants mal disciplinés, sa mine bourrue, sa voix sèche, sûre, au débit rapide, elle s'était dit que peu de gens l'avaient autant impressionnée. Par sa prestance, son verbe juste, son français léché, la précision de ses mots, par sa puissance de réflexion et de concentration sur des problèmes épineux, par toutes les publications qu'elle avait lues de et sur lui.

Quand elle lui avait adressé la parole la première fois, elle s'était empêtrée dans ses explications. Elle avait même fait une faute de français et rougi. Au début, il avait été brusque et arrogant. Mais une fois dans son laboratoire, ça avait été tout différent.

Cyrille était déjà tombée amoureuse, une fois, du frère d'une des filles de l'internat. Elle se souvenait d'un sentiment envahissant mais désincarné. Rien de concret.

En rencontrant Benoît, elle s'était dit que sa vraie vie commençait. Cyrille regarda ses ongles et soupira. En une semaine, tout avait basculé. Son mari lui mentait et elle venait de lui tendre un piège pour le confondre.

C'est à ce moment précis que son oreille perçut, venant de très loin, un son familier. Elle songea l'espace d'une seconde que son ouïe lui jouait un tour. Elle se concentra, yeux fermés. Puis souleva les paupières brusquement. *Bon sang, non, je ne rêve pas.* Le rideau du fond de la pièce s'ouvrit sur une masseuse quinquagénaire en pantalon thaï et corsage roses qui lui signifia que c'était son tour.

Sans réfléchir, Cyrille bondit, fit signe à la masseuse qu'elle partait, ignorant le mauvais regard que lui jetait la vieille maquerelle, et se rechaussa à la hâte. Elle lui laissa quelques bahts, s'excusa du bout des lèvres et dévala les escaliers.

Une fois dans la rue, elle fut happée par la foule dense et bruyante de la rue ; elle balaya l'espace à droite, à gauche, cherchant d'où venait le son. À gauche ? Elle se dirigea à l'oreille, attirée par la mélodie. L'instrument jouait de plus en plus fort, elle se rapprocha.

Un petit attroupement de badauds s'était formé autour du musicien. Elle tendit le cou pour l'apercevoir, mais il se dérobait à sa vue. Soudain, un couple de touristes se déplaça et, entre deux têtes, Cyrille vit l'accordéoniste. Youri n'avait pas changé. Grand, osseux, le visage taillé au couteau et des cheveux hirsutes poivre et sel. Il jouait, assis sur une chaise pliante, chemise blanche ouverte sur un large pantalon bleu et, aux pieds, ses antiques spartiates. Au même endroit, exactement, qu'il y a dix ans. Par terre, la même boîte en fer appelait les piécettes de monnaie. Il jouait un chant tsigane, les yeux fermés, perdu dans une contemplation intérieure, emmenant avec lui la foule qui l'écoutait religieusement. Cyrille ne bougea pas d'un pouce, propulsée à grande vitesse dans un autre espace-temps. Les années qui venaient de s'écouler se contractèrent. Comme si l'Estonien avait eu l'intuition de quelque chose, il ouvrit les yeux et regarda dans sa direction. Leurs regards se croisèrent un instant. Youri continua à jouer sans plus la lâcher des yeux. Cherchait-il dans sa mémoire qui était ce visage qui lui semblait connu ?

Elle finit par lui sourire timidement. L'avait-il identifiée ? Cyrille se balança d'une jambe sur l'autre. *Qu'est-ce que je fais ? Je vais lui parler ?*

* * *

22 heures

Allongée dans sa chambre d'hôtel, les yeux au plafond, Cyrille sut qu'elle ne dormirait pas. Youri détenait sans doute une partie de la réponse à sa question. Il aurait probablement pu lui révéler quel type de drogue ils avaient consommé, cette fameuse nuit, dix ans auparavant. Mais Cyrille n'avait pas pu aller jusqu'au bout. Au dernier moment, elle s'était ravisée. Aller à sa rencontre voulait dire rendre réel quelque chose qu'elle avait patiemment vidé de toute substance pour cesser de culpabiliser. Elle sentait que si elle lui donnait de nouveau un rôle dans sa vie, si infime soit-il, tous ses efforts pour nier son existence et sa faute allaient être ruinés. Et par un fait presque magique, Benoît finirait par tout deviner. Elle avait donc reculé et s'était réfugiée, comme une enfant prise en flagrant délit de mensonge, dans sa chambre du Buddy Lodge.

À présent, une peur animale irradiait dans son ventre. Elle avait une trouille bleue de la nuit qui s'annonçait. Des fantômes qui allaient la hanter, Benoît, Astor, Youri, Julien Daumas… Elle ralluma sa lampe de chevet, coupa la climatisation trop bruyante et réfléchit un long moment. Puis, soudain, elle se leva, fouilla dans sa valise. La longue ceinture de sa robe en lin ferait l'affaire. Elle se rallongea dans le lit, éteignit la lumière, accrocha le ruban au bois de la tête de lit et s'entortilla les poignets avec le tissu qui restait. Les mains attachées devant elle, elle reposa sa tête sur l'oreiller. Ainsi, elle ne ferait de mal à personne cette nuit. Sa gorge brûlait. Son âme demandait pardon. Elle se mit à sangloter.

-32-

14 octobre

Cyrille se réveilla d'un coup, entortillée dans les draps, trempée de sueur. Armée de ciseaux de cuisine, elle avait frappé Astor. Elle avait senti l'objet dans son poing et le choc mou des tissus qui craquaient sous ses coups. *Est-ce un cauchemar ou la mémoire qui me revient ?* Elle ouvrit les yeux et paniqua. *Où suis-je ? Pourquoi suis-je attachée ?* Elle mit plusieurs secondes à se souvenir de Bangkok et pourquoi elle avait les mains liées. La somme de ses ennuis l'accabla, comme on se charge d'un sac à dos trop lourd. Elle se détacha, roula ensuite sur le dos, se massant les poignets, et resta un bon moment à regarder le plafond. *Comment ai-je pu ? Qui suis-je vraiment pour avoir fait ça ?* Elle mit toute son énergie à repousser ces questions très loin, dans une case. Quelle heure devait-il être ? On n'entendait pas encore le brouhaha de la rue qui s'accordait quelques heures de répit, mais la chaleur était déjà étouffante. Elle enclencha la clim qui ronfla de nouveau. *Qu'est-ce que tu fous là, Cyrille ?* Elle dut admettre la réalité, elle était en cavale.

Elle allait se lever, se laver, manger, et se rendre au Brain Hospital pour rencontrer Sanouk Arom. Si l'entrevue ne donnait rien, elle retournerait à Paris et irait consulter pour de bon.

Elle fouilla sa table de chevet jusqu'à entendre le crissement du paquet de gâteaux qu'elle avait acheté au Seven/Eleven, croqua dans un cookie thaïlandais, hypersucré. Il n'était pas bon, mais c'était chocolaté. Elle s'assit dans le lit, la clim hoqueta puis s'arrêta de bourdonner. *Et flûte !* Il ne manquait plus qu'une panne de courant. Cyrille étouffait vraiment, ses cheveux collaient sur son front et son cou, il lui fallait de l'air. Elle se leva, s'enroula dans un drap de bain, s'approcha des persiennes qu'elle avait laissées entrouvertes pour la nuit et les ouvrit carrément ; le soleil n'était pas encore levé. Elle tira le loquet de la fenêtre.

L'air du dehors était agréable, chargé de l'humidité des averses nocturnes. Cyrille fit un pas dehors et s'appuya sur la balustrade. Elle ferma les yeux et chercha dans l'atmosphère un souffle qui la rafraîchisse. La rue était calme, lavée par la pluie. Lorsqu'elle les rouvrit, un petit groupe d'hommes s'était formé en bas sur le trottoir, à moitié dans l'ombre projetée par l'enseigne du Seven/Eleven. Ils discutaient. Un des protagonistes recula d'un pas et se retrouva pile sous l'enseigne. Sa carrure, sa silhouette, ses cheveux clairs… Cyrille se figea. Une onde de peur glacée l'irradia des reins jusqu'à la racine des cheveux.

Il ressemblait à Julien Daumas !

Elle recula violemment, se heurta contre la fenêtre dans un écho métallique retentissant. Le groupe en bas se retourna, les hommes levèrent la tête. Cyrille se rua dans sa chambre avant que quiconque l'aperçoive et, dos à la vitre, cessa de respirer. *C'est impossible, nom de Dieu, impossible.* Tout son corps refusait de bouger pendant que sa tête se débattait pour rester rationnelle. *Il ne peut pas être là, il ne sait pas que je suis là. C'est une hallucination.* Un temps interminable s'écoula sans qu'elle puisse réfléchir. Au bout de longues minutes, tremblante, Cyrille fit un effort violent pour se décoller de la fenêtre. Il fallait qu'elle retourne sur ce balcon, qu'elle regarde en bas, qu'elle vérifie que ce n'était qu'une vision. *Tu es logique, scientifique. C'est impossible qu'il soit là.*

Elle avala sa salive plusieurs fois. *C'est un cauchemar, je vais me réveiller.* Elle resserra le drap de bain autour de sa poitrine et, pas à pas, se glissa le long de la fenêtre. Tapie dans le renfoncement du balcon, elle se hissa sur ses orteils millimètre par millimètre jusqu'à parvenir à jeter un œil en bas. Personne. Il n'y avait plus personne devant la supérette. Cyrille osa avancer d'un pas pour avoir une vue partielle de la rue. Les marchands ambulants ouvraient leurs parasols, certains épongeaient des chaises en plastique mouillées, un tuk-tuk roulait au pas en discutant avec un homme à vélo. Pas de groupe, pas d'Occidental blond. Cyrille soupira et retourna dans sa chambre. La climatisation s'était remise en route, insufflant un air glacé dans la pièce. Cyrille se morigéna. *Je suis complètement parano.* Elle laissa tomber sa serviette, entra dans la salle de bains et passa sous la douche. Elle bloqua le mitigeur sur froid, puis baissa petit à petit la température jusqu'à obtenir un jet glacé. Le souffle court, haletante, elle sortit, réfrigérée, les idées remises en place. Elle se sécha, s'habilla, prit le sac en toile acheté la veille et y rangea son i-Phone, son portefeuille, son passeport et sa carte bleue. Le soleil s'était levé, il était 6 heures passées. Elle descendit au restaurant de l'hôtel.

Après un grand café, un œuf au bacon, des toasts, un fromage blanc et un jus d'orange, Cyrille se sentit mieux. Elle s'était fait peur comme une môme. C'était idiot et on ne l'y reprendrait pas. Elle demanda au serveur de lui resservir une tasse de café et alluma son téléphone. Le terminal trouva un réseau et lui signala les SMS entrants, onze, les messages vocaux, huit. Pour consulter ses e-mails, Cyrille passerait par le café Internet, ce serait plus rapide. Cyrille ouvrit la petite enveloppe bleue des textos et lut le premier message qui était de Benoît : « elleppa oim, no doit es relrap ! » Cyrille ferma les yeux un instant, troublée. Benoît devait être dans un tel état mental qu'il n'avait même pas su remettre tous ses mots à l'endroit. Les autres textos étaient presque tous de lui. Elle n'eut pas le courage de les lire. Rien qu'à regarder l'heure – à partir de minuit, heure de Paris – et l'intervalle auquel ils avaient été envoyés – tous les quarts d'heure – elle pouvait en deviner le contenu. Un seul n'était pas de son mari, mais de Nino, elle le lut. « Avons du nouveau. Contacte-moi et donne des nouvelles. Baci. Nino. » Cyrille regarda sa montre, on était encore au beau milieu de la nuit en France. Elle composa rapidement un petit mot : « Je te tél dans quelques heures. Tout va bien. C », et l'envoya. Elle finit son café en faisant défiler les messages vocaux. Elle effaça les deux laissés par Benoît et écouta le troisième et dernier déposé dans la nuit à 1 h 06 : « C'est MJ. Rappelle-moi si tu as ce message. C'est urgent. » La voix de Marie-Jeanne était étouffée. On aurait dit qu'elle était enrhumée ou qu'elle avait pleuré. Cyrille eut un très mauvais pressentiment. Elle entra dans son répertoire et sélectionna le numéro de portable de sa nièce. Une sonnerie dans le vide. Deux sonneries. Quelqu'un décrocha.

— MJ ?

— Cyrille… c'est toi ?

La voix de la jeune femme n'était qu'un souffle inaudible. Cyrille se boucha l'oreille libre avec sa main.

— MJ, qu'as-tu, ma chérie ? Je ne t'entends pas bien, il y a du bruit ici.

Un sanglot dans le combiné.

— Tu avais raison.

La voix mourut. Cyrille se leva et se dirigea vers la sortie du restaurant de l'hôtel au pas de course.

— MJ, je suis là, je retourne dans ma chambre pour être au calme, que se passe-t-il ?

— Je suis tellement désolée, tu avais raison, c'est un fou.

Cyrille eut tout à coup très froid. Elle se dirigea vers les escaliers à côté de l'accueil et grimpa les marches rapidement jusqu'au troisième étage.

— Raconte-moi tout.

Elle franchit le couloir et de sa main libre inséra sa carte magnétique dans la serrure de la chambre 39.

— Julien…

Cyrille referma doucement la porte derrière elle et vint s'asseoir au ralenti sur son lit. MJ pleurait silencieusement, mais on entendait ses reniflements.

— Tu avais raison, il a torturé des animaux, ils l'ont dit à la télé, ils ont dit que c'était lui.

Silence.

— C'était donc bien ton amoureux… murmura Cyrille d'une voix blanche.

Elle adoptait la voix la plus douce qu'elle pouvait, mais la colère sourdait de ses lèvres.

— Je suis tellement désolée. Pour toi, pour tout.

La voix de MJ s'étrangla de nouveau. Cyrille s'efforça de rester calme.

— Tu veux donc dire qu'il vivait au-dessus de chez nous ces derniers jours ?

— Oui…

Cyrille pinça les lèvres.

— Est-ce lui qui a agressé Astor ? MJ, réponds-moi.

— Je… je ne sais pas. Il était bien avec moi cette nuit-là mais il a quitté ma chambre dans la nuit.

Marie-Jeanne refoula un nouveau sanglot. Cyrille s'éclaircit la gorge.

— Ma chérie, nous reparlerons de tout ça une autre fois. Ce qui m'importe, c'est que tu sois en sécurité. Tu es chez nous ?

— Dans ma chambre.

— Il a ta clé ?

Un silence lui répondit.

— MJ ? Ma belle, réponds-moi. Il a ta clé ?

— Oui, mais… Oh ! Cyrille, je suis tellement désolée.

— Pourquoi ?

— Il est parti.

— Où ça ?

Un nouveau sanglot et des reniflements.

— En Thaïlande…

Cyrille se raidit net sur le lit. *Bordel de Dieu.*

— Tu lui as dit où j'étais ?

Elle tenta de calmer l'énervement de sa voix pour ne pas arrêter sa nièce dans son élan, mais MJ était décidée à tout avouer ou presque.

— C'était avant que je sache pour lui. Il m'a dit qu'il voulait te voir absolument pour te parler, pour guérir.

Cyrille pressa sa main sur ses yeux.

— Et ?….

— Je voulais tellement qu'il te parle et qu'il aille mieux ! Parce que toi, tu aurais pu le guérir de ses cauchemars, de ses peurs, et l'empêcher de partir pour de bon. Alors, alors… Alors je lui ai dit que tu étais partie plus tôt que prévu, à Bangkok, pour te reposer dans cet hôtel. Mais qu'il pouvait t'attendre à Paris ou t'envoyer un e-mail. Et il est parti.

— Quand est-il parti ?

— Hier. Je ne sais plus bien, je… je dormais. Je n'ai pas pu aller travailler. Quand je me suis réveillée, il n'était plus là.

Cyrille essaya de contrôler le tremblement de ses mains.

— S'il est parti, tu es en sûreté. Quand il fera jour, appelle un serrurier et fais changer la serrure. D'accord ? Tu vas le faire ?

— Oui… Mais toi, il faut que tu sois prudente. Il sait où tu es.

— Ne te préoccupe pas de moi. Ça va aller.

Il y eut un silence.

— Pardon, Cyrille, je te demande pardon.

— Ça va aller, je te dis. Mais rends-moi un service, s'il te plaît. Appelle le commissaire du VIIe qui était venu pour Astor, il s'appelle Yves. Non, Yvon, Maistre, M. A. I. S. T. R. E., tu notes ? Dis-lui que tu es la nièce de Benoît Blake, raconte-lui ce que tu sais, qu'il vérifie de nouveau les empreintes laissées chez nous.

— D'accord.

— Parfait. Allez, ma grande, ne t'inquiète pas, tout va rentrer dans l'ordre. À bientôt et retourne travailler dès lundi.

— À bientôt.

— Je t'embrasse.

— Moi aussi.

Cyrille raccrocha, blême. Julien Daumas était dans la place, sur ses traces. La seule bonne nouvelle, c'était que – peut-être – elle n'avait pas tué Astor.

Marie-Jeanne chercha à tâtons le bouton « raccrocher » de son téléphone portable. Elle était tout habillée, assise sur son petit lit d'ado, face à la fenêtre de sa chambre de bonne. Elle renifla encore plusieurs fois. Ça sentait fort le tabac froid. Elle ne savait même pas quelle heure il était, s'il faisait jour ou nuit. Elle appuya sur le bouton de gauche cette fois et composa le 1, puis le 5. On la mit en attente quelques minutes, puis une opératrice la prit en ligne. Elle contrôla le tremblement de sa voix. Encore quelques instants d'attente, puis une voix féminine lui répondit :

— Le Samu de Paris, j'écoute.

— Bonjour, madame. Je vous appelle parce que j'ai… un problème.

— Que se passe-t-il, mademoiselle ?

— Je me suis réveillée tout à l'heure et je… je ne vois plus rien.

— Plus rien ?

— Je crois que je suis… aveugle.

Marie-Jeanne resta dix minutes en ligne avec le Samu, le temps qu'on lui envoie une ambulance et des secouristes en urgence. Elle était terrifiée. Elle s'était mise dans la mouise toute seule, à elle de s'en sortir. Quand Julien s'était couché à côté d'elle hier matin, après lui avoir fait l'amour, elle savait qu'il était malade, mais pas qu'il allait lui faire du mal, à elle.

Elle voulait seulement l'aider. Il avait dû l'endormir et l'anesthésier profondément. Comment ? Elle n'en avait aucune idée. Peut-être le café qu'il lui avait préparé. Tout ce qu'elle savait, c'était qu'elle avait dormi très longtemps et qu'en se réveillant, elle était tombée de son lit, s'était relevée en s'accrochant à la petite table et avait cherché l'interrupteur de la lampe de chevet. La lumière s'était sans doute allumée, mais elle n'avait rien vu. Ses yeux étaient morts. Et lui, l'amour de sa vie, il était parti.

-33-

À 9 heures, Cyrille appela de sa chambre le bureau de Sanouk Arom pour confirmer le rendez-vous de 11 heures. Elle tomba sur Kim, sa secrétaire, qui lui souhaita la bienvenue à Bangkok et lui dit combien elle était enchantée, ainsi que le professeur, de la rencontrer.

À 10 heures, Cyrille ne lambina pas dans la Khao San Road. Elle n'avait envie de tomber ni sur Julien Daumas ni sur Youri. Lunettes noires sur le nez, elle sortit de l'hôtel au pas de course et s'engouffra dans un taxi. « Brain Hospital, *please* », dit-elle au chauffeur. Après ce rendez-vous, elle viendrait reprendre ses affaires pour changer d'hôtel, et vite.

À vol d'oiseau, l'hôpital n'était pas loin, l'établissement surplombait la rivière Chao Phraya dans le sud de la vieille ville. Mais en voiture, ça pouvait prendre une bonne heure vu la densité du trafic.

Ils prirent les allées imposantes qui passaient devant le Muséum et menaient au Grand Palais. De part et d'autre des trois voies, des portraits géants du roi et de la reine en tenue d'apparat brillaient de toutes leurs dorures sous le soleil déjà haut. Cyrille serra contre elle son sac avec à l'intérieur le compte rendu de son IRM ainsi que le CD-Rom contenant les clichés. Elle avait aussi emporté la présentation vidéo du Mésératrol ainsi que leurs dernières publications qui intéresseraient Arom.

Elle essaya de ne plus penser à Marie-Jeanne ni à Julien Daumas, en vain. Le jeune homme rôdait autour d'elle depuis le début, avait même réussi à s'introduire dans le lit de sa nièce et probablement aussi dans son propre appartement. Il était manipulateur, sournois et dangereux.

Cyrille s'efforça de se concentrer sur le paysage. Le trafic se densifiait. Le taxi roulait pare-chocs contre pare-chocs avec une dizaine de tuk-tuk qui faisaient la course dans une joyeuse et bruyante pétarade. Cyrille lissa sa jupe du plat de la main. Elle avait revêtu sa robe en lin beige, nouée sur le devant par un lien noir. Une robe sobre mais bien coupée. Elle avait chaussé ses ballerines et ramené ses cheveux en une petite queue-de-cheval. Une vraie Parisienne.

Le taxi traversa un quartier résidentiel puis longea la rivière. Ils prirent le monumental pont Phra Pok Klao, poursuivirent sur la Phrachatipok Road puis s'engagèrent dans une zone en construction. Les grues disputaient l'espace aux pelleteuses et aux marteaux-piqueurs, des trous béants succédaient aux échafaudages et aux baraques de chantier.

— Que construit-on ici ? demanda-t-elle.

— Des immeubles, et là-bas, un nouvel hôpital.

— Sommes-nous bientôt arrivés ?

— Dans cinq minutes.

Cyrille hocha la tête et prit son téléphone. Elle rédigea un nouveau texto pour Nino le mettant au courant de la situation. « Daumas est à Bangkok, il sait où je suis. Je me rends chez Arom. Te tiens au courant et t'appelle plus tard pour savoir ce que vous avez de nouveau. Merci pour tout. C. »

Le taxi contourna un énième chantier et stoppa devant un haut bâtiment cylindrique blanc. Le Brain Hospital. Il était 10 h 45, elle avait un quart d'heure d'avance. Elle paya le chauffeur, le remercia et se retrouva debout devant l'entrée monumentale de l'établissement. La porte en verre coulissa, s'ouvrant sur un hall digne d'une cathédrale. Un ascenseur intérieur en Plexiglas desservait quatre étages. On pouvait aussi y accéder par un large escalier en marbre à la rampe dorée qui semblait mener à l'Olympe. Au-dessous d'un lustre aux mille ampoules, un guichet d'accueil en arc de cercle majestueux.

Cyrille se présenta. Elle était le docteur Blake et avait rendez-vous avec le professeur Arom à 11 heures. Le gardien s'inclina, nota sa demande et téléphona. Il lui demanda de patienter. Cyrille fit quelques pas, les yeux détaillant l'ensemble architectural monumental, émerveillée par la magnificence du lieu. On aurait dit un palace quatre étoiles. De la salle d'attente, qui ressemblait davantage à l'espace lounge d'une classe affaires, on avait accès à différents guichets. Elle les compta, sept au total, tenus par des infirmières portant cornette blanche.

Cyrille savait que le tourisme médical était devenu une industrie à part entière en Thaïlande. Le royaume avait accueilli plus d'un million et demi de touristes « médicaux » rien qu'en 2006 pour un chiffre d'affaires estimé à un milliard de dollars. La clientèle affluait du monde entier, surtout des pays anglo-saxons, mais aussi, depuis septembre 2001, des pays du golfe Persique pour qui l'obtention d'un visa pour les États-Unis était devenue problématique. Le tourisme médical était ici un *business* gigantesque. À Bangkok, il n'y avait pas d'attente pour un examen médical et rarement plus de deux semaines pour une opération ou une intervention médicale majeure. Pour quelques milliers de dollars, on se faisait remplacer une hanche, un cœur, on se faisait un lifting complet ou encore on changeait de sexe... L'opération était effectuée dans les meilleures conditions possibles par des médecins formés pour la plupart aux États-Unis. Toutes les procédures étaient enregistrées sur un DVD qui repartait dans les bagages du patient pour servir de dossier médical une fois rentré chez lui. En outre, le personnel parlait toutes les langues et la nourriture était adaptée à chaque régime particulier.

Cyrille n'en revenait pas. Dans le lobby du Bangkok Hospital, des films étaient projetés sur de grands écrans plasma, et même des petits massages relaxants étaient proposés. De mignonnes infirmières déambulaient avec grâce, sourire perpétuel aux lèvres.

Elle eut une pensée pour l'Assistance publique et ses hôpitaux miséreux qui peinaient à joindre les deux bouts. Ainsi que pour sa propre petite clinique, si modeste à côté. Il faudrait qu'elle songe à la rendre plus moderne, attrayante et confortable. Le gardien l'appela. « Dr Blake ? » Il lui fit signe de prendre l'ascenseur : « Troisième étage. » Cyrille épingla sur sa robe le badge nominatif et attendit que l'ascenseur transparent redescende de son Everest de verre et de lumière.

Son rythme cardiaque s'accéléra. Elle réalisa enfin pleinement ce pour quoi elle était là. Ce qu'elle appréhendait le plus, c'étaient les quelques minutes où elle allait devoir réexpliquer au professeur son problème de mémoire. Elle avait répété son discours pour ne pas être trop embarrassée. Et ne savait toujours pas si elle devait mentionner l'incident avec son chat. Elle se résolut à laisser ça au hasard. Elle verrait bien si elle se sentait le courage de raconter les faits une fois devant son confrère. Elle entra dans l'ascenseur et s'éleva dans un léger bruit de soufflerie.

Le troisième niveau était entièrement dédié aux problèmes de mémoire, qui devenaient, comme dans tous les pays vieillissants, un trouble prégnant et qui attiraient chaque année de plus en plus de riches patients angoissés, venus du monde entier. Le docteur Blake lut le panneau indicateur. On trouvait ici une consultation « mémoire », une consultation « Alzheimer » et le service des pathologies de la mémoire du professeur Arom. Elle suivit les flèches, contournant le cylindre central. La moquette était épaisse, les plantes en pots géantes et lustrées. Au bout d'un élégant couloir, une porte à double battant portait le nom « Pr. Arom ». Cyrille toqua une première fois, puis, n'entendant rien, une deuxième fois plus fort. Une voix féminine lui demanda d'entrer. Kim, l'assistante d'Arom, se leva de derrière son bureau qui jouxtait celui de son patron dont la porte était entrouverte. Elle n'avait pas plus de trente ans. Les cheveux noirs brillants coupés au carré, elle portait un chemiser col mao beige et une longue jupe ajustée marron. Elle s'inclina mains sous le menton, sourire épanoui sur les lèvres. Cyrille l'imita.

— Je suis enchantée de faire votre connaissance, dit Cyrille.

— Moi aussi, docteur Blake, comment est votre hôtel ?

Cyrille mentit en parlant des avantages du Hilton. Elles discutèrent ensuite du temps, de la pluie matinale, du soleil écrasant, glissèrent sur l'état du trafic, de la pollution. Les échanges d'usage effectués, un silence s'installa. Cyrille souriait, ne sachant comment enchaîner.

— Le professeur est-il disponible ? demanda-t-elle simplement en indiquant du regard la porte jouxtant le bureau de la jeune femme.

La secrétaire continua à sourire.

— Non, malheureusement. Le professeur vient de partir. Il a dû rentrer chez lui pour des raisons familiales, il vous prie de l'excuser. Il vous verra pendant le congrès.

Une boule de plomb tomba dans le ventre de Cyrille. Elle parvint à grand-peine à garder un sourire de façade et accusa le coup.

— Je comprends, mais nous avions rendez-vous. Je vous ai eue au téléphone il y a une heure à peine…

— Bien sûr, je sais, mais il a dû rentrer, il est désolé.

Cyrille sentit un vif agacement l'envahir.

— Est-il possible de le voir cet après-midi ou demain avant l'ouverture du congrès ?

— Pourquoi ne pas le voir pendant le congrès ? répondit l'assistante sans se départir de son calme.

Cyrille prit sur elle pour ne pas exploser. *Vous vous fichez de moi !* Mais elle se contrôla pour ne pas faire d'esclandre.

— Oui, je vous entends, mais voyez-vous, j'ai traversé des milliers de kilomètres plus tôt que prévu pour ce rendez-vous.

— Il est vraiment désolé, docteur.

C'était un concours de sourires. Cyrille n'était pas sûre de gagner à ce jeu-là. Kim était surentraînée.

— Serait-il possible de le joindre par téléphone ? questionna Cyrille à bout d'arguments diplomatiques.

La secrétaire sourit de plus belle.

— Hélas ! il a demandé à n'être dérangé sous aucun prétexte. Et puis, vous savez, le professeur ne téléphone plus car c'est très pénible pour lui à cause de ses problèmes d'audition. Aussi dialoguons-nous surtout par écrit.

Cyrille se mordit les joues. *Oui, on se fiche de ma gueule.* Ses narines se dilatèrent. Elle inspira un grand coup.

— A-t-il laissé quelque chose à mon intention ?

Kim eut vraiment l'air embarrassé.

— Non, je ne crois pas.

Les épaules de Cyrille s'affaissèrent. Bien.

— Où sont les toilettes, s'il vous plaît ?

La secrétaire s'empressa de lui indiquer la direction de grands, volumineux et lumineux WC en marbre, à trois portes du bureau du patron. Cyrille remercia du bout des lèvres, mâchoires serrées, courut vers les toilettes comme ultime refuge et s'enferma dans le cabinet pour dames. Elle s'assit sur la cuvette et se prit le visage dans les mains.

Tout se liguait contre elle depuis le jour où Julien Daumas avait franchi la porte du Centre. Qu'avait-elle fait au ciel pour que le sort s'acharne ainsi ? Sa dernière chance de trouver une solution à son problème venait de s'évaporer, elle n'avait plus qu'à rentrer chez elle et à s'en remettre à Gombert de Rothschild. Cyrille ressentit un désespoir incontrôlable s'abattre sur elle, à la limite de la terreur. Elle eut envie de pleurer, de hurler, d'appeler au secours son père et sa mère. Elle resta ainsi, pendant de longues minutes, profondément découragée. Tout ce qu'elle avait tenté pour s'en sortir seule, sans mettre en péril sa carrière, sa réputation et la clinique, avait échoué. L'édifice qu'elle avait mis tant de passion à ériger allait s'effondrer comme un château de cartes, en un instant.

D'elle, de son travail, il ne resterait rien, que l'image d'une femme aliénée qui avait peut-être torturé une pauvre bête sans s'en souvenir. Au Centre Dulac, les médecins se disputeraient sa place. Elle avait relativement confiance en Mercier qui pourrait reprendre la direction en respectant ses choix. Mais Entmann… et Panis ? Qu'allaient-ils faire de son bébé ? Et elle ? Allait-elle finir dans une maison de repos où personne ne viendrait la voir, sauf Benoît, trop heureux de l'avoir de nouveau sous sa coupe ? Elle n'avait pas d'enfant, peu d'amis à qui se raccrocher. Elle était la femme médecin qui, à la place de la mémoire, n'avait plus qu'un morceau de gruyère. Un Alzheimer qui n'en était pas un. *Toute ma vie, depuis que je suis psychiatre, j'ai craint la violence, la folie d'un patient qui me menacerait physiquement, l'erreur médicale fatale qui ruinerait ma carrière et, en définitive, la pire chose qui m'arrive, c'est moi-même.* Cyrille savait que ce qui venait de l'intérieur de nous-mêmes était le plus angoissant et le plus difficile à combattre. Toutes ses connaissances universitaires, ses années d'expérience au chevet des âmes malades ne lui servaient à rien. Comment allait-elle faire maintenant qu'elle avait épuisé tous les recours ?

Cyrille tourna et retourna ses pensées morbides un bon moment, puis releva la tête. Elle s'aperçut que le découragement l'empêchait de se poser la seule vraie question importante : *Que s'est-il passé entre 9 heures et 10 heures pour que Sanouk Arom détale comme un lapin ?* Toujours assise sur la cuvette, elle se mit enfin à cogiter.

On apprenait beaucoup sur les patrons en observant leur secrétaire. Sanouk Arom l'avait choisie jeune, servile et dévouée, pas le format matrone qui le maternerait, mais plutôt une groupie qui exécutait ses ordres sans jamais les discuter. Elle en conclut qu'il était autoritaire. Et donc que l'autorité, avec cette jeune femme, était un mode qui fonctionnait. Par ailleurs, Cyrille se savait experte en regards, en interprétation des mouvements du corps, en intonations de voix, sachant repérer les nuances des inflexions et des attitudes. Elle avait lu dans les yeux de la jeune femme de l'admiration pour la consœur de son patron, occidentale, élégante, arrivant tout droit d'une ville fantasmée, Paris, dans une robe de prix. Elle paria sur le fait qu'elle n'oserait pas mettre en doute sa parole, ni lui faire perdre la face, ultime humiliation dans ce pays. Elle se leva donc et sortit son i-Phone de son sac. Elle n'avait plus rien à perdre, ça valait le coup de tenter le tout pour le tout. Elle respira lentement sept fois, fit des cercles avec sa tête et ferma les paupières. Lorsqu'elle les ouvrit, ses yeux s'étaient assombris. Elle passait à l'offensive.

La secrétaire du professeur Arom vit revenir la belle docteur Blake, si bien habillée, un grand sourire aux lèvres, son portable à la main.

— Excusez-moi de nouveau, Kim, je viens de recevoir un e-mail du professeur Arom, il me prie de bien vouloir m'installer à son bureau pour finir de préparer ma conférence de dimanche. Pourriez-vous m'allumer son ordinateur et entrer son mot de passe, s'il vous plaît ?

Elle avait exigé cela d'une traite, avec l'autorité tranquille dont elle savait user lorsqu'elle parlait à ses patients et qui ne souffrait aucune discussion. La secrétaire leva sur elle deux pupilles pleines de points d'interrogation. Cyrille la laissa mijoter trois secondes, faisant déjà un pas vers le bureau du patron. Et, comme elle s'y attendait, la secrétaire n'osa pas la contredire. Kim se leva et la précéda dans le bureau du professeur, vaste et bordé par une baie vitrée donnant sur la rivière Chao Phraya.

Le seul pan de mur qui n'était pas vitré était recouvert de diplômes encadrés, de lettres de félicitations, de remises de prix scientifiques. Un buffet abritait des livres de sciences, des coupes, quelques médailles dans leurs écrins, des dizaines de photos de famille. Et deux étagères murales supportaient des classeurs de rangement. Cyrille admira les trophées pour que la secrétaire se rengorge un peu. La flatterie fonctionnait avec tout le monde, sans exception. La table de travail d'Arom était placée dos à la vitre, une pile de dossiers était bien rangée à côté de l'ordinateur dernier cri. Pas un grain de poussière. L'homme était maniaque. La secrétaire alluma le PC à écran plat dix-sept pouces et s'assit devant. Mains derrière le dos, Cyrille tendit le cou pour lire un article du *Thaï News Daily* du 2 janvier 2008 encadré et exposé entre deux statuettes de bouddha.

L'ONG Volunteer Group of Child Development VGCD a reçu le prix annuel de la mission humanitaire de l'Unesco.

Une petite ampoule clignota dans la mémoire de Cyrille. C'était l'ONG avec qui travaillait Arom pour soigner les enfants des rues. Avec qui il avait mis au point son nouveau protocole. Ce pour quoi elle était là. Son cœur s'accéléra un peu. Elle sourit intérieurement, elle se sentait plus près du but que jamais. Elle avait eu raison de venir.

La secrétaire d'Arom dégagea le fauteuil à roulettes qu'elle présenta cérémonieusement au docteur Blake, avec une petite courbette. Cyrille, apparemment très à l'aise, s'installa à la place du chef, sortant ses articles scientifiques et son CD-Rom de présentation comme si elle était partie pour une séance de travail studieux. Elle remercia la secrétaire qui lui proposa un thé. Le docteur Blake accepta. Ça lui ferait gagner encore un peu de temps. Kim sortit de la pièce. Cyrille n'était pas persuadée que d'ici une vingtaine de minutes, une fois passé l'effet anesthésiant de l'autorité, elle ne contacte pas son patron pour l'alerter que la doctoresse française avait pris possession de son bureau. Elle jeta un coup d'œil à la pile de dossiers à sa droite. Ils étaient tous estampillés du logo VGCD, un pouce levé sur fond blanc.

Le docteur Blake revint à sa question de départ. Que s'était-il produit entre 9 heures et 10 heures ? Ça pouvait être le fruit d'une réflexion personnelle, mais elle en doutait, le professeur avait eu plusieurs jours pour annuler leur rendez-vous. Une rencontre avec quelqu'un ou bien un message qu'il avait reçu ? Arom était sourd. Un texto ou un e-mail, c'était le plus probable. Cyrille cliqua sur l'icône MAIL en bas de l'écran à gauche. Le logiciel Thunderbird ronronna, puis la fenêtre du courrier entrant s'afficha avec les derniers e-mails lus, barrée d'un bloc blanc PASSWORD. Cyrille se mordit la lèvre. Et zut, le mot de passe, elle ne l'avait pas bien sûr.

Mais soudain, elle comprit que ça n'avait plus aucune importance.

La réponse à sa question était affichée sous son nez.

Sanouk Arom avait reçu un e-mail de Benoît Blake à 9 h 12…

Il en avait reçu un autre à 7 h 40, à 8 h 10 et à 8 h 35. Cyrille sentit son monde s'écrouler. Blake avait harcelé Arom jusqu'à ce qu'il cède et abandonne Cyrille à son sort ! Elle aurait donné cher pour pouvoir lire le contenu, mais sans mot de passe l'accès en était bloqué.

Elle empoigna son téléphone et composa le numéro de Benoît, furibonde. Elle attendit la première sonnerie. Puis soudain raccrocha. *Non, je rentre dans ton jeu ; tu ne m'auras pas. Ah ! tu veux la guerre, eh bien, tu vas l'avoir.* Elle se renversa dans le fauteuil du professeur avec l'envie de tuer son mari. Il lui avait menti, avait fait fuir Arom d'une façon ou d'une autre, il lui paierait cette traîtrise. Son tempérament têtu reprit le dessus. Si Benoît avait tout fait pour empêcher la rencontre, alors elle ferait tout pour qu'elle ait lieu. La fin de la partie n'était pas sifflée. Elle se redressa et, sans gêne, ouvrit le premier dossier de la pile du Volunteer Group for Child Development. En première page, une Photomaton montrait une jeune fille de douze ou quinze ans au plus. Tout était rédigé en thaï. Elle chercha des yeux des courbes, des chiffres qui pourraient l'orienter. Elle vit des scanners, des échelles d'évaluation… mais sans la traduction d'Arom, cela ne servait pas à grand-chose.

Elle demeura un moment immobile devant les dossiers jusqu'à ce qu'elle sache ce qui lui restait à faire.

-34-

Un aide-soignant avait remonté le brancard de MJ de la salle de réveil, après l'opération, et avait installé cette dernière dans une chambre seule au deuxième étage de l'hôpital des Quinze-Vingts, spécialisé dans les pathologies oculaires. La jeune femme était allongée, un bandeau épais sur les yeux, la couverture qui sentait le désinfectant remontée jusqu'au nez. Seule son opulente masse de cheveux roux jaillissant des draps semblait encore en vie dans ce lit. Elle était prostrée, tombée dans un enfer où elle se sentait abandonnée pour l'éternité. Marie-Jeanne savait ce qu'il lui était arrivé, qu'elle était en très mauvaise posture, que probablement elle ne recouvrirait pas la vue. Elle se sentait entièrement responsable de sa situation, elle payait pour tous ses manquements, ses ratages, ses échecs. Elle avait encore fait confiance à un type à moitié cinglé. L'avant-dernier l'avait cognée, celui-ci lui avait crevé les yeux. Elle avait presque envie d'en rire, d'un rire de dingue, à enfermer. Elle avait aimé un malade mental, elle s'était laissé amocher par lui. Le pire, c'était qu'elle n'était même pas sûre de lui en vouloir. Elle avait juste envie de s'endormir loin de ces hommes qui aimaient l'abandonner sur le carreau, comme une poupée cassée, s'essuyer les pieds sur elle et déguerpir. Elle voulait juste s'endormir et ne plus se réveiller. Sa vie ne valait rien.

Elle perçut un bruissement et on frappa à la porte.

La personne qui entra se présenta comme le docteur Pochon – *quel nom débile* – il se tenait à droite du lit et avait une voix basse et compassée. Elle dégagea la couverture pour mieux entendre le sort qu'on lui réservait.

— L'opération s'est bien passée, mademoiselle. Vous avez beaucoup de chance d'être en vie aujourd'hui. Nous avons pu nettoyer les plaies. Malheureusement, l'agresseur a pratiqué sur vous deux incisions extrêmement précises et profondes de la cornée, avec un instrument chirurgical. La cornée est la membrane transparente qui recouvre l'œil. La mauvaise nouvelle, c'est que malgré les efforts des chirurgiens, la perforation est trop profonde pour que l'on puisse sauver vos yeux. La bonne nouvelle, c'est qu'il y a un sérieux espoir qu'une greffe de cornée vous rende la vue, au moins partiellement. Nous vous avons inscrite en priorité sur les listes d'attente de l'Agence de biomédecine.

MJ ne bougea pas d'un pouce. Ce n'était pas la première fois qu'elle se faisait cette réflexion, *les médecins sont vraiment tous des cons*. Celui-là n'échappait pas à la règle. Il venait lui balancer un obus atomique sur la tête alors qu'elle était au bord du suicide, dans un état de fragilité extrême. Aurait-elle eu encore des forces qu'elle se serait jetée par la fenêtre. Elle avait envie de l'insulter, mais se contenta de se taire, par mépris.

— Par ailleurs, une enquête de police a été ouverte, mademoiselle, poursuivit Pochon. Un inspecteur attend dehors pour pouvoir prendre votre déposition. Vous sentez-vous capable de lui répondre ?

MJ s'appuya sur ses coudes et se redressa dans le lit.

— Oui.

— Voulez-vous que l'on prévienne quelqu'un de votre entourage ?

— Non, pas pour le moment.

Elle entendit les pas s'éloigner, la porte s'ouvrir, le bruit du couloir puis la porte se refermer et le silence de nouveau.

— Bonjour, mademoiselle Lecourt.

Elle sursauta. Merde. Une femme était entrée, elle ne l'avait pas entendue.

— Je suis l'inspecteur Cottraux, du commissariat du VIIe arrondissement, l'hôpital m'a prévenue. Je suis navrée de ce qui vous est arrivé.

On lui avait envoyé une gonzesse pour la mettre à l'aise. MJ se sentit à la merci du système, comme souvent dans sa vie. Mais ce coup-ci, elle ne pouvait fuir à l'autre bout du monde avec son sac à dos.

— Pouvez-vous me raconter ce qui s'est passé ?

La tristesse que ressentit MJ fut soudain plus profonde et sinistre qu'une plongée la nuit en mer froide. Elle allait livrer à la police son ange, son diable, le seul être au monde qu'elle avait envie d'aimer. Mais pouvait-elle le laisser courir, un scalpel à la main ?

— Je l'ai rencontré au Centre Dulac.

— Qui ?

— Julien Daumas. Celui qui m'a fait ça. On en a parlé à la télé hier. On a retrouvé chez lui des animaux mutilés.

— Vraiment ?

— Oui.

MJ se souvint de la recommandation de Cyrille.

— Il faut que vous préveniez le commissaire Maistre. Ma tante, Cyrille Blake, m'a dit qu'il avait déjà ouvert une enquête pour l'agression de son chat.

La jeune femme se renversa sur l'oreiller, elle se sentait horriblement mal.

* * *

Bangkok, 12 h 30

C'était comme sauter dans une fourmilière géante. Des centaines d'hommes et de femmes jouaient des coudes pour se frayer un chemin dans les venelles étroites du marché chinois. Le chauffeur de taxi avait déposé Cyrille à l'entrée du quartier en lui indiquant du doigt une direction approximative.

Accrochée à son petit bout de papier où était imprimée en thaï l'adresse du professeur Arom, Cyrille ne savait plus où donner de la tête. Le professeur ne pouvait pas s'en tirer comme cela, elle irait le débusquer jusque dans sa caverne s'il le fallait. Et elle ne repartirait pas sans qu'il lui ait révélé le protocole de soins utilisé chez les jeunes amnésiques qu'il avait recueillis.

Lorsqu'elle avait trouvé l'adresse postale du professeur, elle avait failli crier de joie. Il n'y avait qu'un Arom Sanouk, logeant dans le quartier chinois de Bangkok. La chance était peut-être en train de tourner, enfin.

Le marché de Chinatown était un quadrillage serré de ruelles bondées. Des centaines de petites échoppes vendant un bric-à-brac indescriptible, de vaisselle, d'épices, de cochons de lait écorchés, de tapisseries, de vis et d'écrous, de piments. L'odeur de vieille viande, de poisson rance ou de lait caillé était abominable par endroits. Les auvents roulants se chevauchant fermaient tout espoir de voir un coin de ciel bleu.

Il était midi passé, où que l'on regarde l'espace était occupé, la vue bouchée, des têtes partout. Cyrille se laissa porter par le flux humain, ne sachant où poursuivre sa route. Elle dériva jusqu'à une échoppe d'épices et de médecine traditionnelle. Tout un tas de produits non identifiables, des poudres, des liquides, des herbes étaient présentés dans des bocaux. Elle reconnut des nids d'hirondelle, des ailerons de requin, parmi d'autres sculptures végétales ou animales de couleur indéterminée.

Son regard s'arrêta sur une montagne de pattes de poulet. Ça puait franchement. Elle eut envie de se boucher le nez. Elle avança jusqu'à un magasin d'offrandes, rouge du sol au plafond, décoré d'innombrables vieilles lanternes chinoises. Elle fit comprendre par des signes à la vendeuse, une grosse dame au visage bouffi, qu'elle cherchait l'adresse inscrite sur son papier. La dame sortit un bras gros comme une cuisse qu'elle pointa vers l'est. Cyrille remercia et reprit son slalom éreintant.

Elle tourna à gauche, dans une ruelle plus propre, où se vendaient des textiles, puis à droite et encore à droite. Elle était sûre d'être déjà passée par là. Le bruit d'un million de conversations lui emplissait les tympans, elle avait chaud et ses repères étaient mis sens dessus dessous. Elle était perdue. Elle fit une pause à un stand de DVD, de cassettes et de jeux vidéo. Le marchand pensant faire une affaire brancha un haut-parleur qui beugla dans les oreilles de Cyrille le dernier tube de Madonna. Elle sursauta et se remit en mouvement.

Elle décida de reprendre l'allée centrale et de repartir de zéro. Elle tourna encore à droite et se retrouva dans la rue plus large, exactement à l'endroit où le taxi l'avait larguée une heure plus tôt. Elle montra de nouveau son papier, à un vendeur de bonbons cette fois, qui lui dit d'aller tout droit. Ses pieds, endoloris, remontèrent une énième fois le long des échoppes. Dans les allées parallèles, les gens installés sur des tabourets devant des guéridons attenants à des gargotes avalaient des soupes de nouilles fumantes dans de grands bruits de succion. Elle se rendit compte qu'elle avait faim. Ses yeux épuisés piquaient. Au bout de cent mètres, elle redemanda son chemin, et cette fois, on la fit tourner à gauche. Elle franchit une centaine de mètres, les boutiques s'espacèrent, le bruit s'atténua et d'un coup elle se trouva dans un enchevêtrement de ruelles résidentielles aux petits immeubles et maisons de bois traditionnelles. Des enfants jouaient au foot dans un passage sombre. Leurs cris résonnaient contre les voûtes de pierre. Ils lurent à leur tour le papier que leur tendait la touriste, se poussant du coude en rigolant. Le plus âgé fit signe à la grande femme de le suivre. Il sautilla jusqu'à une ancienne bâtisse en teck rouge et s'agita en riant. « *Doctor here, doctor here.* » Cyrille lui donna quelques bahts et regarda devant quoi elle se trouvait.

Une maison branlante qui tenait debout par miracle, avec pour toute décoration un autel des ancêtres piqueté de bâtons d'encens fumants et un palmier décrépi. Sanouk Arom, le célèbre spécialiste de la mémoire, vivait ici. La maison ne faisait pas miséreuse, loin de là, elle avait même dû connaître son heure de gloire dans un passé lointain avec sa belle structure traditionnelle en teck coiffée d'un toit en pagode. Mais elle était laissée à l'abandon. La porte en bois s'était affaissée et ne coïncidait plus avec son encadrement, la façade était grignotée par les insectes et les vitres des deux hautes fenêtres étaient opaques de crasse.

Cyrille marcha vers la porte, d'un pas décidé. Ce n'était pas dans ses habitudes de venir frapper chez les gens à l'improviste. Bien qu'elle se sente pleinement légitime de le faire, elle éprouva de la gêne à venir quémander des explications. Elle s'efforça de repenser au professeur tel qu'il lui était apparu à Paris, et cette vision l'apaisa. Elle enjamba les deux marches du perron et appuya sur une antique sonnette. Elle n'attendit pas longtemps avant que celle-ci grince sur ses gonds.

Plainte aiguë et sinistre.

Elle s'attendait à voir un serviteur, le professeur Arom en personne apparut. On aurait dit qu'il avait cent ans, avec ses épaules voûtées, ses cheveux blancs trop longs, son visage raviné. Il ouvrit son œil valide. Un quart de seconde, de la colère traversa son regard et sa demi-bouche encore vivante se crispa. Mais la politesse prit le dessus et le rictus se mua en un sourire forcé.

— Chère docteur Blake, que me vaut le plaisir ?

Vous m'avez posé un sacré lapin ! eut-elle envie de crier, mais on n'était pas en France ici, à la place elle bégaya une excuse :

— Pardon de vous déranger chez vous. J'espère que vos problèmes familiaux se sont arrangés.

Un froncement de sourcils imperceptible apprit à Cyrille que le docteur avait déjà oublié le prétexte qu'il avait donné le matin pour lui faire faux bond. Puis il s'en souvint.

— Une fausse alerte. C'était ma fille. Tout va bien.

Il ne décollait pas de la porte, son grand corps occupait toute la place et il ne la priait pas d'entrer. Cyrille pouvait palabrer longtemps, de la pluie, du beau temps, jusqu'à ce que le vieux monsieur se sente dans l'obligation de l'inviter à l'intérieur. Mais, d'un coup, toute l'anxiété de sa situation s'abattit sur elle et elle en eut marre de ces simagrées. La réalité, c'est qu'elle avait un problème cérébral inconnu et grave qui lui avait fait oublier une partie de son passé et peut-être torturer un animal à mort. Un fou la poursuivait, elle n'avait que l'internement en HP comme perspective.

— Professeur, je sais que mon mari vous a harcelé pour que vous ne vous occupiez pas de moi et que je rentre à Paris. N'écoutez pas ce qu'il vous a dit. Il est excessif, il a peur que je tente une expérience dangereuse ou je ne sais quoi. Mais il ne s'agit de rien de tout cela. Je suis simplement venue discuter avec vous, entre scientifiques, entre médecins.

Arom ne broncha pas. Il passa sur ses lèvres sèches un bout de langue bleue.

— Votre mari est très inquiet, en effet, dit-il d'une voix morne. Vous devriez rentrer à Paris pour qu'il s'occupe de vous.

C'était une façon de prendre congé. Cyrille perçut dans son intonation une supplique qui disait « Allez vous-en ». Mais elle fit mine de ne pas avoir compris. Et poursuivit sa manœuvre de forcing :

— Voudriez-vous m'offrir une tasse de thé, s'il vous plaît ? Que l'on parle au moins de ces jeunes amnésiques dont vous vous occupez au VGCD...

Arom changea d'expression. Son visage exprima de l'inquiétude. Refuser un tel appel du pied était la pire des impolitesses. Le vieux professeur contracta la mâchoire.

— C'est impossible, je suis désolé. J'ai déjà de la visite.

Cyrille perdit patience, elle aurait parié qu'il n'y avait personne.

— Professeur Arom, j'ai vu les dossiers de vos jeunes patients. C'est bien eux qui ont perdu la mémoire comme moi ? Puis-je les rencontrer ? Comment les avez-vous soignés ? Vous aviez promis de m'aider.

L'œil de Sanouk Arom s'arrondit. Il s'accrochait au chambranle de la porte comme à une bouée de sauvetage dans une mer démontée. Son cou devint très rouge.

— Rentrez chez vous, s'il vous plaît, je n'ai rien à vous dire.

Le ton de la jeune femme devint suppliant :

— S'il vous plaît, aidez-moi.

Sanouk Arom recula, regarda un point dans le vide comme s'il ne la voyait plus, recula encore et lui claqua la porte au nez.

Cyrille sortit de sa réserve naturelle. Elle se mit à tambouriner à la porte.

— Ouvrez-moi, professeur Arom, vous ne pouvez me laisser dehors comme ça ! Vous me devez des explications ! Qu'est-ce que mon mari vous a dit pour vous faire peur ainsi ?

Ce qui était en train de se passer était insensé. Elle ne comprenait plus rien. Elle continua à taper à la porte de plus belle, oubliant toute retenue et toute politesse. Ce type devait lui répondre.

— Ouvrez-moi ! Je ne bougerai pas, je vous préviens !

Elle criait contre la porte à présent, elle ne se reconnaissait plus. Sa bonne éducation avait volé en éclats. Le professeur n'ouvrit pas pour autant. Elle colla son oreille à la porte.

— Professeur Arom, fit elle. Professeur Arom, où êtes-vous ?

Mais seul le silence lui répondit.

Ce n'est que lorsqu'elle recula pour tenter d'apercevoir Arom par la fenêtre qu'elle remarqua le bout de papier plié en deux glissé sous la porte. Elle se pencha, le ramassa et l'ouvrit.

« Partez, je ne peux plus rien pour vous. »

Elle relut le mot plusieurs fois. Elle se retourna vers la bâtisse fantomatique ; à la fenêtre du premier étage, Sanouk Arom l'observait.

Cyrille recula. *Cet homme est malade.* Elle s'appuya contre le mur qui sentait le bois pourri. Elle descendit les marches du perron comme un zombie, la tête lui tournait franchement. Elle avait les jambes molles, elle se sentit défaillir. Elle avait tout misé sur un homme malade ! Elle se raccrocha à l'autel des ancêtres pour ne pas tomber. La tête penchée en avant, elle respira, le sang dans les tempes. Le malaise se dissipa peu à peu. Une odeur de cendres lui emplit les narines. Elle releva les yeux et tomba nez à nez avec les bâtons d'encens en train de brûler devant les photos des défunts de la maison d'Arom. Il y avait une demi-douzaine de cadres de différentes tailles. Des portraits de femmes et d'hommes chinois. Leurs âmes errantes protégeaient les habitants.

Cyrille s'ébroua et, tout à coup, elle eut envie de se retrouver à des kilomètres de cette maison fantôme. Elle détala, remonta la ruelle résidentielle. Le bruit du marché l'attirait comme un tourbillon de vie après avoir entrevu quelque chose qui s'apparentait à la mort.

Il y avait un attroupement compact, une échoppe lançait une promotion sur des sacs de riz. La rue était bondée. Elle plongea dans la masse humaine vivante, les oreilles bourdonnantes, les yeux embués, poussa les gens, joua des coudes. Cyrille remonta les venelles. Elle dépassa le magasin aux épices, l'échoppe qui vendait des piles de vaisselle argentée, enfin, la rue principale. Les mains en avant, elle progressait et les Thaïlandais se poussaient pour la laisser passer. Enfin un bout de ciel, la fin du tunnel. La grosse artère de Chinatown battait. Les enseignes en caractères chinois se chevauchaient, les bouis-bouis aux plats douteux avaient envahi les rues pour le déjeuner. Elle s'éloigna au pas de course.

* * *

Il l'avait perdue de vue, au milieu des milliers de têtes brunes, elle s'était évaporée. Julien s'arrêta, frustré, bousculé. Il se sentait de plus en plus mal depuis qu'il avait atterri dans cette ville agitée où l'air manquait pour respirer. Comme Hanoï mais en plus inhumain. Une voix dans son crâne lui disait qu'il fallait qu'il approche Cyrille Blake, qu'il l'isole et qu'il l'oblige à parler. Les yeux furibonds, il s'arrêta au croisement de deux ruelles. Un râle dans la poitrine, des idées contradictoires en cascade dans sa tête. Ça sentait le cochon. Normal, il était à côté d'une gargote malodorante qui vendait des trucs bizarres, des animaux écorchés suspendus à des crochets, des choses gluantes dans des pots et des jarres. Il regarda les animaux crucifiés, fasciné. Tout se mangeait ici, même des poules vivantes, rachitiques, enfermées dans des casiers en osier d'où jaillissaient par paquets leurs plumes ébouriffées. Il s'approcha. L'une d'elles avait l'œil vitreux et fixe, mais elle bougeait encore. Il l'acheta pour quelques dizaines de bahts, caressant le tranchant de son canif dans le fond de sa poche. Il trouva refuge dans une impasse déserte où s'entassaient des monceaux d'ordures. La mort fut rapide. Il tint le corps de la bête sous son bras, de l'autre main, il tailladа au niveau des orbites. Puis il cacha la bête dans une poubelle qui dégueulait d'immondices. Il plongea ses poings tachés de sang dans ses poches et s'en fut, apaisé. Sa rage avait coulé de la plaie. Il se sentait mieux.

* * *

Une fois sortie du marché couvert, Cyrille perçut sur sa peau la brûlure du soleil qui cuisait le quartier chinois, rendait toute chose bouillante et chaque mouvement insupportable. Sa robe lui collait au corps par plaques, dans le dos et sous les seins, des gouttes roulaient même le long de ses jambes. Elle était furieuse et angoissée. La rage battait dans sa gorge. Cette fois-ci elle allait régler ses comptes. Elle prit son téléphone. Benoît répondit à la première sonnerie.

— C'est Cyrille, fit-elle d'une voix aigre.

— Ah, tout de même ! Je me faisais un sang d'encre. Où es-tu, que fais-tu ?

Le ton était péremptoire. Il y a quelques semaines, elle aurait été blessée, là, non. C'était comme si un étranger lui parlait, mal. Quelque chose s'était cassé.

— Quand rentres-tu ? persista Benoît.

Cette question eut l'effet d'une allumette sur un morceau de nylon. Cyrille réprima un cri de rage. Une passante la dévisagea. Quand rentrait-elle ? *Voilà la seule question qui t'intéresse, hein ?*

— Qu'as-tu dit à Arom pour qu'il refuse de m'aider ? cria-t-elle.

Elle écrasa son téléphone sur son oreille droite et se boucha l'autre avec sa main. Benoît ne chercha même pas à nier.

— Ah ! Il te l'a dit ? C'est un charlatan, je ne veux pas qu'il t'ausculte ni qu'il intervienne. Je l'ai prévenu que je l'empêcherais de publier sa dernière étude dans *Nature Neurology* s'il acceptait de te recevoir !

Cyrille étouffa un grognement.

— Tu as osé faire ça ?

— Tu m'y as obligé en te conduisant de la sorte ! rétorqua son mari.

La colère fit trembler la voix de Cyrille.

— C'est toi qui m'y as poussée. Si tu cessais de me mentir, je pourrais peut-être te faire confiance !

— Mais qu'est-ce que tu racontes ? tonna son mari.

— Le dossier 4LR14, ça ne te dit rien, hein ?

Un silence interloqué lui répondit.

— Le quoi ?

— Tu m'as très bien entendue.

Benoît souffla bruyamment.

— Cyrille, il est de mon devoir de te dire que tu es en train de délirer. Tu tiens des propos incohérents. Je m'inquiète pour toi. J'aimerais que tu rentres à Paris, j'ai peur que tu fasses une grosse bêtise.

Cyrille s'arrêta à un carrefour, attendant que le feu passe au rouge. Elle renifla. Piéton vert. Traversa.

— Tu ne me considères donc plus en état de savoir ce qui est bon pour moi-même, c'est cela, n'est-ce pas ?

— Voyons, ma chérie. Si tu vois quelqu'un en train de se noyer, tu lui envoies une bouée ou tu le laisses décider tout seul de ce qui est le mieux pour lui, hein ? Surtout après ta crise, l'autre nuit…

Cyrille ferma les yeux de rage.

— Quel coup bas…

Des larmes perlaient au coin de ses cils derrière les lunettes de soleil. Depuis le début de ses ennuis, jamais Benoît n'avait trouvé les mots justes. Il ne faisait que la rabaisser et la traiter comme une malade. Elle en eut assez.

— Écoute, Benoît, je vais rentrer, mais pas tout de suite. J'ai encore des choses à faire ici. Et quand je rentrerai, je vais faire les choses à « ma » façon. J'irai consulter qui « je » désire consulter et si je le dois, je me ferai hospitaliser par « ma » décision. Tu ne peux plus tout régenter. C'est fini. Et tu sais quoi, un jour, je saurai toute la vérité.

— Qu'est-ce qui est fini ? questionna son mari, la voix soudain en alerte.

— Notre mode de fonctionnement où je suis l'élève et toi le maître. C'est fini. Après, nous verrons.

— Nous verrons quoi ?

— Nous verrons, c'est tout.

Et elle lui raccrocha au nez.

Elle ravala ses larmes, le cœur cognant dans sa poitrine. Elle se sentait terriblement mal et seule, au bord de l'abîme. Son mariage était en train de sombrer. En plus de lui mentir, Benoît était égocentrique et insensible, seul son bien-être à lui comptait. Tant que sa femme était sur une pente ascendante, remportait des succès professionnels, avait bonne presse, tout allait bien. Mais dès qu'elle flanchait, il ne cherchait pas à la comprendre mais à lui imposer sa façon de faire.

Quant à elle, depuis le début, elle vivait sous son emprise. Par sa différence d'âge et son niveau social, culturel, scientifique, elle avait toujours considéré Benoît comme son mentor, supérieur en tout, et s'était mise à son service comme si elle payait en permanence le droit à occuper une place à côté de lui. Elle était comme Kim, la secrétaire d'Arom, aussi servile.

Il fallait qu'elle avale quelque chose. Elle s'arrêta devant une échoppe ambulante sentant bon les épices. Elle acheta une barquette de riz à la sauce coco et du porc piquant ainsi qu'une bouteille d'eau fraîche qu'elle glissa dans son sac. Elle acheta à un autre vendeur un paquet de cigarettes et un briquet. Pour la première fois depuis… quinze ans. En marchant sous le cagnard, elle enfourna le plat, avec ses baguettes, sans réel appétit. Elle ressentait juste la nécessité de remplir son ventre. La bouche en feu, elle but une gorgée d'eau. Elle jeta les détritus dans une poubelle, s'essuya la bouche avec une serviette graisseuse et se lança de nouveau à l'assaut de la ville tentaculaire. Elle marcha, marcha, sans rien regarder autour d'elle, plongée dans ses pensées. Toutes ces choses qui se détraquaient en elle la dépassaient, elle admettait à présent qu'elle n'avait pas les moyens d'y remédier. Le vieux professeur qui lui avait fait miroiter une solution était malade et avait peur, pour sa réputation de fin de carrière. Quant à Benoît… Lui mentait-il ? Elle n'avait toujours pas reçu de réponse de Manien. D'un côté, elle avait hâte de connaître la vérité sur l'implication de son mari, d'un autre, elle appréhendait.

Elle marcha un bon moment comme un automate, en direction de la rivière, brassant des tas de questions dans le désordre. L'une d'entre elles prit finalement le pas sur les autres et se mit à tourner en boucle dans sa tête. « Comment Arom a-t-il soigné ces adolescents amnésiques ? » Elle se rendit compte qu'elle ne pourrait avancer tant que cette question n'était pas résolue. Ça l'obsédait. Soudain, elle cessa sa déambulation et sortit son i-Phone. Tant pis pour ce que ça allait coûter. Elle toucha l'écran et se connecta au réseau local. Le sable s'égrena très longtemps dans le sablier sans que rien ne se passe. Enfin, elle accéda à un moteur de recherche et lança une requête. Après de longues minutes, les réponses s'affichèrent. Cyrille demanda ensuite un plan de Bangkok et un itinéraire. *OK.* Elle coupa la connexion et rangea le téléphone multifonctions dans son sac. Un chauffeur de tuk-tuk s'arrêta à sa hauteur, elle lui expliqua en quelques mots et beaucoup de gestes où elle voulait se rendre.

Un quart d'heure plus tard, Cyrille sautait du véhicule à trois roues pour atterrir sur l'embarcadère de la Chao Phra River, aux eaux brunes et agitées. Elle paya soixante-dix bahts et embarqua dans un *longtail* à moteur, une barque longiligne au nez pointu et au toit en pagode. Elle prit place sur un banc au fond du bateau étroit, derrière plusieurs rangées de touristes et de passagers locaux. Un marin pieds nus, en jean et T-shirt jaune, largua l'amarre et le bateau s'élança dans les remous. Le cours d'eau tumultueux traversait la mégapole, d'est en ouest, pénétrant dans le cœur de la ville par un réseau de canaux, les khlongs, donnant à cette partie de la ville une allure de Venise démesurée. Un vent rafraîchissant s'engouffra dans la robe et les cheveux de Cyrille. Elle ferma les paupières une seconde dans un bref moment de répit. Une voix brailla dans un micro des commentaires sur la promenade. Le *longtail* remonta la rivière bouillonnante, dépassant des rangées de bateaux en bois ouvragé jaunes ou pourpres, tanguant dans la houle grise. Sur la rive sud, de pauvres maisons en bois sur pilotis se soutenaient les unes les autres. Entre les toits faits d'un patchwork de matériaux de récup, du linge était suspendu et des enfants jouaient. À leurs pieds, une canalisation déversait une eau sale dans la rivière.

Plus loin, le long d'un canal étroit, c'était jour de lessive. Cyrille fronça le nez devant la mousse blanche épaisse qui flottait sur l'eau, polluant encore un peu plus la Chao Phra. Soudain, elle vit surgir le temple de l'Aurore, Wat Arun, avec sa tourelle de quatre-vingt-six mètres de haut entièrement frappée de petits morceaux de porcelaine brisés, gardée par des danseuses divines sculptées à son pied. Elle ramena son sac à main sur ses genoux. Première escale à l'embarcadère. Cyrille se leva en même temps que les touristes et posa le pied sur les lattes du quai. Elle remonta jusqu'au temple et tourna à gauche sur la rive. À deux maisons de là, une bâtisse spacieuse et élégante tranchait avec la misère des masures alentour qu'elle venait de dépasser. C'était une belle demeure bourgeoise en bambou, montée sur des pilotis massifs, agrémentée d'une véranda décorée de pots de fleurs roses. Le drapeau frappé du logo du VGCD, un pouce levé sur fond blanc, claquait au vent.

-35-

Paris, 18 heures

Nino avait déplacé sa lampe de chevet à abat-jour sur la table basse du salon pour jeter un halo de lumière plus large sur les dizaines de papiers et les bouquins qu'il y avait étalés. Assis par terre, sur le tapis, les coudes sur la table et les joues dans les mains, il tentait de relire pour la énième fois les publications médicales qu'il avait imprimées, en vain. Il ronchonna à haute voix :

— Putain, je suis pas chercheur ni toubib, j'y comprends que dalle !

Tony apportait la troisième tournée de café.

— Je peux pas t'aider à grand-chose sur ce coup-là, mon gars, désolé.

— Tu nous as déjà bien aidés, va ! répondit Nino d'une voix adoucie en attrapant une cigarette.

Tony avait confié le disque dur de l'ancien PC de Manien

à un ex, Damien, qui travaillait depuis trois ans dans la société InformExtra, spécialiste de la récupération de données informatiques. Tony était resté dans la salle d'attente une heure durant, tandis que Damien opérait le cœur vivant de l'ordinateur. Il avait revêtu une combinaison, un masque et des bottillons et s'était enfermé dans une chambre blanche d'intervention, stérile. Damien était revenu avec de bonnes nouvelles, certains fichiers effacés étaient saufs. Il lui avait remis un CD gravé et consenti une remise de 10 % sur le prix.

Ça lui avait quand même coûté trois cent quatre-vingts euros, pour extraire deux malheureux fichiers. Tony savait combien c'était important pour Nino, alors il n'avait pas hésité.

Il était 18 heures à présent et il se demandait si ses centaines d'euros n'auraient pas été mieux dépensés pour un week-end de thalasso à Djerba. Les deux fichiers retrouvés par Damien étaient incompréhensibles. Le seul intérêt pour l'instant était qu'ils étaient tous deux nommés 4LR14. Après, ce n'étaient que des tableaux de chiffres et des courbes, difficiles d'accès pour des non-initiés. Nino ne disait rien, pourtant il commençait à se décourager. Il avait envoyé les deux docs à Cyrille, une heure auparavant, mais n'avait toujours pas reçu de réponse.

Nino avait fini par identifier des protocoles d'essais cliniques sur le premier document, c'était toujours ça. Il en avait déjà vu, sans jamais essayer de les comprendre. Pour sa fonction, seule la dernière page importait, décrivant quelle dose de quel médicament administrer à quel intervalle et à quel patient. Le reste, ce n'était pas son affaire. D'ailleurs, la seule fois où il avait voulu se pencher sur la question, c'était ce que lui avait répondu l'interne : « C'est pas ton job ». *OK, va te faire foutre*. Il avait renoncé.

Il relut encore une fois le tableau Excel rempli de chiffres, de dosages en microgrammes, de données exprimées en minutes (des temps de latence, d'absorption ?), d'autres en pourcentages (de quoi ?), et de formules de molécules. Ses connaissances en chimie remontaient aux années de lycée, et encore, il n'avait jamais brillé dans cette matière. Il soupira de nouveau. Il s'était attendu à quoi ? Qu'il y ait écrit en gros : « J'ai injecté des doses dangereuses d'un médicament à des patients qui ont eu de graves séquelles », signé de la main du chef de service, avec un beau tampon de Sainte-Félicité ? Une belle pièce à conviction pour faire condamner cet enfoiré ?

Ce n'était que dans les films que les méchants laissaient de telles traces évidentes. Dans la vraie vie, les médecins effaçaient vite fait bien fait leurs erreurs et personne ne payait jamais pour leurs bourdes, sauf à de rares exceptions.

Nino envoya des nuages de fumée au-dessus de la table. Sans dire un mot, Tony se leva et entrouvrit la fenêtre. Il revint s'asseoir près de son compagnon.

— Pourquoi est-ce si important pour toi d'aider Cyrille ?

Nino tira longuement sur sa cigarette et répondit :

— C'est quelqu'un que j'aimais, vraiment, il y a dix ans. On se faisait totalement confiance. Je crois que c'est une fille comme elle que j'aurais épousée… si tu t'étais pas pointé.

Nino envoya un clin d'œil à son amant qui lui sourit en retour. Tous deux reportèrent leur attention sur le tableau. Nino décida de s'attaquer aux formules chimiques.

Après tout, des « C », des « N », des « O » et des « H » n'étaient que des atomes de carbone, azote, oxygène et hydrogène. Ça lui paraissait moins compliqué que le reste.

— À quoi peut bien correspondre la formule chimique ? interrogea-t-il en ouvrant le bouquin de chimie emprunté à la bibliothèque.

Tony saisit son ordinateur portable et ses doigts s'activèrent sur le clavier pour copier la formule.

— Je l'ai ! s'exclama-t-il, fier de servir à quelque chose.

Il venait de taper la formule dans Google.

— C'est du deuxR1isopropylamino4-1-naphthyloxypropan-3-ol.

— Hein ? fit Nino.

Tony tourna l'écran vers lui.

« (2R)-1-(isopropylamino)-4-(1-naphthyloxy)propan-3-ol. »

Nino fit une moue dégoûtée.

— Ça nous avance drôlement !

Son compagnon copia le nom dans Google et lança une nouvelle recherche.

— Ah !
— Quoi ?
Et si je te dis Mésératrol, c'est déjà mieux ?

-36-

Anuwat Boonkong, le secrétaire de l'antenne du Volunteer Group for Children Development de Bangkok, avait dépassé les trente-cinq ans. Il était connu pour son visage jovial, son sourire communicatif et sa détermination. Comme tous les jours, il portait le T-shirt blanc frappé du logo de l'ONG, sur un pantalon en Tergal noir et une paire de tongs. Militant actif dans l'opposition contre le gouvernement Tanskin, il était un adversaire redoutable quand il s'agissait de défendre les droits des plus démunis. À l'origine de bon nombre de manifestations anticorruption, il servait la cause du VGCD depuis deux ans maintenant.

— Le professeur Arom m'a prévenu il y a deux jours qu'une de ses consœurs françaises allait venir et peut-être nous visiter, je suis très honoré.

Cyrille s'inclina. Ça, c'était avant que Benoît s'en mêle. Heureusement que le jeune homme n'avait pas eu de contact avec Sanouk Arom aujourd'hui. Elle avait de la chance.

— Je suis très honorée aussi. Le professeur m'a parlé du travail qu'il faisait avec quelques-uns de vos pensionnaires.

Anuwat Boonkong la guida le long d'un couloir lumineux, qui menait à une grande pièce vitrée ouverte sur un jardin.

— Plus d'un million d'enfants sont exploités sexuellement en Asie, dans les bars, les rues, les hôtels, exposa-t-il à sa visiteuse. Le premier VGCD a été créé dans le Nord, à Chiang Maï.

— Comment travaillez-vous ?

— Les éducateurs sont sur le terrain, dans les rues, pour informer les jeunes, afin de réduire le risque d'entrer dans un réseau pédophile. On travaille aussi beaucoup auprès des parents, quand il y en a, pour leur expliquer les dangers auxquels ils exposent leurs enfants.

Cyrille hocha la tête. Anuwat fit une pause.

— Je suis vraiment enchanté de recevoir une amie médecin du professeur Arom ! On a tellement besoin de soutien et de bonne volonté.

Cyrille sourit.

— La structure existe-t-elle depuis longtemps ?

— Cette maison date de 2001. En plus de toutes les campagnes de prévention sur le terrain et auprès des familles, nous avons créé des foyers d'accueil comme celui-ci. Ici, nous sommes proches des temples et des quartiers touristiques où les enfants travaillent ou font la manche. Nous leur offrons un abri temporaire pour la journée, des services de conseil, d'éducation, des connaissances en matière de toxicomanie et de VIH aussi. Nous distribuons des préservatifs, nous donnons des conseils d'hygiène… Nous hébergeons aussi un petit groupe d'enfants orphelins ou dont les parents sont en prison.

Anuwat Boonkong s'effaça devant Cyrille Blake pour pénétrer dans la vaste salle vitrée. Une dizaine d'enfants et d'adolescents de six à quinze ans étaient concentrés à faire de la poterie. Dans le fond de la pièce, une porte-fenêtre à deux battants entrouverte laissait filtrer un courant d'air. Dehors, un autre groupe était en train de peindre des foulards de soie.

— Nous venons de mettre en place un nouveau programme d'art créatif, expliqua Anuwat. Deux cents enfants en profitent déjà. Cela leur donne une opportunité de s'engager dans une activité plaisante positive, tout en les aidant à exprimer leurs émotions liées à ce qu'ils ont vécu et à se projeter dans un futur plus paisible où le bonheur est possible. Les enfants font de la poterie, comme vous voyez, mais aussi des bijoux, de la musique, du sport et du théâtre, également de la photographie, du jardinage et des cours d'anglais.

— Et que deviennent leurs œuvres ? interrogea Cyrille.

— Nous les vendons et 90 % du prix de vente leur revient. Nous espérons ainsi qu'ils renonceront à aller gagner l'argent dans la rue. Qu'ils préféreront exploiter leur potentiel artistique plutôt que de se vendre eux-mêmes.

Cyrille observa un jeune garçon au crâne rasé, accroupi pieds nus devant un tour de potier, en pantalon de treillis et débardeur kaki. Ses doigts longs, pleins de glaise, donnaient une forme oblongue à un vase. Le front de Cyrille s'assombrit, refusant d'imaginer ce que ce jeune garçon avait dû endurer. Elle se passa une main dans les cheveux et se racla la gorge.

— Merci pour toutes ces explications.

Ils sortirent de la pièce, firent quelques pas et tombèrent nez à nez avec une matrone blonde, corpulente, vêtue d'un bermuda et d'un T-shirt blanc frappé d'un pouce levé, ses cheveux ramenés en arrière en une queue-de-cheval filasse. Anuwat introduisit leur visiteuse :

— Cyrille Blake, médecin, amie du professeur Arom qui nous l'a envoyée pour découvrir le centre.

La matrone tendit une main raide.

— Natacha Hetzfeld, se présenta-t-elle en français avec un fort accent allemand. Je viens de Zurich, je suis la nouvelle administratrice de l'ONG pour la Thaïlande.

Cyrille la salua.

— Sanouk Arom m'a dit que vous pourriez me renseigner sur des cas d'amnésie chez des enfants. Je m'occupe moi-même de cas similaires en France et ça m'intéresserait beaucoup de voir comment ils sont pris en charge ici.

Natacha Hetzfeld échangea un regard rapide avec Anuwat et Cyrille sentit l'atmosphère se réfrigérer.

— Nous ne pouvons rien vous dire. Ce sont des dossiers médicaux confidentiels.

— Je suis médecin, insista Cyrille. Sanouk Arom m'a dit que ces jeunes étaient probablement toxicomanes ? C'est bien cela…

La nouvelle administratrice trancha :

— Je suis désolée, nous n'avons pas le temps. Nous allons entrer en réunion.

Anuwat lança un coup d'œil complice à la visiteuse et l'entraîna vers la sortie. Il ne parlait plus, semblait hésiter. La femme suisse, envoyée par l'Unesco pour aider à administrer le centre, ne connaissait pas grand-chose à la situation de la Thaïlande. Elle cherchait à imposer son organisation rigide et stricte en dépit du bon sens. Une mauvaise recrue.

Anuwat supportait ce nouveau diktat avec le sourire mais sa position devenait de plus en plus inconfortable.

— J'aimerais faire un don à l'association, dit Cyrille.

C'était comme si Anuwat n'attendait que ce signal. Il la remercia chaleureusement puis la guida rapidement vers son petit bureau, une minuscule pièce en lattes de bambou dont le petit vasistas donnait sur la rivière. Cyrille s'assit sur une chaise en plastique, Anuwat passa derrière sa table de travail, une planche avec des tréteaux. La jeune femme sortit plusieurs billets de mille bahts de son sac et les lui remit avec une carte de visite. Le secrétaire les prit en la remerciant encore, déverrouilla un tiroir et encaissa l'argent. Il ne la regardait plus dans les yeux, il réfléchissait. Puis, soudain, il rompit le silence :

— Le professeur Arom vous a-t-il expliqué dans quelles circonstances nous avions trouvé ces enfants ? demanda-t-il en jetant des coups d'œil répétés à la porte.

— Plus ou moins, répondit Cyrille évasivement.

Anuwat se leva, ferma la porte et vint se rasseoir. Derrière lui était épinglée une carte défraîchie du pays. Il posa son doigt sur le golfe de Thaïlande.

— Nous les avons trouvés ici. Dans la région de la ville de Surat Thani. Le premier il y a treize mois. Les autres il y a huit et deux mois. La dernière – une petite fille – il y a deux jours. Tous les quatre ont été trouvés sur la côte, quasiment au même endroit, comme si on venait de les déposer en bateau.

Cyrille haussa les sourcils.

— Sur la côte ?

— Oui. Tous les quatre étaient amnésiques, incapables de dire d'où ils venaient ni ce qu'ils avaient subi. Ils ont tous été recueillis par l'antenne VCGD de Surat Thani. La seule qui existe dans le sud du pays.

— Mon Dieu…

Anuwat se tourna vers l'écran de son ordinateur, un antique PC dont le ventilateur ronflait comme un moteur poussif. Il bougea la souris, l'écran s'illumina.

— Comme je vous le disais, la dernière a été trouvée… il y a deux jours. Au même endroit et tout autant amnésique que les trois autres.

Il cliqua sur un fichier photo. Le visage lunaire et souriant d'une jeune fille apparut, les long cheveux noirs de part et d'autre de son visage rond, séparés par une large raie.

— La voici. C'est la photo que nous a envoyée l'antenne de Surat Thani hier. Elle dit s'appeler Dok Maï, être née dans la région de Phuket et c'est tout.

Cyrille se pencha sur le bureau pour détailler le visage de la fillette, elle avait du mal à croire ce qu'elle entendait.

— Ça vous arrive souvent de trouver des enfants aussi mal en point ?

— On recueille tous les jours des enfants dans la rue livrés à eux-mêmes. Et parfois ils sont tellement abîmés par la drogue ou les mauvais traitements qu'ils ne sont plus cohérents ou perdent leur identité. Mais là, après analyses, il n'y a pas de traces de drogues ni de sévices récents.

Anuwat ne cessait de regarder la porte d'entrée. Il cliqua rapidement sur un autre document.

— Vous avez une idée d'où viennent ces enfants ? demanda-t-elle.

Anuwat Boonkong secoua la tête.

— Tout ce qu'on sait, c'est que cette zone est la chasse gardée de la ligue de Koh Samui.

Cyrille Blake leva un sourcil.

— De quoi s'agit-il ?

— Un des gangs du golfe de Thaïlande qui fait du trafic de drogue, d'armes et d'enfants pour la prostitution et la pornographie… notre cauchemar.

— Avez-vous prévenu la police ?

— Non. Nous n'avons aucune preuve à avancer. Et la police du Sud ne fait pas grand-chose contre les trafics… si vous voyez ce que je veux dire.

Anuwat sourit, gêné. Cyrille voyait, oui.

— Et le professeur Arom les a soignés ?

— Il a commencé avec certains d'entre eux. Mais ça, c'est à lui de vous en parler.

Cyrille se gratta le cou, Anuwat cliqua sur un autre document.

— Les trois enfants précédents ont été trouvés avec pour tout bagage leurs habits sur le dos. Dok Maï avait quelque chose en plus. Quelque chose dans la poche.

Il ouvrit un fichier vidéo.

— J'aimerais vous montrer la vidéo, puisque vous êtes médecin. J'ai reçu le fichier ce matin. Je viens de l'envoyer au professeur Arom pour voir ce qu'il en pense.

Le cadre noir s'afficha sur l'écran ; la vidéo durait quarante secondes.

— La fillette avait dans son short un téléphone portable. D'après les collègues de Surat Thani, il n'y avait rien d'autre sur la puce que ce petit film.

Cyrille Blake tendit le cou, interloquée par l'histoire inouïe que le secrétaire lui racontait.

L'image vidéo se troubla. C'était filmé avec un téléphone portable, en effet. La minicaméra numérique balaya rapidement un paysage, des rochers, la mer, puis apparut dans le cadre la porte d'une maison, cossue au bout d'une allée de sable. À neuf secondes, l'image, de très mauvaise qualité, sautilla en s'avançant vers la maison. À treize secondes, on vit ce qui devait être l'intérieur de la maison. Un banc sur lequel étaient assis deux enfants, en short et débardeur kaki, qui regardaient droit devant eux. À vingt secondes, la caméra filmait à travers une vitre. Derrière la vitre, on distinguait une grosse machine blanche, en forme de fer à cheval. À vingt-cinq secondes, quelqu'un bougeait à côté de la machine. Un homme chauve en blouse. Et puis plus rien.

Cyrille Blake demeura raide sur sa chaise.

Anuwat Boonkong se retourna vers la neuropsychiatre.

— Pourriez-vous me dire ce qu'est exactement cette machine, docteur ?

— Pour le peu que j'en ai vu, c'est une IRM ouverte…

— Une sorte de scanner ?

— Oui, mais ouvert. C'est un modèle qu'on ne trouve pas partout.

— Ça fait quoi, ce genre de machine ?

— Le fait qu'elle soit ouverte permet d'opérer sous imagerie, en temps réel. En France, on opère ainsi des tumeurs cérébrales très difficiles d'accès dans des hôpitaux spécialisés.

Cyrille Blake se leva, fit le tour du bureau et cliqua sur la souris pour relancer la vidéo. Ses yeux ne quittaient pas le moindre pixel de ce qu'elle voyait. Elle mit la vidéo en pause sur la machine.

— Là, regardez. Il y a quelqu'un dans la machine, on voit ses jambes.

Elle pointa la flèche sur un point sombre de l'image.

— C'est un enfant, ajouta-t-elle.

Un long silence suivit ces paroles. Cyrille gardait les yeux rivés sur la vidéo figée et la photo de Dok Maï.

— Vous avez une idée de ce qu'ils leur font ? dit enfin Anuwat.

Cyrille secoua vigoureusement la tête.

— Aucune idée… Où est la petite Dok Maï à l'heure qu'il est ?

— Encore à Surat Thani. On lui cherche une famille d'accueil.

— Et les autres ?

— Dans leurs familles adoptives.

Cyrille vint se rasseoir sur la chaise en plastique, songeant aux informations que possédait Arom sur cette histoire et qu'il refusait de lui communiquer. La voix de Natacha Hetzfeld les fit tous deux sursauter.

— Que faites-vous donc ?

La vidéo disparut de l'écran.

— J'encaissais le don généreux du docteur Blake, répondit le secrétaire, imperturbable.

La matrone se campa sur ses deux jambes, bras croisés.

— On vous attend pour la réunion. Au revoir, docteur.

Il était clair que la séance était finie. Cyrille se leva, troublée. Juste avant de sortir, Anuwat lui glissa :

— Je vous rappellerai.

Quand Cyrille se retrouva seule face à la rivière, elle se mordit l'intérieur des joues. Anuwat lui avait raconté une histoire incroyable et ce qu'elle avait entrevu sur la vidéo n'était pas rassurant. Des gens peu recommandables faisaient subir des examens poussés à des enfants. *Qu'est-ce qu'ils leur font ?*

Elle fouilla son sac pour ouvrir le paquet de cigarettes qu'elle s'était acheté. Elle arracha le papier plastique et, quelques secondes plus tard, aspira la fumée avec volupté ; la tête lui tourna un peu. Elle fuma longuement sa cigarette, jusqu'au filtre, puis se força à bouger pour retourner à l'embarcadère. Un bateau ne tarda pas à arriver. Elle allait rentrer au Buddy Lodge, empaqueter vite fait ses affaires et filer au Hilton.

Une fois assise dans le *longtail*, elle se plongea dans la contemplation de la rivière, sentant un malaise la gagner. Elle était venue trouver des réponses à ses questions, elle repartait avec encore plus de points d'interrogation. Elle consulta son i-Phone, aucun message. Elle hésita un instant puis ouvrit la fausse messagerie de Benoît Blake sur Gmail. Son pouls s'accéléra, une réponse de Manien attendait dans la boîte de réception.

-37-

Paris

— Ça alors ! s'écria Nino. Le Mésératrol, c'est la pilule dont Cyrille se sert au Centre Dulac, celle qu'elle teste en ce moment sur les peines de cœur !

Nino se précipita pour voir derrière l'épaule de Tony. Selon Wikipédia, le Mésératrol « est un bêta-bloquant qui agit au niveau du cœur, provoque un ralentissement du rythme, une diminution de la force contractile, une diminution de l'excitabilité, une baisse du débit cardiaque et de la consommation d'oxygène du myocarde, une amélioration du rendement énergétique cardiaque, une dépression de la conduction auriculo-ventriculaire, une diminution modérée du débit coronaire... » Nino poursuivit sa lecture : « ... découvert par Benoît Blake dans les années 1980, il a démontré son efficacité dans la prise en charge psychologique des traumatismes. Pour l'ensemble de sa carrière, Benoît Blake est pressenti pour recevoir le prix Nobel de médecine 2010. »

Nino s'alluma une nouvelle cigarette et souffla un long filet de fumée par le nez.

— Imagine le truc. En 2000, Manien prend connaissance

des essais du Mésératrol sur les souris de Blake et il décide de tester la molécule sur des humains, avant de se lancer dans un véritable essai clinique, qui suppose des années de demandes administratives, l'accord du comité d'éthique et qui coûte surtout des millions d'euros. À ce moment, il a le matériel humain sous la main, des gens qui n'ont pratiquement plus de famille et ont tous fait des tentatives de suicide. S'ils y passent, il peut maquiller leur mort facilement. Mais il s'y prend mal, et ça rate. Les cobayes ne meurent pas et ressortent de là le cerveau détraqué.

— Alors, il détruit les preuves de son essai sauvage, compléta Tony, et il prie pour que personne ne vienne fourrer son nez là-dedans.

Nino secoua la tête.

— Oui ! Et ce connard de mes deux s'arrange pour faire ça dans mon dos, pile pendant le mois où je suis en formation à l'école des cadres ou en vacances. Tu crois que c'est un hasard, franchement ? Quelle pourriture !

— Et Blake, il était au courant, tu crois ?

Nino siffla entre ses dents.

— J'en sais rien. Manien a pu se procurer du Mésératrol dans les labos de Blake, en soudoyant un étudiant. Facile. Ou bien, il l'a mis dans la confidence.

— Tu crois que Blake savait tout, depuis le début ?

— Aucune idée.

— Tu vas dire que je fantasme, mais si ça se trouve, Blake participe aux essais. Cyrille le surprend et alors il lui fait subir un traitement équivalent qui lui fait oublier certaines choses compromettantes. Qu'est-ce que t'en penses ?

Nino sourit.

— Tu vas trop au ciné...

* * *

Dans le Starbuck Coffee, en face du Hilton, Julien commanda un café allongé sans sucre. Il était assis dans un fauteuil côté rue. Il avait faim mais ne pouvait rien avaler. Lily était en haut, il l'avait attendue tout l'après-midi devant le Buddy Lodge. Elle était enfin arrivée, avait regagné au pas de course sa chambre d'hôtel pour en redescendre à peine dix minutes plus tard, sa valise à la main. Il l'avait suivie en taxi jusqu'au centre-ville et patientait désormais en bas du Hilton qu'elle se montre de nouveau. Il but son café, les yeux perdus dans ses souvenirs et son imagination. Son esprit s'égara d'une femme à l'autre. Maman, Cyrille, MJ…

Tout ce qu'il voulait, c'était parler à Cyrille, qu'elle lui dise la vérité. Dans son sac photo, il avait plié et rangé la coupure de journal trouvée chez Marie-Jeanne et qui l'avait tellement mis en colère. Cyrille devait lui donner des explications. Il fallait juste qu'il soit calme. C'était possible, s'il ne subissait ni stress ni anxiété. Les crises d'angoisse le paralysaient dans un premier temps, puis le rendaient fou de colère ensuite. Il n'y pouvait rien. Lorsqu'elle montait en lui, la fureur avait besoin de couler. Ses mains devaient saisir le vivant et le trancher. Il n'avait pas toujours été comme cela. Les premières crises remontaient à sa sortie de Sainte-Félicité. Au début, il pouvait le dire, il ne s'était pas senti trop mal, bizarre mais pas trop mal, content d'être en vie, en tout cas, et prêt à écrire un nouveau chapitre. Et puis, un jour, il avait été contrarié, très contrarié, par une histoire mineure, une agence photo qui avait vendu ses images sans le prévenir. Une pratique courante mais qui l'avait révulsé. Pourquoi ? Il n'en avait aucune idée. Ça avait remué quelque chose au tréfonds de lui-même, quelque chose qu'il n'analysait pas. Il savait que ce n'était pas grave mais il s'était senti au bord de l'implosion. Rien n'avait pu le calmer. Sauf la lame de rasoir dans la paume de la main. Ça l'avait soulagé immédiatement, la colère s'était dégonflée comme un ballon. Le sang était ensuite devenu son seul moyen de gérer ses angoisses et sa violence intérieure.

Il avait tout essayé pour arrêter, les techniques de relaxation, marcher rapidement, prendre un bain chaud ou une douche froide, tenir un glaçon dans sa main jusqu'à ce qu'il fonde, faire claquer un élastique sur son poignet. Le problème, c'était que quoi qu'il fasse, il ne faisait que retarder « l'inévitable » qui finissait toujours par advenir. Lorsqu'il était en colère, il devait s'occuper les mains, il se sentait extrêmement tendu, le cœur en tachycardie, la tête pesant des tonnes et l'impression d'étouffer. Il avait parfois des sensations d'évanouissement et de déconnexion, la vision embrouillée, les oreilles bourdonnantes, et c'est là que le cutter ou son canif ressortait.

Depuis dix ans – peut-être plus, il ne voulait pas y penser – mutiler des animaux lui avait évité de se couper lui-même. Voir leur blessure, leur sang couler, percer leur peau, craquer les chairs, et surtout entendre les orbites céder dans un bruit mou, seules ces sensations étaient efficaces – temporairement, mais efficaces tout de même – pour faire chuter la tension et engourdir la tristesse inexplicable qui le hantait. Il finit son café et se jura qu'il ne ferait pas de mal à Lily. Mais il s'était dit la même chose pour MJ... Il chassa l'image de son esprit. Il paya ses consommations et se leva.

* * *

Après avoir déballé rapidement sa valise dans sa nouvelle chambre, Cyrille s'était octroyé une pause, allongée sur le lit, un bras sur les yeux, et elle s'était endormie. Quand elle émergea d'un sommeil peuplé de rêves bizarres, le soleil avait décliné et des ombres angoissantes glissaient sur les murs. Elle s'assit dans la pénombre, la bouche pâteuse, un sentiment d'abandon s'empara d'elle.

Elle se traîna jusqu'à la salle de bains et prit une douche rapide. D'habitude, l'eau lui redonnait de l'énergie, mais là, le sommeil n'avait pas été réparateur, ses batteries étaient totalement à plat. Elle ne savait pas ce qui la déprimait le plus, le film dérangeant que lui avait montré Anuwat et le regard de la petite Dok Maï, l'échec de sa tentative auprès d'Arom, le fait que Julien Daumas rôde quelque part à sa recherche ou la réponse de Rudolph Manien au faux e-mail de Benoît. Elle enfila un pantalon léger, une chemise, et s'attacha les cheveux. Un texto de Nino lui était parvenu quand elle était sous la douche. « On a du nouveau, rappelle-nous dès que tu peux. » Les mains fébriles, Cyrille composa le numéro de l'infirmier sur le téléphone de l'hôtel.

— Salut, c'est Cyrille...

— Enfin ! on est trop contents de t'entendre, s'exclama Nino.

Cyrille sourit au combiné.

— Et moi donc... t'as pas idée.

— Comment vas-tu ?

Cyrille toussa, il s'était passé tellement de choses depuis le matin. Elle lui résuma la situation. Nino siffla entre ses dents.

— C'est une histoire de dingues…

— Oui, et moi qui étais venue pour éclaircir mon cas, c'est raté. Mais ça va. Mon sort est envieux comparé à celui des enfants des rues. Je te jure, c'est inimaginable… Bon, dis-moi ce que vous avez trouvé de votre côté ?

— T'es assise ?

Elle se cala dans le fauteuil.

— Oui.

— Tiens-toi bien : Manien a testé le Mésératrol sur les patients !

— Pardon ?

Nino lui lut les documents découverts par Tony dans l'ancien PC du chef de service. Cyrille s'agrippa à l'accoudoir du fauteuil. Le Mésératrol avait été administré à des doses hallucinantes, cent fois supérieures à ce qu'elle prescrivait actuellement à ses patients ! Clara Marais, Julien Daumas, et au moins deux autres patients avaient subi ce traitement de cheval.

— C'est un criminel ! cria Cyrille.

Des idées angoissantes défilèrent à toute allure dans sa tête comme un bolide lancé à pleine vitesse sans freins.

— C'était donc ça, le programme 4LR14 ?

Elle était abasourdie. Ses mains se mirent à trembler, elle rougit et la sueur perla sur son front. Manien avait pris soin de choisir des cobayes jeunes, au cœur solide. Les bêtabloquants ralentissaient le rythme cardiaque, le Mésératrol avait dû les plonger dans un état proche de l'arrêt. Elle sentit une chaleur envahir son cou puis son corps entier. Elle se demanda en tremblant s'ils avaient tous survécu.

— Je comprends pourquoi Daumas commet des actes barbares ! On lui a littéralement bousillé le cerveau, s'indigna-t-elle.

Et moi ? Pourquoi je n'ai rien vu ?

Elle se leva, fit les cent pas puis se rassit sur le lit, le visage dans les mains.

— Cyrille, tu es toujours là ? demanda Nino inquiet.

— Oui, articula-t-elle d'une voix d'outre-tombe.

– Ça ne va pas ?

— Je me demande juste pourquoi je n'ai rien vu, alors que j'étais là, que Julien était mon patient.

— Soit on t'a bien caché les choses, soit tu l'as oublié.

— C'est bien ce qui m'inquiète.

— Tu penses à la même chose que moi ?

Cyrille soupira.

— Oui, peut-être qu'on m'a droguée comme les autres. Ce qui expliquerait mon amnésie…

— Je t'envoie le deuxième fichier, on n'y a rien compris avec Tony. Sauf que le premier chiffre semble correspondre au numéro de chambre des patients. 21, c'est celle de Julien Daumas. 15, celle de Clara Marais… Ça va peut-être t'éclairer, toi.

L'infirmier marqua une pause.

— Dis-moi.

— Oui ?

— Tu penses que ton mari… enfin, on se disait avec Tony qu'il était peut-être au courant pour l'essai clinique.

Cyrille se raidit.

— Non, c'est impossible.

Nino ne rétorqua pas, surpris par le ton sec de Cyrille.

— Tu rentres quand ? demanda-t-il simplement.

— Dès le congrès terminé, dans une semaine.

Ils se saluèrent et se souhaitèrent bonne chance. Cyrille raccrocha. Elle avait la gorge tellement serrée qu'elle ne pouvait plus avaler sa salive.

Un bip sur son téléphone lui signala qu'elle avait reçu un message. C'était le deuxième fichier du PC de Manien trouvé par les deux garçons.

Elle n'avait pas réussi à dire à Nino la vérité, elle n'avait pas pu.

À son e-mail qui demandait à Rudolf Manien un conseil au sujet de la découverte par son épouse de l'existence du dossier 4LR14, Manien avait répondu : « Je t'appelle. »

Cyrille savait donc ce qu'elle voulait savoir. Benoît et Manien étaient en contact et avaient tous deux connaissance du dossier secret. Benoît lui avait menti sur toute la ligne. Elle en avait désormais la preuve.

Elle n'était pas sûre de saisir tout ce que cette affreuse découverte impliquait. Cyrille tendit le doigt pour ouvrir le nouveau fichier, mais suspendit son geste.

Toc toc toc.

Quelqu'un frappait à sa porte. Ses cheveux se dressèrent sur sa tête. Elle n'attendait personne et n'avait rien commandé au *room service*.

Elle resta sans bouger ni respirer.

Toc toc toc.

Cyrille se leva lentement, le cœur à cent dix battements à la minute. Elle attrapa dans sa trousse de toilette ses ciseaux et avança jusqu'à la porte. Elle bloqua la chaînette et ouvrit.

Personne.

Elle referma le battant et s'éloigna à reculons, pleine d'appréhension. Elle éteignit les lumières.

Celle du couloir filtrait en dessous de la porte. Elle s'assit sur son lit, incapable de décider ce qu'elle devait faire. *J'ai rêvé, personne n'a frappé*. Soudain, elle sut qu'elle ne rêvait pas. Le rai de lumière fut entrecoupé par l'ombre de deux pieds.

Cyrille se leva de nouveau et cette fois ouvrit la porte d'un coup sec.

Elle écarquilla les yeux.

— *What are you doing here ?*

Youri se tenait devant la chambre, son accordéon sur l'épaule.

— Bonjour. Mon pote du Buddy m'a dit où t'avais déménagé. Je peux entrer ?

Cyrille hésita plusieurs secondes puis trancha :

— Non, attends-moi là.

Elle attrapa son sac jeté sur le lit, son téléphone et son porte-monnaie et rejoignit le musicien sur le palier.

— Allons au café en bas.

* * *

Elle commanda un grand café crème et un gâteau au chocolat très épais avec un nappage qui craqua sous sa cuillère, sans avoir aucune idée de l'heure qu'il était. Youri prit une bière.

— J'ai mis quelques minutes à te reconnaître, avec tes cheveux. T'étais blonde avant, non ? Après, c'était trop tard, t'as filé. Ton prénom, c'est... Cécile, ou quelque chose comme cela, n'est-ce pas ?

— Hum... Cyrille.

Elle lui sourit, gênée, un peu vexée aussi. Le dos raide sur le fauteuil du Starbuck, elle suivit des yeux un groupe de touristes.

— Je suis tombée sur toi en passant dans la rue.

Ça n'expliquait pas pourquoi elle s'était enfuie, mais tant pis. Elle n'avait pas le temps de rentrer dans les détails. Puisqu'il était là, elle allait poser la question qui la taraudait et elle rentrerait.

On lui servit son café. Elle apprécia d'en boire quelques gorgées. Elle engloutit plusieurs bouchées de gâteau et se détendit. Youri était affalé dans le fauteuil en face d'elle. Malgré elle, son regard se posa sur les mains du musicien, maigres, osseuses et puissantes. Elle ne put s'empêcher de les admirer. Youri tirait de son instrument des sons qui n'appartenaient qu'à lui. Au lit, ses mains avaient su être tout aussi créatives. Elle cilla. *Ce n'est vraiment pas le moment.*

Ils échangèrent quelques banalités. Puis Cyrille se lança :

— J'aimerais te poser une question un peu délicate.

Elle se gratta le cou. Il la toisa, le regard charmeur.

— Une belle lady comme toi peut me demander ce qu'elle veut... c'est accordé d'avance.

— Voilà, poursuivit-elle. Tu te souviens le soir où on s'est rencontrés ?

Youri hocha la tête, un éclair amusé au fond de ses pupilles. Cyrille sentait la gêne croître de seconde en seconde.

— Pourrais-tu me dire ce qu'on a pu avaler ce soir-là... Je veux dire, on a pris pas mal de trucs... En fait, j'ai des petits soucis de mémoire, et je crains que cela ne vienne de là...

Youri sourit largement.

— On recommence quand tu veux.

Cyrille ferma les yeux, rosit, et réitéra sa demande :

— Il faut que tu me dises, s'il te plaît.

L'Estonien se renversa dans son fauteuil et but sa bière au goulot.

— Ça fait longtemps. C'était quand déjà ?

— Octobre 2000.

— Comment veux-tu que je me souvienne de ce qu'on a pris y a dix piges ?

Cyrille se frotta le nez.

— Tu dois avoir tes habitudes ici…

Le musicien réfléchit, puis il se pencha en avant afin qu'elle seule puisse entendre.

— Faudrait qu'on aille voir le gars qui nous fournit…

— D'accord. Quand ?

— Demain soir, t'es libre ?

— Oui.

— Je viendrai te chercher à 20 heures à ton hôtel.

* * *

De retour dans sa chambre du Hilton, Cyrille envoya valdinguer ses ballerines à l'autre bout de la pièce. Elle était très énervée contre elle-même. La honte, l'angoisse submergeait son crâne échauffé. Elle s'était conduite comme une véritable idiote il y a dix ans. Qu'avait-elle accepté d'ingurgiter ce soir-là ? Du MDMA ? Du GHB ? De la cocaïne ? Des champignons hallucinogènes ? Ou un mélange de plusieurs saloperies à la fois ? Elle se frotta le front. Et lui ? Comment avait-elle pu se retrouver au lit avec lui ? Il était séduisant, OK, mais de là à… elle chassa l'image qui s'imposait à elle et laissa échapper un énorme soupir. Elle ne se reconnaissait plus. Elle, si raisonnable, rationnelle et sage…

Elle s'assit sur son lit et sortit son i-Phone. Le message de Nino était toujours en attente depuis tout à l'heure. Elle l'ouvrit enfin. C'était un document Word.

Elle fronça les sourcils devant un tableau de plusieurs lignes composé de la sorte :

18 / 1973 / 12KU / 30-40-60 VN / positif.

15 / 1976 / 85MI / 30-40-60 VN / EV.

21 / 1979 / 5699CB / 30-40-60 VN / EV.

Et encore trois lignes équivalentes.

Elle ne parvenait plus à réfléchir, un trop-plein d'informations saturait son cortex.

Elle se leva, passa aux toilettes, se lava les mains et se recoiffa. C'est alors qu'une pensée peu rassurante s'immisça dans son esprit. Le tableau...

Cyrille afficha de nouveau l'écran de son téléphone portable et relut les lignes, l'une après l'autre. En déchiffrant la troisième, son cœur commença à accélérer. Tout se mit à pulser en elle, ses tempes, sa gorge, son ventre... *Bon sang, c'est impossible.*

Un courant d'air glacé lui pénétra les os. Elle resta un bon moment sans bouger.

* * *

Assise sur le lit, Cyrille sanglotait sans retenue. C'était autant la surprise de ce qu'elle venait de comprendre que la détresse de ne pas s'en souvenir qui la faisait craquer. À cause d'un soir, un seul soir, elle avait oublié l'impensable. La vérité s'était enfouie au fond de sa mémoire et refusait d'émerger.

Le tableau n'était qu'un mémo, une note informelle, un résumé de l'essai clinique que Manien avait rédigé sur un document Word. Selon Nino, 21 était le numéro de chambre de Julien Daumas, 1979, sa date de naissance. Quant à « 5699CB », c'était un code qu'elle avait maintes fois mentionné sur des dossiers de patients à remplir. Pour cause, c'était son numéro de badge d'interne, inscrit sur sa blouse pendant deux ans... Le reste de la ligne s'expliquait sans peine. 30-40-60, ce devait être des dosages. Quant au « VN », sûrement l'indication de la voie d'administration, la voie nasale. Et EV... état végétatif. Tous ces éléments réunis aboutissaient à une conclusion logique. Elle se mordit la lèvre inférieure et trembla de rage, contre la médecine, contre Manien, contre Benoît et contre elle-même. Elle avait sous le nez la preuve que non seulement elle avait eu vent de l'essai clandestin de Manien il y a dix ans, mais encore qu'elle y avait participé. Elle avait administré à Julien Daumas de fortes doses de Méseratrol qui l'avaient plongé pour un temps dans le coma, avant qu'il se réveille dans un état psychologique plus qu'instable…

Cyrille sentit tous ses organes devenir douloureux. Elle était entièrement responsable de la pathologie de son patient. Elle serra les dents, tentant de faire face, et passa en revue les options qui s'offraient à elle. Elle n'en avait pas trente-six. Elle sauta sur ses pieds, reprit son sac et claqua la porte de sa chambre.

-38-

À 21 heures, Cyrille Blake sonnait de nouveau à la porte de Sanouk Arom. Une lumière bleue clignota dans le salon du professeur, lui indiquant qu'un visiteur imprévu se présentait. Cyrille se retrouva nez à nez avec une vieille Thaïlandaise qui n'avait pas l'air ravi. Elle s'excusa, déclina son identité et demanda à voir Arom au prétexte que c'était très urgent. Mais cette fois-ci, elle ne se laissa pas enfermer dehors. Elle suivit la femme le long d'un couloir sombre aux murs laqués. À gauche, une pièce, salon-bureau, éclairée par un seul abat-jour rouge.

La première chose que perçut Cyrille en entrant fut l'odeur, ça sentait le haschisch à plein nez. Puis le bruit d'un glouglou, provenant d'un énorme narguilé sur une table chinoise basse. Un long tuyau en sortait et, au bout du tuyau, une masse affalée sur une banquette pourpre. La forme humaine releva la tête. Elle reconnut les longs cheveux blancs. Elle s'approcha, plus déterminée que jamais à connaître le fin mot de l'histoire.

— Professeur ?

Sanouk Arom se souleva avec peine et passa en position assise. Il semblait un peu sonné et mit quelques secondes à rétablir son équilibre et à rassembler ses pensées. Il finit par désigner un fauteuil en cuir face à lui. Cyrille s'assit, mains sur les genoux.

— Vous êtes allée voir le VGCD, dit-il en préambule, la voix sourde.

— En effet…

— Vous n'auriez pas dû.

Sanouk Arom tira sur sa pipe à eau. Cyrille Blake ignora la pique et alla droit au but :

— Comment avez-vous soigné les enfants trouvés à Surat Thani ?

— Je ne peux pas vous parler, je vous l'ai déjà dit.

— J'ai discuté avec mon mari, tout est arrangé, il ne vous fera aucun problème pour votre publication. Vous pouvez me parler de votre protocole.

— Je ne veux pas avoir de problème avant la publication de mes derniers résultats. Votre mari a un pouvoir énorme dans notre petite communauté. Vous le savez bien.

Cyrille se gratta la tête et s'éclaircit la gorge.

— Il s'est engagé à ne rien faire contre vous si je rentre me faire soigner à Paris, ce que je vais faire. Je viens juste discuter avec vous.

Elle détacha chacun de ses mots.

— J'ai besoin de connaître votre protocole de soins, c'est urgent.

— Votre époux ne voulait pas que j'entre en contact avec vous, il a ses raisons je suppose.

Cyrille changea de tactique. Elle se pencha en avant et dit à voix basse :

— Dites-moi, professeur. À quel stade de la maladie en êtes-vous, 7, 8 ?

— De quoi parlez-vous ?

— D'Alzheimer…

— Comment vous… Personne ne…

— Votre langue bleue. Vous prenez du bleu de méthylène à haute dose, n'est-ce pas ?

La moitié du visage d'Arom se crispa.

— C'est le seul médicament qui ait donné de bons résultats en essai clinique.

— Je sais, les résultats ont été publiés l'année dernière. Le haschisch aussi, c'est pour atténuer les effets de la maladie, non ?

Sanouk Arom ne répondit pas, une ombre triste obscurcissait son regard. Cyrille enfonça le clou :

— Dans six mois, un an, vous serez peut-être incapable de publier vos ultimes résultats. Si vous m'expliquez les paramètres de votre protocole, je vous aiderai à aller jusqu'au bout, je vous en donne ma parole. J'ai aussi aidé mon mari à vaincre son handicap pour publier ses études.

D'un coup, une lueur d'intérêt éveilla l'œil valide d'Arom.

— Son handicap ?

Cyrille n'avait plus rien à perdre et s'en fichait à présent de trahir son mari.

— Mon mari souffre d'une dyslexie rare due à une atteinte du lobe temporal, depuis un traumatisme crânien en 2000. Il ne sait plus écrire à l'endroit. Personne n'est au courant. Sans moi, il n'aurait pas pu achever ses travaux.

Cyrille se tut et attendit. Elle venait d'écorner sérieusement l'image de Benoît Blake et de fournir à Arom une monnaie d'échange inestimable en cas de problème avec le futur prix Nobel. Le professeur ne dit rien, mais ses traits se détendirent. Cyrille cria victoire silencieusement.

— Alors, professeur, comment avez-vous soigné ces enfants ?

Arom éluda encore :

— Que vous est-il arrivé, madame, pour avoir tellement besoin de le savoir ?

Soudain, Cyrille en eut marre de tourner autour du pot. Elle prit le parti de jouer cartes sur table.

— J'ai pris des drogues, je ne sais pas encore lesquelles, il y a dix ans. Et ça a provoqué chez moi une amnésie lacunaire.

Il aspira trois bouffées de haschisch, coup de langue bleue sur les lèvres.

— Ce sont des choses qui arrivent… Votre honnêteté vous honore. Bien. Vous feriez mieux de vous installer confortablement, c'est une longue histoire, voulez-vous du thé ?

Il se leva en s'aidant de ses mains, marcha pesamment vers une porte fermée dans le fond de la pièce. La main sur la poignée, il hésita. Cyrille vint à son secours d'une voix douce :

— Du thé… vous alliez chercher du thé.

Sans se retourner, le professeur ouvrit pour de bon la porte donnant apparemment sur la cuisine et parlementa avec la vieille Thaïlandaise qui répondit en grommelant.

* * *

Quelques instants plus tard, Sanouk Arom se lançait dans le récit le plus incroyable que Cyrille Blake ait jamais entendu.

Le vieil homme s'installa dans le canapé rouge, l'embout du narguilé collé aux lèvres, et se mit à parler, d'une voix claire :

— Lorsque le VGCD a recueilli le premier enfant amnésique sur les berges d'une petite bourgade au sud de Surat Thani, il y a treize mois, et me l'a confié, j'ai pensé que c'était un cas, malheureusement, comme tant d'autres, de maltraitance ou d'abus de drogues. Au deuxième, j'ai été surpris. Au troisième, franchement inquiet. J'ai envisagé toutes les hypothèses, y compris celle d'un nouveau virus qui aurait attaqué l'hippocampe ou le cortex cérébral. Mais les analyses n'ont rien révélé et les bilans sanguins étaient normaux. J'ai tenté différents traitements avec les trois enfants. Le seul qui ait donné des résultats, c'est la stimulation magnétique transcrânienne.

— J'ai essayé la SMT, l'interrompit Cyrille, ça n'a eu aucun effet.

— Moi aussi, au début, j'ai tâtonné et stimulé un peu au hasard sur le cortex cérébral, où se logent probablement les souvenirs, comme vous le savez. Sans vraiment améliorer leur état. Jusqu'au jour où j'ai eu l'idée de stimuler le cerveau des enfants, à une fréquence assez élevée, tout en leur montrant des images.

— Des images ?

Cyrille fronça les sourcils.

— Toute image qui aurait pu leur rappeler leur quotidien. Des images de fermes, de villes, d'animaux de basse-cour, d'une école, de voitures, de paysans… J'ai tout essayé. Et là, soudain, pendant une séance, le premier enfant trouvé a commencé à raconter des bribes de souvenirs épars.

— Êtes-vous sûr que ce n'était pas un faux souvenir induit ?

— Je ne peux pas en être sûr à cent pour cent, mais ce que les trois enfants ont raconté était concordant. Vous savez, c'est le cœur même de mon travail. J'ai montré il y a plusieurs années déjà que les souvenirs ne s'effacent jamais, ce sont les circuits qui mènent à eux qui s'affaiblissent. Il suffit de reconnecter les bonnes fibres pour faire rejaillir la mémoire…

Cyrille demeura pensive un moment puis demanda :

— Et donc, qu'ont-ils raconté ?

— Ils ont décrit… un camp, dans la jungle… et une plage.

Cyrille Blake ne bougeait plus, lèvres entrouvertes.

Sanouk Arom la regarda fixement et sourit d'un coup.

— On se connaît, non ? On s'est déjà rencontrés il y a longtemps avec votre mari ?

Cyrille bredouilla quelques mots :

— Professeur, je suis le docteur Blake, je suis venue vous voir à propos des enfants amnésiques…

Ils restèrent un moment sans parler. Sanouk Arom s'était retiré quelque part dans un coin secret de son cerveau. Aussi brutalement qu'il s'était absenté, il revint dans la conversation.

— La zone de Surat Thani est une région d'affrontement entre les gangs de Koh Samui, la pègre locale qui vit de toutes sortes de trafics. Alors, je me suis dit, en entendant les enfants, qu'un des gangs avait encore dû organiser un trafic dont ils ont le secret en trouvant une nouvelle drogue qui rendrait les enfants malléables et obéissants, mais qui leur fait perdre en partie la mémoire.

La vieille Thaïlandaise entra dans la pièce à petits pas et déposa devant eux un plateau portant une théière en porcelaine fumante. Le monologue d'Arom fut interrompu jusqu'à ce que tous deux tiennent dans leurs mains une tasse brûlante de thé noir.

— À présent, je vais vous raconter une autre histoire. J'ai achevé des travaux sur les circuits de la mémoire, il y a quinze ans, à l'université de Pittsburg, dans un laboratoire que je partageais avec un autre chercheur thaïlandais, plus jeune que moi, Rama Supachaï.

Arom tira longuement sur sa pipe à eau, puis expira un long trait de fumée épaisse et odorante.

— Notre objectif était de parvenir à effacer totalement les mauvais souvenirs d'un rat et… nous y sommes parvenus.

— J'ai lu vos publications. Vous avez découvert le principe de « reconsolidation mnésique ».

— C'est cela. Un souvenir est labile lorsqu'on se le remémore, poursuivit Arom. On peut le consolider pendant une remémoration, mais aussi le transformer. Et si un choc, une molécule ou autre vient perturber cette remémoration, le souvenir peut se fragiliser et même s'effacer, consciemment du moins… c'est ce qu'on a fait chez la souris.

Cyrille but le breuvage amer par petites gorgées.

— Vous avez perturbé le souvenir de la souris ?

— Oui. On l'avait conditionnée à avoir peur d'une balle rouge et d'une balle bleue. Nous sommes parvenus à lui faire oublier sa terreur de la balle rouge – mais pas celle de la balle bleue – en envoyant un courant électrique dans son cortex au bon moment…

— Effacement sélectif des souvenirs…

Arom reprit sa respiration.

— Absolument.

— C'est prodigieux.

— Merci… Oui, c'est une révolution. Après notre succès chez le rat, nos routes se sont séparées. On m'a proposé un poste au Brain Hospital que j'ai accepté tout de suite, car ma femme et mes filles se languissaient de revenir au pays. Je n'ai plus entendu parler de Rama Supachaï pendant deux ans, et puis un beau jour il est rentré à Bangkok lui aussi. Il travaillait pour l'hôpital public. Il n'était pas heureux. Il est venu me voir pour me mettre au courant de son projet, monter une clinique de tourisme médical et, selon ses dires, faire fortune.

— Une manne dans votre pays…

— Oui, les bénéfices sont énormes. Les étrangers, riches, sont prêts à tout tenter lorsqu'ils sont désespérés et ils y mettent le prix. Même si les techniques ne sont pas validées ou interdites dans leur pays.

— Et donc Rama Supachaï est revenu.

— Oui, pendant les deux dernières années, il avait tenté de mettre au point une méthode dérivée de nos travaux pour effacer les souvenirs, chez le petit animal, le gros mammifère, chez les primates et puis, enfin, les humains.

Cyrille Blake ouvrit la bouche, incrédule.

— Pour quoi faire ?

— Rendre le bonheur à des hommes qui souffrent ! Effacer tout ce qui les perturbe, les angoisse, les traumatise. Un peu ce que vous faites avec votre Mésératrol, non ?

— Non ! rétorqua vivement Cyrille. Nous supprimons la douleur, pas le souvenir lui-même !

— Je ne voulais pas vous heurter. Le fait est que Rama Supachaï pensait que la bonne voie, le Graal de la neuroscience, c'était ça, le bonheur par l'oubli.

— Avait-il testé sa méthode ?

— Je ne sais pas. Il voulait que je m'associe à lui, car s'il est un excellent manipulateur il est un peu faible en raisonnement théorique, il manque d'objectivité par moments. Pour moi, c'était hors de question. Je ne doute pas que ce soit un jour possible, mais avec quelles séquelles à long terme ? Quels effets secondaires ? Et puis j'étais devenu chef de service, et visais le poste de directeur. Par ailleurs, je me méfiais de ses fréquentations et de l'origine des fonds dont il disait disposer. Il s'est fâché, a disparu de nouveau et je n'ai plus jamais entendu parler de lui. Jusqu'à… aujourd'hui.

Cyrille Blake fit une pause puis porta une main à sa poitrine.

— Mon Dieu… la vidéo. Vous l'avez reconnu sur la vidéo d'Anuwat.

Les mains mouchetées du vieil homme tremblèrent sur l'embout de la pipe à eau.

— Anuwat me l'a envoyée juste avant de vous la montrer. Et, en effet, j'ai reconnu Rama Supachaï. Personne ne peut le confondre, il n'a ni cheveux ni sourcils. Ça m'a fait un choc.

— Et que fait-il d'après vous ? Il teste sa méthode sur des enfants ?

— Je n'ai pas le début de la moindre preuve. Mais c'est ce que j'ai pensé, oui.

La jeune neuropsychiatre battit des paupières.

— Il faut l'empêcher de sévir au plus vite.

— Pour cela, chère docteur, il nous faudrait un indice, pour savoir où il se cache avec les enfants.

Cyrille et Arom se regardèrent sans rien dire. La voix de Cyrille sortit soudain, raffermie :

— Il faut examiner la petite Dok Maï et appliquer votre méthode. Peut-être se souviendra-t-elle d'un détail qui nous permettra de remonter jusqu'à eux. Je ferai tout ce que je peux pour vous aider.

Sanouk Arom ferma son œil valide et respira un long moment.

— Les foyers sont en sous-effectifs et tout mon staff est réquisitionné pour le congrès. Je n'ai personne pour aller la chercher avant deux semaines et je ne peux lui faire faire le voyage toute seule.

Cyrille Blake se redressa.

— J'y vais !

— Vous ?

— Oui, je ferai l'aller-retour demain. Je pourrai être revenue avec elle après-demain soir et nous appliquerons votre protocole de traitement. Avec de la chance, elle nous aidera.

Arom sourit de son demi-sourire vertical.

— Votre aide serait inestimable.

— Alors, faisons cela, je vous ramène l'enfant et nous essayons la SMT avec elle.

— Je vous soignerai alors aussi… c'est promis.

Cyrille lui renvoya un sourire magnifique.

— Ce serait fantastique !

Arom et elle se levèrent. Il lui pressa les mains.

— Pardon de vous avoir si mal accueillie. Vous êtes une personne de grande qualité. Je vais contacter Anuwat de ce pas pour qu'il vous donne ses instructions et les détails du voyage. Soyez prudente. Ne vous attardez pas dans la zone.

— Je ferai l'aller-retour. C'est moi qui vous remercie. Pour la première fois depuis une éternité, je me sens mieux.

-39-

Dans le tuk-tuk qui la ramenait à l'hôtel, Cyrille était dans un état de grande nervosité et en même temps l'optimisme avait repris le dessus. Elle avait remporté une victoire sur l'adversité. Elle allait chercher la petite fille, elle agissait, cessant de subir les événements et Arom, le pauvre Arom, avait promis de l'aider pour de bon… Elle le croyait. Elle allait donner un coup de main au VGCD et le professeur la soignerait. Son téléphone vibra. Le numéro était masqué.

— Docteur Blake ? C'est Anuwat du VGCD.

— Bonsoir, Anuwat, le professeur vous a-t-il mis au courant ?

Le secrétaire du foyer lui expliqua brièvement qu'il venait de recevoir un SMS de Sanouk Arom l'informant de son départ pour Surat Thani, et qu'il fallait qu'il lui fournisse une autorisation de déplacement pour la petite. Sa voix était forte, son débit, rapide.

— Et puis j'aimerais vous faire rencontrer quelqu'un qui peut vous éclairer, ajouta-t-il.

— Bien sûr, dites-moi quand et où. Demain ?

— Désolé docteur Blake, il ne peut vous voir que maintenant.

— Il est minuit !

— Il ne travaille que la nuit. Je vous envoie l'adresse sur votre téléphone, vous pourrez la montrer au chauffeur de taxi.

— Je suis dans un tuk-tuk.

— Ah ! très bien, passez-moi le conducteur alors.

S'ensuivit un échange entre Anuwat et le chauffeur, lequel dépassa l'hôtel et rebroussa chemin vers le sud-ouest de la ville. C'était reparti pour une course à travers la mégapole illuminée. Puis le tuk-tuk quitta les grandes artères pour s'enfoncer dans des ruelles sombres. Cyrille se sentit confusément inquiète.

Les freins du tuk-tuk bleu grincèrent à un carrefour et le chauffeur bifurqua brutalement à droite. L'enseigne verte géante « Chang beer, Patpong » accrochée en travers de la rue indiqua à Cyrille qu'ils entraient dans les rues Patpong I et II, le quartier chaud de Bangkok. Elle n'y avait jamais mis les pieds. On trouvait ici tout ce qui se faisait de plus misérable en matière de commerce sexuel. Les néons lui agressèrent les yeux. Chaque devanture crachait des lumières et des musiques violentes. Des dizaines de Thaïs, jeunes hommes et femmes perchés sur des tabourets de bar ouverts sur la rue, souriaient aux passants, des *lady-boys*, des hommes imberbes travestis, déambulaient en minirobe moulante sur leurs talons compensés. Les enseignes criardes annonçaient « Show girl », « Safari gogos bar » et affichaient les pubs de toutes les bières locales. Ils croisèrent un énorme Européen moustachu au bras d'une frêle jeune fille d'à peine un mètre cinquante. Le cœur de Cyrille se serra. Elle maudit le touriste entre ses dents. Il y avait beaucoup de monde dans la rue. Des Occidentaux ivres zigzaguaient entre les prostituées et leurs clients, des gens dormaient sur le trottoir, des gamins mendiaient, des jeunes dansaient. Un autre vomissait à côté d'une poubelle.

Le tuk-tuk roula encore quelques mètres jusqu'à piler devant une façade ahurissante, à la décoration gothique, digne d'un jeu de Donjon et dragons.

L'enseigne « Metal Zone » annonçait la couleur, le temple du hard-rock. Cyrille descendit du tricycle et régla la course. Elle examina avec circonspection les gueules noires des bêtes monstrueuses qui la dévisageaient. Elle se dit que le jour, ça devait être moins impressionnant et que, décidément, l'espèce humaine était étrange, à aimer se faire peur. Elle entra dans le bar à musique, la foule humaine y était dense, partageant des effluves de bière et de sueur. Un groupe de hard-rock composé de trois rockeurs thaïlandais, cuir, métal et queue-de-cheval jusqu'au bas du dos, massacrait des riffs de guitare stridents. Cyrille aurait voulu se boucher les oreilles. Elle regarda sa montre. Il était presque 1 heure du matin. Anuwat avait de drôles d'idées. Elle n'eut pas à le chercher longtemps. Dès son entrée, il était là, il l'attendait. Toujours le même visage rond sympathique. Il désigna un des trois musiciens et cria « *my brother* », pour se faire entendre. Cyrille comprit en lisant sur ses lèvres. Le secrétaire se dirigea vers le bar, le dépassa puis, comme s'il était chez lui, ouvrit une porte de service et monta quelques marches gondolées. Ils pénétrèrent dans une petite cuisine.

La kitchenette était très étroite et visiblement peu utilisée. Elle avait pour tout mobilier un minifrigo, une petite table et deux chaises en plastique, un évier écaillé au-dessus d'un placard sans porte, contenant des paquets de sucre et de thé. Sur un tabouret tenaient en équilibre une casserole bosselée et un paquet de café instantané d'une marque locale. Derrière la table, une drôle de créature attendait assise. Un homme-femme, au nez refait, aux lèvres et aux seins gonflés, et le visage encadré par d'épais cheveux noirs. Anuwat ferma la porte, le brouhaha de la salle s'atténua.

— Je vous présente Renu. Renu, c'est le docteur Blake, dont je t'ai parlé.

Renu joignit les mains sous le menton.

Anuwat offrit la seconde chaise à Cyrille et resta debout.

— Renu travaille avec nous. Il nous aide à approcher les enfants des rues, à les mettre en confiance. Il a lui-même exercé dans le Sud avant d'arriver à Bangkok, notamment dans les îles, à Phuket, Koh Samui et Koh Tao. Arom m'a écrit qu'il pensait avoir reconnu un ancien collègue à lui, Supachaï.

Le regard de Cyrille allait du secrétaire du VGCD à Renu.

— Renu, dit Anuwat, peux-tu raconter au docteur ce que tu m'as dit ?

— Je connais Supachaï !

Cyrille Blake haussa les sourcils. Renu poursuivit :

— Les trafics de drogue, d'armes et la prostitution sont organisés par trois réseaux dans les îles. Supachaï en dirige un qu'on appelle la Ligue de Koh Samui. Il s'est aussi spécialisé dans les combat de boxe de mineurs.

Cyrille se pencha sur la petite table en plastique bancale qui bougea.

— Rama Supachaï, le chercheur en neurosciences, est devenu un chef de gang ?

Son ton était sceptique.

Renu plissa les yeux, faisant apparaître une unique ride verticale entre ses sourcils épilés.

— Non, pas Rama, Pot Supachaï.

Cyrille se tassa sur sa chaise et tapota sa bouche avec ses doigts.

— Il y a plusieurs Supachaï ?

Anuwat croisa les bras sur son éternel T-shirt blanc au logo de l'association.

— Il semblerait en effet que la famille Supachaï sévisse dans les îles du Sud pour faire des trafics en tout genre. Pot et Rama sont cousins.

Renu poursuivit :

— Pot Supachaï est très dangereux. Tout le monde le craint dans le milieu. C'est un ancien boxeur thaï. Il n'a aucune mesure de la valeur de la vie humaine.

Le jeune homme joignit les deux mains.

— Anuwat m'a dit que vous alliez au foyer à Surat Thani. Faites gaffe. Ne prenez pas de transport individuel, à cause du racket, méfiez-vous de toute personne qui vous demandera quelque chose. On enlève des femmes pour les droguer et les envoyer faire le tapin. En ce moment, ils sont tous sur les dents avec l'arrivée des Russes.

— Des Russes ?

— La concurrence est rude dans la prostitution, depuis que les Russes ont envahi les réseaux. Les blondes ont plus de succès que les Thaïes. Et l'année dernière, les premiers règlements de comptes ont eu lieu. Pot Supachaï a fait abattre deux prostituées russes sur la plage de Pattaya, au grand jour, comme avertissement. Depuis, il n'y a pas une semaine qui se passe sans bagarre. Vous devez faire attention.

Cyrille déglutit avec peine.

— Je ne ferai qu'un aller-retour et serai revenue demain.

— Oui, soyez vigilante et tout se passera bien.

Anuwat s'éclaircit la gorge.

— Ramenez-nous la petite, mais aussi, si possible, le téléphone portable qu'elle avait sur elle. Si quelqu'un le lui a donné et l'a libérée c'est qu'il cherche à nous aider. Il est possible qu'il ait laissé un autre indice pour qu'on trouve les enfants.

* * *

15 octobre

Il était 3 heures du matin quand Cyrille passa prendre sa clé à l'accueil du Hilton. Elle ne tenait plus debout. Le portier lui tendit sa carte d'entrée et une enveloppe fermée.

— Un fax est arrivé pour vous, madame Blake.

Dans l'ascenseur qui l'expédiait au dixième étage, Cyrille contempla l'enveloppe, réticente à l'ouvrir. *Encore des emmerdes en perspective ?*

Une fois dans la chambre, elle s'effondra sur son lit, lessivée. Ses yeux rougis brûlaient, elle avait mal aux pieds, au dos, à la tête et elle avait faim. Quand avait-elle mangé pour la dernière fois ? Elle se débarrassa de ses habits et se glissa dans les draps. Elle prit son téléphone pour régler le réveil à 8 heures puis, enfin, consentit à ouvrir l'enveloppe.

C'était une lettre manuscrite faxée sur un mauvais papier glacé. Elle reconnut l'écriture de Benoît au premier coup d'œil.

Elle se frotta les yeux et parcourut la missive, difficilement lisible pour quelqu'un de non entraîné. Parvenue au bout, Cyrille demeura de longues minutes pétrifiée. Elle recommença sa lecture depuis le début. Une fois les lettres remises dans le bon ordre, cela donnait à peu près cela :

> *Cyrille.*
>
> *Le Hilton m'a prévenu de ton arrivée.*
>
> *J'ai reçu un étrange coup de téléphone de R.M. tout à l'heure, il avait lui-même été le destinataire d'un soi-disant e-mail de moi. J'ai compris ton petit stratagème qui a fort bien fonctionné du reste.*
>
> *Que te dire de plus, je crois que tu as compris. Oui, j'étais au courant du dossier et j'ai préféré te le cacher. J'aimerais t'expliquer pourquoi.*
>
> *Il y a dix ans, R.M. m'a demandé que je lui fournisse ce qu'il fallait pour réaliser un essai. Je l'ai fait sans penser à mal. Lorsque, par la suite, tu m'as appris la teneur de l'expérience, que tu avais découverte, j'ai tout de suite compris que nous mettions en danger nos carrières et nos vies. Je t'ai dissuadée de dénoncer R.M. car nous étions trop impliqués et nous risquions de tomber avec lui.*

Lorsque tu as quitté S.F. avec moi, je t'y ai encouragée. Une fois à Bangkok, quand tu es revenue de ta « fugue » tu n'as plus abordé le sujet. Par la suite non plus. J'ai respecté ton silence, pensant que tu voulais tirer un trait sur le passé. Ce n'est qu'il y a quelques jours que j'ai compris que tu avais réellement tout oublié. C'est vrai, j'ai eu peur que la vision de J.D. ne déclenche une réminiscence, alors j'ai essayé de te convaincre de le transférer.

En faisant cela, j'ai voulu à tout prix nous protéger, que le passé reste où il est.

J'espère ne pas me tromper en disant à R.M. que tu ne tenteras rien contre lui. Personne n'aurait à y gagner.

Je t'aime et souhaite plus que tout au monde que tu pardonnes ce mensonge qui n'avait d'autre but que de nous préserver.

Aime-moi encore.

B.

-40-

15 octobre, matin

Cyrille Blake avait revêtu un pantalon long et s'était couvert les épaules. Elle acheta un ticket au guichet et passa le contrôle. Le Wat Phra Kaeo était le temple bouddhiste le plus célèbre de Thaïlande, construit à la fin du XVIIIe siècle pour accueillir le sublime bouddha d'émeraude. Cyrille s'était levée le matin, après une courte nuit agitée, avec le désir de se promener dans cet endroit, pour faire le point. Il était 10 heures, elle s'y était rendue dès l'ouverture. Elle déambula dans l'ensemble architectural, une impressionnante composition de toits multicolores, de sculptures, de stupas dorés, de façades recouvertes de miroirs, de verre, de faïence… Elle monta les marches du temple principal. Le besoin de se rendre dans un lieu de culte s'était imposé de lui-même, en sortant de l'agence de voyages du Hilton. Dans son sac à main, elle avait un aller-retour pour Surat Thani, départ le soir même.

En calculant bien son coup, avec un retour en train dans la journée, elle serait revenue à Bangkok demain dans la soirée. Elle raterait le début du colloque mais pourrait assurer sa présentation. Surtout, elle aiderait Arom à découvrir la vérité et Arom l'aiderait à retrouver sa mémoire. Qu'importe ce qu'avait écrit Benoît, elle voulait savoir exactement comment cela s'était passé, comment elle avait pu tremper dans un essai clinique clandestin, au mépris de ses convictions. Elle serait très prudente, et tout se passerait bien. Elle fit une pause sur les marches, sortit son téléphone portable, entra dans le fichier images et afficha encore la photo de la petite Thaïlandaise.

Cyrille contempla tristement le sourire de Dok Maï. *Qu'est-ce qu'ils t'ont fait ? Comment vais-je faire pour t'aider ?* Elle détourna son regard en soupirant pour admirer les toits des temples, colorés comme des tapis. Ça, au moins, c'était magnifique.

Elle fit la queue devant la chapelle royale qui abritait la fameuse statuette du bouddha d'émeraude. Au XVe siècle, à la suite de la destruction du temple, on découvrit à Chiang Rai une statuette de bouddha recouverte de stuc. Mais le stuc s'effrita doucement, révélant au grand jour une enveloppe de jade. La statuette sacrée voyagea jusqu'au Laos pour finalement revenir en Thaïlande, où elle fut installée dans cette chapelle et ne bougea plus. Le lieu était vénéré, adoré, on se déplaçait de tout le pays pour y prier.

Cyrille Blake suivit la procession, son esprit en ébullition se calmait peu à peu. Ici, ce que l'on venait chercher était plus grand que soi, dépassait les émois terrestres, les petits et grands tracas. Les malheurs ne semblaient pas moins douloureux, mais devenaient moins insurmontables. Ici, on comprenait qu'on ne subissait pas le sort, qu'on l'acceptait, que la souffrance et la joie étaient les deux faces d'une même pièce. Cyrille se dit qu'elle n'avait jamais ressenti cette vérité si lucidement qu'en cet instant. Elle effleura du bout des doigts la lourde porte ouvragée qui donnait sur une salle majestueuse ornée du sol au plafond. Elle suivit la foule. Au centre de la pièce, trois baldaquins d'or emboîtés les uns dans les autres portaient la stèle sur laquelle se tenait le bouddha assis. Devant Cyrille, les visiteurs s'agenouillèrent. Elle les imita.

Oui, c'était ça. Les malheurs n'étaient qu'une composante de la vie. Ils passaient, comme la joie, laissant place aux événements et aux sentiments suivants. Sur le mur était peint le récit de la légende de Siddharta. Cyrille se remémora cette parabole. Le jeune moine avait parcouru le monde et les croyances pour trouver la sagesse et le bonheur. Mais, finalement, c'était auprès d'un vieux passeur du fleuve qu'il les avait trouvés. Il avait découvert la sagesse en lui-même, au fil de l'eau, symbole de l'impermanence.

L'impermanence.

Elle garda ce mot en tête, le fit résonner. Il avait, aujourd'hui, un goût particulier.

Depuis qu'elle avait abandonné les cas de psychiatrie lourde pour se consacrer aux névroses plus légères, elle avait cru que sa vie serait toujours à l'identique, aisée, facile. Une pente ascendante, sans heurts.

Mais non. Les choses ne pouvaient pas aller ainsi, car les choses changeaient tout le temps. Elle aurait pu avoir un cancer grave, une maladie incurable. Elle avait des troubles mnésiques et avait été – peut-être – capable de violence incontrôlée. Pire, il semblait qu'il y a dix ans, une autre elle-même avait accepté de participer à une expérimentation inhumaine. Cette autre n'avait pas mesuré la portée de ses actes et avait précipité au moins un patient dans la psychose. Comment avait-elle pu aller outre ses principes déontologiques ? Qu'est-ce qui l'avait animée ? L'avait-on contrainte, menacée ? Benoît avait-il fait pression sur elle ? Elle regarda le bouddha, comme les centaines d'autres pèlerins. Il était en position de méditation, très petit, rendu immense par la foi des gens. *Est-il possible qu'en moi existe une autre, sans scrupules ?* Une femme s'était assise en tailleur à côté d'elle, son bébé lové au creux des jambes. Elle fermait les yeux, ses bras ronds entourant son enfant qui suçotait une tétine en plastique. Cyrille se demanda en quoi consistait « son » bonheur à elle. De quoi était-il fait ? La quiétude, le travail, l'affection de Benoît. Elle fut surprise de ne trouver que des réponses qui ne la satisfaisaient pas entièrement.

Un aiguillon lui piqua le cœur. Elle comprit alors que la chaleur d'une vraie famille lui manquait. Elle aurait aimé avoir des enfants qui attendaient son coup de téléphone quelque part, là en ce moment, qui comptaient sur elle. Elle se sentit horriblement seule. Elle inspira, expira, plusieurs fois. Elle changea de position, et replia ses jambes sous elle.

— Lily…

Cyrille fit un bond. Il était contre elle, tout contre. Son corps se glaça, son cœur cessa de battre.

— Que faites-vous là ? chuchota-t-elle en baissant les yeux.

— Je viens te voir, répondit Julien sur le même ton.

— Pour quoi faire ?

— Te demander quelque chose.

Cyrille regarda à droite, à gauche, aucune échappatoire possible et, même si elle s'échappait, à quoi cela servirait-il ? Une vie s'était écoulée depuis leur dernier entretien. Elle avait peur, mais elle se dit qu'elle allait l'écouter et il s'en irait.

— Sortons, articula-t-elle avec le plus de fermeté possible.

Ils reculèrent puis se levèrent, sans tourner le dos au bouddha. *Est-il armé ?* Les questions bombardèrent son esprit. Ils se rendirent sur le parvis. Julien Daumas lui attrapa le bras, pas tendre.

— Je ne te retiendrai qu'un instant. T'es OK pour prendre un café ?

Il lui avait posé la question avec une surprenante courtoisie, qui jurait avec la fermeté de sa main. Il offrit un sourire séduisant, maître de lui.

— Bien, fit Cyrille qui lui jeta un coup d'œil en biais.

Il portait un jean, une chemise bleu ciel ouverte sur un T-shirt blanc, et son éternel sac photo en bandoulière. Il fit tomber sur ses yeux une paire de Ray-Ban fumées. Où était passé le jeune homme dépressif et malheureux qu'elle avait reçu quelques jours auparavant dans son cabinet ? Ils descendirent les multiples marches du temple, en regardant droit devant eux, laissèrent passer un policier, avec l'étrange impression de partager un secret.

— Où voulez-vous que nous allions ? demanda Cyrille à voix basse.

— Il y a des cafés en face de l'entrée principale.

Ils traversèrent l'esplanade des temples, longèrent l'école de massage thaïlandais et le Palais Royal. Cyrille dégagea son bras doucement.

— Je ne vais pas m'enfuir.

Ils marchèrent d'un bon pas, côte à côte, sans se parler ni se regarder. Julien la dépassait d'une bonne tête. Il semblait plutôt tranquille. Cyrille se rongea l'ongle du pouce. L'indécision, la peur de se tromper, la culpabilité, la colère et la crainte pour sa sécurité se bousculaient dans son esprit. Elle avait le cœur qui battait dans la gorge. Qu'allait-elle faire de lui ? Elle voulait s'en débarrasser au plus vite, mais, en même temps, il représentait probablement un danger pour les autres. Pouvait-elle le laisser s'éclipser et disparaître en toute conscience ? Fallait-il le dénoncer à la police ? Et pour quel motif ?

Elle s'étonna de ne pas avoir anticipé cette rencontre et ces questions. Elle avait vécu dans la crainte qu'il ne surgisse, mais n'avait pas prévu l'étape suivante. Elle transpirait à grosses gouttes sous sa chemise tout en étant réfrigérée à l'intérieur. Sans échanger un regard, ils atteignirent la guérite des gardes de la porte d'entrée. Une armada de Japonais se faisait photographier en train de singer les statues de bouddhas. D'autres touristes posaient devant les gardes en uniforme. Cyrille passa une main dans ses cheveux. Où était passée sa capacité à prévenir les situations ? À avoir un ou deux coups d'avance sur ses patients pour ne pas se laisser surprendre ? C'était comme si son cerveau refusait de travailler, cessant d'émettre des hypothèses. Il était pétrifié. Elle était en train de se laisser porter par les événements. C'était grave.

Les poings dans les poches de son jean, le menton levé, une barbe blonde de plusieurs jours, Julien était beau et donnait l'apparence trompeuse d'un jeune homme sain et sûr de lui. Il ne parlait pas. Ne semblait même pas en exprimer le besoin. Pour la première fois, Cyrille se dit que sa présence avait quelque chose de viril qu'elle n'avait pas remarqué lors de leurs précédentes rencontres. Parvenu devant le boulevard du Palais, d'un mouvement protecteur du bras, il l'arrêta. Il attendit que le feu passe au rouge puis il la « fit » traverser. Cyrille s'efforça de prendre une expression la plus neutre possible. Elle devait jouer son rôle de thérapeute, autant qu'elle le pouvait, c'était sa seule chance de le tenir à distance.

Le Wat Bar était rempli de touristes, attablés en terrasse, sur le large trottoir du boulevard en face du Palais, protégés du soleil par des auvents jaunes. Il restait deux places libres derrière une tablée d'Allemands. Julien s'adressa en thaï à la jeune serveuse qui tenait un plateau avec une dizaine de bouteilles de bière en équilibre. La serveuse rit en fermant à demi les yeux et lui indiqua la petite table, au bord de la route, après avoir pris leur commande de deux cafés. Cyrille s'assit, son sac serré sur les genoux, se demandant encore une fois où était passé le jeune homme fragile venu en consultation. Et où s'était envolée sa belle assurance de directrice du Centre Dulac. Elle voulait engager la discussion, pour garder un certain contrôle sur le cours des événements, mais ne savait pas par où commencer. Peur de trahir son manque d'assurance, voire sa peur. Julien l'observait sans rien dire. Le silence entre eux ne semblait pas le déranger. Cyrille, elle, bouillait. Elle finit par parler :

— C'est ma nièce qui vous a dit que j'étais en Thaïlande ?

Le sourire de Julien s'effaça. Il ne répondit pas. Cyrille se rasséréna. Les gouttes de sueur qu'elle vit perler à la racine des cheveux de son interlocuteur le trahirent. Il n'était pas si décontracté que cela. La serveuse vint déposer deux tasses de café devant eux. Cyrille se concentrait pour prendre les rênes de la discussion, en soupesant ses mots comme si elle était encore dans son fauteuil de thérapeute et lui sur le divan. Mais elle sentait que la relation s'était déséquilibrée, elle avait changé. Quand ? Comment ? Pourquoi ? Impossible à dire. De toute évidence, elle ne dirigeait plus les débats. Elle prit la tasse de café d'une main et la porta à ses lèvres. Avant de boire, elle l'interrogea :

— Que vouliez-vous me demander de si urgent ?

Julien but son café noir d'un long trait.

— J'ai besoin de savoir ce que tu sais.

Il la tutoyait toujours, elle l'ignora, le moment était mal choisi pour le contrarier.

— À propos de quoi ?

— Sur le traitement que j'ai subi à Sainte-Félicité.

Cyrille détourna brusquement le regard. Cela n'échappa pas à Julien.

— Un traitement qui m'a fait oublier ce qui est arrivé à ma mère.

Cyrille Blake reposa sa tasse de café un peu trop brutalement. Elle renversa quelques gouttes sur la table. Ses traits exprimèrent une vive surprise.

— Votre mère ?

— Elle n'a pas eu d'accident.

— Excusez-moi, je ne comprends pas de quoi vous parlez.

— J'ai trouvé ça chez Marie-Jeanne.

Il sortit la coupure de journal et la déplia sur la table bien à plat. Cyrille lut entre ses doigts.

> *Le Provençal*, 20 juin 1991.
>
> Drame au Vallon des Auffes : une employée de La Mie de Pain, l'association d'aide aux plus démunis, Laurianne Daumas, a été frappée mortellement hier soir par un homme. Son jeune fils Julien, qui a assisté à la scène, a été recueilli par ses grands-parents.

— T'étais au courant ? questionna Julien.

— Bien sûr que non, se défendit Cyrille en lisant plusieurs fois la dépêche.

Elle leva les yeux sur lui.

— Je suis désolée... Vous m'aviez dit que... qu'elle était décédée dans un accident, non ?

— Ça fait plus de vingt ans que je le crois aussi. Mais elle a été assassinée !

Sa voix s'étrangla. Le petit garçon en lui se révolta.

— J'avais onze ans, presque douze. Comment ai-je pu oublier cela ? Qu'est-ce que tu m'as fait pour que j'oublie ça ?

Ses narines frémirent de colère, il se gratta le poignet gauche avec la main droite.

— Explique-moi...

Cyrille ouvrit la bouche, la referma, balbutia, mit ses coudes sur la table et ses mains en coupole devant sa bouche. Elle réfléchit plusieurs secondes, évaluant les différentes alternatives, et choisit la plus directe.

— Écoutez, j'ai quelque chose à vous dire qui ne va pas être facile à entendre. Peut-être qu'après, vous accepterez de vous faire soigner.

Les yeux gris de Julien Daumas fixèrent intensément celle qui avait été son médecin. Il croisa les bras et attendit.

— J'ai appris, pas plus tard qu'hier, que certaines erreurs ont été commises à Sainte-Félicité.

— Quelles erreurs ? interrogea Julien brutalement.

Cyrille cilla plusieurs fois.

— Dans le but de traiter un traumatisme, un médecin a prescrit des traitements trop forts à certains patients il y a dix ans, dont vous. Il semble que ce traitement ait brouillé certaines zones de votre cerveau. Ce serait l'explication de votre amnésie. Le médicament était censé atténuer la douleur de votre traumatisme. Il l'a probablement carrément effacé.

Julien se crispa.

— Mais je ne peux pas avoir oublié ce qu'on a fait à ma mère…

— Consciemment si. Mais inconsciemment, votre cerveau n'a pas oublié. Ce qui expliquerait vos cauchemars récurrents, vos crises d'angoisse. Vos… mutilations… Ce sont les symptômes d'un stress posttraumatique caractérisé.

Julien battit des paupières.

— Je n'ai pas pu l'oublier, répéta-t-il, buté.

— Je vous répète que vous ne l'avez pas oublié. Votre cerveau sait qu'il s'est passé quelque chose de tragique, il cherche à le faire émerger de votre inconscient de toutes ses forces.

— Mais ce n'est qu'un rêve. La réalité, je ne m'en souviens plus. Si je m'en souvenais, j'aurais retrouvé cet… enfoiré.

— Pour quoi faire ?

— Me venger.

— Vous… venger ?

— Oui, il n'a pas été jugé, car on l'a considéré comme schizophrène, irresponsable.

— Comment le savez-vous ?

— Je l'ai lu sur le Net.

Cyrille remarqua que les doigts du photographe s'étaient crispés sur la table. Ses lèvres n'étaient plus qu'une fine ligne blanche. Il ne fallait pas qu'il fasse une crise ici, avec tous ces gens autour. Elle se concentra sur ce qu'elle devait dire pour ne pas l'affoler.

— Je suis vraiment désolée pour vous, Julien. C'est terrible d'apprendre une telle nouvelle de cette façon. C'est pourquoi il faudrait vous faire prendre en charge. Pourquoi avoir fui mes consultations à Paris ?

— Parce qu'à Paris, je suis en danger...

Cyrille se racla la gorge.

— En danger ? Qui vous veut du mal ?

— Ceux de Sainte-Félicité... il m'ont envoyé un tueur. Je comprends pourquoi, maintenant. On a voulu me faire taire.

Cyrille garda un visage neutre. Julien Daumas développait une tendance paranoïaque évidente.

— Ah oui...

Le docteur Blake dévisagea un long moment son patient. Soudain, son sac vibra. Elle sortit en toute hâte son téléphone. Benoît. Elle se leva.

— Je reviens dans cinq minutes, attendez-moi là.

* * *

Elle slaloma entre les tables archi-combles et s'éloigna sur le boulevard pour atténuer le bruit des conversations.

— Allô ?

— Cyrille, c'est moi, as-tu reçu ma lettre ?

Cyrille soupira.

— Oui, je l'ai lue.

Benoît Blake avait l'air très affecté, *évidemment.*

— Dis-moi juste que tu me pardonnes, s'il te plaît.

Cyrille se massa la racine des sourcils.

— Écoute, je... Trop de choses m'arrivent en même temps, je ne sais plus ce que je dois penser. Il faut que je me pose pour faire le point.

— Tu dois me comprendre. J'ai fait cela pour nous.

— Oui, oui, j'ai saisi, Benoît, mais je suis encore sous le choc de tout ce que je viens d'apprendre. Tu as protégé Manien…

— Peut-être, mais si je le dénonçais, je te dénonçais toi…

— Mais comment… comment ai-je pu accepter une chose pareille ?

— Je ne sais pas…

Cyrille appuya fortement sur ses yeux. Quelque chose clochait, mais quoi ? Elle préféra changer de sujet de peur de dire des choses irréfléchies qu'elle regretterait.

— As-tu des nouvelles de Marie-Jeanne ? Je l'ai eue hier matin, et elle n'était pas en forme.

Silence à l'autre bout du fil.

Cyrille regarda passer sur le trottoir d'en face un groupe d'une centaine de militants politiques vêtus de T-shirts jaunes, portant des banderoles, qui déambulaient le long du Palais Royal.

— Benoît, tu es toujours là ?

— Mon Dieu… lâcha Blake d'une voix sinistre.

— Quoi, que se passe-t-il ?

— Elle a été agressée.

Cyrille redressa la tête d'un coup.

— Que dis-tu ?

Benoît marqua une longue pause.

— Elle a été agressée.

Cyrille sentit tout son sang s'échapper de son corps, puis remonter à son cerveau en ébullition. Elle eut envie de hurler dans le téléphone.

— Elle est blessée ?

— Oui…

— Que lui est-il arrivé ?

— Elle… comment dire… on l'a aveuglée.

— Avec du gaz lacrymogène ?

— Oh non… Si tu savais. On lui a… C'est tellement horrible…

— Mais vas-y, bon sang !

— On lui a crevé les yeux.

Cyrille serra le téléphone comme pour le broyer.

— Quoi ?

— Mais elle va bien. Elle pourra recouvrer la vue avec une greffe de cornée. Les médecins l'ont assuré.

Cyrille ouvrit la bouche sans émettre un son. Puis, au bout de plusieurs secondes, elle recouvra l'usage de la parole.

— Les yeux… Putain de bordel de merde !

C'était la première fois de sa vie qu'elle employait cette expression à haute voix. Une boule remonta du fond de la gorge pour venir lui serrer la glotte, elle se glaça d'effroi et porta une main devant sa bouche.

— Mon Dieu, mais quelle horreur… Qui a pu ?

Lentement, elle pivota sur ses talons et ses yeux se posèrent sur le jeune homme blond attablé à vingt mètres d'elle. D'une voix blanche, elle murmura :

— C'est lui, Benoît.

— Qui, lui ?

— C'est lui qui a fait ça.

— Qui ?

— Julien Daumas.

La voix de Benoît était de plus en plus caverneuse.

— Oui, je sais, elle l'a avoué, ils étaient amants. C'est une sale ordure.

Cyrille prit une grande inspiration.

— Il est là.

— Qui ?

— Julien Daumas, il m'a retrouvée, il est là.

— Comment ? Que fait-il là-bas ce misérable ? rugit Blake.

— MJ lui a dit où je me trouvais.

— Ce n'est pas possible !

— Si, il est là.

— Tu es en danger, Cyrille ! Va voir un policier tout de suite et fais-le arrêter.

— Et sous quel prétexte veux-tu que je le fasse arrêter ?

Le silence de Benoît fut éloquent. Il n'avait pas de solution à apporter. Non, il n'y avait rien à faire. Loin de France, Julien Daumas était libre comme l'air.

— Emmène-le à l'hôpital, le temps que je me débrouille pour faire venir un policier en passant par mes contacts en France. Je saute dans le prochain avion. Attends-moi, je peux être là demain soir.

Cyrille réfléchissait à toute allure. Elle ne voyait pas comment, elle, sans force physique, ni arme, allait pouvoir retenir prisonnier un homme de la stature de Julien. Le jeune homme s'était retourné sur sa chaise et la dévisageait à présent, fixement. Il allait comprendre qu'elle parlait de lui. Il fallait qu'elle abrège. Elle écrasa le téléphone contre son oreille pour bien se faire entendre.

— OK. Je vais tout faire pour le retenir. Et on se retrouve à Bangkok, au Hilton, demain soir.

* * *

« Marie-Jeanne, c'est Cyrille. Je viens d'avoir Benoît au téléphone, et il m'a dit ce qu'il t'est arrivé. Je suis encore sous le choc. Je t'assure que tout va s'arranger. On va te soigner. Et… Julien sera jugé et condamné. C'est promis. Je te câline comme ma fille. Je t'embrasse. Appelle-moi dès que tu le peux. »

Cyrille raccrocha, une boule dans la gorge, et s'appuya sur le lavabo en faïence des toilettes du Wat Bar. Elle fit couler de l'eau froide et s'aspergea le visage. Elle s'essuya avec des serviettes en papier, luttant contre les larmes.

En sortant des toilettes, Cyrille cacha ses yeux striés de rouge derrière ses lunettes noires. Julien Daumas, lui, ôta ses Ray-Ban. Elle s'était rarement sentie aussi mal. Jusque-là, elle avait géré des problèmes qui la concernaient, elle. Mais maintenant, c'était MJ. MJ était à l'hôpital, avec deux trous béants à la place de ses magnifiques yeux bleus. Son seul crime avait été de tomber amoureuse d'un malade. Elle se maudit. Elle était doublement coupable. Pour une raison obscure, elle avait précipité ce jeune homme dans la folie. Et, de surcroît, elle n'avait pas su protéger sa nièce de lui. Elle avait pressenti que quelque chose clochait, mais n'était pas allée jusqu'au bout de son raisonnement. Elle culpabilisait comme jamais.

Il était midi. Elle se glissa derrière la petite table avec lenteur. Elle vit que Julien avait commandé ce qui ressemblait à deux grenadines. Il fallait qu'elle soutienne son regard gris métallique. Ses mains tremblaient, son visage était livide, elle avait envie d'exploser en sanglots. Cet enfoiré avait osé toucher à sa nièce chérie. Elle sentait dans ses veines couler une violence brûlante jamais encore éprouvée. Elle se força à détendre ses doigts au prix d'un effort surhumain. *Tu vas payer, je vais te faire payer ce que tu as osé lui faire.* Elle détendit les muscles de sa mâchoire, un par un. C'était une partie d'échecs qui commençait.

— Excusez-moi, c'était la clinique, j'ai un cas délicat à gérer à distance.

Elle désigna du doigt le breuvage rouge sang.

— Qu'est-ce que c'est ?

— Du jus d'hibiscus.

— Ah ! bien.

— Je me suis dit que cela nous rafraîchirait.

La voix de Julien avait repris son assurance tranquille. Mais Cyrille s'était murée dans un silence hostile.

— Sans doute, dit-elle, crispée.

Cyrille prit le verre et le porta à ses lèvres. C'était sucré. Réconfortant. La jeune serveuse vint déposer sur leur table une assiette de minibrochettes de poulet avec des petites serviettes en papier. Cyrille voulait donner le change, avoir l'air décontracté. Ce type était un grand malade, sa décision était ferme et définitive, elle allait l'emmener où elle voulait et le ferait coffrer. Elle avait les deux mains autour de son verre, le froid calma ses nerfs.

Julien Daumas avança une main et voulut lui caresser les doigts. Cyrille esquiva le geste brusquement.

— Alors, ils t'ont fait la même chose ?

— Quelle chose ? demanda Cyrille.

— Ils t'ont effacé la mémoire.

Sa voix avait vibré. Cyrille haussa un sourcil, mais garda autant qu'elle le put un air neutre. Elle but une gorgée de jus d'hibiscus. Julien ne se laissa pas démonter.

— Je l'ai su dès que t'ai revue à ton cabinet. J'ai su que tu avais tout oublié. Tes yeux ont changé. Avant, on y voyait des paysages. Aujourd'hui, ils se sont obscurcis.

Cyrille saisit une brochette et grignota un morceau de poulet du bout des dents. Elle n'avait pas faim mais cherchait à se donner une contenance. À trouver du courage aussi. Elle répéta mentalement sa phrase avant de la prononcer avec le plus de naturel possible.

— Vous avez raison, je fais aussi un blocage mnésique. Et je dois me faire soigner, comme vous.

Julien Daumas se recula dans son siège. Son regard gris ne la quittait pas.

— Pourquoi tu te confies à moi, soudain ?

Cyrille se racla la gorge et joua avec le bâtonnet de sa brochette.

— Je vous parle de mon blocage mnésique, Julien, parce que vous avez le même. Et que je pense avoir une solution.

— Ah oui, laquelle ?

— Nous devons rentrer à Paris tous les deux, et nous faire suivre au Centre. Je viens d'apprendre que la stimulation intracrânienne intensive ciblée donnait des résultats.

— Pourquoi pas…

— Mais je ne peux pas rentrer avant trois jours. Je dois faire un aller-retour à Surat Thani, à huit heures d'ici, et je dois assister au congrès après. Je pense donc que le mieux pour vous serait d'aller au Brain Hospital jusqu'à mon retour. Je connais le chef de service. Cela ne posera pas de problème et vous serez bien suivi.

— Non.

Julien avait assené son refus comme une évidence.

— Non ?

— Je n'irai pas à l'hôpital et je ne veux pas être soigné par quelqu'un d'autre que toi.

Elle se tut et laissa s'installer un silence.

— Le Brain Hospital est de grande qualité et vous y serez soigné comme à Paris. Je serai de retour dans vingt-quatre heures.

— Non. Soit je reste avec toi, soit je me tire.

Cyrille essuya une goutte de sueur qui perlait sur sa tempe. Son patient était dangereux. Elle était morte de trouille mais en même temps elle avait la conscience aiguë qu'elle ne pouvait le laisser filer dans la nature. Il était une menace pour toute personne qui le contrarierait. Elle soupesa les alternatives, évalua les solutions. Elle n'avait pas envie de jouer les héroïnes, n'était pas spécialement courageuse, mais jamais elle ne pourrait vivre avec l'idée qu'elle avait laissé échapper sciemment un criminel qui pouvait frapper à tout moment. Et s'il attaquait une autre gamine ? Ce serait encore sa faute, qu'elle porterait jusqu'à la fin de ses jours. Elle but la moitié de son verre, prit son courage à deux mains et finit par dire :

— Bien. Je vous propose de m'accompagner, mais à une condition.

— Laquelle ?

Cyrille se pencha en avant et baissa d'un ton :

— Je vais vous prescrire un traitement. Vous le prendrez au moment où je vous le dis, chaque fois que je vous le dis.

— Pourquoi ?

— Vous avez des pulsions sadiques, Julien. Elles se déclenchent lorsque vous ne pouvez surmonter votre anxiété. Je ne veux pas me retrouver en position de devoir me défendre.

— Je ne te ferai jamais de mal.

— Je vous crois. Mais disons que c'est mon assurance vie. Si vous acceptez de vous plier à mes conditions, je vous emmène avec moi.

Julien était d'accord. Il ne quitterait plus Cyrille. Ils rentreraient à Paris et elle le soignerait. Peut-être que ce serait enfin la fin de ses tourments. De ceux qui vous font fuir en permanence, vous empêchent de vous poser quelque part, de peur de faire du mal. Il se cala contre la chaise en métal et se tassa un peu.

— OK, fit-il doucement.

Le groupe de manifestants politiques avait traversé le boulevard et fait demi-tour, il se dirigeait vers eux à présent. Pantalon noir et T-shirt jaune, ils brandissaient leurs banderoles appelant à de nouvelles élections. Julien les regarda s'approcher. Les prochains suffrages risquaient de se finir en émeutes si le gouvernement ne faisait pas le ménage dans son parti, corrompu jusqu'au cœur du système. Les Thaïlandais avaient fait fuir un Premier ministre véreux, mais celui-ci se représentait sans vergogne pour reprendre le pouvoir. Le photographe plissa les yeux, la lumière, voilée par une mince couche nuageuse, soulignait le jaune canari des T-shirts, donnant à la scène une ambiance quasiment fluo. Une bonne photo à faire, qu'il aurait pu vendre à des agences de presse qui couvraient les élections.

Mais il se sentait incapable de prendre le moindre cliché à cet instant. Les manifestants n'étaient plus qu'à dix mètres, ils allaient envahir le café et il y aurait peut-être du grabuge. Des échanges de tirs avec leurs opposants avaient eu lieu à l'aéroport récemment. Julien attrapa son sac photo et passa la bandoulière autour de son cou. Il se leva.

— Julien ?

— Oui.

— Il faut que je repasse à l'hôtel et fasse quelques courses avant de prendre le train. Vous me suivez ?

Il acquiesça.

Elle se leva à son tour, les jambes molles. Elle n'était pas sûre d'avoir pris la bonne décision, loin de là.

-41-

À 17 h 30, Cyrille sauta au bas d'un tuk-tuk et pénétra dans la gare ferroviaire de Bangkok, abritée sous une gigantesque coupole métallique qui lui conférait un air de hangar aérospatial. Julien et elle s'étaient séparés dans l'après-midi, se donnant rendez-vous dans le train même. Cyrille regrettait déjà son choix. Que ferait-elle si Julien Daumas avait une nouvelle crise ? S'il devenait ingérable et dangereux ? Pour seule arme, elle avait fait le plein de médicaments dans une pharmacie du centre, grâce à sa carte internationale de médecin. Elle avait enfourné le sachet blanc dans son petit sac de voyage, avec quelques habits et sa trousse de toilette.

Elle parcourut du regard le large hall lumineux. Le sol marbré était joliment orné de formes géométriques et recouvert de fauteuils en plastique rouge, la plupart occupés par des familles encombrées de paquets. Cyrille eut l'impression qu'elle voyait tout ceci pour la dernière fois. Elle s'obligea à positiver. Elle déchiffra le tableau des départs, encadré par deux portraits du roi et de la reine de Thaïlande en costume d'apparat.

Elle identifia le train de nuit et, en jetant des coups d'œil inquiets par-dessus son épaule, gagna la plate-forme. En marchant, elle composa le numéro de téléphone du foyer VGCD de Surat Thani qu'Anuwat lui avait confié. Une jeune femme très aimable lui répondit aussitôt.

— Bonjour, madame, je suis le docteur Blake. Je suis chargée par le professeur Arom de venir chercher Dok Maï.

— Oui, bonjour, docteur Blake, je suis Katy, la responsable du centre. Je suis enchantée de vous entendre. Anuwat m'a téléphoné pour m'expliquer que vous arriviez demain matin. Nous viendrons vous chercher à la gare.

La voix était dynamique et sympathique, probablement anglo-saxonne. Katy souhaita un bon voyage à Cyrille et raccrocha.

Une demi-heure plus tard, Cyrille longea le train à la recherche de la voiture 8. Un wagon-lits de première classe, réservé aux voyageurs étrangers, lui avait-on expliqué à l'agence de voyages. Elle s'était acheté un sandwich au poulet, un cookie et une bouteille d'eau, pour tenir jusqu'au lendemain matin. Une fois devant la voiture, Cyrille se hissa sur les quelques marches métalliques du wagon. C'était la première fois qu'elle prenait un train thaïlandais. Elle entra dans la voiture qui, contrairement aux trains français, n'était pas divisée en compartiments. Le wagon n'était qu'un long boyau aux armatures chromées. De part et d'autre de ce grand corridor s'alignaient des couchettes sur deux niveaux, que l'on pouvait occulter par des rideaux épais bleu électrique. On accédait au niveau supérieur par une courte échelle métallique. *On dirait le dortoir d'une navette spatiale*. Elle soupira. Ce n'était pas exactement ce qu'elle avait imaginé. On se marchait dessus, ça sentait l'oignon et le gras. Aucune intimité, aucune sécurité. Son numéro de billet correspondait à l'avant-dernière couchette du wagon, celle du bas. La banquette était cependant large et confortable, on y tenait facilement à deux. Elle y posa son sac et s'assit, perplexe. Quelques étrangers s'étaient déjà installés. Ils parlaient allemand et anglais, des bières à la main, ça promettait. Soudain, Cyrille vit des pieds chaussés de tongs qui dépassaient d'une couchette supérieure, à deux rangs d'elle. Son cœur s'accéléra, elle se leva.

— Julien ?

Les pieds ne bougèrent pas.

Cyrille s'avança et prit appui sur le premier barreau de l'échelle. Julien Daumas était allongé, yeux clos, deux écouteurs d'un baladeur MP3 dans les oreilles. Cyrille lui toucha légèrement l'épaule. Le jeune homme sursauta et enleva ses écouteurs.

— Salut !

— Tout va bien, Julien ? Vous avez pris votre billet ?

— Oui.

Son sac photo et son sac de voyage étaient entassés au fond de la couchette.

— Nous arriverons à Surat Thani à 5 h 34, ce n'est pas le dernier arrêt, alors, je vais mettre mon réveil. Ensuite, nous irons au foyer du VGCD pour aller chercher la petite fille que nous ramènerons par le train de midi, pour être de retour demain soir. OK ?

— Ça marche, répondit Julien en hochant la tête.

Cyrille le regardait fixement.

— Vous avez de quoi dîner ?

— Oui, je me suis acheté des brochettes, des gâteaux et un Coca. Et toi ?

— J'ai ce qu'il faut.

Il avait soudain l'air d'un adolescent, avec son baladeur.

— Julien…

Le jeune homme se redressa totalement et s'assit, jambes dans le vide.

— Oui ?

Cyrille sortit un pilulier de la poche de son pantalon. Elle l'ouvrit d'un coup d'ongle.

— Prenez-en deux maintenant.

— Ça va me faire dormir ?

— Non, pas du tout. Ça va seulement vous éviter les bouffées d'angoisse.

Julien attrapa les comprimés à regret. Cyrille fit mine de sourire et attendit que le jeune homme ait avalé les pilules avec une gorgée de soda.

— Passez une bonne nuit.

— Toi aussi.

Cyrille regagna sa couchette, pleine de doutes. Ce qu'elle venait de lui donner devrait l'assommer sérieusement pour les six heures à venir. Une sorte de camisole chimique qui assurerait qu'il ne passe pas à l'acte. Mais après ? Une fois sur place ? Elle ne pourrait pas l'abrutir toute la journée...

Les couchettes n'étaient pas toutes occupées. Un groupe de trois Hollandaises tendance hippie bavardait dans le couloir, et deux jeunes Anglais tentaient de lier connaissance.

Elle se tassa sur sa couchette et tira le rideau bleu. Le long de la fenêtre, un filet d'air glacé s'échappait de la climatisation poussée à fond.

Plusieurs coups de sifflet lui indiquèrent que le train allait partir. Elle regarda sa montre et, soudain, pensa à Youri. Il allait l'attendre au Hilton ce soir. Elle n'avait aucun moyen de le prévenir de son départ. Tant pis.

Le train s'ébranla. Elle tourna la tête vers la vitre et regarda défiler les rails tandis que le train prenait de la vitesse. Les piliers de béton, puis le quartier de la gare, gris et morne, qui s'obscurcissait de minute en minute. Elle songea à MJ... Une vague de crainte la submergea. La nuit dans ce train lui faisait peur. Elle aurait tout donné en cet instant pour que le soleil se lève aussi vite qu'il était en train de disparaître. L'obscurité allait l'envelopper et l'isoler encore davantage, lui faire perdre ses repères. Elle se sentait comme une bouée à la dérive, sur un océan noir, sans attache sûre.

Elle pensait avoir avancé, mais ignorait en quoi consistait cette avancée. Elle ne se sentait pas plus apte à comprendre ce qu'il lui était arrivé qu'avant ce voyage en Thaïlande. La seule chose dont elle était sûre n'était pas très glorieuse. *J'ai sérieusement déconné il y a dix ans et j'en paye l'addition aujourd'hui.* Ce blocage mnésique lui avait fait oublier les essais expérimentaux de Manien auxquels elle avait participé. Comment, elle, qu'on surnommait l'ayatollah de la déontologie pendant ses études de médecine, avait pu tremper dans un essai clandestin qui avait lésé le cerveau de plusieurs patients ? C'était inconcevable. Avait-elle refoulé l'expérimentation qu'elle réprouvait ? Non, l'hypnose serait venue à bout de cette dissimulation. Or, sous hypnose, la seule chose qui était apparue avait été sa grande colère contre Manien et… Arom.

Un instant, elle se demanda, à l'instar de Benoît, si cela valait vraiment la peine de triturer sa mémoire pour découvrir un passé qu'elle allait détester. Brusquement, le train s'engouffra dans un tunnel et Cyrille fut happée par le noir, ses tympans se bouchèrent et son angoisse augmenta d'un cran. Elle déglutit pour équilibrer ses oreilles et se détourna de la fenêtre. Non, Benoît lui avait menti et il avait tort. Rien n'était pire que l'ignorance.

Elle fit plusieurs cycles respiratoires pour calmer l'anxiété qui l'envahissait. Elle décida qu'il fallait dormir pour que le lendemain matin arrive plus vite. Elle mâchonna la moitié de son sandwich, qui s'avéra gras et indigeste, et but quelques gorgées d'eau glacée. Elle emballa les restes dans un sac plastique. Puis déposa les draps et la couverture sur la couchette et cacha son sac de voyage sous son oreiller. Il était tôt, mais elle s'allongea tout habillée, la tête sur son bras replié. Elle alluma la loupiote au-dessus de sa tête et s'occupa avec son i-Phone. Elle relut ses textos et les documents envoyés par Nino et Tony. Elle afficha encore une fois le visage de Dok Maï qui regardait l'objectif avec son sourire éclatant. Elle bâilla plusieurs fois de suite. C'était le moment d'éteindre la lumière.

* * *

Lorsqu'elle rouvrit les paupières, tout était silencieux et obscur, le rythme saccadé de la locomotive lui rappela où elle était. Elle avait dormi. Et même rêvé qu'elle déambulait dans les sous-sols d'un hôpital désert. Son badge 5699CB, épinglé sur sa blouse, brillait dans la lumière des néons.

Ses pupilles se dilatèrent, cherchant à percer l'épaisseur de la nuit. Elle écarta un coin du rideau bleu, le wagon était plongé dans la pénombre, faiblement éclairé par l'auréole blafarde de trois veilleuses bleues au plafond. Pas un mouvement, pas un bruit, hormis des ronflements. Quelque chose l'avait réveillée. Mais quoi ? Elle se redressa à demi pour regarder le couloir. Le rideau de la couchette de Julien était grand ouvert, la couchette vide.

Et soudain, elle comprit son erreur.

Elle n'avait pas demandé à Julien de tirer la langue après avoir pris ses comprimés, comme on l'exigeait de manière systématique à Sainte-Félicité. Elle n'avait pas osé, estimant qu'elle avait assez d'ascendant sur lui pour se faire obéir. Elle s'était laissé amadouer par son comportement raisonnable. Elle n'aurait pas dû.

Sous ses airs faussement candides et rêveurs se cachait un criminel. Il se baladait probablement dans ce train, un couteau à la main, pour faire couler le sang, parce que seule la douleur l'apaisait. Cette idée se dilata dans son cerveau de manière démesurée. Elle se mit à trembler de frayeur. Il fallait qu'elle se lève, qu'elle le cherche. Elle palpa son sac de voyage, dissimulé sous son oreiller, et en sortit un sachet en plastique scellé contenant trois seringues de barbituriques. Il fallait qu'elle se lève à présent, mais elle mourait de peur, son corps refusait de répondre. *Pourquoi aller me jeter dans la gueule du loup ?* Elle serra les poings, les ongles enfoncés dans ses paumes pour se donner du courage. *S'il tue quelqu'un, je serai entièrement responsable.* Elle grinça des dents à s'en faire mal, ses pieds bougèrent enfin. Ils heurtèrent quelque chose de dur derrière elle.

Tout son corps se raidit d'effroi.

Elle n'était pas seule sur la couchette.

La seringue à la main, elle pivota sur elle-même, millimètre par millimètre, les pupilles dilatées. Julien était allongé à côté d'elle, sans la toucher. Il la regardait, ses yeux gris luisant dans la nuit. Cyrille leva le bras pour le piquer là où elle le pouvait. Il la stoppa d'une poigne d'acier.

— Que vas-tu faire, Lily ?

Cyrille venait de basculer dans un film d'épouvante. Le temps s'était arrêté. Julien la jaugeait dans l'obscurité, lui serrant le poignet de la main qui tenait la seringue.

— Que me voulez-vous ? questionna la jeune femme apeurée.

Julien lui fit lâcher la seringue et la récupéra avec précaution.

— Que veux-tu me faire ? Donne-moi les autres.

Cyrille Blake obtempéra et lui remit le sachet de seringues qui disparut sous le T-shirt de Julien. Cyrille eut un hoquet de panique.

— Que me voulez-vous ? répéta-t-elle.

Elle se retourna totalement vers lui, ils étaient allongés l'un en face de l'autre à présent.

— Je veux simplement te protéger.

La poitrine de Cyrille se leva et s'abaissa plusieurs fois de suite, elle cherchait de l'air, oppressée.

— Vous n'avez pas pris les médicaments que je vous ai donnés.

— Je les ai recrachés. J'ai eu peur de ne pouvoir te secourir dans la nuit s'il y avait un problème.

Il y eut un silence. Le jeune homme semblait sincère. Peut-être disait-il vrai et il n'était pas judicieux de le contrarier. Julien se débarrassa de la seringue sur le rebord de la vitre où la climatisation larguait son air réfrigéré aux relents de ferraille et alluma la loupiote de chevet au-dessus d'eux. D'un coup, l'atmosphère se réchauffa un peu et Cyrille respira mieux. Puis Julien eut un geste inattendu. Il caressa la joue de la jeune femme.

— Quand vas-tu comprendre que je ne te veux pas de mal, Lily ?

— Cessez de m'appeler ainsi !

— Ce n'est pas ton surnom ?

— Comment le savez-vous ?

Cyrille se mordit les lèvres et le regarda avec appréhension, redoutant ce qu'elle allait entendre.

— C'est toi qui me l'as dit…

Il avait parlé tranquillement, comme si c'était la chose la plus évidente du monde.

— Quand ? Comment ? Julien, je n'en ai jamais parlé à personne…

Pour la première fois, Julien lui sourit.

— Ça me flatte, alors.

— Quand vous ai-je raconté cela ?

— À Sainte-Fé, quand j'étais interné, répondit Julien.

Cyrille mordit ses lèvres.

— Qu'est-ce que je vous ai dit exactement ?

Julien se retourna sur le dos, un bras derrière la tête. Cyrille pouvait sauter de la couchette et courir donner l'alerte, mais elle ne le fit pas. Elle était happée par le gouffre qui était en train de s'ouvrir sous ses pieds. Oublier le visage d'un patient était effrayant. Oublier qu'elle s'était confiée à lui de manière intime était dramatique. Une autre elle-même avait développé une relation personnelle avec ce jeune homme, au mental dérangé. C'était forcément écrit quelque part dans son cerveau, mais où ? Elle détailla le profil de Julien, ses longs cils. Elle voulait qu'il parle, elle voulait qu'il se taise, elle ne savait plus ce qu'elle voulait.

— Je ne me souviens pas comment je suis arrivé à l'hôpital, dit-il d'une voix douce. Je devais être dans un sale état. Mon premier souvenir là-bas, c'est d'avoir un tuyau dans la gorge, quand on m'a gavé d'un liquide infâme, épais et noir comme du pétrole, et qu'on m'a fait vomir à répétition. Ensuite, c'est toi. Quand j'ai ouvert les yeux, que j'étais au fond du trou, c'est toi que j'ai vue. Tu étais toute jeune, intimidée, même si tu cherchais à le cacher.

Julien sourit, plongé dans son évocation.

— Tu m'as dit : « Bonjour, je suis interne et je vais m'occuper de vous. » Et tu l'as dit d'une telle façon, en me lançant un regard si franc, si emprunt de gentillesse que je me suis senti la personne la plus importante du monde. J'avais l'impression que tu n'avais pas d'autres patients que moi. Que toute ta science, tes connaissances, tu allais les dédier à me guérir, moi. Quand on se sent moins que rien, juste bon à crever, que personne ne s'inquiète que vous ne soyez pas rentré, parce que personne ne vous attend… Ce regard-là, qui vous fait exister, c'est comme donner de l'eau en plein désert à quelqu'un d'assoiffé, c'est lui sauver la vie.

Cyrille battit des paupières, sans rien dire.

— Les autres médecins que j'ai vus, quand tu n'étais pas de garde, n'ont jamais porté ce regard-là sur moi. Les autres, tu veux que je te dise, ils ne me regardaient même pas. Ils entraient en trombe pour compléter mon dossier médical en m'interrogeant. Ils voulaient me soutirer des informations en dépit de mon état dépressif. Ils menaient une course contre la montre, parlant à un débit rapide et fort comme si j'étais sourd. Ils voulaient seulement que je m'adapte à leur rythme alors que j'avais tant besoin de souffler. Parfois ils venaient même à plusieurs et discutaient de moi au-dessus de ma tête. Comme si j'étais absent ou mort. Et quand j'essayais de savoir ce qu'ils allaient faire de moi, quelle thérapie ils envisageaient pour lutter contre mes cauchemars, mes crises d'angoisse, ils faisaient semblant de s'intéresser à ce que je disais, juste pour être polis et pouvoir sortir de la chambre le plus vite possible.

Cyrille ne disait toujours rien. Julien se retourna à nouveau vers elle. Il n'avait pas parlé autant depuis longtemps.

— Du coup, je n'ai voulu aucun autre médecin que toi. J'ai décidé que je resterais muet avec les autres.

— Vraiment ?

— Tu ne te souviens de rien, ma parole.

La sensation de danger immédiat s'était atténuée. Cyrille reposa la tête sur son bras replié, elle ferma les paupières et les rouvrit.

— Non, de rien.

Mais elle se rendit compte, en disant cela, qu'elle mentait. Elle ne se souvenait pas des mots, des phrases échangées ni des séances de thérapie. OK. Mais la proximité de Julien Daumas ne lui était pas étrangère. L'impression était difficile à définir. Ils ne se touchaient pas, mais elle sentait son souffle, elle percevait son odeur corporelle et ça ne l'indisposait pas, elle n'avait pas envie de reculer. C'était presque familier.

— Et donc, reprit-elle, c'est lors de ces séances de psychothérapie que je me serais confiée à vous ?

— On a dû se voir une dizaine de fois mais, à chaque fois, c'était très intense. Nous nous sommes livrés. Durant les dernières séances, tu m'as raconté quelques-unes de tes histoires tristes.

Cyrille fronça les sourcils.

— Tristes ?…

— Oui, ta mère, l'internat, la carrière musicale que tu aurais aimée… ton père qui t'appelait Lily…

Julien Daumas prononçait ces paroles avec délicatesse, comme s'il avait saisi à quel point chaque mot de sa part la perturbait. Cyrille se retourna à son tour sur le dos, une main plaquée sur les yeux, tremblante. Ce gars, allongé près d'elle, avait été plus proche que ses rares amis actuels. Car s'il y avait bien une chose que la jeune femme ne racontait jamais à personne, c'était son enfance.

Son enfance n'était pas un sujet de fierté, aucune raison de s'en vanter. Et elle n'avait jamais fait le travail intérieur suffisant pour pouvoir en parler avec détachement. Le mot « internat » pouvait encore la faire rougir et l'évocation de ses parents lui donnait parfois envie de pleurer. Quant à la musique, c'était son jardin intime. Et lui, il l'aurait tellement mise en confiance qu'elle se serait dévoilée ? Exactement comme il avait dû procéder avec Marie-Jeanne… MJ. Elle imagina sa nièce, deux pansements sur les yeux, et toute l'horreur de ce dont Julien était capable lui revint dans la figure. Elle se mordit la langue pour ne pas l'attaquer sur ce point, elle était en trop mauvaise posture pour l'affronter. Le jeune homme était une bombe à retardement, il fallait le manipuler avec une extrême prudence.

C'était par son charme et son calme qu'il avait séduit la jeune fille, l'avait entraînée dans sa folie. *Tu ne m'auras pas, moi.* Elle se raidit et eut un renvoi acide dans la gorge. La colère soudaine et violente qu'elle éprouva lui redonna de l'aplomb.

— Julien, si vous voulez que je vous emmène avec moi, je vous demande de prendre ce cachet et d'aller vous coucher, s'il vous plaît.

Le jeune homme fut surpris par le changement brutal de ton, mais ne la contredit pas. Pendant quelques instants, il avait cru retrouver la Cyrille qu'il avait connue et aimée, mais elle avait de nouveau disparu. Il s'assit.

— D'accord.

* * *

Paris, 19 heures

Nino Paci s'était vêtu chaudement pour sortir dîner. Il fumait dans le froid sur le trottoir devant chez lui, attendant que Tony passe le prendre en scooter dès sa sortie du bureau. Ils avaient réservé dans l'un des japonais de la rue Sainte-Anne. Nino se promit de parler d'autre chose pendant le dîner que de Cyrille, des fichiers, de l'expérimentation, de Manien. Il n'avait pas reçu de réponse de la jeune femme à son dernier envoi et s'inquiétait de nouveau.

Nino pressentait qu'il allait lui-même au-devant de sérieux problèmes. Bien qu'il soit en journée de récupération, Colette l'avait inhabituellement appelé chez lui cet après-midi.

— Manien m'a réclamé les fichiers que je t'ai donnés ! lui avait-elle appris, la voix sombre.

Nino s'était troublé. Pourquoi Manien s'intéressait-il de nouveau à ces patients, des années après ?

— Que lui as-tu répondu ?

— Que je n'y avais pas touché, bien sûr. Mais quelqu'un t'a dénoncé en lui révélant que tu avais fouillé dans son ordinateur.

— Putain, c'est pas vrai. Qui ?

— Paul.

— Ce petit con d'interne ?

— Oui.

— Il n'en rate pas une pour faire de la lèche au patron, lui !

À présent, Nino fulminait. Oui, il pressentait qu'il allait avoir des problèmes.

Il perçut le bruit d'un deux-roues qui démarrait à quelques mètres de lui. Nino s'avança au bord du trottoir, exhalant des nuages de fumée. Tony ? La moto surgit d'une ruelle sombre, bifurqua dans sa direction et, à sa hauteur, mit les gaz. Nino n'eut le temps de rien faire, la moto fonça sur lui et le heurta de plein fouet.

* * *

Benoît Blake faisait les cent pas dans le salon de l'appartement, comme un vieux lion en cage, impatient. Il appela Air France pour la énième fois afin de savoir si une place pour Bangkok s'était libérée. Il était prioritaire avec sa carte de fidélité.

L'agent lui répondit par l'affirmative. Benoît remercia le ciel et acheta son billet pour le soir même.

Son vol décollait dans trois heures. Il réserva aussitôt un taxi et entassa dans un sac deux chemises et un pantalon pris au hasard, y fourra son passeport et sa brosse à dents. La sonnerie de la porte interrompit ses préparatifs précipités. Il grogna, gagna la porte d'entrée et l'ouvrit brusquement, prêt à déverser sa mauvaise humeur sur celui qui venait le déranger. Il tomba nez à nez avec la carte tricolore de deux policiers en tenue.

— Monsieur Benoît Blake ?

— Oui ?

— Veuillez nous suivre, s'il vous plaît.

Benoît Blake ne fut plus qu'un point d'interrogation, il eut un mouvement de recul.

— Et en quel honneur, je vous prie ? s'écria-t-il.

L'un des deux policiers, le plus âgé, rangea sa carte.

— On veut juste vous poser quelques questions et prendre vos empreintes, comme on le fait avec tous ceux qui ont pu se rendre dans la chambre de Mlle Marie-Jeanne Lecourt.

Blake haussa les épaules.

— Évidemment que vous allez trouver mes empreintes dans la chambre de bonne ! C'est chez moi, je la prête à ma nièce.

Le policier ne se démonta pas.

— Vous allez nous expliquer cela au poste, veuillez nous suivre, s'il vous plaît.

— Je ne peux pas, j'ai un avion à prendre. Ma femme a besoin de moi.

Le policier fit comme s'il n'avait pas entendu et brandit une paire de menottes devant son nez.

— Vous voulez vraiment qu'on vous voie sortir avec ça ?

Benoît obtempéra, fou de rage.

-42-

16 octobre

Julien actionna la sonnette du taxi collectif qui freina dans un grincement strident sur le bord de la route. Le jeune homme glissa quelques bahts au chauffeur et aida Cyrille à sauter du pick-up. Contrairement à ce que Katy du VCGD avait dit, personne n'était venu les chercher à l'arrivée du train et le numéro de téléphone sonnait occupé. Ils avaient donc décidé d'atteindre le centre par leurs propres moyens. Ils se retrouvèrent seuls sur une route goudronnée peu fréquentée à cette heure matinale, à la sortie de la petite ville de Surat Thani. À droite, le somptueux bord de mer, l'eau cristalline du golfe de Thaïlande léchant une plage poudreuse déserte, bordée de palmiers. À gauche, une plantation d'hévéas à perte de vue, scindée en deux par un large sentier rectiligne.

— T'es sûre que c'est là ? demanda le jeune homme.

— C'est ce que j'ai noté sur le plan, en tout cas.

Les arbres, droits et fins comme des I se tenaient au garde-à-vous, en rang serrés, leurs troncs saignés par un cathéter d'où s'écoulait une sève blanche et épaisse. Le liquide s'agrégeait dans une écuelle au sol. Deux paysannes avaient garé leur carriole en bord de route pour vendre des bananes, des noix de coco et des sucreries aux ouvriers de la plantation. Cyrille s'aventura jusqu'à elles et acheta quelques fruits et des gâteaux. Elle essaya de dire aux deux femmes qu'elle voulait les emballer pour les enfants du centre, en désignant le chemin de la main. Les vieilles sourirent sans avoir vraiment l'air de comprendre.

Dans la lumière violette du petit matin, à cinquante mètres de là, des ouvrières étaient déjà à l'ouvrage. Deux femmes et deux gamines en jupe et corsage bleu récoltaient le caoutchouc des arbres dans de grands seaux. Plus loin, deux autres transvasaient le mélange gluant dans des moules en métal. Cyrille observa la scène. Elle se sentit étrangement calme et détendue. La brise marine tiède sur son visage fleurait bon les vacances. Elle ferma les yeux, les cheveux au vent, et profita de ces courtes secondes de paix.

Julien s'était éloigné de quelques mètres, son appareil photo à la main. Il demanda l'autorisation aux travailleuses de les photographier. Tandis que Cyrille payait les paysannes, elle se retourna vers Julien. Il avait l'air si sûr de lui et si paisible. *Une fois à Paris, je le ferai hospitaliser et je le soignerai le mieux possible. Après, il devra payer pour ce qu'il a fait.*

De son côté, Julien Daumas se disait pour la millième fois que l'aube était son moment préféré. Entre les arbres, on devinait la mer, massive, infinie, son élément ; même si elle était trop calme à son goût. Julien photographia les femmes, leurs mains qui travaillaient le caoutchouc. Il zooma sur les arbres. Et soudain, il s'identifia à chacun d'eux. Éloigné de ses congénères, porteur d'une blessure béante dans le ventre qui ne se refermerait jamais. Il se sentait seul, aussi seul qu'on puisse l'être pour un homme. Sa mère… Il chassa cette pensée, mais elle s'imposa… sa mère assassinée. *Assassinée.* Ses seuls grands-parents… disparus. Des amis intimes, il n'en avait pas. Et sa vie amoureuse… une succession de pointillés douloureux. Ses seules relations professionnelles se résumaient à quelques directeurs d'agences de photo et des organisateurs de compétition de surf. En réalité, personne ne le connaissait vraiment. *Clic,* il immortalisa la saignée d'un hévéa, se demandant si l'arbre souffrait de ce tuyau planté dans sa chair. *Clic.* Il songea à la sensation que pourrait procurer cette tranchée dans son bras. Cette idée fit baisser la tension dans son crâne.

Clic. Il ne laisserait sur terre, après sa mort, que ses photos de la nature, d'animaux, de vagues, de surf. Il avait toujours été différent. Petit, il n'aimait lire que les récits de voyages, parcourir les recueils de photographie, et rêvait devant la mappemonde de noms aussi exotiques que Colombie-Britannique ou Tasmanie. Les jeux de garçon ne l'intéressaient pas. Il trouvait ses camarades bruyants, agités, violents. Il passait ses dimanches et ses mercredis après-midi à regarder la

Méditerranée, à marcher dans les calanques dont il connaissait les moindres rochers, à constituer des herbiers. Il s'allongeait, nez au vent, face à la mer, et discutait silencieusement avec le ciel et le ciel lui répondait. Il fit une pause et observa les petites feuilles des hévéas immobiles. Il avait l'impression que des esprits s'adressaient à lui et riaient. Et c'était vrai. Quelqu'un riait. Deux jeunes filles vêtues de bleu tassaient la matière collante avec leurs pieds, dans une sorte de plat incurvé, en jetant à l'étranger des regards intimidés.

Julien chercha Cyrille des yeux ; elle était là-bas, sur le sentier, à l'attendre sans bouger. Ils échangèrent un long regard, sans animosité.

Il la rejoignit et tous deux s'engagèrent sur le sentier côte à côte sans un mot. Il voyait qu'elle l'observait à la dérobée. Lui aussi scrutait la courbe de son profil, ses cheveux châtains-roux. Pourquoi avait-elle sacrifié ses reflets blonds ? Ils parcoururent en silence cinq cents mètres à travers la plantation jusqu'à parvenir à un mur d'enceinte décrépit. Derrière, ils découvrirent deux bâtiments en dur formant un L. Peut-être une ancienne maison d'ouvriers. Dans la cour de terre battue, ils virent des vélos couchés par terre, un petit toboggan en plastique, des buts de football, un mât avec le drapeau blanc au logo du VGCD. Et pas âme qui vive. Cyrille et Julien s'avancèrent.

— Je vais dire que vous êtes mon collègue, ce sera plus simple, déclara le docteur.

Son sac de friandises à la main, Cyrille frappa à ce qui devait être la porte d'entrée. Pas de réponse. En fait, la porte était ouverte.

— *Hello ! Is there anybody inside ?* cria-t-elle.

Ils entrèrent. Le silence les enveloppa.

À l'intérieur, le chaos était indescriptible.

Une école après le passage d'un cyclone. Tout avait été saccagé.

Il n'y avait plus personne.

Un air vicié de tombeau.

Cyrille et Julien Daumas se tinrent cois au beau milieu de l'entrée, bras le long du corps, incapables de prononcer la moindre parole. Un couloir partait sur la gauche, un autre sur la droite. En face d'eux, une salle de jeux, du moins ce qu'il en restait. Deux bibliothèques avaient été jetées à terre, répandant des vieux livres au sol. Des chaises et des tables en bois renversées et brisées. Sur le mur, des tags en thaï avaient été peints rageusement à la bombe rouge. Cyrille avança de quelques pas et s'accroupit pour saisir la sandale d'un enfant. Elle se releva et demeura immobile, la petite chaussure à la main.

— Que s'est-il passé ? finit-elle par articuler. Je les ai eus au téléphone hier, tout allait bien.

Julien prit le couloir de droite et ouvrit la première porte. Une pièce vide. Il en ouvrit une autre.

Cyrille se força à réagir. Elle sortit son i-Phone et rédigea un message pour Sanouk Arom et Anuwat Boonkong. Ses doigts tremblaient tellement qu'elle dut s'y reprendre à plusieurs fois.

« Sommes arrivés à Surat Thani. Le foyer a été saccagé. Il n'y a plus personne. Que doit-on faire ? Prévenez la police ! »

Elle appuya sur la touche « envoyer » et inspira plusieurs fois avec peine, la cage thoracique comprimée. Elle reprit son inspection de la pièce. Le hurlement de Julien lui fit dresser les cheveux sur la tête.

Elle resta figée plusieurs secondes, puis son cerveau donna l'ordre à ses jambes de bouger. Elle piqua à droite en appelant son ancien patient. La première pièce était une petite cuisine, vide. Il était dans la seconde, assis sur un lit en fer, ses baskets piquetées de taches de sang. Quand il leva ses yeux sur elle, ils étaient noirs de colère.

— Pourquoi ? cria-t-il.

— Pourquoi quoi, Julien ?

— Ils s'en sont pris à des enfants innocents ! Pourquoi ?

Le sang gouttait de la paume de sa main.

— Ne bougez pas.

Cyrille fouilla dans son sac et sortit un antiseptique et des pansements. Elle le soigna et lui parla aussi doucement qu'elle le put.

— Vous n'avez pas à vous faire du mal, vous n'êtes pas coupable.

— Si ! On aurait dû arriver plus tôt. On les aurait sauvés.

— Ils sont sûrement tous en sécurité, ils ont dû s'échapper.

— J'ai rien pu empêcher ! Encore une fois !

— Vous ne pouvez rien contre des forces qui vous dépassent, contre la pègre thaïe. C'est à la police de s'en charger.

Il s'agrippa à elle. Cyrille tendit une main.

— Donnez-moi ce que vous cachez, s'il vous plaît.

Soudain, elle eut la certitude qu'elle avait déjà vécu cette scène, avec lui. Cette prise de conscience la déstabilisa. Ce n'était pas le fruit de son imagination. Elle se souvenait. Elle en était sûre à présent. Julien ne quittait pas le sang des yeux.

— Il a tué ma mère !

— Oui, je sais, c'est arrivé. Mais vous faire du mal ou faire du mal à quelqu'un fait aussi du mal à votre mère, qui vous aimait. Alors, il faut arrêter. Donnez-moi ça.

Julien desserra sa prise et déposa dans la paume de Cyrille un couteau de cuisine.

— Je vais vous donner vos cachets. Ça va aller.

Tout à coup, elle eut une autre vision. Julien était allongé sur un lit d'hôpital, des tuyaux dans la gorge, dans le coma. Et elle se vit, elle, debout, impuissante, la rage au ventre, anéantie d'avoir fait du jeune homme un corps sans vie sous respirateur.

Elle atterrit brutalement.

Sa mémoire revenait.

— Nous allons alerter la police et nous rentrerons à Bangkok. C'était une folie de vous emmener ici. Je n'aurais pas dû. Je ne me rendais pas compte…

Que vous étiez si fragile, eut-elle envie d'ajouter. Mais elle se retint.

— Julien, si ça recommence, que vous ressentez le besoin de vous faire mal ou de blesser quelqu'un et que vous attrapez un objet tranchant, forcez-vous à frapper la terre, un arbre, un rocher, n'importe quoi, mais pas vous ou un être vivant.

Une vibration dans sa poche. Elle sortit son i-Phone. Le nom de « MJ » s'affichait. Cyrille eut le réflexe de cacher l'écran de téléphone et se leva d'un bond.

— Attendez-moi là, je reviens dans cinq minutes.

Elle s'éloigna rapidement de Julien Daumas, déverrouilla son appareil et appuya sur « décrocher ».

— MJ ?

— J'ai eu ton message, Cyrille. Il m'a fait très plaisir. J'ai essayé de te rappeler, mais je n'arrivais pas à te joindre.

La nièce de Cyrille parlait comme une enfant.

— Je sais, je suis désolée, ma chérie. Mais je suis dans un coin où le portable ne passe pas partout. C'est une histoire compliquée, je te raconterai. Comment te sens-tu ?

— Pas très bien.

— Pourquoi ne m'as-tu rien dit avant-hier quand je t'ai eue au téléphone ?

— Je ne voulais pas être un fardeau. Je voulais me sortir de la merde toute seule.

Sa voix trahissait une grande faiblesse. À l'autre bout du fil, MJ avait l'air effectivement mal en point, son débit était traînant, comme si elle suivait le rythme d'une valse lente. Chaque mot lui coûtait un effort.

— Cyrille, l'inspectrice en charge de l'enquête vient de sortir de ma chambre…

— Et que t'a-t-elle dit ?

— Je lui avais demandé de prévenir le commissaire Maistre, comme tu me l'avais demandé.

Cyrille hocha la tête. Elle se mit à faire les cent pas dans le couloir du foyer.

— Tu as eu raison, et alors ?

Marie-Jeanne reprit son souffle.

— Le problème, Cyrille, c'est qu'elle vient de m'apprendre que Maistre n'était pas au courant d'une quelconque enquête chez vous.

Cyrille s'arrêta net. Le fantôme de Marie-Jeanne continua à parler :

— Le problème, Cyrille, c'est que Benoît ne lui a jamais rien demandé et que la police n'est jamais venue chez vous.

Cyrille sentit ses forces l'abandonner.

— Mais… ils ont découpé la moquette, trouvé les ciseaux et ma chemise de nuit pleine de sang…

MJ eut un hoquet étranglé.

— Cyrille, je suis désolée… Benoît… Benoît a tout inventé.

Cyrille tomba sur le premier banc qui se présentait.

— C'est impossible…

— Ce n'est pas tout. L'inspectrice m'a appris aussi que Benoît avait été entendu par la police hier soir, car on a retrouvé ses empreintes dans ma chambre. Mais il a vite été relâché.

Sonnée, Cyrille cherchait encore une bribe de logique dans tout ce qu'elle entendait.

— C'est normal qu'il y ait ses empreintes chez toi, MJ, il monte te voir de temps en temps, non ?

— Non…

Cyrille se sentit au bord du malaise.

— Comment ça, non ?

— Contrairement à toi, Benoît n'a pas franchi la porte de ma chambre depuis un an peut-être. Sauf l'autre soir, quand vous avez débarqué tous les deux. Mais il n'a fait que s'asseoir sur le lit, il n'a touché à rien.

Cyrille se mit à trembler franchement.

— Et où a-t-on retrouvé ses empreintes ?

— Partout ! Absolument partout ! Dans la douche, la cuisine…

Cyrille passa une main sur son visage. Effarée.

— Tu l'as dit à l'inspectrice ?

— Oui.

— Elle va le faire arrêter ?

MJ eut un petit rire triste.

— Je ne crois pas, non. Elle m'a demandé comment je pouvais encore protéger Julien après ce qu'il m'avait fait subir. Et puis elle m'a fait comprendre que Benoît leur avait expliqué combien j'étais dérangée…

La voix de MJ se raffermit.

— Tout ce que je sais, Cyrille, c'est que Julien est innocent. Ce n'est pas lui qui m'a fait ça ! C'est Benoît ! Tu entends ?

Marie-Jeanne cherchait un souffle d'air. Elle était à la fois effondrée et soulagée. Julien n'était pas coupable ! Cyrille se mit à trembler de tout son corps. Elle n'avait plus de salive, sa respiration était saccadée. MJ reprit encore une inspiration.

— Cyrille ? Tu es toujours là ? Ça va ?

Cyrille s'entendit répondre d'une voix atone :

— Oui, ma chérie, tout va bien. Ne t'inquiète de rien, ça va aller.

— Tu es sûre ? Tu as compris ?

— Oui, parfaitement compris. Écoute, tu peux retenir un numéro de téléphone ? Je vais te donner le contact d'un ami en qui tu peux avoir toute confiance. Il s'appelle Nino Paci, il est infirmier. Explique-lui ce que tu viens de me dire, il s'occupera de toi jusqu'à ce que je rentre à Paris, le plus vite possible.

Cyrille lui donna le numéro de téléphone de Nino, que Marie-Jeanne répéta plusieurs fois.

— C'est bon, tu t'en souviendras ?

— Oui. Je vais appeler un infirmier pour qu'il le note.

— Je t'embrasse, ma chérie. Au revoir.

Cyrille laissa retomber sa main et le téléphone sur ses genoux. Son corps était secoué de spasmes, ses doigts glacés. Elle se mit à claquer des dents. Elle leva deux yeux vitreux. Julien se tenait devant elle.

— Ça va ? demanda-t-il.

Elle se leva, sans en avoir conscience. Elle vacilla et rétablit sa position. Elle resta un instant immobile et blême, le regard dans le vague.

— Je… Excusez-moi.

Elle passa devant lui et alla s'enfermer dans la cuisine. Julien Daumas l'entendit vomir, plusieurs fois. Dix minutes plus tard, elle sortit, livide mais calme. Elle regarda Julien comme si c'était la première fois. Ce n'était plus un fou dangereux, mais un jeune homme malade à qui on avait voulu faire porter le chapeau d'un acte épouvantable. Un tango lancinant et mélancolique emplit son crâne.

Elle fouilla dans son sac et glissa une barrette de Lexomil sous sa langue. Le médicament s'effrita en une pâte amère. Dans quelques minutes, elle se sentirait moins paniquée. Elle serra les dents. Elle allait reprendre le contrôle. Elle allait y parvenir. Dix minutes à tenir sans hurler.

Ils longèrent le couloir. Dans une petite pièce qu'elle n'avait pas vue, en face de la cuisine, un ordinateur avait été renversé et des rayonnages de dossiers gisaient à terre.

— Attendez-moi une seconde, fit-elle à Julien d'une voix sourde.

Cyrille se glissa dans la pièce et inspecta le bureau.

— La petite fille que l'on venait chercher avait sur elle un téléphone portable qui contenait une vidéo. Le secrétaire de la VCGD m'a chargée de le retrouver. Si la responsable du centre l'a gardé, il doit être dans cette pièce. Essayons de le trouver.

Julien pénétra à son tour dans le bureau, il scrutait Cyrille.

— Tu es sûre que ça va ? Tu es très pâle.

— Oui, parfaitement bien.

Mon mari est un monstre ! faillit-elle hurler. Mais elle se contint.

Ils examinèrent méthodiquement la petite pièce. Cyrille poussa les dossiers qui jonchaient le sol et regarda sur les rayonnages mis à terre. Elle scruta ensuite la table de travail, redressa l'ordinateur et ouvrit les petits tiroirs d'une console. Julien fouilla un tiroir qui n'avait pas été renversé. Une pile de papiers y était entassée. Le jeune homme souleva la liasse de documents, ramassa un fatras de piles usagées, de cassettes audio et vidéo. Soudain ses doigts se refermèrent sur un boîtier gris.

— C'est ça que tu cherches ?

Julien brandit un téléphone mobile, allumé.

— Je ne sais pas, répondit Cyrille d'une voix lasse. Mais peut-être aurons-nous de la chance, pour une fois.

Le jeune homme navigua dans les menus.

— Il n'y a rien. La puce est vide et la batterie quasiment à plat, soupira-t-il.

— Laissons tomber, allons-nous-en… fit Cyrille.

Elle cligna des yeux et bâilla, la pilule commençait à agir. Julien, sourcils froncés, poursuivait son inspection du ventre de l'appareil.

— Il y a eu un ficher vidéo, lança-t-il au bout de quelques secondes, mais il a été effacé.

Le visage de Cyrille s'allongea.

— Il vaudrait mieux y aller maintenant, s'ils reviennent et nous trouvent ici…

— Attends…

Il cliqua sur les touches encore une fois.

— Le film a été effacé mais le fichier a toujours un nom, regarde !

Cyrille se pencha sur le téléphone.

« 9°31'58.8"N 99°56'16.8"E ».

— Tu as l'option GPS sur ton i-Phone ? demanda Julien.

Cyrille hocha la tête.

— Alors, ça va être facile.

Il entra dans les programmes du téléphone de Cyrille, se connecta sur Internet et recopia les données du dossier. Le sablier apparut. Et soudain :

— Koh Nang Yuan !

Cyrille se pencha sur son épaule pour mieux voir l'écran.

— C'étaient des données GPS ?

— Absolument.

— Et c'est où, Koh Nang Yuan ? questionna Cyrille.

Julien fit apparaître la carte de Thaïlande et pointa du doigt un petit drapeau virtuel sur un point dans l'eau au milieu du golfe.

— Trois micro-îlots, là, entre Koh Samui et Koh Tao.

Le pouls de Cyrille se mit à battre plus rapidement.

— T'as assuré… Je crois que l'on tient une info capitale.

Julien esquissa un sourire, elle venait de le tutoyer, sans même s'en rendre compte.

Cyrille composa précipitamment un nouvel SMS à Sanouk et à Anuwat puis rangea le téléphone trouvé sur Dok Maï dans la poche de son pantalon.

* * *

Quelques minutes plus tard, Cyrille et Julien refermaient la porte du foyer et rebroussaient chemin. Ils marchèrent en silence sur la route sablonneuse, regardant leurs pieds, plongés dans leurs pensées. Les brumes de l'anxiolytique amenuisaient les capacités de réflexion de Cyrille mais elle ne cessait de se répéter en boucle : *Quel monstre ai-je épousé ? Comment a-t-il pu crever les yeux de sa nièce et ceux d'Astor ? Quand je pense qu'il m'a accusée puis qu'il l'a accusé, lui.* Elle jeta un regard à Julien et, à nouveau, elle ne le vit plus comme un patient mais comme un homme. Ils franchirent quelques mètres, le soleil commençait à réchauffer l'air et l'odeur de caoutchouc imprégnait l'atmosphère. Un crissement de pneus leur fit relever la tête. Deux scooters fonçaient sur eux.

Ils firent volte-face, trois autres deux-roues se précipitaient dans leur direction. Julien, sans réfléchir, attrapa la main de Cyrille et s'élança dans la plantation d'hévéas. Des coups de feu claquèrent. Totalement sonnée, la jeune femme trébucha. Julien lui hurla de se relever. Le cerveau de Cyrille enregistra l'information et l'influx nerveux atteignit ses jambes. Ils détalèrent comme des dératés droit devant. Julien lui lâcha la main et ils continuèrent à courir, chacun pour soi, slalomant entre les arbres, bras en avant pour éviter les feuillages. Cyrille gardait les yeux rivés sur les épaules de Julien, essayant de souffler comme un marathonien, en cadence, pour ne pas se faire distancer, mais le rythme était trop soutenu. Ses poumons brûlaient, sa gorge était en feu. Un poinçon douloureux planté dans les côtes. Derrière, elle entendait des cris, continua à courir, les yeux exorbités. Soudain, elle ressentit une douleur vive à la cuisse. Une crampe ? Elle dut ralentir et se mit à boiter. En une minute, sa jambe était comme paralysée, elle la traînait derrière elle.

— Julien ! cria-t-elle.

Sa voix s'étrangla.

Mais le jeune homme semblait tout à coup mal en point aussi. Il titubait. Il s'écroula devant elle, une fléchette plantée dans le cou. Cyrille porta une main à sa cuisse. Une autre fléchette la frappa à l'omoplate. Elle cria, faiblement cette fois, et le sol se déroba. Elle tomba à genoux, se traîna sur les coudes et perdit connaissance. Leurs poursuivants rangèrent leurs sarbacanes, et, sans le moindre effort, chargèrent les deux jeunes gens à l'arrière d'un pick-up garé au bord de la route qui les menait à la mer.

* * *

Paris

Tony serrait contre lui le blouson de Nino. Il s'était affaissé sur une chaise en plastique de la salle d'attente du service chirurgie de l'hôpital Cochin. Le blouson en cuir craquant était lourd, vivant, à l'odeur forte. Tony ferma les yeux dans une prière silencieuse. L'existence de Nino pouvait s'arrêter là, comme ça, à cause d'un chauffard. Il se morigéna. *Arrête de penser tout le temps au pire, ce ne sont que des fractures, tu verras, le chirurgien l'a dit, ça ira.* Tony se força à positiver et se repassa encore une fois le déroulement de l'agression. Il remontait la rue avec son scooter à faible allure. Nino était censé l'attendre sur le trottoir, derrière le bouquet d'arbres en bas de l'immeuble, comme d'habitude, lorsque, soudain, il avait entendu démarrer quelque part devant lui une grosse bécane, qui avait accéléré brutalement. Les arbres lui masquaient la vue. Le temps que Tony les dépasse, il était trop tard. Il avait vu Nino renversé par terre et le cul d'un GSXR 1100 faire une embardée sous un réverbère et s'enfuir dans la nuit. Tony avait pilé, sauté en bas du scooter – *Nino !* – et s'était précipité auprès de son compagnon. Nino était allongé en chien de fusil, immobilisé par une violente douleur dans les reins, mais conscient et fou de rage. « Il m'a foncé dessus, bordel. T'as vu la plaque ? » avait-il réussi à prononcer en grimaçant. « 145 MAG 92 », avait répondu Tony immédiatement. Nino jurait : « Le dos, bordel ! Je peux plus bouger. » Tony avait appelé des secours qui n'avaient pas tardé à transporter Nino à l'hôpital.

145 MAG 92.

Tony avait donné le numéro au fonctionnaire de police quand celui-ci était venu prendre sa déposition. L'idée qu'on allait pouvoir identifier le chauffard et l'appréhender le rassérénait. Soudain, il sentit vibrer contre lui. Le jeune homme sursauta légèrement et tâta le blouson de Nino jusqu'à mettre la main sur son téléphone portable. Un « numéro inconnu » s'affichait. *Qui peut bien téléphoner si tôt le matin ?* Tony demeura indécis quelques secondes, puis décrocha.

— Allô ?

— Nino Paci ? demanda une voix féminine.

Tony se mordit les lèvres et se leva. Il était seul dans la salle d'attente, et fit quelques pas de manière à se retrouver debout devant la baie vitrée qui donnait sur le service, désert.

— Désolé, mademoiselle, je suis Tony, un ami de Nino. Nino… n'est pas joignable pour le moment.

— Oh ! fit la voix qui avait l'air déçue et déboussolée. Je suis la nièce de Cyrille Blake, elle m'a conseillé d'appeler à ce numéro. Puis-je le rappeler plus tard ?

— En fait, Nino est au bloc opératoire, il a eu un accident.

— Un accident ? Je suis désolée...

— J'attends de ses nouvelles d'une minute à l'autre, poursuivit Tony, finalement heureux de pouvoir parler à quelqu'un. Il a visiblement une fracture au niveau du dos, on espère que la colonne n'est pas gravement touchée.

Marie-Jeanne ne dit rien, ne sachant que répondre. Tony enchaîna gentiment :

— Que puis-je faire pour vous ?

— Rien, je vous assure, pardonnez-moi de vous avoir dérangé.

— Non, j'insiste. Pourquoi Cyrille vous a dit de nous appeler ?

— J'ai eu un... souci et je ne me sentais pas rassurée hier soir. Mais je vais me débrouiller toute seule.

— Cyrille vous a appelée ? Où est-elle ?

— En Thaïlande, quelque part où le téléphone passait mal.

— Elle vous a rappelée depuis ?

— Non, plus de nouvelles.

Tony sentit à la voix de la jeune femme qu'elle était au bord des larmes.

— Où êtes-vous ?

— À l'hôpital des Quinze-Vingts.

— Aux Quinze-Vingts ? Que vous est-il arrivé ?

— C'est long à expliquer. J'ai été agressée... mes yeux ont été touchés.

Tony fronça les sourcils.

— Et vous avez quelqu'un pour s'occuper de vous ?

Il y eut un silence à l'autre bout du fil.

— Non. En fait, je suis toute seule.

Marie-Jeanne se mit à pleurer doucement.

Tony s'assit sur une chaise en plastique.

— Racontez-moi...

* * *

Benoît Blake, masque sur les yeux, boules Quies enfoncées dans les oreilles, essayait de dormir. Mais malgré le confort du large fauteuil-lit de la classe affaires et le somnifère avalé dès le plateau-dîner englouti, son esprit en ébullition était incapable de se déconnecter entièrement du réel. Il était dans un tel état de nerfs qu'il somnolait légèrement, se réveillant par à-coups, l'esprit brumeux. Depuis le début de sa carrière, il avait toujours avancé ses pions patiemment, les uns après les autres, pour construire son ascension sans faille. Il avait commis une erreur, une fois, par précipitation. Lorsqu'il avait découvert l'extraordinaire potentiel du Mésératrol chez la souris, il avait perdu son sang-froid. Brûlant les étapes, il avait contacté son confrère, Rudolf Manien, et avait organisé ce petit essai clandestin, histoire de savoir si l'humain réagissait aussi bien à sa molécule que les rongeurs, et si cette voie était la bonne pour lutter contre les traumatismes.

Benoît n'avait pas eu de scrupules car son médicament était censé atténuer la souffrance, ce n'était pas un crime ! Il avait hésité puis avait finalement mis Cyrille dans la confidence. S'en étaient suivies de vives discussions, Cyrille s'opposant clairement à lui. Jusqu'au jour où elle avait changé brutalement d'avis et s'était chargée elle-même d'inclure un de ses patients, Julien Daumas, dans le protocole. Cette vieille histoire aurait dû rester dans les tiroirs secrets de la médecine, ne jamais en sortir, comme tant d'autres. Mais, en réapparaissant dans leur vie, Julien Daumas avait fait surgir ce fantôme du passé.

Il n'y avait pas d'alternative. Cet ancien patient devait se taire. Les preuves de l'agression de Marie-Jeanne étaient assez accablantes pour qu'il finisse sa vie derrière les barreaux d'un hôpital psychiatrique. Quant à son épouse, il fallait qu'elle comprenne que la vérité lui serait aussi dommageable qu'à lui-même. Il allait tenter de la raisonner. Sinon, une ultime solution s'imposerait. *Radicale, certes, mais, après tout, c'est pour la bonne cause…* Apaisé par ces pensées, somme toute constructives, Benoît changea de position et s'endormit enfin.

-43-

Un jet d'eau glacée éveilla Cyrille brusquement. Elle suffoqua et se redressa sur les coudes, de la poussière plein les narines, un goût de feuillage et de sel dans la bouche. Elle réalisa qu'elle était allongée sur un plancher dur. Depuis combien de temps ? Elle ouvrit les yeux à demi et vit, devant elle, deux pieds d'homme sales chaussés dans des sandales. Son crâne faisait caisse de résonance, des fourmis engourdissaient sa nuque et son dos était perclus de courbatures. Les mains de l'homme lui agrippèrent les bras et la soulevèrent pour l'asseoir de force sur une chaise en bois bancale. Cyrille regarda autour d'elle. Elle se trouvait dans une cabane en bois, sombre et vide. De la lumière filtrait par les planches disjointes qui composaient les quatre murs. Ça sentait les végétaux en décomposition et la sueur. L'homme se tenait tout près, derrière son dos.

— *Who are you ?* aboya-t-il à son oreille.

Cyrille sursauta, son cœur bondit dans sa poitrine et se mit à tambouriner. Par réflexe, elle courba les épaules.

— Je suis le docteur Cyrille Blake, répondit-elle.

— Et l'homme qui était avec toi ?

— C'est mon patient.

Que pouvait-elle dire d'autre ?

— Comment as-tu trouvé nos coordonnées GPS ?

Quoi ? Cyrille rentra encore un peu plus la tête dans les épaules.

— Je… je ne sais pas.

Elle entendit l'homme se déplacer. Elle baissa la tête, apeurée. Son corps inondé d'adrénaline cria au secours. La gifle l'atteignit en pleine tempe. Elle fut éjectée de la chaise et tomba à la renverse avec un cri étouffé. À quatre pattes, du sang sur la langue, Cyrille tenta en vain de recouvrer ses esprits. Un jet d'eau glacée la frappa dans le dos cette fois. Cyrille gémit. L'homme la redressa brutalement et la replaça de force sur la chaise. Elle serra les jambes et les poings, n'osant plus relever la tête, grelottant de froid et de peur.

L'homme s'exprimait avec un accent thaïlandais marqué, mais se faisait très bien comprendre. La jeune femme releva lentement la tête. Et elle le vit, devant elle. Un Thaï géant, au visage sombre et ridé, avec une longue natte de cheveux noirs qui battait ses omoplates. Il se tenait, jambes écartées, bras croisés. Débardeur et pantalon de treillis. Des mains comme des battoirs.

— Tu vas me répondre ? Comment as-tu trouvé nos coordonnées GPS ?

Cyrille ne put soutenir son regard.

— Je ne sais pas.

— Lève-toi !

Il l'obligea à se mettre sur ses pieds. Il la dépassait de deux têtes. Il la tira sans ménagement jusqu'à la porte, qu'il ouvrit d'un coup de pied. Il était furieux, ses traits exprimaient le dégoût et l'impatience. Cyrille fut traînée dehors. Elle se retrouva soudain dans un décor entièrement végétal, vert opaque, humide. Éblouie par la lumière extérieure, elle mit quelques secondes à comprendre qu'elle n'était pas au ras du sol, mais sur un balcon. Un balcon suspendu dans le vide. Cyrille vit alors que la cabane était construite à plus de vingt mètres du sol, dans un arbre au cœur d'une forêt dense. L'homme désigna une masse dans la végétation en contrebas.

— Tu veux finir comme ça ?

Cyrille plissa les yeux. Elle ne voyait pas bien ce qu'il montrait. Elle distingua une forme suspendue à un arbre. Le géant la bouscula jusqu'au garde-corps du balcon en rondins de bois. Cyrille s'accrocha à la rampe et tendit le cou vers la forme bizarre. Ses yeux firent la mise au point. Soudain, tout son corps se rigidifia et une remontée acide lui brûla l'œsophage. C'était un homme qui se balançait, pendu par les chevilles à une branche d'arbre, mains liées derrière le dos.

Le corps pivota sur lui-même. Le visage du supplicié apparut, des cheveux blancs ondoyaient comme des serpents attirés vers le sol et une horrible langue bleue pendait entre ses dents. Un long cri de désespoir emplit la tête de Cyrille et quelque chose dans son cerveau se brisa.

L'homme à la natte noire lui colla sous le nez un téléphone mobile.

— Explique-moi ça, maintenant.

Sur l'écran du téléphone inconnu, Cyrille lut :

« Ai trouvé le téléphone portable de la petite. Dedans, il y a données GPS d'un site : Koh Nang Yuan. Prévenez les autorités. CB. »

Cyrille sentit tout son sang lui monter au visage. C'était le deuxième texto qu'elle avait envoyé à Arom depuis le foyer du VGCD. Arom avait été kidnappé par la Ligue. Ses deux messages avaient été interceptés par le gang et le piège s'était refermé sur eux.

Le géant ramena Cyrille à l'intérieur de la cabane et la fit asseoir de nouveau sur la chaise. Toute force s'était échappée de son corps.

— De quel téléphone tu parles ?

— Nous avons trouvé un téléphone au foyer… parvint-elle à prononcer d'une voix faible. Et il y avait des données GPS dans un fichier.

— À qui appartient ce téléphone ?

Cyrille secoua la tête.

— Sais pas.

— Où est-il ?

Cyrille prit alors conscience qu'elle n'avait plus l'objet dans sa poche. S'ils ne l'avaient pas trouvé sur elle, c'est qu'il était tombé quelque part dans la plantation pendant leur course.

— Je n'en sais rien.

La main gigantesque du géant visa la tête. Le crâne de Cyrille implosa et elle vit des myriades de mouches noires devant ses orbites. Elle papillonna des yeux, le souffle coupé. Mais elle ne ressentit pas vraiment de douleur. Tellement abasourdie par la vision du corps supplicié, elle était comme indifférente à ce qui pouvait lui arriver.

Une seule question la taraudait. Elle leva les yeux sur le géant.

— Où est le jeune homme qui était avec moi ?

L'homme à la natte émit un grognement sans répondre.

— Vous êtes Pot Supachaï ?

L'homme eut un rictus pincé, ses petits yeux noirs, un peu trop rapprochés, étincelèrent d'un éclat glacial. Cyrille soutint son regard.

— Qu'allez-vous faire de nous ? Nous ne savons rien. Je vous dis que je suis médecin et que le jeune homme est mon patient.

Le géant à la natte l'ignora et interpella un garde en thaïlandais. Cyrille essaya de rétablir sa capacité de réflexion, mais ses pensées s'emmêlaient. La seule chose dont elle était sûre c'était que l'homme ne la lâcherait pas tant qu'elle n'aurait pas vendu celui ou celle qui avait libéré Dok Maï et transmis les coordonnées de leur planque. Elle n'avait aucune chance de s'en sortir. Elle joua son va-tout.

— Si Rama Supachaï est dans les parages, faites-lui savoir que je suis la femme de Benoît Blake. Le futur prix Nobel. Il sait qui c'est… Dites-lui, ça peut l'intéresser pour ses recherches.

Le colosse la regarda comme si elle était un cafard qui cavalait près de sa chaussure. Un autre homme en treillis entra dans la cabane et lui glissa un mot à l'oreille.

Il s'adressa à elle, sèchement :

— Tu dois nous dire où est ce téléphone ou on te tue, c'est tout.

La porte se referma sur eux.

Cyrille attendit quelques minutes, hébétée, que les bruits de voix s'éloignent. Elle se leva lentement de sa chaise et resta un long moment debout, fixant un point dans le vide. Puis elle recouvra la faculté de se mouvoir. À pas lents, elle se dirigea vers la porte de la cabane. Elle essaya de l'ouvrir, mais n'y parvint pas. Elle se laissa glisser vers les planches du mur, enveloppa ses genoux de ses bras et se mit à sangloter.

* * *

Julien Daumas faisait les cent pas dans une cabane qui sentait le poisson. Deux hommes montaient la garde devant la porte, il les voyait par la lucarne qui laissait entrer quelques rais de lumière. Il marchait en long, en large. Nerveux comme jamais. Il se frotta les poignets. Ça allait recommencer. Où était Cyrille ? Lui avait-on fait du mal ? Juste au moment où ils commençaient à se retrouver. Il ne savait pas ce qu'on leur voulait, mais il avait un plan. Il allait se tirer de là et Cyrille avec lui.

-44-

16 octobre, Koh Nang Yuan

Le rat numéro 315 était un mâle de quatorze jours. Il trotta jusqu'au distributeur d'eau et lécha l'embout. Il était seul dans sa minuscule cage, mais entendait et sentait la présence des centaines de rongeurs qui occupaient les cinquante cages empilées les unes sur les autres. La lumière artificielle de la pièce restait allumée douze heures par jour pour reproduire le rythme nycthéméral. Depuis deux heures, ils étaient en mode « jour ». La porte de l'animalerie pivota, les rongeurs s'agitèrent. Une main gantée se dirigea vers la cage 315 et ouvrit la petite trappe grillagée. L'animal dodu échappa aux doigts plastifiés une première fois, il couina. À la deuxième tentative, il se contorsionna en vain. La main l'enferma dans une boîte en carton. Le rat fut transporté hors de la pièce, puis déposé sur une table carrelée. On le força à sortir, il donna quelques coups de dents. La main le maintint solidement sur une planchette et lui piqua l'échine. Tandis que l'anesthésiant faisait son effet, l'homme suivit toutes les phases du protocole qu'il avait établi. À la fin de la procédure, trois électrodes étaient implantées sur l'animal, deux sur la tête, une sur la patte antérieure droite. L'homme déplaça le rongeur endormi jusqu'à un petit labyrinthe de plâtre de sa confection. Il piqua de nouveau la bête, pour la réveiller cette fois. Le rat eut un sursaut et resta quelques minutes comme frigorifié, les pattes paralysées par la peur. Il fit un bond vers la droite. Quelques balles étaient déposées dans le dédale. Il les renifla. Enhardi, il exécuta un autre petit bond pour continuer son exploration.

Soudain, un son aigu le fit tressaillir. Au même moment, il reçut une violente décharge électrique dans la patte. Les yeux du chercheur l'observèrent. Celui-ci réitéra l'opération plusieurs fois de suite, regardant le rat effrayé.

L'homme se redressa et nota la manipulation de routine dans un cahier à spirales à la date du jour. Il fallut vingt bonnes minutes pour que le rat sorte de son état de claustration. Le chercheur revint à la charge et actionna alors de nouveau la sirène. Et, comme il s'y attendait, le rongeur se pétrifia, dans l'attente de la décharge. Rama Supachaï conditionnait ainsi plusieurs spécimens afin d'en faire des modèles à « mauvais souvenirs » induits. Ces rats devenaient par la suite des sujets idéaux pour tester ses nouveaux traitements.

Il était seul dans son laboratoire, construit à flanc de falaise dans l'un des trois îlots de Koh Nang Yuan, isolé au beau milieu du golfe de Thaïlande. Le petit archipel appartenait à sa famille adoptive depuis la nuit des temps. Les trois pitons rocheux étaient reliés entre eux par un cordon naturel, un banc de sable qui dessinait un « Y » blanc entre les eaux cristallines. Le piton situé le plus au sud ne comprenait pour toute trace de présence humaine que sa villa, le laboratoire et le bloc chirurgical. L'îlot nord était le domaine réservé de son cousin, Pot, qui y avait implanté plusieurs cabanes en bois perchées dans les arbres pour ses hommes et quelques masures grossières au sol pour ses « visiteurs ». L'îlot est était resté sauvage, occupé par de la roche brute au cœur d'une jungle dense.

Rama Supachaï aimait l'isolement que cette situation géographique très particulière lui procurait. Il n'appréciait pas beaucoup la compagnie de ses congénères. Le neurobiologiste né en Thaïlande, dans les bas-fonds du pays, avait été adopté par une riche famille de Phuket, les Supachaï, dont les branches multiples se perdaient dans toute l'Asie du Sud-Est. Ses parents adoptifs, qui n'avaient pu avoir d'enfants de manière naturelle, l'avaient recueilli alors que sa mère biologique venait de mourir. Ils lui avaient donné la chance d'aller à l'école jusqu'au lycée puis de se former à la faculté de médecine de Bangkok et enfin de partir aux États-Unis après son doctorat.

Supachaï versa une cuillérée de poudre noire dans une tasse puis l'arrosa d'eau fumante. Il croqua un biscuit sec. Ses épaules s'étaient un peu voûtées avec les années, mais il mesurait encore son mètre quatre-vingt-dix, sans un gramme de graisse. Il était musculeux et sec. L'absence de cheveux et de sourcils empêchait de lui donner un âge.

C'était peut-être ce qui lui manquait le plus des États-Unis, un beignet au sucre avec son café. Le reste… Il avait quitté l'Amérique sans aucun regret. Ici, il pouvait poursuivre son œuvre, sans questionnement éthique à tout bout de champ, qui empêchait la science de progresser. Il ferait fortune. Il le savait. Dès que sa méthode serait parfaitement au point. Les plus riches de ce monde se précipiteraient. Il avait trouvé la recette du bonheur. Il entendait la monnayer cher.

Pas un jour ne passait sans qu'il améliore son modèle dans son laboratoire et se félicite de ses propres avancées. Il savait qu'il tenait une découverte révolutionnaire. Ses recherches pourraient lui valoir un jour la reconnaissance internationale de ses pairs, pourvu qu'il puisse achever de les financer. Il était d'humeur sombre en général, mais pouvait devenir bavard quand il parlait de ses travaux. Ce qui le passionnait, le tenait éveillé certaines nuits, c'étaient les mystères de la mémoire.

Il sirota le jus noir qui faisait office de café et se souvint. Vingt ans auparavant, alors qu'il était en poste à l'université de Pittsburgh, il avait couru en nage dans le couloir du laboratoire de l'hôpital pour alerter son confrère, Sanouk Arom. Les deux hommes ne s'appréciaient pas particulièrement mais avaient été intégrés dans la même équipe en raison de leur origine et de leur formation communes. Ils travaillaient d'ailleurs en bonne entente à cette époque. Sanouk Arom, qui avait deux décennies de plus que lui, était davantage versé dans l'élaboration d'hypothèses scientifiques. Supachaï, lui, excellait dans les manipulations délicates. Lorsqu'il avait déboulé, haletant, dans le petit bureau d'Arom, ce dernier avait relevé la tête de son dossier et, au regard que lui avait lancé son collègue, avait su que quelque chose d'énorme venait de se produire. Tous deux s'étaient précipités vers l'animalerie.

Un rat avait été conditionné par Arom pour avoir peur d'une balle rouge et d'une balle bleue, associées à des décharges électriques. Une fois dans le laboratoire, devant les yeux impatients d'Arom, Supachaï avait présenté la balle rouge au rongeur et, au même moment, il avait envoyé un choc électrique dans le cerveau de l'animal via une électrode implantée dans une zone très précise de l'hippocampe, impliquée dans la mémorisation. Cinq minutes plus tard, le chercheur avait de nouveau montré la balle à l'animal. Loin d'avoir peur, le rat l'avait reniflée tranquillement. Arom avait cessé de respirer. Rama Supachaï avait alors présenté la balle bleue et le rat s'était de nouveau mis à trembler.

Supachaï et Arom avaient poussé en même temps un cri de victoire. Et Rama avait énoncé avec emphase ce qu'ils avaient tous deux compris : « On lui a effacé sélectivement un mauvais souvenir, c'est un jour historique... »

Par la suite, Sanouk Arom avait théorisé leurs recherches, tandis que Rama Supachaï s'efforçait d'en préciser la méthode et de l'étendre aux plus gros mammifères puis aux primates. L'année suivante, un poste dans un grand hôpital de Bangkok avait été proposé à Sanouk Arom, qui avait vite accepté, pour des « raisons familiales ». Arom s'était désintéressé des recherches sur l'animal pour prendre en charge son service. Les deux chercheurs s'étaient ensuite revus à Bangkok, après que Rama avait rejoint sà son tour la capitale thaïlandaise. Ils avaient collaboré quelque temps pour échafauder un nouveau protocole de recherche mais, petit à petit, Arom avait pris de la distance. Jusqu'à lui signifier qu'il préférait mettre un terme à leur collaboration. Rama plissa les lèvres. Le vieux fou avait mille fois mérité sa mort !

Il regarda sa pendule. Deux nouveaux sujets d'étude l'attendaient. Il posa sa tasse et se lava les mains. Son téléphone cellulaire sonna. Il cliqua sur son oreillette. Son interlocuteur parla sans attendre et les arcades sourcilières glabres de Rama s'arquèrent en accents circonflexes. Il donna des ordres et raccrocha, un grand sourire aux lèvres. *Que la vie est surprenante parfois.*

* * *

Sur ordre de Supachaï, deux gardes, couteau au poing, montèrent quatre à quatre les échelons qui menaient à la cabane en bois. Tous deux, élevés dans la rue, étaient entrés au service de la Ligue après avoir fait leurs preuves dans le trafic d'armes. Athlétiques, ils atteignirent rapidement le sommet de l'échelle et se hissèrent sur le balcon. Le premier garde déverrouilla le cadenas qui fermait la porte et poussa le battant ; le second se tenait derrière lui, prêt à intervenir.

Quand il entra, le premier garde mit quelques secondes pour s'habituer à la pénombre de la cahute, quelques secondes de trop. Une silhouette lui bondit dessus. Le garde étouffa un cri, les mains à son cou. Il chancela, ses genoux cédèrent sous son poids. Il tomba de tout son long sur le sol dans un bruit mou. Le second garde se précipita à son tour, poignard à la main. Il fut attrapé à la gorge et s'écroula.

Julien Daumas enjamba les corps, sortit de la cabane et cadenassa la porte derrière lui. Les deux gardes de la Ligue gisaient inconscients, une seringue de barbituriques plantée dans le cou. *Vous auriez dû me fouiller, les gars. Excès de confiance.*

Le jeune homme, souple comme un chat, sauta au bas de l'échelle. Il atterrit sur un tapis spongieux de mousse et de fougères. Il huma l'air, perçut le bruit du ressac et s'avança dans cette direction en s'enfonçant dans la végétation.

* * *

Deux gardes lui bandèrent les yeux et la firent sortir de la cabane sans ménagement. On lui avait retiré sa montre. Cyrille avait perdu toute notion du temps. Était-elle enfermée depuis une ou plusieurs heures ? Elle remarqua qu'elle n'avait plus de chaussures. Encadrée par deux hommes de la Ligue – *comme si je pouvais m'échapper* –, elle fut contrainte de descendre une grande échelle. Elle était vidée, affaiblie, et la peur lui plombait le ventre. Ils avaient exécuté Arom comme un animal et son mari était un criminel. Il ne viendrait pas la secourir. D'ailleurs, ni lui ni personne ne savait où elle était. Sauf Arom, qui se balançait à deux mètres du sol. Et Anuwat ? Avait-il connu le même sort ? Julien était quelque part, mais dans quel état ? Elle était livrée à elle-même, sans moyens de défense.

Elle mit un temps infini à descendre les échelons, accrochée de toutes ses forces aux montants de l'échelle, ses pieds cherchant à tâtons le prochain barreau. Le bandeau était épais et serré, elle ne voyait rien. Même pas si c'était le jour ou la nuit. Tout ce qu'elle pouvait sentir, c'était l'humidité qui la faisait transpirer, l'odeur de forêt prégnante et de multiples bruits, cliquetis d'insectes, chants d'oiseaux… Elle franchit un tapis de verdure. Quelque chose lui piqua la cheville. *Aïe !* Elle écrasa des feuilles et des roseaux. Elle chuta, voulut se rattraper, mains en avant, se blessa sur des ronces, ses doigts s'enfoncèrent dans de la terre gluante. Les gardes la relevèrent en lui criant en thaï et la forcèrent à accélérer la cadence. Ils marchèrent ainsi longtemps…

Soudain, la végétation sous ses pieds se fit plus sèche et rase et ses orteils heurtèrent des planches de bois, des lattes. Un des hommes la poussa devant lui. Le passage était étroit, de la largeur d'un homme. Elle avança, se tenant à deux larges cordes tendues à l'horizontale. Elle risqua un pied, l'ensemble tangua sous son poids. *Un pont de singe ?* Elle entendit le chuintement du ressac quelque part en dessous d'elle. Oui, c'était un pont de singe. Mais pas très long. En une dizaine de pas, elle était parvenue au bout. Là, elle fut de nouveau encadrée par les deux chiens de garde. Ils la firent enjamber des rochers, puis encore des marches de bois. La mer était toute proche. Elle atterrit sur du sable. On la tira vers l'avant. Le sable était fin et humide. Une vague lui lécha la plante des pieds. Elle avança encore et encore et puis on la poussa dans l'eau. La mer tiède caressa ses chevilles, elle s'enfonça jusqu'aux mollets puis le fond remonta. Ce n'était qu'un banc de sable. Elle sortit de l'eau. La plage humide laissa place à du sable sec. Ses doigts de pied butèrent contre des cailloux pointus. Elle ralentit le pas, les plantes de pied écorchées, les gardes la firent avancer d'une poussée dans le dos. Après être descendus longuement, ils se remirent à monter. Encore des marches de bois, puis des marches de pierre. Cyrille avait perdu toute volonté et tout sens de l'orientation. *Où m'emmènent-ils ?* Elle chassa des images terrifiantes de torture et le masque mortuaire d'Arom. Elle savait que sa vie ne tenait qu'à un fil.

* * *

Clac, clac, clac, le sécateur taillait les feuilles naines d'un bonzaï de douze ans. Rama Supachaï contempla la régularité de la courbe qu'il venait d'adoucir. Il équeuta une branchette. Ce n'était pas encore parfait. Il pulvérisa une mixture d'eau et de facteurs de croissance, griffa la terre avec un râteau à dents fines, pour l'aérer.

Du bruit derrière son dos lui fit dresser l'oreille. Deux hommes de la Ligue entrèrent, encadrant une femme occidentale aux yeux bandés. Il la laissèrent choir sur une caisse de livraison de terreau vide.

Un des hommes arracha le bandeau.

Cyrille cligna plusieurs fois des yeux, mains devant le visage, corps ramassé, jambes serrées, prête à parer les coups.

Elle comprit progressivement qu'elle se trouvait assise au centre d'une serre ovale, peuplée de silhouettes tortueuses, des dizaines et des dizaines de bonzaïs en pots de terre cuite vernie. De larges baies vitrées laissaient voir le spectacle grandiose d'un soleil déclinant, un ciel bleu strié de rose et, en contrebas, des rochers abrupts battus par les vagues. En d'autres circonstances, elle aurait admiré la vue.

L'homme penché sur ses arbres nains releva la tête, qu'il avait oblongue et lisse, dépourvue de follicules pileux. Il portait une blouse de médecin à col mao sur un pantalon noir.

Cyrille n'eut aucun mal à identifier l'homme du petit film.

Pour la première fois depuis une éternité, elle ressentit une pointe d'espoir. Le garde à la natte l'avait donc écoutée et l'avait envoyée auprès du cousin de Pot Supachaï, Rama. C'était déjà ça. Cyrille pensa qu'elle avait de la chance dans cet enchaînement de circonstances catastrophiques. Elle avait une carte à jouer et une seule. Elle releva le menton.

* * *

Julien évoluait comme un félin entre les rochers, les arbres et les lianes. Il déroulait sa silhouette dans les feuillages sans faire craquer une branche. Il avait laissé les cabanes des arbres derrière lui et pris la direction de la mer. C'était là, lorsque les roseaux du bord de mer avaient remplacé la forêt, qu'il avait vu la première troupe d'enfants de loin. Il les avait suivis à bonne distance. Ils étaient six, vêtus de shorts et de débardeurs kaki, quatre filles et deux garçons âgés de douze ans au plus. Ils avançaient en file indienne, d'un pas militaire, en silence. Le plus grand devant, longeant la plage. Julien les avait pistés un moment jusqu'à ce qu'ils s'enfoncent dans la forêt puis débouchent de nouveau sur la mer. Ils parvinrent au fond d'une crique où s'élevait une sorte de village de huttes en bois, cinq maisonnettes délabrées serrées les unes contre les autres. Là, Julien s'était glissé le plus près d'eux qu'il avait pu, dissimulé par les fougères de la jungle, et était resté longtemps à observer, stupéfait.

À présent, revenu sur ses pas, il sentait poindre une nouvelle crise de désespoir. Il ne pouvait détacher ses pensées de ce qu'il venait de voir. Ses poignets le démangeaient. Il avait pris le parti de contourner l'îlot par la plage, jusqu'à trouver une embarcation avant d'aller chercher Cyrille. Il s'accroupit un instant, la tête entre les genoux. Sa main, mue par une volonté propre, attrapa un caillou au bord tranchant. Son esprit se révolta. *Fais pas ça.* Mais sa main n'écoutait rien. Elle approcha le tranchant du caillou de la saignée de son bras.

* * *

— Je suis le docteur Blake. Je dirige une clinique neuropsychiatrique à Paris, le Centre Dulac, exposa Cyrille d'une voix forte à Rama Supachaï.

Il fallait qu'elle reprenne le dessus, qu'elle montre qu'elle n'avait pas peur.

Le visage lisse du chercheur était sans expression.

— Je sais qui vous êtes, enfin, surtout votre mari. Vous travaillez sur le Mésératrol. Voilà une molécule que j'aurais aimé avoir découvert. Enfin, la question n'est pas là. Que cherchiez-vous au foyer de Surat Thani ? demanda Supachaï, en faisant claquer ses ciseaux dans les airs.

Cyrille éluda :

— Dites-moi plutôt pourquoi il a été dévasté.

Une certaine énergie coulait de nouveau dans ses veines.

— Mon cousin a seulement voulu lancer un avertissement à ces gens qui se mêlent de ce qui ne les regarde pas. Que faisiez-vous là-bas, je vous le demande une nouvelle fois ?

— Le foyer du VGCD Bangkok m'a chargée de ramener une petite fille trouvée à Surat Thani pour l'examiner. C'est tout. Vous devez nous libérer, le jeune homme et moi. Sur-le-champ. Nous n'avons rien à voir avec vos affaires.

— Et comment avez-vous obtenu notre localisation ? demanda Supachaï sans prêter attention à la requête de son interlocutrice.

— Grâce aux coordonnées GPS qui figuraient dans le téléphone de la petite fille.

— Où est-il ?

— Je n'en sais rien.

Supachaï ne la quittait pas des yeux. Cyrille vit les muscles de ses mâchoires se raidir. Comment savoir ce qu'Arom lui avait avoué ?

— Et c'est tout ce que vous savez ? insista-t-il.

— Oui.

Rama se tut, l'air pensif, puis ajouta :

— Pourquoi pensez-vous que quelqu'un a envoyé ces coordonnées ?

— Pour qu'on vous trouve, je suppose.

Cyrille sentit qu'elle devenait arrogante, elle fit un effort pour se contrôler.

— Pourquoi ?

La réponse fusa :

— Pour sauver les enfants…

— Que savez-vous réellement des enfants qui vivent ici ?

— Rien.

— Alors, pourquoi pensez-vous qu'il faille les secourir ?

Cyrille se mordit la lèvre inférieure.

— Les enfants trouvés dans cette région n'étaient pas spécialement bien en point.

Rama Supachaï prit un air pensif.

— Ah ! ce sont les aléas de mes recherches… Ces enfants participent, volontairement, à l'avancée de mes travaux. Mais, contrairement à ce que vous pensez, ils en ressortent, pour la plupart, mieux qu'avant. Tous viennent des bas-fonds de notre pays. Ils ont enduré plus que vous ne pourriez jamais supporter. J'essaie d'alléger leur souffrance, de leur redonner un peu d'insouciance pour qu'ils puissent continuer à vivre et trouver le bonheur.

Cyrille Blake fulminait. Rama Supachaï se considérait comme un sauveur.

— Que leur faites-vous ?

— J'aurais adoré en discuter avec vous, car, contrairement à ceux qui m'entourent ici, vous comprendriez. Mais j'ai encore des choses à régler. Une fois que tout sera au point, le monde entendra parler de moi.

Rama énonça cette vérité froidement, les traits impassibles.

— Pourquoi pratiquez-vous ces travaux sur ces enfants ? interrogea Cyrille, essayant d'établir un rapport professionnel avec le chercheur pour gagner du temps.

— Parce que je suis en train de découvrir une méthode unique au monde. Je veux obtenir au moins 60 % de réussite avant de me lancer dans un essai clinique officiel. Pour accélérer les procédures. C'est ce que beaucoup de chercheurs font en Thaïlande d'ailleurs. Pour le moment, seuls quatre enfants sur dix sont définitivement guéris avec ma méthode.

— Guéris de quoi ?

— De leurs mauvais souvenirs.

Cyrille resta coite.

— Alors, vous y êtes arrivé…

Rama Supachaï se rengorgea un peu.

— Oui, mais je dois encore régler quelques détails. Une fois que mon taux de réussite sera significatif, je pourrai en faire bénéficier le plus grand nombre. Ici, c'est un paradis pour les nouvelles médecines, vous le savez bien. Lorsque j'aurai ouvert ma clinique, des centaines de gens, qui en ont les moyens bien sûr, se précipiteront pour repartir de zéro. Oublier leurs échecs et leurs cauchemars.

— Vous voulez dire qu'avec votre méthode, les gens ne se souviendront plus de leur passé ?

— Le passé qui les dérange ou les fait souffrir uniquement.

Les mots imprégnèrent lentement le cerveau de Cyrille et, un à un, ses muscles se contractèrent. Elle oublia subitement sa situation précaire et songea aux conséquences de ce que Rama était en train de réaliser. Sur combien d'enfants avait-il sévi, et depuis combien de temps ? Avec quels dégâts irréversibles ? Et pourquoi ? Laver les êtres humains de leurs fautes, de leurs douleurs ?

— Avec tout le respect que je vous dois, professeur Supachaï, je ne suis pas d'accord avec votre approche.

— Ah bon ?

— Le deuil, la perte, la douleur, la souffrance font partie de la vie humaine. L'homme est capable de tout surmonter car il existe un phénomène qui s'appelle la résilience et qui permet, même aux victimes des pires ignominies, de s'en sortir. Le cerveau, grâce à son extraordinaire plasticité, sait faire le tri tout seul et désapprendre la souffrance, avec le temps. Bien sûr, il faut l'y aider, c'est ce que je tente de faire à longueur de journée, en atténuant la douleur par le Mésératrol, en les accompagnant. Mais leur faire oublier ? Non !

Cyrille serra les poings. Un point de migraine était en train d'irradier au fond de ses yeux. Ce chercheur était fou et nocif. Il allait produire des foules de déviants imprévisibles. Si les humains empruntaient ce chemin, alors ils ne seraient plus que des corps vides, sans histoire, sans problèmes, nageant dans un bonheur factice ; tout en étant dangereux et ingérables. C'était la fin de l'expérience, de la consistance et de l'intelligence humaines, la fin.

Rama Supachaï étêta un bonzaï qui semblait malade.

— Parce que vous croyez que supprimer les douleurs chez ces enfants revient à leur faire du mal ? C'est étrange, de penser cela.

Rama Supachaï la regardait avec condescendance maintenant. Cyrille se troubla.

— Je pense que ce n'est pas en effaçant les dégâts causés par les adultes que l'on enrayera le problème de ce que ces enfants subissent. Bien au contraire. Si l'on sait que l'on possède une gomme pour effacer, pourquoi ne pas commettre tous les méfaits ? Vous voulez offrir des lobotomies de luxe à ceux qui veulent oublier leurs péchés ?

Elle ne le lâchait pas des yeux. Plus de péché, plus de culpabilité !

Plus de culpabilité, plus de coupables.

Plus de coupables, plus de justice.

— Vous voulez vendre aux plus riches l'absolution cérébrale par intrusion dans leur cerveau, c'est ça ? Payez et nous vous offrons le pardon...

Elle tremblait de colère. Le pire, c'est qu'elle savait que des gens malheureux et fortunés se laisseraient convaincre. C'était ce qu'Arom avait pressenti. Et il l'avait payé de sa vie.

Le professeur Supachaï la toisait. Il ne semblait pas du tout touché par ses paroles, plutôt curieux et étonné comme lorsqu'il observait un rat au comportement inattendu.

— Vous estimez donc que c'est un tort de vouloir oublier ce qui vous a fait souffrir, ou ce qui vous fait honte, c'est bien cela, docteur ?

À présent, il était presque amusé. Cyrille battit des paupières.

— Je dis que c'est une erreur de ne pas laisser notre cerveau et le temps s'en charger.

Il s'approcha d'elle en articulant lentement :

— Vous ne disiez pas cela pourtant, il y a quelques années.

Cyrille ouvrit des yeux interloqués.

— Je vous demande pardon ?

Rama Supachaï croisa les bras et fit un pas de plus vers elle ; il l'examina comme un sujet de laboratoire.

— Alors, vous ne vous souvenez vraiment de rien ? C'est prodigieux...

Il se caressa le menton. Un froid intense commença à envahir les orteils de Cyrille.

— Expliquez-vous... articula-t-elle faiblement.

— Même en me voyant, vous n'avez eu aucun signe, aucune alerte ? Aucun flash mémoriel... Rien ?

Cyrille sentit le froid gagner ses jambes, elle ne comprenait pas ce que disait le chercheur thaïlandais.

— Non, je ne vous ai jamais vu.

Rama fit une moue perplexe.

— Il est vrai que vous étiez une des premières. Ah ! j'y suis peut-être allé un peu fort.

Des glaçons ankylosèrent le ventre de Cyrille.

— De quoi parlez-vous ?

— Allons, vous ne vous souvenez même pas de notre entrevue ? C'était précisément à la même époque, pendant le colloque. Vous êtes venue me voir il y a dix ans, lorsque j'exerçais encore à Bangkok. J'ai bien amélioré ma technique depuis. Ça ne crée plus de black-out total, enfin, la plupart du temps en tout cas.

Cyrille eut un mouvement réflexe de recul, elle aurait aimé se boucher les oreilles, mais ses muscles ne répondaient plus.

— Pourquoi serais-je venue vous voir ? parvint-elle à articuler.

— Parce que vous vouliez oublier certaines choses.

— Ah oui, s'écria-t-elle d'une voix hystérique, et quoi ?

Les lèvres de Rama Supachaï s'étirèrent en un sourire affable.

— Le dernier mois de votre vie. Ah !

Les mots la piquèrent comme des aiguilles de glace. Le gel encerclait son cœur, ses poumons. Elle resta figée sur la caisse en bois, le corps entier froid comme un cadavre. Elle cessa de respirer, son cœur s'arrêta de battre, son cerveau, de fonctionner. Le temps suspendit sa course. Son corps demeura immobile et son esprit s'évada très loin. Les bonzaïs se muèrent en vieillards tordus qui ricanaient méchamment. Le ciel s'assombrissait, la mer gonflait, les embruns giclaient sur la vitre. Le vent s'était-il levé ? Elle était en état de choc. Son esprit errait dans des contrées irrationnelles où l'impossible devient possible.

— Docteur, vous vous sentez bien ?

Elle sursauta, hagarde, comme si elle se réveillait d'un coma, le sang se mit à circuler de nouveau dans ses veines et irrigua son cerveau.

— Je ne vous crois pas… dit-elle faiblement.

Rama Supachaï ferma les yeux à demi, les ombres s'allongeaient. Il appela un garde et lui parla en thaï. Quelques minutes plus tard, un garçon d'à peine dix ans, vêtu d'un débardeur et d'un short kaki, faisait son apparition. Rama

Supachaï augmenta l'intensité lumineuse de la serre et glissa quelques mots au garçonnet qui hocha la tête sans broncher. Puis il s'adressa à Cyrille :

— Approchez, docteur, et examinez-le.

Cyrille Blake mit quelques instants avant de pouvoir bouger. Elle se leva, ne comprenant pas où Supachaï voulait en venir. Elle s'accroupit à hauteur du garçon qui regardait la femme étrangère avec douceur, le regard vide.

— Que voulez-vous que je fasse ? demanda-t-elle au chercheur.

— Examinez-le, vous dis-je. Vous comprendrez.

Les doigts du docteur, qui ne savait pas quoi chercher, palpèrent le corps de l'enfant, ses bras, ses jambes, son ventre, son crâne, ses doigts écartèrent les mèches de cheveux sur son front… et soudain elle ouvrit de grands yeux, incrédule.

* * *

Paris, 13 heures

Le taxi se gara devant l'entrée des urgences de l'hôpital Cochin. Tony ouvrit la portière et aida Marie-Jeanne à sortir. Il attrapa la besace de la jeune femme qui avait chaussé des lunettes noires et lui donna le bras. Ils marchèrent en silence jusqu'au bâtiment de la chirurgie orthopédique.

— Heureusement que ce n'est qu'une fracture du bassin, dit-il à la nièce de Cyrille. Il est bon pour une immobilisation de huit jours et après, les béquilles. Vous verrez, vous aussi, ça va s'arranger.

— On se tutoie ? répondit MJ en s'appuyant sur le bras de son chevalier.

Quel soulagement elle avait ressenti quand cet homme si attentionné avait déboulé dans sa chambre d'hôpital aux Quinze-Vingts, dès qu'il avait été rassuré sur le sort de Nino. MJ et lui avaient discuté un bon moment. Mise en confiance, elle avait fini par tout lui raconter. Julien, Benoît, sa terreur qu'il revienne. Tony s'était entretenu avec le médecin et avait fait à MJ une proposition qu'elle n'avait pu refuser :

« Et si vous veniez habiter chez nous en attendant que Cyrille revienne ? »

MJ et Tony montèrent au troisième étage et entrèrent dans la chambre de Nino.

— Salut ! lança le Sicilien, parfaitement réveillé, en apercevant les visages familiers.

— Je te présente Marie-Jeanne.

— On se connaît déjà.

La nièce de Cyrille reconnut cette voix, aimable et autoritaire, qu'elle avait déjà entendue au Centre. Elle identifia immédiatement le beau brun à qui elle appartenait. Tony la guida vers une chaise.

— MJ va rester chez nous jusqu'au retour de Cyrille, expliqua-t-il.

— Excellente idée, répondit Nino, d'une voix fatiguée.

— Comment te sens-tu ? demanda Tony.

— Comme quelqu'un qui s'est fait percuter par une moto, répondit Nino.

Tony se pencha sur lui et l'embrassa sur le front.

— J'ai une bonne et une mauvaise nouvelle.

— Commence par la bonne.

— La police a retrouvé le propriétaire de la moto.

Nino lui lança un regard noir.

— Et c'est quoi, la mauvaise ?

— C'est Manien…

L'infirmier se tut un moment pour digérer l'info.

— Ils l'ont arrêté ?

— Affirmatif.

MJ se tortilla sur sa chaise.

— Rudolf Manien ?

— Tu le connais ? questionna Tony.

— Oui, il déteste Cyrille, qui le lui rend bien.

Nino essaya de bouger sur le lit, mais tout mouvement était terriblement douloureux.

— Tony, est-ce que tu as vérifié les e-mails ? Des nouvelles ?

— Non, aucune.

MJ se tassa.

— J'ai peur qu'elle soit en danger.

— On ne peut pas faire grand-chose sinon attendre, rétorqua Nino. Elle va bien finir par nous contacter si elle a besoin de nous.

-45-

Quand la porte se referma d'un claquement sec, Cyrille sut que son dernier espoir venait de s'envoler. Les deux gardes l'avaient jetée dans un réduit aveugle d'à peine quatre mètres carrés, aux murs en ciment, attenant à la villa, avec pour tout mobilier un lit d'enfant en métal fixé au sol. Ils l'avaient fait asseoir sur un matelas qui sentait le moisi et l'avaient enchaînée au montant du lit avec une menotte attachée à un antivol de moto. Cyrille regarda l'unique ampoule au plafond, sidérée. *Comment j'en suis arrivée là ? Qu'est-ce que j'ai foutu il y a dix ans ?* Elle ramena ses genoux sous son menton dans un bruit de chaîne et resta immobile à réfléchir.

Je suis fichue.

Après qu'elle eut examiné l'enfant, le chercheur au crâne chauve s'était approché d'elle et lui avait caressé la joue avec le dos de sa paire de ciseaux.

— Si vous pensiez que vous alliez m'amadouer, vous vous trompiez, lui avait-il assené. Je ne peux m'occuper de vous pour le moment, car j'ai une expérimentation en cours. Mais dès demain, je vous promets que j'ai tout ce qu'il faut de plus moderne dans mon laboratoire pour vous faire parler. Pour que vous me disiez où se trouve ce maudit téléphone portable et qui est celui qui a tenté de nous trahir.

Cyrille avait compris qu'il ne mollirait pas. *S'il me fait avouer où est tombé le téléphone mobile, ils remonteront jusqu'à son propriétaire et ils nous tueront, lui, Julien et moi. Voilà.* C'était fini. Elle avait trente-neuf ans, et sa vie s'achevait. Elle se prit la tête dans les mains. *Je ne pensais pas que ça se terminerait comme ça.* Tout ça à cause de son amnésie.

Cette perte de mémoire qui n'avait rien de pathologique. Elle se repassa le film pour la énième fois. Mais ce coup-ci, elle possédait quelques pièces du puzzle en plus.

Elle était en poste à Sainte-Félicité quand Julien Daumas avait été interné. D'après les documents trouvés par Nino et les aveux de Benoît, elle avait fait inclure son patient dans un protocole clandestin pour tester le Mésératrol sur des cas graves de traumatisme psychologique. L'expérimentation avait foiré. Julien avait plongé dans un état de coma. Elle avait culpabilisé. En crise, elle avait claqué la porte de Sainte-Félicité et avait suivi Benoît au congrès annuel de neuropsychiatrie. Ils s'étaient disputés. Elle avait fui quelques jours, l'avait trompé. *Et c'est là que j'aurais rencontré Rama Supachaï ? Qu'il m'aurait parlé de ses travaux expérimentaux ? Et que je me serais proposée comme cobaye pour effacer ma culpabilité et repartir de zéro ?*

Elle renifla et ravala ses larmes. Elle avait été lâche. Lâche et suicidaire. Que lui avait-il fait au juste ? Comment lui avait-il détraqué le cerveau ? Elle contempla des taches d'humidité sur le mur gris sale, les compta et les recompta. Sa vie et sa personne venaient d'éclater en milliers de morceaux. Elle ne savait plus qui elle était. Ses yeux s'attardèrent sur le mur, cherchant à s'accrocher à quelque chose.

Il y avait des irrégularités, comme des stries à un mètre du sol. Elle les suivit comme si elle observait des allumettes alignées. Ses yeux se plissèrent, elle tendit le cou. Elle descendit du lit et tira sur sa chaîne pour mieux voir. Ses cheveux se hérissèrent. C'étaient des griffures, faites par des ongles d'enfant.

Soudain, Cyrille se redressa, l'oreille aux aguets. Elle venait d'entendre la porte grincer. Elle la fixa affolée, tout à coup en pleine possession de ses moyens. Les deux gardes thaïs en tenue militaire entrèrent. Elle put les dévisager cette fois. L'un d'eux, un gros au regard stupide, portait un plateau sur lequel tenait en équilibre un bol de nouilles fumantes et un verre de thé. Le second était plutôt un modèle trapu et vif, pas plus de vingt ans, et restait deux pas derrière. Cyrille se renfonça contre le mur. Le gros bonhomme déposa le plateau à côté d'elle, sur le matelas. De son débardeur émanait une forte odeur de transpiration. Il se tenait debout à trente centimètres d'elle, il la regardait avec convoitise. Cyrille évita son regard, fixa un point, droit devant elle, et se déplaça sur le côté de façon à être collée contre le montant du lit. Le gros garde hésita une seconde, puis tendit une main vers ses cheveux.

— Ne me touchez pas ! s'écria Cyrille, blême.

Le deuxième garde, qui n'avait pas quitté la porte, émit un grognement. L'autre haussa les épaules. Cyrille avait dangereusement conscience qu'elle était à hauteur de son pantalon, elle détourna la tête, terrorisée, prête à hurler. Le gros cerbère déboutonna la braguette de son treillis. Puis, d'un mouvement brusque, il tira les cheveux de la jeune femme en arrière et l'allongea de force sur le lit. Quelque chose éclata dans le cerveau de Cyrille, elle voulut hurler à la mort, mais une main s'abattit sur sa bouche. Une autre lui arrachait sa chemise et trouvait le chemin de son soutien-gorge. Tout son corps se rebella, s'arc-bouta, mais l'homme pesait une tonne sur elle. Elle perçut des bruits de voix. Le gros se faisait engueuler par son comparse. Il se redressa sur les coudes et se releva en râlant. Cyrille eut à peine le temps de rabattre sa chemise sur son ventre avec sa main libre que le trapu était, à son tour, sur elle. Il lui agrippa les cheveux comme le premier et lui caressa la joue de la main gauche. Elle s'aperçut avec effroi qu'il n'avait plus de doigts.

— Tu vois ce qui t'arrivera si tu parles pas ? Et ne t'avise pas de t'enfuir pour prendre le bateau de la villa. Car si tu fais ça, tu es morte.

Cyrille le fixait, les yeux exorbités de terreur. Le trapu regarda ses lèvres et rapprocha les siennes. Il plaqua sa bouche sur celle de la jeune femme et sa langue s'introduisit entre ses dents. Cyrille se débattit comme elle put, mais le garde maintint sa bouche collée contre la sienne. Enfin, il la relâcha, se releva en la regardant avec insistance. Il lança en anglais à son compagnon :

— Viens, on se casse, c'est l'heure de béqueter !

* * *

La porte claqua. Cyrille haletait. Sa poitrine montait et descendait à une cadence rapide. Elle cracha dans sa main l'objet dur que le deuxième garde lui avait glissé dans la bouche.

Une toute petite clé. *Mon Dieu…*

La clé de la menotte ?

Cyrille serra l'objet dans sa paume avec une courte prière et scruta la porte. Elle n'avait pas rêvé, il venait de lui dire qu'il y avait un bateau dans la villa et qu'ils allaient manger. Elle avait le champ libre et un moyen de s'échapper. Elle remercia silencieusement l'homme sans doigts. Elle savait désormais à qui appartenait le téléphone portable trouvé sur Dok Maï.

Cyrille se libéra rapidement de la chaîne et se glissa contre la porte. Celle-ci était en mauvais bois avec un crochet pour toute poignée. Elle colla son oreille au battant. Elle n'entendit que le vent assourdissant qui mugissait de plus en plus fort dehors. Une tempête se préparait. Cyrille attendit sans bouger pendant de longues minutes, l'oreille à l'affût du moindre bruit suspect. Pas de voix. Elle respira un bon coup et tourna très doucement le crochet vers la droite. À ce moment-là, un coup de vent particulièrement violent fit trembler le chambranle. Un claquement contre la porte la fit sursauter. Cyrille secoua la porte. Fermée ! Elle tourna l'anneau de fer dans tous les sens. La porte de bougea pas d'un pouce. Paniquée, elle tira dessus de toutes ses forces. Rien à faire. Son cœur se mit à battre la chamade. Son menton trembla, c'était sa seule et dernière chance, il fallait qu'elle sorte !

— Écarte-toi !

Cyrille fit un bond en arrière. Son cœur se décrocha. Et soudain, la porte s'ouvrit en claquant, le vent s'engouffra dans la pièce et la silhouette de Julien se détacha dans la nuit. Une main se tendit vers elle.

— Viens, dépêche-toi !

Elle saisit cette main comme un naufragé, une bouée et s'élança à sa suite. Ils bondirent dans la nuit. Des nuages denses plombaient le ciel, rougi par le soleil couchant. Des gouttes de pluie grosses comme des billes mitraillaient le sol, pulvérisant le sable à chaque impact. Julien et Cyrille, arrimés l'un à l'autre, longèrent la villa quelques secondes puis prirent la direction de la mer, dissimulés par les rochers et les arbustes. Ils firent une pause sous les frondaisons d'un arbre fromager centenaire au tronc creux. Un nuage fila. Le visage de Julien fut illuminé d'une aura rougeâtre pendant un court instant. Il regarda Cyrille. Il vit une jeune femme dévastée, aux cheveux collés sur le front, le visage cadavérique, des larmes plein les yeux. Il la serra violemment contre lui, comme s'il venait de la sauver des eaux.

— Mon Dieu, merci, tu es vivante. Que t'est-il arrivé ? Qu'est-ce qu'ils t'ont fait ?

Cyrille se dégagea légèrement et fixa les yeux gris tempête du jeune homme, ses traits inquiets, elle sentit ses mains autour de son visage, la chaleur de son corps, si proche du sien. Et toute sa terreur se mua en désir intense de se blottir contre lui et de disparaître dans ses bras.

— Ils m'ont interrogée pour savoir où était le portable de la petite avec les coordonnées GPS. Un des gardes m'a aidée à me détacher. Mais la porte était fermée.

— Le vent a rabattu le loquet. Par bonheur, je suis tombé sur eux en train de t'enfermer dans cette pièce et je les ai vus partir de loin.

— Et toi, Julien… Comment as-tu pu… ?

Le jeune homme émit un léger rire joyeux.

— Les seringues ! J'avais gardé les seringues !

Ils se mirent à rire, Cyrille riait et pleurait à la fois. Elle s'essuya les yeux. Puis ils se turent. Ils échangèrent un long regard silencieux. Les mots se bousculaient dans la gorge de Cyrille, mais elle ne put rien laisser sortir. Julien se ressaisit le premier.

— Il faut fuir, ils ne vont pas tarder à nous chercher partout.

Le regard de Cyrille s'assombrit.

— On ne peut pas…

Et d'un coup, le ciel ferma son robinet et la pluie cessa.

— Pourquoi ça ?

— Le chercheur qui travaille ici, Rama Supachaï, teste un traitement sur les enfants, je dois savoir de quoi il s'agit.

Julien baissa les yeux.

— C'est donc ça…

— Quoi, ça ?

— J'ai exploré les alentours, à la recherche d'un moyen de nous sauver. Et j'ai suivi un groupe d'enfants qui marchait en silence. Ils m'ont conduit jusqu'à une sorte de village dans une crique. Et…

— Et ?

— Je… ils étaient là. Comment te dire ? Ils entraient et sortaient des huttes, comme des robots, et dans le plus grand silence… pas un bruit. C'était flippant. Comme une école de zombies, tu vois ? Barrons-nous d'ici et alertons la police !

— Non, je dois voir ce qu'il leur fait… je dois savoir.

— Pourquoi ?

Cyrille baissa les yeux, chercha ses mots :

— Il y a… dix ans, j'ai été l'objet d'une expérience similaire à celle que les enfants subissent ici. Un traitement qui m'a fait oublier tout un passage de ma vie, dont toi…

Elle prit une inspiration et souffla l'air de ses poumons pour refouler ses larmes.

Julien lui frôla la joue.

— Ne culpabilise pas.

Il aimait les courbes douces de son visage, l'implantation de ses cheveux…

Cyrille baissa la tête en se mordant les lèvres.

— Je dois savoir ce qu'il m'a fait, sinon, je ne m'en sortirai jamais.

Julien hocha la tête.

— D'accord, allons voir ce que fabrique ce tordu et après on dégage.

Il sembla hésiter à son tour.

— Tu sais… J'ai eu une nouvelle crise tout à l'heure.

Il montra son bras.

— Je me sentais tellement mal… J'ai failli me couper, mais j'ai fait comme tu m'as dit. J'ai réussi à détourner mon agressivité. J'ai gagné. En tout cas pour cette fois. Grâce à toi. C'est la première fois que j'y arrive depuis des années.

Cyrille lui pressa la paume fortement.

— On va y arriver… On va y arriver.

-46-

La villa de Rama Supachaï était une imposante bâtisse en bambou sur pilotis, plantée au sommet de la roche noire de l'îlot sud. La baie vitrée de la serre aux bonzaïs s'ouvrait à l'à-pic de la plage, face au « Y » blanc. Enveloppés dans la lumière orangée du crépuscule orageux, Cyrille et Julien longèrent en contrebas le mur de la villa, leurs visages giflés par les embruns, les bruits de pas couverts par le sifflement du vent. Une fois la serre derrière eux, ils remontèrent sur la gauche, en escaladant les rochers. D'un côté, la propriété, de l'autre, la mer furieuse qui giclait sur les cailloux.

Et ce fut là, accolés à l'arrière de la villa, qu'ils découvrirent la construction en dur de forme oblongue, invisible depuis la plage. Une sorte de hangar recouvert de Placoplâtre, percé de deux vasistas. L'ensemble jurait avec la beauté de la demeure. Ils s'approchèrent, se dissimulant derrière les rochers. Cyrille observa attentivement le bâtiment. Il n'était pas vieux, mais avait souffert des intempéries. Une plaque de plâtre de cinquante centimètres de côté avait été arrachée sur la façade côté mer et le trou n'avait pas encore été réparé.

La brèche laissait entrevoir le revêtement du mur.

Un maillage de cuivre.

Cyrille plissa les yeux et s'avança un peu plus près pour confirmer ce qu'elle pensait. Julien la suivit sans mot dire. Oui, l'enceinte intérieure était bien métallique et le verre des deux vasistas opacifié. Un groupe électrogène se mit en route quelque part et un jet de fumée blanche s'éleva du toit du hangar.

Cyrille comprit devant quoi elle se trouvait : une cage de Faraday.

L'installation permettait d'isoler l'intérieur de la salle des perturbations électriques extérieures, en particulier des radiofréquences. Et que mettait-on dans une cage de Faraday quand on était chercheur en neurobiologie ?

— Je parie que cette pièce contient l'IRM… chuchota-t-elle à l'oreille de Julien.

La curiosité piquée au vif, elle s'approcha. Ils contournèrent le hangar. Elle posa la main sur le mur du bâtiment et sentit des vibrations. La machine à l'intérieur était en pleine activité.

Elle examina l'endroit. Une échelle métallique rouillée était vissée au cul du hangar. Cyrille se dit qu'elle devait mener à une trappe de visite, obligatoire dans ce genre d'installation car il fallait la contrôler régulièrement. Elle fit signe à Julien qu'elle montait, attrapa des deux mains les barreaux de l'échelle, et, les cheveux ébouriffés par le vent, les tympans sifflants, elle grimpa sur le toit du hangar, à quatre pattes. Dans son dos, la falaise et la haute mer, furieuse. Julien escalada lestement à son tour.

Elle ne s'était pas trompée, il y avait bien une trappe de visite. Mais elle était antique, fermée par deux vis rouillées. Julien fouilla dans la poche de son jean et en sortit triomphalement une pièce de vingt centimes d'euro. Au bout de quelques minutes d'effort, il descellait la petite porte qui donnait accès au toit du hangar.

Ils s'allongèrent entièrement sur le toit et soulevèrent le couvercle de quelques centimètres. Ils virent d'abord un grillage, et à travers les mailles métalliques, la machine. Splendide, dernière-née de la technologie médicale. Une IRM ouverte, dont le tube en fer à cheval permettait de pratiquer des interventions intégralement sous contrôle de l'image en temps réel, le *nec plus ultra* de la médecine. Le cœur de Cyrille se serra douloureusement. Une petite fille, en pyjama de chirurgie, était allongée sur la table d'examen. On lui avait enduit les cheveux d'un liquide gluant rouge.

Cyrille écarta un peu plus la trappe. La pièce abritait toute l'installation nécessaire à un bloc opératoire moderne. Une console de commande de l'IRM, des moniteurs à écran plat installés de part et d'autre de la machine, l'éclairage opératoire, la table de préparation, un chariot de manipulateur. À droite, elle aperçut tout le matériel d'anesthésie, les appareils de surveillance, le défibrillateur. Elle repéra aussi, dans le fond, sous une housse transparente, un stimulateur magnétique transcrânien, comme celui qu'elle utilisait au Centre

Dulac. Cette salle d'opération était à la pointe de la technologie.

Elle vit un homme entrer dans son champ de vision, blouse, chapeau, chaussons, masque chirurgical sur le nez. Elle le reconnut sans peine à son crâne glabre. Le chercheur thaïlandais prit place à la hauteur de la tête de la gamine.

* * *

La petite portait un tensiomètre autour du bras, des électrodes sur la poitrine. Elle était calme. L'anxiolytique qu'elle avait pris une demi-heure plus tôt la maintenait dans un état conscient mais très ralenti. Le monsieur lui avait affirmé que l'opération était indolore et ça la rassurait beaucoup.

— Ma grande, commença le docteur en souriant derrière son masque. Comme je te l'ai expliqué, nous allons d'abord prendre les mesures exactes de ton cerveau. Je vais donc placer ta tête dans un appareil qui peut te serrer un peu aux tempes.

Il appuya sur une télécommande, diffusant une musique de relaxation. Il désinfecta la peau au niveau du front et deux autres zones derrière la tête.

— Maintenant, je te fais deux petites anesthésies, ça risque de piquer un peu.

Le médecin injecta le produit anesthésiant pour endormir la peau. Puis il avança le cadre de stéréotaxie, un anneau en fibre de carbone de huit cents grammes, qu'il fixa avec quatre pointes sur les tempes et à l'arrière du crâne de la fillette. Elle ferma les yeux.

Supachaï entra dans le programme de l'IRM d'acquisition des données et lança la phase préliminaire. La machine se mit à gronder. Pendant vingt minutes, il ne se passa rien en apparence. La petite ne bougeait pas, yeux clos, et la machine travaillait. Grâce aux repères sur le cadre stéréotaxique et à l'imagerie, son cerveau était cartographié dans ses moindres détails au centième de millimètre près. Lorsque le logiciel de traitement de données eut achevé ses calculs, le cerveau de la fillette s'affichait en trois dimensions sur les trois moniteurs haute définition.

Rama, concentré et silencieux, enclencha un DVD dans le moniteur. Une dizaine de photos s'affichèrent à l'écran : la fillette avant son enlèvement par la Ligue ; sur une chaise de bar, maquillée outrageusement et habillée en rose bonbon, triste poupée à hauts talons. D'autres photos la représentaient avec des clients…

— Je vais te demander à présent d'ouvrir les yeux. Et tu vas m'aider, d'accord ?

Les paupières de la petite fille se soulevèrent.

* * *

Cyrille regarda Julien. Était-elle en train de rêver ? Elle n'arrivait pas à entendre mais elle avait compris. Le schéma de la procédure de Rama Supachaï commençait à prendre forme dans son esprit. Julien lui rendit son regard et articula à voix basse :

— Qu'est-ce qu'il lui fait ?

— Je crois qu'il va essayer d'effacer certains souvenirs précis en désactivant les voies neuronales qui les font émerger. C'est inouï !

Cyrille avait le corps engourdi par le vent. Elle agita ses doigts et souleva la trappe un peu plus.

* * *

Supachaï afficha une photo plein écran, un bar de Koh Samui, en plein air, montrant des filles en minijupe et talons compensés qui dansaient autour d'une barre verticale.

— Qu'est-ce que c'est ? demanda le chercheur.

La petite fille ouvrit la bouche pour la première fois :

— Le bar de Mme Tran.

Le chercheur lança le programme de l'IRM d'exploration en temps réel. La fillette fixait la photo de son ancien lieu de travail et des autres filles. Son cerveau réagissait. Supachaï cibla plusieurs zones dans ses lobes temporaux qui s'activaient fortement. Il enregistra leurs coordonnées.

La photo suivante figurait l'intérieur d'un salon de massage. Les yeux de la petite fille s'obscurcirent, sa poitrine se souleva. Supachaï zooma sur le cortex frontal et enregistra les coordonnées des zones actives. Puis il fit défiler une série de clichés pédophiles devant les yeux de la petite qui s'embuaient à présent.

Le chercheur déposa alors un bâton d'encens dans un porte-objet sur pivot qu'il plaça sous le nez de la gamine. Cet encens était celui que Mme Tran affectionnait et diffusait un peu partout dans ses endroits de débauche, où elle vendait les gamines au plus offrant. La petite huma le parfum douceâtre et les larmes roulèrent en fontaine sur ses joues, tandis que Supachaï cartographiait précisément les chemins de reviviscence de son cobaye.

Le chercheur prépara la suite de l'intervention, la partie la plus délicate. Il actionna une commande et deux loupes grossissantes vinrent se positionner devant ses yeux. Supachaï pianota sur le clavier du logiciel de repérage et envoya le résultat de ses calculs dans le ventre de l'IRM. Sur l'écran des trois moniteurs, le cerveau de la fillette tourna en 3D. Cinq zones de quelques millimètres de diamètre, réparties sur le cortex, la couche externe du cerveau, clignotèrent en violet. Le chercheur fit pivoter le modèle encore une fois. Et pianota sur le clavier : « Intervention en C10, D4, E11 et A20. »

Il envoya les coordonnées précises dans le logiciel de calcul. À travers ses loupes, Supachaï distinguait le crâne de sa patiente et, en superposition, la modélisation virtuelle de celui-ci. Grâce au cadre stéréotaxique qui maintenait immobile la tête de la petite, les deux visions réelles et virtuelles concordaient parfaitement. L'ordinateur projeta sur le crâne quatre croix. À l'aide d'un rasoir effilé, le diplômé de neurochirurgie rasa quatre petites zones du cuir chevelu, deux dans la zone frontale et deux à l'aplomb des oreilles. Il troqua le rasoir contre une seringue d'anesthésique.

— Cela va piquer, mais moins que tout à l'heure. J'anesthésie la peau.

La gamine perçut à peine les quatre piqûres, elle était abrutie par les calmants. Elle sentit ensuite un petit raclement sur son crâne, le frottement d'un rasoir. Et puis elle entendit le gentil docteur parler encore et elle eut peur.

— Nous allons faire quatre petits trous minuscules, tu ne sentiras rien.

Supachaï plaça le craniotome, une sorte de perceuse à la pointe effilée, au centre de la première croix, et appuya sur la pédale. Un bruit de fraise dentaire. Une odeur de brûlé. Pour un trou osseux de deux millimètres de diamètre. Le neurochirurgien y inséra une fibre optique d'un millimètre de diamètre et la conduisit jusqu'au cortex. Il pratiqua un second orifice au centre de la deuxième croix, et, de la même façon, y introduisit une deuxième fibre optique. Le visage grave, concentré, Rama Supachaï ne tremblait pas. Il avait la parfaite maîtrise de ce qu'il faisait.

La petite fille ne sentait rien, le cerveau n'étant pas innervé. Elle n'avait pas conscience d'avoir quatre fibres optiques introduites dans le crâne. Supachaï lui avait promis que si elle se soumettait à cette opération, elle retrouverait sa mère. Alors, elle n'avait pas protesté. L'homme vérifia que les pointes des fibres optiques étaient précisément placées sur les points qu'il avait déterminés.

— Maintenant, je vais te repasser les photos, tu es prête ?

— Oui, répondit la petite faiblement.

Les images défilèrent de nouveau devant ses yeux, l'IRM repéra les zones actives et le système de *tracking* automatique inclus dans les fibres optiques cibla les paquets de neurones à détruire. Supachaï actionna le laser. L'émission du laser diode 980 nanomètre provoqua un échauffement local. En quelques secondes, les fibres nerveuses qui activaient le souvenir furent détruites. Le système intelligent modula l'énergie laser en temps réel en fonction des données thermiques acquises par l'IRM pour éviter la destruction d'une zone non désirée. Le neurochirurgien exécuta plusieurs tirs de laser.

— Comment te sens-tu ?

Pas de réponse.

Rama Supachaï se racla la gorge.

— Naruporn, comment te sens-tu ?

Un reniflement.

Il afficha sur l'écran la photo de Mme Tran.

— Tu sais qui c'est ?

Un autre reniflement.

— Comment t'appelles-tu ?

Mais la petite ne répondait pas, les yeux fixes.

La chercheur soupira. Il tapa des lignes de texte sur son ordinateur, il n'avait pas l'air content.

* * *

Cyrille se secoua et se redressa à genoux, hébétée, comme si elle avait vu un fantôme. Julien n'était pas en meilleur état.

— C'est un monstre, murmura-t-il.

Cyrille lui lança un regard désespéré.

— Il... il lui a détruit le cerveau. Il est dingue. Il faut l'empêcher de nuire, et vite !

Elle respira plusieurs fois profondément, luttant contre un sentiment de détresse.

— Réfléchissons...

Julien opina, mâchoires serrées. Les poignets lui démangeaient de nouveau.

— Tu prétends que tu as subi la même chose ? demanda le jeune homme, la voix sourde.

Cyrille ferma les yeux et les rouvrit.

— Oui, il affirme que je lui aurais demandé de me faire ça, il y a dix ans.

— Et tu le crois ?

Cyrille leva deux yeux douloureux sur son ancien patient, souleva sa frange et écarta ses mèches auburn.

— Regarde !

Julien fronça les sourcils. La lumière déclinait mais Julien distingua nettement les petites taches brunes qui tranchaient sur la peau blanche de son front.

— Tu vois ? poursuivit-elle, le regard étincelant d'une lueur agressive. Ce ne sont pas des taches de naissance, mais les cicatrices d'une opération comme celle que tu viens de voir. C'est lui qui m'a fait ça. J'ai vu un de ces pauvres gosses, il avait les mêmes marques. Sauf que moi, j'ai... j'ai eu de la chance de m'en tirer.

Julien la dévisagea, abasourdi. Cyrille s'assit et poursuivit.

— Il faut récolter le maximum de preuves contre ce type et décamper vite.

— Tu as une idée ?

— Oui. On attend la nuit, on entre dans son bureau et on le neutralise.

Cyrille serra ses genoux contre elle.

— J'aimerais aussi tenter quelque chose.

— Quoi ?

— S'il efface les souvenirs de la sorte, on doit pouvoir les réactiver de la même manière.

Julien scruta l'expression de Cyrille. Déterminée.

— Tu veux essayer sur toi ? demanda le garçon.

— Oui. S'il a gardé quelque part mon dossier de traitement, je devrais pouvoir stimuler les bonnes zones avec la SMT, comme l'a fait Arom. Ça ne prendra pas plus de dix minutes. Ça marche ou ça ne marche pas, on verra bien.

Julien acquiesça.

— Moi aussi, alors.

Cyrille leva les yeux.

— Toi ?

— Je n'ai pas de dossier, mais je veux essayer…

Ils se dévisagèrent sans rien dire.

— Pourquoi pas ? acquiesça Cyrille. Après tout, les enfants traités par Arom n'avaient pas non plus de profil de stimulation.

-47-

Rama Supachaï s'était assoupi, tout habillé sur le confortable fauteuil de dentiste qu'il avait installé dans son laboratoire. Il dormait souvent là lorsqu'il lançait de nouvelles recherches. Il avait fini son dernier essai sur une jeune prostituée de Koh Samui. Encore un échec. Maintenant, il devait surveiller ses rats. Un réveil à horaires programmés sonnait toutes les deux heures pour qu'il vérifie les constantes des rongeurs et pousse le piston de la seringue. Il tâchait de mettre au point un traitement médicamenteux, l'équivalent de sa technique par laser. Pour l'instant, les résultats étaient encore trop modestes pour tenter quoi que ce soit sur l'humain. Ce qui le tira de son sommeil n'était pas un réveil mais une sensation d'étouffement. Il ouvrit les yeux et voulut se redresser, impossible. Il mit quelques secondes à comprendre pourquoi. Ses jambes étaient ligotées au fauteuil avec une grosse corde, ses poignets, attachés par une autre corde au-dessus de sa tête. Un gros ruban adhésif l'empêchait d'ouvrir la bouche. Il voulut bouger la tête, en vain. Son front et son menton étaient attachés au dossier avec du scotch. Il se mit à respirer très fort par le nez, pupilles et narines dilatées. Il perçut des mouvements derrière lui, des bruits de pas. Il se contorsionna pour essayer de se retourner et apercevoir quelque chose. Un mouchoir humide fut plaqué contre ses narines. Il reconnaissait cette odeur. Ça puait l'anesthésiant utilisé pour ses animaux. Il se débattit, pas longtemps. Et retomba inanimé.

Cyrille se débarrassa du mouchoir imprégné de chloroforme. Si elle trouvait rapidement les preuves qu'elle cherchait, ils auraient déguerpi avant que Supachaï ne reprenne conscience.

— Cherche partout ce qui pourrait ressembler à des comptes rendus d'expérimentations humaines, demanda Cyrille à Julien. Moi, je fouille son ordi.

Julien ouvrit tous les placards un par un, regarda sur les étagères, dans des cartons au sol. Mais il ne trouva que du matériel de labo. Un secrétaire recelait des piles de publications, toutes ayant trait à la mémoire. Les étagères croulaient sous des bouquins de médecine et de chirurgie. Il se hasarda dans les tiroirs en métal du bureau de Supachaï qui faisait davantage penser à une table d'autopsie. Ils n'étaient pas fermés comme si, tellement sûr de ne pas être menacé, le médecin ne s'embêtait pas à protéger ses affaires. Il vit tout un fatras de papiers, un bocal avec des coupes de cerveau de souris dans du formol, mais rien concernant des patients. Cyrille, elle, fouillait un classeur vertical, libre d'accès, comme le reste. Huit minutes s'étaient écoulées.

Cyrille se dirigea vers la salle d'IRM où Supachaï pratiquait ses expériences sur les enfants. Une double vitre séparait le bureau de la salle d'examen. L'IRM ronronnait dans la pénombre. Seules quelques diodes vert fluorescent émettaient un rayon de lumière pâle. Le long de la vitre, une table de travail supportait plusieurs moniteurs et une unité centrale. Cyrille fonça droit dessus. Elle bougea la souris, l'ordinateur s'éclaira, il n'était pas éteint ! En revanche, elle constata qu'il n'était pas connecté à Internet et activa la connexion en croisant les doigts. Elle s'assit devant le moniteur, ouvrant tous les fichiers qu'elle voyait sur le bureau virtuel de Supachaï. Elle lut le journal de bord du chercheur, accessible en haut à gauche. N'y trouva rien d'intéressant. Elle se promena dans l'ordinateur, les doigts de plus en plus agités. Elle ouvrit un dossier « 2009 », et son pouls s'accéléra. Il contenait des sous-dossiers dont un s'intitulait « Human protocol ». C'était un PDF, elle l'ouvrit. Un grand tableau s'afficha. Cyrille parcourut le document, sautant d'une colonne à l'autre. *Yes !* Le tableau recensait l'ensemble des cas traités pendant l'année. Elle n'avait pas le temps de tout lire, mais constata que la liste était longue, deux cents noms au bas mot. Le chercheur y notait de gauche à droite le prénom de l'enfant, son âge, sa provenance, son dossier (un lien hypertexte surligné en bleu), la date d'intervention, le résultat : « Yes » ou « No », et puis une case « Destination ».

— Julien ! appela faiblement Cyrille.

Le jeune homme apparut derrière elle. Sans se retourner, elle désigna l'écran.

— Regarde ce que j'ai trouvé. Les enfants « Yes », c'est-à-dire sûrement les résultats positifs, sont envoyés à des adresses toutes différentes, peut-être des adresses personnelles. Ceux marqués « No », en revanche, sûrement ceux qui ont échoué, sont dirigés vers deux ou trois adresses, toujours les mêmes, en Chine…

Julien lut derrière l'épaule de Cyrille.

— Qu'est-ce que ça veut dire ?

Cyrille se frotta les yeux.

— Je ne sais pas… Il faut copier tout ça, je sais à qui l'envoyer.

Julien posa ses mains sur le clavier à côté des siennes. Elle sentit la rugosité de sa joue mal rasée contre sa peau, ferma les yeux une demi-seconde, huma son odeur, et une nostalgie immense et inconnue lui comprima le cœur. Elle rouvrit les yeux. Julien avait ouvert une session Internet.

— Vas-y, écris l'e-mail.

Cyrille entra l'adresse d'Anuwat au VCGD de Bangkok, puis mit en copie Nino et Tony, et enfin sa propre adresse sur Hotmail. Avec un seul message :

Urgent. Ai découvert le traitement sur les enfants de Surat Thani. Ils servent de cobayes sur l'île de Koh Nang Yuan. Rama et Pot Supachaï sont à la tête du réseau. Ils ont tué le Pr Arom. Contactez la police. Amitiés. Cyrille.

Le document était lourd et la connexion, lente. Une barre de décompte les informa qu'il restait une minute avant l'envoi.

Cyrille entra ensuite dans le disque dur de Supachaï et continua à fouiller ses documents. Elle en fit défiler une dizaine. Ils contenaient pour la plupart des publications scientifiques internationales, des présentations de diapos de colloque téléchargées sur Internet… Elle lut en diagonale et referma les fichiers un par un, inintéressants. Elle s'attarda sur un fichier intitulé « Correspondance », différent des autres. Elle fit défiler des pages et des pages d'échanges d'e-mails et de fax numérisés. Elle parcourut rapidement les contenus. Ça parlait de molécules, de protocoles, d'essais, de discussion sur des dosages, etc. Les joues de Cyrille blêmirent.

— Mon Dieu ! Ce salopard collabore avec d'autres chercheurs sur le sujet… prononça-t-elle d'une voix lugubre.

Julien se pencha de nouveau sur son épaule, sans dire un mot. Soudain, il vit la main de Cyrille se crisper sur la souris, ses phalanges blanchir. Le regard du docteur se brouilla.

— Qu'est-ce qu'il y a ?

— Je suis la reine des connes…

— Pardon ?

Du bout des doigts, elle caressa sur l'écran une missive en anglais adressée à Supachaï qui parlait d'expérimentation.

— Observe les mots…

Julien plissa les yeux.

— Je ne vois pas.

Il lut la phrase qu'elle désignait, « send em the clinical report of children treated one month aog ... » Certaines lettres étaient inversées.

— Un dyslexique ?

— Non, mon mari.

-48-

Paris, 16 heures

— Je viens de recevoir un e-mail de Cyrille, s'écria Tony, assis dans la chambre de Nino.

MJ, qui avait piqué un somme dans un fauteuil, sursauta.

— Que dit-elle ?

Tony lut l'e-mail d'une traite et pâlit.

Urgent. Ai découvert le traitement sur les enfants de Surat Thani. Ils servent de cobayes sur l'île de Koh Nang Yuan. Rama et Pot Supachaï sont à la tête du réseau. Ils ont tué le Pr Arom. Contactez la police. Amitiés. Cyrille.

— Qu'est-ce que c'est que ce charabia ? dit Nino.

— J'en sais rien, répondit Tony mais la dernière phrase est très claire. Faut prévenir la police.

— Comment on fait ?

— Il suffit de passer par l'ambassade de France à Bangkok, décréta MJ en se redressant. J'appelle si vous voulez.

— Que vas-tu leur raconter ? demanda Tony.

La jeune femme releva le menton, décidée.

— J'improviserai.

* * *

Rama Supachaï ne sut dire combien de temps il était resté évanoui. Soudain, le scialytique s'alluma au-dessus de lui. Un flash blanc. Il cligna des paupières, aveuglé. Et un visage, inconnu, surgit devant son nez, s'interposant entre lui et le spot puissant. Un homme.

— Que les choses soient claires, lui dit l'homme. Tout le monde roupille sur cette île. C'est la tempête dehors. Tu auras beau crier, personne ne t'entendra. T'as donc plutôt intérêt à collaborer. OK ?

Le chercheur opina doucement. Il nageait en plein cauchemar. Il entendit l'homme bricoler quelque chose au-dessus de sa tête. Et tout à coup, il vit, suspendu à dix centimètres de ses yeux, le craniotome.

— C'est avec ça que tu fais des trous dans la tête des enfants, hein ? dit l'homme.

Et le cri strident de la perceuse retentit, faisant vibrer tous les os de son crâne.

— Je vais t'enlever le scotch que t'as sur la bouche, fit la voix, mais si tu cries, crois-moi, ça ne me fera ni chaud ni froid de te faire souffrir.

Cyrille restait en retrait, adossée à la porte du laboratoire. Elle regardait Julien, fascinée et terrifiée à la fois. Il avait dans le regard de l'innocence et de la violence pures. Elle observait aussi Supachaï, un poisson froid pris dans un filet, terrorisé. Julien appuya sur la pédale du fauteuil, celui-ci s'éleva de quelques centimètres. La pointe du craniotome se trouvait pile au-dessus de l'œil droit de Supachaï. Julien actionna la perceuse. Le son de fraise dentaire retentit de nouveau, suraigu, insupportable. Le cerveau de Rama fut inondé d'adrénaline. Ses glandes surrénales crachèrent du cortisol à haute dose, l'hormone du stress. Il sentit un liquide chaud couler le long de sa jambe de pantalon.

— Que je t'explique, éructa Julien, tu es un malade mental, un fou dangereux qui torture les enfants. Si tu meurs dans les minutes qui viennent, ni moi ni le docteur Blake ne nous en plaindrons. Mais je peux te laisser vivre, avec l'espoir que tu sois jugé un jour. Si tu parles, je te laisse cette chance.

Supachaï était raide de terreur. Ce type était un dingue.

La silhouette de Cyrille se profila dans le halo de lumière.

— Croyez-le, professeur. C'est un de mes patients, si vous le mettez en colère, je ne pourrai pas le contrôler.

Le chercheur lui lança un regard implorant.

Elle se tint devant lui, bras croisés.

— Mon mari travaille avec vous, n'est-ce pas ?

Supachaï hocha la tête lentement.

— Que fait-il pour vous ?

— Il… m'aide pour mettre au point un nouveau traitement.

— Lequel ?

— Une molécule qui mimera l'effet du laser.

— Que reçoit-il en échange ?

— De l'argent.

— Beaucoup ?

— Oui, beaucoup…

— D'où vient cet argent ?

La voix de Cyrille était métallique et hachée, sans une once de compassion.

Supachaï ne répondit pas. Julien actionna le craniotome. Supachaï vit le foret visser l'air près de sa pupille.

— Stop, arrêtez, je vais tout vous dire.

— Il vaut mieux, car avec un œil en moins, ça sera vachement moins simple pour toi de faire des observations au microscope…

Cyrille réprima un sourire, elle poursuivit :

— D'où vient cet argent ? Qui finance vos recherches, votre matériel ?

Rama se liquéfiait.

— C'est mon cousin, Pot.

— Que trafique-t-il ?

— Il place… les enfants.

— Explique-toi, ordonna Julien nerveusement. D'où viennent ces enfants ?

— De la rue, de Koh Samui, de Koh Tao et de Phuket.

— Vous les enlevez ?

— Oui. Les hommes de la Ligue les font disparaître. Et les ramènent ici.

— Et vous leur faites subir votre traitement.

— Oui.

— Depuis combien de temps ?

— Sept ans.

— Et quand le traitement marche ?

— Les enfants oublient leur passé dans la rue, le traitement les rend dociles et conciliants.

— Vous en faites quoi, alors ?
— Pot les place dans des familles.
— Pour faire quoi ?
— Ils sont adoptés ou bien ils travaillent.
— Les filles aussi ?
— On leur trouve un époux…
— Et tout ça contre de l'argent, j'imagine ?
— La plupart du temps, oui.
— Vous les vendez comme des esclaves… commenta Cyrille, atterrée.
— Et les autres, demanda Julien, ceux à qui tu crames le cerveau, t'en fais quoi ?
— Je… Pot les envoie en Chine. Où ils sont placés aussi.
— Où ?
Rama Supachaï se tut et serra les mâchoires.
Julien actionna la pédale et le fauteuil s'éleva de quelques centimètres supplémentaires. Le foret vrilla sur son axe et frôla la pupille. Rama ferma les yeux et hurla.
— Arrêtez !
Cyrille et Julien encadraient le fauteuil.
— Où sont-ils envoyés ? cria Julien.
— Dans des manufactures.
Cyrille s'appuya sur le fauteuil.
— Vous les vendez à des réseaux de travail clandestin, c'est ça ?
Rama déglutit, les yeux exorbités. Cyrille reprit l'interrogatoire :
— Et… mon mari est au courant de tout ça…
Rama ne dit rien mais elle comprit à son regard qu'elle avait vu juste. Elle n'attendit pas la réponse, frappa le fauteuil et pressa un poing contre sa bouche pour ne pas hurler. Elle respira un bon coup pour se calmer et poursuivit :
— Que s'est-il passé il y a dix ans ? Comment nous sommes-nous rencontrés, vous et moi ?
Rama Supachaï respira plus librement.
— C'était pendant le congrès, vous étiez venue avec votre mari. On nous a présentés.
— Qui, « on » ?
Supachaï eut pour la première fois une esquisse de sourire.
— Sanouk Arom.

Cyrille ouvrit la bouche et la referma. Arom ? Évidemment. Voilà pourquoi il lui était apparu pendant la séance d'hypnose. Elle dut se retenir au fauteuil pour ne pas vaciller. Le professeur s'en était-il souvenu ou l'Alzheimer lui avait-il fait oublier son implication ? Elle ne le saurait jamais.

— Donc, Sanouk Arom nous présente, et ensuite ?

Rama reprenait un peu d'assurance.

— Ensuite, un soir, vous êtes venue me voir avec Arom, au bar du palais des congrès. Et vous m'avez dit que vous vous intéressiez à mes recherches et que vous vouliez en savoir plus sur l'effacement sélectif des souvenirs

— Comment j'étais ?

— Épuisée, déprimée, vous aviez pas mal bu aussi

Cyrille haussa un sourcil.

— Et après ?

— Je vous ai expliqué dans les grandes lignes le principe de ma méthode, que j'avais déjà testée sur quelques personnes volontaires de mon entourage, et dont les résultats étaient encourageants.

— Et ?

— Et vous m'avez dit que vous étiez OK pour tenter l'expérience, sur-le-champ.

— Vous avez accepté ?

— Oui.

Cyrille se sentit soudain très lasse.

— Et mon mari m'accompagnait ?

— Pendant le traitement, oui, il ne vous a pas quittée.

Cyrille se mordit les joues et échangea un regard accablé avec Julien.

— Où sont les images que vous avez utilisées pour mon « traitement » ?

Des gouttes de sueur perlèrent sur le front de Rama Supachaï.

— Dans… mon secrétaire, en bas. Il y a plusieurs caissettes. L'une d'elles porte une étiquette marquée « 2000 ».

Julien n'écouta pas davantage. Il avait déjà quitté le halo du scialytique.

Cyrille fixait le chercheur thaï avec un regard mort, sans expression.

— Pourquoi faites-vous ça ?

— Je vous l'ai déjà dit.

Elle se rapprocha encore.

— Non, mais je vous parle de la raison profonde, votre vraie motivation, c'est quoi ? La vengeance ? L'appât du gain ? Le pouvoir ? Hein, c'est quoi ?

Rama Supachaï la regarda avec dégoût.

— Vous ne pouvez pas comprendre. Vous jugez avec votre mentalité d'Occidentale oisive et gâtée. Si vous aviez connu le malheur, vous ne jugeriez pas.

— Vous esquivez ma question... Pourquoi faites-vous ça ?

— Je vais vous le dire. Ma mère biologique était une prostituée, madame. Elle est morte d'une overdose dans un bordel de Patpong, à même pas quatorze printemps... J'avais dix mois. J'ai été recueilli par un orphelinat et adopté par la famille Supachaï, qui m'a donné la chance de recevoir l'éducation que j'ai eue.

Cyrille et Rama se toisaient. Cyrille refusa de se laisser attendrir.

— C'est triste. Mais en quoi cela vous donne-t-il le droit de torturer des enfants ?

— Lorsque bien plus tard j'ai décroché mon doctorat de médecine et fait ma thèse sur les supports biologiques de la mémoire, une idée m'est venue et ne m'a plus jamais quitté. Si, grâce à notre science et à la technologie, nous pouvions effacer le passé douloureux de ceux qui souffrent, nous leur apporterions le véritable bonheur.

Cyrille cilla, puis secoua la tête.

— Soit. Mais votre marge d'erreur est trop importante pour vous entêter dans cette voie. Vous vous obstinez sans remettre en question votre protocole. Vous n'avez toujours pas compris qu'un homme n'est ni un rat ni un singe ? Et qu'en touchant à un souvenir, vous détruisez probablement d'autres circuits essentiels qui laisseront des séquelles à vie ? Vous ne vous conduisez pas en scientifique, mais en criminel.

Rama lui jeta un regard chargé de haine.

* * *

La pleine lune, reflétée par la mer, projetait sur la crique escarpée une luminosité surnaturelle. Les flots étaient déchaînés, les vagues écumantes venaient s'écraser sur la rive. Les arbres fromagers bruissaient de toutes leurs feuilles sous le vent violent. Le bateau au nez effilé, qui dansait dans les vagues, accosta avec difficulté sur la plage la plus isolée de l'îlot. La montagne rocheuse à l'est de celui-ci formait le plus sûr des ports sauvages, à l'abri des regards. Le marin sauta lestement sur la rive, l'eau lui battit les genoux et tira le bateau à lui. Il venait de gagner de quoi faire vivre sa famille pendant un an, en une soirée. Sa dent en or brillait. Il prêta la main au fou qui l'avait si généreusement rétribué et qui avait vomi tripes et boyaux pendant la traversée. Il l'aida à se lever, à sauter au bas de l'embarcation et à marcher en titubant vers la berge. Il se demanda encore une fois ce que cet homme cherchait.

-49-

Cyrille pensait recevoir un choc, mais non.

La boîte que Julien posa sur la table comportait plusieurs enveloppes cartonnées dont une était titrée CB. Elle la décacheta et en sortit le contenu. Elle tenait dans la main un paquet de photocopies pliées en deux et un CD-Rom. Elle déplia les feuilles et les disposa sur la table. C'étaient des copies d'écran numérotées de 1 à 5. Cyrille écarquilla les yeux. Il y avait la photo d'une boîte de Mésératrol injectable, celle d'un… couteau à huîtres, celle… d'une dame, inconnue… Sur une autre feuille était simplement inscrit un code qu'elle avait déjà trop vu, 5699CB, celui de son badge d'interne. La dernière photo était celle de Julien, plus jeune.

Elle regarda le tout, sans prononcer un mot, circonspecte.

— Qu'est-ce que c'est que tout ça ? demanda-t-elle à l'adresse du chercheur.

Rama Supachaï se tortilla sur son fauteuil.

— Le principe de la méthode consistait à rassembler tout ce que vous vouliez oublier.

Un mouvement derrière elle. Julien s'était rapproché. Elle vit la main du jeune homme se tendre vers la photo de la dame.

— C'est ma mère …

Le regard de Cyrille glissa de la photo au visage de son ancien patient. Sa poitrine se gonfla d'émotions contradictoires. Qu'est-ce que la mère de Julien venait faire dans son histoire à elle ? Elle se sentit paumée comme jamais. Les quelques pièces du puzzle qu'elle croyait avoir assemblées ces derniers jours venaient de nouveau d'exploser et de s'éparpiller aux quatre coins de son cerveau.

Julien s'assit à côté de Cyrille, ne pouvant détacher son regard du visage de sa mère. Il se sentait aussi perdu qu'elle.

Cyrille resta un temps qui lui parut très long à essayer de faire le tri dans ses émotions. Puis, tout à coup, elle se leva, découpa un grand morceau de ruban adhésif, s'approcha de Rama Supachaï qui respirait avec difficulté. Elle le fixa sans rien dire, les yeux lourds de mépris, puis lui colla de nouveau du scotch sur la bouche.

— Vous paierez et cher, je vous le promets, murmura-t-elle.

Ensuite, elle se retourna vers Julien.

— Suis-moi !

Elle attrapa le CD-Rom, le paquet de photocopies et se dirigea vers la porte de l'IRM. D'un mouvement de la main, elle se débarrassa de la chaînette qu'elle portait au poignet et de son alliancc.

— Enlève tout ce que tu as de métallique sur toi.

Du poing, elle écrasa le bouton poussoir qui ouvrait la porte coulissante vitrée de la salle d'examen. Visage fermé, dents serrées, elle pénétra dans la salle, alluma le plafonnier, gagna le fond de la pièce et dézippa la housse transparente de la machine qu'elle avait repérée plus tôt. Julien s'était arrêté sur le seuil et l'observait, indécis. Il finit par la rejoindre. Cyrille poussa l'appareil vers l'IRM avec détermination et le cala contre la table d'examen, au niveau de la tête.

— Cyrille… murmura le jeune homme, tu es sûre qu'on a le temps de faire ça ?

Sans répondre, elle prit le cadre de stéréotaxie qui avait servi à fixer le crâne de la pauvre petite fille et le déposa soigneusement sur la table. Le moniteur de l'IRM n'était pas éteint. Elle pianota sur le clavier et introduisit le CD-Rom dans la machine. Elle ouvrit l'unique dossier et entra encore des instructions. L'image d'un cerveau en trois dimensions s'afficha, avec des codes inscrits sur certaines zones. Toutes les coordonnées des zones traitées dix ans auparavant étaient entrées. Six zones au total, réparties entre le système limbique, le cortex sensoriel et le cortex préfrontal.

Elle s'accorda une pause pour digérer ce qu'elle voyait, puis lança :

— Viens à côté de moi et regarde.

Elle alluma la machine qu'elle avait traînée jusqu'à l'IRM, un gros boîtier sur roulettes d'où sortait un câble aboutissant à une sorte de gros papillon en fibre de carbone. Elle régla la puissance à l'aide de deux molettes.

— Je t'explique.

Elle lui mit le papillon de carbone sous le nez.

— C'est une sonde de stimulation.

Du doigt, elle montra l'image du cerveau à l'écran.

— Ça, c'est mon cerveau. Et les zones que tu vois en couleur sont celles que Supachaï a désactivées il y a dix ans.

Elle fit une nouvelle pause, prenant conscience de l'énormité de ce qu'elle était en train de dire, puis secoua la tête.

— Tu vas d'abord faire un cliché de mon cerveau actuel, avec l'IRM qui est là, puis tu superposeras les deux images. C'est pas difficile, ce type de machine fait quasiment tout toute seule. Ensuite, tu disposeras les photocopies dans l'ordre indiqué devant moi, dans le porte-objet, et tu poseras le papillon sur ma tête au niveau des zones qui vont clignoter tour à tour sur l'écran. Ne t'inquiète pas, je vais te guider.

* * *

Julien aida Cyrille à s'allonger dans l'IRM ouverte et à placer sa tête au centre du cadre de stéréotaxie. La jeune femme fit de grands cycles respiratoires pour ne pas céder au stress. Elle avait peur. Peur de commettre une grosse bêtise. Peur que les gardes de Pot Supachaï ne les surprennent. Pouvait-elle encore reculer ? Non. Elle ne savait plus qui elle était, ni ce qu'elle avait réellement fait. Comment pouvait-elle vivre avec ça sur la conscience sans chercher à connaître la vérité ? C'était impossible. Elle ferma un instant les paupières. Cela faisait deux semaines qu'elle luttait pour débloquer un passé qui se dérobait, qu'elle se triturait les méninges pour retracer le dernier mois de son internat. Est-ce que cette fois-ci ça allait enfin marcher ?

— Il faut que tu visses les pointes, maintenant, dit-elle à Julien d'une voix raffermie.

Le jeune homme déglutit avec peine et vissa les quatre pointes autour du crâne du docteur. Cyrille sentit la pression au niveau de ses tempes et derrière la nuque. Elle ferma les yeux et inspira. Elle ne risquait rien. C'était juste une sensation d'étau désagréable. Les picots se resserrèrent encore, elle avait l'impression d'avoir la tête dans un pressoir.

L'IRM se mit en route. Cyrille entendit des claquements mats, des bruits de vérins, de roulements, de ventilation et puis le crépitement, le tir de mitraillette typique de la machine. Son crâne de plus en plus comprimé allait se concasser comme une noix. Elle respira comme elle put, puisant du calme au plus profond d'elle-même. Elle se força mentalement à prendre son bandonéon, à poser ses doigts dessus, et, en pensée, joua *Contrabajisimo*, le morceau le plus gai qu'elle connaissait. Le principe du jeu : arracher les notes une à une à l'instrument à soufflets pour reproduire le *pizzicato*, le pincement des cordes de la contrebasse. Elle se concentra sur le jeu de doigts qui demandait une grande dextérité, et la mélodie jazzy, joyeuse et insolente, lui emplit les oreilles.

Pendant ce temps, la machine acquit les données et laissa le calculateur établir le modèle cérébral. Quelques minutes plus tard, le logiciel affichait le cerveau de Cyrille en trois dimensions. Julien était mal à l'aise et stressé. Il se gratta le menton.

— Ça y est, dit-il.

— Bien. Affiche les deux cerveaux sur l'écran. Et fais glisser l'image du CD sur celle que tu viens de produire.

Julien s'exécuta.

— Ça y est.

— Les zones du premier ont été enregistrées sur le second ?

— Oui, je crois.

Cyrille se racla la gorge, chassant l'angoisse de sa voix.

— Bien. Maintenant, place dans le porte-objet devant moi la photo 1, celle du Mésératrol.

Ce que Julien fit.

— Et maintenant, tu poses la sonde de stimulation sur mon crâne, dans la zone qui correspond à la première à stimuler. Elle doit apparaître sur l'image virtuelle.

— Oui.

— Voilà. Grâce à ça, tu vas pouvoir cibler en temps réel.

— Ça va te faire mal ?

— Non. Le champ magnétique généré par le courant va traverser mon crâne sur deux centimètres de profondeur, produisant un courant électrique local. Je ne sentirai qu'un échauffement. Tu vas remettre du courant dans les neurones qui ont été inhibés. Comme si tu rouvrais des routes de communication qui ont été barrées, ou peut-être comme si tu en créais d'autres. Enfin, j'espère.

Cyrille suivait tout ce que Julien faisait. Elle connaissait les gestes pour les avoir effectués elle-même. Julien installa la première photo devant les yeux de Cyrille. Il lui jeta un dernier coup d'œil.

— Je me sens mal, Cyrille.

— Ça va aller. Maintenant, je dois me taire sinon, je vais activer des zones parasites. Je te laisse faire.

Cyrille fixa la photo de la boîte de Mésératrol. Elle était effrayée et confuse. Elle se dit qu'elle était en train de faire une grosse bêtise. Puis elle cessa de réfléchir. Julien avait poussé le bouton.

-50-

Des bips réguliers rompent le silence de la chambre 21. Je tourne doucement la poignée de la porte. J'ai peur de réveiller Julien. Mes précautions sont inutiles. Il est dans le coma. Je ne l'ai pas revu depuis la troisième injection de Mésératrol hier matin. J'entre dans sa chambre. Le volet roulant est à moitié baissé. La lumière du jour éclaire le sol, pas son corps. Un flash blanc. Il est allongé, torse nu, yeux clos. Un tuyau dans la gorge, relié à une machine qui l'aide à respirer, une perfusion dans chaque bras. Je m'approche de lui. Un autre flash blanc. Une sonde urinaire remplit une poche qui dépasse de sa couverture verte. Je me tiens debout devant lui. Je contemple le désastre. Il allait encore bien, hier. Il parlait plus que d'habitude. Je jette un œil à ses constantes. Stables. Un œdème cérébral s'est déclaré cette nuit. Il y a peu de chances qu'il s'en tire sans séquelles. L'angoisse m'oppresse. Je culpabilise, j'ai honte, j'ai mal. Au début, j'étais contre cet essai clandestin, je l'avais dit à Benoît. Et puis j'ai changé d'avis, pour Julien. C'est moi qui l'ai proposé pour l'essai clinique, qui ai défendu son dossier en réunion de staff restreinte. Parce que je pensais qu'il était parfait. Parce que je voulais qu'il oublie ses fantômes pour de bon. C'est moi qui lui ai présenté le protocole, en en vantant les mérites. C'est moi qui lui ai fait ça. Manien m'avait dit que ce serait un succès. Je reste plantée là, comme une conne, je tends une main vers lui, je lui touche la joue. Je refuse de pleurer. Il n'y a que les victimes qui pleurent. Un flash blanc. Je suis devenue un bourreau.

Cyrille ouvrit les paupières d'un coup et réintégra son corps. Des diodes l'aveuglaient. Elle était dans un environnement de plastique blanc, de lumière bleue. Où était-elle ? Elle voulut tourner la tête, mais impossible, un carcan lui compressait le crâne.

— Ça va ? demanda une voix qui lui parut extrêmement forte.

Cyrille referma à demi les paupières. Où était-elle ?

— Ma faute.

— Que se passe-t-il, Cyrille ?

C'était Julien. Sa voix était mal assurée.

— Continue… je t'en prie, répondit-elle faiblement.

Le porte-objet bougea dans un bruit de vérin hydraulique et devant ses yeux apparut la photo de Julien. Les yeux de Cyrille se révulsèrent. Elle remonta le temps.

C'est la première fois que Julien sourit. Il est assis dans le fauteuil, face à moi. C'est notre cinquième séance de thérapie. Il progresse. Sauf qu'il refuse d'évoquer le décès de sa mère. Ce sourire, je le lui ai arraché en lui racontant combien j'avais pu être une petite fille renfermée et asociale. Il n'en croit pas un mot. Il me regarde et, soudain, je sens qu'une autre relation s'installe entre nous. J'ai senti son parfum, je me suis dit que c'était le parfum le plus doux qu'il m'ait été donné de sentir. Cette nuit, j'y ai repensé et j'ai pleuré. Benoît ne s'est pas réveillé, heureusement. Comment lui expliquer ? Je sais que ça va trop loin, que je suis en train de sortir de mon rôle. Je sais que je devrais demander à un autre thérapeute de prendre le relais, mais Julien ne veut travailler qu'avec moi et je n'ai pas le courage de passer la main. Je parle peu lors de nos entretiens. C'est comme la musique, le tango. Savoir placer les silences au bon moment, accélérer le tempo quand il le faut, avancer, reculer, parler sur différents tons et varier les allures pour préserver le dialogue et l'harmonie. Julien n'est pas un patient facile. Mais c'est le plus attachant. J'ai juste envie de lui prendre la main et de ne plus la lâcher.

Julien cessa la stimulation et Cyrille battit des paupières, hagarde. Elle était perdue entre deux époques. Elle avait vingt-huit ans, elle était interne. Que faisait-elle dans cette machine ?

— Qu'as-tu vu ? questionna encore Julien.

— Ce que je voulais oublier…

— Cyrille, je… les poignets me démangent, je t'en prie. Ça revient.

— Continue…

— Je ne peux pas.

— Continue !

Julien déplaça la sonde de stimulation dans un autre secteur du cortex préfrontal, comme l'indiquait l'image virtuelle, et afficha la troisième photo, celle de Laurianne Daumas.

Les pupilles de Cyrille fixèrent avec intensité cette femme inconnue. Elle divaguait. Julien se tenait derrière elle. Tout le corps de Cyrille s'arqua vers l'arrière, la tête en extension. Son esprit quitta son corps.

Julien parle, enfin. Il me dit : « J'avais douze ans. » J'entends sa voix faible qui peine à franchir ses lèvres. C'est la dixième séance de thérapie. Je sais le moment délicat et éphémère. Je cesse de respirer. Je ne sais pas comment je le sais, mais j'ai la conviction que c'est « le » moment. Où mon patient, au bout d'un travail intensif, va oser enfin lâcher prise et sortir les mots qu'il garde enfouis en lui depuis longtemps. Je sais qu'une fois prononcés, ces mots rendront réel ce cauchemar qui le hante. C'est le tournant de sa thérapie, de sa vie peut-être…

Sa voix est celle d'un enfant et il se met à raconter :

« Nous étions en train de dîner avec maman, dans la salle à manger, dit-il. Et soudain il y a eu une odeur de gaz. J'ai dit à maman : "Ça sent bizarre." Elle m'a répondu en reniflant : "Non, je ne sens rien." Et puis finalement : "Ah ! si, tu as raison." Nous n'avions pas le gaz. Mais d'autres appartements, si. Alors, elle s'est inquiétée. Elle s'est levée, a ouvert la porte d'entrée. Nous étions au sixième et dernier étage. Elle a reniflé dans l'escalier et a affirmé : "Ça vient du dessous." Elle s'est retournée vers moi, j'étais en pyjama, et elle a dit : "Reste là, mon ange" et elle s'est éloignée. Moi, je l'ai suivie sur le palier et je l'ai regardée descendre les marches recouvertes du tapis rouge de l'escalier, à travers les barreaux de la rambarde. Et je sais pas pourquoi, j'avais peur qu'elle quitte l'appartement. Je savais que le gaz, ça pouvait exploser. J'avais peur d'entendre un gros boum. Mais elle avait l'air tellement sûre d'elle que je n'ai rien fait. Et je l'ai regardée descendre jusqu'au cinquième étage. »

Julien s'arrête de parler. Je suspends mon souffle au sien. Il semble désemparé. Alors, je l'encourage doucement. Ses yeux se troublent, il est parcouru de frissons. Sa voix est de plus en plus faible, à peine audible.

« Maman a frappé à la porte du voisin, en face de l'escalier. Et il n'a pas répondu tout de suite. C'était un drôle de type, un jeune, toujours tout seul. Pas méchant, mais bizarre. J'ai voulu dire à maman de faire attention, mais je me sentais si impuissant et incapable de la défendre en cas de problème. Elle semblait si forte. Le voisin a ouvert la porte. Il avait les yeux rouges et les cheveux mouillés. Maman lui a dit gentiment :

“Je crois que cela sent le gaz.” Le voisin a disparu à l’intérieur, puis soudain il est revenu… Et là… »

Cyrille ouvrit les yeux, dans un état de conscience altéré.

— Continue… murmura-t-elle.

Julien obéit. Il déplaça la sonde et plaça la quatrième photo sur le porte-objet. Cyrille n’eut pas besoin de la regarder, elle savait déjà ce qu’elle représentait.

Julien ferme les yeux. Il est incapable d’aller plus loin. Je fais alors quelque chose que je n’ai jamais fait. Je lui tends la main. Julien pose sa main sur la mienne. On reste comme ça longtemps. Et puis, il se décide à continuer.

« Et puis il a réapparu sur le seuil. Il a dans la main un couteau pour ouvrir les coquillages. Et il le brandit au-dessus de sa tête et il frappe. Il frappe des dizaines de fois. Au cœur aussi. Dans le cou. Partout. Maman s’écroule. Ça saigne de partout. Moi, je peux rien dire, j’ai trop peur. Alors, je recule dans l’appartement et je prends le téléphone et je fais le 18, comme maman m’a dit de le faire si j’avais un problème. J’ai du mal à expliquer quoi que ce soit au monsieur qui me répond. Je fais que dire : “Il a tué maman, il a tué maman”, et le pompier me demande de garder mon calme et moi je répète : “Il a tué maman” sans m’arrêter. Après, j’entends les sirènes de la police qui deviennent de plus en plus fortes. Et je ne sais pas pourquoi, j’ai peur qu’ils viennent me mettre en prison. Et j’entends des gens dans l’escalier et des cris. Et j’ose plus bouger. Et quand un policier arrive dans l’appartement, j’ai toujours pas bougé. Et alors je me dirige vers la porte pour voir maman. Et là, je vois un médecin du Samu devant maman qui est allongée par terre et là… je vois qu’elle a les yeux crevés. »

Cyrille ouvrit les yeux d’un coup. Ça y est, elle comprenait. Mon Dieu, Julien. Qui aveuglait les animaux comme on avait mutilé sa mère, poussé par une culpabilité inconsciente. Elle se mordit les lèvres, deux grosses larmes silencieuses s’écrasèrent sur ses joues.

Elle renifla et murmura :

— Tu tiens le coup ?

Pas de réponse.

— Julien ?

— Oui, oui, ça va.

Sur les bras de Julien, de profondes zébrures.

— Continue… s'il te plaît.

— C'est la dernière.

Et Julien lui mit devant les yeux la copie de son badge d'interne, numéro 5699CB.

Un flash blanc. Sous mes pieds, du sable. La plage de Phuket ? Je regarde autour de moi. Non, je n'ai jamais mis les pieds sur une plage de Phuket. Je suis au cinquante-deuxième étage de l'hôtel de luxe Banian Tree, sur la terrasse ouverte d'un bar branché de Bangkok, métamorphosé en plage paradisiaque pour la soirée. Ils ont transporté des tonnes de sable sur le toit, des parasols, des chaises longues. Je descends ma quatrième vodka-pomme en dansant sous la lune. Je me suis fait une nouvelle amie, rencontrée dans un autre bar plus tôt dans la soirée. C'est Maud. Elle me pousse à boire et à danser. Je lui ai raconté ma nuit avec Youri. Et puis je lui montre le badge d'interne que j'ai gardé dans ma poche.

— Je veux qu'on le brûle.

— C'est quoi ? hurle Maud en faisant claquer son briquet.

— Un mauvais souvenir, je réponds.

Et on part dans un fou rire en s'appuyant l'une sur l'autre. On est beurrées. Autour de nous, une foule d'autres étrangers délirent, sous la pleine lune, en plein cœur de la ville, dans ce décor irréel.

Maud redevient sérieuse et me pousse dans un coin de la boîte. On s'assoit sur des bidons en plastique. Des lumières tournent autour de nous. On est suspendues hors du temps.

— Qu'est-ce que tu veux oublier ? demande Maud en voulant m'embrasser sur la bouche.

J'esquive et me laisse aller sur son épaule.

— À toi, je vais le dire… J'ai fait beaucoup de mal à quelqu'un que j'aimais.

Maud me caresse les cheveux.

— T'as sûrement pas voulu lui faire de mal.

— J'ai voulu l'aider, je me suis plantée…

— Ce n'est pas ta faute, dit Maud.

— Si. Il avait des problèmes. J'étais censée l'aider. Et j'ai tout fait foirer.

— Il s'en remettra ! dit Maud qui bougeait la tête au rythme d'une musique techno.

Je finis ma vodka d'un trait. Si seulement l'alcool pouvait effacer l'image de Julien et de son respirateur artificiel. Je sais qu'il n'ouvrira plus les yeux sur ce monde qu'il aimait tant photographier.

Une boule de détresse m'obstrue la gorge. Maud revient avec une autre tournée de vodka. Je vide la moitié de mon verre. Les sons me parviennent plus fort, je me sens en communion avec ma nouvelle amie.

On reste là un temps indéfini. Mon corps danse sans bouger. Soudain, une voix me parle à l'oreille. Ça vient d'un jeune Thaï très beau, vêtu tout en blanc.

— Y a un monsieur qui veut te parler.

Je me retourne, les yeux à demi clos. Un homme avec un chapeau se tient planté dans le sable, dans le contre-jour des spots, en chaussures et costume de ville. Je me lève.

— Votre mari m'a dit que je pouvais vous trouver ici, dit l'homme quand je suis à portée de voix.

Il me prend le bras, je me laisse faire. Je suis stone et ça m'amuse, tout m'amuse ce soir. J'ai renvoyé Benoît dans ses buts. C'est lamentable, au bout d'un an de mariage. Je sais. J'ai couché avec Youri et j'ai perdu Julien. Je fais que rigoler. J'envoie un baiser à Maud et suis l'homme à l'écart de la sono. Il me désigne une banquette. Je m'affale, des milliards de papillons lumineux devant les yeux.

— Cyrille Blake, c'est bien cela ?

— Oui, monsieur.

— Votre mari m'envoie m'assurer que vous allez bien.

— Je vais bien, mais ce sera bientôt plus mon mari. Je l'ai quitté hier.

Je me rends compte que mon débit est lent et peu clair.

— On peut commander à boire, s'il vous plaît ?

— Quoi qu'il en soit, M. Blake m'a chargé de vous retrouver et de m'assurer que vous n'avez pas de problème. Il me connaît, nous avons travaillé ensemble.

— Dites-lui que tout va bien. Je m'en sors parfaitement sans lui.

— Je lui dirai.

— C'est tout ? Je veux retourner danser.

— Je suis scientifique et médecin, docteur Blake, votre mari m'a dit que vous traversiez une mauvaise passe.

— Il a raison. Je me suis attachée à un patient. Et il est quasi mort. Je l'ai dit à mon mari, il me pardonne, mais moi, je ne l'aime plus et puis, je ne veux plus être médecin. Comment voulez-vous que je vive bien après ça ?

— Je vous propose de vous aider à oublier ce qui vous tourmente.

Je cligne plusieurs fois des yeux.

— Vous m'en direz tant…

— Un de mes confrères a mis au point une méthode pour effacer les souvenirs gênants. Votre… mari m'a chargé de vous en parler. Il m'a dit que cela pourrait vous intéresser.

— Vous vous appelez comment, vous ?

— Sanouk Arom, professeur Arom.

Le front de Cyrille se couvrait de sueur. Julien coupa le stimulateur. La poitrine de Cyrille s'affaissa, elle sembla dormir quelques secondes puis s'agita. Julien accourut vers elle. Il dévissa les picots qui laissèrent leurs empreintes sur son crâne puis l'aida à s'asseoir. Vaseuse, tête baissée, Cyrille était encore sous le choc de ce qu'elle venait d'apprendre.

Julien entoura les épaules de Cyrille sans rien dire.

Elle leva les yeux sur lui.

— Si tu savais…

Cyrille tendit une main vers le visage du jeune homme. Ses yeux gris, ses deux fossettes au coin des lèvres, ses taches de rousseur sur le front. Elle caressa ses traits, la gorge serrée, articulant avec peine.

— Si je me suis enfuie et que j'ai voulu tout oublier, c'est parce que… je t'ai cru condamné. C'était ma faute, je n'ai pas supporté. J'ai fui mes responsabilités. Et j'avais si mal… Mon mari en a profité. Il m'a poussée à tout effacer… Il voulait me récupérer… et ça a parfaitement fonctionné.

Ses yeux s'embuèrent.

— Comment ai-je pu oublier, t'oublier, toi ?

Julien sentit sa gorge se nouer à son tour et, en même temps, le poids sur ses épaules s'alléger. Il posa une main sur son visage et sourit.

— Te revoilà parmi nous.

Julien déposa un baiser au creux de sa paume.

Et puis, sans crier gare, ses yeux s'assombrirent.

— Je veux savoir moi aussi… pour ma mère, affirma-t-il.

Il s'assit sur la table.

Ils se faisaient face, à côté de l'IRM. La lumière forte de la machine projetait sur leurs visages des ombres angoissantes. Julien était déterminé, tous les muscles de son visage tendus.

Cyrille ouvrit la bouche sans rien dire. Son cœur se serra à lui faire mal. Elle avait voulu lui épargner cette vision de l'enfer, sa mère, les yeux crevés, il y a dix ans, en lui injectant du Mésératrol à haute dose. Elle n'avait réussi qu'à renvoyer le traumatisme dans l'inconscient du jeune homme et faire émerger d'autres symptômes, violents et dangereux pour les autres. *Je ne peux pas commettre de nouveau la même erreur.* Si Julien voulait guérir, il fallait qu'il affronte l'horreur de ses souvenirs. Elle prit une inspiration pour se donner du courage.

— OK.

Julien s'allongea, le visage calme. Cyrille enleva le cadre de stéréotaxie, inutile, puisqu'elle allait stimuler au jugé.

Cyrille plaça la photo de Laurianne Daumas dans la première loge du porte-objet. Elle hésita un instant, puis posa la photo du couteau à huîtres à côté.

Elle lui toucha la main – elle était glacée – lui caressa les doigts avec l'envie de lui demander encore pardon, mais c'était déplacé.

Elle activa le stimulateur et vit la main du photographe se crisper.

Devant ses yeux, la photo de sa mère, mais ses pupilles fixaient son monde intérieur. Cyrille ressentit le désir de le serrer contre elle pour l'épargner.

Ce fut à cet instant précis qu'un éclair fulgurant traversa son cerveau, un bombardement d'images. Elle se courba en deux et ferma les paupières. C'était comme tout à l'heure, allongée sur la table, mais ça survenait tout seul.

Je surplombe la mer, en équilibre sur un rocher, il fait froid, la Méditerranée est à mes pieds. Je suis dans la calanque de Morgiou. Un homme m'accompagne.

Le médecin sursauta, les yeux écarquillés. Elle venait d'être projetée ailleurs, comme happée par un autre espace-temps. La stimulation avait dû être si intense et prolongée que d'autres circuits mémoriels s'étaient activés et ils déterraient des souvenirs enfouis sans besoin de stimulus externe. Elle chassa l'image incongrue de son esprit. Julien s'était calmé, son corps reposait sans secousses, il ne se passait plus rien.

— Ça va ? demanda-t-elle.

— J'ai vu l'appart de Marseille. C'est tout. Rien d'autre.

Elle plaça la sonde de stimulation sur une autre zone et actionna la machine. Mais fut stoppée dans son geste. Elle s'appuya à la table et ferma les yeux. Un autre flash.

La mer moutonne à nos pieds, la falaise tombe à pic dans les eaux bleues et profondes. Je transpire dans le mistral glacial. L'homme à côté de moi est ligoté. Je lui ai attaché les mains et les pieds. Il est allongé par terre, dans l'herbe rase, je le regarde.

Cyrille se passa une main sur le visage, elle était habitée par une vision. Elle plaça la sonde au niveau du lobe temporal gauche de Julien et s'apprêta à enclencher de nouveau le champ magnétique.

— Qu'est-ce qu'il t'arrive ?

— J'ai des flashes depuis quelques minutes. C'est fou. Je vois des scènes se dérouler devant mes yeux, sans pouvoir les contrôler. Je fabrique peut-être des faux souvenirs. Ça va se calmer quand mes neurones auront retrouvé un niveau d'excitation normal.

Elle activa la sonde et se concentra de nouveau sur Julien, qui ne semblait pas réagir davantage.

— Rien ne vient ?

— Rien, répondit le jeune homme.

Cyrille fit pivoter la sonde sur son axe pour l'appliquer dans une autre zone. Elle activa.

— Et là ?

— Ri… ouche.

Julien renversa la tête en arrière et se mordit la lèvre inférieure au sang.

— Nooooonnnn.

— Que se passe-t-il ?

— Noooonnn.

— Julien, réponds, Julien.

— … lâchez-la, maman, maman, lâchez-la !

Ce n'était plus sa voix qui sortait de sa gorge, mais la voix d'un enfant hurlant de terreur.

— Noooonn. Pas ça… Je vous en prie…

C'était encore pire que la réalité, car il ne pouvait pas agir. Spectateur ligoté, impuissant. Il se mit à hurler. Cyrille s'accrocha au montant de l'appareil, la gorge serrée dans un étau. Ce qui était arrivé à cet enfant était intolérable. Et on forçait l'homme qu'il était devenu à le revivre. Pour son bien ? Elle se mit à douter d'elle-même, de ses décisions. Elle stoppa la stimulation. Julien retomba sur la table.

— Il l'a tuée. Les yeux… C'est pour ça, Cyrille, cette obsession, c'est pour ça…

Il resta silencieux un instant.

— Je veux voir son visage.

— Tu es sûr ? questionna vivement Cyrille. Je crois que ça suffit, non ?

— Non.

Cyrille voulut ajouter quelque chose, mais un nouveau flash, moins intense que le précédent, l'obligea à s'interrompre.

J'ai entraîné l'homme dans les calanques, je l'ai attaché. Je sors mon couteau à huîtres, comme celui dont il s'est servi pour maman, et je frappe, je frappe. Jusqu'à ce que le sang bouillonne hors de son corps, de sa bouche, de ses yeux.

Cyrille revint à elle brutalement. Et, comme au ralenti, détailla Julien Daumas des pieds à la tête. *Est-ce possible ?*

Ce n'étaient pas ses souvenirs qu'elle avait réactivés, mais le récit de l'aveu du jeune homme. Le pire, qu'il lui avait raconté en toute fin de thérapie. Elle porta les deux mains à sa bouche et se laissa tomber sur le tabouret en plastique attenant à la machine. D'un coup, le nuage noir qui obscurcissait ses souvenirs depuis dix ans se dissipa entièrement.

Les pièces du puzzle s'assemblèrent dans un accord parfait et toute l'horreur de la situation lui apparut clairement. Elle se souvint d'un coup du récit de son patient. À douze ans, Julien Daumas avait vu un homme assassiner sa mère. Cet homme était leur voisin. Un type banal et un peu bizarre que tout le monde évitait plus ou moins. Il l'avait vu poignarder sa mère, sa seule référence, la laisser pour morte, en bas des marches de l'escalier du cinquième étage, les yeux crevés.

Le visage de l'agresseur s'était tatoué dans son cerveau, les moindres détails enregistrés, à jamais. Lorsque ses grands-parents paternels étaient venus le chercher, on lui avait dit que le meurtrier avait été interné en hôpital psychiatrique. Quelque temps plus tard, il avait lu dans le journal que le meurtrier avait été reconnu « irresponsable » pénalement et envoyé en psychiatrie à l'hôpital Sainte-Marguerite.

Julien avait fichu le camp, le matin de ses dix-huit ans, fan de surf et de photographie. Il avait tracé sa route. Jusqu'au jour où, deux ans plus tard, de passage à Marseille, sur un coup de tête, il avait demandé à la direction de Sainte Marguerite l'autorisation de faire des prises de vue pour un article dans un magazine sur les établissements psychiatriques en France. Ça avait marché. Et Julien s'était retrouvé en train de réaliser des portraits de malades, dont celui du meurtrier de sa mère. Il l'avait mitraillé sous tous les angles, comme on gratte une croûte qui fait mal et qu'on refait saigner.

Il avait cessé de dormir à ce moment-là. Les cauchemars venaient le hanter toutes les nuits. Il vivait des terreurs nocturnes si mortifères qu'il s'éveillait le matin éreinté, comme s'il avait livré une bataille à mains nues avec le diable. Il avait perdu beaucoup de poids, s'était mis à fumer, à picoler aussi, et commençait à forcer sur les doses de somnifères pour trouver le sommeil.

Et puis, un jour, sous prétexte de finir son reportage, il était revenu, un sac de sport sous le bras en plus de son matériel photo. Personne ne faisait plus attention à lui. Jean-Claude G. avait été transféré dans l'aile des patients habilités à recevoir tous les jours des visites, en raison de sa bonne conduite et du bon déroulement de sa thérapie.

Julien n'avait eu aucun mal à l'approcher dans sa chambre. Il avait offert à son ancien voisin de vieux vêtements à lui. Un jogging et un sweater à capuche élimé que l'homme avait tout de suite essayés. L'hôpital était en pleine désorganisation à cause de travaux de restructuration et de grèves des urgences. Ça avait été un jeu d'enfant de s'éclipser avec le malade, en traversant un des chantiers.

Julien serrait son couteau dans sa poche. La justice ne l'avait pas considéré comme responsable. Pour lui, il l'était.

Le couteau s'abattit une fois, en plein cœur. Puis deux fois, dans les yeux.

Cyrille revint à elle.

Elle comprit ce qu'elle avait fait, il y a dix ans, quand Julien lui avait confié son secret. Il avait eu confiance en elle, il lui avait tout avoué. Elle était seule à savoir.

Alors, elle avait pris cette décision folle.

Elle avait inclus Julien Daumas dans l'essai clinique au Méseratrol, qu'elle savait officieux, pour qu'il oublie son délit et, ainsi, échappe à la justice.

Sa découverte lui coupa les jambes. Elle demeura assise, assommée.

Alors, Cyrille contempla Julien, ses bras, son torse, son cou battant, son visage, ses cils. Elle visionna le petit garçon que la vie avait massacré. Qui s'était battu pour avoir une existence normale, mais que son passé tragique avait rattrapé et avait tourmenté jusqu'à ce qu'il commette l'irréparable.

Si son péché restait dans son inconscient, il sauvait sa peau.

C'était le calcul qu'elle avait fait.

Elle avait considéré que sa vie à lui valait mieux que la justice pour la vie de Jean-Claude G.

Et voici qu'elle était de nouveau au pied du mur. Le même questionnement, le même dilemme.

Elle sentit le sol tanguer sous ses pieds, une remontée de bile lui laissa un sale goût dans la gorge. Si elle cessait la stimulation, Julien avait une chance de s'en sortir. Sinon…

Stopper ou continuer. L'innocence ou la culpabilité.

Cyrille se redressa, blanche comme un spectre.

Laisser faire ou intervenir.
Se souvenir ou oublier.
Julien émit un râle. Il se passait quelque chose.
— Je me souviens, j'étais à Marseille… je vois un hôpital. Où suis-je ?
Cyrille s'avança, incapable de parler.
Coupable ou innocent.
Justice ou vengeance.
Errance ou vraie vie.
— J'ai mon sac photo. Qu'est-ce que je fais là ?
Était-ce à elle de donner l'absolution ?
Elle leva la main qui tenait la sonde, mais ne put achever son geste.
« *Don't move !* » crièrent plusieurs voix.

-51-

Deux miliciens armés de fusils-mitrailleurs, pénétrèrent dans la salle d'IRM, en position de tir.

Cyrille reposa la sonde au ralenti et pressa le bras de Julien pour qu'il se relève. Un des deux hommes, en tenue militaire, se glissa derrière elle et lui tordit les bras dans le dos. Elle laissa échapper un cri de douleur. L'autre s'abattit sur Julien, un coup de crosse dans les mâchoires, un autre dans le flanc. Julien s'affaissa, sans un bruit.

Le regard de Rama Supachaï n'exprimait que de la haine lorsqu'il entra. Il vint se positionner entre les deux prisonniers et croisa les bras comme s'il attendait quelque chose. Cyrille leva les yeux vers lui, y lut son arrêt de mort. Son regard fut attiré par un mouvement derrière le crâne chauve de Supachaï. Elle distingua une silhouette qu'elle identifia en une fraction de seconde.

Cyrille pâlit. Son mari avait vieilli de vingt ans, deux ombres violacées soulignaient ses yeux cerclés de rouge, un pli amer marquait ses lèvres desséchées, ses cheveux mouillés étaient plaqués n'importe comment sur son crâne et ses vêtements étaient sens dessus dessous, trempés.

— Le professeur Supachaï m'a dit que je pouvais te trouver là.

Cyrille demeura interdite. Ses lèvres s'entrouvrirent pour former un « o » silencieux.

Benoît Blake avait l'air d'avoir combattu une armée entière.

— On va te coffrer pour tous les crimes que tu as commis, parvint-elle à articuler, écumante de rage.

La bouche de Benoît s'incurva.

— Je ne vois pas de quoi tu parles.

— MJ témoignera contre toi ! hurla-t-elle, en se jetant sur son mari comme un chien en bout de laisse. Et je te ferai payer tous tes mensonges.

Deux bras d'acier la bloquèrent.

— Non, tu ne feras rien du tout. Je ne t'en laisserai pas la possibilité, je suis désolé, ma chérie.

Le rugissement rauque qui sortit de la gorge de Cyrille avait tout d'un animal.

— Je te hais !

Benoît maintint sa prise, fermement, les traits tendus.

— De quoi te plains-tu, Cyrille ? Grâce à moi, tu as évité de gâcher ta vie avec un paumé. Tu as mené ta carrière, monté ta clinique. Sans moi, tu n'aurais rien, aujourd'hui. Tu veux à nouveau tout mettre en danger ?

Cyrille éclata d'un rire méchant.

— Je préfère n'importe quelle vie à la vie de mensonges que tu m'as construite. C'est fini, tu m'entends !

Le menton de Blake se contracta.

— Notre amour ne finira jamais ! Tu resteras avec moi, à mes côtés.

— Notre amour ? Ose me parler d'amour ! Depuis ton accident, tu ne veux qu'une chose de moi. Que je te serve de doublure et de béquille.

Elle désigna Supachaï du menton.

— Tu l'as dit, à ton cher collègue que, sans moi, tu n'aurais jamais achevé tes recherches ? Le sait-il, Benoît, que tu as du mal à suivre un raisonnement jusqu'au bout ?

— Ne l'écoutez pas, elle est folle ! la coupa Blake à l'intention de Supachaï.

Benoît Blake franchit les derniers pas qui le séparaient de sa femme. Cyrille recula. Une poigne de fer lui saisit le menton.

— Tais-toi !

Il lui broya les mâchoires. Cyrille cria de douleur. Julien tenta de se relever, mais un coup de crosse le sonna de nouveau. Elle entendit la voix de Rama Supachaï.

— Que fait-on d'eux, professeur ?

Benoît Blake accentua encore sa prise, Cyrille sentit ses os craquer. Il la poussa contre la table d'intervention.

— Débarrassez-vous du type. Quant à elle, Rama, je vais encore avoir besoin de vos services.

D'un coup de reins, Blake allongea Cyrille sur la table. Elle fit une ruade, son corps s'arqua. Les deux miliciens lui tinrent les bras et les jambes, tandis que Benoît fixait le cadre de stéréotaxie d'une main et lui bâillonnait la bouche de l'autre. Cyrille hurlait, folle de terreur, sans pouvoir émettre aucun son. Elle sentit les picots entrer dans la chair de son crâne. Elle s'époumona de plus belle, les yeux exorbités.

Benoît tendit le bras vers la table de préparation et attrapa le flacon de gel antiseptique. Il en aspergea le front de Cyrille qui fut maculé d'un liquide rouge. Il écarta sa frange.

— Y a même pas à reprendre les mesures, exulta-t-il, les marques sont toujours là !

Puis il colla son nez sur celui de Cyrille.

— Allez, du courage, ma chérie. Dans dix minutes, tu auras tout oublié de ce petit intermède fâcheux. Tu te réveilleras dans un hôtel à Bangkok et nous rentrerons bien tranquillement à la maison.

Cyrille mordit la main de Benoît et cria :

— Rien ! Je n'oublierai rien !

— Le problème, Cyrille, c'est que si tu n'oublies pas, je ne pourrai pas te ramener avec moi. Alors, ou tu oublies, ou tu meurs. Tu n'as pas le choix.

-52-

Erawan serrait son fusil-mitrailleur avec ses demi-phalanges, posté à l'entrée de la villa de Supachaï, témoin de l'assaut des gardes de la Ligue dans la salle d'IRM. Il respirait vite et fort. Pourquoi les Français ne s'étaient-ils pas échappés comme il l'avait suggéré à la femme médecin ? Pourquoi était-elle restée sur l'île alors qu'il l'avait libérée et lui avait indiqué l'emplacement du bateau le plus accessible pour filer, en prenant tous les risques de se faire pincer ?

Il ruminait. Il n'avait plus envie de se mouiller, il en avait déjà trop fait. Il avait failli se faire prendre avec cette histoire de téléphone portable. En même temps, il savait qu'il était le seul à pouvoir agir pour les mômes. Depuis trois ans, depuis qu'il avait été envoyé sur l'île pour surveiller les enfants en transit, qu'il avait compris ce que Supachaï leur faisait subir et comment ils étaient ensuite vendus comme des animaux, il avait tenté ce qu'il avait pu pour alerter quelqu'un.

Élevé dans la rue, Erawan n'avait pour horizon que les bars à filles et les salons de massages de Koh Samui, et ne connaissait personne à part les gars de la Ligue. Quand il avait vu les enfants ressortir du labo, incapables de parler et marcher pour certains, il en avait perdu le sommeil.

Il savait à peine écrire, mais avait envoyé plusieurs messages à la mer avec les coordonnées GPS de Koh Nang Yuan qu'il avait recopiées sur le tableau de bord du bateau du chef. En vain. Il avait réussi à faire fuir trois enfants, faisant croire qu'ils s'étaient noyés. Une petite victoire. Mais la troisième avait été rattrapée. Deux étrangers avaient fini par suivre la piste. La chance ne se représenterait peut-être pas.

Erawan chercha une idée pour frapper vite et fort. Il pénétra dans le laboratoire de Supachaï, furetant partout. Il piqua vers la droite, attiré par une odeur forte d'animalerie, et ouvrit précautionneusement une porte. Il entra dans une pièce obscure, des centaines d'yeux l'observèrent. Son pouls s'accéléra, il sourit dans le noir.

* * *

Rama Supachaï saisit une seringue et visa le crâne de la jeune femme.

— Ne bougez pas. J'anesthésie d'abord la peau.

Il piqua sur le front de Cyrille. Puis empoigna le craniotome. Il fit entendre le cri aigu de la perceuse, quand un bruit de cavalcade l'alerta.

Le chercheur releva la tête.

Des dizaines de paires d'yeux terrorisés déboulèrent dans le sas de l'IRM, dans une course effrénée. Plus de cent rats surgirent dans la salle en couinant, poursuivis par quatre chats au poil hérissé, à leur tour suivis par cinq macaques rhésus hystériques, des électrodes fichées dans leurs cerveaux mis à nu. Un chimpanzé adulte fermait la marche, babines retroussées, souriant d'un air féroce. Il avait la moitié gauche du crâne écorchée. En deux secondes, ce fut le chaos. Les rats foncèrent droit devant, galopant entre les jambes des miliciens. Les gardes distribuèrent des coups de pied au hasard. Rama s'était levé d'un bond.

— Ne les tuez pas ! Il faut les récupérer ! hurla-t-il avec désespoir.

Un chat se percha sur l'armoire technique et se mit à feuler, toutes griffes dehors. Un autre, le dos arqué, les poils dressés, attaqua un macaque, visant les yeux. Les animaux foncèrent sur les tables roulantes, les instruments chirurgicaux volèrent à travers la pièce. Bruits d'objets, mêlés aux cris de ménagerie. Assourdissant.

Supachaï piqua les bêtes. Deux macaques s'affaissèrent. Blake repoussa du pied un gros rat mâle qui l'attaquait, tandis qu'un autre lui mordait le mollet. Il tenta de se dégager. Il ne vit pas le chimpanzé enragé qui chargeait. Le singe, aussi haut qu'un homme et dix fois plus fort, frappa Blake de plein fouet. La violence du coup le fit chanceler. Il tomba à genoux, les bras devant le visage, en position de défense. Les dents du primate se plantèrent dans sa chair et arrachèrent un morceau de chemise et de tissu musculaire du biceps. Benoît Blake hurla de douleur. Le singe lâcha prise dans un cri suraigu. Rama venait de lui planter une seringue entre les omoplates.

Le chercheur s'accroupit et aida Benoît à se relever avant de se retourner vers ses deux gardes.

— Ramenez-moi tout ça dans l'animalerie.

Julien se précipita vers Cyrille qui se redressa, groggy.

— Que s'est-il passé ?

— Une bonne étoile a fait diversion, faut qu'on se tire.

— Toi, tu t'écartes d'elle, tonna Benoît.

Julien fit volte-face et se retrouva nez à nez avec le canon d'une arme automatique. Le professeur Blake se tenait fermement planté sur ses jambes de lutteur, son bras gauche blessé ramené contre sa poitrine, le droit agrippé au fusil-mitrailleur. L'air confiné de la pièce entrait et sortait par ses narines dilatées. Le visage écarlate et bouffi, son cou gonflait et dégonflait comme celui d'un crapaud.

Cyrille passa la main dans ses cheveux englués de gel rouge.

Julien vit les yeux de Benoît flamboyer de rage. Il profita de cet instant pour bondir, attraper le canon de l'arme et le repousser vers la droite. Une rafale de balles gicla du fusil. Le champ magnétique qui régnait autour de l'aimant géant dévia les projectiles. Les balles fusèrent en tous sens, frappèrent la machine, ricochèrent sur l'enceinte blindée. Deux d'entre elles firent exploser l'écran plat de l'ordinateur en un milliard de particules qui retombèrent en pluie de verre dans la pièce, un gyrophare orange vissé au plafond se mit à tournoyer. Julien roula sur lui-même pour tomber de l'autre côté de la machine. Rama Supachaï poussa un cri rauque et ses jambes ployèrent sous son poids. Il s'accroupit, la tête entre les genoux, le flanc droit lacéré par une balle folle. Cyrille s'écroula sur la table d'examen, sans un son.

Benoît avançait vers Julien, son arme à la main, avec une lenteur calculée. D'un geste désespéré, le jeune homme rassembla ses forces et fonça dans le tas. Il prit Benoît aux jambes et balança tout son poids dans les genoux du professeur. Ils roulèrent au sol. Ils luttèrent ainsi pendant un moment, mais Benoît était plus fort et plus lourd. Il donna un coup de rein et s'assit à califourchon sur Julien, en une prise professionnelle bloquant tout espoir d'échappatoire. Blake serra le canon de son arme et d'un mouvement sec du coude droit, décocha un coup de crosse dans le visage. Puis un deuxième. Benoît se vengeait. Le sang et la douleur ne l'avaient jamais dérangé, au contraire, ça le galvanisait. L'ancien lutteur pointa le canon de son arme à quelques millimètres de l'œil de Julien et sourit.

— Tu sais quoi, je vais prendre mon temps et te faire ce que tu faisais à tes chats. Après, je m'occuperai d'elle. Elle ne se souviendra même pas qu'elle t'a croisé un jour.

Au moment où leurs regards se rencontrèrent, Benoît tomba à la renverse, une aiguille plantée dans le dos. Derrière lui, un garde que Julien n'avait pas remarqué regarda la masse tomber. Il n'avait plus de doigts à la main gauche.

— Je suis Erawan, c'est moi qui ai envoyé la vidéo, expliqua le jeune homme en anglais avec un fort accent thaï. J'ai aidé votre amie à se libérer et relâché les animaux. Il faut partir vite.

-53-

Julien se redressa en se dégageant des jambes de Benoît Blake, inanimé.

— Merci pour ton aide, dit-il à l'intention d'Erawan. Sans toi, j'y passais. Où sont les autres gardes ?

— Dans le labo, ils sont KO. Mais une dizaine d'autres gars peuvent rappliquer d'une minute à l'autre.

Julien se précipita vers l'IRM, le cœur battant.

— Cyrille ! appela-t-il doucement.

Le corps de la jeune femme était recroquevillé sur le côté. En contournant la table d'examen pour voir son visage, Julien observa le sang qui formait une tache brune sous son ventre.

— Cyrille…

Elle était d'une pâleur inquiétante, les cheveux collés par plaques sur son front, les lèvres violettes. Pourtant, elle respirait, faiblement, un filet d'air ténu exhalait de ses narines par à-coups. Il fallait l'évacuer au plus vite. Julien, l'entourant de ses bras, fit un mouvement pour la soulever. Le visage de Cyrille convulsa, le masque de la douleur s'intensifia. Un râle atroce franchit ses lèvres.

— Laisse-moi... prononça-t-elle avec difficulté.

Julien dut approcher son oreille contre sa bouche pour entendre.

Cyrille n'avait plus de forces. Son seul désir était de se laisser aller. Elle ne sentait plus ses jambes, mais qu'importait, flotter dans cette brume dense n'était pas désagréable.

Elle rouvrit les paupières et, de ses lèvres parvint un sifflement suspect.

— Échappe-toi... préviens la police. Je peux attendre.

Les mots que venait de prononcer Cyrille firent leur chemin jusqu'au cerveau de Julien. Ses mains devinrent moites.

Julien l'observa, elle mentait. Dans quelques heures, elle serait morte si elle n'était pas transférée à l'hôpital d'urgence.

— Réveille-toi, Cyrille.

Elle entrouvrit les yeux. Julien lui parla assez fort et articula les mots pour traverser les brumes qui étaient en train d'envahir son esprit et l'entraînaient vers des contrées douces, lumineuses et attirantes.

— Regarde-moi.

Les paupières se soulevèrent péniblement. Les pupilles dilatées de Cyrille se rétractèrent. Ses lèvres violacées, sa peau translucide. La vie s'échappait. Julien ouvrit son œil tuméfié et plongea son regard dans le sien. Son menton trembla légèrement.

— C'est toi qui vas m'écouter, pour une fois. Il y a près de vingt ans, j'ai laissé faire la pire des choses. Tu sais, ma mère, elle était tout pour moi. Mais pas seulement pour moi. Elle était un repère pour une foule de gens malheureux qui n'avaient plus d'espoir. Elle donnait tout ce qu'elle avait aux autres. Ce jour-là, je n'ai pas su la protéger comme j'aurais dû. Je l'ai laissée seule, face à la mort, sans m'interposer entre les deux. J'ai cru qu'elle serait assez forte parce qu'elle était tout le temps forte avec tout le monde. Mais elle n'a pas pu. Pas cette fois. Et aujourd'hui, elle n'est plus là.

Une larme roula sur sa joue et vint mourir sur ses lèvres. Cyrille entendait chaque parole. Il poursuivit, de la douleur dans la voix :

— Quand je t'ai rencontrée, j'ai cru que je l'avais retrouvée. Ou du moins, quelqu'un qui possédait la même flamme intérieure, la même humanité. Tu étais peu sûre de toi, en couple avec ce vieux fou qui n'était pas pour toi, mais je savais qui tu étais à l'intérieur et c'était si beau… Quand je t'ai retrouvée, il y a deux semaines, tu avais tant changé. Tu étais devenue une copie de toi. Juste la surface. Le beau à l'intérieur était enfoui. Aujourd'hui, il est réapparu. J'ai retrouvé la Cyrille que j'aimais. Alors je ne vais pas, je ne peux pas te laisser. Pas seulement pour moi, mais pour tous ceux que tu dois aider encore chaque jour, avec ta force de vie.

Il pointa du menton les deux hommes à terre.

— Si des gens comme ma mère, ou comme toi, disparaissent, qui nous reste-t-il, hein ? Il faut de belles personnes comme vous pour équilibrer le nombre de salopards qui pourrissent cette vie.

Il caressa les joues de Cyrille qui étaient légèrement plus roses.

— Je te ramène chez toi. Que tu le veuilles ou non. Tu dois t'accrocher. Tu ne me laisses pas, j'ai encore besoin de toi.

Cyrille battit une fois des paupières.

— Tu me fais confiance ?

Deuxième battement.

— OK, répondit le jeune garde. On court et on se tire d'ici.

* * *

Il était 4 heures du matin quand Erawan bloqua la porte du sas en position ouverte.

— Dépêchez-vous ! cria-t-il.

Julien enveloppa Cyrille et la serra contre lui. Il lui glissa à l'oreille :

— Dis-moi quand tu sens que tu peux bouger.

Cyrille luttait contre l'évanouissement. Les sons lui paraissaient disproportionnés.

Cyrille fit un signe de tête et serra les dents. Julien la souleva doucement. La balle dans la poitrine de Cyrille glissa de quelques millimètres, lui fouillant les chairs. Elle enfonça le visage dans le creux du bras de Julien étouffant un râle. Julien la souleva entièrement, en toussant de plus belle. Il la calla contre lui et sortit en titubant de la salle.

Erawan les aida à franchir le couloir puis passa devant.

— Suivez-moi, je vous emmène au débarcadère. Avec de la chance, on peut atteindre Koh Tao dans deux heures.

Cyrille entrouvrit une dernière fois les paupières, pressa très légèrement la main de Julien et s'évanouit.

ÉPILOGUE

28 octobre, 18 heures

« Le prix Nobel de médecine 2010 a été attribué au Français Émile Tardieu pour ses travaux sur les hormones… » Le journaliste du flash d'information relata en quelques phrases la carrière du Français qui venait de décrocher le prix scientifique le plus prestigieux et lança une interview en direct du chercheur. Cyrille éteignit l'autoradio. Elle gara sa voiture le long du mur d'enceinte du « Mas des Glycines », comme l'indiquait une plaque en fer forgé. Elle avait roulé toute la journée vers le sud, de la musique plein la tête, tâchant de faire le point et de prendre une décision. La cicatrice au niveau des côtes la tiraillait. Elle était encore faible, la balle avait déchiré un lobe pulmonaire. Elle avait lutté contre une infection et s'en relevait à peine. *Pourquoi Benoît a-t-il agi de la sorte ?* Cyrille pinça les lèvres, essayant de faire baisser le niveau de ressentiment qu'elle éprouvait à chaque fois qu'elle pensait à son mari depuis son retour. Elle soupira. Il avait probablement eu peur que tout ce qu'il avait érigé durant ces dernières années ne s'écroule, il avait paniqué, car seule sa notoriété comptait, finalement. C'était minable et très triste. *Qui étais-tu, Benoît ? Quel mal t'as rongé pendant tout ce temps ? Comment as-tu pu t'en prendre à ta nièce ? À moi ? Était-ce seulement pour préserver ta carrière ? Pour te venger de Julien ?*

Cyrille était sortie de l'hôpital la veille pour aller réceptionner le cercueil de son mari à Roissy. Benoît avait été retrouvé mort dans la salle d'IRM de Koh Nang Yuan, une balle dans la tête, suicidé vraisemblablement. Les autorités avait été alertées à la fois par Nino, Tony, MJ, et Anuwat Boonkong du VGCD, suite à son e-mail de détresse.

En accompagnant le corbillard jusqu'au funérarium, elle avait pris la décision de faire le strict minimum pour les obsèques de son mari, n'ayant ni le courage ni l'envie d'organiser une cérémonie en son honneur. Elle s'était dit que c'était un inconnu monstrueux qu'elle allait incinérer. Pourrait-elle jamais lui pardonner ?

Rama Supachaï, lui, avait été arrêté. Les policiers thaïlandais avaient nettoyé le site de Koh Nang Yuan, guidés par Erawan, recueilli tous les enfants dans des orphelinats et incarcéré le chercheur pour plusieurs chefs d'inculpation qui promettaient de le garder à l'ombre pendant un paquet d'années. Quant à Pot, son cousin, il n'avait pas donné signe de vie, mais un mandat d'arrêt international était lancé contre lui.

Cette tragédie aurait au moins servi à sauver la vie d'enfants et à démanteler un trafic moderne d'esclaves. Cyrille songea à Rama Supachaï, qui avait gaspillé ses chances de marquer l'histoire de la science, par appétit du gain et pour régler une sombre histoire personnelle. Son travail et ses découvertes tomberaient dans l'oubli avec lui.

Cyrille détacha sa ceinture, prit encore quelques instants de répit puis descendit de voiture. Elle claqua la porte et la verrouilla, tout en se disant que c'était ridicule. Elle était au cœur de la campagne, au pied du pic Saint-Loup, sans autre habitation visible à la ronde. Après huit heures de combat interne violent, elle savait à présent ce qu'il lui restait à faire. À son retour à Paris, elle ferait tout pour que la greffe de cornée de MJ ait lieu le plus vite possible, afin que la jeune fille ait une chance de recouvrer la vue rapidement. Elle assurerait sa rééducation et ne lui lâcherait plus la main jusqu'à ce qu'elle soit sur pieds. Cyrille jeta les clés au fond de son sac à main. *Je te raconterai toute la vérité, en espérant que tu me pardonnes un jour.* Elle devait aussi s'excuser auprès de Tony et Nino, toujours à l'hôpital, par sa faute. Mais elle ne doutait pas qu'à sa sortie, tous trois se retrouveraient comme avant, autour des cocktails de Tony pour évoquer enfin ce qu'il lui était arrivé. Et pour parler de l'avenir aussi. Elle désirait proposer à Nino de venir travailler au Centre avec elle. Cyrille voulait revoir son traitement sur le Mésératrol, repenser le fonctionnement du Centre de A à Z et aurait pour cela besoin d'être épaulée. Elle ne doutait pas que l'infirmier accepterait de la rejoindre pour réfléchir et mettre en œuvre ces changements. D'autant que l'enquête sur Manien allait révéler d'un jour à l'autre ses expérimentations sauvages, et à un moment ou à un autre, elle devrait assumer d'y avoir participé.

Quant à Julien... Comme elle, il faudrait qu'il prenne ses responsabilités.

Elle boutonna son manteau et resserra le foulard autour de son cou. Il ne faisait pas froid, au contraire, le soleil était généreux aujourd'hui, mais elle se sentait frigorifiée.

Le vieux portail en fer n'était pas fermé. Une petite allée de gravier serpentait jusqu'à une bâtisse ancienne, lourde et carrée, croulant sous une épaisse glycine et des bougainvillées. Elle traversa un jardin peu entretenu qui arborait quelques magnifiques oliviers et des massifs de rosiers anciens. Le gravier crissa sous ses pas. Son oreille exercée perçut un son plus que familier. Elle en déduisit que Julien savait qu'elle arrivait. Son pouls s'accéléra. La maison avait appartenu à sa grand-mère, il en était l'unique héritier. La porte bleue écaillée, surmontée d'une cloche en bronze qui avait dû, à une autre époque, battre le rappel des troupes pour le dîner, n'était pas non plus fermée. Cyrille hésita un instant puis la poussa du bout des doigts. Son oreille confirma sa première intuition. La *Tanguedia III,* enregistrement à New York, mai 1986. Le tango qu'elle entendait était enlevé et joyeux, d'une grande difficulté technique, joué par un ensemble bandonéon plus cordes et piano. Elle s'accorda une pause. Piazzola exécutait le dernier tiers du morceau en virtuose, une apothéose de sons virevoltants, insistants, appuyés. Elle ferma les yeux, son cœur se gonfla de sentiments contradictoires. Elle était heureuse d'être là et meurtrie de ce qu'elle venait y faire. La musique s'envolait, insolente. Elle entra chez Julien.

La première fois qu'elle l'avait vu, allongé dans son lit d'hôpital à Sainte-Félicité, elle avait tout de suite pressenti que ce ne serait pas un patient comme les autres. Dès qu'ils s'étaient regardés, l'air s'était densifié. Elle ne se souvenait pas de la date, ni si c'était le matin ou l'après-midi, mais de la sensation physique d'une pesanteur entre eux. Elle n'avait rien laissé paraître, mené l'interrogatoire médical de façon distante et cordiale. Mais lorsqu'elle était sortie de la chambre, le dos de sa blouse collait à sa peau et elle n'avait pas pu dormir sereinement cette nuit-là... ni les suivantes d'ailleurs. Elle rougit légèrement à cette évocation et sa respiration se saccada.

Elle pénétra dans une pièce qui était tout le contraire de l'appartement de la rue Gambetta. Cyrille respira plus amplement. Elle s'aperçut alors qu'elle avait appréhendé ce moment depuis son départ, ayant peur de retrouver l'atmosphère confinée et morbide de l'appartement aux chats. Mais non. La lumière baignait le salon, pénétrant par toutes les larges fenêtres. Elle auréolait des dizaines de plantes vertes qui avaient encore leurs étiquettes, mais aussi des tableaux, des photos de mer, de montagne, d'animaux encadrées et posées çà et là, que Julien n'avait pas encore eu le temps d'accrocher. Il venait d'emménager, les locataires ayant donné leur congé le mois dernier. Cyrille avança d'un pas et observa un divan blanc d'angle, dont une des banquettes servait de couche de luxe à un gros matou gris allongé de tout son long, pattes étirées, le pelage soyeux chauffé par un rayon de soleil. La jeune femme s'approcha de lui et carressa son ventre offert. Le chat s'étira encore davantage et ouvrit à demi deux beaux yeux verts.

Cyrille scruta un instant tout ce qui l'entourait et se sentit soulagée. Tout respirait la paix, ici. Pourtant, il fallait qu'elle mette son ancien patient devant ses responsabilités. Elle en était arrivée à cette conclusion sur la route. À présent, elle sentait fondre sa détermination à vue d'œil.

Elle se dirigea guidée par la musique. *Milonga del Ángel*, triste et nostalgique, avait succédé au tango vivant. Un escalier en pierre menait à l'étage supérieur. Cyrille monta les marches une à une, le cœur dans la gorge. Sur le palier, il y avait deux portes. Cyrille écouta, la musique provenait de celle de droite. Elle tourna la poignée et se tint dans une sorte de sas noir qui donnait accès à une autre porte. Elle compris où elle se trouvait et ferma la porte derrière elle. Une fois dans l'obscurité, elle ouvrit la porte du labo photo, lentement, fébrile, aussi apeurée qu'une jeune fille à son premier rendez-vous.

Julien avait coupé ses cheveux et portait de nouvelles lunettes. Elle ne vit que son profil, éclairé par la lampe rouge de la chambre noire. *Contrabajisimo* envahit la pièce, les notes arrachées aux soufflets, rapides, exigeantes, sonores. Le piano les rattrapa au vol et les entraîna dans une descente chromatique endiablée.

Le jeune homme scrutait les contours d'un cliché qui étaient en train d'apparaître dans le bain du révélateur.

— Viens, approche…

Il avait prononcé ces mots comme si elle avait toujours été à côté de lui.

Cyrille desserra son foulard et fit quelques pas vers lui.

— Regarde.

Les traits d'une très vieille Vietnamienne surgirent, la peau parcheminée, le regard direct.

— C'est une grand-mère mhong, qui vit près de Kao Bang, elle fait une cuisine à tomber par terre.

Un léger sourire étira les lèvres pleines du jeune homme. Cyrille l'observa à travers ses cils. Elle vit un être apaisé. Il fit glisser le cliché dans le bain du fixateur.

Suspendues à un fil au-dessus de leurs têtes, une trentaine de photos du nord du Viêtnam séchaient. Un buffle aux cornes fantastiques au pied d'un piton rocheux. Une petite fille porteuse d'un palan chargé de fagots.

— Tu as l'air d'aller bien, constata Cyrille.

— Oui, ça va bien.

— Aucune crise depuis ton retour ?

— Aucune.

— Et les cauchemars ?

— Disparus.

Cyrille ferma les yeux un instant. Le violon introduisit le très triste *Mumuki*, le piano lui répondit en écho. Elle pensa qu'ils étaient tous deux là comme dans un confessionnal, que la pénombre l'aiderait à trouver les mots pour exprimer ce qu'elle avait à dire. Elle n'osait l'approcher. Elle se tenait droite et rigide, la gorge sèche. Elle sentait confusément que Julien tenait ses distances aussi et ça la déstabilisait.

— Merci de m'avoir sauvé la vie, murmura-t-elle.

Julien lui jeta un coup d'œil, tout en plaçant une feuille de papier photo dans le cadre de l'agrandisseur.

— N'y pense plus. C'est fini.

— Sans toi… enfin, tu sais quoi…

Il lui sourit.

— C'était la seule possibilité. Te laisser là-bas n'était même pas envisageable. Et toi ? Tu te sens comment ?

— Mal quand je respire. Mais ça va.

— Et… ton mari ?

— J'ai réceptionné le cercueil hier.

— Je ne l'aimais pas, mais je suis quand même désolé.

Julien fit tourner la molette de l'agrandisseur jusqu'à projeter sur le papier photo le négatif qu'il désirait tirer. Un enfant devant un panneau de propagande. Il passa sa langue sur ses lèvres.

— Tu sais, Cyrille, ce n'est pas moi qui l'ai… tué.

— Je le sais, Julien.

— Je ne pourrais tuer personne.

Cyrille sentit un courant glacé courir entre ses omoplates. Les muscles de sa gorge se contractèrent brusquement. Elle enfonça ses mains dans les poches et se tritura les ongles. Le désir de se serrer contre lui, de sentir sa peau, la tenailla violemment. Elle resta immobile, dans une posture distante qui se voulait neutre.

— Tu sais… là-bas, je… je… ne t'ai pas tout dit au sujet de mes souvenirs.

Julien projeta sur la feuille un autre négatif, un gros plan, une jeune fille aux grands yeux noirs.

— À quel propos ?

— Je me suis souvenu de nos séances de thérapie et…

— Et ?

Cyrille inspira péniblement, la gorge dans un étau.

— Et il m'est revenu… Enfin, j'ai repensé à quelque chose que tu m'as raconté à la fin, concernant le meurtrier de ta mère. Tu te rappelles ?

Julien s'assombrit.

— Oui.

Cyrille sentit le sol se craqueler sous ses pieds. Elle ne s'attendait pas à cette réponse.

— Tu te souviens de ce que tu as fait ?

— Oui, répondit encore le jeune homme, calmement.

Cyrille se tut, abasourdie. Et soudain, la peur s'insinua de nouveau dans son ventre, elle recula d'un pas. Sa voix se brisa.

— Tu te souviens que tu as préparé et prémédité… un crime ?

Julien se retourna franchement vers elle. La moitié de son visage éclairé par la lampe rouge, il ne souriait plus du tout.

— Oui, ça m'est revenu aussi depuis mon retour et je n'en suis pas fier.

Cyrille porta une main à sa gorge. Julien fit un pas vers elle.

— Mais j'ai appris qu'il fallait savoir se pardonner, n'est-ce pas ?

La jeune femme resta coite, incapable de parler. Puis elle s'exclama :

— Comment peux-tu rester si froid… Julien, c'est un crime !

— Je te dis que j'ai pris conscience de ma faute. Mais après tout, il a eu de la chance et moi aussi.

Elle ouvrit la bouche sans émettre un son.

— Comment ça, de la chance ? parvint-elle à articuler.

— Il était dans le quartier des visites autorisées, jusqu'à la veille de mon arrivée. Mais il a agressé une infirmière et a été placé en chambre sécurisée. Finalement, je n'ai jamais pu le faire sortir, contrairement à mes plans. Sur le moment, j'étais fou de rage, mais aujourd'hui, je sais que ça m'a sauvé la vie.

Il regarda Cyrille qui le dévisageait sans rien dire.

— C'est ça que tu voulais me dire ?

Cyrille cilla plusieurs fois.

— Il… il n'est pas mort ?

— Non ! Et heureusement. C'est vrai que j'avais tout préparé dans les moindres détails, et que j'avais le scénario précis en tête. Mais si j'étais passé à l'acte, j'aurais brisé ma vie. Elle ne vaut pas grand-chose, peut-être, mais c'est la mienne…

Cyrille le regarda un bon moment, ne trouvant pas les mots. Et puis elle se mit à rire doucement.

— Il n'est pas mort, répéta-t-elle, il n'est pas mort…

— Non, que croyais-tu ? J'ai son rapport d'internement qui date du mois dernier, si tu veux que je te le montre.

— Il n'est pas mort…

Julien se rapprocha d'elle. La barrière invisible entre eux venait d'exploser.

— Que se passe-t-il ?

Cyrille passa une main sur son visage comme si elle voulait effacer toutes les pensées épouvantables qui l'assaillaient depuis qu'elle était rentrée.

— J'ai cru… je me suis souvenue…

— Votre mémoire vous aurait-elle joué un nouveau tour, docteur ?

La soupape de Cyrille céda. Elle se mit à pleurer de soulagement, en silence, elle hocha vivement la tête. Oui, sa mémoire malmenée lui avait fait fabriquer un faux souvenir tellement réel qu'elle avait plongé. Elle rit et pleura à la fois.

— Tout va bien, tout va très bien, alors.

Elle rit encore à travers ses larmes. Julien lui prit délicatement le menton. Le souffle du bandonéon les isola du monde.

— Dis-moi quelque chose…

— Quoi ?

Julien déposa un léger baiser sur ses lèvres. Le cœur de Cyrille se mit à battre violemment.

— Tu viendras souvent me voir ici ? Tu trouveras du temps ?

Cyrille secoua le menton, les larmes ruisselant sur ses joues. Peu importait où ça les mènerait, elle n'avait envie pour le moment que d'être là. Avec une seule personne, lui. Elle avait envie de lui ôter son T-shirt et de caresser sa peau, de se laisser aller contre lui, oubliant toute sa retenue et sa pudeur. Mais elle ne bougea pas, saisie par la violence des sentiments qui la secouaient.

Julien l'attira contre lui.

— Et tu ne m'oublieras plus, cette fois, c'est promis ?

Cyrille secoua la tête lentement, les yeux brillants.

— C'est promis.

Remerciements

Je remercie du fond du cœur :

Alex, Tom et Noah, mes trois piliers, pour leur patience et leur amour, infinis.

Bernard, Édith, Caroline et Éloïse pour leur confiance et leur respect.

Delphine, ma toute première lectrice, pour m'avoir lue et encouragée, au-delà des mers glacées des Pôles.

Harry, Bruno, Françoise, pour leur soutien inconditionnel et leurs bonnes idées.

Aline, Christine, Sophie, Stéphanie pour leur amitié et leur regard si importants.

Georges, Catherine, Marica, Laurence, Isabelle et toutes mes racines qui maintiennent debout quand le vent secoue trop fort nos branches.

Ma famille d'adoption pour leur immense chaleur et leur joie de vivre, en toutes circonstances.

Ma famille de cœur, la petite bande chérie, pour leurs encouragements incessants et le rire, toujours le rire.

Les lecteurs, pour ce temps si précieux qu'ils m'ont accordé.

Cet ouvrage a été imprimé en France par

CPI
Bussière

à Saint-Amand-Montrond (Cher)
en janvier 2010

Composé par Nord Compo Multimédia
7, rue de Fives, 59650 Villeneuve-d'Ascq

N° d'édition : 1664/01. – N° d'impression : 100257/4.
Dépôt légal : février 2010.